一品医女

沧海明珠 ○ 著

完结篇·下

重庆出版集团 重庆出版社

第一章	1
第二章	18
第三章	34
第四章	54
第五章	72
第六章	89
第七章	108
第八章	126
第九章	144
第十章	162
第十一章	179
第十二章	197
第十三章	215
第十四章	231
第十五章	247
第十六章	268
番外：梧桐兼细雨	287

卷四 卿心未央

第一章

　　冷风呼啸，紫宸殿，皇上靠在靠枕上，合着眼睛任由素嫔一勺一勺地喂他喝粥。一小碗粥不过喝了一半，皇上便抬手推开了素嫔的手，问："七弟来了没有？"

　　林素墨还没说什么，门外的怀恩恰好进来，回道："回皇上，诚王爷来了，请皇上示下，是即刻觐见呢，还是再等一会儿？"

　　"传。"皇上靠在枕上，依然闭着眼睛。

　　林素墨忙把粥碗小菜等收拾到托盘上，悄悄地端了出去，出门的时候恰好跟诚王爷遇了个对面，林素墨福身行礼，诚王爷看了一眼粥碗，皱眉道："皇兄又没怎么吃东西？"

　　林素墨没敢多说，只轻轻一点头，便出去了。

　　诚王爷行至榻前，躬身给皇上行礼请安，皇上却抬手拿过旁边小炕桌上的一份折子，冷笑道："你看看这个。"

　　"是。"诚王爷双手接过折子，打开一看，一脸的尴尬。这是丰紫昀上的一道折子，很简单，是请皇上给他的老父亲赐谥号的。这种时候上这种折子，除了自取其辱之外，便只有惹怒皇上了。诚王爷从心里重重地一叹，暗想丰家这回可是真的要被连根拔起。

　　"欺人太甚！当朕是傻子？是瞎子？是白痴吗？！"皇上终于睁开了眼睛，双眸布满了血丝，宛如一头困兽。

　　"皇兄息怒。"诚王爷赶紧劝道，"看来丰紫昀还被蒙在鼓里，所以才会上这样的折子。皇兄何必为了这样的小事气坏了自己的身体。还请皇兄以大局为重啊！"

　　"大局为重！"皇上气愤地掀了矮桌上的茶盏，怒吼道，"朕已经退无可退，忍无可忍了！朕倒是要看看离了他朕这把龙椅还坐不坐得稳！"

　　"皇兄……"

　　"你不要劝了！"皇上化悲愤为力量，从榻上下来在殿内来回地踱步，偶尔踩到碎瓷上，发出咯吱咯吱的响声，令人胆寒。

　　"他不是要谥号么？好，朕给他。"说着皇上走到了书案前，抓起毛笔，挥毫泼墨，写下了一个大大的"佞"字。然后把毛笔"啪"的一下丢开，怒道："你去，把这个字给丰家送去，让他们好好地装裱悬挂！"

　　诚王爷心里那个汗啊！心想这丰紫昀不知哪根筋不对，上了这么一道自取其辱的折子。然而皇上在盛怒之下，诚王爷也不敢再劝，再劝的话，皇上说不定真的一道旨意把丰家给抄了。现在从锦麟卫到各部官员都忙着赈灾呢，抄丰家的事儿好歹也等过了年再说嘛。

　　诚王爷捧着皇上亲笔书写的那个"佞"字走出紫宸殿往丰家去，皇上也没心思再躺着了，而是直接吩咐："摆驾凤仪宫。"

　　凤仪宫中，皇后病得厉害，贴身宫女子霜死了，掌案大太监富春不见踪影，各宫妃嫔

居然连打发个人来探视都没有，更别说前来请安了。

四公主这几日亲自侍奉汤药，心里窝了一肚子的火气，但又不能去各宫寻事，只能忍着。一个不满意就朝着宫女发火，轻的拉出去掌嘴，重的直接拖下去杖毙，是以一干宫女太监们全都战战兢兢大气却不敢喘一下。

凤仪宫后殿寝宫的大门被推开，一阵冷风裹着雪花吹进来，把殿内的纱幔吹得四散飘摇。

有机灵的宫女抬头看见皇上，赶紧扑通跪倒，口称万岁。里面坐在床前给皇后喂药的四公主听见动静也忙放下药碗转过屏风迎出来，见了皇上立刻红了眼圈儿，上前跪拜道："女儿给父皇请安。"

"起来吧。"毕竟是自己的亲生女儿，皇上只是冷冷地看了四公主一眼，抬脚往里走。

"母后刚刚还跟女儿说想见父皇呢，可巧父皇就来了。"四公主虽然摸不清皇上为何神色那么冷，但这般言辞已经成了习惯，从小母后就这样教导她，让她在父皇面前乖巧懂事些。

皇上的脚步一顿，回头看了一眼四公主，冷声说道："你下去吧，这里没你的事儿了。"

云琼纳闷地看着她的父皇，想说什么，却又被那冰冷的目光给压回来，只得躬身应了一声，转身下去了。皇上又回头看了一眼怀恩，冷声道："守在这里，谁也不许靠近一步！"

"是！"怀恩答应着，抱着拂尘转身立在了皇后寝宫的门口。

宫里的大小宫女太监全都蹑手蹑脚地退了出去，偌大的寝宫内便只剩下了床上半死不活的丰皇后和怒火中烧的皇上。

丰皇后看了一眼皇上，淡淡地苦笑了一声，缓缓说道："皇上来了，恕臣妾病着，没办法起来给皇上磕头请安了。"

皇上站在凤榻旁边，冷冷地盯着皇后看了片刻，方问："朕有一件事实在弄不明白，所以来向你请教请教。"

皇后自嘲地笑了笑，虚弱地说道："皇上万人之上，又是千古圣君，明察秋毫，自然万事皆明白，何须向臣妾请教。"

"正是因为朕明察秋毫，所以才实在不明白那高黎族的三王子到底有何本事，值得你偷梁换柱把他从天牢里弄出来？之后又想除掉？"

丰皇后一怔，继而淡淡一笑："看来皇上已经撬开了富春那个狗奴才的嘴了。"

"朕想要知道的事情，就一定会知道。朕刚才进来的时候看见四公主跪在地上，心里便不由得一软，所以才会问你。"皇上说着，转身坐在了旁边的椅子上。

皇上隐忍着极大的怒气把这话说得风轻云淡，丰皇后的眼神中掠过一层骇然。他在这个时候提及四公主做什么？俗话说虎毒不食子，难道他连自己的亲生女儿都不放过？！

既然富春被抓住，皇上连高黎王子被偷梁换柱的事情都审出来了，那么丰家便注定要灰飞烟灭了。

丰皇后的心里千回百转，最终也只是淡然一笑，说道："皇上千古明君，怎么忘了'人为财死鸟为食亡'的道理？臣妾把那高黎王子弄出来，自然是因为一笔巨大的财富。"

卷四　卿心未央

"什么财富？"皇上皱眉问。

"自然是高黎族的宝藏。"

"哼！"皇上冷冷地瞥了丰皇后一眼，没说话。

大云建国初期的传言，说高黎族雪山之中有一笔巨额宝藏，是前朝皇室留下准备起兵收复河山的费用。也有人说那是前朝某位王爷准备起兵造反的军费，只因时机一直不到，造反大计被蹉跎了，藏宝图落在了高黎人的手里。

但不管哪种传言，都引得各路英豪会聚雪山，经过将近百年的追寻，至今没有人寻得宝藏。皇上早就把这事儿定为子虚乌有了。

丰皇后却继续说下去："康平跟我说，藏宝图就在高黎王子的身上，所以托人带话给我，务必要留他一条性命，他日得了宝藏，愿与丰家同分。"

皇上犀利的目光扫过来，冷声问："你丰家已经位极人臣，而你贵为皇后，难道会在乎什么宝藏？你贪图那些黄白之物，是想给谁当军费拥兵造反吧？"

丰皇后淡然一笑，说道："皇上子孙满堂，臣妾却没生一个好儿子。臣妾造的哪门子反呢！"

"你对东倭使者下毒，不就是想挑拨朕跟东倭之间的关系，逼他们出兵，然后再伺机而动吗？"皇上冷笑道，"只可惜人算不如天算！丰宗邺那个老贼因地震被砸死，你们父女的一盘好计划被朕给掀了出来！"

丰皇后冷冷一笑，没有说话。

皇上的火气却再次被激发起来，他抬手重重地拍了一下桌子，起身走到皇后的榻前，怒声质问："朕与你几十年的夫妻，自问待你不薄。朕在一天，你稳居中宫母仪天下，纵然朕先你一步而去，你也是无人能撼动的母后皇太后。你为何要如此待朕？为何？！"

丰皇后哈哈冷笑，笑得眼泪横流，方吸了一口气，恨恨地说道："说什么几十年的夫妻情分，当初皇上还未曾登基之时，便早已经防着我们丰家了。那时候，我的玲儿才只有三岁啊！皇上看着他在我的怀里慢慢咽气的时候，夫妻情分在哪里？！"

二皇子云玲，皇后嫡子，三岁夭折，死于鸩毒。

"皇上以为事情做得缜密，就永远不会有蛛丝马迹吗？"丰皇后冷冷地笑着，"我始终不知道，亲手杀死自己嫡亲的孙儿是什么感觉！更不知道身为父亲，看着儿子惨死又为何能无动于衷！"

皇上忽然背过身去，仰着头看着头顶上华丽的藻井，许久不语。丰皇后却再也收不住，干脆掀开被子下了凤榻，只穿着一袭单衣走到皇上面前，连声责问。

凤仪宫门口，大太监怀恩像是老僧入定一般，眼观鼻鼻观心，对内殿里帝后的对话充耳不闻。

许久，皇上才从内殿里出来，怀恩赶紧跟了上去。

凤仪宫寝殿门外，大片的雪花飘飘扬扬地落进来，廊檐下墨玉台阶上一片雪白。

3

皇上立在玉阶之上，眯起眼睛把凤仪宫里的一切扫视一遍，方缓缓开口："皇后丰氏，出言不逊，忤逆朕躬，不贤不慈，挑拨皇室子孙险祸起萧墙，如此阴险女子不配母仪天下，自即日起，褫夺封号，贬为庶人，囚禁冷宫，令其静思己过。"

怀恩躬下身去，用他那千年不变的公鸭嗓应了一声："是。"

云琼哭着上前去扑倒在皇上脚边，哽咽道："父皇！母后还病着！您怎么能这么绝情！"

皇上皱眉看了跪在地上的女儿，慢慢地弯腰伸手把她从自己的身上拉下来，吩咐旁边的宫女："送四公主回去！"

宫女不敢多说，忙上前来左右架起四公主便往外走。

"放开我！放开！"云琼疯了一样挣扎。

皇上却像是没看见一样，一步一步下了台阶，踩着寸许厚的积雪缓缓地离去。

怀恩弓着腰默不作声地随着皇上刚行至凤仪宫的宫门口便听见身后一声惨叫："母后——"接着便有宫女们连声喊道："不好了……皇后娘娘自缢了！"

怀恩看着顿住脚步的皇上回头看，便欠身低低地问了一声："皇上，这……"

皇上脸上怒色未平却又升起一股哀色，却最终还是冷哼了一声，说道："朕已经下旨褫夺了她的封号，谁还称她为皇后，便是忤逆之罪。"

"是。"怀恩再不敢多问，搀扶着皇上上了龙辇，缓缓离去。

皇后丰氏被废的旨意当天便昭告天下。

如果说皇上赐丰宗邺谥号"佞"字让文武百官开始猜测丰家这艘大船是不是要沉，那么废后的旨意无疑便是一道巨浪，直接把那艘大船掀翻，沉入海底。

一时之间，文武群臣都沉不住气了。那些跟丰家素来有瓜葛的大臣们开始闭门焚书，把这些年来跟丰家来往的证据全都付诸一炬。而那些素来与丰宗邺不合的人更是蠢蠢欲动，千方百计搜罗证据上奏折，参奏丰家揽权，受贿，结党，营私……

姚远之一心忙于赈灾事宜，对丰家的事情反而不闻不问。回到家里累得一身骨头散了架，对此事更是闭口不提。不过他不提却也不耽误这样的消息传进府中，田氏就是个好事的，不知从哪里听来了消息，便颠颠地跑去宋老夫人那里当耳报神。宋老夫人听了这话后惊得半天都说不出话来，还是旁边的丫鬟给她喂了半盏热茶方渐渐地回神。

且不说京城如何杂乱纷纷，只说姚燕语经过一日的奔波一口气跑出二百里路至傍晚的时候进入济州城。济州作为受损最严重的城池，此时用"断壁残垣，一城废墟"来形容一点也不过分。

眼看着老拖着小，小牵着老的难民哭号哀叫着从身边走过，姚燕语的脸色十分难看。葛海策马行至姚燕语身边，低声说道："天色将晚，咱们还是进城吧。不管怎么样总要先见到济州知县，安顿下来再说。"

"好，进城吧。"姚燕语说着，脚下一蹬马镫，桃夭便一路小跑起来。

卷四 卿心未央

葛海看了一眼翠微，担心她骑不惯马，因而低声问了一句："还行吧？"

翠微轻笑："夫人都受得了，我又有什么可娇贵的？"

香薷笑着上前来："葛将军为什么只关心姐姐？我们可都没怎么骑过马呢。"

翠微脸色一红，策马追着姚燕语走了，葛海摸了摸鼻子，回头瞪了香薷一眼，低声笑骂："小丫头片子，居然敢起哄啊！"说着也策马追了出去。

济州知县童大临正在街上亲自监督官府的粥棚施粥。天色将晚，原本就不怎么强壮的老头儿身上的七品官袍沾了灰尘泥土。

葛海上前去喊了一嗓子："圣旨到！济州知县童大临接旨！"

满大街等着领粥的难民呼啦一下子都回过头来，看见骑在高头大马上的白袍公子后，自动地让开一条路。

童大临被吓得一个哆嗦，赶紧整理官帽官袍一路小跑至姚燕语马下，等看清这位钦差的正二品服色的官袍时，又一个哆嗦，扑通跪倒在地，高呼万岁，并颤颤巍巍地自我检讨："罪臣童大临赈灾不济，有负圣恩。"

葛海把手里的圣旨展开宣读完毕，退回姚燕语一侧。

对于一个能迎着寒风亲自监督施粥的县令，姚燕语自然是敬重的。她翻身下马，把马缰绳一丢，上前去把童大临扶了起来："童大人快快请起。圣上并没有责问怪罪的意思，只是让本官前来查看灾民的伤情病情，以防瘟疫扩散。不知童大人对本县的伤民是如何安置的？可否方便带本官先去看看？"

童大临一听这位钦差大臣说话，才知道这位玉树临风的俏郎君原来是个女娃，恍惚了好一会儿才反应过来，失声问道："莫非大人就是传说中的姚神医？"

姚燕语轻笑道："神医二字可不敢当，本官正是国医馆院判姚燕语。皇上心系灾区的百姓，特意派臣过来帮助童大人赈灾，希望我们能同舟共济，共渡难关。"

"臣替济州四万百姓感谢皇上的圣恩啊！"五十多岁的父母官泣泪感恩。满大街等着领粥的百姓们也纷纷跟着他们的父母官跪谢皇恩。

姚燕语看着这家破人亡却依然井然有序的百姓们，心里默默地感慨这位童大人应该算是一位能吏了。

一番唏嘘之后，童大临亲自带着姚燕语去临时搭建起来的伤民棚，这里甚至比之前凤城的伤兵营更加杂乱，但值得欣慰的是还算干净。

姚燕语问童大临："伤重且有性命危险的人在哪里？"

"那边。"童大临带着姚燕语转过一排排木板床，至一处角落里。这边有二十几个人并排躺在木板上，已经是奄奄一息。

姚燕语二话不说，直接吩咐翠微等人："救人。"

翠微和香薷等几个人各自解开自己的随身包裹，拿出姚夫人特制的手套各自戴上，然后切脉，施针，喂药，各自的动作如行云流水，一气呵成。

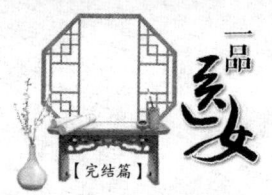

旁边的童大临看得眼睛都直了。心想我的个乖乖！这神医的做派就是不一样啊！这七八个小娇娘一不怕脏二不怕病，来到咱济州县水也不喝一口就解开包袱看病，这是咱百姓们几辈子修来的福气噢！

姚燕语亲自给几个眼看着就要断气的伤民施针，把几人从阎王殿前叫了回来。

童大临如见神仙，连声称奇，就差跪拜谢恩了。

葛海命人点了火把给众人照亮，姚燕语带着翠微和香薷等人又一口气看过几十个重伤患，童大临实在过意不去了，赶紧拱手作揖："姚神医，剩下的这些伤患明日再诊治也不迟，下官已经叫人备了些粗茶淡饭，还请姚神医去县衙略用一些，喘口气，歇歇脚。"

姚燕语看了一眼望不到头的伤民棚，轻轻地叹了口气问："你们济州县就没有行医的郎中或者开药铺的商人么？"

童大临叹道："怎么没有，这正是下官想跟姚神医说的一件事儿。"

姚燕语忙摆摆手，又把手上的蚕丝手套摘下来递给翠微，说道："大人还是别叫我'神医'，你我同为朝廷效命，就以官职相称吧。"

"是，姚大人。"童大临又朝着姚燕语拱拱手，然后做了个请的手势，引着姚燕语等人一边往外走一边说道，"这小小的济州县，大小郎中加起来也有四十多个，按理说看病治伤一事不算太难，但可恨的是，巧妇难为无米之炊。我们没有足够的药材——哎！不怕姚大人笑话，就连板蓝根、柴胡等常用药也没有存货。所以下官敢问姚大人，这次皇上可曾拨下这救命的药材下来？"

姚燕语纳闷地皱眉："你济州县距离京城二百里，又处于南来北往的交通要道，按说经济繁荣应该不差这点药材啊！怎么就如此吃紧？童大人，本官虽然不懂政事，但也觉得这似乎不大对吧？"

童大临又无奈地长叹一声，摇了摇头，最终憋出了一句："下官无能啊！"

姚燕语不由得回头看了一眼葛海，葛海微微点头，表示明白，等会儿就派人去查访一下济州县的药商。

"罢了！本官也不跟童大人兜圈子了。来的时候，皇上也曾经说了，虽然京城内药材也紧缺得很，但皇上为黎民百姓计，还是会想办法筹措一些粮食和药材送来的，只是可能会晚几日。"

"那这几日之内，我济州县的老小伤患就全仰仗姚大人妙手回春了！"童大临嘴上这样说，心里却一直在嘀咕，没有药材，一天得死多少人啊！也不知道这位传说中的姚神医到底有没有通天的本事。

姚燕语却不想多说了，官场上的事情她真心不想掺和，她此行的目的就是让济州县少死几个人。如今跟这位父母官扯来扯去，还不如养点精神回头多治些伤患。于是一行人出了伤民棚策马上轿直奔县衙。

不出姚燕语所料，济州县县衙也深受地震之害，一片的破败不堪。看来这位童大人果然把黎民百姓的事情放在了前面，自家的县衙门也没来得及整修。

进了县衙的大门，沿着临时清理出来的甬路直到后衙，简单地用过饭、洗漱之后，姚燕语在翠微的服侍下躺到床上。翠微拿过包裹来打开给姚燕语找睡衣，却发现包裹里居然有卫将军的衣服，于是责怪道："香薷这些死丫头们做事越来越毛躁了，怎么竟把将军的衣服给包了来？"

姚燕语轻笑道："罢了，昨晚慌慌张张的，能想着带衣服就不错了。"

"可这个叫夫人怎么穿呢？"翠微拿着卫章的一件银灰色茧绸中单衣为难地叹气。

"有衣襟有袖子，怎么就不能穿？"姚燕语满不在乎地笑道，"说不得凑合些罢了。"

翠微很是犯愁："这也太大了些。"

"反正是睡觉穿，大些又何妨，拿过来吧。"

翠微没办法，只好拿着衣服上前去服侍姚燕语换上，扶着姚燕语躺进被子里后，把被角掖好，吹了旁边的灯烛，低声劝道："夫人累了一天了，赶紧睡吧。明儿还有得累呢。"

"嗯，你们也早些休息。"姚燕语裹在被子里，双手抱住自己的肩膀，闻着熟悉的皂角香打个哈欠，闭上了眼睛。

翠微把帐子掩好，悄悄地退至外间。

外边的大通铺上，香薷几个丫鬟们已经脱掉了大毛衣裳，各自围着被子凑在一起聊天，地上的火盆里红红的炭火噼噼啪啪地燃烧着，倒也不算太冷。

翠微伸手拿了自己的大毛斗篷披上走出门去。"姐姐干吗去？"乌梅悄声问。"睡你的。"翠微丢下三个字，裹着斗篷出去了。

一出屋，被外边的冷风一吹便打了个哆嗦，翠微不由得低声嘟囔了一句："这鬼天气怎么这么冷。"旁边便闪过一个人影，一把拉住她往旁边的厢房里去了。

听见身后屋子里叽叽喳喳的笑声，翠微也没敢出声，等进了旁边的厢房里方生气地一甩手："做什么你！"

"你不是说冷？"葛海说着从怀里拿出一卷皱巴巴的纸递给翠微："事情弄清楚了，本地最大的药商家里屯得满仓库的药材，常用药精细药都有，就是库门紧锁，一两也不往外放。"

"为什么？"翠微生气地问，"这些人心也太黑了！"

"无商不奸嘛！"葛海倒是觉得这事儿很正常。

"这可怎么办呢！咱们根本没带多少药来。而且那些药都是应急的，没有生命危险的人一般都不给用。可那么多伤患，若是没药的话……还不得把夫人累死啊？"翠微捏着那叠皱巴巴的纸翻了翻，上面是几个药商的名单以及他们库存的药材，只是光看着这些没用啊！

葛海满不在乎地哼道："咱们是钦差，有皇上的圣旨在。再说，皇上也早就说了，谁敢借机囤货投机，便是诛九族的罪过！我就不信这些家伙们要钱不要命！"

"且不可冲动，还是跟夫人商议一下再说吧。"

一品医女

【完结篇】

葛海是很想摆一摆钦差的威风,吓唬吓唬那些奸商,于是笑道:"你呀,就是胆小,事事都指着夫人拿主意。你就不能自主一些,为夫人分忧?"

翠微立刻给了他一个无限美好的白眼:"我就是胆小,嫌弃就别理我!"

"那可不成!"葛海忙伸手把人搂进怀里,"咱们可说好了的,过年的时候就跟夫人说。"

"说什么?先把眼前这些糟心事儿办完了!"翠微说完又叹了口气,"张老院令的棺椁还在国医馆停放着呢,夫人的心里不知道有多难受。我看咱们的事情还是往后拖拖吧。"

"还拖?!"葛海立刻急了,抓着翠微的手哀号,"再拖下去,咱们可都要老了!"

翠微被逗得"扑哧"笑了,抬手给了他一巴掌,"胡说!人家才二十二岁,哪里就老了!"

"这还不老?人家十七八岁就出嫁了,你这二十二了还独守空房,再守可真成黄花菜了!"

"胡说八道什么?你才是黄花菜呢!"翠微啐道。

"我哪有那么好看?"葛海嘿嘿笑着把人搂进怀里。两个人叽叽咕咕说了半天,翠微才好不容易从狼爪子里挣脱出来,回到正屋时香薷等小丫鬟们已经睡熟了。

第二日一早,翠微一边服侍姚燕语起床更衣一边把葛海探听来的消息跟她说了。之后又道:"不如咱们以钦差的名义让那些药商们开铺卖药?"

姚燕语无奈地笑了笑,说道:"这些人惯会阳奉阴违的,就算我们摆出了钦差的身份,他们也有的是办法应付。况且我们这次来的目的是救治伤民,不是跟本地药商起冲突的。此事还要从长计议。"

翠微闻言叹了口气,说道:"我们哪里有那么多时间啊!看看那边上万的伤民,若是没有药,仅凭夫人的太乙神针,是根本救治不过来的!"

"嗯,我想想办法。"姚燕语说着,拿了热手巾捂在脸上。翠微见状,忙叫香薷另外弄一盆冷水来备用,自己则拿了梳子给姚燕语梳理那一头瀑布样的乌发。

片刻后,她忽然把手巾从脸上扯下来,轻笑道:"有办法了,你去把葛海叫进来。"

翠微忙把梳子递给旁边的乌梅,吩咐:"赶紧给夫人梳头。"便匆匆地出去了。

葛海进来,姚燕语把他叫到跟前小声叮嘱了一番,葛海脸上便有掩饰不住的喜色,连声应道:"夫人放心!"

姚燕语微笑着点点头,看着葛海信心满满地出门。

"夫人,这事儿能成吗?"翠微担心地问。

"不能成也得成。"姚燕语轻笑,"就看你家葛将军的手脚是不是利索了。"

翠微抿了抿唇,没敢吱声。夫人那主意说实在的是馊了点儿,不过对付那些坏人,也该让他们长点记性。

早饭后,主仆等人在几个亲兵护卫的拥护中随着童大临再次抵达伤民棚。童大临安排县衙的二把手县丞去盯着施粥棚;三把手县主簿和典狱带着衙役巡城,督促那些没受伤的百姓们吃了粥之后各自回去修建自己的家园,好让那些难民棚和伤民棚里的人早些搬回去。

卷四 卿心未央

　　赈灾是个烦琐的工作，要恩威并用，不然百姓们完全依赖官府，蹭吃蹭喝蹭房子住。

　　再回伤民棚，姚燕语依然是一脸的淡定。她带着翠微等人先把昨天治疗过的伤患检查一遍，确定众人都没了生命危险之后方又筛选出伤重病重者挨个医治。

　　童大临见这位姚院判不慌不忙认认真真的样子心里不免有点着急，这上万口子人呢，就这么个治法，什么时候能治完？前面这些伤重病重的治好了，后面那些轻伤的也该成了重伤了。

　　"姚大人，不知这药材什么时候才能到啊？"童大人思来想去，还是没忍住。

　　姚燕语把银针从一个伤患的身上取下来，吩咐香薷给那人清洗了伤口重新包扎，方轻轻地吐了口气说道："这个本官还真是不好说。童大人是没见京城的样子，大灾那晚本官正好参加皇上设的国宴，别说民房，就是皇上在南苑的宫殿楼宇……哎！"说完，姚燕语不忍心地叹了口气，眼圈儿泛红。实非她做戏，只是一下子想到了张老头儿，心里的那股酸楚压也压不住。

　　童大临见状除了沉沉地叹气之外，再也说不出什么来了。

　　姚燕语见他无话便继续带着翠微等人给伤患医治，依然是细心耐心，如和风细雨，那些伤患们无不感激涕零。

　　差不多半个时辰后，伤民棚外边一阵喧哗之声，姚燕语带来的护卫似乎跟人吵起来了。姚燕语便起身看过去，童大临心里骂了一句哪里来的刁民，也赶紧过去看情况。

　　只见一个身穿青色府缎皮坎肩的男子正在跟一个护卫争执："我是来求医的，你这人怎么能这样？难道朝廷派姚神医来给咱们济州的灾民治伤治病，还要把伤患分为三六九等不成？！"

　　那护卫是辅国将军府的人，一向是眼高于顶的，听这人分明是狡辩，便把手中长剑一横："管你是谁，想要找我家夫人看病就过来排队！"

　　"嘿！你这傻大个子缺心眼儿是吧？！"那人似是拿定了主意护卫拔剑也不敢伤害百姓，便上前一步跟护卫对峙。

　　"哎哟！别吵别吵！"童大临疾步走过去挡在护卫面前，朝着那人拱了拱手，笑问："陆总管，少见少见！您家里现开着药铺，养着坐堂先生五六个，有什么病还需要来这里凑热闹哇？"

　　"童大人，草民有礼了。"那陆总管嘴上虽然礼貌，但态度依然是桀骜得很，腰板儿挺得笔直，显然是没把童大临放在眼里。

　　童大临也不跟他计较，只捻着胡须呵呵笑道："陆总管客气，有话好说。"

　　陆总管笑了笑，敛了桀骜之气，换了一副和蔼的口气说道："童大人，我家公子爷今天早上不慎受伤了，且伤到了手筋，我家老夫人听说京城的姚神医来了咱们济州县，所以让奴才过来请姚神医去府中为我家少爷医治。"

　　童大临自问得罪不起这位，便歉然一笑，说道："姚大人在那边，要不陆总管自己去说？"

9

姚大人可是二品院判，又是钦差，本官可做不得她的主。"

"好吧。"陆总管瞥了门口的护卫一眼，颇为得意地走进去，又拿了帕子捂着嘴巴一路穿过长长的夹道去寻姚燕语。

姚燕语正在给一个七八岁的小姑娘接骨，这小姑娘的两根小臂骨都被轧断了，小胳膊肿得有两个那么粗，一直咧咧地哭着，眼泪鼻涕一大把。陆总管上前去看了那孩子一眼，便有些嫌恶地皱了皱眉，却对姚燕语甚是恭敬地叫了一声："姚神医好。"

"看病去那边排队。"姚燕语头也没抬。

"哈哈，姚神医，不是在下看病。"陆总管赔着笑脸。

姚燕语用银针给小姑娘做好针麻，然后捏着她的胳膊给她正骨，且耐心地问："小妹妹，是不是不疼了？"

"嗯，不疼了！姐姐好厉害！"小姑娘疼到麻木，忽然间胳膊不疼了，感觉像是从地狱到了天堂，咧着嘴巴笑开。

"哎哟，罪过罪过！要叫大人！这可是咱们大云朝第一神医姚大人！"小姑娘的奶奶赶紧纠正孙女的话。

姚燕语轻笑："没关系，叫姐姐也行，倒显得我年轻了。"

旁边的陆总管一直插不上嘴，急得回头看了童大临一眼，童大人歉然地笑了笑，没吭声。

陆总管颇为不满地瞥了童大临一眼，转过身去寻找插话的机会。孰料姚神医一直跟小姑娘说话，根本不搭理他是干什么的。

好不容易等着姚神医给小姑娘的胳膊缠好了绷带，陆总管总算是寻找到空隙，忙上前躬身道："姚大人，我家公子伤了手筋，非您不能医。我家老夫人说，只要大人肯医治我家公子，愿奉上白银千两。"

姚燕语噗地一声笑了，回头看了翠微一眼，说道："一千两银子呢。"

翠微冷笑道："一千两银子是不少了，可我家夫人是皇帝陛下的专属医官，你们家公子是什么人？也配使唤我家夫人？别在这儿碍事了，赶紧躲开。"

"哟，这位大人说得不错，咱们也知道姚神医是专门给皇上看病的人。可……神医大人这不是来到咱们济州县了么？既然是赈灾的钦差，就得对济州县的灾民一视同仁吧？我家公子也是因为地震受的伤，姚神医可不能不管啊！求求姚神医大发慈悲吧！"

这位陆总管着实长了一条三寸不烂之舌，这话说得在情在理，情理并茂，好像姚燕语不给他们家公子治伤就是违抗了圣旨，违背了良心，天理不容似的。

姚燕语回头看了陆总管一眼，灿然一笑，说道："你说得不错。既然你家公子也是受地震天灾所害，那就请你把他抬到这里来医治吧。"

"……这！"陆总管完全没想到这个看上去清秀温婉的女人居然这么不好说话。

"麻烦你让一下，那边还有伤患等着本官医治呢。本官从京城赶过来，是为了医治灾民的，不是陪你磨牙的。再废话，本官便以钦差的名义问你一个骚扰钦差，干预公务之罪。"

卷四 卿心未央

姚燕语说完，冷冷地扫了这位总管一眼，继续往前给下一个伤患诊脉去了。

陆总管无奈地看向童大临，童大临朝着他摆摆手表示自己也爱莫能助。

"童大人，你得帮帮忙啊！"陆总管从荷包里拿出几张银票往童大临的手里塞。

童大临如避蛇蝎一样闪开，苦笑道："陆总管，我又不会治病，您可别坑我。"

这位陆总管看了一圈儿，发现塞钱的办法不成，便叹了口气回去复命去了。

姚燕语自始至终没多看他一眼，只是安心地给伤患治病治伤。

童大临心里却叹了口气，这位陆总管是没什么，可陆家的老夫人却非比寻常，那可是憬郡王的奶娘啊！各路人马到了济州县，他这位县太爷的县衙可以不拜，却不能不拜陆家！

陆总管嘴里说的他们家公子就是这位老夫人的独孙。她的儿子陆贤也就是憬郡王的奶兄在户部当差，虽然只是个主事，但也不是轻易能得罪的人物啊！

姚神医虽然有将军府撑腰，可这陆家也着实不好得罪，就算明着不怎么样，他们若是暗地里给你使绊子那可是说句话的事儿。再说，皇上年迈，这以后的事情——可真是不好说啊！

这位童县令默默地在心里为姚燕语担心，却不知姚夫人是一个连云瑶郡主都敢得罪的人，哪里会在乎什么郡王爷的奶娘的孙子！

却说那位陆总管走了不过半个时辰，又急匆匆地回来了，这回陆总管也没那么大的架子了，进了窝棚便一路小跑至姚燕语身旁，躬身道："姚神医，我们家公子来了，请您帮帮忙！请您给我们家公子续接筋脉吧。我们家公子过了年还得参加春闱呢，这字若是写不了……哎！姚神医，求您了！"

姚燕语忙完了手上的事情方抬头看了陆总管一眼，淡淡地吩咐："让你家公子去排号！"

"排……排号？"陆总管还以为自己听错了，转头看向童大临。

翠微冷笑道："怎么，你们家公子身娇肉贵，排不得号么？既然要请我家夫人治伤，就得按照我家夫人的规矩来，赶紧去那边排号。"

"不是……这……"陆总管无奈地抹了把脸，朝着翠微拱拱手，"这位大人，请问这后面排了多少号？"

"不多，按照伤的轻重缓急来算，应该还有五百多号吧。"

"……"陆总管差点没晕过去。让他家公子在这种地方排队等五百多号人诊治完了之后？真不知道他家娇生惯养的公子会不会被这些贱民们给熏死。

陆总管到底是察言观色的好手，到了这会儿他已经看出来这位六品女医官要比那位女神医更和蔼些，而且，他认为品阶低些的人都好说话，于是他赶紧朝着翠微拱手："这位大人，求您帮忙在神医面前求个情吧！我家公子已经中了举子，这还有两个多月就要参加春闱了！如今右手骨折还伤到了筋脉，这十年寒窗就要废了……小的看大人乃是慈善之人，求大人行个方便。"

翠微心里暗骂了一句葛海这混球，居然冲着个举子下手。脸上却做出一副十分无奈的

11

一品医女
【完结篇】

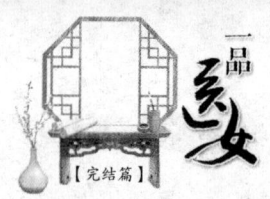

样子来，抬手指了指这长长的一大溜儿临时搭建的窝棚，叹道："我们也想帮你，可你看看这里这些灾民可不是都等着呢？皇上派我们家夫人来济州县赈灾，可不就是为了这些百姓？你看他们吃的没有穿的没有，连家都没了，病了死了都没人管，好不容易皇上体恤他们派了我们来给他们治病，又被你们家公子给截胡了！这若是让皇上知道了……这罪过谁也当不起。你们家公子既然是举子，就更应该懂得亲民爱民，你还是别耽误工夫了，赶紧排队去吧。"

说完，翠微便一转身去另一个伤患跟前准备医治。

陆总管赶紧上前拦住翠微，拱手道："俗话说医者父母心，大人的话十分有理。不如这样，这些灾民伤患在下找人医治，请大人帮忙劝劝姚神医，无论如何先给我们家公子治伤，求求大人了。"说着，陆总管便对着翠微深深鞠一躬。

"哦？您可以找人来给这些人治病？"翠微诧异地看着陆总管，半晌又笑道："你可别蒙我们了，这可是连童大人都没办法的事儿呢。"

"大人放心，在下说到做到。"陆总管为了完成老夫人的使命，不计后果拍着胸脯说道。

翠微又笑道："有医无药也是枉然。难道你能找来跟我们家夫人一样能用太乙神针治病救人的郎中来？"

"这个……大人从京中来，难道没带着药材？"

"云都城又不是药库，再说，那边跟这里一样，也经受了这无妄天灾，医药都缺得厉害，皇上正命大臣们东拼西凑呢。"翠微说着，叹了口气摆摆手，"跟你说这些做什么，你赶紧忙你的去，我们这工夫可耽误不得。"

"哎，别！"陆总管好不容易找到个突破口，岂肯轻易放弃，忙拦住翠微拱手问："小的回去回禀我们家老夫人，愿意捐献一万两白银给县里买药材，如何？"

翠微冷笑："你当我们是三岁的小孩子？一万两银子是不少，可现在各大药铺都关门整顿呢，纵然有十万两银子也没处儿买药去啊。"

"那……"陆总管咽了口唾沫，狠了狠心，拱手问："请问大人都需要点什么药材呢？小的去想想办法？只求神医能救我家公子的前程。"

翠微二话不说回头问香蕴："单子呢？"

香蕴赶紧从袖子里拿出一叠单子来递上去，翠微也不接，只吩咐："给这位陆大总管吧，我们也不好太为难陆大总管，这上面开的药材，陆大总管若是能照着这数儿送来一半儿，我就去劝我们家夫人先给你们公子治伤。"

陆总管正看着那清单上的药材和数量，听了这话心猛地一抽，差点没晕过去——这也太狠了吧？一半儿的数可正好是他家大库房里的存货量啊！

翠微看着这位陆总管一阵红一阵白的脸色，心里偷偷地笑。

那边姚燕语则冷声呵斥了一句："闲聊够了没有？！赶紧做事。"

"是。"翠微忙答应一声，抬手去夺那份清单，并低声斥责："行了，办不到就算了，算我白费口舌。"说着，又不满地补了一句："真是瞎耽误工夫。"

卷四 卿心未央

"哎，别价！"陆大总管心想老夫人说了，只要能治好公子的伤，倾家荡产也在所不惜。不过是些常用药材，凭着陆家的家业还不至于倾家荡产，不过是坏了这次的计划而已，反正留得青山在不愁没柴烧。于是陆总管心一横，仰头道："这事儿包在我身上，请姚神医即刻为我家公子治伤。"

姚燕语从那边转过身来，冷笑道："你不过是个奴才，这事儿能做得了主么？还是回家问问你们主子再说吧。"

陆总管被这句话一激，立刻梗着脖子道："我家少主子就在外边，这么点儿事何须请示老夫人？只要我们家少主子答应了就绝无反悔。"

姚燕语便转头看向童大临："麻烦童大人派人去跟着这位大总管去搬药材吧——啊，对了，刚刚陆总管还说会找郎中来给这些灾民治病？本官替百姓们谢谢你家老夫人菩萨心肠了。"说着，姚燕语居然还微微躬了躬身。

这位陆总管被堵得上不来下不去的，只好转头向童大临说道："县太爷，赶紧跟小的走吧！"

"哎！好，好！"童大临的一颗心忽上忽下的，这会儿都云里雾里了！这京城来的小娘子就是厉害啊，三言两语把陆家囤积的药材全给挖出来了！不费一两银子不说，还给出郎中！这手段实在是妙不可言啊！

事不宜迟，童县令赶紧吩咐人把主簿找来，又命典狱点齐了二十个衙役跟着陆大总管去陆家库房弄药。而他自己则忙跑出去带人把陆家的少主子陆茵陆天祐给请到了伤民棚附近的一栋相对完好的民居里，又叫人架起火盆，准备茶水，简直把这位小少爷当成了活祖宗伺候着。

没办法，这小子能换来上百车千金难求的药材啊！身为父母官，童县令现在看陆茵那简直就是一件绝世珍品，生怕一不小心给打碎了，把他那上百车药材给泡了汤。

姚燕语也不怕陆家人使诈，毕竟也算是当地的大家族，这点脸面应该还是要的。当时便叫香蕈打水洗手，往这边来给陆茵治伤。

陆茵一个十六岁的少年郎，被祖母娇生惯养在深宅大院，吃得最大的苦便是作业做不好被先生打手心。如今骨折筋断，早就疼得死过去几回，这会儿见了姚燕语便如见了观音菩萨一般，乖得不得了，让怎么坐就怎么坐，让把手放哪儿就放哪儿，之前那些吹毛求疵的臭毛病一点也没有了，完全是个乖孩子。

姚燕语也不含糊，认真地给这孩子接好了筋脉和手臂骨，用了随身带来的最好的伤药，连最后包扎的蝴蝶结打得都很用心。哎！姚夫人头一次做这种事儿，总是有些不大心安。

有了陆家给的药材和郎中，伤民棚里立刻换了个样儿，翠微等人也不用亲自动手了，只来回地转两圈儿看着那些郎中给百姓们诊脉开药即可。

晚上，姚燕语用羊肉汤泡着童县令的夫人李氏烙的面饼吃了一大碗，全身的寒气驱散，回到房中，李氏又跟仆妇抬进来一桶滚热的水，姚燕语简单地沐浴过后方换了睡衣躺进棉被

13

一品医女
【完结篇】

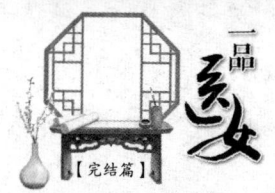

里去。今天白天正好大太阳，李氏把给钦差们的被褥全都拿出来晒了一遍，比昨晚舒服多了。

姚燕语躺在被子里看着帐子顶，想着不知卫章现在在做什么，粮草药材等备得怎么样了，何时才能赶到济州等，想着想着便迷迷糊糊睡过去了。

第二日还是要去伤民棚，虽然有陆家派来的郎中，但姚燕语还是不放心，而且那些郎中用药也远不如她高明。药材得之不易，要物尽其用才行。

这边大事已定，姚燕语便让童县令自去忙别的，而她自己在检查完了重伤重症者之后，中间抽了个工夫，寻了笔墨来给卫章简单地写了一封信。心里大致意思是说自己很好，县衙虽然条件简朴些，但能吃得饱穿得暖，将军无须挂念。另外济州县大户陆家捐了几十车急需的药材，这边的伤病暂时控制住了，请他不要着急云云。

写到后来，姚燕语咬着笔管想来点抒情的，却又是满腹相思不知该如何书写。最后满脑子搜刮了一遍，只把一阕词给借了来写在了最后：

纤云弄巧，飞星传恨，银汉迢迢暗渡。金风玉露一相逢，便胜却人间无数。柔情似水，佳期如梦，忍顾鹊桥归路。两情若是久长时，又岂在朝朝暮暮。

写完之后，自己看了一遍，又笑着摇头，觉得太酸了，想团了重新写，又不忍心。便把心一横，找了个信封把信装进去，拿了火漆封好交给葛海。

葛海见是夫人给将军的书信，自然不敢怠慢，当时便叫过可靠的亲兵把书信交给他，叮嘱道："快马加鞭送到将军手中，切不可耽误。"

亲兵领命，即刻牵了马疾驰而去，离开济州县直奔云都城。

而与此同时，云都城方向正有一批流民拖儿带女地朝着济州县的方向旖旎而行，亲兵的马蹄践踏起来的残雪打在一个一身褴褛的男子脸上，男子转头看了那快马一眼，凤目斜飞的眼神中闪过一丝转瞬即逝的恨意。

"走了走了！天黑之前赶到济州就有饭吃了啊！"一个老者嘶哑地喊了一声。

"是了，快走快走，晚了可就进不了城了。"有个妇人牵着七八岁的孩子随声附和道。众人原本疲惫的脚步因为有饭吃而快些，男子抬手拢了拢散落的一缕脏兮兮的头发，一瘸一拐地跟上了逃难的队伍。

有了陆家给的那几十车药材再加上济州县粮仓里的粮食，童大临终于可以睡个安稳觉了。

姚燕语也清闲了许多，不再着急以太乙神针为伤患者医治，而是只让郎中和几个医女把伤患分为几种，伤风受寒的，因伤高热的，还有吃喝不干净引起痢疾的等，再把病患各自分开区域，统一开方煎药，另安排专人负责。

虽然病患极多，但因为统筹方法得当，再加上陆家给找来的那些郎中都仰慕国医馆医女们的神奇医术，想着能偷师学一点也是好的，一个个干得相当认真卖力。而姚燕语又天生不是藏私的性子，有人想学习，她便倾囊相授，如此，上午姚院判问脉的时间便成了他们最

卷四 卿心未央

喜欢的时候，跟在身边只听医女们跟姚神医的问答，便能大受裨益。

且事情一经传开，更有一些别家药铺的坐堂先生偷偷跑来听讲学习。如此一传十十传百，至第四五日时，小小济州县数得着的三十几名郎中便到齐了。

姚燕语见状，索性让这些人按照自己所长分组，给不同区域的伤患诊脉开方，然后鼓励他们大胆地说出自己的诊断结果，她再一一加以评述。

童大临这人也挺有意思，他见姚燕语很喜欢给这些人讲医，而那些郎中们又听得带劲儿，干脆命人在伤民棚旁边搭起了帐篷高台，专门给姚燕语讲课用。

姚院判一身二品医官袍服站在高台之上侃侃而谈，对每个人书写的脉案及药方都做出极其精辟的评判，有肯定也有批评，而且句句直中要害，让人心服口服。

又有一些不是郎中的人赶来凑热闹，便有喜好丹青笔墨的人偷偷地把姚夫人这神情姿态付诸笔墨。这幅丹青经画者回去后稍加润色，便被风流名士重金买去，之后又经过上百遍的临摹修饰，几十年之后，终成为大云朝百姓们家家悬挂、日日香火供奉的医仙。此是后话，此处不宜赘述。

姚夫人一时兴起，给济州县的郎中们上了精辟而深刻的一课之后，便在济州县掀起了一股习医的风潮。尤其是那些家境尚可却投上无门的人家，好像是找到了一条通天的捷径一样，纷纷打听姚院判可还再收学生，他们家的长女次女幺女等天资聪颖，愿追随夫人，虚心研习医术。往大了说是兼济苍生，往小了说最起码能保一家人平安康泰。

这是姚燕语始料未及的，但却又是意外的惊喜，于是便让翠微暂且把这些人的名字记下来，又说等回去奏明皇上，等皇上准国医馆在济州县设立分学了再欢迎这些人来报名。

却说这边童大临正竭力地劝说众人各自回去重整家园，等家园修好了，大难过去了，明年春暖花开之时，说不定皇上就能批下咱济州县国医馆分学来，到时候大家再来报名不迟云云。

众人散开，童大临刚牵着袖子擦了一把汗，还没来得及感慨，便听主簿大人匆匆来报："大人，城北又来了一拨灾民，不是咱们济州的百姓，像是从帝都城郊长途跋涉过来的。"

童大临立刻瞪眼："我济州就那么点存粮，这已经收容了两万多难民了，再收，咱们都得去吃树皮了！"

"可是，大人……"主簿舔了一下干裂的嘴唇，为难地说道，"这些人已经到了城外，我们也不能强行赶走啊！"说完犹豫了一下又补了一句，"也不能眼睁睁地看着他们饿死在济州县城之外吧？"

"每天每人只给一碗粥。"童大临狠了狠心，好像那一碗稀粥是他的心头肉一样。

"好嘞。"主簿答应一声，赶紧下去安排去了。

童大临则转身拱手道："请姚大人先去休息，下官也过去瞧瞧。"

现如今灾民的事情就是大事，等闲忽视不得，姚燕语便微笑点头："大人尽管去忙，不用顾虑本官。"

15

一品医女
【完结篇】

待童大临走了之后，翠微忙上前劝姚燕语："夫人去后面休息一下，喝杯茶吧。咱们派去京城送信的人回来了，将军有书信给夫人。"

"嗯。这边你盯着点。"姚燕语转身去了后面临时搭建起来的茶室。香薷细心，来的时候自带了一斤姚家茶园里的茶叶，所以即便在这种破屋烂瓦之下，姚夫人也能喝一口可心的热茶。

半夏把卫将军的亲笔书信递过来，姚燕语茶也来不及喝便撕开信封，拿出里面雪白的信笺展开来读。

卫将军的字银钩铁画分外有力，只是字里行间却透着极大的无奈。原来朝廷已经征集了一部分粮草和药材，因为收到姚燕语的书信知道济州这边药材暂时够用，姚远之便命人把先筹集起来的粮食药材送往没有钦差赈灾的州县。

其实卫章也知道，像济州还有恒郡王憬郡王亲自前去督促赈灾的州县肯定要比那些没有钦差的地方要好过些，虽然大灾之下，不管是大户还是贫民，都深受其害，但地震不是水灾火灾，粮食草药什么的却不会被烧掉也不会被冲走，挖开那些坍塌的库房，吃的喝的还是会有的。只看县里的官员如何跟那些富商大户协调罢了。

就像济州这样的地方，童大临不敢得罪陆家等，但姚燕语一来便有办法。而其他州县就不一定了。为天下百姓计，姚远之的方略是正确的。但如此一来，卫章来济州的行程便会再拖几天。

姚燕语看着卫章字里行间对老岳父的些许微词便忍不住轻笑，看到最后，卫将军居然也有一首词，却不是什么名家手笔，而是他一个完全不懂风月的家伙胡诌的，字句虽然对仗不工整，但勉强押韵：一日不见隔三秋，两日不见愁白头，待到他日终相见，淋漓酣战再无休。

看前两句还有点谱，待看完第四句时，姚燕语忍不住啐了一口，低声笑骂了一句："这个流氓。"便把信笺折叠起来塞进了信封丢到了茶桌上。

且说这日，童县令在姚燕语住的屋子里落座，并喝上了姚家茶园里自产的香茶。

童大临知道这位姚神医不是那种难缠的人，也不好绕弯子，便直接说了来意："姚大人坐镇济州，许多灾民都慕名而来，想求姚大人神医祛病。虽然那些人不是下官辖下的百姓，但下官看着也着实不忍。还请大人拿个主意。"

姚燕语轻笑道："听大人这意思，我还得出去给这些灾民治伤治病了？"

"呃……"童大临被姚燕语微笑着看，顿时有种无所遁形的感觉，自己那点小心思怎么看都有点龌龊了，于是忙赔笑道："若是大人实在疲劳也没办法，只请大人手下的几位医女露个面，也是好的。"

姚燕语又淡淡地笑着摇了摇头，说道："不如这样，若那些灾民里实在有重伤重病难以医治的，就请童大人把人接进城里来找一处所安置一下，我带人过去给他们医治。这件事情我会单独写奏折给皇上，为大人请功。如何？"

卷四　卿心未央

"大人是赈灾钦差，下官唯大人之命是从。"童大临本来是不愿意放这些人入城的，但姚燕语说专门写奏折给他邀功，这还有什么话说？当然是照办了！他辗转到了五十来岁才熬到一个县令，求的不就是升官么！

"大人言重了，应该是我们同舟共济吧。"姚燕语脸上带着微笑，心里把这老头给骂了个头臭！这家伙虽然良心未泯能为百姓办点事儿，但说到底还是个老官油子，太油滑了！

翠微看着童县令的背影掩在院门之外，方盼咐香蕾："把这只茶盏拿出去送人吧。"

香蕾答应着拿了童县令用过的小盖杯出去了。姚燕语看着翠微气呼呼的样子，轻笑道："你又何必朝着那哑巴物件儿发脾气？"

"明明是他们不愿意救济那些外地来的灾民，又怕那些人饿极了砸城门强进来，却来算计夫人。夫人也真是太好脾气了。"翠微生气地说道。

姚燕语笑道："咱们本来就是为了赈灾才出来的，济州的灾民和外地的灾民对咱们来说又有多大的区别？可童县令就不一样了。救本县的灾民是他的职责所在，而且安置好了他还能邀功。而那些流民不过是临时过来吃吃喝喝，等灾情过去就四散而去了，于他来说只是个麻烦，况且粮食药材都紧缺，他自然不愿意多管闲事。"

翠微听了姚燕语的话，心里的气算是平了些，但依然不高兴："反正他就是个沽名钓誉之辈。"

"你呀！在国医馆当差这么久了，现在好歹也是个六品医官。怎么一些事情还看不开？有些人，能沽名钓誉也是好的，最起码这种人还要脸。就怕死皮赖脸的那种，连祖宗的脸面都不要了，只知道搜刮贪婪，那才无耻呢。"

"夫人说得是。"翠微无奈地叹了口气。

"好了，打起精神来，看看咱们还有多少急用药，童大人今晚就会组织人去查看城外的灾民，说不定明天就会有大批重伤重症者被送进来医治，我们又得忙了。"

"刚清闲了一天，又要忙了。"半夏扁了扁嘴巴。

"说什么呢？难道我们来这里是为了游山玩水的？！"姚燕语轻声斥责了一句。

半夏吓了一跳，吐了吐舌头赶紧跑去清点药品了。

还好童县令办事比较靠谱，第二天并没有大批的重伤重症者进城，反而是童县令亲自带着几个郎中出城去了，他说了，只有真正的重伤重症才能进城请姚神医医治，头疼脑热什么的直接喝点热汤药发发汗也就好了。

童县令还说，姚神医是给陛下治病的人，谁若是无缘无故地麻烦她老人家，只怕福薄承受不起，那是要遭天谴的。这话说出来，很多百姓便胆怯了。毕竟"天谴"一说在这个年代还是很能唬人的。

如此，经过一天的筛选，童县令从城外的灾民中选了一百五十多个的确是重伤不能动弹的灾民，命人抬了门板来把人给抬进了城中，安顿到伤民棚。通过这几天的医治，伤民棚里已经有不少人被家人接回去养着了，是以空地儿还是足够的。

17

而且为了遣散城外的灾民，童县令还发出命令去：愿意往南边去的，本县可赠送糙米一升。若非要留下来等施粥的，说不定以后粮食少了，每天的粥也只能是稀粥加菜叶了。

如此，有些淳朴的灾民便愿意领了糙米继续往南，毕竟这济州县也是灾区，再靠下去也没什么好事儿了，干等下去，恐怕早晚也是个饿死。有这一升米垫底，总能走到下一个县城了。

第二章

第二天，济州县的县衙班子兵分两路，童县令亲自带着典狱去城外分米为灾民送行，县丞勐谦公和主簿建川公则留下来陪着姚燕语给新抬进来的那些灾民治伤看病。

姚燕语依然按照之前的规矩，先从有生命危险者开始，挨个儿诊脉，施针，开药。身后跟着香薷和乌梅两个打下手。翠微现在医术也很是精进，便跟姚燕语分开，自带着半夏和麦冬给较轻者医治。

忙活了大半天的时间，翠微有些累了，便直起身来活动了一下胳膊，无意间转头看见隔着三四个病患的那个人正盯着姚燕语看得出神，那眼神太过执着，怎么看都透着蹊跷，于是翠微走过去问："你哪里受了伤？"

那人收回目光看了翠微一眼，张了张嘴巴，没发出声音，又举起缠着布条的胳膊比画了一下，翠微根本没看懂，于是伸出手去说道："把手伸过来，我给你诊脉。"

"啊……啊……"那人张着嘴巴发出嘶哑的声音，扭着身子躲到一旁，拒绝让翠微诊脉。

"嘿！你这人怎么这样？你到底有没有病？！"翠微不悦地瞪着这人。

那边姚燕语听见动静回头看了一眼，说道："你先忙别的，回头我给他看吧。"

翠微没有多想，便转身回去继续给刚才排到号的伤患诊脉。

姚燕语则刚好看完一个伤患，便转身走了过来，低头看着那个瘦而高的男子。那男子却低下头去，用一头乱发遮住了脸。姚燕语也没心思看他的脸，便道："手伸出来。"

男子伸出手，姚燕语抬手搭在他的脉搏上，片刻后叹道："你受了风寒，引发了感染。之前好像也有宿疾？你这身子真是差极了，需得好好调养才行。"

"啊啊……"男子嘶哑的声音如磨砂一般，叫人听了十分地不舒服。

"你想说你嗓子不舒服？你张开嘴巴给我看看。"姚燕语命男子抬头。

男子犹豫了片刻，终于抬起头来，却闭着眼睛张开了嘴巴。

姚燕语看他的喉咙里都已经溃烂，便轻声叹道："你这嗓子再不用药只怕要毁了。"说着，便吩咐香薷："把我们的伤药粉拿一点用直筒卷起来给他吹到嗓子里一点。"

香薷答应着，挑出药粉来找了张白纸卷在里面，可给一个男子往嗓子里吹药实在有些

卷四 卿心未央

不妥，于是香蕎转身喊了一个亲兵过来，把纸筒递给他："你来。"

亲兵过来，把那纸筒放在嘴里，对着那男子的嘴巴呼的一吹，药粉便扑进男子的嘴里，大多都落在他的喉咙处。药粉扑在溃烂的伤口上有些微的刺痛，男子一时有些受不了，便抬手揉脖子。

姚燕语便道："你别揉，忍一会儿就好了。"

男子摇了摇脑袋，目光瞥过姚燕语的脸，点了点头，又把头埋在怀里。姚燕语忽然一阵恍惚，觉得这眼神似曾相识，于是她下意识地伸手指着男子说道："你抬起头来！"

那男子的头低得更低，支支吾吾地还使劲地摇头。姚燕语却越发觉得可疑，因道："我叫你抬起头来，你没听见？"

见那男子沉默不语，姚燕语又冷声道："你有什么见不得人的事情吗？怎么连头都不敢抬起来？"

旁边的亲兵听他家夫人生气了，便抬手捏住男子的下巴猛地往上一掀，怒道："我家夫人让你抬起头来！你他娘的是聋子啊？！"

男子的狭长的眼睛里飞快地闪过一抹恨意，姚燕语却猛地一下想起这特有的阴寒冰冷却又令人捉摸不透的目光是属于谁的，于是失声道："是你！"

亲兵一听姚燕语认识这人，不由得一愣。也正是这电光石火间的愣神便给了男人反手的机会。他忽然抬脚把亲兵踹开，然后一跃而起扣住了姚燕语的脖子。

"你娘个腿！"亲兵冷不防吃了一脚，已经火冒三丈，再看这厮居然扣住了他家夫人的脖子，更加怒不可遏，一边跳起来的同时已经拔剑在手，长臂一挥指住了男人的咽喉："放开我家夫人！"

呼啦啦——葛海和其他的亲兵一起围了上来。八个人纷纷拔剑，剑尖指着男子。葛海阴狠地吐了口唾沫，骂道："我操你八辈儿祖宗的！快放开我家夫人，不然老子剁了你喂狗！"

县丞和主簿两个大人顿时傻眼，这人不是快死了的难民吗？怎么转眼就成了刺客？这……唱的哪一出啊！

男子扣着姚燕语的脖子，不言不语，目光却如刀锋一样扫过葛海及每个护卫。他的意思很明显，这些人但凡往前凑一步，他就扭断姚燕语的脖子。

而这一瞬之间，姚燕语的心里也是千回百转，想了很多。

她想到了左手手腕上的袖箭，也想到了右腰侧里藏着的火枪，但下一刻就知道这两样东西现在都帮不上自己，因为只要她一动，这个亡命徒就会立刻要自己的命，尽管他病得很重，而且好像很久都没吃饱饭了，但他占住了先机，扣住了自己脖颈最脆弱的地方，他想要自己的命也是易如反掌。

然后姚燕语便想到了卫章，想起临行前他细细的叮嘱，又暗自庆幸他因为粮草的事情没能及时过来。否则以他的性子，肯定会跟这亡命徒拼命。

一品忤女 【完结篇】

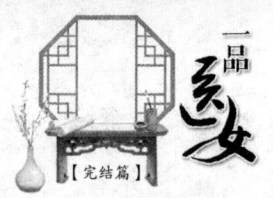

"崖俊？"姚燕语默默地调动内息，让自己的声音不见一丝起伏，平静地镇住在场的每一颗慌乱的心。"哦，不对。你不叫崖俊。你是高黎族三王子。我应该叫你朴公子对吧？"

朴坼的手用了用力，把姚燕语往自己怀里带了一把，示意她闭嘴。姚燕语偏生不理他且轻笑一声，说道："你这人还真是没良心，我刚给你治病，你就这样对我，怪不得你们高黎族人会被灭族。"

"闭嘴！"朴坼嘶声喝道。

"你放开我，我准他们不杀你，留你一条活路。"姚燕语继续说道。

"哼！"朴坼从鼻孔里哼了一声，扯着姚燕语便往外走。葛海几个人碍于姚燕语的安全不敢轻举妄动，只好亦步亦趋地跟上去。

"快！快来人！拦住这个刺客！"县丞勐谦公还没搞明白朴坼的身份，只得以刺客呼之。

"不是刺客！是叛贼！高黎族叛贼！来人！一定要把这叛贼拿下！"主簿刚才听得仔细，搞明白了朴坼的身份。

受伤的灾民们哪敢动弹，一个个生怕白送了性命，纷纷退让至角落。对两位大人的呼叫听而不闻。

伤民棚本来只是给无家可归的灾民养伤的地方，都是些老弱病残，根本用不着部署兵丁。就算有几个跟班儿的，听见县丞和主簿的呼喝，也只能是干瞪眼，他们这些人欺负欺负老百姓还行，真正对上朴坼这样的亡命徒也只有认怂的份儿。

朴坼揪着姚燕语很快撤出伤民棚到了外边的大街上。大街上虽然还是一片破败，但却比伤民棚里宽敞了许多。辅国将军府的八个护卫呼啦一下又围成一个圈，纷纷仗剑而立。

葛海怒斥道："朴坼！我劝你识相点，我家夫人说了，你此时罢手还能饶你一条性命，你若是执迷不悟，怕是死无全尸！"

朴坼冷笑一声，给了葛海一个不屑的白眼，然后低头凑近了姚燕语的耳边，深深地吸了一口气，一脸的神往。

葛海觉得自己的胸腔快要爆炸了！这混蛋若是敢轻薄了夫人，回头他必须提头给将军谢罪。

"朴坼！你个亡命徒丧家犬！你劫持个女人算什么本事？你他娘的有种劫持老子！老子跟你走！"葛海怒声骂着，又把朴坼的祖宗八辈儿拉出来招呼了一遍。

朴坼冷笑着摇摇头，抬手从靴筒里抽出一支雪亮的匕首搭在姚燕语的脖子上，嘶声说道："让开！"

眼看着那匕首锋利的刀刃在姚燕语白皙如玉的脖颈上蹭了一下便渗出大颗的血珠，葛海又嘶声喊道："你他娘的先把刀拿开！"

朴坼低头看了一眼姚燕语脖子里雪白的狐毛蹭上的一点血珠，又低低地笑起来，慢慢地俯下头去，把白狐毛上的血珠舔到嘴里，细细地回味。

"你个狗娘养的！"葛海一双眼珠子几乎瞪出来。

卷四 卿心未央

朴坼则淡淡地笑了笑，手里的匕首在空中一划，指向葛海："让开。"

葛海没办法，只得一步一步地后退。朴坼以胜利者的姿态控着姚燕语一步一步地往前走，同时，又笑道："听说你有一匹好马，叫'桃天'？"他的声音如破锣般嘶哑，但好歹能有声音了，可见那药粉的疗效有多神奇。

姚燕语冷哼了一声，没说话。

"牵马来！"朴坼又朝着葛海嘶吼。

葛海朝着身旁的人打了个手势，有人果然牵了一匹马过来。葛海拉着马缰绳凑上去，压着心头的怒火，说道："把我家夫人放开，马给你。"

"做梦！"朴坼忽然上前，猛地抢过马缰绳。

姚燕语却趁着他倾身的机会忽然一转身，抬脚在他的腿窝上踹了一脚。然后以非常快的速度往一侧跳开。

这是卫章曾经教给她的逃跑步法之一，卫将军曾经在闲暇时候教过他，腿窝是人身上比较软弱的地方，经不起重击。踹的时候一定要狠，然后跑得一定要快。

只是她快，朴坼也不慢。况且她姚燕语之于朴坼来说是唯一的救命草，朴坼自然是万般防范，不会让她轻易逃脱。

朴坼腿窝吃了一脚，整个人往一侧趔趄的同时，一把抓住姚燕语的衣角，猛地一下把人又拉了回来，然后迅速转身，一把又掐扣住了她的脖子，而且是狠狠地掐。

"咳咳……"姚燕语只觉得一阵气闷，全身的力气顿时被卸去了一半儿，再也挣扎不得。

"放手！你个混蛋！"有个护卫实在忍不住了，挺剑刺向朴坼的侧腰。

朴坼扣着姚燕语，忽然一转身，竟以姚燕语做盾牌去挡那护卫的利剑。

"混蛋！"葛海吓得魂儿都飞了，忙挥剑上前挡开了那护卫来不及收住的长剑，并怒声骂道："你要害死夫人吗？！"

那护卫已经万分后悔，此时被葛海一骂，只憋得满脸通红不敢吭声。

"算了。"姚燕语朝着葛海摇了摇头，说道："不怪他。"

朴坼却冷笑着瞄了那护卫一眼，单手控着姚燕语，另一只手拉过马缰，然后手臂用力把姚燕语丢到马上去，他自己随后也翻身跳上了马背。狭长的狐狸眼里闪过一丝胜利者的得意，消瘦的下巴一扬，哑声道："识相的就让开！"

葛海不得不再次妥协，不过他也有他的想法，这匹马跑不快，他凭着自己的功夫想追上去还是很容易的。而且待会儿这混蛋策马逃跑，夫人被他护在前面，他的背后便门户大开，到时候就可以从后面放弩箭射死他了。

随着葛海的一摆手，拦着去路的两个护卫往两边各自闪开，给朴坼让开了一条去路。

"救下姚神医！不要让这逆贼逃走！"县丞大人终于反应过来，若是这钦差在济州县被害，皇上怪罪下来恐怕谁也活不成！

葛海正一肚子火没处发呢，见这家伙出来捣乱，直接一个眼神杀过去，怒声斥道："闭

嘴！"

县丞一个文官，哪里见过葛海这样的凶悍之人，顿时吓得往后退了两步，差点没坐在地上。

葛海转头看着朴坏一手揽着姚燕语，一手牵着马缰策马而去，便反手从身后拿出了他的轻型弓弩，然后抽出一支精钢弩搭在弓上，准备射向朴坏。

孰料朴坏的后背像是长了眼睛，身子往一侧一闪，在葛海发射之前把姚燕语搬到了背后，并一把扯开腰里的蓝布腰带往后一搭，把姚燕语困在了自己后背上。

"狗日的！"葛海怒骂了一句，收起强弩，纵身狂奔直直地追了出去。

没追出多远，迎面有一黑色的铁骑疾驰而来，马上之人一身玄铁铠甲，手中长枪一挥拦住了朴坏的去路："站住！把人放下，或可留你全尸！"

"将军！"葛海看清来人之后，惊呼一声，手中弓弩再次举了起来。

"朴坏！你我之间的事情是男人的事，把我夫人放开，你要怎样都好商量。否则——我今日定将你碎尸万段！"卫章一人一马拦在街头，横眉冷对，气势冲天，硬逼着朴坏往后退了十几步。

朴坏嘶声大笑："卫章！卫大将军！不错，你是个男人，有本事来把你的女人救回去啊！哈哈……咳咳……咳……"

姚燕语侧头看见对面的卫章，心头一暖，却也没来由地一阵惊慌。她知道卫章为了自己什么都会答应，而她最怕的就是他这样。

因为姚燕语在他的手上，卫章便懒得跟他废话，手中长枪一指，冷声喝道："你要怎么样尽管说！我只要我夫人。"

朴坏冷笑着摇了摇头，哑声叹道："都说卫章冷酷无情，是大云朝的第一悍将，被誉为战场上的'战神'！怎么？如今为了一个女子，居然肯妥协到如此地步？这大云的'战神'居然成了情圣了？"

"少废话！"卫章狠狠地瞪着朴坏，胯下黑狼又往前逼近了几步。

朴坏忽然扯开身上破烂的衣裳，露出胸膛。然后单手扬起火折子朝着卫章晃了晃，冷声道："你再往前一步，我就跟你的夫人同归于尽。哈哈……黄泉路上有如此妙人相伴，想来也不会寂寞！"

卫章见状不由得倒吸一口冷气，一手勒住马缰绳不再往前一步。

那混蛋的怀里居然绑着四个管子，那东西做得有些像二踢脚，但比二踢脚大了两倍，足有小孩儿的手臂粗细。这玩意儿别人或许不认识，但卫章却知道厉害——那里面装的是大云朝研制出来的最新武器，威力无比，这么四根管子足以把这条街道夷为平地！

姚燕语此时被绑在他的身后挡冷箭，却是半分也动弹不得。只得朝着卫章大声喊："你不要过来！不要听他胡说！不要被这疯子蒙蔽了！"

"闭嘴！"朴坏手里的火折子往后一戳，差点戳到姚燕语的眼睛。

卷四 卿心未央

卫章顿时大怒，却也不敢冲动。只能强压着心中的怒火，朗声说道："朴坼，这世上没有什么事情不可以谈。说说你的条件吧。"

"我的条件很简单。"朴坼冷声哼道，声音依然沙哑得宛如破锣，"就是你去死。我要用你的血祭奠我大高黎人数万亡灵！"

此言一出，所有人包括卫章也愣住了。

朴坼咬牙环视四周的护卫亲兵，最后目光又落到卫章的那张冷峻的脸上。这张脸他梦到过千百回，每一回都是夜半惊魂的噩梦！

这个人屠杀了他的族人，并且赶尽杀绝把他逼到了死路。他身为高黎族的王室后人，纵然复国无望，也要在临死之前把这个屠杀高黎族百万生灵的魔鬼拉到地狱里去。

"好！"卫章一愣之后，冷笑着眯起眼睛："你先放了我的夫人，我即刻自戕在你面前。如何？"

"好啊！"朴坼闻言仰天大笑，那笑声仿佛一群乌鸦过境，令人闻之胆寒。他笑够了方用拿着火折子的那只手指向卫章，"你先在你的胸口上插一刀，我立刻就把你夫人放下马去，如何？"

"一言为定。"卫章说着，翻身下马，把手中长枪挂在马鞍上，抬手抽出一把短匕。

"不要！不要啊！"姚燕语看着卫章一脸的冷漠，顿时魂飞魄散，这混蛋该不会真的给自己的胸口一刀吧？

"哈哈哈……"朴坼嘶声笑着一边用匕首割开绑住姚燕语的那条破布拧成的腰带，一边幽声叹道："姚夫人，你找了个好夫君啊！居然肯为了你去死！真是感人心扉！"

腰带解开，姚燕语猛地抬手推开朴坼的肩膀，转身就要下马。只是朴坼岂容她下去？探手扯着她的衣领又把人拎了起来。

姚燕语只觉眼前一阵晕眩，等恢复清明时又发现自己被这混蛋拎着衣裳悬在一侧，她仰面朝天，脑袋离地不过尺许，腰弯得很疼，使劲踮着脚也无法着地，她伸出手去试图撑住地面，却被朴坼用力一甩，整个人又被横在了马上。

"你大爷的！"姚燕语只觉得肚子里一阵翻滚，硬邦邦的马鞍子卡在腰腹之间，一阵奇痛袭来，险些让她吐出来。

而朴坼却不管她的死活，只嘶声催促卫章："你倒是插啊！怎么，后悔了？"

卫章冷声道："你先把她放下。"

"哈！"朴坼好笑地看着卫章，抬起手里的火折子吹了吹，吹出一团明火，另一只手把匕首翻转，用一根手指挑起姚燕语脖颈处的一缕碎发，慢慢地把火折子凑了上去，并得意地笑道："我数三声，你若还不动手，我就让你的夫人变成秃子！你说——大云朝的女神医一头乌发被烧成秃瓢儿，会不会很好玩儿？"

"你个丧心病狂的疯子！"姚燕语闻言心中一阵恶寒。

"一！"朴坼已经开始数数，根本不理会姚燕语的谩骂。

23

一品毒女
【完结篇】

"疯子！放开我！混蛋！王八蛋……"姚燕语一听朴圻数数，立刻拼命地挣扎起来。

吱啦一声轻响，空气中弥漫着焦煳的味道，却是姚燕语的一缕青丝被烧着了。

"不许伤她！"卫章厉声怒喝。

"乖乖别动就伤不到，若是不听话……"朴圻手里的火折子又往姚燕语的发髻跟前凑了凑，然后哑声低笑，笑声宛如鬼魅。

"二！"朴圻得意地笑着，眼睛里的恨意已经疯狂地燃烧，试想一下征战沙场所向披靡的卫章就这样措手无策地在自己面前自戕，那将是多么痛快的一件事情！

"将军！"葛海看着卫章举着匕首对准了自己的心口，顿时觉得头皮发麻，全身的汗毛都竖起来了。此时此刻他恨不得那个疯子朴圻和姚燕语同归于尽，也不要看着将军这样。

这是对武将的莫大羞辱！自此后，纵然将军不死，又将如何面对三军将士？一个为了女人而甘心自戕的人会是文人墨客笔下称颂的情痴，却也是沙场上被人唾弃的白痴！

"不要！"姚燕语嘶声吼了一声，身体里所有的力量猛然间爆发，甚至超出她自己的控制，猛地一个鲤鱼打挺，挥手打掉朴圻手中的火折子，硬生生从马上滚了下去。

朴圻万没想到一直在自己控制之中的女人会有如此大的力气。但等到他反应过来的时候已经太晚了。

姚燕语落地之后并没有停顿，而是迅速拔出藏在右侧腰间的火枪，同时另一只手则抓过那只落在地上的火折子，一挥手火苗突起，她想也没想就点了火枪上的火引子，然后对着朴圻就扣动了机关。

人在绝境中爆发出来的力量绝对不可估量。此时的姚燕语正是如此。她知道朴圻以自己为诱饵，卫章可以做出一切疯狂的事情，包括往自己的心口上捅刀子。

她没得选择，这就是她的绝境。因为她不能让卫章死，更不能让战神一样的男人成为全天下的笑话。那是她心爱的男人，为了他，她可以坦然地面对死亡，没有他，她将生不如死。

所以她身体里的所有潜能汇聚在一起，能量瞬间爆棚！她挥手打开火折子，滚下马，拔出火枪，点火，扣动机关。一系列的动作一气呵成，只在眨眼之间便已经完成。

砰！

一声巨响之后，整个世界都归于安静。

血雾漫天人眼迷，红雨丝丝鬼见泣。白浆四射腥风疾，繁花万朵压枝低。

"燕语——"卫章嘶吼一声跪在了地上。

刚刚那一瞬，骤然炸开的一团血雾迷了所有人的眼睛，卫章心神俱裂，完全分不清炸开的那团是朴圻还是姚燕语，下意识地，他以为两个人真的都被炸死了。

卫章看不清楚，葛海在一侧却看得清清楚楚，他看见姚燕语从身上拔出一个不知是什么的怪东西，随便用火折子那么一点，然后就一声巨响，端坐在马上的朴圻的脑袋瞬间就万朵桃花开了！

"夫人！"葛海急忙冲上去把躺在地上的姚燕语拉起来，"夫人你没事吧？！"

卷四 卿心未央

那边卫章听见葛海的这声询问，顿时升起无限希望，急忙爬起来趔趔趄趄地冲了几步，上前把姚燕语拉进怀里，连声叫着她的名字："燕语！燕语……"却多一个字也说不出来。

"嗯……"姚燕语痛苦地哼了一声，想动动胳膊，却发现右臂又痛又麻完全失去了知觉，甚至连肩膀的右半边身子都跟着痛得要死，"这什么破玩意啊，痛死老娘了……"

卫章闻言一怔，忙低下头看怀里的人，确定这声音是从自家夫人的嘴里发出来的，便如闻仙音，一阵狂喜，一边把她从头摸到脚，一边连声问："哪里疼？伤到了哪里？胳膊？还是腿？头？"

"唔——打中了吗？"姚燕语却关心另一件事。

"什么？"卫章跟个二傻子一样跪坐在地上。

"那个疯子怎么样了？死了吗？"姚燕语挣扎着去找朴圬的尸体。

卫章忙抬手摁住她的后脑勺不让她回头看，并低声说道："他死了，你放心。"

若是让她看见那个脑袋被打爆的家伙，不知道还能不能吃下饭去？事实上就像是葛海这样的人面对这样的场景也觉得有些受不了。

而随后赶来的县丞主簿以及匆匆赶来的县太爷早就晕的晕，吐的吐，被手下扶了下去。翠微香薷等人更是转身吐成一团。姚燕语之所以没听见动静，是因为刚才那一枪太响了，她的耳朵里到现在还嗡嗡地响着。

卫章把姚燕语抱起来大步离去，临走之前吩咐葛海："把这里处理干净。"

葛海一挥手把护卫招过来，众人先把朴圬的无头尸体抬走，又命人抬了水来冲刷街道。

百姓们早就吓破了胆抱着脑袋蹲在地上围成一团不敢乱动，府衙的差役们有大胆儿的被差遣去抬水打扫，而葛海则拎着长剑往难民棚里去。他不相信朴圬是一个人，难民棚里一定有他的同党。

"将军，说不定那些人已经闻风丧胆，早就跑了。"

"没关系，大将军绝不是一个人来的，此时济州县县城已经被死死围住，这次我们要一只苍蝇腿都不能放过！"经过此事，葛将军身体里的暴虐因子彻底被激发起来，发誓不把这些该死的高黎奴杀个干净决不罢休。

卫章带着姚燕语回到县衙内宅，李氏见一个健壮的男人一脸锅底色抱着一身血污的姚夫人进来，先是吓了一跳，之后又见翠微等人匆匆回来，问过后才知道那是神医的夫君辅国大将军，一颗心放在肚子里，忙亲自去准备热水。

翠微等人也不敢闲着，有的过去帮忙，有的则匆匆洗了手去给夫人找衣服换。此时的姚夫人发丝凌乱不说，头发还被烧焦了一大绺儿，玉白色锦袍上除了泥污就是血点子，要多狼狈有多狼狈。

重新梳洗过后，姚燕语被卫将军捧到床上裹了棉被，而换下来的那身脏衣服早就被翠微拿出去烧了。

卫章也脱了铠甲简单地梳洗过才进来，看见姚燕语裹着被子靠在床上发呆，便叹了口

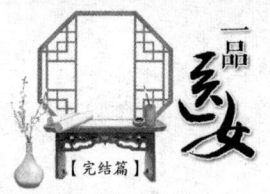

气靠过去，伸手摸了摸她的额头，皱眉道："怎么出了这么多汗？还害怕？"

事实上姚燕语直到现在才缓过劲儿来，裹着被子出了一身的冷汗，贴身的中单都湿透了。她从来没开过枪，当时那种情形若不是逼急了她肯定也不敢开枪。她可不能保证一定会打死朴坏，再说，谁知道那波斯货到底保险不保险，万一打不死疯子，自己却成了肉泥呢！

卫章关切的话把姚燕语心底的恐惧激发到极点，她顺着卫章的手，嘤咛一声投进他的怀里，啥都没说，直接呜呜地哭了起来。

她这一哭，卫章倒是没了主意，忙把人连被子一起抱进怀里轻轻地拍着哄，卫将军搜肠刮肚，哄孩子一样地唠叨着，无奈怀里这个还是一直哭，情急之下灵光一闪，又问："对了，你用来打死那个疯子的东西是什么神器？好大的威力啊！"

"枪。"姚燕语果然止了哭声，一边把泪都擦在将军的衣服上一边哽声说道。

"什么枪？还能发射火药？"卫章心想枪么，本将军也有一杆啊，横扫大漠，打遍北疆，从无敌手。

"不是火药，是子弹。"姚燕语又抹了一把眼泪，说道，"不是你那种长枪，是火枪，也叫火铳。"

"火枪？火铳！"卫章忙把人从怀里拉出来，惊讶地问，"你哪里来的这玩意儿？"

姚燕语便把那把波斯火枪的来历一五一十地跟卫章说了，恰好护卫把姚燕语丢在地上的那把火枪捡回来给送过来，卫章从翠微手里接过这个神奇的小东西左右摆弄了一会儿，发现这玩意可比自己费了九牛二虎之力弄的那些火炮强多了。于是叹道："波斯国人就是奇技淫巧，造出来的这玩意儿还真是精致。这么小，居然有那么大的威力？"

姚燕语抬了抬依然酸痛的胳膊，叹道："还说呢，这玩意差点废了我这条胳膊。"

"胳膊还疼？"卫章闻言立刻把火枪放到一旁，把姚燕语身上裹着的被子掀开去给她揉胳膊，却发现她一身的汗，把贴身的单衣都湿透了。于是又去拿了一件来给她换上。

"啊——好疼，你慢点！"姚燕语的胳膊往袖子里一伸便觉得一阵抽痛。

"是不是伤到了骨头？"卫章看着姚燕语疼得惨白的小脸，皱眉问。

"不会的，可能只是摔下马的时候扭伤了。"骨折是没有，可能有些骨裂。姚燕语对自己的胳膊还是有数的，不说只是因为不想让卫章担心。

卫章伸手去捏她的胳膊，低声说道："我看看，扭到了哪里？"

"别。"姚燕语赶紧扭身躲开，如果是骨裂了，被他一捏一准变骨折，"你那手劲儿我可受不了，只要不碰还不算太疼。我们还是说说话吧。对了——你怎么这么快赶来了？粮食和草药也运来了吗？"

"没有，朝中大臣联名弹劾丰宰相府结党营私，皇上一怒之下派锦麟卫查抄宰相府，找到了宰相府的一个暗势力名单，这些人是宰相府养的武士，是丰家的爪牙。通过对他们的审讯，锦麟卫找到了丰家在城郊修建的地窖，说那里养着的是有利用价值的棋子。我想所谓的'十'号必定在那里，便和云琨带人去清剿，然后我们把那里翻了个底朝天都没找到朴坏。"

卷四　卿心未央

卫章一边说，一边拉过被子再次把姚燕语裹住。

"不过通过一番严查，我的人得到消息说有一批灾民从京郊迁徙至济州，我想这里面十有八九混着朴坼，不然那些百姓不可能舍弃京城而往济州方向逃亡。所以我就赶来了。在城郊北门遇见童大临，听他说重伤者都被抬进了城里，我就觉得大事不好……果不其然，刚好让我遇见。"

"原来是这样。"姚燕语也感慨地叹了口气，"你们也算是敏锐的了。不像我，这疯子就在我眼前我都没认出来。"

"他心机深沉，又惯于伪装，你一心救治灾民，哪里会想到这些。"卫章摸了摸怀里人的头，顺着渐渐干松的乌发摸到被烧的那缕煳茬儿，顿时皱眉。

姚燕语觉得他身子一僵，便伸出左手去摁住他的手，轻笑道："没关系，不过是一缕头发而已，回头把这点剪掉，过不了多久就长长了，而且绾了发髻也看不出来。"

"身体发肤，受之父母。落发总归是不好，那混蛋实在可恶！"夫人的一根头发丝都牵着将军的心尖子，这么大一缕头发，卫将军都心疼死了。

"这话说得，我又不是故意的。"姚燕语靠在夫君的怀里，低声笑道："再说，壁虎尚且知道断尾保命呢。而且孝顺也不在这一点半点上，在我看来，头发和指甲是一样的，难不成为了孝敬父母，连手指甲脚趾甲都不剪？"

卫章被她这番言论说得无奈一笑，又抬手摸了摸她的额头，担心地问："怎么出了这么多汗还这么烫？是不是该吃点药啊？"

"让翠微去拿两颗银翘丸给我吃。"

"还是让她过来诊诊脉吧，虽然你是神医，可也不知道自己的病情，药也不能乱吃啊。"

"好吧。"姚燕语微笑着点头。

翠微进来给姚燕语诊脉，然后发现姚燕语的胳膊有些肿了，便担心地一捏，姚燕语便疼出一脑门子的汗来。翠微吓了一跳，刚要问，却被姚燕语的眼神给止住。

"将军，刚才葛将军说有事要汇报，在厢房里等着呢。"翠微不动声色地看向卫章。

卫章不疑有他，便道："你好生照顾夫人，仔细给她诊治诊治！不可大意了。"

"知道了。"翠微点点头，看着卫章出去了才低声惊呼："夫人！你的上臂骨……"

"没事，应该没断，八成是骨裂。你去把我们的接骨膏拿来给我涂上一些，不过七八日也就好了。别到处张扬。"姚燕语低声叮嘱。

翠微皱着眉头叹了口气，无奈地出去拿了接骨膏来用酒化开，仔仔细细地给姚燕语涂满了胳膊，又用白纱布细细地裹住。

姚燕语看着翠微泫然欲泣的样子，轻笑道："别哭丧着个脸！我这不是好好的吗！"

"夫人差点没把奴婢吓死！"翠微刚刚也在葛海面前哭过了，她冷眼旁观了整个过程，其惊吓程度不比姚燕语轻多少，也是回来后才缓过劲儿来，同样吓得汗出如浆。葛海也是搜干了肠子，说了一箩筐的话才把她从惊恐之中慢慢地拉回来。

27

一品医女
【完结篇】

"呵呵……一枪爆头呢!"姚燕语这会儿才找回一点骄傲来,话说这可是自己开的第一枪哦!就这准头,怕是波斯国的战士也比不上吧?

"爆得好!"翠微咬牙切齿地说道,"就那个丧心病狂的疯子就该碎尸万段!"

姚燕语笑了笑,安抚她道:"只要你不做噩梦就好。"

翠微一听这话立刻脸色发白,想想那样的场景,她自然心有余悸,噩梦什么的肯定会有的,而且估计是很长的一段时间里都会有。

卫章在济州县逗留了两日,又清除出隐藏在灾民中的高黎奴二十多人,然后带上朴垿的无头尸体返回京城。临走的时候自然把姚燕语也带回去了。

不是他抗旨不遵带着赈灾钦差提前回京,而是他已经写了奏折快马飞报皇上这边发生的事情,皇上听说姚燕语被朴垿胁迫,为了不受制于黎奴,姚院判英勇地从马上跳下来受了伤,便命卫章带姚燕语一并回京。

童大临等济州县的一干官员对姚神医恋恋不舍,已经康复的百姓们更是深感姚神医的大恩大德,纷纷出来相送。

姚燕语一只胳膊被包成了粽子,马是骑不成了,只得靠在童县令自掏腰包从一富商那里买来的马车里,被前簇后拥着离开了济州县往云都城方向去。

济州县至云都城不过二百里的路程,快马加鞭大半天的光景便可到达。但因为姚夫人受伤,经不得颠簸,一路人马竟用了三天才到。卫章带着一百二十名烈鹰卫至京城南城门时,云琨已经不耐烦地等在那里了。

二人见面无须客气,卫章派人把拴成一串儿蚂蚱的黎奴推上前来给云琨看过,又命人把朴垿的无头尸体抬了上来。

云琨看过之后皱眉道:"不是说这货身上有藏宝图吗?可曾见到?"

卫章摇了摇头:"没见到。不过我想其中必有蹊跷,他不可能那么容易就被人找到的。"

"说得也是。先交给刑部吧,等回明了皇上再说。"云琨摆摆手,让人把那些黎奴和朴垿的尸体一并带走,又看了一眼那一辆被厚厚的毡子围得严严实实的马车,叹道:"尊夫人没事儿吧?"

"伤得不轻。"卫章叹了口气,故意夸大其词。

云琨笑着安慰卫章:"皇上听说后,连连感慨,叹我央央大云男儿,关键时刻竟不如一个女子。夫人这回可是又出尽了风头。虽然受了伤,但也的确是功不可没,皇上会有重赏的。"

卫章无奈一笑,却不多言。对他来说,什么功劳什么封赏,不过都是浮云而已。这世上的一切都不如姚燕语的安全重要,只是这样的话却不能对云琨说罢了。

姚燕语受伤的消息自然是不能瞒的,所以她一回到府中便再次接受了众夫人列队相迎

卷四 卿心未央

的待遇。

贺熙夫人阮氏，苏玉蘅，韩明灿自然是少不了的，姚凤歌，宁氏更是听见消息早早地来了。甚至连在凝华长公主府住着的汉阳郡主韩明烨也来了，还带来了韩熵戉的夫人周悦琳。

厢房里堆满了各种补品，礼单厚厚的一摞放在旁边。苏玉蘅叫冯嬷嬷在那边守着，谨防出错。

翠萍早就跑去二门处等着姚燕语进门，小心翼翼地扶着姚燕语往里面去，一边又提醒道："各府的夫人听说夫人受伤了，都过来探望。汉阳郡主带着韩二夫人也来了。"

"哟！这消息可够快的！"姚燕语轻声叹道。

"皇上特意下了旨意让夫人回京养伤，现在大云帝都城里的人谁不知道夫人的英勇事迹啊。"

姚燕语惊讶地问："她们都知道了什么？"该不会把我一枪打爆了朴垟的脑袋的事情写成戏剧话本在各大酒楼茶肆上演了吧？

"都知道了夫人不甘为高黎奴的人质，英勇地从马上跳下来，为将军袭击贼首争取了时间啊。"翠萍理所当然地说道。

姚燕语一怔，回头看了翠微一眼。

翠微又问："那你知道那贼首是怎么死的？"

"不是被将军一箭穿喉么？"翠萍轻笑道，"难道你这个守在夫人身边的还不如我在家里的知道得清楚？"

"我……"翠微想要说什么，被姚燕语一个眼神压了回去。

看来卫章是有意隐瞒了事情的真相。不过这也应该是出于对她的保护，毕竟她一个弱女子手持火铳一枪爆了朴垟的脑袋的事儿说起来太过骇人了。

男人杀敌理所当然，女人若是那样，以后恐怕大云帝都的人见了她都要绕道走了。

"好了，不是说各府的夫人都在等着么？赶紧进去吧。"姚燕语说着，加快了脚步。

席间，众人自然问起被劫持的情况，姚燕语便顺着翠微说的那些话胡乱编了一番。

最后韩明灿叹了口气，说道："幸好是有惊无险，虽然妹妹受了伤，但总还算没什么大碍。这就是老天保佑！佛祖保佑！今年我们要给大悲寺的佛祖多捐几两银子的香油钱！"

众人听了她这话纷纷应承，姚凤歌也说："回头我就叫人送银子去寺里，让大师父在佛祖面前给燕语点上长明灯。"

姚燕语心里觉得好笑，有那个闲钱，还不如弄点好吃的补补身子呢。但面上又不能带出来，只得向各位夫人道谢："各位姐姐，嫂子们的恩情燕语终生不忘，只是也怕大家都这样，我福薄承受不起呀。"

苏玉蘅便道："要不咱们把银子凑在一起交给寺里，让寺里替咱们布施给那些穷人，替姐姐祈福吧。"

"这主意不错。"韩明灿立刻说道，"回头我就叫人去办。"

一品医女
【完结篇】

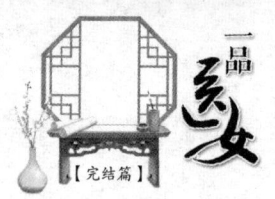

姚燕语心说我还是闭嘴巴,再说下去这些人还不知道又整出什么事儿来呢。反正不管怎么说她们是必须要拿出钱来表示一下的,但总不能说你们别折腾了,都把钱给我吧!

众人在一起说说笑笑直到下午申时方陆续告辞离去,最后宁氏都走了,只有姚凤歌不说走,像是有什么话要说。姚燕语便对苏玉蘅说道:"妹妹今日辛苦了一天了,请先回去休息。明儿我再单独摆宴谢你。"

苏玉蘅不悦地嗔道:"姐姐说什么话?我是图了你的谢么?"

"好好!咱们是姐妹情深。"姚燕语笑着劝道,"我也乏了,你们忙活了一天,想必也累坏了。剩下的事情交给丫鬟婆子们吧。"

苏玉蘅也看出姚凤歌是有事要跟姚燕语说,便不再多说,只和阮氏一起告辞离去。

"姐姐,咱们去里间说。"姚燕语起身,挽着姚凤歌的手臂往卧房里去说话。

姚凤歌扶着她没受伤的左臂,低声劝道:"慢点,胳膊还疼得厉害么?"

"用了我自己配制的接骨膏已经好多了。"

说话间姐妹二人进了屋子,香蕕奉上两盏槐花蜂蜜调制的糖水便出去了。姚凤歌犹豫了片刻,方低声叹道:"妹妹,说起来……应该是姐姐害了你。这事儿我原本想一辈子烂在心里的,只是觉得你平白无故地因为我受了这一场无妄之灾,我若不跟你说个明白,这辈子恐怕都没脸见你了。"

姚燕语纳闷地问:"这事儿跟姐姐有什么关系?"

姚凤歌别过脸去似是在犹豫又似是难以开口,但最终还是握着姚燕语的手把她和恒郡王的往事一五一十地说给姚燕语听,最后又道:"我想他找你,给你庄子给你人,无非是存了那点念想罢了。之前他开苏月斋我也没在意,我总觉得反正我已经心如死水,他要怎么样是他的事情。可如今看来,我该早跟妹妹说,或许妹妹就不会接受他的馈赠。那么妹妹就不会被皇上误会……"

"嗨!"姚燕语叹了口气,笑道,"我当是什么大事儿呢!原来是这些。姐姐不说,其实我也猜到了几分。不过那都是过去的事情了,姐姐不提也是对的。至于皇上怀疑将军府跟恒郡王府之间有什么勾结的事情,现在已经真相大白了。都是丰家的人从中挑拨,想要渔翁得利罢了。这事儿跟姐姐没什么关系,姐姐不必内疚。"

姚凤歌又叹息着摇头,姚燕语又劝了她几句,拿闲话把此事岔开方才罢了。因偶然说到了丰家的抄家,姚燕语便问:"不知道镇国公府会不会因此受到牵连?"

"你是担心他们跟丰家联姻的事情?"

"是啊,丰少颖可是丰家的嫡亲孙女。"姚燕语有些担心。

姚凤歌淡笑着说道:"你放心,凝华长公主绝不是无能之辈。镇国公府也不是她丰少颖一个人当家。再说了,大云朝律法有明文规定,罪不加出嫁女。况且丰少颖还有灵溪郡主这个娘以及燕王爷这个舅舅。祸事是不会砸到她的头顶上的。只不过娘家垮了,她的日子以后不会好过了。"

卷四　卿心未央

听了这话姚燕语忍不住感慨："哎！联姻联姻。好的时候大家都好，这一旦有一家分崩离析，大家便都树倒猢狲散了。"

"这也是没法子的事情。"姚凤歌无奈地叹道，"其实若她没有嫁入镇国公府，这会子肯定被牵连着一起抄了。现在看来，她能安然无恙，将来便能照顾丰家的子孙。纵然丰家子孙再不能入朝为官，但回到祖籍读书种地，总能过点安稳日子了。"

"这么说来，丰家的祸事没累及子孙？"

"丰紫昀丰紫昼二人都入了刑部大牢，丰紫昼的妻子杨氏因为放印子钱数额巨大且又逼死过人命，也被关起来了。只听说二房的子女和大公子丰少琛都暂时住在郡主府。不过灵溪郡主也被燕王爷斥责过，并央求诚王爷派了锦麟卫围住了郡主府，只许他们娘们儿吃喝自由，但却不能出府。说是一切都等丰家的事情过去再说。"

姚燕语听了，不由得点头："这就是尚主的好处了。天大的祸事都不累及子孙。"

姚凤歌却摇头叹息："不过是保命罢了。"在世人看来，像丰家这样的人家失去了荣华富贵倒不如死了干净。

姐妹两人说这话天色便暗了下来，姚凤歌陪着姚燕语简单地用点晚饭便急匆匆地告辞回去了。卫章至酉时三刻方回，他回来时姚燕语已经睡了。一宿无话，第二日一早卫章起身的时候姚燕语听见动静也醒了，便裹在被子里问他朝廷的情况。卫章一边穿衣洗漱一边跟她简单地说了一遍，无非是那些朝臣们在这次政治风波里如何趋利避害，纷纷重新站队的事情，之后又说已经在皇上面前给她告了假，皇上准许她在家养伤，一切事情到年后再说。

姚燕语打了个哈欠，叹道："如此甚好，算算今年事情真多，我这几经劫难，终于在年尾的时候能有几天空闲了。"

卫章已经穿戴完毕，一身华贵的紫色官袍上的狮子绣纹威风凛凛，腰间的袍服褶皱都均匀而整齐。

姚燕语坐起身来，问："今天大朝会么？"

"嗯。"卫章转身回来坐在床上，欠身在她脸上狠狠地亲了一口："你接着睡吧，我争取早点回来，尽量中午陪你吃饭。"

"好。"姚燕语笑弯了眉眼，看着他修长的身影消失在珠帘之外，又懒懒地躺回去睡回笼觉。

养病的日子真的很清闲，因为右手臂受伤，姚燕语索性连字都写不成，只好每天靠在榻上看看医书，烦了就叫奶妈子把凌霄抱过来逗逗他。

转眼春节将至，府里上下都开始忙活起来。虽然经过了地震天灾，大家还没从悲痛中缓过来，但年还是要过的。

长矛专程进来回说了今年的年货单子，请夫人做主。

姚燕语拿过那长长的清单之后，便蹙眉道："往年过年，那些吃食什么的总会剩下一些，年过了，又拿出去散人。这样很不好。今年大灾，各处的日子都不好过，我们也节俭些吧。"

一品夫人
【完结篇】

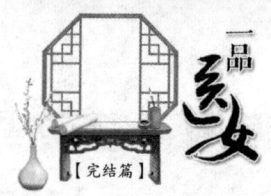

长矛犹豫着说道："夫人说得是，奴才也知道各处都艰难，但这已经很节俭了。过年么，总是要年年有余的。"

"行，你看着办吧，我只是不希望你再等过了十五把一些长了毛的馒头什么的端出去送人。"姚燕语说着，抬手把清单丢在一旁的高几上。

长矛吓得一个哆嗦，赶紧应道："奴才再也不敢了。请夫人放心。"

"去吧。"姚燕语淡淡地说着，低头继续看书。

"是。"长矛悄悄地看了香薷一眼，香薷上前拿过清单递给他，大总管又行了个礼，方颠颠儿地走了，又转着圈儿地找到了翠微那里讨主意。翠微听了他的话之后，轻声叹道："夫人的意思，你还是没明白吗？今年不但府里的开销要缩减，跟各府的礼尚往来自然也要缩减。这不是脸面的问题，而是生死存亡的大事！"

"你又蒙我！"长矛不以为然地笑了笑，"不过是各府的年礼罢了，礼尚往来而已，跟生死存亡有什么关系？"

翠微皱眉叹道："看你平常挺精明的一个人，怎么到了关键时候就犯糊涂？今年是大灾之年，上到皇上，下到黎民百姓，没个不伤筋动骨的！皇上的南苑还没修好呢，你这儿就一车一车地往各家送年礼了？你当锦麟卫的人都是白吃饭的？"

长矛猛然醒悟，抬手拍了一下自己的脑门，连声叹道："是我糊涂了！是我糊涂了！"

翠微笑了笑把单子递给他，叮嘱道："再缩减些吧。放心，能想到这个的肯定不只是咱家的夫人。"

"是是。这事儿真是多谢了！"长矛说着，朝着翠微深深一躬。

翠微见他没事了，便开始赶人："你忙你的去吧，我这儿还得给夫人熬药呢。"

"哎……翠微？"长矛看着翠微转过去的背影，欲言又止。

翠微却一心都在那罐药上，根本没听见长矛的话。身后的门帘子忽地一下被掀开，一阵冷风灌进来，长矛打了个激灵，一回头看见葛海阴沉沉的脸。

"哟，葛将军来了。"长矛并不怕葛海，说起来也是从小玩到大的，只不过他没有练武的天分，没跟着将军上战场罢了。

"你在这儿干什么？"葛海的脸阴沉得能滴出水来。若不是看在从小一起长大的情分上，他能一巴掌拍死长矛。天知道他的心上人心里就是因为装着这个家伙所以才一直不肯接受自己！这若是放在战场上，这货乃是自己的头号天敌！

长矛嘿嘿一笑，说道："哟，我就不能找翠微说句话啊？她这还不是你夫人呢，你就管这么紧，若是真的嫁给你了，还不被你拴在裤腰带上？"

"放屁！"葛海怒气冲冲地瞪着长矛："你小子欠抽是吧？"

大总管立刻鄙视地横了葛将军一眼："说不过就打，你还有什么本事啊？"

"你……"葛海急了，伸手揪住长矛的衣领，龇牙咧嘴地想要把他直接扔出去。

翠微把药吊子的盖扣好，转身看着这边斗鸡一样的两个人，走到门口掀起帘子，下巴

卷四 卿心未央

一扬淡淡地说道:"你们俩,出去!"

"翠微,我……"葛海见翠微姑娘生气了,赶紧放开长矛上前来解释。

"出去!"翠微根本不让他说话。

"这可不怪我。"长矛无辜地眨眼。

"你他娘的!"葛海生气地瞪他。

"我再说一遍,出去!"翠微冷冷地看着葛海,"你,出去!"

"为什么是我!我找你有事……好吧,我回头再找你。"葛海看着翠微冰冷的脸色,识趣地摸摸鼻子转身出门,走了两步又不放心,再转回来一把拖住长矛的衣领把人给拉了出去。

翠微恨恨地瞪了这二人的背影一眼,摔下帘子,关上了房门。

……

喝药的时候,姚燕语看翠微的脸色不好,便问:"你是怎么了?怎么脸色这么难看?"

翠微忙道:"没怎么,这不好好的嘛。"

"跟我还不说实话。"姚燕语嗔怪地看了她一眼,把药碗放到一旁,"刚葛海来找过我了。说想趁着过年的工夫跟你完婚。你到底什么意思,赶紧给人家个准话。都老大不小的了,再等下去可就蹉跎了好时光了。"

翠微低下头,小声嗫嚅道:"奴婢全凭夫人做主。"

"这事儿我可没法做主。再说,你早就不是奴籍了。我已经跟二嫂说了,她要认你为义妹,你以宁家庶女的身份出嫁。嫁妆什么的本来也都准备好了。只是这一场地震给损失了些,但若是补齐也不难,家里开着店铺,缺什么直接去库房里拿来,不过是费些工夫罢了。"

翠微闻言双膝一软跪在了地上给姚燕语磕头:"翠微何德何能,得夫人如此相待。翠微这辈子都是夫人的人,翠微的一切都是夫人做主。"

"你呀!真是没追求。"姚燕语无奈地叹气,"快起来,好歹也是六品的医官了,还动不动就跪!"

旁边的香蕣赶紧上前去把翠微拉起来。姚燕语便道:"我看葛海对你是一片真心。而且长矛也早就把你放开了,不瞒你说,长矛的叔叔瞧上了外边一个小户人家的姑娘,已经来跟我说过了,过了年就下聘,婚期定在四月里。依我说,你也别再犹豫了,不如就趁着过年跟葛海完婚吧。"

"这……会不会太着急了?"翠微还在犹豫。

"既然已经认定了彼此,早一天晚一天又有什么区别?再说,你之前不还跟我说这次天灾多亏了葛海救你一命吗?"说着,姚燕语又笑问,"人家救你一命,你还不得以身相许啊?"

"夫人又打趣人。"翠微顿时红了脸,想起地震那晚,自己衣衫不整地被葛海裹着被子抱出来就往外跑的情景,以及当时慌乱之中众人看她那种异样的目光,觉得头都抬不起来

了。"

"行啦！二十好几的大姑娘了，都到了恨嫁的年纪了。"姚燕语说着，便转头吩咐香薷："去跟冯嬷嬷说一声，让她这两日找个时间回一趟家里，跟二嫂子说，翠微的事情就拜托她多费心了。"

香薷答应着出去，姚燕语又让翠微在自己身边坐下，拉着她的手轻声叹道："说到底我也是有私心的。你和翠萍你们两个，我都不希望嫁得太远，也不希望你们受委屈一辈子做奴才。你们两个从小就服侍我，陪着我的时间比家里的任何一个亲人都长，更是全心全意地为我打算，从无二心。我想我们几个人能够长长久久地一辈子。"

翠微被这几句话说得泪如雨下，握着姚燕语的手连声道："遇见夫人，才是我们一辈子的福气！"

姚燕语见状，笑骂道："傻丫头，这种时候了你哭成这样，不知道的还以为我逼着你出嫁呢。"

翠微忙拿了帕子擦泪，又破涕为笑："就算被夫人逼着，也是幸福的。"

"胡说。"姚燕语也笑了。

第三章

将军府后花园，四面镶嵌了玻璃的玲珑阁里，温暖如春，酒香四溢。三个穿着轻暖蚕丝棉小袄的女子或坐，或靠，各自闲适，若有所思。一壶暖酒，四个小菜，三个知己凑在一起，不为喝酒，不为琐事，只为了外边那一树树盛开的梅花。

姚燕语的胳膊经过这段时间的调养已经没什么大碍了，但翠微建议还是不要劳累，要细心将养，至少要过了年再给人诊脉治病动笔写字什么的。姚燕语也知道骨伤最易留下病根儿，虽然自己配制的药膏厉害，但身体说到底还是自己的，反正皇上给了假，她更乐得清闲。

至于卫章，他更乐得看着他的夫人清闲，用姚燕语的话说：你恨不得把我当猪养。卫将军当时只笑着把她抱去床上并说一句这辈子最精彩的情话：就算你是猪，也是这世上最可爱的小猪。

韩明灿催促姚燕语："燕语快点，到你了。"

"你们太为难我了！"姚燕语窝在榻上耍无赖，"诗词歌赋，我也就懂个歌，还是只会听。现在你们要跟我比赋诗，这不是明摆着欺负我吗？就算我勉强胡诌一首，也是给你们垫底的。干脆我认输不就得了。"

苏玉蘅不依："哪有你这样的！总不能回回都这样。今儿姐姐好歹也要来一首，好不好是另外一回事，总是交白卷可是要重罚的。"

卷四 卿心未央

"寒梅绽孤枝，回雪连天碧。墨云压夜深，朔风吹晨寂。殷殷忘年情，渺渺千万里。冷香寂寥处，英魂谁慰藉。"姚燕语靠在暖榻上，看着玲珑阁雕梁画栋的精致屋顶，吟到最后，竟是潸然泪下。

韩明灿听得心里也不由得泛酸，知道姚燕语对张苍北的死一直心怀芥蒂，但苦于没有线索，至今张老院令仍然被断为死于天灾，棺椁停放在国医馆后堂偏院，只等来年春暖，姚燕语好奉旨送老爷子回湖州安葬。

"都是我不好，惹姐姐伤心了。"苏玉蘅赶紧拿了帕子给姚燕语拭泪，自己也悔得要死。

姚燕语擦了眼泪苦笑道："不怪你，是我坏了兴致。"

韩明灿把姚燕语的诗写了下来，然后吩咐丫鬟："去外边梅树下摆一副香案。"

丫鬟虽然不知她有何意，但依然照做了。

韩明灿命人拿了斗篷来给三个人披上，叫着姚燕语和苏玉蘅出了玲珑阁，至香案跟前跪下。然后轻声一叹，仰头看着满天飞雪，说道："今天我们借着这雪和梅花，来祭奠一下张老院令。把燕语的这首诗焚给他，以慰藉他的在天之灵吧。"

"是，很该如此。"苏玉蘅也忙双手合十，"我们妇道人家不好去国医馆祭奠，就只好在此给老院令磕个头了。他是姚姐姐的恩师，便是我们三人的长辈。"

姚燕语跪在韩明灿的旁边，心里一阵阵酸楚，眼泪又止不住地流了下来。

因为国难，又忙着查抄丰家，自上到下，满朝文武甚至没有谁能来国医馆祭拜一下老头子的。可见这人情薄如纸，世态炎凉甚啊！

这边姐妹三个人对着漫天飞雪和一树梅花磕了三个头，看着韩明灿把姚燕语的那首诗于雪地里焚化，那黑色的纸灰如墨色的蝶，被寒风吹起追着雪花飞得不见了踪影之后，才又磕了个头，被各自的丫鬟扶了起来。

因为张老院令去世，也因为地震天灾造成了国难，今年过年从上到下一律从简。

姚燕语更是以师徒如父子为由，言明自己有孝在身，将军府里外连红灯都没挂，只在大门的影壁上贴了一张皇上御赐的"福"字并一副春联。其他地方都如往常一般，甚至有些偏房偏院都没来得及收拾，依然塌陷颓废着。

依然是老规矩，贺熙将军夫妇带着吉儿，唐萧逸夫妇以及新婚的葛海夫妇加上赵大风都来春晖堂和卫章夫妇二人一起吃大年三十中午这顿饭，晚上大家各自回去守岁。只是今年却明显不如往年热闹。大家喝酒猜拳也没那么大的劲头儿了。

晚上守岁时，香蕊等人把茶水点心摆上来便各自退下，只留他们夫妇二人歪在榻上。

卫章抬了一把松子儿吹了吹送到姚燕语面前她却无动于衷，于是抬手捏住了她的下巴，低声问："你在想什么？"

"我在想我进京后的第一个春节。"姚燕语淡淡一笑，一扭脸挣开卫章的手，拿了他掌心里的松子往嘴里放。

"第一个春节？"卫章认真地想了一下，轻笑道，"那时候姚府还只是个三进的小院，

35

没有现在一半儿大呢。"

"是啊，想起我进京的原因，都觉得好笑。"其实不是好笑，是可悲。只是这样的话又不能说。

卫章看她笑容里带着苦涩，便劝道："过去的事情了，不想也罢。"

"可我最近老是会想起之前的事情。"姚燕语往卫章的怀里靠了靠，抬手拨弄着他领口的扣袢儿，"那一年，我跟二哥两个人在京城过年，虽然没有什么至亲挚友互相往来，倒也算是平静安逸。后来经过一年的折腾，我跟你订了婚，你偏生又去了北疆打仗。那个年我们过得才叫凄惨。"

"唔……"想起那个年卫章便忍不住拨开她的衣襟，手指滑过她温润的肌肤按在那个伤口上。

姚燕语隔着衣服按住他的手，低声叹道："幸好都过去了。去年是我们过得最热闹的一年，大家在这里投壶赌酒，多开心啊！"

"今年是冷清了些，来年会好的。"卫章低声劝道。

"嗯，算起来我们从相识到现在也已经有四个年头了，时间过得真是快啊！"姚燕语说着，伸出手去搂住卫章的脖子，凑到他耳边低声说道："我有个事儿想跟你商量一下。"

"你说。"

"我想，过了年之后送师父回湖州安葬之后，就留在那里住上一年，算是给师父守制。"话题终于扯回来了，姚燕语说完后带着几分忐忑地看着卫章。

"守制？"卫将军果然紧皱了眉头，半晌没说话。

"是啊，师父没儿没女的，湖州那边也不知道还有没有族人，就那样把他埋在那里，我也不能接着就回来。我总要在坟墓周围买些田地，安置两房下人替师父守墓啊。以后逢年过节的也有个人给师父送些纸钱。湖州到云都城一千多里路，我们总是照顾不到的。"

卫章不急着说话，显然是在思考更重要的事情。

良久，他缓缓地点了点头，说道："年后你便上奏折，自请丁忧。不过皇上不一定会恩准，你若真的想在外边待一年，就得把皇上身边的事情料理清楚了。"

这件事情姚燕语早就想过了，因道："我把翠微和翠萍都留下。再加上素嫔，皇上的身体应该无忧了。"

"现在后宫之中慧妃和贤妃平分秋色，但恒郡王和憬郡王连过年都没能回京。丰宗邺虽然倒台了，但那些文臣们却跟没头的苍蝇一样各找靠山，弄得皇上心里十分地不高兴。只是碍于大灾之后，急需用人，所以才一直忍着。若是我猜测得不错的话，年后开了春，皇上必有一番狠手整顿朝纲。到时候估计又有一大批人要倒霉了。你若是能躲得远远地，倒未尝不是一件好事。"卫章缓缓地把自己的想法说了出来。

姚燕语听完后忍不住点头："还是你想得周到些。"

"没办法，这也是吃一堑长一智。说起来若不是这一场突如其来的天灾，咱们俩这会

卷四　卿心未央

儿还不一定在什么地方过年呢。"卫章苦笑着摇头。

之前他太过自信，觉得自己掌控着烈鹰卫加上皇上的信任便可以无所顾忌，如今看来全非如此。

皇上的信任不过是朝云暮雨，只要有什么事情影响到了皇位，连亲儿子都可以不客气，何况自己一个武将？说到底，皇上其实也在时时刻刻防着自己呢。

若是他卫章只身一人，那自然没什么可怕的。可现在有了姚燕语，他就不得不慎之又慎，他要确保他们二人万无一失地度过朝廷权力更替的这几年。

今年安静地守岁，姚燕语竟也没有困意。直到子时一过，京城的百姓家开始放爆竹。

姚燕语和卫章也起身整理衣装，去院子里祭拜了天地，又回来吃过新年的饺子，接受家里的一众奴仆恭贺新年，姚夫人命人用大簸箩抬出几百个红包，命长矛大总管挨个儿给下人们发放下去，下人们又是一迭声地谢，忙乱一通后，卫章也是时候进宫给皇上拜年了。

姚燕语命众人各自散去，又叫香薷取过卫将军的朝服来亲手给他穿戴整齐，方会心一笑，说道："都认识将军四年了，看来看去，怎么还是看不厌呢？"

旁边的香薷等人忍不住偷笑，卫章却伸手刮了一下她的鼻子，轻声笑骂："你还盼着跟我相看两相厌？欠收拾是吧？"

姚燕语忙笑着催促："快走吧，大年初一去给皇上拜年，晚了可不好。"

卫章却不着急，一弯腰把她抱进卧房里去放在床上，轻声叮嘱道："你伤假还在，可以不用进宫面圣，好好在家睡觉吧。"

"我自然是要睡的，你快去吧。"

卫章低头在她额上轻轻一吻，低声说道："乖乖的，等我回来。"

姚燕语忙伸出胳膊去勾住他的脖子，在他下巴上轻轻一吻："夫君，新年好。新的一年，祝你步步高升，鸿运当头。"

当天，宫里也没有预备宴会，文武众臣给皇上磕过头说了些吉利话就各自回府了。

初一大家都不出门，卫章便陪着姚燕语在家里补眠，初二是回娘家的日子，这个是雷打不动的安排。一早起来姚燕语便换了一身棠紫色的锦缎袄裙，认真装扮了偕同一身暗紫色簇新锦袍的卫章一起往姚府去。

再低调也是过年，姚府初二这天的宴席却比去年丰盛了几倍。原因无他，今年老太太和太太都来了，除了大公子姚延恩一家子在南边之外，姚家也算是大团圆。

姚远之的脸上一扫往日的严肃，慈祥地笑着端坐在中堂，等着大女儿夫妇和二女儿夫妇回来给自己拜年。

王夫人的身体也早就恢复过来，一早起来安排好了宴席之事便去宋老夫人跟前陪坐说笑，等着今日的两对娇客。巳时刚过，却是姚燕语夫妇先到了。

家人高兴地进来报信，喜滋滋地说二姑奶奶和二姑爷还有翠微姑娘和葛将军一起回来

37

了，已经到了二门处。宋老夫人便高兴地说道："快去迎一迎。"

宁氏忙起身答应着，带着一群丫鬟婆子迎了出去。

姚燕语和卫章以及翠微葛海四人进二门后便分开了，卫章去正厅见岳父，葛海同他一起。虽然姚远之不算是葛海的岳父，但宁家跟姚家是姻亲，姚燕语之所以让翠微认在宁氏的娘家，也是怕所有的人都落在姚家，太招人耳目罢了。但明眼人都知道，翠微是姚家出去的人，姚家才是她真正的靠山，所以葛海对姚远之也很是敬重。

姚远之虽然不喜欢葛海这样的粗人，但看女儿女婿的面子，最起码的礼貌客气还是有的。况且葛海这个人行事做派虽然粗鲁，但却是粗中有细，于礼节上也叫人挑不出毛病，姚远之自然不会薄待了他。

正厅里，丫鬟奉上香茶，卫章葛海还有姚延意陪着姚远之闲聊。姚燕语和翠微则带着丫鬟婆子去内宅见宋老夫人和王夫人等。虽然经常见面，但今日相见自然还是要恭敬地磕头问安，说过年的吉祥话。尤其是翠微今年算是新妇回门，宋老夫人和王夫人都准备了体面的红包。

姚凤歌这边直到巳时三刻才进门，竟像是踩着饭点来的。

姚远之见了苏玉祥脸上便不大好看，往年他在江南，这女婿在京城，逢年过节别说看望拜访，恐怕连孝敬的礼物也不过是女儿打点的。如今他做了京官，连身兼要职的卫章都时常问安看望，可苏玉祥这个一身清闲无官无职的女婿却从不露面，好像姚家欠了他八百吊似的。

今天大年初二是正经的出嫁女回娘家的日子，身为人家的女婿上门给老泰山拜年是天经地义的事情。可他苏玉祥却是一脸的吊丧样儿，一丝喜气也没有，究竟是存了何等居心？！姚远之这个素来好脾气的也不高兴了。

卫章则事不关己高挂起，只安静地坐在那里品茶，苏玉祥进来的时候他眼皮儿都没抬。

虽然说苏玉祥是长女女婿，可他却是个无官无职的闲人，卫章却是伯爵在身的二品大将军，自然不用给他请安。而葛海也是五品的职衔，自然也不会看苏玉祥的脸色。

苏玉祥进门后先给姚远之磕头请安，然后起身后再跟姚延意拱手问好。姚延意倒也没跟他爹一样给这个妹夫脸色看，他依然是往常的样子，一脸温和的笑意让人如沐春风，对苏玉祥客客气气地回礼，让座。

苏玉祥在落座之前又看了一眼卫章。按长幼有序的规矩，卫章得叫他一声姐夫。可人家乃是辅国大将军，品级跟他老泰山是一样的，虽然大云朝建国到现在武将越发不如文臣尊贵，但他苏玉祥却不能小看人家。于是忍了忍，还是朝着卫章拱了拱手，呵呵一笑说道："显钧，你来得好早。"

卫章刚好啜了半口茶，待不紧不慢地咽下，方淡淡一笑："是三爷来晚了吧，岳父大人可是一直在等你。后面园子里都已经唱了好几出戏了。"

苏玉祥听了心里便不痛快，看着坐在卫章下手的葛海，不痛快更加了几分。不过他心

卷四 卿心未央

里骂归骂，但嘴上却不敢，别说卫章现在的身份，就但看葛海那阴冷的眼神，苏玉祥就在心里捏了一把冷汗。

而且今天来得晚的确是有原因的，本来他不想出门，想让姚凤歌自己带着女儿回来走一趟就算了。他也觉得自己现在整天白吃白喝，分文不挣，靠着媳妇过日子着实丢人，所以不想上岳父门上丢人现眼。

平日里姚凤歌什么事都随他，他不跟着还乐得清心。但今日是什么日子？他平常不登姚府的门，今天若再不去，姚凤歌也没办法跟父亲交代。于是便漏了个口风给苏玉平。

苏玉平便把这个不着调的三弟叫过去一顿拾掇，最后苏玉祥垂头丧气地回来开始朝着灵芝等几个侍妾撒脾气，要水洗漱，叫人找新衣裳，然后磨磨蹭蹭地把自己从头到脚收拾一遍，方不情不愿地跟着姚凤歌出门了。也正因为这趟折腾，他们才来晚了。

"我比不得显钧你，我是有热孝在身，不好太早出门。若被那些言官们捉住了把柄，说不定连岳父大人也连累了。"苏玉祥睁着眼睛说瞎话，重孝在身不假，可姚远之现在就是督察御史，现管着那帮子言官，谁敢随随便便地参他？再说，就凭他一个可有可无的病秧子，他配吗？

不过说到底这话却不容驳斥，卫章也没再多说。姚延意便笑道："既然人都到齐了，那咱们也过去吧。老太太都等不及要开宴了呢。"

姚远之点了点头，对卫章说："显钧，泰平，走吧。"泰平是葛海的字，跟翠微行聘嫁之礼的时候，姚远之给他取的。说是文人都在进学堂的时候由老师赐字，而葛海自小在军营里长大，自然没有表字。如今成家了，就是个大人了，名字是父母赐的，不应由着平辈们乱叫，便给他赐表字泰平。为了这个，葛海郑重其事地给姚远之磕了三个头。

"是。岳父。"卫章起身跟着姚远之往外走，这翁婿二人都没再看苏玉祥一眼，好像这大女婿就是个摆设一样。

幸好还有姚延意在，他起身上前，朝着呆愣的苏玉祥笑了笑，说道："文定，走吧。"苏玉祥这才借着坡儿下了驴，随着姚延意往后面的花园子里走去。但看见前面那对有说有笑的翁婿，苏玉祥心里渐渐地长满了草。明明姚凤歌才是嫡女，明明自己才是名门之后。如今却让一个武夫给压了下去。想当初这武夫跟在大哥身边，随从一样的存在罢了，如今居然给自己摆起了脸色！只是他再生气也没办法，人家卫将军如今就是"炙手可热势绝伦"，就算有人为这个气死了，人家照样风光无限。所谓吃一堑长一智，苏玉祥如今越发心胸狭隘，但人也聪明了几分，懂得审时度势，不再像之前那般狂妄自大了。

入得后面的花枝累累的梅园，便听见有丝竹之声。早有丫鬟进去报信，宁氏便带着姚凤歌和姚燕语迎了出来。

姚燕语姐妹二人并翠微一起给姚远之磕头拜年，姚远之弯腰一手一个扶了起来。姐妹二人谢过父亲，翠微也谢过老爷教诲，几个人方往里面去。那边卫章和苏玉祥也过去给宋老夫人和王夫人磕头。

39

宋老夫人看着这两个女婿一个朗眉星目，英武不凡；一个温润如玉，谦和有礼，心里自然高兴得很，忙吩咐旁边的人："快把两位姑爷扶起来。"卫章自然不用人扶，应了一声便站起身来，苏玉祥的身子着实有些虚，只得借着一个婆子的手才稳稳地起了身。之后葛海单独上前给宋老夫人磕头，宋老夫人不喜欢葛海的模样，但也不好就说什么，因是新女婿，便也准备了一份红包。葛海也不指望着这个八竿子打不着的老太太对自己多好，当时谢过老太太便起身站在了卫章身侧。

宴席早就齐备，依然是分男女两席。男左女右，中间竖起一道六扇屏风。宋老夫人早就派人把姚雀华也抬了来，并让她挨着姚燕语坐。少不得又是一番热闹，一时家宴散了，众人各自回府。

到了初五这日，定北侯夫人因想着各处的年酒都请过去了，便跟姚凤歌商议着，想在定侯府城外的别院设宴单请姚燕语，苏玉蘅，翠微三个人。封氏的意思很简单，定北侯府跟辅国将军府的关系非比寻常，这是几层的亲戚关系，所以才想单独请这三位。

姚凤歌自然明白她的心意，定北侯府孝期未满，不宜摆宴请酒，但又不想跟姚燕语那边生疏了，才想起去城外别院这个法子，当即便道："大嫂子有心了。"

商议定，封夫人便于初七这日悄悄地先去别院安排，初八一早，姚凤歌也悄悄地坐了车带着瑾月出门。

帖子是初七送到辅国将军府的，姚燕语和苏玉蘅二人自然不好推脱，翠微是只听姚燕语的安排。于是三人乘坐一辆马车，也悄悄地往城外去。

其实封夫人这次费尽心思请姚燕语一叙，也是存了私心的。现如今定北侯府人多，进项却少，又逢灾年，定北侯的封地恰好也在灾区，庄子上今年的夏收肯定指望不上了，眼看着入不敷出，用不了两三年侯府就得坐吃山空了。

身为当家做主的夫人，现在也有了子嗣，总不能眼睁睁地看着侯府陷入绝境。所以封夫人便想要拿出目前所有的积蓄来入股姚燕语的玻璃场。本来她也想入股药场的，但听姚凤歌说药场的一半股份是凝华长公主府的，连姚凤歌都没资格参股，封夫人便打消了这个念头。

宴席之中，封夫人也不扭捏，当着苏玉蘅和姚凤歌的面直接说明了自己的意思，并当场拿出了一张三十万两的龙头银票，并歉然地说道："不怕几位妹妹笑话，这便是我们府里能拿得出来的所有积蓄了。妹妹好歹给我谋一条生路吧。"

姚燕语自然不缺这三十万两银子，但她也不能驳了封夫人的面子。毕竟相处这几年来，封夫人这个人也还算有可取之处的，但凭她知恩图报，一直对自己敬重有加这一点就很难得。

于是姚燕语也直接跟她说了自己的想法："之前跟恒郡王合伙的那个场子已经被这场天灾给毁了。而且现在是敏感时期，我也不打算再重建那个场子了。京城这边，我只想保留跟靖海侯府合伙的那一座场子，再也不开分场了。不过，之前那些在城南玻璃场混饭吃的人总不能饿死，我便打算着去西边建个场子。二位姐姐和三妹妹也知道，晋地多风沙，气候不好。而晋商又都富足。去那边开场子前景不错。"

卷四 卿心未央

封夫人听了这话，忙道："妹妹这主意是不错的。"

姚燕语又叹道："只是我也听说人家晋商很抱团儿，外人轻易进不了人家的地盘。之前老冯也跟我说过，有两个晋商大户想拿出三百万两银子入股，邀请我们过去建厂，只需要我出技工，但给的股份却只有四成。你说我一个皇上御封的夫人，还能让那些人给压下去？所以我没答应。"

听了这话，苏玉蘅先笑了："这回姐姐不用愁了。大嫂子的娘家祖籍就是晋地，封老大人现在是礼部尚书，凭他们晋商再抱团儿，也不敢对大嫂子怎样。姐姐只管把这事儿交给大嫂子去料理好了。"

姚燕语其实早就想到这一层了，但却不露出来，只惊讶地笑道："原来姐姐娘家的祖籍是晋地！那可真是太好了。"

封夫人之前一听说人家出三百万两，心里便有些发凉，觉得自己这三十万两的确太寒碜了。后来又听了姚燕语说的难处，便立刻有了主意，便笑道："妹妹放心，三百万两我是拿不出来的，但我可以说动父亲，再帮个忙，一起凑个百十万两还是能的。"

把礼部尚书绑上船倒也是个不错的主意。姚燕语便笑道："银子应该用不了那么多，姐姐回去只管跟老大人说，只要他愿意帮咱们，不出银子我也要给他一份干股儿。不过具体事宜还得让老冯去弄，一来我不懂这些生意上的事情，二来么，我也没时间。过了十五我得向皇上上书，请旨护送师父的棺木去湖州安葬了。所以剩下的事情还得姐姐多操心。"

封夫人忙道："只要你放心我，这事儿就交给我了。"

姚燕语又看向苏玉蘅："你呢？是不是也拿出点银子来入股？你那私房钱白放着可是要长毛的。"

众人听了这话都笑起来，封夫人便道："既然妹妹这么说了，不如大家都拿出点银子来入股吧。"

姚凤歌笑道："我就不掺和了。我的钱都在江宁呢，一时也抽不出来。"

"我出十万两。"苏玉蘅说着，转头问翠微："妹妹呢？你的钱不会也在江宁吧？"

翠微红了脸，说道："我可没有多少钱。"

"不管多少，拿出来是个意思。不然可就辜负了姚姐姐的一番好心了。"苏玉蘅笑道。

"好吧，我也出十万两。"翠微低头说道。

"好哇！原来财主都在这儿呢！出手就是十万两！"苏玉蘅出十万两封夫人一点都不意外，毕竟大长公主在的时候就给她预备嫁妆，后来梁夫人为了跟姚燕语搞好关系，在陪嫁上一点都没亏了苏玉蘅。

只是翠微不过是个丫鬟出身，纵然被姚燕语抬举，嫁给了葛海，肯定也没有什么积蓄，最多拿个三五万两就到顶了，没想到人家一开口便是十万两。再想堂堂定北侯府之前有大长公主的回护，也算得上是百年基业，如今到了自己手里也不过才三十万两的积蓄，如此想想，封夫人的后背上一阵阵地发凉。

一品夫人
【完结篇】

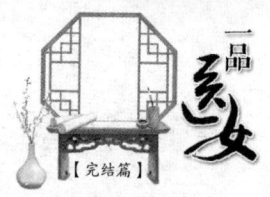

商议定了大事,众人便开始闲聊起来。封夫人挨个儿敬酒,众人又喝了一圈儿之后,姚燕语便借口去更衣,给姚凤歌使了个眼色,姐妹二人并肩出去。

"太太给我捎信来,说雀华病重。不知道是怎么个缘故?"姚燕语悄声问。

姚凤歌回头看了一眼珊瑚,珊瑚带着丫鬟们全都退下之后,姚凤歌才低声说道:"就是初二那天晚上的事儿。太太把田姨娘给打了个半死,就当着她的面打的。她惊吓悲伤再加上本来就喝了酒,一股脑都压在肚子里,能不病么?"

"把田姨娘打了个半死?这大过年的,是为了什么?"姚燕语非常惊讶,王夫人不是那种不容人的人,否则也不会任凭田氏以及自己的娘亲宋氏进门,可如今田氏都人老珠黄了,又被打个半死,肯定不会因为媚主。

"听说是雀华从那日去大悲寺上香回来就不大对劲,说了好些疯话。太太没办法,这才把她送去庄子上,就是担心生事。谁知道在丰家发丧的那天,田姨娘竟让人拿了雀华写的书信和一张二百两的银票去随礼了,好歹被太太的人给半路劫了,又把去的那人给打了个半死关了起来。原本想着大过年的,暂时把事情压下去,不找这些不痛快,可雀华几乎走火入魔了!"姚凤歌说罢,又叹了口气,无奈地说道,"怪就怪她喜欢上了不该喜欢的人!也就注定了是个悲剧。"

半晌,姚燕语方叹道:"她也真是太糊涂了!"

"可不是么。太太为了这事儿都愁死了!思来想去也只想出这个敲山震虎的法子。但愿她病过这一回能够想开些,否则可真是难办了。"

"恐怕很难。"姚燕语无奈地摇头:"姐姐都说她走火入魔了。"

"那要怎么办?"姚凤歌也觉得头大。按说她们嫁出门的女儿是不该再管娘家的事儿,但这事儿王夫人和宁氏也没有更好的办法了。总不能直接把她打死吧?对外只说病重身亡?可姚家还有个神医呢!说出去谁信啊?

姚燕语想了想,蹙眉道:"能不能让她回江南去?京城这个地方,太不适合她了。"回到江南她爱怎么折腾怎么折腾,反正碍不着自己的事儿了。江宁城远去千里,再丢人也丢不到云都城来。

姚凤歌叹了口气,说道:"明儿我们都回去一趟,跟太太商议一下。"

"好吧。"姚燕语心里想着不把姚雀华的事情解决,自己也不能放心去湖州。

不过姚燕语到底还是想得不够多,等第二天她坐车回姚家,进了内宅上房的屋门看见太太屋里坐着的一个老尼姑和早一步先到的姚凤歌时心里便是一紧,暗道太太打的是什么主意?

果不其然,姚燕语先上前给王夫人请了安,又跟姚凤歌见礼后,王夫人叹道:"今儿为了三丫头的病,我把能请来的都请来了,你们商议着办吧,该怎么做就怎么做,一定要保住她的性命。"

姚燕语便看姚凤歌,姚凤歌捏了捏她的手。

卷四　卿心未央

一时用茶毕，王夫人便请那位法号净慧的尼姑先去给姚雀华看病，那尼姑跟着王平家的去了姚雀华房里，过了半个多时辰才回来。

王夫人问她怎样，净慧便道："太太万福了！"

"到底是个什么缘由？还请师太明示。"王夫人问。

"尊府上的三姑娘乃是观世音娘娘莲花座上的一瓣莲花转世历劫，原是注定地在红尘中潜修十五载，还是要回到观世音娘娘身边的。如今三姑娘已经修了十四载，最后这一年便该按照她转世前的诺言，回到佛祖面前潜心修行。若是家人舍不得硬要留她，不但会祸及满门，还会让她堕入无间地狱，再受油煎火烤之苦，阿弥陀佛！佛法无边，还请太太不要存有红尘执念，许三姑娘皈依佛门吧。"

王夫人便连声叹道："这如何使得？！她从小娇生惯养，哪里受过那清修之苦？而且师太说十五年……难道十五年之后？"

"这要看着最后一年的修为如何了。若是修得好，到得圆满之时，莲花瓣归莲花座，乃是功德圆满。若是修不好……就很难说了。"

"这……"王夫人转头看姚凤歌。

姚凤歌便道："记得小时候三妹妹就喜欢朝着观音像笑，她再哭再闹，见了观音菩萨便乖巧得不得了。之前还只以为她身上是有什么小鬼缠着，如今看来，竟是她跟观音菩萨大有缘法。"

"阿弥陀佛！施主所言不假。"那净慧师太忙道。

姚燕语已经对这几个人不忍直视了，心想：好么，这些人还真能扯！

那边几个人打了好些机锋，最后王夫人没办法，只得说："兹事体大，我还得跟老太太和老爷商议一下。还请师父暂时在府中住下，时刻关注三丫头的病情。"

"太太放心。这也是莲花的一次渡劫，有贫尼在旁护法，她肯定能挺过去的。"

姚燕语暗暗地舒了一口气，心道既然有佛门子弟护着，那就用不着自己操闲心了，于是只留下来混了一顿中饭便告辞回去了。

而那净慧师太后来居然说服了宋老夫人，让宋老夫人从自己的体己中拿出了二百两银子相赠，并让一个丫鬟随着姚雀华一起出家，拜在了净慧师太的门下，成了佛门子弟。

姚燕语听见这消息是在正月十三那日，据说净慧师太施法，治好了姚雀华的病，姚雀华也心甘情愿地出家，而且更重要的是净慧师太说今年是她早就定好的云游之年，十日后她便会离京，先去临州，再往江南去。至于会在何处寺庙庵堂定居，目前还不一定。

"夫人，您说三姑娘真的要斩断情根，皈依佛门了么？"翠微听了这些话，总觉得恍然如梦，怎么都有些不敢相信。

正在收拾行装的姚燕语听了这话幽幽地叹了口气，说道："各人有各人的命吧。这或许就是她的宿命。"

翠微听了这话也只有叹气的份儿，没再说什么。姚燕语却因此想到了自己的当初，因

43

为老尼的一句话,自己便被家人送去了钟秀山,后来为了家族的利益又被悄无声息地送到这云都城来。又想到姚凤歌明明跟恒郡王相爱,姚远之却硬生生地把她许给了苏玉祥。姚家这三个女儿,若不是因为自己苦苦钻研医术,步步为营为自己谋得了这个归宿,怕是个个儿都逃不过悲剧的命运吧?

谁没有豆蔻年华?谁没有暗恋情思?尊贵如嫡女姚凤歌也不过如此,而姚雀华这样的身份,再加上不知进退,一味任性,最后的苦果也只能自己吞咽罢了。大家都是可怜之人,谁又有什么资格可怜别人呢?

卫章进来的时候便看见姚燕语站在书架跟前,手里握着一本泛黄的古医书,脸色沉静如水不知道在想什么,眼神中尽是悲戚落寞之色。于是上前去从后面把她拥入怀中,低声问:"这么出神,是在想什么呢?"

"没想什么。"姚燕语回神,转头枕在他的肩膀上,"过几天我走了,你要多保重自己。"

卫章的手臂紧了紧,低头吻着她的脸颊,轻声说道:"我请旨跟你一起去。"

"皇上怕是不会准的。"姚燕语轻轻摇了摇头,"现在这种时候,我们还是不要触怒皇上了。"

"烈鹰卫又到了征选的时候,这理由光明正大。想来皇上是不会拒绝的。"

"试试看吧,若是皇上不准,你也别强求。触怒了皇上对你我可都没好处。"姚燕语微微侧转了身,抬手抚上他冷硬的眉骨,想想这个男人曾经无微不至地照顾自己,时刻把自己放在心尖上,竟有些心酸的感觉。多么幸运!我于万丈红尘中遇到你。又多么庆幸!我能进到你的心里并爱上你,嫁给你,今生今世跟你在一起。

"你到底怎么了?"卫章伸手捏住她的手指,放在唇边轻轻一吻。

"雀华已经许身佛门随着她的师父离京了,这辈子都不会再见了。"姚燕语低低的声音带着几分凄凉。

"哦。"卫章淡淡地应了一声,他甚至没反应过来雀华是谁。

姚燕语见他反应木木的,知道他对这种事情不感兴趣,便不再多说。两个人沉默地相依在书架跟前站了一会儿,卫章忽然低头,看见怀里的人闭着眼睛,呼吸轻缓悠长,竟是睡了。这就睡了?这几日是有多累?卫章忍不住低低地叹了口气,弯腰把人捞起来送去了床上。

正月十六,姚燕语要送张苍北的灵柩回湖州老家安葬并要替师父守墓一年的奏折送到了皇上的龙案上。皇上看过后不由得皱眉:"送去湖州安葬再选几个族人守墓也就罢了,她一个妇道人家如何在那种地方长住?"

虽然奏折准许送进来,但大云朝素来有正月里就是过年的说法,是以并没有正式早朝。不过有要紧的事情皇上和内阁的几位重臣只猜度着办了。

此时皇上靠紫宸殿龙案后面的高背龙椅上,旁边就没有大臣,只有立在旁边的怀恩听了这个也不敢发表意见,只无奈地笑了笑,说道:"皇上说得是。"

卷四 卿心未央

皇上便有些烦躁，抬手把奏折丢到了一旁。

至晚间，诚王爷进宫面圣，皇上便把姚燕语的奏折给他看。诚王爷早就通过卫章知道姚燕语想要在湖州守墓一年的事情，但此时却不好表现出来，只叹道："说起来这位辅国夫人倒真是忠孝义节之人。"

皇上不悦地说道："忠孝义节，忠字排在第一位。她去守墓一年，那朕的身体呢？朕如今已经是风烛残年了，朕哪一刻离得开太医？"说完，皇上顿觉身体不怎么好，便转头去咳嗽了两声。

"要不，皇上就下旨夺情。让她看着张苍北安葬之后即刻回京？"诚王爷也觉得皇上的身体的确大不如前。自从御马发疯皇上被摔下来之后，连性情也变了不少，经过去年国宴和地震一事，皇上更是添了无限心事，据说晚上连两个时辰都睡不到，经常被噩梦惊醒。

皇上重重地呼了一口气，说道："京城至湖州将近两千里路，走水路的话，一去一回也得两个月。"

诚王爷心想皇上金口玉言已经当着那么多人的面说了让姚燕语送张苍北回湖州安葬，该不会到这会儿又反悔吧？皇上可不比别人，说出去的话岂能随便改？于是忙劝道："皇兄也不必太过担心，辅国夫人在奏折中说把宁翠微和赵翠萍两位医官留在国医馆当值，另外还有素嫔娘娘在皇上身边服侍，料无大碍。"

皇上听了这话方点了点头，其实这一点他也想到了，只是这阵子发生的事情太多了，让他总是心神不宁罢了。

说到底皇上这些年一直用心保养，身体的底子很好。如今他的病大部分在心里，只要他心结打开，身体自然不会有什么大碍。于是诚王爷又劝道："湖州虽然远，但也不是鞭长莫及。况且天气回暖，赈灾事宜已经初见成效，皇兄放宽心，身体自然也就渐渐地好了，又何须请医延药？"

"好吧。"皇上终于松口，"朕以仁孝治天下，张苍北跟了朕三十多年，如今死于非命，朕也不忍心看着他连个像样的后事都没有。既然姚燕语想要给他守墓一年，朕准了便是。另外再从内库里拨两千两银子给他买地修墓，弄得像模像样一点，别丢了朕的脸。"

"是，臣这就去办。"诚王爷拱手领命，之后又问："请问皇兄，这护送之事是用卫章手下的烈鹰卫呢，还是用锦麟卫？"

"烈鹰卫一共没多少人，卫章也另有紧要军务，不能让朕的辅国大将军整天跟着辅国夫人转。还是七弟你挑一队锦麟卫护送吧。"

"臣弟明白。"诚王爷躬身领命后，告退离去。

诚王爷从宫里出来直接回府，一进书房便看见等在屋里一身武装的云瑶，于是蹙眉问："你怎么在这里？有事？"

面对已经二十岁依然待字闺中的女儿，诚王爷着实有些头疼。这两年诚王爷一直在京城内各府的公子哥儿身上用心，手里攒了一大把的青年才俊，无奈云瑶一个也瞧不上，多说

45

一品痞女【完结篇】

两句这丫头便跑去军营里不回来，没日没夜地练武习功，简直把大云朝最尊贵的王爷给愁白了头。

云瑶上前行礼后，问道："父王，女儿想离京。"

诚王爷完全没把这话放在心上，只应付着"嗯"了一声，自顾让书房服侍的丫鬟上前来给自己更衣。

云瑶则上前来代替丫鬟给诚王爷解开紫貂毛斗篷的宫绦，轻轻地除下那件价值万金只有亲王才能穿的紫貂大氅转身去随意挂在衣架上。

"出去散散心也好。"诚王爷看女儿难得懂事，微微点了点头。京城之外，往南，往西，往东，都有诚王府的庄园别院，女儿想去哪里都可以。

"那就这么说定了啊！"云瑶笑眯眯地上前来看着诚王爷。

诚王爷顿时有一种被算计的感觉，于是问："你想去哪里？"

"湖州。"云瑶微笑道。

"湖州？"俗话说知女莫若父，诚王爷不用想也知道云瑶这回打的是什么主意，于是立刻冷声喝道，"不行！"

"父王！"云瑶立刻扯住老爹的袖子撒娇，"您刚才可是准了的。"

诚王爷皱眉道："我只答应你可以出京散心，京郊的别院庄园，甚至咱们家的封地庄子你都可以去！就是不许跟着辅国夫人去捣乱！"

"谁去捣乱啊！我是给她帮忙去。"云瑶立刻正色道。

诚王爷无奈地叹道："你帮什么忙啊？你离得人家远远地，就等于帮了大忙了。"说完，诚王又皱眉看着云瑶，半晌又问，"你母妃给你寻了那么多家婚事你都死扛着不答应，是不是还想着他呢？"

"没有！"云瑶立刻变了脸色，眼神一闪，转身坐在了地毯上。

坐在椅子上的诚王爷欠身把女儿从地上拉起来，又语重心长地问："那你到底是为什么？京城这二十几个富贵公子就没一个能入得了你的眼？你到底想嫁给什么样的人啊！"

女儿二十岁了还待字闺中，这真的让诚王爷头疼欲裂。

"我谁都不嫁！"云瑶郡主一脸的决然，乌溜溜的眼睛看着父亲，冷静地反问，"难道父王嫌弃了女儿？不想养着女儿了？父王放心，好歹女儿还是个郡主，自己也有封地的。"

"你这孩子！父王是那意思吗？！"诚王爷生气地哼道。

云瑶却果决地说道："女子嫁人无非是想要找个依靠。而我不需要任何人依靠。"

"可我跟你母妃也不能陪你一辈子！将来我们都驾鹤西游，你待怎样？"

"女儿不是说了么，女儿还有封地啊。"云瑶笑了，"到时候女儿带着心腹下人去封地过清净日子，倒也乐得自在。"

"胡说！"诚王爷被云瑶这样的说法给气着了，但又想不出更好的办法来。他总不能随便找个谁逼着女儿嫁给他，夫妇不合到时候闹得不像样了，还是自己操心。哎！女儿都是

卷四　卿心未央

债啊！

　　圣旨一下，礼部和锦麟卫都即刻准备起来，皇上给张老院令准备了一个很像样的凭吊仪式，并派五皇子代天子祭奠，送张老院令的棺椁离京。
　　姚燕语一身医官袍服之外又罩上了一层白纱，额头上勒着一块白绢，胯下桃夭也罩上了一层白绢，变成了穿着白纱衣的马儿一路前行，张老院令的棺木被安放在一辆四驷大马车上，前后两千名锦麟卫拥护着出了云都城的东城门，往大运河京都码头的方向去。
　　五皇子一身素服，带着前来祭奠凭吊的文武送至城门口便住了脚。
　　姚燕语下马，先朝着皇宫的方向与皇上拜别，然后又与众位大臣拱手告辞，最后目光跟姚远之的目光相遇，姚远之给了她一个安心的眼神，姚燕语轻轻点头，又深深一躬之后，转身上马，带着队伍匆匆离去。
　　而云瑶则与姚燕语并辔而行，一直到了码头上，才微笑着开口，说了今天的第一句话："姚夫人是不是对本郡主担任这趟差事非常不满意？"
　　姚燕语不得不正视这位本朝最难缠的郡主，无奈地笑了笑，拱手说道："不敢。只是这一路南下，着实辛苦，郡主千金之体，若是有个什么闪失，下官怕是不好跟王爷交代。"
　　云瑶淡淡地笑了笑，说道："放心吧，我决不会是你的累赘。"说着，翻身下马，把马缰绳丢给身后的一个锦麟卫，然后挥手吩咐众人："请张老院令先登船！"
　　此时已经是二月初，云天河已经冰雪消融，水路完全畅通了。湖州位于楚地，由云天河转清江逆流而上可至。走水路既快又省事，所以礼部拟定的行程是全程水路。
　　两艘大船，一艘安放张老院令的棺木以及半数锦麟卫，另一艘船则是姚燕语和云瑶以及近身服侍保护的人用。
　　姚燕语看着国医馆的十八名杂役将张老院令的棺木从马车上抬下来送到船上，在船舱中安放好之后，便亲自上前，又点了香火纸钱，告祭一番。
　　卫章早先一步在船上等候，等她看着火盆里的纸钱燃尽后，方起身进了船舱。姚燕语看见他，便皱着眉头轻轻地叹了口气，说道："皇上怎么会准许郡主同去？"
　　"我哪里知道？"卫章无奈地叹了口气，"不过有她随你同去也好，最起码这两千名锦麟卫选的肯定都是精英。"
　　姚燕语不得已轻笑一声："这倒是，诚王爷对这个女儿可是宝贝得很。"
　　卫章抬手轻轻地拢在她的脖颈上，目光舍不得错开一丝一毫："路上一定要小心，不管什么事，都要先保护自己要紧。"
　　"我知道。你也是，我不在家，你要按时吃饭睡觉。回来我是要检查的，若是发现你不听话，可要罚你哦！"姚燕语微微笑着，故意不去想一年的别离。
　　卫章把她拉进怀里，低声叮嘱："火铳不要离身，袖箭也是。睡觉也不能摘下来，记得吧？"

47

一品 医女

【完结篇】

"知道。"那只火铳被卫章视作宝贝,自从打死朴坼之后,他拿回去又找人研究了一个多月,把点火的捻子改进了些,而且命人做了三百多颗铁蛋儿。火铳里最多一次装六个,剩下的被他分成小包,让姚燕语带在身边,以备不时之需。

姚燕语曾无奈地叹道:"你指望我打三百发这个,我这胳膊也该废了。"

卫章却只是淡淡地说了一句:有备无患。

船舱里,两个人依依惜别,不管有多么不舍,该分开的时候还得分开。外边有人咳嗽了一声,说道:"将军,时辰到了,该启航了。"

"好。"卫章又转身看了一眼姚燕语,低声说道,"一定要保重。"

"嗯。"姚燕语随着他一起出船舱,踩着两艘大船之间的跳板往另一艘船上去。

云琨见卫章过来,也叮嘱了云瑶几句,便和卫章一起下船去了。铁锚被缓缓地拉起来,大帆缓缓升起,大船便缓缓地离开了码头,往南行驶。

"走吧,人都看不见了还在这儿吹冷风。"云瑶瞥了一眼依然痴痴张望的姚燕语,淡淡地说道。

姚燕语知道以后的日子长着呢,她不能刚开始就跟云瑶闹别扭,便没吱声只跟着她回了船舱。

云瑶现在不如之前,出门根本不带随身的丫鬟,而且举手投足都英姿飒爽,完全是一副武将的派头。姚燕语却不行了,虽然她也是一身男装,但到底还是女人家的做派,这次南行就把香薷和乌梅以及半夏麦冬四个丫鬟都带上了。

香薷上船后第一件事便是烧水烹茶,姚燕语和云瑶一进来,她便献上香茶,时候刚刚好。

云瑶接过茶来闻了闻,很难得地赞了一声:"茶不错。"

"自家茶园产的,郡主若是喜欢,过几日咱们过江宁的时候让家兄多准备些咱们带上。"姚燕语一边喝茶,一边微笑着说道。

事实上她十二万分地不愿意跟这位冷冰冰的郡主朝夕相处。但既然如今有幸同行一段路,也只好尽量地跟她好好相处了。而且看她这样子,也不像是无故找茬来的。

只是无奈云瑶一向性子孤傲冷淡,平日里便不把任何人放在眼里,康平公主在她嘴里也只是个"贱妇",所以她这次能主动跟着姚燕语南下,已经是极难得地示好了,再让她说什么和软的话,她定然是说不出来的。

而姚燕语却因为摸不准这位郡主是什么意思,也不好贸然示好。于是两个人就这么沉默地各自品了一杯茶之后,云瑶把盖碗一放,起身道:"我先去睡一会儿。"

姚燕语微笑着说:"请便。"便看着云瑶迈着轻盈的步子上了二楼,自己则靠在船舱的矮榻上,借着外边的天光看医书,不知不觉天色便暗了下来。

香薷进来请问晚饭的事宜,姚燕语抬头看了一眼楼上蹙眉叹道:"你上去看看郡主可曾醒了,若是醒了,再传晚饭。"

香薷答应着刚要去,云瑶已经从上面走了下来,一边下楼梯一边问:"晚饭好了没?

饿死了都。"

"回郡主，晚饭得了，奴婢正奉夫人之命，想要上去请郡主下来用饭呢。"香薷甜甜地笑道。

"嗯，传饭吧。"云瑶点点头，又坐在了姚燕语的对面，因看见小几上有吃剩的点心，便伸手拿了一块红豆酥放在嘴里。恰好半夏和麦冬端着脸盆进来，看见郡主正捏着点心吃，一时有些不知所措。

云瑶把手里剩下的一块红豆酥放到嘴里，招手让半夏近前来："唔，洗手。"

半夏忙端着脸盆上前去跪在地上，举着水盆服侍云瑶洗手。另一边姚燕语也放下了医书，麦冬也上前来服侍她洗手，因看见半夏跪着，麦冬也要跪下去，却被姚燕语制止了："哪里来的那么多规矩？你跪下的工夫，我都洗好了。"

"奴婢该死。"麦冬忙道。

"我最讨厌这个'死'字。"姚燕语扯过帕子擦了手，然后丢进水盆里，"下去吧。"

"是。"麦冬不敢多言，忙匆匆地退了出去。

云瑶擦好手之后也把帕子丢进水盆里，淡淡地对半夏说道："辛苦你了。"

"郡主言重了。"半夏忙欠了欠身，也端着脸盆退了出去。

云瑶看着往手背上涂香露的姚燕语淡笑着说道："你的奴婢给我下跪，心里不舒服了？"

姚燕语把自己盛香露的瓶子往云瑶跟前推了推，说道："生气倒说不上，每个人有每个人的生活习惯罢了。我最讨厌这些人动不动就跪。"

姚燕语也知道，平时在家里这些丫鬟们被自己娇纵得没什么规矩，这会儿应该是想着云瑶郡主不是好惹的，所以才小心行事，怕走错了一步被郡主指责，让自己这个主子没脸才这样的。但一想到自己的人当着自己的面给别人下跪，她心里还是有些别扭。其实这换作之前，姚燕语也不会这么想。毕竟在这个年代，有些事情是无可抗拒的。但最近两年随着她的品级越来越高，再加上卫章根本不在这些事情上操心，便逐渐地养成了她这点小傲娇的性子。

云瑶却把她的那只精巧的玻璃瓶子推了回去，淡淡地笑道："你说得不错，每个人都有自己的习惯。这些东西我早就不用了。"姚燕语这才看见云瑶的那双比自己粗糙的双手，仔细看的话不难发现她手指上的薄茧。一时便有些愣住。

饭菜摆了进来，因为有云瑶郡主在，再加上姚燕语也从来不是一个肯委屈自己的人，所以来的时候还带了两个厨娘，晚饭是精致的素食，还有用枸杞、红枣以及莲子等煮的粥。

云瑶看了这些饭菜又微微蹙眉："怎么没有饭？"

香薷服侍姚燕语这么久，夫人晚饭一向只是粥，没用主食的，以至于她以为云瑶郡主这样尊贵的人肯定也跟夫人一样，却没料想会有此一问，于是忙道："有米饭和花卷，还有蟹黄包。奴婢这就去给郡主传来。"

"给我两碗米饭，再弄点像样的菜来。当本郡主是金丝雀儿么？"云瑶淡淡地看了香薷一眼。

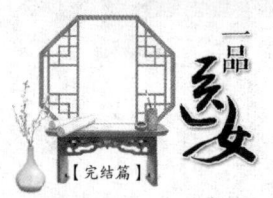

"是。奴婢这就去。"香蕊忙转身下去，不多会儿端了两碗米饭，一碟花卷并一大碗鱼头豆腐汤来。另外还有一个红烧猪手，一个清炒茭白。

云瑶看见这些吃食方有了笑脸："这像是吃饭的样子。"

说着，她也不客气，自己舀了鱼头汤浇到米饭上，又夹了猪手和茭白，端起饭碗来开吃。

不过云瑶郡主先天受了十几年的贵族少女的教育，有些优雅是刻在骨子里的，她此时虽然大口地吃饭，却并不叫人觉得粗野，反而是随意自然，有一种天然去雕饰之美。连姚燕语看得都有了食欲，便夹了个花卷陪着她一起吃起来。

不过吃完之后姚燕语就有些后悔了。

人家云瑶郡主晚饭后还要去练一套拳法，所以不用担心吃多了积食，可姚夫人就不一样了，她顶多也就是打坐，或者练一练八段锦，多吃的那个花卷却一直堵在心口里怎么也不消化，于是只好让香蕊取了消食丸来含了一颗。又裹了斗篷去船头船尾散步消食。

姚燕语看着跟在后面的那艘船的船舷上来往走动的护卫，一下子想起了之前回江宁城采办药材时，有卫章相随的那一段行程。

这些往事姚燕语很少想起，毕竟她不是闲人，没那么多时间去缅怀往事。可是在这春寒料峭的夜里，一切又仿佛回到那年，依然是奉旨南下，依然是昼夜兼程，依然是夜空寂寥，依然是江水潺潺，甚至那烤鱼的香味都是回忆中的样子。此情此景，又让她如何不回忆？

不觉夜深了，姚燕语笑了笑，抬手拢了拢斗篷转身往回走。

姚燕语一进船舱，香蕊忙迎上来，伸手去解姚燕语身上的斗篷，那贡缎面料沾了夜露，触手冰凉一片，又嗔道："奴婢转了一圈儿没找到夫人，瞧夫人这一身寒气，可是去了哪里？"

"不过去船尾站了一会儿。郡主睡了吗？"姚燕语搓了搓冰凉的双手，接过半夏递过来的热水喝了一口。

"郡主已经睡了，天色不早了，夫人也睡吧。"

"好。"姚燕语提着裙裾上楼。楼船的二层分开左右，分别是她和云瑶的卧室。香蕊上前去服侍姚燕语解开袄裙的玉扣，半夏随后跟上来赶紧地去给姚燕语拿睡袍。

淡青色的茧绸中单，男女皆可的样式，尺寸却大了许多。香蕊和半夏谁也没敢多说，只服侍着姚燕语换上，待她躺好后掖好被角，放下帐子，然后两个丫头方各自脱下外衣，钻进了地铺上的被窝里。

一夜无话，第二日一早姚燕语被外边打拳的声音吵醒，不用想也知道是云瑶郡主在晨练了。

这样的日子一日一日地重复，并没有什么新奇之处。几日后锦麟卫千户夜阑进来回说前面是个较大的码头，船要靠过去补充粮米菜蔬等物，云瑶点点头，允了。

姚燕语没心思上岸去玩，还以为云瑶肯定耐不住寂寞会上去，却不料云瑶郡主却靠在对面榻上闭目养神，连个眼神都欠奉。姚燕语无奈地笑了笑，继续低头看自己的医书。

通过这几天的相处，姚燕语已经习惯了云瑶的淡漠。

卷四　卿心未央

其实说起来，云瑶还是那个云瑶，跟初次认识她的时候一样，那么冷漠，高傲，不善言辞却高傲得要命，好像谁都入不得她的眼。可她却也有些不一样了，比如她不再冷言相加，也不再靠那些贵族的礼仪规矩来维持自己的高傲，她随性了很多，不再刻意怎样。也因为练武，举手投足之间更多了几分英气，似乎连那与生俱来的高傲也有了底气一样。

说起来，她算是成熟了。这样的云瑶倒是更讨人喜一些。所以姚燕语之前心里的那点不痛快也随之烟消云散了，剩下的只是跟云瑶二人的互不相犯地和平相处。

船上的杂役上岸去各自采买后很快回来，船离开码头继续前行。姚燕语终于可以静下心来把自己之前的笔记认真地整理一下了，回头看她发现自己这两年来记下的东西可真不少，当然也有很多漏洞需要一点一点地斟酌修补，这是个细致活，一天下来也可能斟酌不好一个方子或者一个研究成果，但不怕，在这段行程中以至将来为师父守墓的一年内，她有足够的时间去整理这些。

许是张老院令在天有灵，这一段行程顺风顺水，半月的工夫便到了江宁，又一路日夜兼程，终在二十天后到达湖州码头。

湖州县令眼巴巴地等了一个多月，终于迎来了送张老院令成公回乡安葬的官船，当即便率属官衙役以及湖州县的乡绅们至码头迎接。一套繁文缛节，别说云瑶不耐烦，连姚燕语也有些不耐烦。只是为了老师能够体体面面地回乡入土为安，她再不耐烦也得耐着性子。

湖州县令唐汝町早就安排好了灵棚、祭棚等一应琐事。张苍北的棺椁从船上请了下来，在灵棚中安放，便有张家子侄辈的披麻戴孝祭拜哭灵。姚燕语见状心里只觉得一阵悲凉，心想老师一辈子孤独，死了却有这么多孝子贤孙哭灵，真真不知是可喜还是可悲。

正暗自感慨间，唐汝町便上前来，请示姚燕语："下官已经和张家的老族长商议着为成公选了一块风水宝地做墓穴，只是没有辅国夫人之命，不敢私下做主。"

姚燕语便道："今儿来不及了，等明日我随你们一起去看看吧。"

唐汝町顿时愣住，心想这位二品夫人一个女流之辈，难道要翻山越岭，亲自去看墓地？

姚燕语见他不说话，便皱眉问："怎么？有什么不妥么？"

"呃……咱们湖州多山地密林，那山间之路着实难走，下官怕夫人吃不得那些苦楚。不如夫人派出可靠之人过去查看，回来绘图给夫人看，如何？"

姚燕语摆摆手，看着那边灵棚处披麻戴孝的百十口子人，平静地说道："不必了。师父与我情同父女，他活着的时候我没好生孝敬他，如今他去了，这百年安寝之地我必要亲自去看看才放心。还有，我会在此为师父守墓一年，皇上也已经恩准了。所以不管那路多么难走，我都是要走的。"

唐汝町一听说这位要在这里住一年，原本的淡定便再也没有了，忙躬身道："是，那下官这就去安排一下，明日一早，下官带人来驿馆接夫人进山。"

"好。"姚燕语也不跟他多说什么废话，转身往驿馆方向走去。反正灵棚这边都是张氏族人，他们也不可能把老头子的棺椁偷回家里去。

一品医女【完结篇】

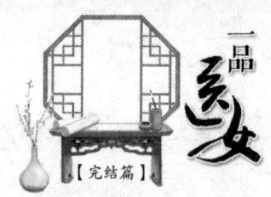

姚燕语一夜没怎么睡好，满脑子都是墓地的事情，第二天起来便没什么精神。倒是云瑶跟没事儿人一样，该睡就睡，该吃就吃，什么事都不能影响了她吃饭睡觉的心情，让姚燕语好生羡慕。

第二天一早，唐汝町带着三班衙役和典狱一起，来驿馆给郡主和辅国夫人请安，并请示：墓地选的地方在湖州县和渝州县的交界处，必须早走，晚了当天可回不来。

唐汝町还以为这两位女贵人一个是郡主一个是辅国夫人，肯定身娇肉贵行不得山路，便早早地准备了马车和肩轿，预备着马车颠簸得太狠了便用轿子抬着二位。

孰料见这二位皆一身骑装出门，而且各自都有一匹骏马，一黑一红。唐县令还没来得及惊讶，便见两位女娇客认镫上马的姿势一个比一个好看。那叫一个英姿飒爽，县太爷的下巴直接掉在了地上碎成了八瓣儿。

锦麟卫和礼部随行来的主事官以及钦天监随行来的主事官也都各自上马。礼部的官员跟随自然是查看路况及墓地的环境，以方便下葬当日的安排。钦天监的人跟来完全是姚燕语自己的主意，她想着来到这里必须得亲自选墓地的，所以找了个行家来帮忙看风水。

一行人浩浩荡荡出湖州县城，由张氏族人里一个自称是张老院令侄孙叫张恪礼的人带路，一直往东南方向前进。沿着山路绕了半天，才至山的四分之三处，恰好前面缺了几棵树木，敞开了视野可以极目远眺。那张恪礼便指着远处的一处盆地说道："请郡主和夫人看那边，那片竹林过去有一个湖，小的们给叔祖选的风水宝地就在那湖北面的山坡上。背山面水，两侧青峰环绕，怀中抱着一颗明珠，风水大家说，此处乃是不可多得的风水宝地，也只有咱家高居一品的叔祖配用。"

姚燕语顺着他指的方向看过去，但见面前是一眼望不到头的竹海，此时阳春三月，正是草长莺飞的季节，山风吹过，竹吟细细，碧涛翻滚，一望万里，果然是一派宜人景色。

云瑶和姚燕语心情大畅，纵马疾驰，一路穿过树林竹海，最后停在一片稻田旁边。姚燕语深吸了一口气翻身下马，一边摇着手里的马鞭一边走到稻田跟前，慢慢地蹲下身去看着眼前的景色。

湖州地界靠南，春天来得早，到这个时候春耕已经结束，一片水田里栽种着尺把高的禾苗，天光水色之中抹了一点新绿，整整齐齐，生机勃勃。

"这片稻田应该就是给老院令买的祭田了。"云瑶站在姚燕语身边，眯起眼睛看着这一片水田。

"郡主，我想问你一件事情。"姚燕语望着远处的青绿色的山峦，低声说道。

"说。"云瑶顺着她的目光看过去，眼神虚无没有焦点。

"听说大皇子被皇上发往岭南思过，不知具体是在何处。"

云瑶一怔，缓缓地扭头看着姚燕语，半晌才轻声一笑："你也不算太笨，我还以为你一直到回去都不会问这个问题呢。"

"你来这里，是不是跟他有关系？"

卷四　卿心未央

"锦麟卫密报，说大皇子在渝州和湖州交界处发现了一处银矿，并联合当地的富商一起私挖银矿，私自招兵买马，有谋反之心。"

"那为什么朝廷不派兵清剿，反而把你给派来了？"姚燕语也扭头瞪着云瑶，低声质问。

云瑶轻笑："我？我是来陪你游山玩水的。"

"郡主……"姚燕语苦笑，"虽然我不知兵事，但我刚刚听你说，银矿是在湖州和渝州的交界处？说白了也就是这一片吧？"

"离这里还远着呢。"云瑶挥手往东边一指，"二百里以外。湖州，渝州，潜州三洲交界处，那里地形复杂，至少有四个以上的少数民族交错而居，父王提起那个地方来都头疼啊。"

"别告诉我诚王爷把你给派来是为了把大皇子给押回去治罪的。"姚燕语听了这话，心里更加不满，这么危险你爹还叫你来？你后爹生的吧？

云瑶看姚燕语的眼神，低声哼道："你还别不知好歹，我不过是为了你才跟我父王闹翻了脸来这里的。"

"什么？！"姚燕语这下更蒙了。

"跟你说不明白。"云瑶说着，挥手抽烂了两棵禾苗，转身走开。

这人精神错乱了吧？为了我跟诚王爷闹翻陪我来？我有那么大的魅力么？姚燕语初时想不通，但不过转念之间便似乎想明白了。一时间心里又添了几分不痛快，却更多的是无奈。

卫章有一句话是说对了，不管怎样，有云瑶跟了来，诚王爷会把锦麟卫最精锐的部分挑出来一路跟随。而且会时刻关注这边的动静，她的安全也多了一层保障。只是，这一次若两个人都无事还好，若有事，又让自己情何以堪？

因为一路催马疾驰，所以回到湖州县驿馆的时候天还没完全黑下来。姚燕语又累又饿。

"夫人累坏了吧？"香薷上前服侍姚燕语解下斗篷，乌梅赶紧递上香茶。

云瑶随后进门，也不用人服侍直接甩掉身上的斗篷在姚燕语对面坐下，半夏赶紧递上温凉的茶水，并温声劝道："奴婢听郡主这嗓子都哑了，这是用夫人调配的润喉药茶，郡主尝尝这味道可还行么？"

云瑶的确是渴坏了，抬手接过茶盏来咕咚咕咚两口喝完，又还回去："再来一盏。"

姚燕语长叹一声，说道："骑了一天的马，我这浑身跟散了架一样，全身哪哪儿都疼，必须得去泡个热水澡了。郡主，失陪了。"

"我也去！"云瑶冷着脸站了起来，"就你知道累啊？本郡主也累死了！"

"香薷？"姚燕语转头看香薷。

香薷忙笑道："回夫人，两份药汤都已经齐备了，活血祛乏，安神养气，保证郡主和夫人都满意。"

净室里两个香柏木的大浴桶里，淡褐色的热汤水氤氲着一丝丝白气。姚燕语和云瑶每人一个泡在里面，身后有香薷和半夏分别给二人揉捏头顶、脖颈、肩背、手臂上的各处穴位，云瑶早就舒服地睡着了。姚燕语虽然也很累，但心里却装着许多事情，一直闭着眼睛胡思乱想。

两刻钟后,香薷在她耳边低声说道:"夫人,该起来了。药汤虽然好,泡久了也对身子无益处。"

"嗯。"姚燕语看着旁边的浴桶,见云瑶已经睡得呼呼地,完全雷打不动的样子,不禁失笑:"郡主可真是好福气。不管到哪儿都吃得饱睡得着。"

"郡主怕是也累坏了。"香薷说着,先扶着姚燕语起身出来,拿了一条纯棉的大香巾把人裹住,又叫了乌梅和麦冬进来,几个人把云瑶从浴桶里抬了出来放在一旁的凉榻上给她擦身。

云瑶睡得再沉,经过这一番折腾也醒了,便问:"什么时辰了?"

"还早呢,郡主若是累就继续睡会儿,待会儿晚饭好了奴婢叫您。"

"晚饭……唔,好饿。"云瑶揉着瘪瘪的肚子,皱起了眉头。

姚燕语已经穿上了一身月白茧绸中单,一边擦着头发一边失笑道:"赶紧摆饭吧,我也饿了。"

香薷答应着出去安排,两个人出了净室,各自换上家常衣裙恢复了女儿装,松松地绾了发髻去厅里吃饭。

晚上,姚燕语躺在床上看着窗户纸上映着的淡淡星辉,无奈地叹了口气。果然是百足之虫死而不僵啊!大皇子又在这附近经营了两年多,富商豪绅,当地官府,天高皇帝远啊!姚燕语想到这些词汇,缓缓地翻了个身面向帐子里,心里叹道,湖州这潭水真是深不可测。

第四章

与此同时,一千八百里之外的云都城里。与湖州的春暖花开不同,帝都的夜风还带着冬的余威,从脸上吹过去的时候,像是被马尾巴扫了一下,丝丝缕缕地疼。

辅国大将军卫章练完一套剑法,收住剑势,缓缓地吐了一口气,一边往屋里走一边问:"夫人的信还没到?"

"还没,不过也快了。今晚不到,明一早准能到了。"长矛赶紧打起帘子,进门后又从丫鬟的手里端过一盏热茶递上去。

卫章接过茶来,按照姚燕语教给他的品茶方式,闻香,品茶,缓缓地咽下去之后,静等着回甘。喉间那一丝丝甘甜慢慢地涌上来,的确是一种享受。

"夫人这会儿应该到湖州了吧。"卫章喝下第二口香茶,抬手把茶盏递给长矛。

长矛转手把茶盏递给丫鬟,摆摆手示意她下去,方应道:"是的,根据上次来信的日子,这会儿夫人已然在湖州了。"

"湖州那边有什么其他消息吗?"卫章转身坐在书案跟前,随手翻了翻书案上的卷宗

卷四　卿心未央

邸报之类的东西。

"没什么大事儿，就是湖州县令唐汝町是丰宰相的门生，当初这位进士及第之后便被点去了临州做知县，官评政绩都不错，两年前在临州任满，被吏部调去了湖州。按说这事儿没什么稀奇的，就是有一点奴才想得有些多……"

"有话直接说，吞吞吐吐的作甚？"卫将军不悦地瞪了长矛一眼，这小子八面玲珑，唯一缺的就是一点痛快，总是磨磨蹭蹭唧唧歪歪的，叫人心烦。

"就是——这个唐县令是跟大皇子一先一后到的湖州。"

"大皇子不是在潜州么？"

"是在潜州、渝州、湖州三州交界处的一片山林之中。奴才听说那一带地形十分复杂，原本是一片荒芜的山林，里面还有野人什么的。"

"胡说！那不过是我大云朝的少数民族，也是大云的子民，怎么能说是野人？"

卫章说完之后顿时陷入了沉思之中。大皇子的阴谋是被自己掀出来之后才被褫夺了爵位发配到荒芜之地的。如今姚燕语去了湖州，他会不会趁机报复？

"将军，要不咱们还是再派些护卫过去吧，也算是有备无患。"长矛担心地说道。

卫章冷静地摇了摇头："我们能派多少人去？云瑶郡主带了两千锦麟卫绝不是吃素的。我们的人也不比锦麟卫厉害多少，况且，我们也没有这么多人。"

"那我们怎么办？总得……做点什么呀！"长矛焦急地说道。他一想到大皇子有可能会对毫无防备的夫人出手，就觉得坐卧不安。这若是夫人真有个什么闪失，这将军府还有安宁之日吗？

卫章沉思片刻，还是摆了摆手："你先下去吧，此事容我想想。"

"是。"长矛答应一声转身出去，不到片刻又忽然转回来，且惊喜地捧着一只信鸽，献宝似的送到卫章面前，"将军，夫人的飞鸽传书。"

卫章忙接过那鸽子，从鸽子腿上摘下一只小小的竹筒，从里面取出一个小小的纸条。

纸条上米粒大小的字，一个个写得清风秀骨：一路星夜兼程，我等明日即到湖州，郡主跟我一切安好，勿念。

"将军，夫人还好吧？"长矛看他家将军的脸色尚可，方大着胆子问。

"嗯。夫人说一切安好。但这是在她进湖州城的前一天写的。湖州距京都一千八百里路，这信鸽至少飞了两天三夜。照此算，夫人已经在湖州城待了两天了。"

长矛立刻叹了口气，说道："也不知道那唐汝町对夫人怎样。"

"夫人说她和郡主一切安好，那就是说她跟郡主相处得还算不错。有郡主在，那唐汝町纵然有十个脑袋也不敢怎样。只是怕他要些见不得人的手段，夫人不屑于跟这些人计较，而郡主的性子又暴烈如火……"说起来，卫章还是十分担心的。

"那咱们怎么办呢？"长矛又跟着犯愁。

"你且出去守着，我给夫人写信。"卫章说着，转身在书案跟前坐下来，拣了一支小

55

狼毫舐墨。

长矛见状，赶紧应声出去，站在廊檐下守着。

这晚，不仅将军府收到了飞鸽传书，诚王府也收到了锦麟卫通过特殊方式送进来的情报。

诚王爷的书房里，云琨坐在书案一侧的椅子上安静地等着，诚王爷则凑近了烛光，细细地看着一张写满蝇头小字的薄绢。片刻后，诚王爷方叹了口气，说道："他们已经到湖州了。这个唐汝町真是贼心不死！湖州那边的境况十分不乐观。这瑶儿非要跟姚燕语去湖州做什么？！"

"她跟我说，大云帝都里上至皇上，下到百姓，都满口称赞那辅国夫人天下无双。可她就偏偏看不出她姚燕语除了医术之外到底哪里还比别人强。所以她要跟在她身边了解她，知道自己这辈子败在什么样的人手下。"云琨道。

"胡闹！"诚王爷生气地哼道，"每个人都有每个人的身份，都有自己要过的日子！这怎么比？"

云琨耐心地劝道："反正她这个心结不解开，终身之事便一直没办法定下来。她也不小了，不能再蹉跎下去了，倒不如让姚燕语这一剂药让她清醒一下。"

"歪理！"诚王爷沉沉地呼出一口浊气，瞧着书案上的谍报，"她们两个人必须早些回来。"

云琨却摇头说道："我倒是觉得，咱们两千精锐锦麟卫如此张扬地进驻湖州，倒是能给那些人当头棒喝。让他们有所收敛。"

"如果姚燕语和瑶儿不在那里，我倒是很欣赏你这一招当头棒喝！可是我不能拿瑶儿当幌子。姚燕语更是我大云朝不可多得的人才，不能有任何闪失。"诚王爷的拳头攥得发白，沉思片刻后，又道："这事儿不能瞒着皇上了，我今晚进宫。"

"父王？"云琨看着诚王爷急匆匆离去的背影追了两步，又不得不停了下来。

进宫，见皇上……也不一定有用吧？皇上现在什么心情别人不知道，身为同胞兄弟，诚王爷是很有数的。这两年朝中诸多事情一件接一件地下来，皇上一下子老了十岁。原本鬓间的几缕白发竟在这短短的几个月内变成了满头花白。

诚王爷进紫宸宫那是不需要禀报的，但当他一脚迈进去之后闻到大殿里沉沉的安神香时，便知道自己来晚了。从宫里回来，诚王爷比之前冷静了许多，也更加忧心。

大皇子私挖银矿，不按建制扩充护卫的事情若是让皇上知道了，未免又要大动干戈。以皇上现在的身体状况，根本再也经受不起这样的事情了。可若是引而不报，又怕将来真的酿成大乱，自己也就成了大云朝的千古罪人。将来百年之后，还有何颜面去见母后？

诚王爷一夜没合眼，思来想去，最后还是觉得兹事体大，他不能只是隐瞒，便换了一身便装，低调地去了凝华长公主府。凝华长公主这两年越发地清心，只一味地研究养生之道，国家大事不用她一个公主操心，而家里的事情则由两个儿媳妇打点，她心情好了便逗逗孙子，再不问那些琐事杂务。

卷四　卿心未央

诚王爷亲自到访让凝华长公主有些纳闷，这两年他们姐弟俩因为儿女的婚事闹得有点僵，走动远比往日少了许多。但不管怎样，二人毕竟是亲姐弟，一个娘胎里养出来的，从小到大的情分做不得假。

诚王爷也不隐瞒，便把大皇子在岭南的所作所为都跟凝华长公主细说了一遍。

凝华长公主听完后叹道："这是国家大事啊！你怎么不去跟皇兄说，反而跑到我这里来啰唆？"

诚王爷叫了一声"姐姐"，然后叹道："你当我不想跟皇兄说啊？皇兄现在哪里还受得了这样的刺激？再说，大皇子这些事情做得是有点出格，但他毕竟还没反。若是皇兄一怒之下真把他给杀了……难道你不心疼？"

凝华长公主听完这话不禁叹了口气，幽幽地说道："天家无父子啊！"

"可话虽这样说，我怕这事儿一捅上去，老大还没怎么样呢，皇兄就先受不住了！这个时候姚院判又没在京城，到时候谁能力挽狂澜？"

凝华长公主点头："说到底，还是皇兄的身子最重要。"

"皇姐说得对啊！"诚王爷一拍大腿，"所以兄弟来找姐姐，还请姐姐帮忙参详着拿个主意？这事儿必须提前按下去！不能让老大胡来。"

"可是纸是包不住火的！"凝华长公主皱眉道。

诚王爷无奈地叹息："不管怎样这事儿得先缓一缓，咱们先想个办法把姚院判给召回京城来再说。"

"那西南那边的事情就任老大胡作非为下去？到时候酿成大祸，生灵涂炭，你我照样是大云朝的罪人，死后无颜面对列祖列宗和母后！"凝华长公主的目光骤然变得犀利起来，"你这是姑息纵容！他是皇兄的长子不假。可他先前做的那些事情乃是叛国之罪，罪不容恕！他不是已经被皇兄贬为庶人了么？！"

"那您说怎么办？"诚王爷无奈地拍手。

"我去跟皇兄说。"凝华长公主说着，便站起身来。

"哎哎——这事儿可得悠着点……"

"你放心，我有数。"凝华长公主说着，便唤人进来帮自己更衣。

诚王爷是知道自己这位姐姐的性子的，她认定的事情那是九头牛也拉不回来，于是便决定跟她一起进宫，到时候皇上若是真的气坏了，他也好从旁劝着点。

事实证明，诚王爷真是白担心了。凝华长公主不单单是个火爆脾气，而且还有一副缜密的心思。

这姐弟二人进宫面见圣上，兄妹三人对坐在紫宸殿里，不免唏嘘一阵，各自叹息年华易逝，一转眼三个人都老了，连最年轻的诚王爷也五十有二了。

说了几句家常，皇上心情见好，凝华长公主便叹了口气，说道："前几日做了个梦，一直闹得心神不宁的。本不想给皇兄添乱，无奈这件事实在放不下，今日还请皇兄给拿个主

意。"

皇上对这个妹妹历来千依百顺，便问："什么事情让我大云朝的长公主都为难？说出来给朕听听。"

凝华长公主便道："前几日梦见镇国公的母亲，忠勇镇国老夫人跟自己念叨着家里被水泡了，睡都睡不安稳。让去给她修房子。当时我没多想，后来越想越觉得不对劲儿，老国公和老夫人的灵柩早送安陆老家安葬，算起来竟有四年多了。那边虽然也有族人子侄负责祭奠，但终归不是嫡系，怕是有些不妥。所以老夫人才托梦来。"

皇上便道："这有何难？最近没有战事，可让肃之替父回去一趟，看看老夫人的坟墓有何不妥，赶紧修缮了，省得老夫人再频频给你托梦。"

凝华长公主忙起身福了一福："那妹妹就谢皇兄成全了。"

五日后，镇国公府大公子勇毅侯韩熵戈奉母命领家丁工匠，护卫等共计一千余人离京，一路风驰电掣直奔安陆。回老家修祖坟去了。

韩熵戈临走前见了卫章一面，二人在书房里说了半天的话，具体二位武将说了什么没人知道，但长矛只知他家将军从镇国公府回来之后心情像是舒缓了许多，眼神也没那么迫人了。

而湖州那边，张家族人为张老院令张罗了一场像模像样的葬礼，不仅确定了老院令的继子人选，还安排了孝子贤孙扛幡哭灵，且请了和尚道士来做法事。

张老院令十几岁离家，中间五六十年都没回来过，湖州的父老乡亲对这个人有印象的极少。只有七老八十的老头们夹在大街两旁看热闹的人群之中，诉说着他小时候的事情。还有一些文人书生向百姓们解释着老头子的生平事迹。

湖广的官员看在朝廷和皇上以及辅国将军府的面子上自然要来凭吊，众人在听说辅国夫人不准丧事收礼金后，便有一部分自愿留下来帮着料理丧事并为老院令送葬的。这场丧事不算太浩大，但在平湖也算是头一份儿。午后起灵，送殡的队伍浩浩荡荡地出城，至晚间根本到不了墓地。中间休息的地方是礼部官员早就选好的小村子，村子里不过十几户人家，房舍自然不够用，锦麟卫们直接搭起了帐篷。

第二天继续上路，至中午时分才到墓地。

这边早就找了工匠来开工，坟墓按照例制修建，用了百十名工匠费了月余的工夫赶出来的。另外姚燕语还另招了工匠在那边的一片竹林里修建了一片竹篱茅舍，是给她守墓住的。

本来姚燕语打算的是等丧礼结束之后，云瑶便会带着锦麟卫离开，最多不放心也就是给自己留下一队护卫。如今看来诚王爷派出两千锦麟卫来湖州怕是另有安排，所以姚燕语也没多说。

云瑶自然不走，当时就吩咐锦麟卫各自安排住处。姚燕语看着这碧绿青竹和清爽的竹楼，轻轻地叹了口气。接下来的日子，她要真正地尝百草品百毒，全心全力把前两年自己的研修

卷四　卿心未央

成果整理出来。想想每天在这样清幽的环境里读书、煮药、试验、记录倒也不失为一种享受吧。当然，前提是湖州城以及汉阳府，再加上渝州潜州以及安陆府的人都安分守己。

姚燕语又看着锦麟卫把一袋袋的粮米往竹楼里搬，笑道："这些米可够我们吃一阵子的了。"

"是，湖州的米又涨价了。"一旁夜阑面无表情地说道。

"哦？涨了多少？"

"又涨了二十文钱。现在一斗米一百二十五文。"

"一个月前，湖州市价一斗米三十五文钱。三十来天的光景，米价翻了三倍。"姚燕语眯起了眼睛，"湖州这是要乱啊！"

"我已经把这里的事情报给父王了，他会想办法的。"云瑶也觉得此事不妥，但她素来对这些事情不怎么了解，此事更不知道该如何应对。

姚燕语没说话，但她心里却对帝都那边，对诚王爷甚至对皇上都不抱希望。

平抑物价说得简单，但若是找不到根源只知道放粮平价是没用的。而湖州城甚至汉阳府，安陆府等这些地方之所以粮价步步上升，除了有心人在操控以外，怕是没有第二个理由。

想到这些，姚燕语首先想到的是"大皇子私挖银矿"的事情。想想吧，人家占着一个银矿自然不缺银子，若是再联合大商户们一起，想要哄抬物价让这几个州县自己先乱起来简直是易如反掌。

根据最近一次卫章的飞鸽传书，姚燕语知道韩熵戈已经带一千精兵进入安陆。若云瑾真的有所动向，那边的一千精兵加上这边的两千锦麟卫，再结合湖广本身驻扎的一支五千人的剿匪军队，就算不能完胜，也足以与之抗衡。卫章说，只要云瑾有所异动，锦麟卫和韩熵戈都会飞报京都，朝廷一定会增援，就算免不了一场战火，他云瑾也不会蹦跶多久。

可是，如今看来，却是卫章想错了。

云瑾根本就没想兴兵，他要做的是在湖广掀起一场经济暴动，逼着老百姓活不下去而奋起造反，然后他再趁乱出击，或者还有别的打算。

他想怎么样呢？姚燕语缓缓地闭上眼睛，摒弃一切杂念把自己当成云瑾，想着如果是自己要做这件事情，下一步会怎么安排。

不过还是想不透。姚燕语越想越乱，怎么也猜不透这些人到底会怎么做。

不过云瑾的目的不难猜，无非有两种。

其一就是回大云帝都登基做皇帝去，不过这点好像不可能。以皇上的性子，决不会允许他这样，况且云都城里还有好几个皇子，几位王爷和凝华长公主。

其二么，云瑾应该是想独立为王，以湖广为中心或者说，直接把地盘从西南扩到东南，跟北面的皇上划江而治。

他想拥有的应该是大云朝的半壁江山。云瑾的身边定有高人啊！姚燕语幽幽地叹了口气。

59

一品医女 【完结篇】

"米价这样涨，会不会引起民变？"云瑶看姚燕语脸色阴郁，便低声问。

姚燕语低声叹道："民以食为天。况且北方刚遭受了地震重创，有很多地方还指望着各地的粮仓调粮食过去救命呢。他们在湖广囤粮，哄抬粮价，无疑是给北方致命一击啊！如果粮价再这样下去的话，只怕江浙一带的富商也会纷纷跟着抬价，然后——北方必乱无疑。"

"那我们该怎么办？"云瑶蹙眉问。

"我也不知道。"姚燕语无力地摇了摇头，转身坐在一张藤椅上。她的确不知道。她不是经商的料，也没有翻手为云覆手为雨的本事。她只懂医术，而面对这样的事情，再高深的医术都没用。

云瑶转头对夜阑说道："把这里的事情用最快的速度报给父王。包括刚刚夫人说的那些话。"

"是。"夜阑应了一声转身离去。

云瑶望看了一眼北方的天空，在姚燕语旁边的另一只藤椅上坐下来，喃喃地说道："也不知道皇伯父的身体怎么样了。"

"想家了吧？"姚燕语扭头看着她。

"你不想？"被窥测了心事的郡主不满地瞪了姚燕语一眼。

"我也想。"姚燕语轻笑着点了点头，没有否认自己的情绪，"可我留在这里是必须的。而你却无端端陪着我受苦，何必呢？"

"我这是对自己的锻炼。"云瑶老神在在地躺在藤椅上，看着绿意婆娑的天空，半晌又补了一句，"你不懂。"

"我不懂？"姚燕语淡淡地笑了笑，躺在藤椅上闭上了眼睛，心道我有什么不懂的？爱屋及乌！世上最傻的人才这样。

事情果然如姚燕语所料，湖州城的米价涨得越厉害，粮商们便越是捂紧了粮仓一粒米也不往外卖。

此时算是青黄不接之时，百姓家里年前囤的米早就吃得差不多了，而地里的稻子还没抽穗。若是粮商不卖粮，百姓们十家得有八家没米下锅。

民以食为天，老百姓连饭都吃不上了，还管什么金科玉律？

"回夫人，郡主，今日湖州城里有两家粮商被砸了粮铺，百姓们哄抢了他们店铺里仅有的十多斗米。唐县令派人捉拿百姓，百姓们群起而怒，官民在街上打了起来。百姓死三人，伤五十六人。县衙的衙役也伤了十三个，轻重不一。"

"终于开始了。"姚燕语的脸色阴沉如水，民变一旦激起，后果不堪设想。

"唐汝町是怎么回事儿！发生了这种事情他身为知县不想办法平抑粮价，勒令那些粮商低价售粮，反而去抓什么乱民？！"云瑶生气地拍着手边的小几，幸亏这小圆几是藤编的，怎么拍也拍不烂。

姚燕语叹道："郡主，谁知道他是不是故意的？"

卷四　卿心未央

"那怎么办？！我们就眼睁睁地看着么？！"云瑶气得飞起一脚把一颗小石子踢飞。

"王爷回信了吗？"姚燕语现在迫切想知道京都那边对此事作何打算。

云瑶叹了口气，摇了摇头。信是三天前送出去的，京城距离这里将近两千里，用最好的马跑，半路换马不换人的话一个来回也得四五天的时间。

更何况这么大的事情父王不可能自己做主，总要跟皇上商议。皇上一定会召集大臣想办法。等那些大臣们想出办法来，这边的老百姓恐怕早就把县衙砸烂十遍八遍的了。

"郡主！夫人！勇毅侯派人，说有书信给夫人！"侍从匆匆来报。

"快请！"姚燕语立刻坐直了身子。

那人一身农夫的打扮近前行礼："奴才韩午给辅国夫人和郡主请安。"

"起来说话。"姚燕语忙吩咐身后的香蕲："上大碗茶。"

香蕲忙倒了一碗竹叶茶送到韩午的面前。

"谢夫人。"韩午急着赶路自然是渴坏了，接过茶来咕咚咕咚喝了个干净，之后方躬身道："奴才奉我家大爷的吩咐送信给夫人。"

"信呢？"姚燕语忙问。

韩午从靴子里抽出一柄匕首，夜阑见状吓了一跳，赶紧把姚燕语和云瑶护在身后。

"二位大人莫怪。实在是这一路上有不少可疑之人扮成乱民劫匪，奴才怕一不小心坏了主子的大事儿，所以想了个笨办法。"韩午说着，把自己的衣襟割开，从夹层里拿出了一封书信。

夜阑上前去把书信接过来交给姚燕语，姚燕语匆匆撕开细看。

韩熵戈寥寥数语，便让人心惊：汉阳府，安陆府等乱民四起，有别有用心者混入其中，发动乱民四处哄抢，汉水往北半数以上的驿站被乱民捣毁，马匹等被抢去杀掉炖肉，更有人暗杀信使，劫走朝廷南北往来的通信，且已经发现有人专门射杀信鸽。为了不使消息为对方所窃，还请夫人暂且莫用信鸽传信。另外，本侯本来想胁迫安陆府开仓放粮，但因乱民被人误导，粮仓未开便有上千人奋起涌入，这些人除了抢粮之外，还伺机放火烧粮，虽然诡计未曾得逞，但着实令人惊心。所以本侯劝夫人不要轻举妄动云云，试图劝说官府放粮，否则后果只能更加糟糕云云。

一封书信寥寥数语，姚燕语看罢心底却是冰凉一片。

云瑶见状伸手夺过那封信，看过之后也忍不住呆了："这可怎么办？难道我们就这么等着被那些暴民给抢了去？"

姚燕语深吸一口气，问韩午："你家侯爷现在在安陆府么？"

"回夫人，我家大爷现在不在安陆府，我们的人捉了乱民里带头闹事的，经过审讯，顺藤摸瓜，查到事情的起源在潜州，所以我们的人往潜州去了。"

姚燕语点了点头，说道："好。我知道了，你这一路赶来必然累了，先去休息一会儿，待我写好回信，你再帮我带回去。"

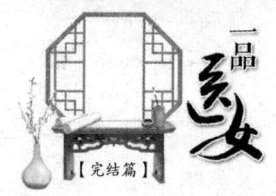

"是，奴才告退。"韩午躬身行礼后，跟着夜阑退了下去。

云瑶忽然问姚燕语："此人可信否？别是装神弄鬼来吓唬我们的。"

"他曾经跟着韩帅征战北胡，我给他疗过伤。我记得是这么张脸，应该不会错。"

"可是我听说江湖中有一种易容术。再说，你那伤药不是专门祛伤疤么？"云瑶皱眉问。

"这好办，我记得他的伤在左肩上，是刀伤，另外军中的伤药是以快速止血消炎防感染为主。祛疤的效果并不怎么好。况且祛疤的药膏本来就是另一种。"姚燕语也觉得这种时候还是谨慎些好。

云瑶又把韩熵戈的书信拿过来看了一遍，焦急地叹道："如果真像大表哥说的这样，我们还真就什么也不能做了？"

"不一定。"姚燕语的手指轻轻地握住藤椅的扶手，"现在我们先确定这封信的真假再说。对了，勇毅侯的字难道你不认得？"

云瑶无奈地叹道："大表哥和二表哥的字都是国公爷亲自教的，而国公爷的字在大云朝可是热门得很，虽然不敢说人人都会模仿几笔，但想找个模仿得像的还是不难的。况且，我也不是什么书法专家，哪里辨得出来。"

姚燕语无奈地苦笑，名人就有这么点不好。其实镇国公那字也不见得多好，可谁让人家是国公爷呢，下面人为了巴结去练他的字，这倒好，想辨别个笔迹都不能了。不过幸好姚燕语曾经给韩午治过伤，知道他身上的伤疤。

至晚间，夜阑悄然来报，韩午身上的伤疤是真的，且跟夫人说的样子基本不差。

"什么叫基本不差？！"云瑶生气地质问："你是怎么做事的？"

"基本不差就对了，当时我给他治伤不假，但事情过去这么久了，而且当时伤的人也多，我也有些模糊了。再说，两年多了，人的体质不同，伤口复合的程度也不同。能基本相同足以证明他不是假的。"

云瑶点点头，心想这若不是假的，可就证明那信里说的是真的呀！难道自己和这两千锦麟卫就这样被乱民给困在山里了？！

韩午休息了两个时辰便要离开，姚燕语命人准备了晚饭，留他吃了饭再走。趁着这个空里姚燕语找了云瑶来，同她商议："两千锦麟卫都陪着我们两个窝在这山沟里太浪费了。这种时候应该放他们出去干点什么正事儿。"

云瑶道："我也这么想，只是没有章程不能乱来。不如派到大表哥那边去帮忙如何？"

姚燕语摇了摇头，说道："他那边已经乱起来了，再派人过去也解决不了什么事情。再说，勇毅侯肯定有办法调兵遣将，也不差咱们手底下这些人。而湖州这边今天是第一次乱民暴动，按照侯爷书信里说的，若真是有人暗中挑拨，故意制造事端，我们必须把这些人从老百姓里面揪出来。"

"他们混在乱民里面，如何揪得出来？"云瑶蹙眉摇头。

卷四　卿心未央

姚燕语轻笑："他们能扮成乱民，难道锦麟卫不能么？我们就派人出去跟那些乱民混在一起，很容易就能把挑事者找出来。"

"好，只要把这些人找出来杀了，老百姓就不会乱起来。"云瑶咬牙道。

"不要杀人。杀人不能解决办法。"姚燕语摇头，"我们把锦麟卫分成两部分，一部分派出去扮作乱民去摸底，另一部分要大张旗鼓地协助官府制止乱民犯上作乱。"

"你是说——抓人？"云瑶不能理解姚燕语到底是怎么打算的。

"对，抓人。"姚燕语淡然一笑，凑近云瑶的耳边低声耳语一阵。

云瑶脸上顿时露出几分惊讶，然后也跟着笑了："好，就这么办。"

姚燕语轻声冷笑："他想兵不血刃就拿下湖广，恐怕是痴心妄想。只要我们能坚持十天半月的，我就不信朝廷真的没有办法。"

"对！我这就去安排。"云瑶只觉得一颗心怦怦地跳着直逼嗓子眼儿，她长到二十岁了，还是头一次这么兴奋。那种感觉就好像全身的血都燃烧起来了一样，闭上眼睛便是一片厮杀之声，而她，便是那个纵马驰骋，带着数千精兵拼杀的将军。

二三百里之外的一片深山之中，一个白衫男子负着双手站在山间的风口吹着山风，对身旁的一个青衣老者叹道："让湖广陷入生灵涂炭之中，实非孤之所愿啊！"

那青衣老者精神矍铄，一双小眼睛深陷在眼窝里闪着异彩："主公实乃慈悲之人。但也要知道成大事者不拘小节。恰逢北方地震天灾，这边是老天爷给王爷的机会。如此足可见王爷乃是应时而生，将来一统天下之后再薄徭役减赋税造福黎民百姓，也是一样的。"

一身白衫的年轻男子正是大皇子云瑾。自从他被皇上褫夺郡王爵位赶出云都城来到这山岭之中幽居思过，一晃已经两年了。

在这两年的时间里，云瑾并没思过，当然也不可能闲着。他利用自己的身份逐渐建立起自己的人脉，竟然在这一带混得风生水起，不但暗中收服了湖广以印染、丝织称霸天下的路家，还渗透了湖广的粮商、盐商。并以这些人为依托，私自开挖银矿。

当然，前面那些事情他做得隐蔽，没有人能发现。后来私挖银矿的事情渐渐地被地方官员知道，开始还能用银子堵住那些人的嘴，后来终究是纸包不住火，消息走漏出去，惊动了朝中的大臣。用云瑾身边的第一谋士东陵先生的话说，若不是恰好赶上地震天灾，皇上问罪的圣旨怕是已经到了。

"先生说得不错。"云瑾轻轻地呼了一口浊气，脸上闪过几分阴沉之色，"父皇一向心狠，我这个儿子在他看来总是可有可无。"

"主公生在天家，自小便该知道'天家无父子'这话。万岁爷有万岁爷的打算。如今丰家也倒了，看来万岁爷对谁都不放心啊。"东陵先生一直称呼云瑾为"主公"，是因为这位大皇子的郡王爵位已被褫夺，现如今虽然是皇室子弟，却也是被贬的庶人。

"那又怎么样？他能长生不老，占着皇位一辈子么？"云瑾冷笑，原本清秀的脸上闪

过一丝阴狠。

"京城来的消息，说皇上的身体大不如前了。恒郡王赈灾时染上了风寒一病不起，懔郡王也失了皇上的眷顾，诸位皇子之中，如每日进宫请安能见皇上一面的也只有五爷、六爷和七爷了。七爷年纪小，不足畏惧。六爷的外祖只是个言官，没什么实权，也不足惧。说起来，也是天佑主公。"

云瑾冷笑道："但愿老五那个蠢材不要太笨了。再者，我们煽动乱民毁驿站，暗中派人射杀信鸽的事情也不是长久之计，韩熵戈也不是白痴，定然有他自己的手段把信送进京城去，此时说不定云都城已经得到了消息。"

"没关系，反正我们也只是趁乱而动罢了。云都知道又怎样？调兵遣将过来最快也要十多天的工夫。再说了，是粮价造成的混乱，只能说湖广的官员无能，要论罪也是顾允桐的罪，跟主公有什么关系？"广陵先生嘿嘿一笑，一对老鼠眼精光闪闪，无比得意。

云瑾也跟着得意地笑了："先生说得不错。"

而此时的大云帝都的确对这边的事情还不知情，韩熵戈发现驿站和信鸽都不可用之后，便派出了亲兵渡过汉水走陆路连夜直奔云都城，过了汉水之后，乱民暴动的状况好了些，但驿站依然没有马匹可用。亲兵一口气跑到山西境内才找到了驿站，换马继续往北疾奔，连着跑死了四匹马，把消息连夜送进了云都城。

镇国公一看韩熵戈的书信顿时大怒，恰好凝华长公主在一侧，夫妇二人商议过后，觉得此事不能再瞒着，应该立刻让皇上知道。

皇上因为身体的缘故已经停了早朝，每天只在紫宸殿见几位辅政大臣。昨日皇上刚刚亲自主持了殿试，累了一天精神显然不怎么好，镇国公来的时候，皇上正靠在榻上听姚远之回说琼林宴的事情。

怀恩进来回说镇国公有要事要见陛下。皇上便抬手止住了姚远之的话，轻声叹道："琼林宴的事情姚爱卿看着办吧，朕实在是精神不支了。对今年新选上来的这些人该怎么用，要怎么用，姚爱卿拟个名单回头给朕看了再说吧。"

姚远之躬身答应着，皇上便吩咐怀恩："宣国公进来。"

镇国公进殿后大礼参拜，皇上睁开眼睛坐直了身子，叹道："起来吧，你也是经历过大风大浪的人，是什么事情让你的脸色这么难看？"

"回皇上，湖广……乱了。"镇国公说着，把韩熵戈的书信双手捧上。

"什么？"皇上还以为自己听错了。

"汉阳府，安陆府，武昌府等地因粮价一日三变，价格已经翻了十倍有余，粮商闭仓囤粮等着涨价，百姓们买不到粮食吃不上饭，已经有数县出现了哄抢事件，潜州更有乱民放火焚烧官府粮仓的事情。"镇国公说着，又把书信送上，"这是肃之的书信，乃是五天前写的。至今日，尚不知湖广究竟如何。"

卷四 卿心未央

"混账！"皇上脸色铁青，抬手掀翻了手边的小几，"顾允桐是干什么吃的？！他一个三品大员出了事儿就不管了？！出了这么大的事儿怎么连一份奏折都不见？湖广的官员都死干净了吗！"

镇国公只得又把湖广境内汉水以南的驿站被乱民捣毁，马匹被杀，驿站的看守伤的伤，逃的逃，正常的南北通信暂时处于中断状态，并有高手专门射杀信鸽的事情都跟皇上说了。

皇上气得脸色铁青，靠在龙榻上半天没说话。姚远之站在旁边听见了镇国公的所有话，他那精明的脑袋瓜子飞速旋转，很快便做出了判定，并拱手回道："皇上，此事大有蹊跷，我大云朝的商人素来胆小，若没有人从背后支撑，绝不敢公然跟官府作对。"

"朕知道。"皇上枯瘦的手紧紧地攥成拳头，恨恨地说道，"那个逆子不把朕气死，是不肯罢休的！他就是朕的讨债鬼！"

事涉皇子，姚远之自然不能多说。

镇国公叹了口气，回道："大皇子许是受到了什么人的蛊惑。以臣之见皇上还是叫大皇子回京，当面质问他比较妥当，以免父子产生误会。"

"哼，什么误会！他分明是嫌朕死得太慢了！"皇上目光一转，凌厉地看向怀恩："卫章呢？！"

"回皇上，卫将军今儿没进宫。"

"传他来见朕！"

"遵旨。"怀恩躬身领命后便急匆匆地跑了出去，一迭声地叫人备马，然后匆匆奔向辅国将军府。

卫章当时正在书房跟兵部的几位大人议事，听说皇上急召便撇开众人随怀恩进宫。

皇上见着卫章也没有废话，直接下旨："带着你的人去湖广，若人不够，朕再把江浙吴绍安的兵马归你调遣。朕只要你把云瑾给朕押回京城！"

"是，臣谨遵圣谕。"卫章叩头领旨。

从紫宸殿里出来，卫章方问镇国公："大皇子怎么了？"

镇国公又把韩熵戈的书信拿给卫章看，卫章看罢后顿时出了一身冷汗："燕语在湖州！"

"夫人同郡主一道，有两千锦麟卫保护应该不会有事。那些乱民的目标是粮仓，应该还乱不到她们那里去。不过，这一阵闹得大了就不好说了。"镇国公担忧地叹道，"你和肃之都是虽然战功无数，但却从来没跟老百姓们打过交道。湖广百姓是受人挑唆，他们毕竟不是番邦蛮夷，更不是我大云朝的敌人。你去那边，要斟酌行事，切不可冒进。"

卫章拱手抱拳："谢国公爷教导。"

姚远之则叹了口气，说道："湖广此时的关键虽然不是粮食，但粮食却是解决此事的钥匙。这样吧，我修书一封给江宁，让你大舅兄帮你想想办法。"

镇国公听了这话忙笑道："姚大人真是高见。镇抚那些乱民，还真是要靠粮食才行。现如今湖广的粮食都攥在那些黑心商家的手里，百姓没有饭吃才闹事，若是有饭吃，谁愿意

凑这个热闹。"

卫章也拱手道："多谢岳父大人周全。"

"我只想要你把燕语安全地带回来。"姚远之说完，沉沉地叹了口气，"哎！"

"岳父放心，我一定把她安全地带回来。"卫章忙躬身应道。

"嗯，我信得过你。"姚远之点了点头。

卫章接到圣旨后毫不迟疑地召集了自己手下所有能动的力量，贺熙留守，唐萧逸、葛海、赵大风三人随行，另外新老烈鹰卫一共五百名，留守二百，剩下的都跟着去湖广。

因为这一支队伍人数少，所以行动方便。卫章又把姚远之的亲笔信交给唐萧逸，命他带着调兵的圣旨去江宁，姚远之说老家的粮库里还有二十万石粮食，让姚延恩全部拿出来装船送去湖州。这二十万石粮食是关键，所以卫章让唐萧逸调吴绍安的水师和粮食一起去湖州，而他自己则带着他的悍兵猛将从云都走陆路直插汉阳府，确切地说是汉阳府湖州县。

卫章一旦离京，满心里装的都是姚燕语。当然，乱民什么的他心里也有，但他的目的很明显，不管乱民怎样，也不管大皇子如何，这些对他来说只是任务，而那个他心心念念记挂着的女人是他的命。他此番南下，一定先把自己的命护在怀里再说。

就在卫章星夜兼程的时候，姚燕语却在青山绿水之间摆弄着数十种草药，细细地品尝，对比，记录，然后煎煮，提炼，再记录。外边的纷乱似乎与她毫不相干，她完全沉浸在自己的医药王国里而不知寒暑。

一阵马蹄声打乱了竹林的寂静，一道玄色的背影从马上一跃而下，身形矫若游龙。

"郡主回来了！"香蕾端着一只簸箕在挑拣草药，见了来人忙福身行礼。

"你家夫人呢？"云瑶把手里的马鞭丢给香蕾，急匆匆地往那栋唯一的三层竹楼里走。

香蕾忙道："楼后面呢。"

云瑶也不答话，一口气跑到竹楼后面，见着专心勾兑药汁子的姚燕语，三步并作两步跑过去，开心地说道："按照你的说法，湖州的牢狱里都装满了人了！牢房里跟蒸馒头一样，一个挨着一个，那些乱民们都只有坐着的份儿了。"

"还有人捣乱么？"姚燕语拿了个写了字的纸条贴在一只玻璃瓶子上，随口问。

云瑶在旁边的藤椅上坐下来，自己给自己倒了杯茶，一口气喝下去，摇头道："那些人只敢围着商家粮仓，没有人敢动手了。"

"你的人呢？也被关进去了吗？"姚燕语把剩下的瓶瓶罐罐归类后，也去藤椅上坐下来。

"当然，我可都是按照你的计策来的。"云瑶给自己倒茶，又顺便给姚燕语倒了一杯。

姚燕语接过茶来也不客气，一边喝一边说道："嗯，根据他们提供的消息，开始提审，把被人愚弄了的百姓剔出来，骂一顿，抽几鞭子放了吧。"

"这就放了？"云瑶有些不甘心，"要我说怎么也得关个十天半月的。"

"关十天半月的还得管饭，县衙哪有那么多粮食啊。"

"说得也是。"云瑶叹道，"湖州县仓库的那点粮食放出来还不够塞牙缝的呢，就算

卷四　卿心未央

是每天都限购，最多再撑五天，仓库就彻底光了。到时候老百姓会再次发疯的。"

"不会，只要把那些带头闹事，挑唆老百姓的人都扣在大牢里，湖州的百姓就乱不了。再说，就算再乱，也无非就是再抓人而已。两千锦麟卫在湖州这么点地方，我就不信还有抓不到的人。"姚燕语轻轻一笑，捻着手里晶莹剔透的玻璃杯，又补充了一句，"不过话说回来，关键是查出他们那些人怎么跟他们的上司联系。这事儿应该不难办吧？"

"不难。夜阑已经派人盯住了几个地方——一个茶馆，一个妓院，还有一个早点摊子。这三处买卖的老板就是他们的联络头人。他们这些人都听一个叫'川甫公子'的人调遣。而且据说这个川甫公子过两天会来湖州。我们的人都布置好了，只要他敢来，我们一定好好地招呼。"云瑶说着，右手一挥攥成了拳头，"本郡主可是等了好久了！"

"郡主觉得，我们这一次能从乱民里兜住几只小虾米？"

"这个数。"云瑶伸出三个手指头。

"三百人？"姚燕语惊讶地问。

云瑶冷笑道："只多不少。"云瑶咬牙道，"三百人落网，足够他们慌张的了。他云瑾到底也不愿意背上一个谋逆的名头。"

云瑾的确不想背上谋逆的名头，那样的话即使将来他登上了帝位也会是他终生的污点。

在这一场计谋里，本来他打算以救世主的身份出现的，但他完美的计划却因为湖州的异象而变得被动起来。三百四十二个藏在乱民里的真正乱民全部被捕入狱，原本完美的计划缺失了一角。

而且因为湖州这边的举动引起了汉阳安陆两府知府的注意，他们竟也纷纷效仿，开始大肆地抓捕乱民。官府抓乱民不可怕，当初广陵先生早就算到这一点，让官府和百姓起冲突，越激烈越好。

这样整个湖广就乱了，他们正好趁乱裹乱，最终目的不过是把顾允桐这个不听话的布政使以及他的手下都赶出湖广，让云瑾从官到匪彻底地掌控湖广，然后依托汉水之险，再把清江封死，他就可以在湖广这片土地上就地做大，慢慢地扩充实力。

一个完美的计划被唐汝町给打乱，大皇子很恼火。

"这个该死的唐汝町！孤一定要让他好看！"云瑾拳头捏得咯咯响，恨不得亲手把唐汝町掐死。

广陵先生眨巴着一对老鼠眼慢吞吞地说道："主公切莫恼怒，以在下看来，此事并不是唐汝町不配合。乱我们计划的，另有其人啊。"

"你是说——云瑶和那个女医官？"云瑾鄙夷地笑了笑，"不过是两个女流之辈，能掀起什么风浪来？"

"两个女流之辈不可怕，但两千锦麟卫的力量可不容小觑啊！那唐汝町只用了四天的时间就把各处的乱民都抓起来了，凭的是什么？还有，我听说湖州大牢里已经开始释放乱民了。但我们的人却无一被释放，主公想，那唐汝町就算有天大的本事也查不出咱们埋在里面

67

的棋子。"

"锦麟卫！他们就是吃这碗饭的！"云瑾一拳砸在手边的石桌上。六寸厚的石桌桌面被他砸得一震，上面的一套官窑茶具被震得丁零乱响。

"主公所言不差啊！"广陵先生点了点头，对于锦麟卫的力量如何，云瑾是有绝对发言权的。

"那我们就这么算了么？孤实不甘心！"

"算了？"广陵先生轻笑，"主公怎么会这么想？以在下看来，这场博弈才刚开始呢。"

云瑾立刻转头，殷切地问："哦？先生有何高见？"

广陵先生神秘地笑了笑，说道："主公难道忘了有一句话叫做——擒贼先擒王。"

"你是说……我们捉了云瑶和那个姓姚的女医官？"

"有何不可？只要我们捉住了她们二人，那两千锦麟卫便是死罪。他们为了活命，只能听我们调遣。如此主公便如虎添翼。试问整个湖广，谁还敢跟主公作对呢？"

广陵先生说得意气风发，云瑾却无奈地摇头："这事儿说起来容易，做起来难啊！云瑶是诚王的心尖子，她的身边必然高手环伺，想捉她可不容易。"

"主公哎！谁说跟他们明刀明枪地干了？咱们不能用点计谋么？"广陵先生自信满满地笑道。

云瑾终于有了兴致："先生有何好计策，快请说来！"

"主公忘了咱们这一片山寨子里出什么了？"广陵先生笑眯眯地问。

"这片山里除了银子、竹子，再就是出点子茶叶，除此之外还有什么值钱的玩意儿？"云瑾不耐烦地摇摇头，"先生不要卖关子了，赶紧地说吧。"

"草药啊！"广陵先生笑呵呵地说道，"咱们这片山林往西南绵延数百里，乃是上古神农氏生活过的地方，这一带山里有数百种名贵草药，只是因为山势险峻，所以长在深山无人识罢了。"

云瑾再次摇头："那姓姚的女人虽然精通医术，但不见得是药痴。再说，她明知道孤在此处驻扎，绝无可能来这里采药自投罗网。"

"草药不能把她吸引来，那病患呢？"广陵先生笑道，"安陆府最大的粮商求医，你说她来还是不来呢？"

"噢？"云瑾若有所思地笑了，"这话有点意思了。"

一栋小巧的吊脚楼里，但闻茶香清冽，四面通风的小楼里摆着两把竹编的安乐椅，中间一张小几上摆着一副精致的玻璃茶具，一位月白茧绸交领深衣的女子只梳着男子才梳的独髻，一脸平静淡然地坐在那里冲茶，她全神贯注，对身边的一切都不在意，好像天地之间什么都不存在，唯一只有她那一壶碧绿色香茶。

"下官拜见夫人。请夫人安。"唐汝町恭敬地躬身下拜。旁边的陈大平悄悄地打量了

卷四　卿心未央

这位传说中的神医夫人一眼,也赶紧跟着唐汝町一起行礼。

"唐大人可是稀客。"姚燕语淡然一笑,抬头看了一眼陈大平,并没有任何表情。那目光轻如羽毛,却让陈大平心中莫名其妙地一紧。

"夫人为成公守墓,下官非有要紧的事情,实在不敢前来打扰。还请夫人见谅。"

"嗯,我这人喜欢清静。"姚燕语说着,用青竹打磨的镊子从滚水里夹了一只茶盏放到旁边,抬手倒了一盏茶,吩咐身后服侍的丫鬟:"给唐大人搬个凳子。"显然,对面那张安乐椅唐汝町没资格坐。

身后的丫鬟应了一声,转身出去搬了一只竹编的小圆凳来放到下手。唐汝町忙谢座后,才欠身坐下。陈大平心想得了,只有县令才有资格坐圆凳,看来自己只好站着了。

姚燕语把那一盏碧绿的竹叶茶递到唐汝町面前,缓声问:"唐大人说若非要紧的事情不敢来打扰,那么,不知大人此番前来是有什么要紧的事情呢?"

"不敢有瞒夫人,现如今外边乱民四起,都是因为粮食奇缺。"唐汝町一脸的悲哀为难。

姚燕语点了点头:"这事儿我知道。"

"现如今有粮商陈家的大总管找上下官,说他们家老夫人病重,想请夫人慈悲,挥妙手,解病痛。陈家愿意拿出十五万石粮食平价进湖州,以平湖州的粮价。"唐汝町说着,便从矮凳上起身,朝着姚燕语跪拜下去,"下官斗胆,还请夫人发发善心,救湖州百姓于水火之中。"

姚燕语这才抬头看了一眼一直站在唐汝町身后的陈大平,平静地问:"你就是唐大人说的陈家大管家?"

"草民正是。"陈大平不敢托大,也赶紧一撩长衫跪在地上。其实他也不想跪,但总不能县太爷跪着他站着吧?

姚燕语看了一眼唐汝町,却没让他起身,只问陈大平:"你家老夫人是何病症?"

陈大平忙回道:"老夫人这病可有些年头了,草民记得十五年前老夫人初发病时便昏迷了两天两夜,当时我家主子遍请名医,到后来还是一位云游四方的道长给了个方子,养了有大半年才好。后来便一直离不开那药。这两年上了年纪,更是经常地不好。一旦有糟心事儿就更不得了。前些日子因为乱民的事情,老夫人又昏厥过去,虽然灌了那道长给的药方子已经醒过来了,但却也只是醒了而已,话是一句也说不出来,就更别说动了。我家主子听说神医姚夫人在湖州,所以才命草民来请夫人,求夫人发发善心吧。我家主子说了,只要夫人愿意医治我家老夫人,愿阖家孝敬,从此后唯夫人之命是从。"

这番措辞是陈大平翻来覆去想了十几遍才定下来的稿子,求医么,人家肯定会问起老夫人的病情,他再三斟酌,生怕说错了话坏了主子的事儿,所以才认真思索,删繁就简把病情和治疗情况说一遍,最后还得表示,只要能救我家老夫人,我家主子愿意付出任何代价。

姚燕语听完,轻笑道:"我也不要你们阖家孝敬,也不需要你们唯命是从。我只有一个条件,那就是我现在是在给恩师守孝,不好离开。你家老夫人若想求医,就请来我这里吧。"

"这……"陈大平也知道这位乃是京城来的神医,专门给皇上看病的,架子肯定大,

69

一品医女
【完结篇】

向她求医，肯定会有很多苛刻的条件，但不管怎么样，只要她出山，自己的任务就完成了。所以他想到了很多种可能，但唯独没想到这一种。

"怎么，你们家富可敌国，难道连一辆平稳的大车都找不到么？"姚燕语说完，看了唐汝町一眼，说道："唐大人怎么还跪着，快请起来吧。"

唐汝町心想你不叫我起来我敢起来么？为了十五万石粮食我容易么！

陈大平则依然跪在地上，讪笑一声说道："不怕夫人笑话，若说大车，陈家是不缺。可这一带山路崎岖，那大车也进不来呀。"

姚燕语微微笑了笑，说道："世上无难事，只怕有心人。若真心想求医，难道还怕这点山路么？你放心，只要你家老夫人能来我这里，我一定尽心医治。"

"……"陈大平跪在地上，心里那个郁闷啊！他忍不住抬头看了一眼唐汝町，却见这位唐大人根本不看自己，只端着一盏绿茶在那儿发呆呢，看来刚才跪了那一会儿差不多已经跪傻了。

"怎么，我说得还不明白？"姚燕语看着陈大平跪在地上不起来，面上多了几分不耐。

"是，草民明白了。"陈大平心里那个气，那个烦，那个恨就没法说了。十五万石粮食劳驾唐汝町带着他走这一遭，却得来这样的结果！回去让他怎么跟主子交代呢！

"时候也不早了，我也不方便留你了。"姚燕语说着，便已经把茶盏放下，站起身来。

唐汝町也赶紧站起来，朝着姚燕语一拱手："如此，那下官就先告辞了。"

"慢走，不送。"姚燕语朝着唐汝町点了点头，径自走了。

陈大平这才从地上爬起来，苦笑道："大人，你看这……这叫怎么回事儿嘛。"

唐汝町理所当然地说道："夫人不是已经答应给你家老夫人治病了吗？赶紧回去备车，把老夫人送过来不就成了吗？"

"这……我家老夫人八十多了，哪里还受得住这长路漫漫的颠簸？"

"你们不是有一剂世外高人的方子么？一路上给老夫人用着药，你们那里到这里也就几百里路，怎么就来不了？我跟你讲，姚夫人可是奉旨给成公爷守制，另外，你们家主子手眼通天，再去打听打听，云都城里的权贵们若想请辅国夫人诊病都得先请示了皇上，皇上准了才行。如今夫人慈悲为怀，答应给你家老夫人治病已经是看在你们跟成公爷同是湖广人的分上了。求医求医！重点在一个'求'字。你可以回去告诉你们东家，他其实可以不'求'的。本官言尽于此，陈大总管你好生想想吧。"

陈大平还想再说什么，锦麟卫已经过来送客了。于是他只好止住话头郁闷地跟在唐汝町身后离去。

小竹楼里，云瑶抬手把窗口的轻纱拉上，轻蔑地笑了笑："一个奴才也敢跟朝廷的七品父母官讨价还价，真是狗仗人势。"

姚燕语轻笑道："这种事儿多了。况且就如今这状况看，人家是有拿捏唐汝町的资本。"

"你不是给江宁那边写信了？粮食的事情还没着落？"云瑶蹙眉问。

卷四　卿心未央

"有一件事情我们没想到。"姚燕语轻声叹了口气，"清江东西航运现在估计已经不通了。或者说，别的船还通，运粮食的船怕是不那么好过。"

云瑶生气地一拳捶在桌子上，怒道："朝廷养了些什么废物！东南，西南的兵力都用到哪里去了？！"

姚燕语冷笑："现在说这些有什么用？"

"且不说这些。"云瑶说着，又看了一眼窗外，此时唐汝町和陈大平已经被锦麟卫带走，那边只有香薷正在收拾茶具，"你说陈家这回是什么意思？难道真的只是孝心大于天？"

"湖广的粮价翻了十倍而且还一直往上翻，可不就是他陈家的功劳？身为湖广最大的粮商，背后靠的肯定不只是一座山头儿。他能在这种时候答应拿出十五万石粮食来解湖州之困，必有图谋。"

"那你还答应给他娘看病？"

"医者仁心，我没办法拒绝。"姚燕语眯了眯眼睛，又轻笑道，"所以只能变客场为主场。让他把他老娘送这里来。"这一带的地形锦麟卫已经摸得一清二楚，而且竹林里早就设了机关。一旦有事，保命是绰绰有余的。再者，陈家求医这件事情明显透着诡异，所以姚燕语决不会在这种时候离开这片竹林。

云瑶听了这话后缓缓点了点头，咬牙道："这些魑魅魍魉之辈，敢把主意打到我们的头上，我定叫他永世不得翻身。"

姚燕语笑了笑，没有说什么狠话。不过她心里想的却同云瑶一般无二。

云瑾听了陈元敬说那姚神医不肯出山，想要治病把他老母送进山里去的话后，气得一抬手推翻了茶桌："这女人真是狡猾！居然不上钩！"

"要不……为了主公的大计，在下送母亲进山？不过听管家说，那片竹林里有埋伏哩！"陈元敬低声叹道，"两千锦麟卫守着一个山沟，怕是不好动手吧？"老娘再老也是自己的娘，陈大粮商虽然对权力极度渴望，但还没到丧心病狂的程度，不愿让自己的老母涉险。

"先生怎么看？"云瑾看向旁边的广陵公。

广陵先生捻着稀落的几根花白胡子，阴阴一笑："求医么，不上门怎么算是求呢？陈公应该亲自去。派个管家去显然是诚意不够。"

"十五万石粮食许出去了，我这诚意还不够？"生意人天生就喜欢讨价还价，陈元敬一想到十五万石粮食只问了个路，就像是被摘了心肝一样地难受。

"若不是主公罩着你，哪能有你的今天？三年前你不过是个开粮铺的小商贩呢！"广陵先生冷冷地瞥了陈元敬一眼。

"先生说得是，在下能有今天，全仗着有主公栽培。"陈元敬不敢再多说了，他知道眼前这位有足够捏死他的力量。

此时，有一个中年男子悄声走进来，在广陵先生耳边低语了几句。

71

广陵先生的小眼睛眯了眯,给云瑾传递了一个眼神。

云瑾便转头同陈元敬说道:"你再亲自走一趟,我给你两个随从,你务必给我带进竹林里去。"

"是。"陈元敬不敢有异议。

"放心,事成之后,孤绝对少不了你的好处。"云瑾说完,朝着陈元敬摆了摆手。

陈元敬知道这是有重要的事情要说,便拱手应了一声,赶紧退了出去。

"先生,什么事?"云瑾看着陈元敬的身影消失在门外的绿竹林中才沉声问。

广陵先生的小眼睛里闪过一丝利光:"韩熵戈效仿湖州这边的办法,对乱民进行清扫,我们又有五百人被关进了牢房。"

"可恶!"云瑾气得变了脸色,"这个女人还真是难缠!"

广陵先生叹道:"所以我们得尽快想办法把这女人给解决掉了。否则等朝廷把我们安插在乱民里的人都扣起来,咱们就被动了。"

"怕什么?那些不过是低等的贱民,就算是死了也跟咱们的大计无关。"云瑾冷哼了一声,说道,"陈元敬这步棋不怎么保险,我们得另外想办法。"

"据北面传来的可靠消息,朝廷已经派了卫章南下,说是要把主公带回京城去问话。这个时候,人怕是快要进湖广了。"

"这么快?"云瑾惊讶地睁大了眼睛。

"是啊,所以我们必须尽快。否则等他来了,我们再想控制那两千锦麟卫那就难了。"

云瑾冷笑一声,眼睛里寒光一闪:"这有什么大不了的?得不到的就毁掉!"

第五章

却说卫章日夜兼程,终于踏过汉水进入湖广的地界。不来不知道,一过汉水,饶是见过大阵仗的卫将军心里也忍不住感叹——汉水南北果然是两个天下。

众人从下船后策马往前,一路走来但见村子、镇子、店铺等各处可见烧毁砸毁的痕迹,此时江南五月按说正是稻米初熟,一片欣欣向荣的时节。而他们看到的远近景象却像是遭了强盗一样,纵然算不上满目疮痍,但也没几片好地方了。

"尽快去湖州!"卫将军一声令下,百十名手下各自快马加鞭,一路疾驰往湖州方向去。

而与此同时,陈元敬也带着广陵先生挑选的两个专门研究机关埋伏的方外高人再次造访湖州县衙。

陈元敬两年里从一个寻常贩卖粮食的商人一举吞并了湖广各大粮商的生意,成为湖广一带最大的粮商,所以就算唐汝町万般不愿,最后经过艰苦的思想斗争还是答应了陈元敬的

卷四　卿心未央

要求。
　　陈元敬又连声说母亲的病很重，耽搁不得，便催着唐汝町即刻上路。唐汝町想既然答应他了也不在乎这一天半天的，事不宜迟，便即刻动身往成公墓去。
　　接下来的事情基本跟前一次一样，锦麟卫把众人拦在竹林外先进去通禀，没多会儿锦麟卫回来请唐汝町等人入内。
　　陈元敬刚要跟上唐汝町，却被锦麟卫给拦住："等等。"
　　"呃……我跟唐大人是一起的。"
　　"知道。"锦麟卫懒得废话，直接抽出一块黑纱来一抖："把眼睛蒙上。"
　　"啊？"陈元敬这下傻了眼，但又不敢说什么，悄悄地看了一眼身后的两位随从，暗想这不是要坏了广陵先生的妙计么？
　　"啊什么啊？要么在这里等着，要么蒙上眼睛。"锦麟卫冷声喝道。
　　"好，好。"陈元敬来是干什么呢，绝不可能在外边等着啊。
　　于是一行五六个人除了唐汝町之外，都被蒙上眼睛带进了竹海之中。
　　与上次不同的是姚燕语这次没在，接待唐汝町和陈元敬的是云瑶郡主。云瑶郡主冷着脸听唐汝町废话完了之后又冷冷地瞥了陈元敬一眼："看来你老娘的病是假的。"
　　陈元敬听了这话心里打了个哆嗦，苦笑道："郡主这话说得，谁会无缘无故地咒自己的母亲生病啊。"
　　"既然有病是真的，为什么你不赶紧张罗着把你母亲送来，而是带着这么多乱七八糟的随从又跑这一圈儿？莫不是你真的以为你那老母亲比皇上还尊贵，非得让正在为恩师守墓的姚院判纡尊降贵去你家给你老娘治病？"云瑶冷冷的目光扫过陈元敬的脸，又看站在他身后的两个随从。
　　陈元敬忙躬身说道："正是因为家母的病太重了，实在不敢轻易挪动，所以草民才再次来求夫人开恩。人家都说辅国夫人慈悲为怀是救苦救难的活菩萨，而且又有妙手回春之能。上次让管家来，是草民做事欠周到，怕是已经惹夫人生气了，所以这次亲自前来，为母亲求医。"说着，陈元敬便徐徐跪了下去，以额触地，不再起身。
　　云瑶早就因为陈元敬身后的那两个人贼眉鼠眼地到处乱看而心里不高兴了。便越发肯定陈家两次求医必定有诈。区区一介商贾，竟敢算计到二品夫人和郡主的头上，简直是活腻歪了。
　　云瑶郡主很生气，后果很严重。不过郡主跟辅国夫人在一起待了这段日子显然成熟了不少，像之前对着康平公主也任性妄为，随手拉弓射箭气势逼人的事情现在是不会做了。
　　"辅国夫人这几日正在研究一个丸药的配方，到了关键之时不能轻易离开。你且起来吧，喝杯茶，等夫人忙完了再说。"说着，云瑶转头给身边的半夏使了个眼色，"把夫人配制的养生茶冲几杯来给远道而来的朋友解解渴。"
　　半夏忙福身应了一声转身下去，没多会儿的工夫果然端着一个托盘上来。

一品毒女

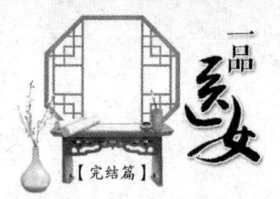

【完结篇】

几人一路赶来，正是干渴，眼看着五个人都喝了三盏茶，云瑶方淡笑着起身："诸位先坐一会儿，本宫失陪了。"说完，便傲然离去。

陈元敬看了唐汝町一眼，唐汝町对郡主这副做派习以为常，只是淡淡地笑了笑坐在那里歇息，心里还暗暗地想着这次比上次幸运多了，最起码这位郡主没让自己跪着回话。

只是这份幸运感没持续多久，唐汝町的脸色就变了："呃……"他痛苦地呻吟了一声抬手捂住了肚子，四顾张望，想找个当差的问一句茅厕在哪儿。

陈元敬也忽然觉得腹中不适，却顿时大惊失色："刚才那茶有问题！"

"你也肚子疼？！"他这一嗓子喊出来，唐汝町也不急着找茅厕了。

旁边几个人先后都捂住了肚子，看他们脸色苍白，汗出如浆的样子，唐汝町的脸唰地一下白了："这……郡主为何要下毒害我们？！"喊了这一句话之后，唐汝町似乎找到了基调，又抻着脖子高喊了一声："下官虽然只是个七品芝麻官，但好歹也是一方父母！若有错处，请郡主将下官锁拿交由大理寺审讯便是，为何要下毒害我？！"

唐汝町这一嗓子没把云瑶喊出来，倒是喊来了几个锦麟卫。

几个锦麟卫把唐汝町陈元敬等人围起来，手中长剑纷纷拔出，剑尖指着中间站不住坐不稳的五个人，为首之人喝道："你们几个图谋不轨，奉郡主之命，分别关押，等候审讯！"

"什么？你们休要胡说！"唐汝町顿时不依了，"下官乃朝廷命官，怎么会对郡主图谋不轨？！"

一个锦麟卫手中长剑一挥，逼近唐汝町的咽喉。唐汝町吓得尖叫一声往后倒去，一个冷不防撞到了身后的藤编安乐椅，稀里哗啦带了一地的零碎。

"几位官爷！"陈元敬忍着腹中绞痛，拱手道，"草民虔心求医来的，怎么会对郡主图谋不轨？这里面是不是有什么误会？"

"没工夫跟你们废话。若是有什么想说的，等会跟我们郡主和夫人说吧。"为首之人一挥手，有五个锦麟卫各自上前，一人扭住一个把人带了下去。

旁边的竹楼里，姚燕语冷眼旁观了外边的一切，对云瑶笑了笑，说道："郡主这玩笑可开大了。"

云瑶则皱着眉头冷声说道："那唐汝町或许是被蒙在鼓里的，但那个陈元敬绝不是什么好人。而他的那两个随从更是贼眉鼠眼，一进来便对我们这里的布置极其感兴趣。这些人也太不自量力了，弄这么两只阿猫阿狗就敢来我锦麟卫驻地探消息。本宫今天若是不让他们知道知道厉害，人家还当锦麟卫都是吃斋念佛的活菩萨呢。"

"你打算怎么做？"姚燕语关切地问。不是她想干预云瑶做事，而是这不是小事，她怕云瑶一个任性把事情撺掇大了，虽然以诚王府的实力不用惧怕一个商贾，但落人口实实在不好，何况还有个七品县令在里面。

"放心，我不会玩儿出人命来的。"云瑶笑眯眯地说道。

姚燕语还想再问，外边忽然有人回道："回郡主和夫人，卫将军到了！"

卷四　卿心未央

"什么？"姚燕语还以为自己听错了，一脸迷茫地望向外边，"你说谁到了？"

云瑶刚有了几分笑意的脸又渐渐地冷了下来。外边回话的锦麟卫又重复了一遍："回夫人，是辅国大将军到了。"

姚燕语暗暗地吸了一口气并用力地攥紧了手，竭力地压制着狂跳的心，半晌才沉声问："人呢？"

云瑶已经从窗户里看见那个矫健的身影。

云瑶看过两眼之后便转过身来，一声不吭地往外走，跟进门的卫章正好走了个对过。

卫章显然是没看见云瑶，因为他现在满腹心思一双眼睛里全都是姚燕语一个。云瑶在和他错身而过时脚步顿了顿，而后毅然走开。

周围都是有眼色的人，一个个儿顿时溜得没了影。姚燕语看着仿佛从天而降的某人，好像身入仙境一般，一时间连呼吸都不真实起来。

看着往日灵动的女人忽然间傻掉，卫章觉得自己日夜兼程的辛劳都值了。他在门口站定，微笑着向着她张开手臂。那个傻了的女子便忽然纵身向前扑过去，双臂张开勾住他的脖子便不再松开。

不远处一块软软的草地上，云瑶拉弓搭箭，对着一根碗口粗细的竹子瞄准。弓弦拉满，陡然松手，羽箭嗖的一声射出去，啪的一声脆响，羽箭穿竹而过，然后钉在另一棵竹子上。半晌之后，前面这跟竹子才缓缓地倒下，哗啦啦地压弯一侧的竹枝，竹叶纷纷而落。

半轮明月挂在空中，清凉的月色照在竹林间，竹影婆娑之中闪出一个人影。

"郡主，该吃饭了。"夜阑轻着脚步走到云瑶身侧，拱了拱手。

云瑶抬头看了一眼深蓝色的夜空，冷冷地说道："不吃了。"

夜阑耐心地问："有用竹荪炖的野雁。郡主昨天不是说要吃吗？"

"不吃！"云瑶再次从身侧的箭袋里抽出一支羽箭搭在铁弓上，瞄准另一棵竹子。

"郡主若是不想吃饭，不如属下陪你去山顶上走走。"

"你不用吃饭吗？"云瑶斜了夜阑一眼。

"属下还不饿，等饿了再吃。"

"那你自己去吧，我还要练习射箭。"

"郡主……"

"走开！"云瑶忽然转身，拉满弦的弓箭对准了夜阑。

夜阑眉头都不皱一下，依然站在那里一动不动。

"滚！"云瑶气急败坏地吼了一嗓子。

夜阑依然站在那里不动。云瑶似是气急败坏失了理智，右手一松，一支羽箭嗖的一声朝着夜阑的咽喉射过去。

"笨蛋！"箭射出去的同时，云瑶便后悔了。因为那个人依然站在那里不动如山，像

是一座雕像。

"啪"的一声轻响，竹影中飞来一颗小石子打中了羽箭，羽箭受力后偏转了方向，也被卸去了几分力道，嗖的一声消失在竹林中。

"属下莽撞，请郡主恕罪。"暗影中一个锦麟卫单膝跪地，拱手道。

"滚！"夜阑冷声喝道，"回去领二十军棍！"

"是。"救了夜阑一命的锦麟卫应声退下。

云瑶吓了一身的冷汗，两步冲上去揪着夜阑的衣领怒喝："你个笨蛋！为什么不躲？！"

"郡主心中有气，肯冲着属下来，是属下的荣幸。"夜阑平静地说道。

"疯子！"云瑶气愤地推了夜阑一把，"你简直就是疯了！"

夜阑的身子晃了晃，忽然出手握住云瑶的手腕，低声叹道："我是疯了。可我也是没办法！"

云瑶一愣，抬头看着夜阑的眼睛，月光融进他的眼眸里，眸子里的深情便如排山倒海般压过来，云瑶不敢与他对视，忙撇开了视线，看向别处。

沉默了许久，还是夜阑先打破了沉静："吃饭去吧？"

云瑶被他这傻傻的一句话给弄得笑出了声："吃吃吃！就知道吃！猪啊你？"

夜阑握着云瑶的手腕舍不得放开，也刚好借着这个由头拉着她往回走："走吧，天大地大，吃饭最大。"

原本以为那久别重逢的一对夫妻会关起门来单独用恩爱餐，所以两个人踏着月色回来看见竹楼下的空地上和几位锦麟卫首领坐在一桌上一起吃饭的卫章时，夜阑的脚步先是一顿。

跟在他身后的云瑶也有些惊讶。不过郡主到底是郡主，微微惊讶之后便绷着脸越过夜阑的肩膀，率先走向那张竹板拼接起来的大餐桌。

当然，这张大桌子还是姚燕语的主意，当时她说喜欢人多围在一起吃饭，这样才吃得香甜。所以夜阑才叫人弄了这张足以容纳二十个人一起吃饭的大桌子。

此时卫章和姚燕语并肩坐在一起，"郡主回来了！"姚燕语先看见云瑶，笑眯眯地打着招呼。

其他人则全都站了起来，齐声叫了一声："郡主。"

云瑶看着和众人一起站起来的卫章，以及随后站起来的姚燕语，微微点了点头，冷静地说道："卫将军来了，也没做几个像样的饭菜给将军接风，实在不好意思了。"

"郡主客气了。"卫章朝着云瑶拱了拱手。

"将军，夫人快请坐。"云瑶抬了抬手，颇有大家之风。

姚燕语轻笑道："郡主也请坐吧，这些人简直成了饿狼，我们便开饭了，也没等你回来。"

云瑶在姚燕语的另一侧坐下来，微微一笑："无妨。诸位请。"

众人应声落座之后，便开始吃饭。

在座的众人十个有八个知道云瑶郡主早年间倾慕卫大将军，如今人家夫妇就坐在旁边，

卷四　卿心未央

云瑶郡主却已经是二十岁高龄待字闺中的大姑娘，这气氛怎么说都有些怪异。

尤其是赵大风和葛海，两个人跟见鬼一样埋头扒饭，吃完了一抹嘴，告了声罪便逃也似的走了。他们两个一走，剩下的几个头目也不敢多耽误，赶紧把自己碗里的饭塞进嘴里，也各自寻了由头退了。

倒是卫章依然坐在那里不紧不慢地，把姚燕语给夹过来的肉菜一一划拉到嘴里去。

云瑶却没有那么好的定力，之前吃饭她都是风卷残云，跟男子无异，今晚却细嚼慢咽，且只吃了一碗饭便拿了帕子擦嘴。

姚燕语同为女子，觉得自己大概能体谅云瑶的心思，便没多说。夜阑却低声劝道："这野雁炖的汤不错，郡主要不要尝尝？"

"不用了。"云瑶擦过嘴巴，侧脸对卫章和姚燕语说道："夫人陪将军慢慢用，我去看看唐县令他们。"

"哦，好。"姚燕语这才想起唐汝町陈元敬他们还被关在后面。

"县令？"卫章一下子抓住了重点："什么县令？怎么会在这里？"

云瑶微笑着看了姚燕语一眼，没说话，起身走了。夜阑也随之起身，朝着卫章拱了拱手："将军慢用，属下告退。"

卫章点了点头，看着云瑶和夜阑离开才问姚燕语："到底怎么回事儿？"

姚燕语便把陈元敬为母亲求医的事情从头到尾跟卫章讲了一遍。卫章听完冷笑道："他们也太白痴了！先操控完了粮价，就把大粮商给抛了出来。分明是告诉我们他们已经沉不住气了。"

"到底是将军，一下子就把这事儿给看透了。"姚燕语笑道。

云瑶从后面审完了陈元敬，出来的时候脸色很是难看，走了十几步之后，她忽然抬腿一个侧踢踹到一根竹子上，胳膊粗细的青竹咔嚓一声断裂，缓缓地倒了下来。

夜阑劝道："郡主不必生气，现在他们的诡计我们大概已经知道了，就没什么可怕的。"

"我自然不怕。只是云瑾也太可恶了些！"云瑶生气地哼道。在她看来，云瑾身为皇长子如果能够德才兼备自然是最好的储君人选。可他偏生要往下作里走，不想着如何讨皇上欢心，却处处跟皇上作对，你说这得有多蠢！

她不知道的是，云瑾身为宫女生的皇子，就算是在皇后身边长大，其身份也比其他皇子卑微的许多。诸位皇子相继成人，各家的外祖都多少操控着一定的权势，唯有云瑾在失去丰家这个靠山之后，便什么都没有了。白顶着一个皇长子的帽子却不为皇上所喜，若想为自己挣得几分天下，就只能暗中勾结番邦异族，割舍掉漠北西疆等大片的贫瘠土地，自己则坐享江南富庶之地，登基称帝，待有实力再举兵北上恢复大云霸权。

云瑶和夜阑一前一后穿过数栋小竹楼回到平日她跟姚燕语同住的小楼前，看见小楼窗户紧闭一丝灯光也没有，便忍不住停下了脚步。

77

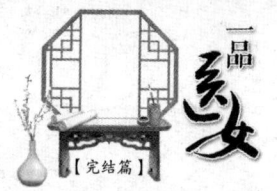

夜阑默了默，低声劝道："要不属下叫他们再给郡主收拾一栋小楼吧？"

云瑶心里一阵烦躁，皱眉道："算了，陪我去那边走走。"

夜阑不敢多说，只得陪着云瑶往竹林外边走。却没想到走了几步便遇见了赵大风和葛海二人。

这二人似乎是专门在此等候一样，见了云瑶，忙一起上前抱拳行礼："下官给郡主请安。"

"嗯。"云瑶点了点头，没准备跟这二人多说什么，径自往外走。

赵大风忙道："郡主，我家将军有事请郡主过去。"

云瑶一怔，不由得回头看了夜阑一眼。此时月挂中天，夜阑的脸上一丝表情都没有。云瑶蹙了蹙眉，说道："你家将军在哪里，请带路吧。"

"是。"赵大风和葛海同时抱拳，带着云瑶和夜阑往竹林外的湖边走去。

这是一个由山间溪水汇聚成的天然湖，不过三五亩地大小，清澈的湖水映着朗朗月色，湖边的芦苇被夜风吹得低下去，显得那个身影越发地修长如竹，他墨色衣角随风无声地飘舞，静谧如画。

赵大风上前去拱手回道："将军，郡主来了。"

卫章方缓缓转身，朝着云瑶拱手行礼，认真地说道："卫章多谢郡主这些日子对内子的回护之恩。"

云瑶轻声冷笑道："不必了，我也不是为了你。"

卫章淡然一笑："不管郡主是为了谁，我都该向郡主说一声谢谢。毕竟没有郡主相伴，内子如今还不知会遇到多少麻烦，或许已经被贼人捉去了深山也未可知。"

"这可说不准，你家夫人也不是那种不谙世事的小姑娘。什么人好什么人坏，她还是能分辨的。"云瑶淡然说道，"若是将军把本宫找来只是为了道谢的话，那就不必了。"

"郡主是爽快人，那么我也不必兜圈子，我想知道郡主要对唐汝町陈元敬怎么处置。"卫章直接问道。

"我刚审过他们了，唐汝町在湖州做了六年的县太爷，对云瑾的事情自然也知道一些，至少有知情不报之罪。至于陈元敬则根本是云瑾养的一条狗，这次他借着为母亲求医的由头就是想把姚夫人骗出这道山谷，然后利用我和她来掌控这两千锦麟卫，甚至威胁你，或者说是朝廷。"

"真是可恶。"卫章的拳头攥得咯吱吱响。

云瑶侧了侧身，背着卫章，淡淡地说道："至于怎么处置他们，我还没想好。不过既然你来了，索性就把此事交给你了。本宫懒得操心。"

卫章点了点头，应道："既然这样，那就先扣着他们吧。"

这倒是叫云瑶有些意外，她原本还想着卫章会跟自己借兵直接杀去云瑾的老巢呢，不想他的怒火这么快就平了下去，因道："将军还真是沉得住气。"

卷四 卿心未央

"乱民四起是因为粮食。我们扣了陈元敬，先给他们来个釜底抽薪。然后再痛下杀手，争取早些把事情弄利索早日回京交差。"卫章原本不愿跟云瑶多说什么，但既然承了她一个情，便跟她简单地解释了一下。之后方抱拳道，"天色不早了，请郡主回去歇息，我去部署一下。"

云瑶一怔，她今晚是打算好了把那栋小楼留给他们夫妇的，却没想到他们竟然……

卫章不等她说话便带着赵大风和葛海转身离去，湖边一时只剩下了云瑶和夜阑两个人。夜风不知何时大了些，山间竹林的呜咽一声紧似一声。

"郡主，回吧。"夜阑看了一眼已经偏西的月亮，低声劝道。

云瑶却轻声叹了口气："这人……真是铁打的不成？"

唐汝町等人被腹中绞痛折磨了一个晚上，并在云瑶的恫吓中该说的不该说的都说了，最后在痛苦中昏迷过去，再醒来已经是第二天中午了。

小楼的屋门再次嘎吱一声被人拉开，这次进来的是一个身披玄色战袍的人，战袍上绣的是银线鹰纹，这在大云朝很是罕见。此人一进门屋里的那几个便觉得一股无形的震慑力，仿若泰山压顶一般压得他们喘不过气来。

卫章进门后俯视着歪歪斜斜靠在地板上的几个人，皱眉问："谁是唐汝町？"

"呃……下官是。"唐汝町赶紧爬起来，顺便打了个饱嗝。

卫章冷冷地看了他一眼，那目光太冷太锐，唐汝町心里一个哆嗦便下意识地往后缩了缩身子。

"走吧。"卫章冷硬的下巴朝着门口一摆。

"啊？"唐汝町傻乎乎地看了一眼门口又转头看向卫章，直接没反应过来："走？走哪儿？"

卫章被唐汝町这副窝囊样给气着了，于是没好气地喝道："滚回去你的县衙，该干吗干吗去！"

"呃，好……"唐汝町二话不说爬起来就滚了。不是他当县令的胆小怕事，实在是那人的眼神太可怕了！与他相比，凶神恶煞都好温和好体贴的！

只是他刚出了门，被雨水一淋又猛然想起一件事，便又缩回来了："那个……大人！"

"嗯？"卫章冰冷的眼风扫过去，又把唐县令给吓得一哆嗦，但为了活命，唐汝町还是硬着头皮问了一句："下官身上的毒……还没解呢，您看这解药？"

卫章知道昨晚这些人中的根本不是什么致命的毒，只是让他们肚子疼一夜罢了，于是冷声哼道："三日后会有人给你送解药。不过你若是出去后胡说八道坏了本将军的大事，就等着穿肠烂肚而死吧。"

"呃……是，下官绝对不敢。"唐汝町再也不敢废话，赶紧滚了。

唐县令的随从见主子走了也赶紧往外走，却被卫章抬脚拦住："站住！你干吗去？！"

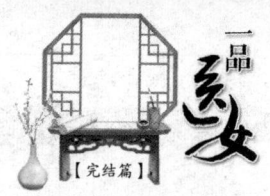

"呃！回大老爷，奴才是我们县太爷的随从……"那随从在心里把唐汝町的祖宗八辈都拉出来招呼了一遍，还得给眼前这位凶神拱手作揖，"既然我们家大人都可以走了，那奴才也可以……滚了吧？"

卫章最瞧不上奴颜婢膝之辈，但也更不屑与这个奴才计较什么，于是把伸出去的长腿收回来，赏了他一个字："滚。"

唐县令主仆走了，只剩下了陈元敬和那两个专门研究机关消息的方外高人。

单从穿着上看，陈元敬便与其他二人不同，所以不用问，卫章便朝着陈元敬扬了扬下巴，冷漠地说道："陈元敬，给你的家人写封信吧。"

经过昨晚云瑶的一番折磨，再加上刚才唐汝町的表现，以及对面前这人的细微观察，陈元敬便明智地放弃了抵抗，恭敬地问："不知大人让草民写什么？"

卫章伸手拉过一把椅子，一撩袍角坐下去，说道："写信告诉你的大公子，让他把你在湖广各处粮仓里的粮食全部按照一个月前的价格出售。"

陈元敬一听这话脸色立刻惨白如纸，忙拱手道："这……事关重大，草民家里的生意是几个大股东合伙的，草民一个人做不得主啊！"

"噢。那好吧。"卫章点点头，又冷笑道，"既然这样，那我就以钦差的名义宣布：陈元敬勾结匪类，操控粮价，聚拢巨额资金，意图谋逆之资。本官按大云律处以剐刑……"

"大人饶命！"陈元敬不等卫章说完，便扑通跪倒，一边连连磕头一边疾呼饶命。

"两条路，第一是写信给你的儿子，让他把粮仓里的粮食都放出来。你应该庆幸本将没让你把那些不义之财全部捐出来。第二，本将以钦差的名义抄你的家，把你家的粮食全都归为朝廷公产。你觉得哪条路比较好呢？"卫章冷声一笑，"罢了，索性跟你打开天窗说亮话，本将就是奉皇上圣旨来湖广带大皇子回京问话的卫章。本将有没有权力抄你的家，你应该清楚。"

"我写！我写……"陈元敬已经趴在地上起不来了。这就是传说中的辅国大将军卫章啊！横扫漠北西疆，连高黎族都能灭，别说自己一介商贾了。

卫章拍了拍手，立刻有人送了纸笔进来。

陈元敬已经趴在地上起不来了，卫章看了一眼送纸笔进来的手下，那位烈鹰卫便上前一步，一把把陈元敬拎起来丢过去。

陈大粮商趴在长条案几上，拿着毛笔哆哆嗦嗦地写信，往日那一手好字这会儿比狗爬的都难看。好在信的内容不多，三言两语便把事情交代清楚，写完之后陈元敬双手把信奉上，并恭敬地问："将军，您看这样成吗？"

卫章淡然一笑，摇头道："这样当然不成。"

"呃？"陈元敬还以为是自己的措辞不合适，正要解释，便见卫将军抬手拔剑，"铮"的一声手起剑落，陈元敬但觉头顶一片冰凉，顿时吓得尖叫一声，抱住脑袋瘫软在地。

一只花白头发绾成的发髻并一根冰种翡翠簪子落在卫章的手中之后，方又笑了笑："加

卷四　卿心未央

上这个就差不多了。"

此时的陈元敬目光呆滞，花白的头发乱蓬蓬地四散开来，整个人再不见一丝机灵。

卫章看了一眼傻呆的陈元敬，轻声哼道："就这么点胆子也敢跟着旁人瞎闹腾？"说完，目光便从陈元敬的脸上扫过，转向旁边角落里的那两个方外高手："你们两个……能为本将军做点什么呢？"

"回将军，小的善于机关埋伏，消息设置，将军但有驱使，小的莫敢不从！"

"回将军，小的深谙奇门遁甲之阵法，将军若有需要，小的愿粉身碎骨为将军效劳！"

两个所谓的方外高人早就被这生理心理一重重的折磨给吓破了胆，此时哪里还有心思抵抗？要知道他们身上的毒若是三天后没有解药，那肯定是要穿肠烂肚的呀！

"可惜啊，你们会的这些本将军不需要。而且，现在粮食这么紧张，与其留着你们两个废物还不如一剑结果了，倒是省心。"卫章说着，手中的长剑缓缓地抬起来，冲着窗口的光比量了一下。

"将军饶命！将军饶命！"会机关消息的那位吓得连连磕头，"小的知道王爷驻扎的寨子，将军刚才说是奉吾皇万岁的圣谕要押解大皇子回京问话，小的斗胆愿意为将军做向导！"

卫章冷笑："那片寨子虽然地形复杂点，但说到底还是我大云的土地。难道本将军还怕了那一群乌合之众不成？"

"回将军！大皇子驻扎的寨子在深山密林之中，那一带是畲族、傈族和岢族人杂居的地方，广陵先生还请了一位蛊毒高人相助，将军万不可轻敌。"

卫章听见"蛊毒"两个字的时候心里的确愣了一下，但他早就养成了泰山崩于前而不变色的本事，所以尽管这两个人把那片寨子说得宛如龙潭虎穴，他依然不动声色。

那两位高人见状立刻急了，生怕自己成了没用之人被这位黑面将军挥剑给咔嚓了，其中一个便抢先拿起陈元敬放下的笔，铺开纸张开始画起来。

这位善于机关消息的高手的确有两下子，别的不说这绘图的功夫就很精湛，但见他笔走游龙，三下五除二便画出了一张精准的地形图，然后开始一一标注一些特殊的符号。不过一刻钟的工夫，地形图上便密密麻麻地布满了各种怪异的符号。

"将军，这一带设置的是滚雷火石，这一带设置的是弓弩手，这一带是天网，这一带是绊马索和马蹄刀……"这位写写画画，一边解释，便把云瑾驻扎的山寨前前后后的机关埋伏给讲了个透彻。

卫章不言不语听这位嗨啵嗨啵说了半天，眼看着口干舌燥嗓子都哑了，才淡淡地说了一声："有点意思。就暂且留你一命吧。"说完，又看另一位善于奇门遁甲的高人。

这位顿时有些傻眼，因为他的奇门遁甲术还真是没办法跟前面这位比，最起码他就不能写写画画跟人家一样来这么一通。

"来人。"卫将军脸上带出恹恹之色，缓缓地站起身来，说道，"把这个人给我拖出

81

去砍了。"

"将军饶命！小的跟苗家草婆婆是儿女亲家，愿助大将军一臂之力，劝草婆婆离开大皇子回苗疆去！"

卫章一摆手制止住上前欲拉了那高人出去咔嚓的烈鹰卫，转身看着那个一脸汗珠子的家伙，冷声说道："若是做不到，本将军自然有办法让你尝尝那蛊毒之痛。"说完，从怀里摸出一粒褐色的丸药来丢过去："这个药丸可管你体内之毒七天内不发作。七天之后你自己想办法找本将军取解药。"

"是，小的谢将军大恩。"那货捡起药丸想也不想就吞了下去，殊不知他吞下去的正是姚燕语新制出来的一种慢性毒药。

卫章看他把药吞了，便摆了摆手，施恩道："你可以滚回去了。"

"啊……谢将军！小的一定说到做到！"这家伙赶紧磕了个头表了忠心后，不顾一切地冲出门去，消失在雨林中。

"将军，小的……的解药？"那位画图高手眼巴巴地看着卫章。

卫章皱眉道："你们两个不能走，就留在这里等着吧，三天以后毒性发作之前，本将军会看情况再决定给不给你们解药。"说完，卫将军转身扬长而去，留下两只呆头鹅傻傻地趴在地上。

……

雨下得小了些，滚珠溅玉的气势没了，变成了朦胧的雨雾。

小竹楼二层的平台上，一身雪白长衫的姚夫人靠在藤椅上听卫将军说着审讯的事情，当听到后面那位绘图高手问将军讨解药的时候，终于忍不住大笑起来，银铃般的笑声穿破雨雾在竹林间飘出很远。

披着一身蓑衣从外边进来的葛海听见这笑声后忍不住转头对身侧的赵大风叹道："听咱家夫人笑得这么开心，看来将军的心情必然也不错。"

赵大风则立刻加快了脚步，并好心提醒葛海："赶紧吧，趁着将军心情好把这糟心的事儿报上去，咱们俩还能少吃几把冷眼刀子。"

平台上，姚燕语笑够了，方低声叹道："想不到他们居然找了苗族的草婆婆相助。"

"是啊！这正是我最担心的地方。"卫章靠在藤椅上看着面前笑乱了发丝的女人，忍着把人拉到怀里揉搓一顿的冲动，低声问："你有什么好办法么？"

姚燕语敛了笑，沉思道："办法倒是有，我前阵子翻阅古医书，看到过一剂可以预防蛊虫近身的药粉，但配方里有两味罕见的药材我手上没有。不过据记载，这两味药材是生长在多雨通风的地带，我想附近山里应该能找到。"

卫章点头："那等雨停了我陪你去找。"

姚燕语忙摆摆手，轻松笑道："这种事哪用得着你出面？我带两个人去就行了。你忙你的正事儿。"

卷四 卿心未央

"你就是我的正事儿。"卫章说着,探身上前拉住了夫人的手轻轻地攥住。

"你把郡主给指派去陈家,自己却留在这里……"姚燕语猛地把手抽回来,瞪了卫章一眼,"也不怕锦麟卫的人回去诚王爷跟前告你一状!"

"分明是她非要去的,怎么怨得着我?"卫将军委屈地瘪了瘪嘴巴。

姚燕语瞪了他一眼,心想你这两天都窝在这里陪着我,怎么都说不过去吧?可是让她赶人走又万般狠不下心来——外边还下着雨呢!

"将军!"葛海和赵大风先后上了竹楼。

"嗯。"卫章抬头看了他们一眼,问,"情况怎么样?"

赵大风看了葛海一眼,鼓了鼓勇气低声回道:"清江嘉州段堤坝被毁,江水外泄,嘉州城尽毁,伤亡百姓无数。而且——江水外泄造成江水变浅,大船无法通行。姚大人和几十艘粮船都被挡在了嘉州以东。"

"混账东西!竟然罔顾百姓生死!"卫章的手指捏着竹编藤椅的扶手,不自觉间用力,把椅子扶手给捏得稀巴烂。

"他这是疯了么!居然做出这样的事情来!"姚燕语也万分惊讶,那可是大云第一江啊!现在又是雨季,水流量之大可想而知。而云瑾为了阻拦两江运过来的粮食,居然不顾百姓生死凿开了堤坝!

让江水一泻千里,数万生灵尽付与洪水!

卫章"啪"的一声拍烂了竹椅,起身往外走的同时吩咐赵大风葛海二人:"你们两个跟我来。"

赵大风和葛海不敢怠慢忙跟了上去,姚燕语靠在竹椅上仰起头,感受着夹着雨丝的凉风,深深地吸了一口气,叫了一声:"香蕳!"

"奴婢在。"香蕳忙从竹楼里走了出来。

姚燕语缓缓地闭上眼睛,低声吩咐道:"收拾东西,把所有的伤药还有我刚制出来的藿香丸带上,准备去嘉州。"

香蕳奇怪地问:"夫人,我们去嘉州做什么?"

"救人。"姚燕语说着,长长地叹了口气。

"是。"香蕳看夫人的脸色便不敢再多问,忙回去收拾药材和随身换洗的衣物。这些事情做的次数多了,众人早就十分地熟悉,没多会儿工夫,几个丫鬟一起动手就收拾得差不多了。

那边卫章和葛海赵大风商议完了对策出来正好遇见披着墨色油衣戴着斗笠的姚燕语以及她身后同样全副防雨打扮的四个贴身丫鬟。

"你是要去嘉州?"卫章一下子便猜到了姚燕语的心思。

"嗯,你忙你的。我带他们去就足够了。"姚燕语目光坚定地看着他。

卫章自然是一千个一万个不放心,但也知道此事他不能阻挡,也阻挡不住。只得叹了

一品医女
【完结篇】

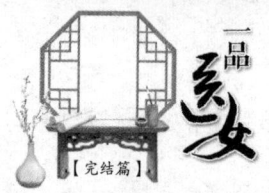

口气看了一眼赵大风："你也别等了，带人跟夫人一起去嘉州吧。"

本来卫章就安排赵大风去嘉州，一来是接唐萧逸从两江调集来的水师入湖州，二来是协助姚延恩和嘉州知县捉拿捣毁清江堤坝的逆贼。此番姚燕语要带人去救治受灾的百姓，倒是正好跟他一路。

"好，事不宜迟，属下告辞。"赵大风也不含糊，朝着卫章一拱手，便转身下去。

卫章不舍地看了姚燕语一眼，抬手捏了捏她消瘦的肩膀，低声叮嘱："千万保重自己。"

"我知道。你也保重。"姚燕语抬手抚上自己肩头的那只大手，轻轻地捏了捏之后从自己的肩膀上掰下来，把一张纸条塞进他的手心里，"这是克制蛊虫的配方，你尽快弄全了这几味药材磨成粉末装布包带在身上即可。"说完便推开他扭身急匆匆地离去。

丫鬟们一起朝着卫章福了福身，紧追着姚燕语的背影离去。卫章看着那一行人各自牵过马匹认镫上马，一路踏过积满了雨水的草地，溅起一路泥泞消失在绿竹林中。

"留几个人在这里看守，竹楼里那两个人不许有闪失，另外，这栋楼里面都是夫人的东西，尤其是那些书籍药典以及夫人的手稿等，务必给我保护好，不准有半点闪失。另外再派几个心腹去把这些药材弄来，剩下的人都跟我走！"卫章收拾起心底的思绪，把姚燕语留下的纸条看了一眼，递给葛海。

"是。"葛海应了一声，转身下去安排。

刚才卫章把竹楼里关着的那位绘图大师给绘制的详细地图拿出来跟赵大风和葛海看过，三人商议了一条进攻路线。在卫章看来，若不尽快把云瑾逼到深山里，他就会不停地制造事端。为了湖广一带百姓的安危，他们再也不能等了。

至此时，姚燕语带着人已经策马离开了湖州，又乘船往嘉州方向去。而卫章则安排葛海悄悄地去了安陆见韩熵戈，他自己则带着百十名烈鹰卫化装成乱民，悄悄地靠近了湖、渝、潜三州交界地，按照地图所示，从部署最薄弱的一处水路进到山林之中。

却说这云瑾生就睚眦必报的性子，命手下杨复带着苗疆草婆领着两千人去偷袭成公墓捉姚燕语和云瑶。这边，两千锦麟卫已经被云瑶调走了一千，分别派去陈家的五十多家粮铺传令并盯着这些粮铺开仓卖粮。另外的一千人又被抽出四百人分成两队，一队随赵大风去了嘉州，另一队随着葛海去了安陆。是以驻守在林海里看守门户的便只剩了六百人。

虽然人少，但杨复的人已出现在湖州，锦麟卫这边还是得到了消息。于是众人根据地形迅速部署，只等杨复等人钻进陷阱里。

杨复带着人披着绿色的蓑衣在雨夜的山林中行走，蓑衣行动时的声音跟雨声混在一起，也称得上神出鬼没。只是当他们一进入那片竹海便陷入一片杀机之中。

一身锦麟卫装扮的云瑶站在山顶的一座茅亭下，看向山谷之中，半晌方低声哼道："终究是耐不住了么？"夜阑轻声应道："一切尽在郡主的掌控之中。"

原来云瑶明着带领一千人离开了，实际上却在半路乔装打扮又返了回来。此时姚燕语

卷四 卿心未央

已经去了嘉州，卫章也离开了。按说正主儿都走了，留下这几百人守着这些竹楼和粮食有些不划算。但云瑶知道，姚燕语屋子里的那些书籍手稿是她这几年的心血，堪称无价之宝，绝对不能落到云瑾的手里，所以才急匆匆赶回来。只是她刚进这片山林便发现了杨复的踪迹，是以没急着进山，而是悄悄地尾随在他们的后面，准备跟里面守护的几百锦麟卫来个里应外合。

天已经蒙蒙亮，雨渐渐地小了下来，又变成了蒙蒙细雨。被迷药迷麻药麻倒而被点了穴道绑了手脚关起来的杨复以及他的两千手下此时正被关在竹楼里，享受人压人人挤人臭气熏天的超级待遇。两日后杨复苏醒过来还没想通，为什么明明小心计划却会失手，而且如此惨败以至于两千人一个也没跑出去。

另一边，辅国大将军卫章和勇毅侯韩熵戈以及唐萧逸等几位将军之间配合非常完美。

当时雨夜，卫章带着一百多名烈鹰卫抄水路摸进云瑾的人驻扎的山林中，一路按照那张事无巨细的图纸，把沿途的障碍一一清除并做好标记，把那些潜伏在暗处的哨兵斥候无声地诛杀，为后面的大队人马清出一条畅通的道路。天亮后，唐萧逸带着从两江调来的一千多水师精锐悄然跟进，沿着卫将军他们一路留下的标记寻找到潜伏在密林里的卫将军等人，在云瑾营寨的背后会合。而葛海则已经到达安陆与韩熵戈会合，也把一份详细的地图以及卫章的战略部署传达给了这位骁勇善战的大将。

与此同时，赵大风直奔湖广布政司找顾允桐，向顾允桐传达圣谕，命他调集湖广所有可用之兵从正面围剿云瑾的营寨。云瑾坐等杨复的捷报，等了两日等来的却是朝廷五万大军在渝州集结，湖广布政使顾允桐宣布了圣谕：皇长子云瑾哄抬粮价，制造湖广混乱，破坏清江堤坝，置嘉州数万百姓于洪水，为了一己私欲丧尽天良，实乃社稷之罪人，圣谕，着辅国大将军卫章将其押解入京议罪。

"啊——啊——"云瑾看完探子交上来的一块绢帛，气得哇哇大叫着把那块绢帛狠狠地攥进手心，之后又因为怒火无处发泄，便把那绢帛撕了个稀巴烂。

二百里之外的嘉州，放眼望去一片汪洋，姚燕语到了嘉州便马不停蹄地带着香藉等诊治病人。

两天后，云瑶派锦麟卫押送了两千俘虏过来帮忙修河堤，姚燕语才知道云瑾派人围攻竹林自己的住处并想要捉自己跟云瑶做人质的事情。苗族草婆已经为己所用，云瑶要带人去援助韩熵戈等，这两千俘虏不好带去，只好打发到这里来修河堤。应云瑶的要求，草婆给杨复以及他手下的这两千人都下了蛊，所以这些人也不敢要什么花招。这两千人的到来，大大加快了河堤工程的进展，七日后，河堤完工，清江的水流渐渐地高涨起来，大船已经可以通行了。

堤坝修好，洪水彻底止住，灾区剩下的便是排水修复了。好在嘉州本来就是沿江城市，几十年来为了防洪防水，城里大小河道交错纵横，只要清江主流的水不再蔓延，嘉州城里的

85

水三五天就降下去了。

不过整个县城在水里泡了半个多月的工夫，再好的房子也不像样子了。能走动的百姓们开始回去各自收拾自家的窝巢，杨复和他的两千兵勇继续做工匠，为嘉州百姓干活以换取一日三餐还有七天一次的解药。

姚燕语终于有了些空闲，开始整理这一次救治灾民的医疗资料，并且也终于有了时间想想卫章。也不知道他怎么样了，云瑾在此地苦心经营两年多，定然有了根基。姚燕语觉得，云瑾若是想战胜卫章肯定是不可能的，但如果他只想逃命的话，应该会挺容易。

姚燕语觉得，像云瑾这样的人，不可能把老底交给那个被俘虏的懂得机关消息的绘图大师。他但凡有点小心思，都不会把自己的命压在别人的身上，一定会留一条隐蔽的逃生的路。

一天，姚燕语正在跟香薷几个小丫头讲论医理，卫章忽然到了，令姚燕语惊喜不已。待众人都下去了，姚燕语靠在卫将军的肩膀上："你怎么这个时候来找我？事情顺利吗？我叫人去跟你联络，怎么一点消息都没有？"

卫章把夫人牢牢地搂进怀里，轻叹道："人已经捉住了，但银矿的事情不好弄。那边的矿工都是些流民，当初云瑾为了跟朝廷抵抗，给那些人灌输了许多疯狂的念头，甚至还丧心病狂地许了那些工头们王公侯伯的累世富贵。现如今那些人都沉浸在富贵梦里呢，他们霸占着矿山，说若是我们强攻进去，就放火烧山。"

说着，卫将军幽幽地叹了口气，又颇为哀凉地看了怀里的女人一眼："这些烂事儿也烦死了。我不想操心这些，便跟勇毅侯说我受不了这连日阴雨的鬼天气，旧伤复发，要休息几天。便跑来找你这位神医讨良药来了。"

"你旧伤发了？快给我看看。"姚燕语闻言立刻扒拉卫章的衣领，又手忙脚乱地解他的衣带。卫章哪里受得了这个？二话不说一侧身把人压倒在地毯上，吻了个铺天盖地。

卫将军是为了养伤来的，自然不会错过这么好的休息时间，夫妇二人像是不知时光荏苒一样，一晃就是三天。三天后，卫章提议离开嘉州。他的理由很充足，这边的救灾工作已经做得差不多了，剩下的事情当地的官府完全可以料理清楚，而张老爷子坟墓那边经过彻夜的激战，竹林毁了不少，也需要修复整理，而且那六百亩水稻该熟了，你自家的粮食不急着回去收么云云。

姚燕语被他说得动了心思，想着再待下去也没什么意思了，便吩咐船工开船往湖州去。她离开嘉州这日，嘉州上万的百姓聚集江边码头，朝着她的船叩头相送。船逆流而上，用了四天的工夫才到了湖州码头。姚延恩早就接到消息，亲自来码头迎接。他一来，唐汝町自然得来，甚至连顾允桐也借口来湖州处理公务赶过来了。至于湖广其他的官员就更不用说，能来的都来了。

下船的时候姚燕语见这么多人在码头等着，心里便暗暗地叹了口气，埋怨大哥姚延恩为什么不能省事儿点，扯上这么多官员，若是传到京城，还不知有些人怎么想呢。其实姚燕语真是误会姚延恩了，他也不想这些不相干的人来凑热闹，可架不住姚燕语这次名气大了。

卷四　卿心未央

　　谁知道这些官员里面有没有云瑾拉拢过的人？或者说，这些人里面还有谁没被云瑾拉拢过？卫章这样的身份在湖广，是决不能跟这些人接触太多的。这一点，身为辅国夫人的姚燕语清楚，卫章和身为湖广按察使的姚延恩更加清楚。所以，在码头上跟诸位大人们见过礼之后，姚燕语便被卫章以军营之中有人受伤为由，给一起拽走了。倒是姚延恩这个按察使好说歹说都逃脱不掉，被顾允桐借口公务拉了去湖州一家精致的酒楼，要了个安静的雅间，关起门来细说以后。

　　且不说湖广官员人人自危，单说姚燕语同卫章策马离开湖州码头先去了一趟成公墓，那一片稻子已经成熟，留守在这里的锦麟卫倒也靠谱，监督着佃户们正在收割。一回来这里，姚燕语便不想走了。但卫将军却不放心她一个人留下来，愣是派人把姚燕语留在这里的东西包括药典书籍手稿等全都收拾装箱，派人送去翠麓山。

　　翠麓山营寨，原来属于云瑾的一座青石壁垒的院子里，高大的阔叶植物遮住了热辣辣的太阳，整个院子都在浓密的碧阴之中。韩熵戈负着手在院子里走来走去。

　　自从捉拿了云瑾之后，韩熵戈便带着他的一千家兵以及云瑶手下的两千锦麟卫在翠麓山中逐一搜寻。

　　搜寻什么？当然是搜寻云瑾的私藏以及他的人脉关系。在那株翠绿的芭蕉树下的石桌上，放着半尺厚的一摞书信。他时不时地看一眼那摞书信，眉头越发皱紧，并伴着摇头叹息。

　　石桌旁边的一个乌藤编的摇椅上，一身锦麟卫千户服饰的云瑶坐在上面，手里捏着一颗殷红的荔枝，只是抛上抛下地玩，并不吃。

　　"大表哥，你能不能别再转悠了？我头晕。"云瑶玩够了荔枝，忽然坐直了身子，叹了口气。

　　韩熵戈心里有事，对云瑶也不客气，只摆摆手说道："你头晕去后面睡觉去。"

　　"我不去。"云瑶把那颗荔枝丢回果盘里，伸手拿了一个信封看了看，不满地说道，"这几天除了睡觉就是睡觉，我身上都长毛了。就没点新鲜的事儿？"

　　"你还嫌新鲜的事儿少啊？"韩熵戈无奈地看了云瑶一眼，在她对面的藤椅上坐下来，叹道，"你说这事儿怎么又扯上老五了！"原来这些都是云瑾跟五皇子云琦的往来书信，韩熵戈已经看过几封，里面那些大逆不道之谋划就别说了，随便拎出一句来，都够两个人死一回的了。这些书信若是送到皇上面前，皇上一准儿被这俩儿子气死。

　　云瑶淡淡一笑，说道："大表哥你该这样想，幸亏是跟老五扯上了！"

　　"怎么说话呢你？"韩熵戈不满地瞪了云瑶一眼。

　　云瑶毫不避讳地冷笑道："这种事情，不是老五也会是别人。他远在湖广，对京城的事情一无所知，必定要有人跟他通信，里应外合，才能成大事。如果非有这样的一个人，我倒是希望是老五，而不是别人。"

　　"你一个姑娘家家的，别掺和这些事儿。小心七舅知道了把你关起来。"韩熵戈不想

一品痞女
【完结篇】

让云瑶掺和得太深，在他的心里，女孩子就应该待在闺阁里享受美食华服，不应该跑这种地方来受罪。

"姑娘家怎么了？没有我你哪有那么容易捉住云瑾？"云瑶不服气地反驳。

韩熵戈皱了皱眉头，没有说什么。

云瑶说的是没错，这次他们兵分三路围剿云瑾，而云瑾却不仅仅是狡兔三窟。等他们在营寨中会合的时候，云瑾还是从地道跑了。若不是云瑶借助苗疆草婆独有的驭蛇术召来密林里的各种蛇把云瑾从山沟里给逼出来，他们绝对不会那么快捉住他。

这边表兄妹之间正说闲话，韩午从外边匆匆进来，躬身回道："回侯爷，卫将军回来了。"

"真的？"韩熵戈顿时有了精神。这几日身边连个商量的人都没有，出了这么大的事儿他也不好擅自拿主意，都快烦死了。

"人已经进了山寨，兄弟们腿快已经报进来了。哦，对了，姚夫人也来了。"

"好！快去迎接。"韩熵戈高兴地起身，刚走了两步又回头看云瑶："哎？你不去？"

"我困死了，回去睡觉了。"云瑶怏怏地起身，却往后面去了。

韩熵戈无奈地叹了口气摇了摇头，转身往外去迎接卫章夫妇去了。

晚上，韩熵戈专门准备了接风宴。

当然，因为条件有限，接风宴很是简单，也没有多少人——江宁水师的将领傅纶，还有追随卫章的唐萧逸、赵大风、葛海以及追随韩熵戈的韩午、韩未等几个出生入死的兄弟。

姚燕语和云瑶虽然都是女子，但却不做女儿家装扮。都是一袭男女皆可的交领深衣，绾着独髻，别着玉簪，她们二人也没有女子的忸怩之态，言行举止落落大方，坐在一群糙汉子们之中，倒像是温润如玉的贵公子。

众人纷纷举起自家的酒碗，一起敬姚燕语。姚燕语却扭头看着卫章，轻笑不语。

"嘿，都说夫唱妇随是佳话，可这会儿你们夫妇也没必要这样吧？显钧，难道没有你的准许，夫人还不能喝酒了？"韩熵戈不满地瞪卫章。

"哪有。是她这几日不怎么舒服，实在不能多喝。"卫章脸不红心不跳地抬手端起姚燕语的酒碗，"不如我替了吧。"

"将军替夫人喝酒也算是天经地义。只是这替酒的规矩，可是一赔二。"傅纶如今跟众人混熟了，也敢跟卫章讨价还价了。

"行。"卫将军毫不犹豫地点头。

于是，这场名为给姚燕语接风洗尘的宴席倒成了这些男人的拼酒宴。

云瑶捏着酒杯小口地呷着米酒，瞥了一眼姚燕语，低声说道："这些人想喝酒不如直说，还弄什么接风洗尘的名头。"

姚燕语轻笑着举起酒杯朝着她："不管他们了，我先敬郡主一杯，你为了保住我的那些书籍手稿，辛苦了。"

"不用谢。我也不是为了你。"云瑶淡淡地举起酒杯，跟姚燕语碰了一下，然后缓缓地喝了一口酒，却不放下那只银质的酒杯，只是捏着把玩。

"不管公主是为了谁，但最终受益的是我。我就该说一声谢谢。我干了。"姚燕语微微一笑，仰头把杯中酒喝干。

"真是啰唆。"云瑶低声嘟囔了一句，把自己杯里的酒一口喝完。

那几个糙汉子喝酒喝到了高兴的时候，早就忘了初衷。在一片喧哗吵闹之中姚燕语看着云瑶一脸的冷清，完全是置身事外的样子，便忍不住低声问："郡主最近一直挂在嘴上的一句话是'不是为了谁谁谁'。那我想冒昧地问公主一句，你这么辛苦，还不惜中毒去做的事情，到底是为了谁呢？"

云瑶微微一怔，修长的手指捏着空酒杯没说话。她这两年来一直习武，手指再不是当初的纤纤玉指，甚至早就有了一层薄茧，但依然修长漂亮，是那种干净清爽的美。姚燕语固执地看着她，等着她的回答。

半晌之后，云瑶轻笑："我是为了我自己。"

这次轮到姚燕语愣住了，不过她很快就明白了云瑶的潜台词：我喜欢谁是我自己的事情，我做任何事都是因为我愿意，与别人无关，更不需要谁来亏欠。

这是高傲到骨子里的爱，也是卑微到尘土里的情。

姚燕语默然无语，伸手拿过酒壶给云瑶和自己都斟满了酒，然后轻笑道："来，我们再干一杯。"

云瑶淡然一笑，跟她碰杯。两个人相视一笑，各自把杯中酒喝干。

……

第六章

接下来的日子又归于了平静。虽然银矿的事情还没解决，但瑾云和那位广陵先生被俘，根据在云瑾这里搜到的书信契约等物，韩熵戈和卫章命锦麟卫该捉的捉，该禁的禁，一些身居要职的官员虽然没被捉起来，但也已经在锦麟卫的控制之中。

不过半个多月的工夫，韩卫二人便整理出了一份详细的名单以及相关证据，用黄匣子锁了派人密送京城。

时间进入六月中旬，东南的气候真是湿热难当。

姚燕语开始对任何事物都不怎么感兴趣，只觉得腹中满满的，有时候胃里还泛酸水。不管姚延恩带来的厨娘使出浑身的解数精致烹调，端上来的饭菜都不能引起她的食欲，大多时候也只是半碗粥而已。

看着她迅速地瘦下来，卫章紧皱的眉头就没展开过。有时候夜里睡不着，看着她已经

削尖的下巴，他甚至想是不是应该找人来给她诊治诊治，是不是得了什么奇怪的病。

一旦有了这个想法，卫章便再也睡不着觉了。他干脆起身出去把香蕣叫进来，吩咐："去给夫人诊诊脉，看是不是病了？"

香蕣打着哈欠揉着眼睛，稳了稳心神才反应过来卫将军说的是什么，便低声说道："夫人自己懂医术，不该连自己病了都不知道吧？"

"她这些日子整天都闷在那些药典里，何曾想过自己的身子如何？"说起这话卫章就觉得无奈，他家夫人的任性真是没人能比。

香蕣觉得将军说得也有道理，便进了卧房悄悄走到床边，半跪下来给姚燕语诊脉。这一诊脉不要紧，倒是把香蕣吓了一跳，忍不住惊讶得瞪大了眼睛："咦？不会吧！"

卫章一颗心都被揪到了嗓子眼儿，忙问："怎么了？"

香蕣又蹙着眉头把手指放回姚燕语的脉搏上，沉默了片刻，方又笑起来："果然！"

"到底怎么了？"卫章都要急死了，这死丫头又叫又笑的到底想怎么样？

香蕣此时已经是一脸的喜气，起身后朝着卫章深深一福，低声笑道："恭喜将军了。"

"什么？"卫章一头雾水地看着香蕣。

香蕣又压低了声音，笑眯眯地说道："夫人有了。"

"有……有什么？"卫将军还没反应过来。

"有喜了啊！将军要当爹了。"香蕣说完，嘻嘻笑出声来。

这下卫章是真的傻了。一时间眼前的一切都化成了几个大字：我、要、当、爹、了！然后这几个字跟疯了一样在他眼前飞来飞去，晃得他眼晕。

这些日子一直浅眠的姚燕语早被吵醒了，其实自己的身体自己当然有数，一直没说不过是怕卫章担心。听这会儿香蕣把话点透了，便索性也不装睡了，一手掀起帐子，睁开蒙眬的睡眼不耐烦地问："你们还叫不叫人睡觉了？"

"睡觉？"卫将军终于回神，猛然转身看着床上的妻子，忙上前去握住她的手，连声道："睡，睡吧，你好好睡……"

姚燕语不满地蹙眉："你不上来我怎么睡？"

"噢，好，我上来。"卫章傻傻地上床，完全忘了身旁还有个香蕣。

姚燕语没好气地拉过他的胳膊枕好，转身向里闭上眼睛继续睡。卫章乖乖地躺在那里一动不敢动，只是看着她后脑勺的一窝乌发发呆。

香蕣上前去把帐幔给二人掩好，方轻着脚步退了出去。

姚燕语枕着卫章的胳膊一直睡到天亮，睡梦里，她迷迷糊糊地感觉到他的大手轻轻地抚在自己的小腹上，还似乎听他嘟嘟囔囔地说些什么话，但无奈实在是太累太困，都记不得了。

早晨醒来她一翻身，便看见卫章睁着一双大眼睛看着自己，他依然保持着昨晚的姿势，胳膊被她枕着，另一只手搭在她的腰上。而身体却跟她保持着一拳的距离，看她转身，他也是一脸的紧张，忙用手扶着她："你……小心点。"

卷四　卿心未央

　　姚燕语看他黑白分明的眸子上有血丝便知道定然是一夜没睡。于是伸手抚上他的眼睛，低声问："你干吗不睡觉？"

　　"睡不着。"卫章伸手把她的手拿下来，依然不错眼珠地看着她，"真的吗？你自己知道吗？"

　　"知道什么呀？"姚燕语看着他这傻样，决定装一次糊涂。

　　卫章小心地把她搂进怀里，轻轻地吻着她的额角，低声叹道："傻丫头，你有我们的孩子了。你知道吗？你这些天吃不下睡不着，就是因为你肚子里有我们的孩子了！自己要当娘了还不知道，你是有多傻啊？"

　　你才傻呢，我自己的事情我可能不知道吗？姚燕语从心里腹诽了一句，但却决定撒谎撒到底："不是吧？我都不知道，你怎么知道的啊？"

　　"我是他的爹，我当然知道。"卫章傻傻一笑，还颇有几分得意。

　　姚燕语躲在他怀里撇嘴，心想先让你得意一会儿吧。

　　不过也真的是一会儿，卫章便把她从怀里拉了出来，紧张地问："你还难受吗？"

　　"还那样啊。"姚燕语摇摇头，"没什么感觉。"

　　"那你想吃什么？"卫章看她犹豫的样子，又催促道，"快想想，到底想吃什么？要不我去山里捉几只山鸡来给你炖汤喝好不好？昨晚下雨了，山林里肯定有新鲜的蘑菇，我再给你弄点来？"

　　姚燕语想了想，点头说道："我想自己去采。"

　　"不行。"卫章想也不想就摇头："你乖乖待在这里，不许动。"

　　"我是怀孕，又不是坐月子。"姚燕语立刻反驳，并威胁道："你不让我去，我就不吃了。"

　　卫将军无奈地叹了口气，从心里骂自己：叫你嘴快！悄悄地出去把东西弄回来做好端到她面前不就得了嘛？非得说出来，这下可好了！

　　因为看着卫将军郁闷的样子，所以姚燕语心情很好。心情一好，她便想起了女装，于是选了一套粉绿色的襦裙换上。

　　姚燕语不喜欢绾发，便把及腰长发编成一松松散散的麻花独辫从肩膀上斜斜地拉到胸前，竟有几分小姑娘家的娇羞。卫章见了，恍惚又想起跟她初相识的那年。

　　"走吧。"姚燕语看着发呆的卫章，上前去挽住了他的手臂。

　　卫章点了点头，忽然又紧张地把手臂抽出来，改成搀扶着她，并不放心地叮嘱："等会儿到了山林里不许乱跑，必须乖，必须听话，知道吗？"

　　姚燕语横了他一个无限美好的白眼，没答应。

　　本来卫章是想自己去山里转一圈，弄些新鲜的食材回来交给厨娘，这一来一去连半个时辰也用不了，绝不耽误早饭的时间。可现在是姚燕语也跟着去，情形就大不相同了。

　　姚燕语看香薷手臂上挂着个包袱便觉得好笑："我们是去采蘑菇的，又不是逃难的。"

91

你弄这么大个包袱做什么？"

"昨晚下雨了，山里又湿又凉，奴婢带个坐垫，若是夫人走累了可以坐下休息休息。"

"还有呢？这水壶？还有这点心？你确定不是逃难？"

"万一夫人饿了，渴了呢？反正是有备无患嘛。"

姚燕语叹了口气，无奈地摇头："你的确很有做老妈子的潜质。"

香蕪笑着点点头："奴婢是准备给小少爷做老妈子的。"

姚燕语立刻瞪过去："不许到处乱说。"

"啊，是，知道了。"香蕪吐了吐舌头，赶紧答应。

一行人踏着晨露出发，一夜雨后，山林里的空气特别的清新，一切都像是在水里洗过，从天空到草地都是新鲜的颜色。

卫章一开始担心石路湿滑，一心只扶着姚燕语寸步不离，等到了林间，又担心草地湿漉漉的弄湿了她的鞋子，便干脆弯腰把她抱起来，大步走到一块露在树荫外被晨曦罩着的石块跟前，让香蕪把坐垫铺好方把人放了上去，然后自己也一屁股坐在旁边。

"你不去捉野鸡么？"姚燕语看着身边老神在在的某人，问。

卫章眯着眼睛看着碧蓝的天空，说道："有人已经去了。"

"那我要采蘑菇啊。"

"让别人去弄好了。"

"你这人！"姚燕语生气地瞪他。

"你不就是想出来透透气吗？再说，你穿的什么鞋子？要去泥巴里踩？"卫章的目光从姚燕语的那双天足上扫过。

为了跟这身襦裙相配，姚燕语今天穿了一双碧色绣五彩蝴蝶的鞋子，贡缎鞋面，葛布纳成的鞋底。这还是冯嬷嬷的针线。平时姚燕语穿男装，穿的也是男式皂靴，水里泥里都一样踩，今天这双鞋子却真是舍不得。

"哎！"姚燕语侧转了身子躺在卫章的肩膀上，不再闹着去采蘑菇。卫章赶紧伸出手臂把人揽住，姚燕语闭上了眼睛。卫章觉得她这样靠在自己身上不舒服，干脆伸手把人抱到自己的腿上来。

林间小路上有一对修长的身影一前一后走过来，前面那个身材明显娇小一些，转过一棵合抱粗的大树之后看清这边青石上相拥的两个人，脚步一顿，轻声笑了。

"郡主，那边是卫将军和夫人。"跟在后面的夜阑"提醒"道。

"我又没瞎。"云瑶把手里的长剑一转，往身后丢过去。

夜阑抬手把剑接住，担心地跟着云瑶往这边走了过来。

"郡主好早！"姚燕语早就听见那边二人的对话，眼睛也不用睁开便跟云瑶打招呼。

云瑶走到二人跟前，轻笑道："你们也真是有意思，睡觉的话在屋里不好吗？跑这里来又湿又凉的，睡个什么劲儿？"

卷四　卿心未央

"这里空气好啊！还有鸟叫。公主不觉得听着鸟叫醒来，是一件很惬意的事情吗？"姚燕语伸了个懒腰，坐直了身子，然后拍拍身边的坐垫："郡主是去练剑了吧？坐下歇歇，我这儿还有吃的喝的。"

云瑶看了卫章一眼，却在对面的青石上坐了下来，下巴朝着姚燕语一扬，问道："听说你最近身子不好？怎么回事，难道你能治天下人的病却照顾不了自己？"

姚燕语微笑道："哪有，我就是怕热而已。过了这个暑期就好了。谢郡主关心了。"

"这里的鬼天气的确叫人难受。不过也住不了多久了。"云瑶说着，往北方看了看。

黄匣子已经送回京城半个月了，这边的事情怎么处理也该有消息了。在云瑶看来，皇上身体不好，根本离不开姚燕语，下旨夺情令她回京是板上钉钉的事情。

很快随从便打了两只野山鸡回来，还捉了两只野鸽子，另采了满满的一篮子蘑菇，炖汤的话，怕是十几二十个人都够了。

"回吧。"卫章把姚燕语抱了起来。

当着云瑶的面，姚燕语还是很不好意思的，但她试图挣了挣，根本挣不开，只好红着脸被抱到林间小路上去才落脚。

"夫人的鞋子还是湿了。"香薷自然知道她家夫人会不好意思，忙帮着撇清。

云瑶淡淡地笑了笑，没跟小丫头一般见识去揭穿某些人的戏码。

野鸡汤必须得中午了，早饭是清淡到不能再清淡的小菜，确切说是厨娘从江宁带来的小咸菜，还有就是火腿蔬菜粥。本来之前姚燕语是很喜欢吃鱼片粥的，可最近她胃口不好，不喜欢吃鱼了。厨娘摸到了主子的心思，专门炖火腿蔬菜粥给她。

不知道云瑶是不是因为这两年一直在锦麟这个大云朝最大最完备的特务机关历练，她对一些事情的估摸居然出奇地准。皇上的旨意果然在午饭后到了。

皇上的意思很简单，有关云瑾谋反的案子必须彻查，湖广以及周围府县的官员但凡有牵扯其中的全都革职，押送刑部议处，包括顾允桐也被革职，押送京城议罪。又命韩熵戈为湖广总督，总理湖广军务，另外有外放礼部侍郎孙宇为湖广布政使接替顾允桐的职务。

这样，湖广一带便由韩熵戈、孙宇和姚延恩三人主理政事。孙宇虽然是苏玉安的岳父，但同姚远之也不算和睦，姚延恩又是晚辈，孙宇自然能压他一头。但镇国公府却跟姚家关系不错，所以孙宇也不敢太过放肆。这样的安排让湖广的长官们互相牵制，免得湖广之地成了某人的一言堂。可见，此时的皇上虽然病重，但却并不糊涂。

另外，皇上命卫章带烈鹰卫押解云瑾以及湖广一干涉案官员进京受审，其他无官无职的商户等则由孙宇和姚延恩二人共同审理，根据《大云律令》议罪。

皇上还单独有圣旨给姚燕语，旨意大概是说成公之事已经了结，孝自在心中，不在言表，又褒奖她去嘉州救治灾民一事，说她遇事懂得大义为重，朕心甚慰，然后又以朝廷正是用人之际，命她随卫章一起返京。

圣谕一到，大家自然都要遵旨办事。姚燕语命香薷等人立刻收拾东西，装车装船，准

93

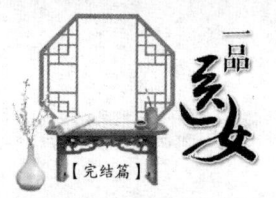

备回京。倒是韩熵戈有点犯愁，把云瑶叫到跟前说道："你是跟辅国夫人一起来的，现在她要回去，你便跟她一道回去吧。"

云瑶嘴巴一扁，不乐意地说道："我不回去。"

"这里已经没什么事儿了，你留下来也烦闷得很。再说你出来这么久了，七舅和舅母肯定想你了。"

"我经常有书信回去，父王和母妃应该都放心的。"来的时候是她跟姚燕语两个女人，就算不怎么和睦但起码不别扭。但这次人家夫妇一起回去，自己跟在旁边算什么？所以云瑶打定主意不跟姚燕语一起回去。

"这话糊涂！书信能顶什么用？难道你不担心你母亲的身体？她的眼睛才好些，若是因为思女心切日日流泪，定然又不好了。"韩熵戈对这个表妹很是无奈。

云瑶有些犹豫，她虽然性子刚烈，凡事要强，但到底是女儿家。而且诚王妃对她一向千依百顺，最是疼爱不过，她再傻也知道孝敬母亲。

韩熵戈看她犹豫，便立刻拍板决定："就这样吧，你的两千锦麟卫给我留下一千，你带回去一千路上也好对那些要犯们多加防范。"

"那，苗婆寨子里的事情呢？"云瑶不放心地问。

韩熵戈立刻答应："不就是给他们修一条能让马车上山的路么？这事儿包在我身上。可以了吧？"

于是，云瑶再无异议，只好听从韩熵戈的安排跟卫章姚燕语一起回京。

来的时候大包袱小包袱，大箱子小箱子地折腾了好些天，回去的时候更添了人添了事儿，自然更少不了一番收拾。不过这些事情都不用姚燕语操心，她只负责每天保持好心情，吃好喝好睡好就行了，其他大小事情一概不管不问，自然有人给她料理清楚。之后她又选了日子专门来了一趟成公墓上香祭拜，与恩师话别，又把姚延恩为她找来的守墓者叫到跟前吩咐一番。还把田庄的佃户找来叮嘱并敲打一通，并吩咐他们竹林里的那些竹楼可以给他们居住，但务必好生打理，时常修缮维护云云。

姚延恩专门命人查了查黄道吉日，选定六月二十六这日动身。卫章便带着姚燕语同韩熵戈姚延恩等在湖州码头辞别，走水路赶往京城。

船一离开码头，姚燕语之前的那些不舒服便加倍地涌上来。之前还只是不想吃饭，懒得动，这两日已经经常呕吐了。这不，香蕖等刚把午饭摆上来，姚燕语便闻见一股油腻味儿，当时便转身干呕。

姚燕语腹中空空自然什么也吐不出来，但这会儿已经完全没有食欲了，只转身靠在榻上仰着脸闭目养神。卫章万般无奈地叹了口气，端着一碗清粥问："要不先喝点粥吧？"

姚燕语摇了摇头，推开了卫章递过来的汤匙，卫章挫败地把汤匙丢进碗里，一筹莫展。

另一只客船上的云瑶吃过午饭后来船舷上透风，抬头便看见对面船上姚燕语身边的一个丫鬟端着一盘烹虾段从船舱里出来往旁边下人们用饭的小舱里去。

卷四 卿心未央

云瑶眼尖，早就看清楚那盘虾是没动过的，便不由得一笑，跟旁边的夜阑说道："咱们辅国夫人是越来越娇贵了，好像什么好吃的好喝的都不合她的胃口，我看快把那边的厨娘给折腾死了。"

夜阑到底厚道些，不好说姚燕语的坏话，只道："属下听说姚夫人病了。"

"嗯，她精神是不怎么好，吃饭挑来拣去地也有些日子了，人也瘦了许多。只是她自己就是个神医，自然懂得养生之道。怎么会病呢？"云瑶蹙眉。

夜阑无奈地说道："这个属下也不知道。那几个丫鬟的嘴巴一个比一个紧。"

云瑶点了点头没说话。夜阑说的自然不错，香薷那几个丫鬟的嘴巴是挺紧的，但凡牵扯到她家主子的事情，便一个字也不肯多说。

说到晕船，大多数人都以为船在开的时候会晕得厉害，其实不然。船开的时候虽然会晕，但却不是最难受的时候。最难受无过于行进中的船刚停下的时候。

姚燕语原本是不晕船的，但却因为怀孕，身体各项功能都非正常运转，所以忽然晕船了。船开着的时候还不觉得怎样，当船停下来的时候，她先是感觉到阵阵晕眩，然后坐都坐不稳，胃里一阵阵地痉挛，前面卫章刚耐着心思喂了她半碗红枣莲子粥，这会儿全吐了。

半夏和麦冬赶紧上来服侍，卫章心疼地拍着她的背，等她不吐了，忙递给她一杯温开水："漱漱口吧。"姚燕语靠在卫章的肩头漱口毕，半夏又递上一杯蜂蜜水，姚燕语喝了两口便说"有些酸溜溜的"，便不喝了。

卫章便扶着她靠在枕上，稍微缓了缓，又问："吃的那点东西都吐了，你这会儿饿不饿？"

姚燕语可怜兮兮地点头："当然饿了。我早饭都吐了好吧？算起来，从昨晚到现在就没成功地吃进什么东西。"

"那怎么办？想吃点什么呢？"卫将军快愁死了。

姚燕语想了想，问："不知道。有什么水果吗？"

卫章想了想，说道："好像还有西瓜。"

"那切两片来吃吧。"姚燕语想着西瓜甜甜的，饿了吃两块也不错。

旁边的半夏听说忙答应着出去，没多会儿便捧了一个果盘进来，上面是切得一小片一小片的西瓜，看着就挺有食欲。

卫章接过来送到姚燕语面前，姚燕语拿了一小片慢慢地吃。一边吃还一边夸着："挺甜，你也吃一块。"

"你吃吧。"卫章现在看着她吃东西是又喜又怕，喜的是她终于有喜欢吃的东西了，怕的是这会儿吃下去，说不定转脸又吐出来，简直遭罪。

姚燕语吃了两片就不吃了，靠在榻上闭目养神。卫章也不敢打扰她，便叫人把剩下的西瓜拿了下去，自己则靠在旁边拿了一本闲书悄悄地翻着。

船舱的窗户开着，有江风吹过，带着一丝淡淡的水汽。姚燕语便闻到一股鱼虾的味道，

95

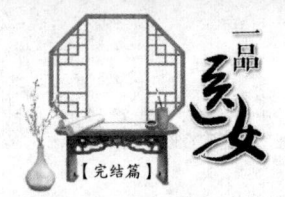

一时间胃里又一阵翻滚，便忍不住抬手捂住了嘴巴。

卫章忙欠身上前扶着她弯腰，另一只手已经把漱盂拿过来。姚燕语哇的一声吐出来，刚吃的两片西瓜以及那两口蜂蜜水，丝毫没留。整个胃像是被洗过之后狠狠地拧了一把，好像再也没有什么可倒的了，方才消停。

吐完之后，姚燕语一头一脸的汗和眼泪，无力地靠回去，默默地看着屋顶发呆。半夏和麦冬近前来服侍漱口又拿了湿帕子给她擦了脸和手。

卫章万般无奈地叹了口气："这可怎么办呢！真是要命了！"

对于男人来说，妻子怀孕的时候尤其是初期，根本没什么做父亲的感觉，因为所谓的孩子还只是个看不见摸不着的存在。卫章也一样，他已经过去了刚开始的那股兴奋劲儿，尤其是看着妻子受这般苦楚的时候，就觉得没什么可高兴的了。

而姚燕语也没有过这样的经历——怀孕虽然是一个很伟大的事情，但是太难受了好吧！

之前还不怎么觉得，这几天姚燕语每当吐得晕天晕地的时候就想起自己的娘亲。她记得娘亲说怀自己的时候也反应很厉害，别人都差不多吐一个月就过去了，她娘亲吐了三个多月。后来肚子挺大的了还食欲不振，以至于她生下来的时候还不到五斤，瘦瘦弱弱的。

当娘真是不容易啊！这些日子姚燕语常常想起早逝的娘亲，这会儿又想起来，便不自觉地流下了眼泪。

她这半个多月来掉的眼泪比她这十来年的眼泪都多。连卫章都搞不清楚为什么她忽然之间变得这么爱哭了。以前多少大风大浪她都没这么脆弱过。

"别哭了，我们就要这一个孩子，以后都不生了，好不好？"卫将军再次化身奶娘老妈子把泪包儿搂进怀里轻声哄。

"那怎么可能？如果是个女儿呢？"姚燕语虽然心里难过，但还没失了理智。

"我们不是有凌霄了吗？"卫将军这句话说得有些言不由衷，毕竟凌霄再好也不是他亲生的儿子，是个男人就都有传宗接代一说。

姚燕语轻声哼道："你跟我都不说真心话了吗？"

"我实在不愿看你再受一遍这样的苦。"

姚燕语知道这话倒是真的，便轻声叹道："身为女子，这就是命吧。"

卫章也是黯然无语，不过片刻又笑了："看我们俩真是傻了，孩子还没生下来，你怎么就知道是女儿？如果是儿子的话，一切都迎刃而解了。"

姚燕语立刻噘嘴："这么说，你是不喜欢女儿咯？"

卫章："……"

怎么就绕到这么个话题上来了？真是太失败了！幸好门口的珠帘一响，香薷急匆匆地进门打断了二人的谈话，原来是香薷从船上船夫处打听到一个治晕船的偏方，急忙拿过来给姚燕语试试。

香薷打开手里的小竹篓，里面是绿油油的青皮橘子，看一眼就让人冒酸水的那种。

卷四　卿心未央

"夫人，您闻闻，这个味道真的会让人神清气爽呢。"香薷掰开一个青橘送到姚燕语的鼻子跟前。

姚燕语轻轻地嗅了嗅，微笑点头："的确不错。多掰开几个放在这里。"

香薷依言，掰了几个青橘放在小几的果盘上。微酸而清甜的橘子香味渐渐地扩散开来，迅速地缓解了姚燕语身体的不适感。

"这办法真是不错。"姚燕语伸手捏了半个青橘，一边揉一边凑在鼻尖上嗅。

香薷又说："那船夫还给了个调理脾胃的食疗方子，说是他家娘子当年晕船时用过的。夫人也可以试试。"

卫章忙笑着插嘴："这个你去跟厨娘商议，夫人自从昨晚到现在都没进食了。"

香薷忙答应着出去了，那个方子是用当地的两种野菜搭配做的药膳粥，居然对孕期反应有作用。两三天的时间，姚燕语不但恶心头晕的症状减轻了，食欲也有了很大的改善。虽然还是闻不得荤腥油腻等味道，但已经可以喝两口鸽子汤了，最关键的是喝了不会再吐了。卫章一颗心放到肚子里，便命令几艘大船全速前进，尽快回京。

船队顺流而下，比来的时候快了两日抵达江宁。之后姚燕语在江宁停留了一个晚上，悄悄地派人把江氏接到船上说了些话，第二日一早天不亮便转入云天河往北，直奔大云帝都。

一路平安，无须赘述。等众人抵达大云帝都东郊码头的时候已经是七月下旬。

因为早有锦麟卫回京报信，诚王爷派云琨亲率锦麟卫封锁了码头，云瑾和一干要犯被锦麟卫从船上带下来直接装进了囚车。当然，这次的囚车和一般意义上的囚车不同，而是四面封得严严实实的马车。

云瑶下船后跟兄长问好，云琨看着黑瘦了一圈的妹妹，忍不住抬手拍拍她的肩膀，叹道："黑了，瘦了！不过懂事了。你的事情父王和皇伯父都知道了。皇伯父称赞你是我大云朝的巾帼英雄呢！不愧是咱们云家的女儿。"

这几句来之不易的夸奖直接让云瑶红了脸，显出少有的小女儿状，低头笑道："哥哥也取笑人家。"

"是不是取笑你，回去见了父王就知道了。"云琨笑了笑，放开妹妹，转身跟下船来的卫章点头见礼。此处不是说话叙旧的地方，二人只是简单地拱了拱手，互相问候过，便各自上马。

姚燕语被香薷等人服侍着上了马车，一行人浩浩荡荡往京都城而去。

回城后，云琨对卫章说道："皇上准你和夫人先行回府沐浴更衣之后再进宫觐见，让我带人把他们押到镇抚司大牢。"

卫章点头，在路口跟云琨告辞便同姚燕语唐萧逸等人先各自回府。只是前脚刚进门，洗澡水还没抬进来，皇上的圣旨就到了，而且是御前总管大太监怀恩亲自来的，怀恩见了卫章，卫章和姚燕语先恭请圣安，之后怀恩方跟卫章夫妇互相见礼，之后宣示圣谕："传国医馆院判姚燕语即刻进宫面圣！"

97

一品医女
【完结篇】

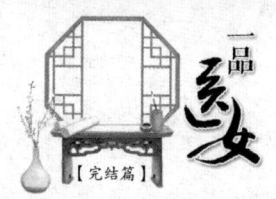

姚燕语蹙眉道:"下官一路征尘,就这样去面圣是对圣上不敬。请公公稍等,待我更衣。"

怀恩忙道:"夫人快请。不过皇上早就盼着夫人回来了,还请夫人快些个。"

"是,公公放心。"姚燕语顾不得一身疲倦,匆忙回内宅沐浴后换上官袍,收拾整齐之后方往前面来。

此时卫章也换了二品朝服,见姚燕语过来,便起身携了她的手出门。换作之前,姚燕语肯定会骑马,但如今她有孕在身自然要小心谨慎,卫章早就吩咐长矛备好了马车。

一进马车,卫章便低声同姚燕语说道:"刚才怀恩跟我说了,皇上昨天听说云瑾被押回来了,一夜没睡好。半夜又咳血了。这会儿匆匆忙忙叫你进宫,多半是龙体欠安。你救治皇上是职责所在,但也要想着自己是有孕之身,千万悠着点。"

回京之后,姚燕语之前的那股小女儿之态便尽数收敛,她平静地点点头,应道:"放心,我有数。"

不过半年没见,皇帝竟然老了很多。头发花白,人也整个消瘦了许多。姚燕语跪拜之后给皇上诊脉的时候,恍惚觉得这个曾经大权独揽且目空一切的老人很可怜。

养了那么多儿子女儿,居然没有哪一个是真心孝顺的。一个个都工于算计,只为了他的那把龙椅,只为了能攥住更多的权势。相比起来,一般的世族之家反而更好些。就算是父慈子孝的成分也有些掺水,但总比儿子要置父亲于死地强吧。

诊完脉之后,姚燕语默默地叹了口气。皇上的生命已经衰竭了近半儿了,就算自己用太乙神针和强大的内息给他调理,也只是拖延而已。

"朕这病怎么样?"皇上虽然身子不好,但脑袋瓜子还挺好用,姚燕语看他时眼神中闪烁的一丝悲悯之情并没逃过他的眼睛。

"无碍的。皇上就是素日里太累了,待臣给您用太乙神针调理一下。"姚燕语微微一笑,转身从医药箱里拿出针包。这套银针还是张苍北给她的礼物,现在是姚燕语寸步不离的工具。

半个时辰之后,整个针灸完成,皇上身上微微出了一层汗,睁开眼睛后便觉得神清气爽,身上也有了力气。因叹道:"还是得你在才行啊。这半年你不在,朕觉得自己像是老了十岁。"

姚燕语忙道:"皇上就是太操劳了。思虑太重,夜间便睡不好。睡不好,五脏的气血便都不足。如此身体便容易疲惫倦怠。时日短的话,好好休息便可调养过来,时日长了,就要借助药膳等慢慢调理了。"

"你来了,朕就放心了。朕的身体就交给你料理了。"皇上微笑着打量着姚燕语,又皱眉问,"你怎么瘦了这么多?看着一身官袍都撑不起来了。"

姚燕语笑了笑,欠身回道:"回皇上,以臣看来,应该是湖广的水土不如京都养人。"

皇上闻言失笑道:"那边的水土不养人,却把你给养得幽默了些。罢了,朕知道你今儿刚回来,就不多留你了。回去歇息几天,好生调理一下你自己的身子吧。"

"谢皇上隆恩。"姚燕语忙跪拜下去,"臣告退。"

卷四　卿心未央

姚燕语从宫里出来，正好遇见云琨和卫章并肩而来。三人在紫宸宫门外站定脚步，云琨朝着姚燕语一拱手："夫人来给皇上诊脉？"

"是啊。"姚燕语微微欠身："见过世子爷。"

"夫人快别多礼。"云琨说着，又近前一步，低声问，"皇上怎么样？"

"挺好的。"姚燕语微笑着点头："你们要回话就赶紧进去吧。"

云琨和卫章对视一眼，知道皇上经姚燕语诊治定然是有所恢复，身体好转了，心情自然也不会差，于是一起点了点头。卫章便道："你先回去歇息。我今天可能会晚些回去。"

"好。我走了。"姚燕语知道他们两个是因为云瑾的事情去面圣，也不再多说，告辞之后匆匆出宫回将军府去了。

到家的时候天色已经不早了，在府门口下了马车便有肩轿过来接，姚燕语站在门口看着将军府五间大门在朦胧的暮色里越发地巍峨庄严，门口大大的灯笼上银钩铁画般斗大的"卫"端方而醒目。

长矛看着夫人盯着大门口看，心想知道将军和夫人今日回来，家里的上上下下已经打扫了三遍了，这灯笼也是今早刚换上去的，于是忙上前回道："夫人，可是有何不妥？"

"没有。很好。"姚燕语微微笑了笑，转身上了肩轿，"这些日子我和将军都不在，你这个管家可是辛苦了。"

长矛忙道："瞧夫人说的，奴才可不敢当。奴才没有别的本事，也就只能替主子看个家护个院的。"

及至内宅，腰身明显臃肿的苏玉蘅和阮氏、翠微、翠萍几个人先后迎了出来，众人互相见礼毕，姚燕语盯着苏玉蘅的肚子看了半晌，方笑道："你这是几个月了？"

苏玉蘅微红了脸，低声说道："四个月了。怕姐姐挂念，没敢跟姐姐提及。"

"这么说，年前能生？"姚燕语上前去拉了她的手，问。

"翠微帮我算过，应该是十一月中要生。"苏玉蘅应道。

姚燕语又笑着摇摇头没再多说，只叫着众人一起进屋。

这次苏玉蘅没有请别人来，连姚府那边也没有人过来，只是宁氏已经叫人过来传话，说后日老太太寿宴第一天，请姚燕语和这边几位夫人一定要过去。姚燕语听翠微说完之后便忍不住抬手揉了揉眉心，点头道："我真是过糊涂了，连老太太的寿辰都忘了。"

翠微忙道："夫人无须担心，寿礼二位夫人跟我商量着，已经准备好了。等会儿用了晚饭夫人过去瞧瞧，看有什么不妥的再改也来得及。"

姚燕语笑道："幸亏有你们在，不然我这回可真是要出糗了。"

苏玉蘅笑嘻嘻地说道："怎么可能让姐姐出糗呢。我们可不真成了废物？"

"这话可不能说，让咱们唐将军听见了必定不依。"姚燕语又笑着看苏玉蘅的肚子，问，"你害喜严重么？可曾吐过？"

"还好，有半个多月不怎么舒服，过去那一阵儿就什么都好了。现在是见着什么都想吃。"

苏玉蕑说下又自顾笑起来，"看看我都胖成什么样了。"

姚燕语真是好生羡慕，靠在榻上连声说："胖了好，珠圆玉润的，好看。"

"姐姐这是安慰我呢。"苏玉蕑扁了扁嘴巴。

一时琢玉进来回说："饭菜已经好了，请夫人示下，是现在就摆上来呢，还是等将军们回来？"

姚燕语忙道："别等了，他们今晚指不定什么时候回来呢，咱们先吃，吃饱了好睡觉。"

阮氏忙道："那就传饭吧，夫人也累坏了，就别挪来挪去的，就在这花厅里吃好了。"

苏玉蕑先拿过姚燕语的汤碗来给她盛了一碗奶白色的鱼汤，并道："这个鱼汤是按照姐姐说的方子炖的，姐姐尝尝味道可好。"

立在姚燕语身后的香蕣还没来得及说什么，姚燕语便已经拿了帕子捂着嘴巴转过身去。

"姐姐怎么了？"苏玉蕑纳闷地问。

姚燕语苦笑着摇摇头，说道："这事儿本来也瞒不住，我也不妨跟你们实说，我也有了身孕，已经两个多月了。真真闻不得这鱼虾的味道。"

众人闻言忙都起身道恭喜，苏玉蕑忙吩咐琢玉："快把这鱼汤撤下去。还有那个烹虾段儿和那个香煎鱼。再吩咐厨房做两道清淡的素菜来。"

于是丫鬟们又是一通忙碌，翠萍又嗔怪香蕣："死丫头早不说，害得我们一点准备都没有，这会子手忙脚乱的。"

阮氏便道："你也别怪她不说，这事儿还真是不宜张扬。"

翠萍不解地问："夫人成婚两年终于有了身孕，这是好事儿啊？怎么不能张扬？"

阮氏叹道："夫人刚从湖州回来就有了身孕，这若是让那些言官给知道了，还指不定胡说八道什么呢。"

苏玉蕑叹道："夫人这话说得对。那些科道言官连皇上都敢参，别说臣子了。而且他们自以为读的是圣贤书，从来都瞧不起咱们武将之家。如今将军和姐姐都是皇上身边的红人，还不知道有多少人妒忌得睡不着觉呢。若是抓住了这个把柄，岂能放弃？"

翠微想了想，说道："这也没什么难的，咱们只瞒过两个月就好。反正皇上已经下旨夺情了。"

苏玉蕑点头道："这话也有道理。况且成公是夫人的师父，虽然要守孝，但也没有那么严格。这世上还有谁为师父守孝一年的呢。现如今皇上倚重姐姐，姐姐过些日子进宫的时候趁便跟皇上求个情，直接把事儿挑明，皇上难道还真因为这个问姐姐和将军的罪不成？只要皇上那里说过去了，下面那些人怎么闹腾都没用。"

众人都点头道："这话说得很是。"

今年是宋老夫人七十七岁的大寿，原本正日子是昨天，但因为打听到姚燕语近几天就要回来了，老太太的意思，把寿辰往后推几天，算着姚燕语回京之后再宴请。

卷四 卿心未央

姚燕语在家里休息了一日，第二日一早便带着苏玉蘅、阮氏、翠微三人以及三份寿礼往姚府来。酒席自然都是极好的，但姚燕语现在最受不了这个，只在席间应付了两刻钟，跟几位一品二品夫人敬过酒后，便悄悄地跟宁氏说了一声躲去了后面的小偏院歇息去了。一觉醒来前面的宴席已经散了，香薷回说阮夫人和苏夫人她们已经回将军府了。这边太太因见夫人面色憔悴得很，便说要留夫人在家里住两日好好调养，所以她们走时也没过来惊动。

姚燕语听了这话点点头，便歪在榻上继续迷糊。至晚间，宁氏亲自带着小丫鬟给姚燕语送来饭菜，便问："我瞧妹妹这气色着实不好，白日里那么多人在也不好细问，别是路途辛苦给累病了吧？"

姚燕语摇了摇头，苦笑道："不是累病了。"

"那……还是病了？"宁氏蹙眉问，"你自己就懂医，怎么还这么大意呢？"

姚燕语看了一眼香薷，香薷方上前回道："回二奶奶，我们夫人是有喜了。"

"有……喜了？"宁氏惊讶地笑了，"这可是天大的好事！这两年我一直为你担心。将军虽然对你极好，可你一直没孩子，终究要被人议论。如今可好了！阿弥陀佛！"

宁氏为姚燕语有了身孕而高兴，却见姚燕语苦着一张脸，便问："是不是害喜害得难受？这个我知道，不过咱们女人都得从这个时候过呀。不过你也不用担心，也就刚开始这样，过去这阵子就好了。"

姚燕语摇了摇头，叹道："这还在其次，我是怕有人会揪着这事儿不放。"

宁氏一怔，继而满不在乎地笑道："你是怕有人借着张老院令跟你的师徒关系生事？依我看妹妹也太小心了。虽然说师徒如父子，但也仅限于丧礼上吧？还真从来没听说过徒弟给师父守孝不能同房的。再者，老院令是你的师父又不是你家将军的师父。他也去了大半年了，就算是出嫁女这个时候怀孕也没谁能说闲话吧？"

"嫂子说得是不错。但我就是怕有人会揪着这事儿不放。"

宁氏依然是那副不在乎的样子，笑着劝道："依我说，有人揪着这事儿不放倒好了。你让他们去参，就算皇上追究，也不过是让妹妹回家闭门思过。难道还能免了你国医馆的职衔？要我说，免了也没什么大不了的，妹妹乐得清闲，正好在家里养胎。你听嫂子的，咱们女人再要强，最后也得生孩子。没有孩子，被人说三道四不说，自己后半辈子也没个依靠啊。"

姚燕语被她一说，心里倒是放开了些，叹道："也只能这样了。皇上若以孝道降罪，我就回家去养胎。"

宁氏见姚燕语脸上释然，方凑过去低声说道："我敢打赌，皇上决不会罢了你的官职。妹妹信不信？"

姚燕语轻笑着没有说话。宁氏说得不错，以皇上现在的身体状况是绝对不可能让自己罢职回家的，当然，将来怎么样谁都不好说，只能走一步看一步罢了。

这边姑嫂二人一起用了简单的晚饭，杯盘刚收拾下去，门外的丫鬟回说："大姑奶奶来了。"姚燕语便要起身相迎，宁氏忙上前扶了她的手。

101

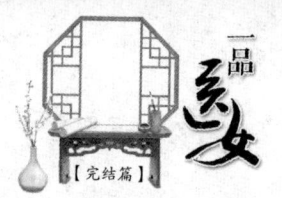

姚凤歌进来见了这般，便问："妹妹到底是哪里不好，白日里人多也没细问，怎么这会儿瞧着脸色越发地不好？"

宁氏拉着两位妹妹落座，并把姚燕语有孕的事情跟姚凤歌说了。

姚凤歌自然欢喜，连说的话都跟宁氏如出一辙，又劝姚燕语把国医馆的事情放一放，自己抽空多加保养，第一胎自然辛苦些，但身为女人总要过这一关云云。

本来姚燕语因为见过封氏小产，见过姚凤歌难产，再加上见过韩明灿难产剖腹而产生的心理阴影在这二位絮絮叨叨半软半硬的劝说中竟消散了大半，心情也好了许多。

这会儿，她才想起宋老夫人曾说的那句话来：为人活到八十八，留着娘家做个家。

女子嫁得再好，也总不能事事如意。丈夫再体贴，也不可能事事都与自己心意相通。就从怀孕这事儿上说，从湖州到京城这一路上，姚燕语明显感觉到卫章对她的呕吐恶心等不适的症状已经习以为常，再没有开始时的紧张。而且一回京城他就忙起来，这两日都是半夜才回来，连老太太寿辰他都没过来，一早就进宫去了。

对于这些，姚燕语嘴上不说，心里总是有些失落的。可她也明白卫章也是身不由己，云瑾等人被押解回京并不等于事情就这样结束了。相反，皇上盛怒之下，必有许多人跟着遭殃。在这个时候，稍有疏忽便会掉了脑袋，真是带累全族。别看姚府这边祝寿开宴，其实也不过是粉饰太平罢了。

说白了，皇上需要云都城里有这么一两件喜事被放大影响，好给地震天灾、清江决堤以及皇子谋反这些事情拉上一块遮羞布，说是安定民心也好，自欺欺人也罢。但事情真正是怎样的，云都城的百姓不知道，可姚家尤其是姚燕语却不可能不知道。所以这段时间她思前想后，总是不能安心。直到今晚有宁氏和姚凤歌两个人为她开解一番，一颗心才放了下来。

姑嫂三人靠在榻上说话，姚凤歌和宁氏又以切身的体会跟姚燕语讲了一些孕妇应该注意的事项。宁氏笑道："你也别嫌烦，我知道你懂医术，古今医书早就看了个遍了。但我跟凤歌却是以身说教，这可是书里没有的。"

姚燕语笑道："我明白，二嫂子和大姐姐如何心待我，难道我还不知道？我又不是傻子。"

姚凤歌又叹道："别人不说，但看我们府里的大夫人吧，一个产后失调，过了这么久，竟又要了她大半条命去。"

"正说这话呢，怎么过了这么久，又来了个产后失调？这也太诡异了些。"别人怎样姚燕语不知道，若说封氏当初小产之后可是姚燕语给她调理的身子，虽然经过那场死劫，封氏的身子大亏，再也不能生育了，可这两年她一直在精心保养，绝不至于有什么产后失调的毛病。

此处也没外人，姚燕语索性把话说明了，又问姚凤歌："这分明是另有内因吧？是不能说，还是被人忽悠了？"

姚凤歌叹道："聪明不过妹妹，还真是让你给说着了。"

卷四　卿心未央

宁氏惊讶地问："这么说，真的是另有隐情？"

姚凤歌点了点头，说道："之前连妹妹也断定她不能再生了，谁知道过了年后她月事竟然没来。如此拖了两个月，封岫云说必定是有喜了，请了太医院的人来诊了脉后说果然有喜了，已经两个月了。这可不是天大的喜事？可谁知道这还没高兴了半个月呢，便见红了。"

宁氏惋惜地叹道："怎么这么不小心？"

"嫂子不知，以她的经历，之前掉过一个，还差点要了命。如今怎么可能不小心？"姚凤歌幽幽地叹了口气，"只是再小心也没用，前一天她还在床上躺着保胎，半夜里就见了红，这可怨谁？"

"是不是吃了不该吃的东西了？"姚燕语蹙眉问。

姚凤歌摇头道："她的吃食，自然有专人料理。从不假他人之手，不是心腹也不许靠近。这事儿是查不出什么缘故来的。当时自然是一阵慌乱，忙又请太医来给保胎。可究竟没保住，却又不见胎儿落下来，如此那葵水便沥沥不尽一直到现在，竟有两个多月不干净了。整个人也跟霜打了的茄子一样没有一丝精神，说是形容枯槁也不为过了！"

一时间三人都不知该说什么好。半响，宁氏才叹道："怪不得前些日子叫人去请妹妹来家过夏至，妹妹说忙，不得闲。大夫人这个样子，你们侯府里可不就乱了套了。"

姚凤歌自嘲地笑了笑，说道："侯爷把内宅之事全都托付给我了，我自己屋里的事儿也没人分担，可不是要忙得脚不沾地吗？我真是不懂，按说侯府里兄弟三个就数我们院里的没用，如今我反而成了内宅的当家人。真是奇了怪了。"

"姐姐是能者多劳了。"姚燕语笑了笑。

宁氏奇怪地问："二房的能服你？"

姚凤歌冷笑道："服不服的也就那样了。她那心思明眼人都明白，反正侯爷和大夫人不发话，她也折腾不上天去。再闹得紧了也只能是分府单过。那对她更没有好处。"

宁氏叹道："真是家家有本难念的经。"

"谁说不是呢。"姚凤歌也无奈地摇头。

姚燕语蹙眉道："可是，今儿我还答应了封家太太有空去瞧瞧你们侯夫人呢。"

"你改天有空了过去坐坐也行，说到底她也不是个多坏的人。"姚凤歌顿了顿，又叹道，"只是时运不济罢了。"

宁氏点头，又沉思了片刻，忽然问："你说，会不会真的不行了？"

"这也只能看老天的意思罢了。"姚凤歌说着，又转头看姚燕语："你去看她是看她，可不许再犯傻。你现在怀着孩子，一切以你自己的身子为主，明白吗？"

"姐姐放心，我再不会做那些傻事了。"之前两次为了救人搭上自己健康那是没办法的事情，救治萧帝师的时候是因为韩明灿值得，救治皇上更是万不得已。不过姚燕语也知道，现在她的内息修为已经提高到一种不可估量的境界，应该也没什么疑难病症可以让自己再次倒下了。

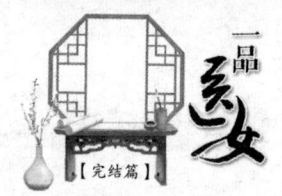

姑嫂三人又说了些闲话，宁氏看姚燕语脸上有倦色，便说让她早些休息。姚凤歌便要告辞。宁氏挽留她明日再走，姚凤歌说那边府里事情太多实在离不开，便执意走了。在姚燕语沐浴过后准备要睡的时候，宁氏身边的小丫鬟进来回道："姑爷来了，说是要接姑奶奶回去。"

姚燕语蹙眉道："我这里都要睡了。"

香蒿也觉得姚燕语已经没力气再坐车回府了，说不得上了车就得睡着，便跟那小丫鬟说："你去跟姑爷说，夫人累极，已经沐浴后准备睡了。请将军要么住下，要么明儿再来接。"

那小丫鬟答应着去回话，没多会儿的工夫卫章果然进来了。

此时姚燕语已经躺去了床上，卫章一身官袍尚未换下，进门后先去床前看她。

"我真的不想回去了，太累了。"姚燕语躺在玉枕上迷迷糊糊地说着，若不是想着卫章要来，她这会儿已经睡熟了。

"睡吧。"卫章抬手把官服脱了下来。姚燕语翻了个身，迷迷糊糊地说了一句："你去洗洗再睡。"便沉沉睡去。

卫章见她这样着实有些惊讶，自从她怀孕之后就没睡过这么沉了，于是扭头问香蒿："夫人今儿是不是累坏了？"

"还好，前面宴席不到一半儿夫人便借口累了回这边来了，下午睡了将近两个时辰呢。"香蒿看了一眼面向里沉沉睡去的姚燕语，又低声叹道："今儿夫人好像特别能睡，许是之前那些不舒服的症状该过去了。"卫章点点头，心想终于过去了，看着她吐来吐去的，自己都没食欲了。

一夜无话，第二日一早卫章依然要去镇抚司帮云琨整理云瑾谋逆一案，姚燕语则睡到了日上三竿才醒。宁氏已经跟姚延意说了姚燕语有孕的事情，姚延意便同卫章说让妹妹留在姚府养息些日子，家里总归照顾得要细致一些。

卫章深以为然，这些日子他忙里忙外也顾不上她，住娘家当然是最好的安排。

皇上的身体恢复了些，便叫人把云瑾谋逆案的卷宗送去了紫宸殿。

皇长子云瑾通敌卖国在先，联合皇五子云琦谋逆在后，可谓是罪大恶极。身为他们的父亲，当今皇上的确有一颗强大的心灵。他把两个儿子谋逆的卷宗从头到尾看了一遍之后，方冷笑着叹道："两个人也说得上是老成谋国了！只可惜，聪明劲儿都用错了地方。"

龙榻跟前的诚王爷、镇国公、安国公以及辅政大臣姚远之和靖海侯萧霖都没敢应声。

皇上生气地哼了一声，把卷宗摔回手边的炕桌上，沉声说道："云瑾，云琦二人消除皇室宗籍，废为庶人，终身圈禁。其他从犯，交由刑部议罪。"

跟前的几位股肱之臣齐声领命。虽然这两个皇子是谋逆之罪，但皇上终究不会杀他们。毕竟虎毒不食子。所以这样的处置结果大家都深以为然，终身圈禁最好了，比流放更省心。

只是之前还淡定自持的皇上，在跟前的几位大臣转身离去之后，忽然猛地咳嗽起来。

卷四　卿心未央

怀恩忙端了银杏茶上前去服侍，却见皇上手里那块雪白的绢帕染上了一块殷红的血迹。怀恩顿时吓得魂飞魄散，手里的茶盏也不小心掉在了地上，"啪"的一声碎了。

"皇上……快！快传太医！"怀恩立刻跪在地上带了哭声。

"不许传太医！"皇上疲惫地靠在枕上，狠狠地喘了两口气，方骂道："哭什么哭！没用的东西！叫人悄悄地把姚燕语给朕找来！"

"是，奴才该死。"怀恩忙答应了一声，招手叫过一个小太监近前把碎瓷收拾了，又另外拿了一盏温开水给皇上漱口。

怀恩派了自己的心腹小太监三顺出宫去寻姚燕语。三顺先去了国医馆，见着翠微和翠萍二人，知道姚院判身体不舒服，在娘家住着，便径直去了姚府。

姚燕语正靠在花园的水池旁跟姚延意说话，这半年来姚延意一直暗中调查张老院令的死因，但因为涉及到宫里，事情查到一点蛛丝马迹之后便没办法再深入下去了。所以他正跟姚燕语说，是该从哪些太监宫女的身上下点功夫的话，雪莲便匆匆而来，说宫里来了个公公，说有急事请二姑奶奶入宫。

皇上的病？！原本慵懒地靠在藤椅上的姚燕语猛地坐直了身子。

姚延意皱眉叹道："慌什么？皇上的病也不是一天两天了。你前几天不是刚进过宫？皇上身体如何你心里该有数才是。"

满朝文武包括姚远之父子都认为只要姚燕语回来了，皇上的病便没有大碍。

但也只有姚燕语心里有数，治病治病，病是可以治的，但命却没办法医治。皇上的身体已经到了崩溃的边缘，再好的药，再神奇的医术也无法逆天。

只是这些话不到万不得已是不能说的，一说出去，便会朝野动荡。所以她只能把这件事情先压在心里，什么都不能说。

"能找到这里来，肯定是有大事儿。"姚燕语说着，便已经站起身来往前面走，并一边走一边吩咐："香薷呢？快去准备一下，即刻进宫。"

姚延意又催促雪莲："还不叫人去备车？"

"是。"雪莲答应着匆匆往前面去。

姚家的大马车送姚燕语至宫苑门口，姚燕语扶着香薷的手臂下车，抬头看了一眼半空中热辣辣的太阳，便匆忙跟着小太监往紫宸殿去。

紫宸殿殿内极其深广，姚燕语一进来便觉凉爽清透。原来皇上怕热，这殿内每日都摆放十几座冰雕盆景祛暑。自门口往里，有十几个宫娥屏息而立，殿内却安静得几乎能听见冰雕融化的声音。

转过一架汉白玉雕气吞山河图的大屏风，便见皇上半靠在龙榻之上闭目养神，脸色灰白得一点生机都没有，旁边立着如丧考妣的大太监怀恩。

"皇上，姚院判来了。"怀恩看见姚燕语之后，方低低地回了一句。

皇上的眼皮动了动，缓缓地睁开。

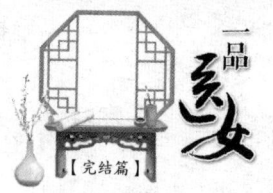

姚燕语忙上前去跪拜行礼:"臣姚燕语参见皇上。"

姚燕语恭敬地跪下之后,弓着身子,以额头抵着垫子前面的边沿等着皇上叫起。皇上却半晌没说话,直到姚燕语窝着胸口快要喘不过气的时候,头顶上才响起皇上疲惫沙哑的声音:"起来吧。"

"谢皇上。"姚燕语又磕了个头,才缓缓地直起身子,慢慢地站了起来。

"给朕诊脉吧。"皇上已经伸出右手放在小炕桌上。

姚燕语上前去半跪在榻边伸手搭脉,认真地诊过后又换另一只手。半晌,皇上方问:"朕这身体到底怎么样?"

姚燕语略一迟疑,方低声回道:"皇上龙体是有些不妥,但只要尽心保养,还是无碍的。"

"朕要听实话。"皇上的眸色古井无波,声音低沉喑哑却带着无形的压力。

姚燕语再次躬了躬身,方低声说道:"皇上的肝火过旺,肾水有亏,脾胃虚弱……"她一边说一边想,只求能绕过这次去。

"你直接说,朕的身体还能撑多久!咳咳……"话音未落,又是一阵猛烈的咳嗽。怀恩忙拿了帕子递上去,皇上捂着嘴巴咳够了,方缓缓地把帕子拿开,直接把他咳出来的血丝给姚燕语看。

饶是姚燕语对皇上的身体早就了解,但还是被他的这个动作给吓了一跳。

"说实话吧。"皇上看着姚燕语苍白了的脸色,幽幽地叹了口气,"朕这身体不行了,但心里还不糊涂。你跟朕说实话,朕还有多少日子可以用来料理后面的事情?"

姚燕语忙又跪下去,颤声道:"臣竭尽全力,可保皇上半年无虞。"

"半年啊?"皇上仰着脸看着头顶上华丽的藻井,声音里透着无尽的疲惫和无奈。过了许久,方又轻声一笑:"也差不多够了。"

怀恩也吓得跪在地上,尖细的公鸭嗓泣不成声。

"别哭了!"皇上不满地瞥了怀恩一眼,淡淡地说道:"朕还没死呢。"

怀恩立刻哽住,只是眼泪还哗哗地流,却不敢发出声音了。

皇上又看了一眼跪在地上的姚燕语,轻叹一声吩咐道:"这事儿暂时保密。朕不想到最后了再看见儿子们在这大内之中兵戎相见,祸起萧墙的情景。"

姚燕语忙应道:"臣谨记皇上吩咐。"

"嗯,你下去吧。该给朕配药还是针灸都是你说了算。你的医术,朕还是信得过的。"

"谢皇上信任,臣必竭尽全力。"姚燕语再次叩头。

皇上摆了摆手,示意姚燕语起身。

姚燕语缓缓地抬头,慢慢地站起来,但还没站定,便觉得眼前一阵晕眩,差点没跌倒。幸好怀恩及时伸出手去扶了姚燕语一把。

皇上诧异地看着姚燕语,蹙眉问:"你这是怎么了?"

卷四 卿心未央

"回皇上，臣没事。可能刚才起得有些快了。"

"果然是医者难自医。"皇上无力地摆了摆手，吩咐怀恩："去传个太医进来给姚夫人诊诊脉。"

"皇上！"姚燕语闻言忙又跪了下去，"求皇上容禀，臣……有罪，请皇上降罪。"

皇上靠在榻上，淡淡地说道："说吧。"

姚燕语默默地咬了咬牙，她一个妇人，实在不好跟一个不熟的老人说自己的私事。但这件事情又干系重大，不提前把事情敲定了，说不定皇上会揪着此事做什么文章，于是心一横，说道："臣……近期偶有头晕目眩的症状，不过并不是因为生病，而是因为怀孕了。"

皇上怔了一会儿，方又笑了："如此说来是好事。卫章也快三十岁了吧？你嫁给他两年多无所出，如今终于有喜了。呵呵……不错。"

姚燕语心里暗暗地松了一口气，心想皇上这是不准备揪着"师父孝期"的事情说话了？

皇上歪了歪头，看了一眼跪在榻前的姚燕语，又摆了摆手，说道："据说女人家怀孕时最为娇贵。从今儿起，朕准你御前免跪。起来吧。"

"臣，谢皇上隆恩。"姚燕语又赶紧磕头。

皇上又朝着怀恩摆了摆手，怀恩方上前去把姚燕语扶了起来，又换了一副笑脸，提醒道："姚夫人如今有了身孕，还能给皇上施针么？"

姚燕语忙应道："能的。这个不妨碍。"

"那就请开始吧。"怀恩说着，便朝着殿外拍了拍手。

一直等在殿外的翠微带着两个医女应声而入。医女上前扶着皇上躺好，翠微打开针包取了银针递给姚燕语。

姚燕语给皇上施针，以太乙神针最柔和的温补针法为皇上降肝火，补肾水，理脾胃。先后忙了大半个时辰之后，方轻轻地取回银针。此时皇上的额头和鼻尖上渗出一层细汗，且已经沉沉地睡着了。

"公公可吩咐人把殿内的冰雕撤去一些，这屋子里太凉，对皇上的身子也不好。暑热天气，本就是人出汗排毒的时候，若是一直无汗，人的身体正常的新陈代谢产生的毒素排不出去，也对身体无益。"姚燕语收了银针之后又低声叮嘱怀恩。

怀恩为难地摇了摇头，说道："唉！可皇上从来都受不得一丝暑热呀！"

姚燕语回头看了一眼熟睡的皇上，退而求其次："那皇上睡着之后，公公可撤去一些冰。人睡着后血脉归心，是不宜受凉的。"

怀恩这才点头答应，朝着门口一摆手，一溜儿八个小太监进来，二人一组抬了四个大琉璃冰盆出去了。

接下来的日子一直平淡。朝中之事有辅政大臣和诚王爷及镇国公操心，皇上每日只在紫宸殿听几位大臣们汇报要事。而姚燕语则每日下午都会进宫给皇上施针保命，当然，对外只说是给皇上调养龙体。

107

朝中所有人都以为凭着姚神医的医术，皇上的病不日便可痊愈，是以，前阵子准备抱三皇子、四皇子甚至六皇子七皇子大腿的臣子们又纷纷安静下来，安分守己办自己的差，不再蠢蠢欲动。

第七章

七月，又称鬼月。

且自古又有"毒五月，煞七月"的说法。也就是说，七月是诸事不宜的月份。

姚燕语虽然不在乎这些，但也听从宋老夫人和王夫人的叮嘱，每日除了进宫给皇上治病之外也从不外出。这日七月初十，姚凤歌忽然匆匆登门拜访，将军府的人虽然有些诧异，但也没敢说什么，毕竟这位是自家夫人的嫡长姐，这个时候来必然是有重要的事情。

姚燕语把这位嫡姐迎进屋子里，奉茶毕，方问："瞧姐姐这神色似是有重要的事情？"

姚凤歌握着姚燕语的手，低声叹道："侯夫人怕是不好了！"

"怎么会？"姚燕语惊讶地问："难道不仅仅是失于调养？"

姚凤歌深吸一口气，叹道："我看她那样子怕是过不了这个月。妹妹你得帮帮我，若是她死了，我在侯府的日子必定不好过。"

"姐姐的事情就是我的事情。"姚燕语一时间心思急转，她想到了晋地的玻璃场，想到了封氏往日的玩笑，以及瑾云小姑娘低眉顺眼的样子，还有当初她住在定侯府的时候所发生的大事小事……

姚凤歌闻言，殷切地握着姚燕语的手，问："那你今天身子怎么样？能不能同我过去瞧瞧她？"

姚燕语略一迟疑，便点了点头："走吧。"

本不想张扬，所以姚燕语也没用自己的马车而是跟姚凤歌同乘。路上，姚凤歌便把自己的担心细细地说给姚燕语听：

若是封氏死了，封岫云肯定会扶正。自从丰宗邺倒台之后，封绍平的身份地位提高了不少。眼看着有入内阁的希望，所以苏玉平肯定不能得罪这位老岳父。而封家也不会放弃定北侯这个女婿。

只是封岫云素来跟孙氏交好，之前对姚凤歌还有些惧怕，但自从那次她跪求姚凤歌请姚燕语给她治病被严词拒绝之后，就一转往日的恭顺，对姚凤歌少不得冷言冷语，甚至背后里还编派她一些见不得人的话，大盆的脏水往姚凤歌身上泼。

姚凤歌这些日子替封氏执掌内宅，自然少不了对封岫云的打压，但她做的一切都必须建立在封氏有那口气在的基础上。一旦封氏撒手人寰，封岫云上位，那她就是定北侯夫人。

姚凤歌纵有手段，也是束手无策。到时候除非带着自己院里的人从定北侯府搬出去另立门户之外，再没有什么路可走。

若是苏玉祥抵得上一般的男子，姚凤歌也不怕。可苏玉祥偏偏是个扶不上墙的，她一个女人家再有手段又能怎样？总不能带着一家子投奔娘家去。

姚燕语听了姚凤歌的一肚子苦水，忍不住握着她的手劝道："姐姐放心，我会尽力的。"

"嗯。我知道你现在怀着孩子，还三天两头地不舒服，实在不该来烦你。但姐姐我实在没办法了……若是我自己，死活也就这样了。可还有三个孩子，我也是没办法。"姚凤歌反手握住姚燕语的手指，一边说一边掉眼泪。

姚燕语一路之上少不得安慰她，等到了定北侯府，姚凤歌已经重新净面，匀过妆容，又恢复了平日的精明淡定。

闲话不说，姚燕语随姚凤歌入侯府内宅直接去封夫人的卧室。

姚燕语来定北侯府自然不能明说来给封夫人诊病，只说是闲来无事，姚凤歌请妹妹过来说些家常闲话。听说定北侯夫人身体欠佳，顺便过来瞧瞧她罢了。

封岫云，以及日夜服侍母亲汤药的苏瑾云见了姚燕语都上前行礼，奉茶，说些客套话。孙氏听见动静也赶了过来，见了姚燕语自然又是一番客套。

饶是姚燕语早有准备，在见了封氏的脸色之后也忍不住大惊——看她面色如灰，嘴唇泛紫的样子，这哪里是什么产后失调，宿疾复发？这分明是中了毒吧？

"求夫人大发慈悲，替我姐姐医治这陈年宿疾。"封岫云一直悉心关注姚燕语的脸色，看见她吃惊的神色，忙一提裙子跪了下去。

姚燕语稳了稳心神，淡淡一笑："你这是做什么？快些请起吧。夫人与我情同姐妹，若有办法我自然不能眼睁睁看着她受这样的苦。"说着，又同苏瑾云说道："云儿，把你母亲的手臂请出来。"

"谢夫人。"瑾云姑娘已经十来岁了，因为封氏几番病重，她这两年着实成熟了不少。

早有人搬了绣凳放到床前请姚燕语坐了，苏瑾云又把封氏的胳膊从薄被中拿了出来请姚燕语诊脉。屋子里一时安静下来，众人围在旁边各怀心思，脸上却一水儿的焦虑和关怀。

片刻后，姚燕语诊脉的右手撤回来还没说话，封岫云又焦急地问："夫人，我姐姐的病怎么样？"

姚燕语看了她一眼，见她脸上带着十万分的焦急，眼眸却黑白分明，一丝泛红也没有，可见她从没伤心过，眼袋眼圈儿一律没有，可见她晚上睡得也不错。

没有寝食难安，没有伤心欲绝。这脸上的焦急忧虑还有几分是真的呢？不过电光石火之间，姚燕语便下意识地撒了个谎："夫人这病着实很重，我也是无能为力。"

"不是吧？这可怎么好！"姚凤歌的担心不是装的。

"娘……"苏瑾云直接扑在床上哭了起来。

"夫人，您一定要想想办法呀！我姐姐……我姐姐实在是太命苦了……"封岫云也拿

了帕子摩挲眼角，没两下就把眼睛给揉红了。

"哎！这可怎么办呢！连姚神医都束手无策了！"孙氏幽幽地叹了口气，看着姚凤歌说道："看来只能准备后事了。"

"不要……"苏瑾云听见孙氏这话，忙从床上爬下来，转身跪在姚燕语的脚边，攥着她的裙角，苦苦哀求："夫人！求你想想办法，一定要救救我母亲。求您了夫人……"

"是啊，求夫人看在亲戚的分上想想办法吧！"封岫云也跟着跪了下去。

姚燕语看着跪在脚边的封岫云，心里翻云覆雨，脸上却依然平淡无波。

对于这个人她原本没有什么印象，只记得她是一个木讷的庶女，不擅言笑，没有主意，一切都只听凭家族的安排。后来是因为听姚凤歌说她背地里造谣中伤自己，才对她有了点印象。不过她素来没有把事情弄到自己面前来，姚燕语也懒得理她，觉得这不过是见不得人的小手段罢了，根本不值一提。

可是如今，看着她这样跪在自己身边，说一些言不由衷的话，反而对她刮目相看了。

封岫云和苏瑾云都跪在地上求姚燕语，孙氏便在一旁劝道："夫人，俗话说救人一命胜造七级浮屠，您若是能救，就请您看在苏姚两家的长辈的分上，救救夫人吧。"

姚燕语叹道："我是个什么样的人，你们应该很清楚。对于夫人的病，我肯定会尽量医治。但却不能保证一定能治好——总之，我尽最大的努力吧。"

她这一句"尽最大的努力"在众人看来，又生出各种不一样的希望来。

苏瑾云忙磕头言谢，自然是万分感激。封岫云也磕头言谢，心里却多了几分庆幸。姚凤歌看了旁边的孙氏一眼，心里冷冷一笑之后转头问姚燕语："妹妹现在是否就给夫人医治呢？"

姚燕语点了点头，吩咐香薷："拿我的银针来。"

香薷忙打开针包递上去，姚燕语选了最短的一根尖细银针。

一通针灸下来不过半个时辰，封氏整个人便跟从水里捞出来的一样。不但大汗淋漓，而且还流了很多眼泪，银针一根根取出之后，陈兴媳妇和两个婆子便把她扶进了屏风之后通泄一阵。出来时人虽然依旧有气无力，但嘴唇的颜色不再泛紫，脸色也不再是那种死人般的灰白。

孙氏见状，迟迟疑疑地问："这病人经得起这般折腾吗？"

姚凤歌冷笑道："难道二嫂子不相信我妹妹的医术？"

"这倒不是。"孙氏讪笑两声，叹道，"谁不知道咱们姚妹妹的医术在大云朝绝无仅有。只是我看大嫂子本来身体就弱得很，又出了这许多汗，还……这个样子，就算是常人也像是剥一层皮啊。"

姚燕语淡淡地瞥了孙氏一眼，说道："放心，剥一层皮也比没了命强。"

孙氏笑了笑，说道："这话说得是。"

丫鬟婆子把封氏扶到床上，姚燕语又给她诊脉，然后跟姚凤歌说道："今天只能这样了。

卷四　卿心未央

我开一张方子，姐姐安排妥当的人照方拿药，煎了给夫人服下去。我隔日再来。"

姚凤歌忙道："先请妹妹去厅里奉茶。刚才侯爷叫人传话来，说要当面向妹妹致谢。"

姚燕语转身出了卧室，临走之前又看了一眼苏瑾云和封岫云。二人自然对姚燕语千恩万谢，姚燕语也只是笑了笑，说道："不用谢，亲戚之间，原本就应该互相帮助的。"

从封氏的卧房里出来，姚凤歌陪着姚燕语在旁边的花厅里落座。孙氏借口照应封夫人留在了卧房里，丫鬟们奉茶之后都退了下去，花厅里也只有姚氏姐妹二人。

姚凤歌方低声问："妹妹，依你看怎样？"

姚燕语笑着叹了口气，摇了摇头，沉吟半晌又道："或许可以保住一命。"

"真的？"姚凤歌的眼睛里立刻燃起了希望。

姚燕语刚要说什么，便听门口的丫鬟回了一句："侯爷来了。"于是只好先站起身来。

虽然姚燕语乃是女客，苏玉平身为男子不好相见，但苏姚两府乃是姻亲，姚燕语也曾在定侯府住过，如今有姚凤歌在定侯府执掌家事，姚燕语又是为了侯夫人的病而来的，况且她身为国医馆的院判，本来就不能以寻常女子而论。所以苏玉平过来见她，别人也说不出什么来。

苏侯爷穿着一身家常袍子进来，见了姚燕语便拱手道："拙荆之事，有劳夫人了。"

姚燕语忙福身还礼："侯爷客气了。本来应该早些来探视的，只因宫里的事情多，才耽搁了这些日子。说起来，倒是失礼在先了。"

"这话可不敢当，夫人肩上担着万岁爷的安康，责任重大，责任重大啊！"苏玉平说着，请姚燕语落座之后又问姚凤歌："岫云怎么没过来？"

姚凤歌忙道："她在大嫂子房里服侍呢，那边也离不开人。"

苏玉平又歉然地跟姚燕语说道："现在家里着实不成个体统，还请夫人见谅。"

姚燕语忙道："等夫人的病好了，一切自然会好起来。"

苏玉平一怔，继而又苦笑着叹了口气，又朝着姚燕语拱手："正想请教夫人，还请夫人给我一句准话儿，拙荆这病可还有希望？"

姚燕语没急着开口，只转头看向姚凤歌。姚凤歌便摆摆手，让屋子里的丫鬟们都退了出去，方道："妹妹有话只管说，侯爷也不是那么没担当的人。"

"哎！"姚燕语便长长地叹了口气，说道："夫人根本不是病，而是遭人陷害中了一种慢性毒药，如今时日已久，这毒已经侵入了腑脏之中，我也不能一次治好，只能慢慢来了。"

此言一出，苏玉平是大惊失色。

而姚燕语说到这里便想起当初姚凤歌重病不治，而自己则差点被嫁给苏玉祥为继室的事情，一时间不免生气，便冷笑道："我说句多余的话，还请侯爷不要见怪。"

苏玉平忙道："夫人请讲。"

"我怎么觉得在贵府之中好像有制毒高手在啊！动不动就给人下毒，想弄死谁不过是转念之间的事情。想想真是可怕！"姚燕语难得的一次快言快语，苏玉平听了之后便愣在那

111

里,半天没说话。

姚凤歌这会儿也想到了自己的遭遇,虽然她的事情跟封氏的事情好像不是一回事儿,但府中有人暗中下毒,能让一个人慢慢地得病,并骗得过太医院里几个有名的太医,不得不说这手段很是高超。若是不把此人揪出来,以后这定北侯府哪里还能安生?还不一定哪天又被人家一不高兴给毒死呢!

死气憋闷地沉默之后,便是可怕的爆发。

"查!"苏玉平狠狠地拍了一下椅子扶手,"这事儿必须彻查!否则这侯府之中,难有清净!"

姚燕语看了姚凤歌一眼,没再多说。她做到这一步已经是有些逾越了,至于接下来这定北侯府会发生什么事情,府中各人的命运如何,就要看苏玉平和姚凤歌二人的手段了。

当时,姚燕语起身告辞,隔日,果然又按时来给封夫人诊治,只是这次她不再亲手施针,而是让翠萍出手。虽然翠萍没有深厚的内息,但于针法的造诣也不低了,由她来施针,效果虽然不及姚燕语,但只需多来几次,同样可以救人。况且封氏的身体状况以及定北侯府现在的情形也只能徐徐图之,所谓欲速则不达,着急也没用。

暮色沉沉,天空不知不觉间汇聚了浓重的云彩,遮住了原本绚烂的晚霞。风骤起,夹杂着尘土和水的腥味,颇有几分山雨欲来的气势。

封岫云从封氏的卧房里出来,迎面看见奶妈子抱着苏玉平唯一的儿子从外边进来,原本呆滞的眼神便闪过一丝狠厉之色。

原本这两天她有些怕了。之前受孙氏的怂恿,暗中给自家嫡姐喝的茶水里下毒,原本想的便是取而代之。这样即便自己生不出孩子来,也可以做定北侯夫人,执掌整个侯府。用孙氏的话说,就是一切回到最初,她依然是继室夫人,而她的嫡姐不过是上辈子积德行善,多换了三年的寿命而已。

这样的建议,对于一个被太医断定不能再生孩子的封岫云来说,无疑是巨大的诱惑。她这个人并没有太大的志向,她这辈子唯一想做的一件事情就是成为苏玉平的夫人,成为定北侯府的女主人。

而弄死嫡长姐对封岫云来说,也不仅仅是为了自己的梦想去清除障碍,更是为自己死去的孩子报仇。

是的,她已经把自己故意摔倒早产导致胎儿丧生的事情归到了封夫人的头上。用孙氏的话说,若不是封夫人叫人瞒着胎儿是男是女的事情,李氏那个贱人怎么可能生下儿子?而她生不出儿子,封岫云肚子里的女儿也不至于胎死腹中……

总之,一切都是封夫人的错!都是她害自己先不得不做妾,后又失去了骨肉,而且还断绝了一切后路。当然,在封岫云看来姚凤歌那个贱人也不是好东西,但只要嫡姐死了,自己成了侯夫人,想要收拾区区一个姚凤歌绝不在话下。

当然,封岫云的计划中也有姚燕语,她也知道只要姚燕语在,她就没有出手的机会。

卷四 卿心未央

就算出手了，凭着这女人的神奇医术，怕也达不成目的。所以当姚燕语奉旨送成公回湖州安葬的事情定下来，并且她会在湖州替成公守墓一年的消息传出来之后，封岫云的一颗心顿时雀跃了！这可是千载难逢的机会！

一年的时间，足够了！

等姚燕语回来的时候，不仅仅封夫人早就入土为安，怕是她那个可恶的姐姐也死翘翘了！到那时，整个侯府都在自己的掌控之中，连他们在晋地合伙办的玻璃场都会是自己的！至于姚凤歌的那份产业，自然应该归到侯府之中，苏玉祥还没死呢，她的嫁妆店铺庄子等都只能是苏家的。

当时，封岫云甚至悄悄地烧香拜佛，感谢老天给她这次翻身的机会，让她终于能够梦想成真。

只是她万万没想到的是，姚燕语居然能够提前半年回来！而且一回来就被姚凤歌请进府中看病！想当初自己跪在地上苦苦地哀求也只是自取其辱。而如今却眼睁睁地看着自己完美的计划又要破灭了！

今日是姚燕语等人第三次来侯府。封岫云纵然不懂医术也看得出来，她的嫡姐这次又死不成了。

刚刚她的心里恍惚闪过放弃的念头，两次了，她都死里逃生。可见是天不绝她，不如就此罢手吧，或许还来得及。

只是当她一出屋门看见奶妈子抱着李氏的孩子从外边进来时，她心底的仇恨又彻底地被激起来。藏在袖子里的手暗暗地攥紧，指甲掐进掌心里，痛不可言。

决不能就此放弃！一定要报仇！封岫云暗暗地咬碎了银牙，强压下心头的愤恨，转身离去。

当晚，雷雨交加，漫天大雨像是银河决了口，哗啦啦从天上浇下来，铺天盖地。

封岫云以照顾姐姐为由留在了封夫人的房里伺候，并把陈兴媳妇和苏瑾云给打发回去，只留了一个小丫鬟在一旁帮忙。

苏玉平照样每晚睡前过来一趟，跟之前一样，他看过封夫人之后，再叮嘱女儿几句便回书房去睡。出门时遇到了封岫云，便问："这么晚了怎么还过来？"

封岫云福身行礼之后，低声叹道："反正也睡不着，不如多陪陪姐姐。"

苏玉平点头没再多说什么，只是在离去的时候悲悯地看了封岫云一眼，嘴角泛起一丝若有若无的冷笑。

当晚苏玉平便把封岫云给捉了个现场。

他一脚踹开房门进来的时候，封岫云的手里捏着的纸包正悬在半空，里面的药粉只抖进茶盏里一点，更多的则落在了檀木小高几上。

苏玉平站在她面前冷冷地盯着她时，她完全傻了，愣愣地站在那里一点反应都没有，甚至都忘了收回那只下毒的手。

一品痞女
【完结篇】

"来人，把她给我绑了。"苏玉平的声音冷而平静，不见一丝怒气，情绪也没什么波动。只是厌恶地瞥了封岫云一眼便不再看她。

一道厉闪，黑暗中的一切都暴露在惨白的闪光之中，转瞬间又归于寂灭。封岫云这才反应过来，双腿一软跪在了地上，抱住苏玉平的腿号哭了一声："侯爷，妾身好苦……"

苏玉平抬脚把人踹开，冷冷地看着两个黑衣护卫把那个嘤嘤啜泣的女人给绑起来提走。另外有人进来取了那个药包把桌面上的药粉小心地扫进纸包里，并收走那杯被下过毒的茶水。

与此同时，一道滚雷在屋顶上炸开，孙氏于梦中惊醒，忽地一下坐了起来，惊动了一向警醒的苏玉安。

"你怎么了？"苏玉安皱着眉头欠起身，伸手撩开青纱帐，借着外边豆大的油灯看见孙氏苍白的脸色和额头上豆大的汗珠，皱眉问："被雷声惊到了？"

"嗯，好大的雷声……"孙氏心有余悸地拍着胸口——她自然不是被雷声吓到了，她这副样子是因为刚刚做了个梦，梦里两个孩子朝自己笑，那孩子像是不足月的样子，特别细小的胳膊和腿儿上沾着血迹且不停地舞着，眉眼都还很模糊，笑得却是那样地诡异！

苏玉安叹了口气，抬手在她背上拍了拍，安慰道："没事儿，不过是打雷下雨罢了，睡吧。"

"嗯，你先睡。"孙氏说着，便要下床。

苏玉安刚要躺下，便见外边灯光一晃，接着就有婆子在窗下低声地说道："二爷，二奶奶，上房院来人，说请二爷二奶奶过去。"

孙氏一时慌乱，脚上的鞋子没穿好就急着起身，差点儿绊倒。苏玉安手疾眼快伸手扶了她一把，低声埋怨着她慢点儿，又不耐烦地朝着窗户问了一声："是有什么事？"

"奴才不知。来人只说有要事，请二爷和二奶奶务必过去。听说二老爷也过去了。"

"连二叔也惊动了？"苏玉安的眉头皱得更紧，一时也不再多说，忙翻身下床自顾从衣架上拿了长衫往身上穿。

丫鬟们听见动静已经推门进来，各自服侍主子更衣梳洗后，苏玉安夫妇方急匆匆地往上房院来。

侯府的上房院，灯火通明。丫鬟们在廊檐下站成一排，院子里有十几名青壮家丁在列，大雨如注，这些人依然直挺着腰身站在雨里，宛如铁塔。

苏玉安夫妇过来的时候，苏光岑夫妇和苏玉康已经在座了。同时，连平日里病恹恹的苏玉祥也在，姚凤歌自然更不会缺席。

孙氏进门时又有些脚软，差点被门槛绊倒。

苏玉安不满地拉了她一把，低声问："你是怎么了？怎么脸色这么差？"

"妾身不舒服。"孙氏这会儿真后悔，应该早就知道没什么好事，应该称病不过来的。

"忍一忍。二叔和二婶娘都过来了。"苏玉安低声斥责了一句，方近前给苏光岑夫妇见礼。

苏光岑点点头让苏玉安坐下，之后方转头问坐在旁边的苏玉平道："人都到齐了，老大，

卷四 卿心未央

有什么话你可以说了吧？"

苏玉平便扬声吩咐："把那贱妇带上来。"

旁边有婆子应了一声，驾着已经全身发软的封岫云上前来，把人丢到地上后，闪身退到一旁。苏玉平冷冷地看着她，说道："把你刚才跟我说的话再当着大家的面说一遍。"

苏玉平自然是有手段的人，只是那些阴狠都藏得很好，这两年定侯府连年有孝，苏玉平很快从那个肆意张扬的武将成长为一个顶门立户的侯爷。这两年来他一直都是一副温和的样子，几乎让大家都忘了他也曾是驰骋沙场杀人无数的武将。

像封岫云这样段位的人在苏侯爷的面前自然连一个回合也过不了，就把能说的不能说的全都吐了个干净。也是，到了这个地步，封岫云是再也没有任何选择了。

听话，配合，或许还能死得体面一点，否则，怕是灰飞烟灭都不为过。

封岫云跪在地上开始坦白自己的罪过——如何给夫人的茶水里下毒，为什么会害夫人，已经下毒了多长时间，毒是从哪里弄来的，云云。

当她说出是孙氏帮她弄到了那可延后女子经期，造成假孕现象的药时，孙氏立刻上前去指着她破口大骂："你个贱妇胡说！我跟夫人无冤无仇，何故害她？！你个贱人觊觎夫人的位子，想要害死嫡姐上位，何故要拉上别人！你再胡说看我不撕烂你的嘴！"

苏玉安本来很生气，但见孙氏这般样子，又很气恼，不等苏玉平说话便上前把人拉回来，并厉声斥道："有二叔和大哥在，哪有你个妇人指手画脚的份儿？！清者自清，难道二叔和大哥还会让这贱妇胡乱攀扯你不成？！"

孙氏的一颗心疯狂地跳着，几乎要从嗓子眼儿里钻出来。别人不知道内情，她自己心里是有数的。她之前想过无数次，明着帮封岫云的风险太大，这种事情不应该留下把柄。

只是姚凤歌和封夫人二人联手，防她跟防贼似的，她手下能用的人接二连三被打发出府去，没有极为可靠的人帮忙，她也只能自己出手。如今事情败露，封岫云眼见着是不顾一切了，她这个出谋划策的军师又怎能躲得过去呢！

听了苏玉安的话，苏玉平方淡淡地说道："二弟说得不错，没有证据的话都是胡乱攀咬。"说着，又抬手拍了两下。

屋外有人推了一个五花大绑的婆子进来，正是孙氏的陪房孙守礼家的。另外又有一个婆子把一包东西拿上来放在孙守礼家的面前。

"孙家的，这些东西是什么？"苏玉平冷声问。

孙守礼家的下意识地抬头看了一眼孙氏，孙氏看见地上的纸包，银票以及字据便又坐不住了，刚要说话，便听见苏玉安怒声斥道："你个狗奴才，没听见侯爷问你话么！？你看什么看？如实回话！若有半句虚言，二爷我先揭了你的皮！"

"这些是……是奴才买来的药。"孙守礼家的是被人从被窝里直接揪出来的，苏玉平还没来得及审讯，所以她还抱着幻想，觉得孙氏能护得住她，所以便不敢说实话。

苏玉平却不想听她胡搅蛮缠，直接问门外："白家的大爷请来了没有？"

一品医女
【完结篇】

"来了来了!"有人一迭声地答应着踩着雨水匆匆进门,"回侯爷,白太医到了。"

"快请。"苏玉平忙道。

白家长孙白景阳现在是太医院的四品内医正,白家祖传的医术极其高明,尤善配药。白家跟苏家私交不错,白景阳跟苏玉平的交情更深一些,所以即便是深夜大雨,听说有要事相烦,依然急急忙忙地赶了过来。

互相见礼毕,这位白大爷也不管这正厅里气氛如何诡异,只朝着苏玉平拱了拱手,问道:"不知侯爷夤夜传唤,有何要事?"

苏玉平便道:"请兄弟帮个忙,看看这几种药粉分别有什么用处。"

对这种事情,白大爷是手到擒来,他把那几种药粉一字摆开,先观其色,后用指尖蘸一点粉末放到嘴里细细地品,之后便指着其中一包说:"这个是延缓女子癸水的,连续使用可造成假孕。"

说完,又指着另一包说:"这个是催女子癸水的,连续使用可致使女子大出血。"

之后又指着最末一包说道:"这个是毒药,只需一点可要人性命,在下可不敢尝,侯爷若是不信,可叫人抱一只狗或者猫来试试便知。"

最后,指着一包微黄的粉末,说道:"这个是可致人幻境的,说白了也就是一种麻醉药,用少了,可叫人看见想看的人或者情景,用多了,可使人重度昏迷。是外科医生给病人疗伤的妙药。"

苏玉平听了这话忍不住转头问姚凤歌:"前几个月夫人特别高兴,说自己怀了儿子?是不是这种药粉在捣鬼?"

姚凤歌苦笑道:"那阵子夫人是挺高兴的,但是真的高兴还是药的缘故,可就不好说了。"

有道是家丑不可外扬,苏玉平跟白景阳关系再好也不愿把家里这些丑事给抖搂出去,于是对苏玉祥说道:"三弟陪白大爷去厢房奉茶吧。"

苏玉祥对这些乌七八糟的事情也不感兴趣,再说他现在也不敢忤逆他大哥,于是晃晃悠悠地站起来,朝着白景阳拱了拱手:"白兄,这边请。"

白景阳跟苏光岑,苏玉平等人告辞,随着苏玉祥出去。苏玉平方怒视着孙守礼家的,说道:"你还有什么话说?"

孙守礼家的跪在那里以额抵地,似是拿定了主意一句话也不说。

"老二,你觉得这些药是这奴才自用的么?"苏玉平转头看向苏玉安。孙守礼家的是孙氏的陪房,由苏玉安处置更加妥当。

苏光岑不等苏玉安说话,便插了一句:"这刁奴分明是居心叵测!大夫人中毒险些丧命,下毒之人是小封氏,而她便是帮凶。这事儿绝不简单!还有这好几种药都是新奇货色!她们从哪里弄来的?谁又是外边的帮凶?这事儿若是不弄清楚了,定侯府内永无宁日!"

苏玉安转头看向孙氏,一字一句地问:"你、对这件事情、有、何、看、法?"

卷四 卿心未央

孙氏的嘴巴张了张，半晌方好笑地反问："我能有什么办法？这么大的事儿自然是爷们儿说怎么办就怎么办。实在不行——报官好了！"

对，报官！定北侯府为了颜面肯定不会轻易报官，还有封家……嫡女庶女互相残杀，若是传出去，封大学士几辈子的脸都丢尽了！想到这些，孙氏的目光越发坚定起来："此等人命关天的大事，妾身以为还是报官比较妥当。"

苏玉平淡淡地哼了一声，说道："既然你这样认为，那就说明你是清白无辜的了？"

"我自然是无辜的！"孙氏不悦地说道，"谁知道那贱妇如何收买了这狗奴才！她既然叛主，我也没什么好护着她的！直接交刑部议罪，是杀是剐随他去罢了！"

孙氏这话听起来狠绝无情，实际上却给了孙守礼家的无限生机。首先，她只是个奴才，只要咬定封岫云给了她好处让她去买毒药，就可把自家主子给摘得一干二净。而且就算是议罪，她也只是个从犯。那封岫云尚且只是个杀人未遂的罪过，罪不至死，何况她一个从犯？

孙氏的舅舅现就是刑部侍郎，只要孙氏还顾着她，肯定会想办法把她弄出来。出来后最不济也是给点银子打发得远远地，依然过她的逍遥日子去！

苏玉平回头看了一眼苏光岑，苏光岑皱眉道："你现在是侯爷，是一家之主。这事儿自然由你定夺。该如何就如何，不要放过这些心思歹毒的宵小之辈！不然我苏家男儿将以何面目立于世上？"

"侄儿明白了。"苏玉平拱手答应着，又转头吩咐："把孙守礼家的和封岫云分别关起来，等天亮了就报官。"

苏光岑的眉头皱了皱，想说什么，但终究没说。

"天色不早了，今晚这事儿是我处理不当，不该把大家吵起来。还请大家见谅。"苏玉平说着，已经朝苏光岑躬身行礼："二叔，二婶娘，是侄儿莽撞了。"

梁夫人叹道："家门不幸，才出这样的事情。真是造孽啊！"

苏光岑又叮嘱了一句："身为一家之主你更要三思而后行，万万不可冲动。不过最终你做什么样的决定，二叔都支持你。"

苏光岑说完后，便带着梁夫人和苏玉康走了。

苏玉平和苏玉安兄弟二人送走了这位二老爷之后，站在廊檐下看着泼天雨幕，忽然各自回头，互相对视了一眼。苏玉安说道："大哥，我觉得这事儿还是先不要报官。"

"为什么？"苏玉平的眼睛觑了觑，嘴角闪过一丝淡然的微笑。

"我明天给你答案。"苏玉安说完转身看了一眼孙氏，沉声道："我们也回去吧。"

苏玉平看着二弟和二弟妹夫妇撑着伞并肩离去，直到他们的背影消失在雨幕中他都没动一下。

姚凤歌收回目光，轻声叹道："看来二爷并不知情。"

"知情不知情不重要，重要的是他怎么做。"苏玉平说着，徐徐转身朝着姚凤歌笑了笑，"这件事情多亏有你。不然，也不能这么快就掀出来。"

117

一品医女
【完结篇】

姚凤歌苦笑摇头："我也是为了这个家。"

"天色不早了，你先回去吧。让老三留下来，我还有点事要处理。"

"好。"姚凤歌后退一步，福了福身，转身往外走。珊瑚忙撑开大伞罩在她的头顶，主仆二人踩着雨水慢慢地离去。

苏玉平又看了一眼院子里被泼天大雨洗过的风灯，淡淡地冷笑一声，吩咐身后的护卫："去捉人。不要弄出什么动静来。"

四个黑衣护卫一起应声，转身消失在雨幕里。

报官？苏玉平冷笑，不是他不想报，恐怕人人都不想吧？再说，报官又能怎样？豁出一家子的脸面去，最后也只是个不了了之——那不是他想要的结果。

再说，害他儿子，害他妻子，这样的仇恨若是轻易放过，堂堂七尺男儿将以何面目立于世上？！

辅国将军府，燕安堂门外的一株粗壮的芭蕉被雨水洗过碧绿的叶子青翠欲滴，煞是惹人喜爱。

西里间，豆青色的帐幔中，翠色的薄被被踹到了床角，姚燕语迷迷糊糊地翻了个身，一甩胳膊，不小心砸在一个温热的胸膛上。

"咦？"她诧异地睁开眼，看着睡在身边的某人，奇怪地问："你怎么还没起身？"

卫章伸手把她拉进怀里搂着，眼睛也都没睁开，只懒懒地应道："好不容易可以休沐一天，难道不该陪夫人睡个懒觉么？"

"休沐？"姚燕语感慨地叹了口气，"真是难得啊！整天神龙见首不见尾的大将军也能有休沐的时候？"

卫章低低一笑，睁开眼睛看着她："唔……我好像听见一个怨妇的声音？这过周围的花可不像是那位威风八面，救苦救难，大慈大悲的女神医能说的话啊！"

"去你的！救苦救难大慈大悲的那是菩萨。"姚燕语笑骂着从卫章的怀里挣扎着坐起来。

"外边下雨呢，不如再睡一会儿。"卫章长臂一伸搂住了姚燕语的腰，人也随之靠过去，耳朵贴在她的肚子上，低声说道："让我听听小宝贝有动静了没有。"

"还早呢！"姚燕语觉得痒，笑着往外推他，"胎动至少要四月以后呢。"

卫章不依，依然贴着她的肚子细心地听，并小声反驳："那是一般的孩子。说不定我的孩子天赋异禀，比别的孩子活泼好动呢。"

"胡说。"姚燕语笑着推开某人满是胡楂的帅脸，"起床了！我都饿了。"

卫章忙欠身伸手勾住床头上的一根细绳拉了一下。外边有银铃声响，接着便是屋门被推开的声音，须臾，香蒻等四个丫鬟捧着巾帕香皂脸盆等鱼贯而入。各自把东西放好后，又上前来服侍姚燕语起身穿衣。卫将军是素来不用丫鬟服侍的，自己穿好衣服便去洗脸漱口。

七月的天气，虽然下雨却只算得上凉爽。在家不出门，姚燕语也只穿一件薄短衫，薄

卷四 卿心未央

绸裤外边裹一袭月白绫子襦裙便妥当了。

现如今姚燕语已经熬过了最难过的时候,呕吐头晕什么的都过去了,新添的毛病就是嗜睡,一天十二个时辰,她总有七八个时辰在睡,好像八百年没睡过觉似的,一旦没人跟她说话,周围一安静下来,她一会儿就能睡着。

早饭后卫章陪她去后面花园子里看荷花,雨后微风拂面,荷香阵阵,甚是怡人。

姚燕语忽然有兴致要在莲池旁边的小亭子里钓鱼,卫章便叫人搬了一张藤椅来放在旁边,让她安安稳稳地靠着,手里执着鱼竿,安静地等鱼儿上钩。

安顿好了妻子,卫将军也拿了一根鱼竿,坐在旁边,不为钓鱼,只为了陪着她说几句闲话。

孰料刚安静了一会儿,卫章忽然想起个什么事儿要跟姚燕语说时,转头却见他家夫人已经进入甜蜜的梦乡了。手里的鱼竿渐渐地脱手,落在她的腿上,那边莲池里鱼儿已经咬钩,为了不打扰夫人好眠,卫将军也只能好笑地等着鱼饵被鱼吃完后欢快地游走。

香薷早有准备,忙把一条薄毯拿过来轻轻地盖在姚燕语的身上。卫章朝着众人摆摆手,丫鬟们悄悄地退了下去,只留下将军一人陪在夫人身边,安静地钓鱼。

当卫将军钓到第七条红尾鲤鱼的时候,姚夫人终于睡醒了,她眼睛还没张开便吸了一口口水,迷迷糊糊地叹道:"哎!我的烤鱼……"

卫章不由得笑出声来:"哈哈……又梦到烤鱼了?看,我钓了七条鱼,够你的午饭了吧?"

姚燕语睁开蒙眬睡眼看了一眼旁边木桶里活蹦乱跳的鱼儿,又悠悠叹了口气:"这么好的鱼,叫我怎么忍心吃?"

卫章轻笑道:"这就有些过了,难道非得死鱼烂虾才能吃?你愿意我家宝宝还不愿意呢!凭它多好的东西也不过是饭桌上的一道菜,生来就是给人吃的。"

姚燕语笑着摇了摇头,跟这位战神叫什么"我佛慈悲"就好比"对牛弹琴"一样好笑。

卫将军说到做到,立刻叫人拿了炭炉来,支好铁箅子,准备烤鱼。姚燕语扶着香薷慢慢地起身,在莲池旁边慢慢地走,一边欣赏这满池叠翠,一边抚着肚子等鱼吃。

将军烤鱼的手艺大有长进,姚燕语吃得心满意足。

"下雨天有些凉,湖边湿气也重,你吃了一肚子的鱼了,不如再喝一点点米酒。"卫章说着,递过一只晶莹的高脚杯,里面是热水烫过的淡黄色米酒。

"只能喝一点。"姚燕语知道这酒酒性温和,但还是不敢多喝,只抿了一小口。温温热热的液体带着一点酒香和糯甜,缓缓地咽下去,唇齿间尚留淡淡的余香。

卫章自己喝了一口甘冽的梨花白,方问:"你今日还进宫么?"

"要去的。每天下午申时都要给皇上针灸。"姚燕语捏着酒杯,靠在藤椅上若有所思。

"皇上的身体……"卫章抬头看过来,话没说完,但姚燕语却深知其中之意。

"皇上的身体无碍,只需精心照料即可。"姚燕语说话的同时又轻轻摇了摇头,眼神瞥过周围的花草树丛,对着卫章伸了伸手。比画了一个手势:大拇指和小手指伸直,中间三根手指攥进掌心。

卫章顿时明白，便没再多说。

辅国将军府里有皇上的人，也有镇国公府的人，甚至诚王府、燕王府、谨王府的人都有。这对卫章来说不是秘密。他甚至很清楚身边的那些仆从下人来自何处，目的何在，但听了姚燕语的话，都没动。

因为动也没用，你动了这个，接下来还会有人以你想不到的方式混进来，或者烧火丫头，或者挑粪的杂工，总之辅国将军府里一二百个奴才，不可能都是主子的心腹。

卫章和姚燕语都不是天真的人，更不会相信皇上还有几个权贵们能对他完全地信任。毕竟烈鹰卫这把长弓乃生杀予夺的利器，任谁都不得不防。

吃过午饭，姚燕语又休息了一会儿，便在未时换了朝服带着香蕊、乌梅进宫去给皇上针灸，而卫章则策马去了京郊校场。

从宫里出来的时候，姚燕语上马车之前遇到了一个年轻的男子，面皮很是白净，长得也挺瘦弱，一副营养不良的样子，一开口是细细的公鸭嗓，可知是宫里的小太监。

"请问这位公公有什么事？"申姜适时地上前一步，挡住来人，问。

"奴才是紫苏姑姑派来的，有一封书信给大人。"说着，那小太监从袖子里拿出一封信递给了申姜。

姚燕语掀开马车的车帘，朝着那小太监说道："公公辛苦了，麻烦你回去替我谢谢紫苏姑姑。"

香蕊闻言忙从荷包里拿出一张银票递过去，轻声道："公公拿去喝杯茶吧。"

那小太监也不客气，收了银票朝着姚燕语一躬身："大人慢走，奴才回去了。"

姚燕语点头，看着那小太监往宫门的反方向走出很远，渐渐地消失在那些小摊小贩之中才吩咐香蕊等人："走了。"

香蕊等人各自上车上马，申姜挥动马鞭子赶车前行。

姚燕语靠在车厢里，拆开信封取出一张雪白的信笺来展开，大致读了一遍之后，又折叠起来放回信封里，吩咐香蕊："去首饰铺子里瞧瞧我定的八月节戴的首饰做好了没有。"

香蕊答应一声，挑开车帘子跟申姜说了，申姜答应一声从前面的街口拐了弯儿。

姚燕语又叩了叩车窗，申姜低声问："夫人还有何吩咐？"

"到了地儿你回一趟姚府，请二爷过来一下。"

"是。"

半个时辰后，姚燕语的珠宝首饰商铺后院隐蔽的雅间里，姚二爷徐徐落座，香蕊奉上香茶之后悄悄地退了出去坐在门口的台阶上守着，不许任何人靠近。

屋子里，姚燕语把那封书信递给姚延意，低声说道："二哥看看这个。"

姚延意接过书信后展开粗略地看了一眼之后，蹙眉反问："这是谁给你的？"

"是之前太后跟前的一个奉茶宫女，现在只管着御茶房仓库的紫苏。她跟诚王世子交好，跟镇国公府关系也不错。前年新春宴我被太医院的那些人烦，韩二公子和云世子带着我去找她喝过一次茶。"姚燕语对姚延意如实相告。

"这样的人怎么肯为你做事？"姚延意蹙眉问。

"因为我认识她的时候，她是个跛子。后来我给她配制了一剂丸药，并让翠微顺便给她针灸，她的腿已经有了明显的好转。"

"她这是要报答你的救治之恩么？"姚延意依然不放心，久处深宫之人，心机最是难测，一点恩惠对那些见惯尔虞我诈的宫人来说，根本不值一提。他不相信一个曾经在太后跟前服侍的宫女会这么容易对姚燕语死心塌地。

"我还许她，将来她出宫，为她安排一个好的归宿。"

姚延意听了这话，轻轻地点了点头："这么说，她提供的消息是可靠的了？"

姚燕语点头道："最起码目前她还没有骗我的理由。"

"这个仲德可是皇上跟前的大太监，虽然比不上怀恩，但最起码能排在第三位吧？"姚延意的手指在那张信笺上轻轻地点了点，低声叹道，"他真的是贤妃的人？"

"是不是贤妃的人我们查查不就知道了吗？还有，若非皇上身边的人，又怎么可能骗得过师父呢？"姚燕语微微虚起的眼睛里闪过一丝寒光，"紫苏说，当晚告诉师父我出事的人就是这个仲德。之后引着我师父离开的小太监三顺明着是怀恩的干儿子，实际上早就被贤妃收买了。他们想一石二鸟，离间了皇上对我和将军的信任，然后再栽赃给师父。却没想到会有地震天灾，直接要了我师父的命……"

姚延意点了点头："如果这个紫苏说的话可信的话，整个事情也能说得过去。"

"师父并不是死在自己的卧房，而是在通往后院的夹道中……"姚燕语说到这里，骤然停住，"等等！如果是在夹道中，师父根本不会死！地震的时候，最安全的地方是屋子外边！就算夹道狭窄，但凭着师父这把年纪，应该不会傻到站在那里等着被砸死。"

"对，所以我一直怀疑是有人先对老院令下了手，然后趁乱把他弄到夹道里去掩人耳目的。"姚延意立刻把话接过去，"不过，这个紫苏说的也没错，能把老院令从卧房里叫出来的人，必定是皇上近身服侍的那几个。若这个仲德真的被贤妃收买，联系一下四皇子的所作所为，这也能说得过去。"

姚燕语深深地吸了一口气，握拳砸在桌子上："真不知道他们究竟恨师父什么，居然如此处心积虑地对付他。"

姚延意冷笑道："他们对付老院令和对付你是一样的。归根结底都是为了控制皇上而已。"

姚燕语对此说法深以为然，甚至无话可说。

"好了，你也别生气了，这事儿我会想办法继续查下去的。"姚延意说着，从怀里摸出火折子吹出明火，把那封书信化为灰烬，眼看着黑色的纸灰落在面前的黄铜痰盂里，方继续说道，"定北侯府出事儿了。你知道了吗？"

姚燕语一怔，下意识地问："出什么事了？"

121

"定北侯的贵妾封氏暴病身亡，二房的孙氏也染了恶疾。"姚延意说着，嘴角弯起一丝冷笑，"虽然这两个人跟我们没有直接的关系，但你大姐姐在定北侯府算是暂时安稳了。"

姚燕语不以为然，蹙眉道："什么是暴病身亡？封家的人不会闹么？还有孙氏，那孙家也不是善茬，女儿被莫名其妙地送去了庄子上，难道不会问么？"

姚延意哼道："你以为这样的结果只是苏家人的主意么？这自然是她们的娘家不愿意把事情闹大了才商议出来的办法罢了。真的宣扬出去，大家几辈子的脸都丢尽了。"说着，又压低了声音补了一句，"据说那封岫云是被封家太太亲自喂了一杯下了毒的茶水之后，转瞬毙命的。那毒药还是她用来害她嫡姐的。"

"这可真是现世报了！那这事儿就算结束了？"姚燕语冷笑摇头，心想这也太简单了吧？

"没有，定北侯把一干从犯奴才都交给了大理寺审讯。自然，审讯只是针对侯夫人这次的中毒事件。之前的那些陈芝麻烂谷子的，大理寺受苏侯的嘱托，是不会多问了。那一干家奴从犯进了大理寺，不死也是十几年的牢狱，必然没有好结果的。"

"说到底，大家族的脸面还是最重要的。出了事儿倒霉的还是奴才们，真正的凶手却只是去庄子上养病。"姚燕语冷笑道。

"封家自然不用多说。孙家么……本来定北侯跟他们也不怎么和睦，如此一来，也不过是多了个把柄在手里。两家的关系算是彻底决裂了。"

"那孙宇还在湖广跟大哥纠缠呢。他女儿出了这种事，难道做父亲的就没回来看看？"姚燕语一想到姚延恩提及孙宇时恨恨的样子，便觉得好笑。

孙宇这个人好像是打定主意跟姚家过不去似的，一到湖广就跟姚延恩作对，甚至连姚家拿出粮食来平抑粮价救治灾民在他的嘴里都成了贪慕虚荣，甚至还背地里嚼舌根说姚延恩这个湖广按察使是用几十船粮食换来的，着实可恶。

"哼，怕是心有余而力不足吧。听说这事儿是孙家夫人拿的主意，不知道孙宇知道后会不会后悔。"

"后悔也晚了。"姚燕语轻声一叹，"二哥觉得以苏侯爷的秉性，会让那个女人好好地活着么？"

姚延意淡然一笑，淡淡地说道："害了他两个没见天日的儿子……这若是换作是我，必定让她肠穿肚烂而死。"

兄妹二人对视一眼，又各自笑着摇头。

姚燕语下意识地摸了摸自己的肚子，叹道："二哥以后不准在我宝宝面前说这样的狠话。"

"知道了。"姚延意脸上的寒光褪去，换作一副和风细雨的样子，"小家伙没再折腾你吧？"

"已经过去那阵子了，现在我是吃嘛嘛香。"说到孩子，姚燕语的脸上也露出幸福的微笑。

卷四　卿心未央

"这么能折腾，定然是个臭小子。"姚延意笑道。

姚燕语却叹了口气："也不一定啊。说不定是女儿呢。你说，万一是个女儿，他卫显钧会不会不高兴啊？"

"他敢！"姚延意立刻绷起了脸，"让他拿出个不高兴来给我看看！看我能不能收拾他。"

"他可是个武将哎！"姚燕语幸福地笑着，"哥哥可打不过他。"

姚延意轻声一笑，一张俊逸的脸上焕发出勃然英气："没听说过书生能抵百万兵么？上兵伐谋，谁跟他拼力气？你二哥我动动嘴皮子就能让他服服帖帖，信不信？"

姚燕语笑弯了眉眼，伸手握住姚延意的手，叹道："还是二哥最疼我了。"

"当然。"姚延意伸出另一只手狠狠地揉了一下姚燕语的额头，把原本梳得一丝不苟的乌发给揉得乱糟糟的才放手。

"讨厌！二哥对我最好，也最喜欢欺负我。"姚燕语伸手把一缕碎发披到耳后。

"哈哈……"姚二爷开心地笑起来，转头朝着门口喊了一嗓子："香薷，进来给你家夫人梳妆。"

当晚姚燕语回到家里，卫将军却还没回来，苏玉蘅挺着个大肚子过来找姚燕语说闲话，自然聊到了娘家的事情，对于封岫云和孙氏的事情，苏玉蘅表示自己是嫁出去的女儿泼出去的水，一切都是爱莫能助。

其实也不能怪她薄情，这些事情连梁夫人都说不上话，更别说她一个二房的庶女了。姚燕语自然理解她的心情，在这个嫡庶分明的朝代，能跟她一样出嫁了还能被娘家人如此看重的庶女真的不多。若是二房这边的事情或许她还能说句话，可这是堂兄内宅的事情，她说什么都是多余的。况且，事情已成定局，外人多说无益。

姚燕语便叫香薷把自己新定的首饰拿出来给她看："这些首饰是莫老汉父子两个打造的，不但花样新鲜，这做工也极其精致。你看有喜欢的尽管挑去戴。"

"那莫老汉父子被姐姐收留，也算是有了依靠。"苏玉蘅笑着拿起一根蝴蝶金钗仔细地看。这支金钗全部用金子打造而成，分量掂着却很是轻盈，应该也没用多少黄金，但那一对蝴蝶的翅膀薄如蝉翼，且纹路清晰，惟妙惟肖，这没有几十年的工夫是绝对打不出来的，苏玉蘅一时有些爱不释手。

姚燕语笑道："喜欢就送你了。"说着，从苏玉蘅的手里拿过金钗给她簪在发髻上，又拿过一面小镜子给她照。

苏玉蘅看着镜子里振翅欲飞的金钗，笑道："姐姐不喜欢金器，我还有一块璞玉，不如拿去叫他们雕几根簪子给姐姐戴吧。"

"随便你。我不喜欢那些花里胡哨的东西。"姚燕语随口说道。

苏玉蘅笑着点头："这个我知道，要拙而不笨，简而不单，巧妙灵动，因材制宜的才好。"

这边姐妹两个正在说笑，门外传来冯嬷嬷的声音："香薷，夫人这会儿可得空？"

姚燕语便扬声道："嬷嬷进来吧。"

123

一品医女
【完结篇】

冯嬷嬷匆匆进来看见苏玉蘅忙福身问安，苏玉蘅知道姚燕语对这位乳母素来亲厚，忙上前搀扶："嬷嬷快不要多礼，我也不是外人。"

姚燕语因见冯嬷嬷的神色有些凝重，便问："是有什么要紧的事情么？"

冯嬷嬷尽量放缓了语气，回道："回夫人，刚刚外边传话进来说，靖海侯府萧帝师仙逝了。"

"哟！怎么这么突然？！"苏玉蘅诧异地问，"我前儿还见着韩姐姐，没听说老爷子病重啊。"

冯嬷嬷仔细看着姚燕语的脸色，缓缓地说道："据说昨晚就已经是弥留之际了，今天下午申时终于撒手去了。靖海侯府那边报丧的人刚走，长矛叫人进来传话，老奴怕夫人乍然听了这事儿心里过不去，才把她们挡住了。"

对萧帝师的身体，姚燕语的心里早就有数。当初为他续命一年觉得已经是极限了，却不料因为调养得好，用药也及时，再加上自己太乙神针的威力，竟让他多活了这半年多。说起来，这也算是一件奇迹了！谁也不能指望真的长生不老。

"老爷子这算是高寿了。"苏玉蘅叹了口气，"只可惜我现在身子笨重，没办法帮韩姐姐料理家事。"

姚燕语点了点头，又道："幸好汉阳郡主在京，她必然不会袖手旁观的。"

苏玉蘅应道："姐姐说的是，那我去料理一下凭吊的事情，等那边开吊了我们也好早些去吊唁。"

"你也不要太操心了，回头我跟贺嫂子商议一下，再说还有翠微呢。反正我们几家素来都是共同进退的，该准备什么都准备好就是了。"

"我不要紧，横竖还有两三个月才生呢。倒是姐姐平日里还要应付宫里的事情，家里的事情就不要操心了，要好生养胎。"

姚燕语无奈地叹了口气，摇头道："萧太傅这一去，皇上必然伤心……哎！"皇上一伤心，身体就会变得更糟，而自己肩上的担子也将更大。看来近期之内想要清闲是不可能了。

苏玉蘅前脚刚走，卫章便匆匆回府。

"夫人呢？"一进门，卫将军便着急地问道。

"回将军，夫人在里面。"香蕊忙回道。

卫章也不等人打帘子，自顾急匆匆地进了卧室，看见姚燕语靠在榻上看书方松了口气，在她对面坐下来，说道："萧太傅去世了，你可曾听说？"

"听说了，靖海侯府来了人报丧。"姚燕语平静地看着卫章，又问："你做什么这么着急？"

卫章抬脚让香蕊把自己的战靴脱下来换上了家常布鞋，自嘲地叹道："我这不是怕你一个冲动又跑去安慰你的好姐姐么。"

姚燕语给了将军一个美丽的白眼："我在你心里就是个二愣子么？"

卷四 卿心未央

卫章立刻笑了："怎么会！我的夫人是路见不平拔刀相助的女侠客。"

"切！"姚燕语哼了一声，继续翻书。

"逝者已矣，靖海侯府那边这几日肯定忙乱，你现在怀着身孕，就别过去凑热闹了。"说笑归说笑，卫章还是不放心自家夫人这性子。

"知道了！"姚燕语无奈地叹道，"我已经跟蘅儿商议过了，暂且准备着奠仪，等他们那边开吊，总要过去走一趟吧？"

"嗯，到时候我跟你一道去。"卫章说话间又脱下了外袍，换了一件家常的交领长衫，也不系腰封，就那么随意地散着。

姚燕语又叹道："说起来，这个七月还真是煞气得很。生命如尘埃，一阵风来便飘忽不定，一阵雨过便被拍进泥里，半点不由人啊！"

"怎么？定北侯夫人不好了？"卫章诧异地问。定北侯夫人病重，请姚燕语过去医治的事情卫章还是知道的，除了她，谁还能让姚燕语发这样的感慨？

"呸呸！瞧你这话说得！你还信不过我的医术么？"姚燕语不悦地瞪他。

"那还能有什么事儿？"在卫章看来，只要定北侯夫人没事儿，再加上他大姨子没事儿，定北侯府其他的事儿就没什么可操心的了。

姚燕语叹了口气把事情跟卫章简单地说了一遍。

"这也是她咎由自取。"卫章听完后淡然冷笑，"就说后院女人多了麻烦多。"

姚燕语闻言不由得笑了："哟，我今天可算是听见了一句英明话了。"

"我什么时候不英明了？"卫章已经趿拉着布鞋转到她身边去，一只手把人揽进怀里，另一只手又抚在她的肚子上，岔开了这不宜讨论的话题，"别家乱七八糟的事情我们管不着，我现在只关心我们宝宝乖不乖？"

姚燕语不知道哪根神经不对，忽然闪过一个念头，遂将那些后院女人的话题丢开，一本正经地问："你喜欢男孩还是女孩？"

"男孩女孩都喜欢。"卫将军也不傻，怎么可能在这个时候惹夫人不开心？

嗯，意料中的答案，不过姚夫人还是不甘心："如果这一胎是女孩呢？"

"女孩很好啊，长得像你一样好看，然后再跟着你学医术，成为新一代女神医。等我老了，还可以看见年轻时候的你，多好。"

"那若是男孩呢？"姚燕语继续追问。

"男孩更好了，我可以带他练武，教他骑马射箭。让他长得跟我一样英武不凡。嗯，等我老了，你还可以看见年轻时候的我，他还可以替我保护你，让你想干什么就干什么，岂不是更好？"卫将军笑眯眯地。

其实这番说辞真的很美好，很让人感动。只是姚燕语存心找茬，便故意噘起了嘴巴，不乐意地哼道："哼，什么叫男孩更好？你还是喜欢男孩的是吧？不然怎么会是'更好'？"

"夫人啊！"卫将军幽幽长叹，"不得不说我真的很冤枉啊！你这明明就是挖个坑给

125

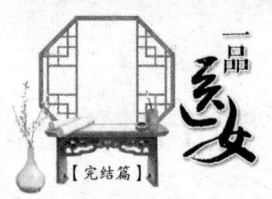

我跳嘛！可怜我还跳得那么欢天喜地……哎！我希望我们女儿将来千万别跟你这当娘的学，不然你们两个人一大一小，这府里可没有为夫的容身之地咯！"

姚燕语终于忍不住笑了，抬手推了某人一把，哼道："呸！你这话什么意思？我难道就是河东狮么？！"

"不不不！河东狮哪有我家夫人万分之一的好？我家夫人最多也就是个善于挖坑给人跳的小狐狸而已。"卫将军忙按住孕妇的双臂，免得她挥来挥去，再不小心伤了自己。

"你骂我是狐狸？"

"嗯，就算是狐狸，那也是个美丽勾魂的玉面狐狸。"

"呸！又胡说！"

……

第八章

这天下午，一路人马在玄武大街急匆匆穿过，惊得街上的百姓们四散开来，也挡住了姚燕语及阮氏苏玉蘅等人乘坐的马车。

"怎么回事儿？"和姚燕语同乘一辆马车的苏玉蘅皱起了眉头，抬手掀开车窗帘子往外看。

"回夫人，据说是大理寺的人去拿人。"跟在马车外边的白蔻回道。

苏玉蘅纳闷地问："拿什么人？怎么连锦麟卫都惊动了？"

白蔻迟疑地回道："这个就不知道了，要不奴婢派人去打听一下？"

"算了，回去再说吧。"苏玉蘅摆摆手，示意先回府再说。

街上的骚乱很快过去，马车继续前行。回到将军府后，姚燕语下车的时候按住想要搀扶她的苏玉蘅，劝道："累了大半日了，你先回去休息吧。"

苏玉蘅笑道："我无碍的，倒是看姐姐脸色不怎么好，是不是那边侯府人多气味不好给冲着了？"

"我只是想到萧太傅在国医馆住着的那些日子，心里犯堵罢了，回去睡一觉就好了。"姚燕语说着，下车后又吩咐申姜："送夫人回府去。"

申姜答应着赶了马车送苏玉蘅去前面的唐将军府。

姚燕语回府，香蕌等几个丫鬟立刻上前来把她身上的素服除下，香汤沐浴后换上家常襦裙，又奉上压惊养神的汤水给姚燕语喝了半碗。便听见外边翠微的声音："夫人怎样了？"

外边小丫鬟给翠微请了安，回道："夫人在里面，四夫人快请进。"贺熙、唐萧逸、赵大风、葛海四个人是按照年龄从大到小排下来的，所以现在的翠微被家里的下人称呼为"四

卷四 卿心未央

夫人"。

翠微进了内室,见姚燕语歪在榻上,便上前问道:"刚下车的时候瞧见夫人的脸色很是不好,可有什么不舒服?"

"已经没事了。"姚燕语笑了笑,不知道这两年是怎么回事,越来越见不得丧事,或许是怀孕的缘故,让自己变得多愁善感起来?

翠微又劝道:"我瞧着靖海侯夫人虽然面带疲惫之色,但气色还好。夫人不必为她担心。况且长公主自然不会白瞧着,早就派了得力的管家娘子过去帮忙了。"

姚燕语点了点头:"我知道。其实我担心也没用,这些事情我本来也帮不上什么忙。"

翠微轻笑:"夫人现如今有孕在身,那些杂事就不要多想了。"

"我知道。"姚燕语把手里的茶盏递给香薷,又问,"翠萍今日去定北侯府了吗?"

"早就去了,这会儿也该回来了。"翠微话音刚落,外边就有小丫鬟回道:"萍姑姑回来了。"

姚燕语和翠微相视一笑,叹道:"这可真是被你说着了。"

说话间翠萍进来,先给姚燕语福身见礼,又朝着翠微福了一福,笑嘻嘻地说道:"给四夫人请安了。"

"呸!快打出去!"翠微笑着啐了一口,"谁是你的四夫人!"

两个人笑闹了一阵,姚燕语方问翠萍:"定北侯夫人这两天恢复得怎样?"

"明显见好,今儿已经能在床上坐起来了,也能吃饭了。"翠萍把封夫人的情况跟姚燕语细说了一遍,又道:"不过她这身体可是真不行了。这才三十多岁的人,竟像是五六十岁老人的身子。"

"这也是没办法的事情,任凭铁打的人接二连三地出这些状况,也是经受不住的。我们已经尽最大的努力了。"姚燕语抬头看着屋顶,又叹道:"当初萧太傅的情景怎样你们是都见过的,如今不也去了么?我们费了那么大的力气,也不过是让他多活半年而已。我们是医者,不是神仙,也有做不到的事情啊!"

二人都免不了一阵叹息,又连连称是。

姚燕语又问起国医馆里的事务,翠萍又拣着重要的跟她回说了一遍。

旧日主仆现如今国医馆的三位当权者凑在一起谈天说地,时间过得很快。眼看着天色将晚,姚燕语便吩咐香薷:"让厨房多做几个菜,你们两个陪我用晚饭。"

翠萍忙问:"将军今晚不回来么?夫人有孕在身,将军也该抽出时间来多陪陪夫人。"

姚燕语笑道:"他留在靖海侯府了。萧侯爷伤心得那个样子,他也不好接着回来,少不得要多劝劝他。还有那边府里的一应琐事也没个人帮忙料理。韩家的二位爷倒是极好,可沾着姻亲,也没有指手画脚的道理;诚世子倒是不用避嫌,可偏生又接手了锦麟卫的大权,忙得脚不沾地,也没工夫过去帮忙。说起来也只有咱们家大将军有点闲工夫罢了。"

翠萍无奈地笑了笑,叹道:"这倒也是。"

127

一品医女 【完结篇】

当晚翠微和翠萍二人陪着姚燕语用了晚饭，又陪着她在院子里散了会儿步消食，最后亲自服侍姚燕语上床躺下才告辞出去。

当晚卫章回来的时候已经是四更天了，因为从丧事上回来，天色又太晚了，他便没回燕安堂，只在前面的书房里胡乱睡了一夜。一早起来洗漱更衣后方往后面来瞧姚燕语。

姚燕语还懒懒地躺在床上，人已经醒了，就是懒得动。

香蕊正绞了帕子给她擦了手，因见卫章进来，香蕊和乌梅忙欠身道："将军早。"

"怎么不起床，又不舒服么？脸色也不好。"卫章行至近前在床边上坐下来，伸出手臂，手背贴在姚燕语的额头上试了试。

"昨晚睡得不安稳，一直做梦。一夜之间醒了三四次。"姚燕语接过乌梅递过来的一杯温开水，先喝了一口漱了漱口吐掉，然后又把剩下的半杯喝下去。

卫章接过空水杯交给香蕊，伸手拉了拉她肩上披着的葱绿色短衣，劝道："既然睡不着了，还是先起来。吃了早饭稍微活动一会儿再睡。你就是想得太多了！"

姚燕语推开身上的薄被下床，又忽然问："对了，昨儿我从靖海侯府回来的路上遇见大理寺的人和锦麟卫匆匆忙忙地往北城门的方向去，说是去办案？不知又发生了什么事？"

卫章轻笑道："我正要跟你说呢。昨儿大理寺查封了善济堂，又去北关大营把刘善修给抓了起来。"

"他？"姚燕语一怔，蹙眉问："他犯了什么事儿？"

"据说定北侯夫人中的毒是从善济堂高价买来的，而善济堂的坐堂先生是他的远房侄子，他以药方入股，是善济堂的东家之一，那毒药就是他配制的。"卫章扶着姚燕语起身，把她送到梳妆台前落座，然后自己则一侧身直接坐在梳妆台上，一边看着丫鬟给她梳头一边说道："苏侯爷一张状纸把他告上了大理寺，说他用此等下作手段控制仕宦家族，图谋不轨。"

姚燕语听了这话后沉默不语，半晌，她忽然恨恨地拍了一下梳妆台，不顾香蕊正在给自己梳头猛地站了起来。

"哎哟，夫人您慢些。"香蕊吓得赶紧松手，一把乌发瀑布般散开在她的肩头。

"怎么了？"卫章忙扶住她的双肩，"有事你说，别着急。"

姚燕语抓着卫章的衣袖，激动地问："你说，去年国宴上给东倭使者下的毒是谁配制的呢？"

卫章一怔，忙道："你别着急，我吃了饭就去大理寺走一趟。当初国宴上被下了毒的酒壶酒杯都封存起来了，想要查这事儿并不难。正好这次趁着这个机会，务必让贺庸把这事儿查清楚。"

"好。"姚燕语点了点头，"说起来我们并没有真正得罪过谁，若说挡了谁的财路官路的，好像也没有。唯有这个人……当初在凤城的时候我扫了他的面子，没把他当回事儿。后来论功行赏，他借着我的药方连升三级，你跟二哥暗中使了手段让他吃尽苦头。他怕是早把我们

卷四　卿心未央

当作世仇了。我只是没想到,这人居然能贪财至此——或者,他真的有什么不可告人的图谋?"

卫章哼了一声,咬牙道:"当初就应该想办法弄死他!"

"我以为他还有羞耻之心,吃点苦头就能本分做人。"姚燕语恨恨地说道,"谁知道他竟然越发地丧心病狂了!"

"这事儿你不要操心了,交给我去处理。"卫章压下心里的怒火,把姚燕语按在凳子上,"好好梳妆,吃早饭要紧。"

姚燕语舒了一口气,把心里的烦躁压下去,她也知道现在自己不能情绪波动,一切都要以腹中的胎儿为先。于是点点头,重新坐直了身子让香薷给自己梳头。

其实这件事情根本不用卫将军出面,他只把长矛叫过来如此这般吩咐了几句,长矛便依言去办了。

又说大理寺卿贺庸得到定北侯和辅国将军两尊大神的示意,把刘善修的底细查了个底朝天,连他何年何月跟哪个青楼女子喝花酒说了什么,一夜做了几次花了多少银子之类的事情都给查出来了,更别说那些毒药的配方以及配制的毒药都卖给了谁得了多少银子的好处等。但查到后来,万岁爷身边的秉笔太监仲德居然来了贺大人的府中,一张口便问起刘善修的案子。且话里话外都传递一个意思:压。

贺庸也不是泛泛之辈。他知道这位仲德公公的话是要听,但还得有选择地听。客客气气地把这位公公打发走,贺庸提笔写了一封信,叫了心腹下人来叮嘱他把信悄悄地送往辅国将军府。

恰好这时姚燕语刚从宫里回来。皇上因为萧太傅去世而悲伤不已,身体状况又差了许多。姚燕语更加不敢懈怠,针灸的时间也延长了半个时辰,所以回来的时候天色已经晚了。

姚燕语一进大门便看见一个陌生人正站在门房里跟长矛说话,便随口问了一句:"那人是谁?"

跟前的家人忙回道:"好像是个送信的。"

姚燕语往里走了两步,又觉得不放心转了回来,恰好那人已经从门房里出来,迎面看见一身二品医官袍服的姚燕语,先是一阵恍惚,继而反应过来忙躬身行礼:"奴才见过姚院判,给姚大人请安了。"

"起来吧。你是哪位大人家的人?"姚燕语一看这人行事便知道肯定是个见过世面的。

"奴才的家主姓贺。我家主子有封书信给将军,奴才已经交给大总管了。"

姚燕语听说是贺家的人,便想到了大理寺卿贺庸,于是点头道:"你辛苦了。"说完,便看了一眼香薷,香薷忙从荷包里取出一张五十两银子的银票递过去:"我家夫人给你喝茶的钱,莫要嫌少。"

"奴才谢夫人赏。"那人朝着姚燕语作了个揖,又道,"夫人若没别的吩咐,奴才告辞了。"

"好,你去吧。替我向你家大人道一声谢。"

"是。"贺家的下人恭敬地答应一声,转身离去。

姚燕语方扭头看长矛,长矛忙把书信递上去。姚燕语伸手接过来看了一眼信封上的字,便转身进了府中。

晚间卫章回来,姚燕语把书信拿给他看。两人读完之后,姚燕语叹道:"我得到的消息说这个仲德跟师父的死有关。如今他又在这个时候跳出来,其中必定有鬼。"

卫章冷笑道:"贺庸是拿不准主意,不知道这位公公的话是代表皇上的意思还是出自私心。所以他不敢再查下去,才给我们写了这封书信来投石问路。"

"那我们怎么办?"姚燕语侧身靠在卫章的怀里。

"给他颗定心丸,让他继续审下去。"

"什么定心丸?"

"还记不记得富春那个奴才曾经在南苑往伤药里下毒?"

"啊,是有这事儿,你不说我还忘了!"

"那份伤药作为证据现在封存在镇抚司,明日我去找君泽,把这份东西取出来验证一下。"

姚燕语却摇了摇头,说道:"皇后是何等身份,不可能从他的手里弄毒药。"

卫章冷笑道:"那件事情已经没有什么证据了。至于那毒药是不是从刘善修手里买的,还不是你一句话?"

姚燕语一怔,半晌后才明白过来:"你是故意要把后宫的人牵扯进来?"

"是的,不然怎么把国宴下毒和老院令被害的事情都扯出来?皇上现在精神不济,又因为两个儿子合伙谋逆的事情伤透了心,凡事都不愿再往皇子和后妃身上扯,不愿意再折腾这些事情。所以这种时候,我们必须推波助澜,把真正的凶手揪出来,为老院令报仇,洗刷我们身上的莫须有,让坏人得到应有的报应。"

"好。"姚燕语缓缓地点头,事情到了这个地步,必须查个水落石出才行。

忙碌的日子总是很快,转眼便是七月的最后一天,而且又是个阴雨天气。

午饭后,姚燕语照例要坐车进宫为皇上施针。刚出了燕安堂却见苏玉蘅面色凝重,匆匆而来。姚燕语忙止住脚步问:"你这是怎么了?"

"姐姐,刚母亲派人来给我送信,说二嫂子……没了。"苏玉蘅说完,重重地叹了口气。

饶是早就料到孙氏必有一死,但听到这消息时姚燕语还是愣了一下神,不过转瞬之间便恢复了冷静,她拍了拍苏玉蘅的肩膀,低声说道:"我知道了,你先回去瞧瞧,帮我劝劝你母亲她们,要节哀顺变。我让贺嫂子料理一下奠仪的事情,等那边开吊后,我再过去。"

"嗯,姐姐忙着进宫吧?我不多说了,你快去吧。"

"好,人死不能复生,你也别太伤心了。"

"我知道。"苏玉蘅苦笑着点点头,孙氏的事情她已经从梁夫人那里听说了一些,虽然有些更隐秘的事情梁夫人也说不准,但总归是她自己作死就是了。

卷四 卿心未央

姚燕语往外走的时候也不由得苦笑，心想这个多事的七月，终于以孙氏恶疾不治而画上了句号。

上了马车后，姚燕语忽然想着既然苏侯爷把孙氏弄死了，也就说明大理寺那边的审讯已经结束了。如果没有意外的话，大理寺卿贺庸的奏折这会儿应该已经进宫呈放在龙案上了吧？

军医制毒，谋财害命，且勾结后宫之人毒害外邦使臣，嫁祸重臣，图谋不轨……这些罗列在刘善修头上的罪名皇上又能相信几分？而这件事情又将掀起怎样的风雨？

姚燕语忽然间有些怕了。

一路上姚燕语满腹心事，直到马车停在宫门外尚从沉思中回神。理了理衣襟下车，被初秋的风一吹，居然觉得遍体生寒。

行至紫宸殿宫门处，姚燕语看见廊檐下站着四个宫女四个太监，全都眼观鼻鼻观心，木桩子一样一动不动。而殿外的院子里，专门在龙案跟前伺候笔墨，分类奏折，素来颇有脸面的秉笔太监仲德则阴沉着脸站在门口，一张脸拉得老长，如丧考妣。想着离给皇上诊脉的时间还有一会儿，姚燕语没有即刻进殿，而是转身去了偏殿，听候传唤。

紫宸殿里安静得可怕，连素日里深得皇上信任的怀恩也毕恭毕敬地站在一旁，大气儿不敢喘一下。皇上难得没有歪着，而是盘膝坐在榻上。面前的泥金雕花檀木小几上放着一摞卷宗，旁边的封条上有大理寺的字样。

"这里还有国医馆和太医院联合出具的毒药证明？"皇上从一摞供词卷宗里翻出一张纸，上面有国医馆院判姚燕语和太医院内医正白景阳二人的名章。

怀恩跪在地上不敢多说，但皇上问话又不能不应，只得磕了个头，应道："事关重大，想来贺大人也要十二万分地谨慎。"

"哼！"皇上抬手把那一纸证词拍在案几上，怒道："贺庸审出来的这几个人一看就是跳梁小丑，那些真正躲在幕后操纵此事的呢？"一个善于制毒的军医跟后宫牵连，这件事情的背后究竟是什么样的阴谋？

怀恩的身子又躬了躬，这次是真的不敢回话了。

想到毒药和中毒事件，皇上几乎立刻想到了年前国宴上的那一幕。东倭使臣忽然吐血倒地，大殿之上一片混乱。所有人都看着他，纷乱的议论，愤怒的目光，尤其是那些外邦使者，几乎要拔剑以对！

那可是他登基以来最隆重的一次国宴，他兢兢业业执政三十多年从没有过这样的难堪。当着那么多外邦使臣，这比大耳刮子抽脸更难受。

"既然他能跟富春那个狗奴才扯到一起，那就定然还能扯上别人。御马发疯一案，还有国宴之上东倭使者中毒一案还都悬着呢。"皇上精瘦的脸衬得一双眼窝深陷得厉害，有些浑浊的眼珠上布满了红血丝，目光中寒气一闪，忽然转头问："姚燕语呢？！"

这个好回答,怀恩忙抬头看了看门外,又收回目光躬身回道:"回皇上,姚院判这会儿也该来给皇上诊脉了。"

"怎么还没见人?去传!"皇上不耐烦地把小炕桌上的卷宗一推。

怀恩忙给门口的三顺使了个眼色,三顺忙转身去传姚燕语,怀恩则忙把那些卷宗收拾起来装进了一个牛皮纸袋里。

姚燕语随着三顺进殿来,行至皇上跟前,俯身参拜。

皇上看着跪在自己面前的姚燕语明显丰腴了的腰身,不由得皱了皱眉头,叫她起身之后,又长长地叹了口气,问:"有关北大营军医刘善修制毒一案,你知道多少?"

关于这个问题,姚燕语已经跟卫章反复讨论过,听皇上问起,她忙躬身回道:"回皇上,臣对此事略有耳闻,但却也只是听说了个大概。"

"那你是如何断定刘善修配制的毒药就是富春用来害人的毒药呢?"

姚燕语轻轻摇了摇头:"回皇上,这件事情臣并不知道。"

"大胆!"皇上立刻怒了,"你不知道怎么会在那张证词之上用了国医馆的大印以及你的个人铃印?"

"皇上恕罪。"姚燕语闻言又立刻跪下去,不慌不忙地回道,"那日大理寺卿贺大人送了两份毒粉来让臣验看是否同一种毒。臣验看之后,觉得这两种毒粉毒发的效果基本相同,便断定是用了同一种主配料。也可以说是用一样的毒源提炼出来的辅药,或许是制毒方式有所改进,其中一种比另一种毒性更烈一些。至于这两种毒牵扯到什么案件,当时大理寺的差官并没有说明,臣也没有问。所以不敢乱说。"

皇上听了这话,一把怒火方消了几分,又摆了摆手,说道:"起来吧,动不动就跪,若是动了胎气看你怎么好。"

姚燕语又忙谢恩,然后才慢慢地站起来。怀恩极有眼色地上前扶了一把,姚燕语感激地笑声道谢。

皇上又云淡风轻地补了一句:"以后在朕跟前回话,不要动不动就跪了。"

姚燕语一怔,忙转身看怀恩,心想我没听错吧?

怀恩忙笑着提醒道:"皇上隆恩免跪拜之礼,姚院判还不赶紧谢恩?"

姚燕语又忙要跪下谢恩,皇上摆摆手,皱眉道:"免了。"

"谢皇上。"姚燕语还是躬了躬身子。

怀恩瞧着皇上脸上的怒气消了不少,方才上前提醒了一句:"皇上,针灸的时间到了。"

"好。"皇上点了点头,允了。

怀恩忙上前来挪过一个大靠枕扶着皇上躺下,姚燕语上前去在榻前的绣凳上落座,先给皇上诊脉,之后又同怀恩说道:"今日要先针涌泉穴。"

"是。"怀恩答应着,上前把皇上脚上的缎靴扒下来,再把袜带解开,将袜筒扯下,并取了消毒的药水给皇上擦脚心。

卷四　卿心未央

皇上靠在榻上，忽然笑了："现在连怀恩也算得上是半个太医了。"

姚燕语笑道："公公勤勉好学。"

"哎哟！这可羞死奴才了。"怀恩讪笑两声，轻声叹道，"奴才也就这么点用处，又岂敢不尽心尽力。"

皇上悠悠地叹了口气："做人能够'知本分，肯用心'，这就够了。"

姚燕语手捻银针缓缓地刺进皇上右脚的涌泉穴之后便不再多话，只用心把内息渡入皇上的体内，缓缓地清除瘀滞，疏通经脉，调理气息，恢复肌体生气。

为了皇上的龙体安康，姚燕语渐渐地形成了一套针灸路子。针法自然是以太乙神针为主，但也辅以五龙针法，根据脉象取穴位，综合一切手段只求把皇上的身体调理到尽可能地好。

她也知道，现在的几个皇子对自己都不算好，唯一有点关联的恒郡王现在称病闭门休养，足不出户，对外边的事情更是不闻不问，形同软禁。而皇上对他也基本不再过问，此时看来这位恒郡王与千秋大业是没有什么缘分了。

四皇子对自己素来冷淡，况且孙宇和武安侯关系匪浅，四皇子的外公武安侯跟姚远之也有些小过节，之前姚远之在江宁还不觉得怎样，当年被皇上调入京城进都察院，正好是抢走了武安侯为自己儿子谋求的职位，因此两家的关系更是雪上加霜。

另外除了被废黜的大皇子和五皇子，就只剩下去东海督军的六皇子和学业未成的七皇子了。

七皇子年幼尚未定性，她的母妃当年因为蛇油跟国医馆结下过梁子，因为这么屁大点的事儿那位娘娘没少找国医馆的麻烦。

分析过后，姚燕语觉得不管哪个皇子继位都不如老皇上在位对自己更好。所以为了自己能够多过几天安稳的日子，她也不希望皇上有事。

做完一套针灸，足足用了半个多时辰。开始针灸没多久皇上就睡了，姚燕语把最后一根银针取出来之后皇上刚好醒过来。经过内息调理，又小睡一会儿之后，皇上的精神好了许多，心情也大好。

睁开眼睛便自己坐了起来，抬手跟怀恩要茶。怀恩忙把早就准备好的一杯养生汤递过去，笑眯眯地劝道："这是姚院判亲自给皇上配的养生汤，因为味道有点苦，奴才调了一勺野蜂蜜在里面，皇上尝尝。"

皇上接过来喝了一口，点了点头便把剩下的都喝下去了。

姚燕语仔细地收拾银针，皇上喝完后接过怀恩递过来的帕子擦了擦嘴角，方问："去年的御马被下药而失心疯一事，你有没有经手？"

"回皇上，那件事情是锦麟卫查的，当时的马饲料没来得及收就被御马监的太监给换掉了。不过后来我师父从那匹疯了的马身上取了血液，经过仪器检验，倒是提出了一点毒素。不过这件事情还没来得及弄清楚，师父就……"姚燕语说着，声音便低了下去。

"哎！"皇上又叹了口气，说道，"你师父对朕忠心耿耿，追随了朕大半辈子，却没个善终。

133

说起来是朕对不起他。"

姚燕语忙道："师父常跟臣说，皇上心系天下百姓，日理万机。对身边的人更是仁厚有加，能有幸追随在皇上左右，是前世修来的福气。"说完，姚院判便觉得自己也掉了一地的鸡皮疙瘩。

不过这一记马屁拍得皇上倒是挺舒服。皇上脸上一片戚戚之色，又叹道："你师父没做完的事情，你帮朕做完吧。查一下御马失心疯的毒跟这个刘善修有没有关系。还有——那次国宴之上东倭使臣所中的毒是不是也跟他有关。查明白后，即刻上报。朕怀疑被某些人利用了，惩治了家贼，却放过了内鬼。"

"是，臣谨遵圣谕。"姚燕语躬身领命。

皇上转头看了一眼姚燕语，又补充了一句："要快！朕不想再等了。"

姚燕语忙应道："是。臣明白。"

从宫里出来，姚燕语靠在马车里闭目沉思。想想皇上提及师父时的神情，好像有什么话想说没说。看来皇上对师父的死也是起了疑心的，至于为何没有下令彻查，姚燕语就猜不透了。

不过皇上说要把刘善修制毒和御马监及富春下毒的事情联合起来彻查，就足以说明皇上对现如今的宫闱中人不放心。

显而易见的，御马被下毒一案跟富春及皇后娘娘的联系并不大。或许国宴之上东倭使者中毒的事情跟皇后有关是丰家跟皇子暗合陷害恒郡王而谋夺皇位，但御马中毒一事却直接关系到皇上的性命安危，是赤裸裸地弑君。

丰皇后不可能弑君，因为弑君对她来说好处不大。她只是想独揽大权，为某个皇子铺路。至于大皇子自岭南谋逆一案，当时皇后看中的是没有外戚势力的五皇子。不管是大皇子还是五皇子都没有外祖的势力可以依靠，才可能成为丰氏一族的傀儡。

而弑君之事，应该另有其人。

"夫人，到了。"马车在府门口停了下来，香薷轻声提醒。姚燕语这才收回思绪扶着香薷的手下车。

第二日定北侯府孙氏的丧事开吊，姚燕语和苏玉薇二人代表这边过去凭吊，阮氏因为又有了身孕，身体不舒服不方便出门，便留在家里照看，翠微一早就去国医馆了。反正孙氏的丧事办得很低调，多一个人少一个人也不觉得怎样。

因为孙氏的死只是定北侯府下面二房的事情，所以侯府里并不是处处都见白。侯府的大门上只把大红灯笼摘掉，换成了白纸糊的灯笼而已，真正布置了灵棚的是跟安居院相连的东角门。

姚燕语和苏玉薇过去象征性地上了香，灵堂里只有陈兴媳妇还有几个丫鬟在，封夫人尚在病中，苏瑾云以照顾母亲身体为由也并没过来哭灵。用脚指头想也知道，孙氏害了苏玉

卷四　卿心未央

平的两个儿子,他怎么可能让自己的女儿来给这样的毒妇哭灵?

姚凤歌要招呼前来吊唁的宾客,自然也没工夫陪哭。所以灵堂里除了孙氏生前的几个贴身丫鬟跪在那里哀哀欲绝之外,竟没有本家的什么人。倒是外边灵棚里苏瑾宣跪在地上,披麻戴孝,哭得一把鼻涕一把泪的,甚是伤心。

原本孙家是要来闹事的,刑部侍郎孙寅是孙氏的亲二叔,对侄女的惨死怎么能不闻不问?然听说人来了就被苏玉安请到了别处,也不知这位苏二爷用了什么办法,最后孙家人出来的时候是垂头丧气的,全没有了来时的气势汹汹。于是孙氏的丧礼就这么低调地开始了。

姚燕语和苏玉蘅上香后便被姚凤歌请到了别处用茶。刚坐了一会儿,便有封夫人跟前的人来请,说夫人三奶奶这里忙碌,夫人想请姚夫人和三姑奶奶过那边去坐,想清净地说几句话儿。

"你们两个先过去,那边有几个亲戚没走,等我应付完了过去陪你们一起吃中饭。"姚凤歌笑道。

"那我们就先过去了。"姚燕语实在不喜欢这边的气氛,正想着早点离开。便答应着起身,和苏玉蘅两个人随着来人往封夫人那边去了。

封夫人身体里的毒已经解得差不多了,只是身体被折腾了一次又一次,实在是羸弱不堪,再也经不起折腾了,所以每日里只是安静地养着。府中的大事小事都不叫她操心,姚凤歌一人挑起了内宅的重担。

"大嫂子。"苏玉蘅进门后便轻声唤了一句。

苏瑾云已经从里面迎了出来,见着姚燕语和苏玉蘅后忙福身行礼。

苏玉蘅笑嘻嘻地拉过侄女儿问:"你母亲今日可曾好些?"

苏瑾云忙道:"回姑姑,比昨日更好些。今天早起多吃了半碗粥呢。"

"这就好,人食五谷而养生。只要能多吃点饭,就是好的开端。"苏玉蘅说完,又笑问姚燕语:"姐姐说我说得对吗?"

"对!果然大有长进了。"姚燕语笑着点头,和苏玉蘅及小姑娘瑾云在几个丫鬟婆子的恭迎声中进了封夫人的卧房。

侯夫人封氏穿着一身家常夹袄靠在榻上,见了姚燕语便要起身下榻,姚燕语忙上前摁住,劝道:"夫人身子尚未恢复,还是躺着吧。"

封氏实在是气短,就刚才欠身的动作,已经让她使出了所有的力气,再靠到大软枕上时已经有些喘息了,于是叹道:"我这可真是成了废人了!"

苏玉蘅忙劝:"这才多少日子,嫂子这次是伤得太厉害了,那三重毒药下去……哎!如今要好生保养,有姚姐姐在,嫂子的身体总会好起来的。"

封氏握着姚燕语的手叹道:"如今也就是妹妹能给我一点希望了。"

姚燕语忙劝:"夫人别这么说,看看眼前的云儿,还有那边屋里嗷嗷待哺的小儿子,这两个孩子还都要靠着母亲教导疼爱呢。可别总想那些颓丧的事情。"

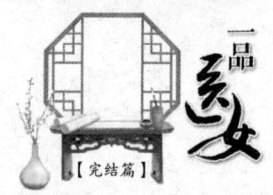

封氏看着立在姚燕语身后双手捧茶的女儿，轻声叹道："我听妹妹的。"

苏瑾云红着眼睛把香茶奉上，姚燕语接过来轻轻地啜了一口，未及说话便听外边有个娇软的声音伴着一串环佩叮咚声由远及近"我姨妈是不是过来了？"

接着是丫鬟婆子一迭声地劝："二姑娘慢点儿！姨太太在跟咱们夫人说话儿呢！"

姚燕语刚来得及笑出声，便见门帘一响，一个穿着粉绿色锦缎衣裙胖得跟团子似的小丫头便闯了进来，见着姚燕语二话不说便冲上去抱住："姨妈，可想死我啦！"

跟在她身后的奶妈子见状吓了个半死，忙上前去拉住小胖团子："姑娘可别这样，姨妈的肚子里有小宝宝，你想要慢些，别吓着弟弟。"

"为什么是弟弟？"苏瑾月眨巴着大眼睛抬头问着姚燕语，一双小胖手伸出去抚在姚燕语微微凸显的小腹上。

"就是弟弟。"奶妈子赶紧叮嘱，"姑娘忘了母亲是怎么说的了吗？"

"唔，娘亲说了，弟弟是根……"苏瑾月小团子脸上是十二万分不甘心，"可是我喜欢妹妹。"

姚燕语知道姚凤歌她们都盼着自己肚子里的这个是男孩，可这种事情不是盼什么就是什么的。再说，她倒是希望先生个女儿，反正又不打算节育，儿子可以以后再生嘛。于是笑着捏了捏苏瑾月圆圆的脸蛋儿，笑道："谁说一定是弟弟？说不定就是妹妹呢。"

"那可是太好了！"小丫头笑嘻嘻地跳起来。

封氏无奈地笑道："这孩子，怎么那么喜欢妹妹？"

小丫头理所当然地说道："妹妹可以永远跟我玩儿啊！如果是弟弟的话，长大了就不能一起玩了嘛。"

"感情你姨妈生个妹妹就是为了跟你玩的？"苏玉薇笑着打趣。

小胖丫头立刻一本正经地说道："姨妈太忙了，我可以帮姨妈照顾她。"

"瞧她这一张巧嘴！"屋里的众人都忍不住笑了起来，打破了这屋里长久以来的死寂，连一直都忧心忡忡的苏家大姑娘瑾云也笑着上前来把瑾月拉到怀里。

至午饭时，姚凤歌果然来了，身后跟着几个丫鬟提着食盒，食盒里是她那边小厨房里专门烹饪的精致菜肴。

苏瑾云便带着妹妹去了厢房，这边只有封氏、姚凤歌、姚燕语和苏玉薇四个人围着一张三尺见方的檀木雕花炕桌吃饭。

女人家凑在一起吃饭，所谓的食不言寝不语之类的规矩自然先放到一边。大家一边吃一边说些家常话。姚凤歌对姚燕语颇为照顾，不时地给她夹菜添汤，让封氏看得好生羡慕，不由得叹道："看看你们姐妹两个，我总觉得我这辈子真是太不值了。说起来我对她也算是真心以待，孰料却是养了一只狼在身边。"

姚凤歌给姚燕语添汤的手一顿，无奈地笑道："话也不能这么说，她不过是被人给挑唆坏了。不像燕语，一直以来都有自己的正主意。"

姚燕语也是一愣，不过她觉得这个话题不适合自己多说，便保持沉默，专心吃东西。

苏玉蘅便轻声叹道："她就是太狭隘了。我就想不通，那边能给她什么好处？她竟然能狠下心来对自己的亲姐姐下毒。"

"不过是为了这个夫人的位子罢了。"封氏无奈地苦笑，"说起来我是有些对不起她，当时我若是一死百了，她过来就是继室夫人了。谁让我那次就没死成呢。我也是太傻，竟不知道她有这样的大志向，一心要把我作古，然后自己来执掌侯府。"

"人心不足蛇吞象。"苏玉蘅轻声哼了一下，继续吃东西。她现在是吃什么都香的时候，尤其是姚凤歌这桌饭菜又是下足了功夫的，色香味都更胜平日的饭菜一筹，她自然要好好地享用。

"不说这些了！过去的都过去了，做人要学会往前看。总是回头看过去的那些糟心事儿，就啥也别干了。"姚凤歌说着，又给苏玉蘅夹菜，"妹妹多吃点，你现在是一个人吃两个人的饭呢。"

用完了饭，丫鬟们端上漱口茶来四人漱口毕，面前的小炕桌被抬下去，另有一张干净的小几摆上来，然后是一盏香茶，一盏养生汤，两盏蜂蜜水。茶自然是姚凤歌的，养生汤是封氏的，两个孕妇只能喝蜂蜜水。

刚奉茶毕，外边便有小丫鬟请安的声音："二太太来了！奴婢给二太太请安。"

姚凤歌和苏玉蘅忙起身迎了出去，姚燕语也下了榻站起身来。

梁夫人进门后先跟姚燕语问好，又问了封氏今日感觉如何，可曾服用汤药，吃饭怎么样等等。

封氏忙请二太太上座，姚凤歌亲自奉上茶水。梁夫人又跟众人寒暄客套了几句，方说了此番过来的真正原因："今儿有人来给老四提亲，我有些作不得准，所以趁着这会子人齐全，特来讨个主意。"说着，又朝着姚燕语笑道："还请夫人也帮忙拿个主意。"

姚燕语忙笑道："这可不敢，我虽然在这云都城生活了几年，但到底所闻所见有限，可比不得太太和夫人，况且蘅儿也是云都城里长大的，太太只需听夫人和蘅儿怎么说，定然是错不了的。"

封夫人笑问："不知官媒提的是哪家的姑娘？"

梁夫人道："若是别家倒也罢了，拿不准只管推了就是。反正老四还未及弱冠，亲事上不着急。可这回官媒提的是武安侯的侄女。可不能随随便便就推了。"

"武安侯？那可是四皇子的外公。"姚凤歌蹙眉道。

梁夫人说道："是啊，而且听说他这个侄女是一直在侯府跟着老夫人长大的，模样性情都是极好的。只是……身份是庶出。"说完，梁夫人又歉然地看了姚燕语一眼。

姚燕语笑了笑，并不在意。挑媳妇，嫡庶可是有极大的区别的。梁夫人为自己的儿子想，自然是嫡出的要比庶出的更好。

其实说起来这武安侯也有点欺负人了。定北侯府虽然不如从前了，但苏玉康可是二房

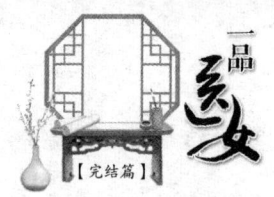

唯一的嫡子呢。就算娶不到侯门嫡系的女儿，但你总不能再弄个庶出吧？

封氏皱眉想了想，说道："以我的意思，庶出也没什么，只要品性真的好，将来能一心一意地为四弟打算，小两口和和美美地过日子就好。只是这事儿不知道二叔父怎么说？"

梁夫人低声说道："以老爷的意思，武安侯也是世族大家，现如今圣眷也浓，况且看当今几位皇子，三皇子称病在家闭门谢客，六皇子远在东海，七皇子年幼。皇上跟前也就是四皇子了。武安侯可算是水涨船高啊。"

这话大家都明白，也就是说如果将来四皇子继位，那么就算是武安侯府二房庶出的姑娘，那也比别府的姑娘尊重。凭着这层姻亲，或许苏玉康的前途会更好些。

只是四皇子真的能继位吗？姚凤歌不由得转头看向姚燕语，姚燕语却是一副风轻云淡的样子，只顾低头慢慢地喝水，对梁夫人的话恍若未闻。

不过姚凤歌已经猜到了姚燕语的意思，只是她碍于身份根本不会说罢了。于是姚凤歌笑道："这事儿必须得从长计议啊，这可是四弟一辈子的大事儿。这媳妇若是将来不孝顺，二叔父和婶娘可要遭罪哟。"

梁夫人笑道："我们两个老的倒无所谓，我只是担心康儿能不能跟她处得来。况且这位姑娘我也没见过，光听官媒说怎样怎样，那是作不得数的。"

姚凤歌笑道："这个好办，现如今我们且背地里打听着，若是这姑娘真的挺好，那就等忙完了家里这摊子事儿，太太便约上武安侯府的二太太去寺里上香，趁便瞧一瞧这位姑娘不就成了？"

"你这倒是个好主意。"梁夫人笑道："既然这样，那我就先不直接回了她。等细细地打听打听再说？"

"这个自然，一桩亲事可不是三言两语能定下来的。"封氏忙道。

于是事情便暂时定了下来，梁夫人又说了几句闲话便带着苏玉蘅告辞离去。

她们母女一走，姚凤歌也带着姚燕语告辞，并劝封氏好生歇息。

苏瑾月和弟弟苏瑾宁、妹妹苏瑾露一起住的听风小筑里，姚凤歌叫奶妈子把孩子都带了下去，自己陪着姚燕语在小里间的榻上躺下，方悄声问："妹妹觉得二太太说的那桩亲事如何？"

姚燕语低声说道："这是他们二房的家事，按说轮不到我多嘴。只是现如今咱们这几家盘根错节，一些事情是拎不清的，所以我得跟姐姐提个醒：有大皇子和五皇子的事儿在眼前摆着，咱们还是跟皇子们保持距离的好。"

姚凤歌本来就因为恒郡王于国宴一事被四皇子诬陷而愤怒，她虽然对恒郡王已经绝了那份念想，但这并不代表她恨他。相反，她一直希望他能过得好一些。就像他一样会记得她喜欢吃的江南风味的点心一样。他们这对苦命的人都希望对方能过得更好。

但如今恒郡王自从去赈灾染病后，便一直称病在家，足不出户，过着无异于囚禁的日子。而当初同样被皇上派出去赈灾的憷郡王却一点事儿都没有，这让姚凤歌怎么不恨？所以从心

卷四 卿心未央

底里，她也不希望定北侯府跟武安侯府结亲。

这会儿听了姚燕语的这番话，一时触动了心思，便点头道："妹妹的意思我明白了。现在是非常时期，我们还是跟皇室保持距离的好。"

姚燕语忙道："英明不过姐姐。四公子那个人应该是个不错的少年公子，难道这云都城里美女如云，就找不到个更般配的姑娘？"

"怎么没有。依我看，镇国公府那两个庶出的姑娘随便拉出一个来都很好。只是二太太不知为何就是瞧不上。按说她跟那边的二夫人是姐妹，这事儿应该更好说合。"

姚燕语轻笑道："无非是嫡庶之差。武安侯的侄女虽然也是庶出，可有个四皇子给他加分。镇国公府二房庶出的姑娘可没有得力的表兄是新皇的人选。"

姚凤歌又冷笑道："天下父母之心也全然不同。在你我兄弟姐妹的婚姻中，父亲竭力地反对跟皇室联姻，对皇家子弟，咱们家是能躲多远算多远。可二太太却上赶着巴结这样歪七扭八的关系。要我说，镇国公府不比武安侯府更强？"

"姐姐说得是。若是我，也选镇国公府。"姚燕语笑道，"这事儿姐姐没跟蘅儿说？"

姚凤歌叹道："蘅儿早有此意。只是她也是个庶出的，在二太太跟前也说不上什么话。"

姚燕语摇头道："所以，说白了这事儿还是那边二太太做主。咱们也不过是提个醒罢了。多说无益。"

姚凤歌听了这话半响不说话，心里却一直在暗暗地盘算。虽然说二房的事情这边不便插手也不便多说，但苏玉康若真的卷入了皇权的争斗中去，胜了还好，若是败了，这边定然跟着遭殃。她不能眼睁睁地看着这一大家子人卷入这样的旋涡里。

一定要想个办法阻止才行。姚凤歌打定主意要跟姚燕语再说什么，转过脸却发现她已经睡熟了。想起封岫云对封氏做的那些事，姚凤歌忽然感慨，之前觉得自己命苦，如今看来，老天爷其实也没亏了自己。

大理寺卿贺庸是个能臣，此人办事干练，胆大心细。自从得到皇上的圣旨要他联合提刑司和镇抚司一起，严查刘善修和宫里的关系之后，他便放开手脚大胆去做，用了不过六七日的时间便查到了仲德的身上。当然，这也要归功于镇抚司和提刑司的大力支持。想要查宫里的事情，没有提刑司的帮忙是做不成事儿的。

只是这事儿也仅仅是查到了仲德这里，便已经掀起了滔天大浪。

四皇子云琸从怡兰宫里出来的时候，眼睛都是红肿的。怡兰宫里发生了什么事情皇上虽然不能说是一清二楚，但贤妃打自己儿子的事情还是瞒不住的。所以当云琸这般模样跪在皇上面前时，皇上也只是惊讶于贤妃何以能够如此狠心，把自己宝贝了这么多年的儿子给打成了这样。

"父皇……儿臣死罪！"云琸一见到皇上，便又哭成了泪人。

"好好说话！"皇上蹙了蹙眉头，脸上闪过一丝不悦，"你是个男人，哭哭啼啼跟娘

139

们儿一样，像什么样子！"

"是……"云琸用袖子抹了一把眼泪，直起身子来偷偷地看了皇上一眼，被皇上威严的眼神一扫，他又忍不住矮了矮身子，哽咽道，"儿臣不孝，上不能为父皇分忧，不能劝解母妃归正，下不能养性律己，以正自身。儿臣唯有一死，求父皇成全……"

皇上一下子便抓住了关键字眼，蹙眉问："不能劝解你母妃归正？这话怎讲？你脸上这一巴掌又是什么缘故？"

云琸话未出口泪先流，哽咽着把自己今天去怡兰宫中给母妃请安，无意间听见母妃跟贴身宫女合计着如何把刚被提刑司带走的仲德给悄悄弄死的话开始，之后又把他的母妃因为想要报复皇后，利用皇后为大皇子五皇子谋夺储君位的事情暗中做手脚，使其计划败露，又趁便为自己将来的道路清扫障碍的事情和盘托出。

皇上起初是靠在榻上漫不经心地听着，心里想的是看老四能编出什么花样儿来。待听到一半的时候皇上便大为震惊，缓缓地坐直了身子。

等云琸再次说道贤妃想要趁着仲德被严刑审讯的时候用毒弄死他时，皇上终于暴怒了！他伸手抄起小炕桌上的一只茶盏朝着云琸的头狠狠地砸过去，并怒声骂道："混账东西！真是丧心病狂！"

云琸直挺挺地跪在那里，任凭那盏热茶砸在自己的头上。薄瓷茶盏打破了他额角的肌肤，滚烫的茶水混着鲜血从脸上流过，那种疼痛和心底的痛无法比拟。

"皇上息怒啊！"怀恩和殿内的两个宫女慌慌张张地跪在地上。

"传旨！贤妃陈氏，阴恶成性，奸诈狠毒，谋害朕躬，离间皇子。此等恶妇虽万死亦难赎其罪！先褫夺封号，打入冷宫！再令提刑司严加审讯，除奸务尽！令提刑司务必将其同党一网打尽，以清后宫之污浊邪恶！"

"是。"怀恩赶紧磕了头，起身去怡兰宫传旨去了。

皇上又低头看了一眼跪在面前一脸血渍的云琸，又骂道："你也不是什么好东西！你母亲处心积虑坏事做尽，还不是为了你？你居然跑到朕这里来告状？八成是觉得你们母子那些丑事瞒不住了，所以你才提前来朕面前自我揭露，以此邀功，想让朕放过你吧？！"

"父皇明鉴！儿臣绝无此心。儿臣现在怡兰宫劝说母妃无果，所以才来跟父皇坦白交代，儿臣只想替母妃一死，只求父皇饶恕母妃一命。"云琸说着，又缓缓地躬身叩头，额头磕在地毯上，触及一片碎瓷片，又晕开一片血渍。

到底是自己的亲生骨肉，皇上低头看着儿子这副模样，心里自然不是滋味。又想到自己垂暮之年，虽然有六个儿子，但老大老五谋逆在先，老二早夭，老三又是一副叫人捉摸不透的性子。老七还小，一切尚在懵懂之中。便只有老四跟老六一直以来还算懂事。如今贤妃心怀龌龊，却累了老四这般模样，也真是难为他了。

皇上想到这些，便无奈地叹了口气，又厉声骂道："你这逆子还不滚出去，是想要把朕活活气死吗？！"

卷四 卿心未央

"父皇……"云琸膝行两步上前去，想要再为贤妃求情。

"滚！"皇上生气地抬脚把人踹开。

云琸缓缓地闭了闭眼睛。除了今日他们母子在静室里抱头痛哭说的那些话之外，云琸基本没有撒谎。这些事情环环相扣，端的是一场好计谋。云琸心想戏演得也算是够了。见皇上之前，他早就想好不管皇上怎样都不能躲开，不过是个快死的老头儿，能有多大的力气？难道还能一下要了自己的命不成？所以皇上的茶盏砸过来时，他硬生生地跪着挨了那一下。如今看父皇的样子已经心软了，若再纠缠下去就只能惹他烦恼，于大事再无益处。于是便又跪直了身子恭敬地磕了个头，泣不成声："儿臣……告退。"

皇上气喘吁吁地靠在榻上，看也不看缓缓走出去的云琸。

半晌，怀恩去怡兰宫传旨回来，发现皇上脸色苍白地靠在榻上，双目泛红，手指紧紧地捏着一串碧玺佛珠，似乎要把那传世之宝捏碎一样。

"皇上？"怀恩知道这会儿打扰皇上的思路肯定会被怪罪，但还是不得不硬着头皮问了一句："姚院判来了，皇上诊脉的时候到了。"

"滚！朕没病！"皇上手臂一甩，那串碧玺佛珠狠狠地砸在怀恩的身上然后落在地上，哗啦啦四散在内殿的各个角落。

"皇上息怒，奴才该死。"怀恩赶紧跪在地上，"求万岁爷开恩。"

"出去！"皇上生气地喝道。

"是。"怀恩没敢多说一个字，磕了个头赶紧出去了。

偏殿里，姚燕语带着香薷和乌梅三个人正等在那里。自从湖广回来后她每日进出紫宸殿，跟怀恩以及怀恩的嫡系相处得不错，所以一落座便有人悄悄地把贤妃和云琸的事情跟她透漏了。

所以怀恩进门后一脸的垂头丧气，姚燕语一点也不奇怪。被儿子和老婆算计的滋味皇上是尝了又尝，这简直是雪上加霜，能高兴才怪了。

"姚大人。"怀恩一张脸比黄连还苦，朝着姚燕语拱了拱手，"皇上拒绝诊脉……哎！"

姚燕语忙安慰道："公公别着急。我再等等，过一会儿上的气消了就好了。"

"哎！你说这是什么事儿呢！皇上的身子刚好些了……"怀恩说着，便开始抹眼泪。像他们这些宦官，只有皇上好，他们才跟着威风八面，若皇上有什么闪失，首先倒霉的也是他们。

"公公说得也是。"姚燕语无奈地叹了口气，心里想着事情发展到这个地步，看来是贤妃要把一切都扛起来了。只是不知道贺庸和提刑司的人能不能把师父的死因查清楚。

"大人先在此稍候，奴才还得去万岁爷身边伺候。"怀恩一边叹息，一边抹了把眼泪。

姚燕语忙道："公公请。公公也不要着急，等万岁爷的气消了就好了。"

"是啊！"怀恩自然不能多说，又叹了口气转身走了。

姚燕语便在偏殿里一边喝茶一边慢慢地等。今天皇上气得不轻，身体状况肯定会很差，

141

一品医女
【完结篇】

她可不能就这么走了。

却说云琔从紫宸殿里出来，顶着一头一脸的血渍慢慢地往宫外走，行至会极门时便见一队提刑司的人哗啦啦从面前跑过，像是没看见他一般，径自往里去了。他知道，这些人是奔着怡兰宫去的，用不了一刻钟，他的母妃就会被这些人带去宫监，由提刑司和镇抚司的人同时审讯。

这样做真的值得吗？！云琔仰天看着阴沉沉的天空，张了张嘴巴，却只觉得喉咙间割裂般的剧痛，发不出一丝声音。阴沉的天际忽然滑过一道闪电，把整个皇宫都照得惨白。接着便是一道滚雷，轰隆隆从头顶上滑过，狂风四起，卷起无数沙尘树叶肆虐地冲上了天空。

"哈哈哈……"云琔终于笑出声来，那声音却像是乌鸦过境，沙哑得比哭还难听，"来吧！怒雷！闪电！都来吧……把这一切都粉碎……谁也别想活，谁也别想好好地活……"云琔一边狂笑一边嘶吼着冲出了会极门，他早年间从宫里带出去的随身侍从忙取了油衣给他兜头披上，并劝道："殿下受了伤，万不可再淋雨吹风，会得破伤风的！"

"无碍！死了也好……"云琔狰狞的笑脸被又一个厉闪晃过，竟比恶鬼更可怕。

他的侍从不敢多说，又拿了一件油衣把人裹住，腰一弯，把人扛起来，急匆匆地送进马车里，那辆墨色油壁大马车便跟疯了一样在雨中疾驰，直奔四皇子府。

紫宸宫里，姚燕语在偏殿里一等就是两个时辰，眼看着一场暴雨都停了下来，皇上都没有宣她进去诊脉。眼看着天色已晚，再不走宫门就要关了，姚燕语蹙着眉头吩咐香蕣："看来皇上没什么大碍，收拾一下，咱们准备回去吧。"

香蕣刚答应了一声，便听见外边一阵乱纷纷的脚步声，然后是三顺焦急地闯进来："姚大人！快！皇上昏倒了！"

"快！"姚燕语神色一凛，吩咐香蕣，"拿好东西跟我来。"

众人谁也不敢怠慢，急匆匆随着三顺进了紫宸殿。

皇上先是急火攻心，仗着一股怒气没有倒下，后来挣扎着躺在床上，却把这些年来的往事一件件地回忆了一个遍。之后本来火气有些消了，忽然又有人送进消息来，说谨王世子急匆匆去探望四皇子。一听见这个消息，皇上瞬间暴怒，想起身的时候忽然吐了一口血，就昏过去了。

姚燕语自然尽全力营救，太乙神针毫不保留地使出来，强大而绵长的内息源源不断地注入皇上的体内。不过一炷香的工夫，皇上悠悠醒转，同时又吐了一口血，把怀恩等人吓得半死。

此时怀有六个月身孕的素嫔已经闻讯起来，看见皇上灰白的脸色，不由得悄悄落泪。

皇上睁开眼睛看见挺着个肚子的素嫔，一时间心情十分地复杂，他没能开口便朝着素嫔缓缓地伸出手去。素嫔嘤咛一声哭着跪在了榻前，握着皇上的手哽咽道："皇上！您可吓死嫔妾了……"

卷四　卿心未央

皇上枯槁般的手指在素嫔娇嫩的脸颊上轻轻地摩挲着，半晌方幽幽地叹了口气，微微摇头。

姚燕语叫三顺端了一杯温开水，然后从自己的药箱里取出一粒丸药一分为二后递给怀恩。怀恩先把一半儿放到自己的嘴里，慢慢地咀嚼着咽下去，又等了一刻钟后没有任何不妥，方把另一半丸药给皇上喂了下去。

经过姚燕语的针灸和救心丸双重功效，再加上怀有身孕的素嫔从旁劝解，皇上的心情平复了许多，病情也得到了控制。

此时天色已经完全黑了下来，姚燕语观皇上的情形，也不敢说出宫的话，怀恩便同素嫔商议着在紫宸宫偏殿一侧的小耳房里收拾了一张床铺榻几，素嫔又叫人从自己宫里拿了簇新的被褥等寝具来，请姚院判暂时在宫里安置下来。

宫里翻天覆地，消息肯定是捂不住的。

首先得到消息的是诚王府，锦麟卫负责宫里的防护，皇上身边的事情自然瞒不住他们父子。当时云琨便劝诚王爷赶紧进宫探视皇上。

诚王爷则摇头拒绝，在诚王爷看来，这件事情是皇上跟后妃之间的事情，自己这个做兄弟的不好插手。再说，在这种时候不奉诏而进宫，显然有窥伺宫闱之嫌。

诚王爷对皇上忠心耿耿不假，但还没有忘了他至亲的三哥是九五之尊。他若是只把他当普通的哥哥，那就离死不远了。

另外因为姚燕语而时刻关注着宫里动静的卫章也随后得到了消息，而且就在姚燕语为皇上救治的时候，他还得到了另外一条消息——谨王世子去探视四皇子了。当然，皇室子弟之间有来往是极正常的事情，云珅和云琸是堂兄弟，两个人平日里合得来互有走动也没什么可挑剔的。可是在今天，贤妃被废，囚禁宫监，云琸被皇上用茶盏砸破了脑袋，高热昏迷之际，云珅便服悄然前来探视，其中缘故着实令人深思。

卫章尚未对此事作出结论，又有跟随姚燕语进宫的申姜匆匆送了消息回来："回将军，因为皇上病情不容小觑，夫人不敢离开紫宸殿，素嫔娘娘安排夫人宿在宫里了。"

一听这话，卫章的拳头不由得攥了起来，皱眉问："可知道夫人宿在何处？"

申姜忙道："奴才并未曾进宫门，只在外边马车里等候，里面送话来的是素嫔娘娘的人，并没说夫人宿在何处。"

卫章闻言，挫败地叹了口气，拳头不由得敲在了桌案上。

因为来商讨军务而一直坐在旁边没说话的贺熙见状忙问："将军可是担心宫里不安稳？"

"这种时候，怎么可能安稳？"卫章眉头紧锁，明眼人都知道这已经到了鱼死网破的时候，姚燕语身系皇上的安危，对某些人来说就是眼中钉肉中刺。

贺熙忙建议道："将军不如去请诚王爷帮个忙。"

卫章冷笑道："锦麟卫负责宫里的防护不假，可你别忘了人家在宫里经营了二十年。

143

想要收买几个人还不简单？"

"将军言之有理。"贺熙默默一叹，一时也没有什么办法。

卫章越想心里越焦虑，但皇宫内苑又绝不是他随便出入的地方。

在屋子里来回转了几圈之后，他忽然转身往外走。长矛大总管见状忙跟上去问："将军，要备马么？"

"嗯。"卫章应了一声，大步出了书房。

长矛见将军脸色凝重的样子也不敢多问，赶紧一溜小跑出去吩咐人把黑风牵了出来，马缰绳递到卫章的手里。

卫章策马出将军府后直奔镇国公府。

他猜想这个时候皇上对宗室子弟定然万分反感，所以诚王父子是定然不会贸然进宫。而跟诚王府相比，镇国公府便好了很多。凝华长公主是皇上疼爱的妹妹，镇国公又是精忠老臣。

再说，镇国公府一向掌兵权，但却对京城防卫和宫苑防卫从不插手。宫里出事，皇上自然怪不到镇国公府这边，所以这种时候镇国公府出面更保险。

第九章

而此时的姚燕语已经简单地洗漱完毕，看着香蓿和素嫔的贴身宫女把簇新的被褥铺设在一张半新不旧的沉香木雕花窄榻上。因为是临时安排的屋子，没有大床，这一张窄榻不足三尺宽，尽够一个人躺的。

素嫔的宫女帮忙收拾妥当之后便告退出去了。香蓿又把另外的一副被褥寝具在地上铺开，准备和乌梅两个轮流值守。

皇上病重，整个紫宸宫都戒备森严。夜半时分，万籁俱寂，只有风吹着窗户纸呜呜的声响。

乌梅为姚燕语通发毕，方转身至她面前，想要将她的外袍除去，姚燕语却摆了摆手："不用了，皇上的病情不稳定，说不定哪会儿工夫那边又要传人，这会子脱了，等半夜三更徒增慌乱。"

"可是……官袍烦琐，穿着睡觉夫人会越发疲倦。"乌梅低声劝道。

"无妨。"姚燕语说着，自顾起身行至榻前，长袖一甩，缓缓地躺了下去，并吩咐香蓿和乌梅："你们也睡吧。"

两个丫鬟应了一声，一个转身去把灯熄灭，另一个已经移过枕头，准备躺下。

姚燕语此时已经很是疲惫，但躺在陌生的榻上却一丝睡意也没有。至此时她已经把紫宸宫里发生的事情了解得差不多了，至于贤妃将会是怎样的下场已经不得而知。这一招丢车保帅玩得端的是惨烈，真不知道四皇子举报母妃能不能换来光明的前途。越想越多，越想思

卷四　卿心未央

绪越是清明，竟然一丝睡意也没有。

她一手摸着微微隆起的小腹，想着那里的小生命已经将近四个月，正在努力而顽强地生长，心里便涌起一股暖流。不管前路多么难，母亲一定会给你一片晴朗的天空，把风雨都挡在外边，让你开心快乐地成长，直到羽翼丰满。心里刚默念了这几句话，姚燕语便陡然闻到一丝淡淡的香甜。

不好！有人暗算！她忙抬手捂住了口鼻，并伸手拿过枕边的一只玉簪朝着香薷丢过去。

乌梅先睡的，香薷虽然躺在那里，但却一直努力不睡，听着主子的动静。虽然有点迷糊，但被簪子一砸立刻清醒过来，跟在姚燕语身边这么久，经历了那么多事，香薷也养成了警醒的性子，她清醒的同时闻见那股香甜的味道便知道是迷香，于是忙扯了衣袖捂住口鼻，然后伸手捂住了乌梅的鼻子。

"嗯……唔……"乌梅发出梦呓般的轻哼从睡梦中醒来，睁开眼睛便见香薷噤声的动作，顿时警铃大作。

此时姚燕语已经从随身的荷包里取出醒神的药丸含在嘴里，并顺手丢给香薷两颗。

两个丫鬟不敢怠慢，忙把药丸各自含住后恢复了呼吸。并缓缓地躺好，装作睡熟的样子。

香甜的味道令人昏昏欲睡，但嘴里带着薄荷味道的微苦却让她们保持清醒的思维。

姚燕语自从跟随青云子老道修习无上心法之后，目力听力都提高了数倍。闲暇时候她曾经试过，如果她能全神贯注屏息凝神，敏锐程度甚至超过了卫章。

此时她全副心思都集中在那道雕花小轩窗上，霞影纱糊的窗户已经被人用香烫了个小小的洞，然后又一根极细的竹管从洞里伸进来，往屋子里吹这种香甜的迷烟。

迷烟吹了不过三四息之后便停下来，而外边的人却不急着进来，只等里面的人彻底昏睡。

姚燕语微微侧着脸看着窗户上被星光映成冥蓝色的窗纱，她甚至能听见那两个凑在一起的人悄声低语，掐算着时间。

大概一炷香的工夫，小轩窗被人从外边轻轻地推开，一道黑影敏捷地跳了进来。

香薷和乌梅有一万分心思跳起来保护夫人，可她们却都死死地压制着对方不动。因为她们知道只要她们一动，让对方发现迷药没起作用，夫人便万分地危险。此时这贼子不设防，倒是给她们带来了几分生机。

来人手中的兵刃很是小巧，乃是一支尺许长的匕首。而且目标也很直接，不是地上睡着的两个丫鬟，而是窄榻上的姚院判。

姚燕语闭着眼睛，仅凭听觉感受着危险一步一步地靠近，却岿然不动。

黑衣人悄悄地靠近榻前，借着微弱的星光看着榻上身穿二品医官袍服熟睡的女子，缓缓地举起手中的匕首对准了姚燕语的心口猛地刺了下去。

凭着一个身怀武功的人用了七八分的力气刺下去，这尺许长的匕首必然穿透对方的心脏，令其顿时毙命。

然而，变故总是在一瞬间。

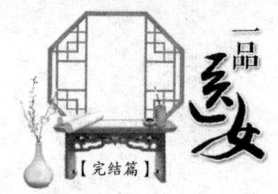

就在匕首刺下的同时，窄榻上的人忽然动了。

黑衣人甚至都没看清她是怎么动的，刀子便穿透被褥插进了沉香木窄榻上。

而在他尚未拔出匕首之际，便听极其轻微的一声破风之声，同时金光一闪，他肩头像是被蚊子叮了一口的感觉，人就整个软了下去。

香薷和乌梅俩丫鬟愤然起身，一人手里拿着帕子，一人手里拿着条汗巾子，上前来堵嘴的堵嘴，绑人的绑人。

这一切都相当地快，而且自始至终都没有任何动静。

姚燕语从窄榻的另一边起身，理了理衣领，弹了弹衣袖，冷笑着上前来看着目瞪口呆却浑身无力听凭两个小丫鬟摆布的家伙，淡淡地笑着却不说一句话。

把这人绑起来塞到窄榻下面，姚燕语又给两个丫鬟使了个眼神。

乌梅便抬手推了香薷一把，香薷惊讶地"啊"了一声，然后又没了动静。

窗外人影一动，响起几声蟋蟀的叫声。

姚燕语不知道这些人定的暗号，只得按兵不动。

果然窗外又叫了几声不见回声之后，便沉默下来。安静了不过片刻，显然是对方不甘心或者说太自信，但见小轩窗再次被推开，有一个黑影跳了进来。

这次，姚燕语没有躺着，而是在榻上盘膝而坐。

黑衣人进来后便被吓了一跳，待看见地铺上躺着的俩丫鬟貌似睡死的样子之后，便释然了。听说这位女神医有修炼内息的习惯，或许每天晚上不睡觉只是打坐呢。

只是，先前进来的那个人怎么没有踪影？

不管了，先奉命干掉这女人再说！将来论功行赏主子自然少不了自己的好处！

于是黑衣人也举起了手中的匕首朝着姚燕语的胸口刺去。

这次姚燕语没躲，而是提前两个突击出手，一根金针钉在对方肩膀上，匕首落地，人也像泄了气的皮球跟着软了下去。

"救命啊——有刺客！"香薷这才大声地喊起来，尖锐的女高音搅翻了紫宸宫的天空，一时间前后左右火影晃动，已经有上百名护卫纷纷响应。

"保护皇上！"

"保护皇上！"

"刺客在哪儿？！"

"哪里遇刺了？！"

"好像是东偏殿耳房！"

"那里是姚神医休息的屋子！"

"快！拿刺客！"

……

紫宸宫里乱成了一锅粥，锦麟卫们把东偏殿包围起来，高声喊着拿刺客，却都犹豫着

卷四　卿心未央

没有人往耳房里冲。有一个锦麟卫想要焦急地冲上去却被同伴拉住:"我们的职责是保护皇上!你知道里面是什么情形?贸然行动,只能激怒刺客!"

"那姚院判怎么办?"

"刺客来紫宸殿行刺,目标肯定是皇上!姚院判不会有事的。"

"可是……"

这个锦麟卫还想质疑,却被另一边的同伴喝住:"没有可是!保护皇上要紧,我们必须死守住这里,不许刺客冲出来。"

"……"那位本想勇往直前的护卫被两边的同伴呵斥住,皱了皱眉头没再说话。

大殿深处,皇上被外边杂乱的脚步声和叫嚷声吵醒,经过姚燕语尽心医治之后又睡了沉沉的一觉,皇上的精神恢复了许多,然好梦被惊扰让他心情极度不好,眼睛没睁开就不悦地问:"外边在吵什么?!"

"回皇上……好像是有刺客……"怀恩忙跪在榻前,但见皇上猛地坐起来,又忙上前扶住并劝道,"皇上放心,刺客已经被困在了东偏殿。护卫们层层包围,他是出不来的。"

皇上这才长长地吁了口气,抬手揉了揉眉心,刚要问到底是怎么回事儿,便听见外边喧嚷冲天,四面八方的人都喊着:"有刺客!拿刺客!保护皇上!"

"怎么回事儿?!"皇上立刻瞪起了眼睛,"不是说刺客被困在了东偏殿?!"

怀恩一下子也傻了,这铺天盖地的"捉刺客"的叫喊声到底是怎么回事儿啊喂!

整个皇宫内苑,东西十二宫苑以及太极殿,紫宸殿,还有给太妃们静养的福寿宫等各处,全都有人喊"捉刺客",且呼声如潮水一般,汹涌而来。

有锦麟卫仗利剑持弓弩维护秩序,更有无数的太监宫女如鼠群一样四处逃窜。

此时若是有人站在太极殿的屋顶上,便不难看见那些四处逃窜的太监宫女中,有人持着火把貌似惊慌实则进退有度地指挥着六神无主的宫奴们往紫宸宫的方向逃窜。

皇上瞠目结舌地怔了片刻,然后忽然抬腿给了怀恩一记窝心脚:"混账东西!这是要造反了!你居然还敢诳朕!定然与那些贼子同谋!朕先杀了你!"

虽然皇上病重,但怀恩也是六十来岁的人了,况且这一脚正好踹到了心窝上,他顿时觉得眼前一黑,喉间一阵腥甜,殷红的血珠顺着嘴角缓缓地滴了下来。

"皇上……老奴绝无二心!"怀恩说着,便跪在了龙榻跟前,"老奴一介阉人,本就是无根浮萍,自从老奴服侍皇上的那一天开始,老奴的一切都是皇上的。老奴一条贱命死不足惜,只求皇上千万保重!"说完,怀恩朝着皇上磕了三个头,毅然起身,后退几步后出了大殿。

皇上一时错愕,竟忘了该如何是好。

三顺从外边风风火火地进来,匍匐在龙榻跟前,磕头道:"回皇上,是姚院判的屋子里遭了刺客,护卫们已经围住了东偏殿。只是不敢擅闯,怕刺客挟持了姚院判,会伤及她的性命。"

147

"那外边那些叫喊声是怎么回事儿？！"皇上怒声喝问，"黄松呢？！"

御前护卫首领黄松是皇上的心腹，如果说皇上在这世上还有唯一信得过的人，那么肯定是他。

"皇上！"黄松应声而入，进殿后朝着皇上跪下去，"臣刚登上太极殿顶，看见三宫六院各处的太监宫女都乱成了团，臣以为，这是一场有蓄谋的哗变！还请皇上下旨，调锦麟卫进宫护驾！"

而此时东偏殿的耳房中，姚燕语让香蕱喊了一嗓子，搅起紫宸宫里的混乱之后，却没有预想到没有锦麟卫闯进来。

"怎么回事儿？"香蕱纳闷地问，"怎么没人进来拿刺客？"

姚燕语也摸不清这是什么状况，沉默地看着被麻药麻翻的两个黑衣人，蹙眉不语。

乌梅凑近窗口从窗扇缝隙里往外看了看，转身说道："他们把东偏殿团团围住了，只是吆喝不动手。不如我们开门，把这两个人交出去。"

"不行！"姚燕语急声阻止，"外边这些人太诡异了。怎么都这种时候了也没有人进来相救？难道他们是在等刺客杀了我？"

"啊？！"香蕱闻言大惊，"那他们……"

"这里可是紫宸宫啊！万岁爷还在……"

姚燕语皱眉，低声叹道："他们眼里若是有万岁爷，自然不会这样。"

"那我们怎么办？！"香蕱焦急地问。

姚燕语抬手做了个噤声的手势，眯起眼睛用心听着外边的动静。门外的喧嚷声后，她听见有更惊人的喧哗声渐行渐近。那些呼喊声像是潮水一样从四面八方涌来，有排山倒海之势。

"果然……有人发动政变了。"姚燕语低声叹道。

"有人造反？！"香蕱惊讶地瞪大了眼睛。

姚燕语无奈地苦笑："咱们运气真好，回回都能遇上大事儿。"只是这次的情形真的很不妙啊！

"夫人，快想想办法吧。就这么被他们围着也不是个事儿啊！万一他们……"剩下的话乌梅没敢说，刚刚她看见外边那些人持剑仗弓的全副架势，真的很怕皇上万一下旨不惜一切代价捉刺客，她和她们家夫人就得被万箭穿心钉成刺猬了！

姚燕语又何尝不知其中的厉害。

从这些人半夜行刺自己来看，他们根本就没想让自己活着出去。而且这两个人轻而易举地进到这间屋子里来，这紫宸宫的护卫之中还不知道有多少人是他们的同伙。

只是这种时候，着急是没用的。与其出去直接面对，还不如在这里耗时间。于是她缓缓地叹了口气，说道："我们现在的办法就是'等'。"

外边，一声尖细的公鸭嗓打断了护卫们的喧哗："肃静！都给我肃静！姚院判怎么样了？"

卷四　卿心未央

你们为何不进去营救？！"

护卫们回头看见怀恩，忙有人拱手道："原来是公公，因里面情形不明，我们怕贸然冲进去反而会激怒刺客，致使姚院判有性命危险。"

怀恩冷哼道："那也要先确定姚院判现在如何了！像你们这样围在这里按兵不动又是什么意思？黄岩何在？！"

黄岩是黄松的兄弟，自然也是皇上的心腹。和黄松这个皇上身边一字号贴身护卫不同，黄岩负责紫宸宫外围的防卫。

"黄副尉今晚不当值，公公若找他得等天亮了。"一个带着几分幸灾乐祸的声音隔着几个护卫传来。

怀恩猛然转头看过去盯住那人，冷笑道："原来是曹副尉当值。"

"公公有话尽管吩咐。"曹副尉皮笑肉不笑地拱了拱手。

"皇上醒了，该传姚院判进去诊脉了。"怀恩不冷不热地哼了一声，抬脚上前去敲门，一边敲一边喊："姚大人！姚大人！"

"是怀公公么？"香薷听见怀恩的声音，一颗紧绷的心总算是松了些。

"是咱家！姚大人还好么？"此时的怀恩心里是忐忑的。他不知道里面的情形如何，如果真有刺客倒还罢了，如果没有，那姚燕语她们三个人的罪过就大了！

怀恩正在忐忑之际，便听见里面清冷的声音："香薷，去给公公开门。"

姚院判无事！怀恩的心平静了大半儿。不管怎样，只要这位神医好好地，皇上的龙体就有了依仗。

屋门吱嘎一声被人从里面拉开，惨淡的星月之光照在香薷清秀的面容上，平静无波，不见一丝慌乱。

"姚大人还好吧？"怀恩忙问。

"我家夫人还好。"香薷说话间让开了屋门。同时，里面的灯烛也被点亮。

见怀恩进去，那位曹副尉也跟了进去。香薷只是淡淡地扫了他一眼，没说话。

此时，已经有宫女太监涌到了紫宸殿门口，更有大量的护卫从四面八方出现。众人纷纷叫嚷着："保护皇上，抓刺客！"宛如一群吃了催情药的疯狗。

"姚大人，是你这里先喊有刺客的，刺客在哪儿？！"曹副尉一进来，一双眼睛便从香薷看到乌梅，最后落在毫发无伤的姚燕语身上。这三个女人淡定从容，不见一丝惊慌之色，哪里像是遭了刺客的人？

姚燕语冷笑着扬了扬下巴，示意怀恩和那位曹副尉看那边的角落。

"哎哟！"怀恩看见两个被堵着嘴巴绑起来的黑衣人，端的是吓了一跳，"这……这就是刺客？怎么晕了？"

曹副尉却皱眉问："姚大人你凭着两个弱质丫鬟就能降服住刺客？莫不是有什么猫腻吧？"

149

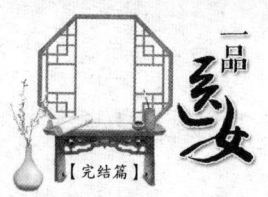

姚燕语冷笑道："他们被我用喂了麻药的金针刺中，此时昏迷是因为麻药药效尚未过去，再等半个时辰，肯定会醒来，具体是什么缘故，一审便知。不过我倒是觉得很奇怪，我们明明喊了捉刺客，为什么你却只是围着这间屋子不动手？难道是想等着刺客把我们三个弱质女流杀死之后再说么？"

"这……咳咳……"曹副尉猝不及防，万没想到这位姚院判居然问得这么直接，一时有些狼狈，靠着咳嗽掩饰过瞬间的慌乱，立刻冷着脸分辩道："姚大人你不要血口喷人，我们也是为你的安全着想，若是我们不顾一切冲进来，万一刺客来个鱼死网破，先把你和你的丫鬟给杀了呢！"

姚燕语淡然冷笑："如此，我倒是要谢谢你了。"

"不客气。"总有脸皮比城墙还厚的人，"既然姚大人没事，那这两个刺客我们先带走了。"

"慢！"怀恩抬手制止，"皇上对这件事情非常重视，还是麻烦曹副尉把人送进大殿，请皇上亲自审讯吧。"

曹副尉蹙眉道："皇上不是正在病着？何苦要为这些小事操心？把人交给我，不出两个时辰保证他们都招了。"

怀恩立刻凌厉地瞪过去："皇上要做什么，还轮不到你我多嘴！难道你也要造反么？！"

曹副尉还要说什么，便听身后有人朗声道："皇上问姚院判如何，刺客可曾捉住？"

怀恩回头看过去，但见黄松的得力副手秦虎一身玄铁铠甲手握腰间宝刀铁塔一样堵在了门口，而之前围在耳房周围的那些人已经撤去了大半儿。于是越发有了底气，高声道："刺客已经被姚大人用麻药弄晕了，秦副尉叫人把这两个贼子提到大殿里去见皇上吧。"

在曹副尉阴郁的目光中，秦虎和怀恩护着姚燕语主仆三人并着人拎着那两个昏迷的刺客离开了耳房直奔大殿。

皇上此时已经在崩溃的边沿，他的身边除了黄松可以信赖之外，再没有可信之人。当然，此时他也已经回味过来，怀恩应该也是可信的，但刚才那种情形下他气火攻心也是没来得及多想。

所以当怀恩和秦虎带着姚燕语主仆三人进殿，并顺手把那两个被麻翻了的刺客丢在地上并言明一切后，皇上对怀恩公公的信任又回来了。

"朕错怪你了。"皇上看着跪在跟前的怀恩，低声叹道。

"是奴才有罪，奴才身为皇上的近侍却对皇上身边的事情反应迟钝，奴才罪该万死。"

皇上摆了摆手，说道："不是你的错。连朕都没想到啊！"说着，皇上转头看向窗外。外边喊声震天，一个个都叫着"抓刺客"！其实心里想的要杀谁显而易见！

"黄松，秦虎。"皇上的目光从窗口收回来，声音阴冷无比，"朕命你们带着你们所有的人去把外边那些人逐开。一刻钟之内，自愿离开者，朕既往不咎。若是执意留下来的……杀无赦！"

"皇上……外边的宫奴至少有两千以上。"实际上足有五千人，这些人不但围住了紫

卷四 卿心未央

宸宫,甚至已经堵住了紫宸宫两侧以及后面几处宫殿的门口,这其中不乏已经叛变的护卫暗中守住了内外通道,今晚宫内发生这样的事情,宫外的王公大臣们除了策划者之外,只怕连动静都没听见呢。

黄松手下的卫队一共一千人,且分三班轮流值守。也就是说现在紫宸宫内可用之人不过三百有余。当然这三百人之中谁也不能保证全都是死士。

"不要怕!大不了血洗皇宫。又不是没有过,朕也不介意再来一次!"皇上的眼睛里布满了血丝,面色狰狞可怕,犹如一头愤怒的困兽。

"可是皇上身边要留几个可靠的人。"黄松劝道。

"朕就在这里,如果你们驱不散外边那些人,朕留一万人在身边都没用!"皇上愤怒地低吼。

黄松不敢再多说什么,忙拱手领命,带着秦虎大步流星地出去了。

皇上抬手扶着怀恩在榻上落座,轻轻地呼了一口气,对着姚燕语缓声说道:"姚院判,今日当着朕的面,你来施展一下你的绝技吧。"

"啊?"姚燕语有点反应不过来,"皇上是觉得哪里不舒服?臣先给您诊脉。"

"哼!朕好得很,不用你诊脉。"皇上忽然笑了,瞬间后笑容收敛,皇上下巴朝着那边地上趴着的两个黑衣人:"朕要你用'针刑'在朕面前,审讯这两个孽畜!"

"是,臣遵旨。"姚燕语打起精神来躬身领命,之后转身同怀恩说道:"麻烦公公找两个帮手来,再要两根结实的绳子。"

"人是现成的。结实的绳子……"怀恩有些犹豫,之后又眼前一亮:"昨儿东阳郡主给陛下送了两根精钢链子锁来,说是帮陛下锁御兽园里西南刚进献来的那两头狮子的,因为还没给万岁爷瞧过,所以东西还放在那里,不知可用不可用?"

"可用。"姚燕语本来就是怕这两个刺客身怀武功,待会儿强大的疼痛之下爆发出惊人的力量,绑他们的布条什么的根本不足为惧。审讯不审讯的倒在其次,万一这两个家伙暴起,杀了皇上或者自己,就算后悔一万次也来不及。

紫宸殿内,一场低调而严酷的审讯正在开始。紫宸殿外,黄松带着他的几个精干手下立在紫宸宫宫门两侧的宫墙上向那些暴乱的宫奴们宣示皇上的圣谕,当他说道一刻钟之后若还有人留下来就杀无赦的时候,下面黑压压的人头中立刻有人高声质问:"我们怎么知道你不是监守自盗!是不是挟持了皇上?!又或许,皇上已经不在了……呜呜,万岁爷——啊呃!"

那人的哀号倏然中断,相伴的是利箭穿喉,血溅三尺,命丧当场。

同时是黄松的厉声呵斥:"万岁爷安康着呢!正在里面审讯刺客!尔等若再造谣生事,且莫怪本都尉手中的精钢弩不留情面!"

死亡的震慑素来是惊人的。

当一个人咽喉被精钢弩穿透,无声地在身边倒下去的时候,他周围的十几甚至几十个

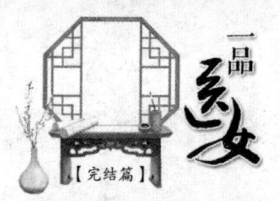

人都被血珠子溅到，甚至有的人不经意间伸出舌尖便能舔到那腥甜火热的液体。

原本喧哗沸腾的人群在那么几个呼吸之间安静下来，死亡的恐惧伴着血腥的味道在人们的鼻息之间弥漫。开始有人不由自主地往后退。

黄松一边加大震慑的力度，只要在他眼皮子底下的，不管是宫女还是太监，抑或是护卫，只要出声说话，便立刻被他或者他的手下射穿咽喉。

不过片刻工夫，便有十几个人相继倒下。

浓重的血腥味在夜空里弥漫开来，随着夜风吹出很远。原本被煽动的护卫们开始悄悄地后退，同时还有从恐惧中醒过神来的太监宫女们，开始纷纷抱头转身试图逃离。

只是有很多别有用心者混在其中，他们不再叫喊，却暗中阻拦。想要离开的人被莫名地撕扯牵绊，你拥我挤，跌跌撞撞，场面混乱不堪。而黄松等人用来维持秩序的唯一手段就是——射杀！

其实黄松很想派人去宫外搬救兵。可是没有皇上的圣旨，宫外的一兵一卒都不得入宫门。而此时，皇上似乎对锦麟卫也失去了应有的信任。

这也不奇怪，宫里的护卫都是锦麟卫的分支，就目前的情形来看，这些护卫里至少有三分之一已经被收买，这些人夹杂在宫奴之中，挑唆生事，暗中使绊子，为的就是把局面搅到最乱。

但愿皇上能尽快审出此事的主谋。不然这场面很快就要失控了！以几百人敌数千人，就是单纯的屠杀也要杀一阵子。更别说如此混乱的场面了。

正想着，忽然人群之后有人高喊了一声："素嫔娘娘在此！娘娘要见皇上！"

黄松闻言一怔，忙举目望去，但见灯火阑珊处几个太监左右"簇拥"着身怀六甲的素嫔从人群之中挤了过来。

素嫔被挟持了！

黄松顿时觉得头大。

若是别的妃嫔被挟持了，大不了一死。后妃为皇上而死也算是为国尽忠，事后皇上重重地封赏，文武百官面前也说得过去。

可是素嫔肚子里怀着龙子！

快六十岁的皇上得知素嫔怀孕的那一刻高兴得跟个孩子似的，好多天一想起此事就自顾地笑。可见他对素嫔肚子里这个孩子有多么喜爱。若是今晚素嫔和她肚子里的龙种有什么闪失，黄松知道就算是自己跟这三百多名近身护卫全都以死谢罪恐怕也不能平息皇上的愤怒。

恰在此时，有心腹属下近前来汇报："都尉，宫门外有镇国公和卫将军到了。只是没有皇上的命令，国公爷和大将军不能擅自入宫。"

黄松心头一喜，心想镇国公手下的精兵都在云都城外，远水解不了近渴。但卫章就不同了，这位辅国大将军手中握着一支精锐奇兵，可谓上天入地无所不能。若是有他做援手，最起码这场哗变可尽快平复。

卷四 卿心未央

于是他低声吩咐:"速速进去回禀皇上,请皇上圣谕。"

"是。"下属转身离去。

黄松则扬声朝着压制着素嫔的几个太监喊道:"素嫔娘娘要见皇上,只请一个人过来,臣自然放行!"

"这里太乱了,娘娘这个样子怎么敢一个人过去?!"一个太监尖声回道。

"你不是娘娘宫里的人,为何会在娘娘身边?"黄松故意胡扯,以拖延时间。

"我等是奉圣命保护娘娘安危的人。今晚突发变故,娘娘不放心皇上,所以才要进去看看。"那几个太监一边同黄松扯皮一边押着素嫔一步一步地挤开人群往这边来。

皇宫前苑,辅政大臣轮流当值的崇华殿内,今夜当值的武英殿大学士,太子少师,安逸侯兼工部尚书周泰宇和文华殿大学士,都察院左都御史兼户部尚书姚远之一起值夜。

卫章和镇国公知道进不了内宫,所以一来就直接去了崇华殿。

姚远之和周泰宇见了二人十分地惊讶,还以为边关发生了什么大事,又有番邦强杀掳掠了呢。

镇国公和卫章自然不能说明真实来意,卫章只含含糊糊地说自家夫人今日给皇上诊病没有回来,只怕圣体欠安,所以和国公爷过来瞧瞧。

周泰宇跟镇国公是儿女亲家,姚远之跟卫章是翁婿。说起来这四个都不算外人,于是姚远之命值守的司直郎取水烹茶,正好想借此机会跟两个武将说一说一桩有关军饷的事情。

只是卫章根本没心思喝茶,据他得到的情报,今晚贤妃被押入宫监受审,后宫里绝对不会太平。

镇国公听说云珅在这种时候去见云琸之后也觉得大事不好。谨王是个闲散王爷,这些年不问政事,手里也没什么兵权,只领着王爷的俸禄过自己的太平日子。

这些年来大家都有些麻痹了。可不管是困在浅滩里多久,龙终究是龙,绝不会心甘情愿做鱼虾的。

镇国公和卫章都心不在焉,姚远之很快就察觉出端倪。只是他是个聪明人,并不多问。

三更鼓过,卫章忽然皱眉,把手中茶盏捏紧,转头看向镇国公。镇国公也是眉头紧锁一脸肃杀之色。

"怎么了?"周泰宇纳闷地问。

卫章没说话,他分明听见了后宫里传来喧嚷声。那声音太嘈杂,随着夜风吹来,隐约可辨。只是姚远之和周泰宇二人本来就不懂武功没有过人的听力,再加上年纪大了耳朵有点背,没听见。

随着叫嚷声越来越大,越来越清晰,卫章便坐不住了。一来是这么大的动静不知道皇上怎么样了,二来——姚燕语还在宫里!若真的有人逼宫造反,她一定难逃劫数!

镇国公抬手摁住就要起身离去的卫章,沉声吩咐:"不要着急,你先把你的人召集过来。我们总要弄清楚到底是怎么回事再说。"

一品医女
【完结篇】

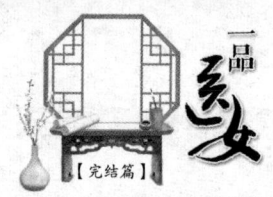

卫章答应了一声转身出去，而这边也没有等多久便有司直郎匆匆进来回报：内宫出事了，里面喧哗冲天，好像是有刺客！到处都在喊着拿刺客呢！

"有刺客？！"安逸侯顿时惊呆了。

姚远之则相对冷静些："国公爷，我们要快想办法救驾！"

镇国公冷静地摆了摆手，说道："不要慌，来的时候我已经叫人去通知诚王爷了，相信王爷说话的工夫就到。卫章也在召集人马准备救驾，有锦麟卫和烈鹰卫在，什么样的刺客也插翅难逃。"

"可是现在宫里乱成一团，也不知道皇上怎么样了？！"安逸侯终于缓过那口气来，惨白着脸问。

镇国公沉声道："皇上身边有黄松和一干忠勇卫士，不会有事的。"

说话间，卫章已经回来朝着镇国公拱手道："国公爷，人马已经集结完毕。随时准备进宫救驾。"

"跟宫里取得联系了吗？"镇国公一拍桌子站了起来。

"是的。"卫章应道。

"他们怎么样？"

"皇上无事，只是里面造反的太监宫女还有部分护卫足有三千多人。黄都尉正在奋力抵挡，紫宸殿门口已经见血。"

"皇天保佑！只要皇上安全，我们就放心了。"素来不信神灵的镇国公也忍不住朝着老天拱了拱手，然后大手一挥，喝道："走！带上你的儿郎们，随老夫去会极门。"

"是。"卫章曾经是国公爷麾下最得力的战将，如今升了大将军，依然不忘本色。

整个后宫里乱成一团，射杀，反抗，疯狂，劫持……每一个角落都充斥着血腥。而紫宸殿内的刑讯却跟外边截然不同，不见一滴血，不闻一声惨叫，但却更加令人紧张和窒息。

为了皇上的安全，怀恩把自己的几个心腹都叫到了殿内，并厉声吩咐了些话。

虽然宫中数千宫奴哗变，但在紫宸殿内伺候的人到底还是有眼色的，不管之前怀着什么心思，都知道这会儿只有靠紧皇上才是唯一的生路。于是一个个摩拳擦掌，誓死护卫皇上的安全。

怀恩叫三顺把那两根精钢链子找来，分别把两个刺客锁了，姚燕语拿出两粒药丸叫人分别给他们服下。没多会儿的工夫人就醒过来了。

另有人拿了湿帕子来把这二人脸上的黑灰抹去，露出两张年轻的面孔来。

怀恩见状惊讶地瞪大了眼睛："怎么是你们两个！你们……你们居然是反叛！"

这二人还真不是外人，他们一个是太极殿的护卫，一个是会极门的护卫，都属于锦麟卫编制，是整日围绕在皇上身边的人。

其实大内护卫数千人，虽然怀恩在皇上身边见的人多，但也不一定都认识。可偏巧这

卷四　卿心未央

　　二人中在太极殿当值的这位曹敬正是紫宸宫副都尉曹恭的弟弟，兄弟二人都是军户出身，经过层层选拔进入锦麟卫，尤其是曹恭，更因去年皇上在南苑骑马遇险时及时出手救了皇上的性命而被提拔为副都尉，皇上对他也很是信任，把紫宸宫外围的防护交给了他。

　　刚刚围住偏殿不许手下进去救人，之后又说要带两个刺客去刑讯的曹副尉就是此人。

　　怀恩反应过来之后，立刻失声道："不好！曹恭！"

　　三顺立刻反应过来，急匆匆地跑出去招呼人擒曹恭。

　　自从两个刺客被提入紫宸殿，曹恭便遁了。他们兄弟先后被威胁收买，弟弟被捉住了，他自然知道自己没什么好下场，自然不会等着被收拾。

　　殿内姚燕语没工夫管别的事情，只吩咐旁边的太监把其中一个刺客先带下去，只留下那个叫曹敬的审讯。曹敬自然不会配合，而且极为鄙夷地瞥了姚燕语一眼——开什么玩笑，让个女人审讯自己？老皇帝是不是老年痴呆了？

　　姚燕语自然不理会他鄙夷的目光，只取了一根银针在他面前晃了晃，叹道："我想你也不会乖乖地招供，那么还是让你尝尝这银针的滋味吧。"说着，便取平日里常用来做针麻镇痛的穴道，以反方向偏刺，同时银针也以反方向旋转，内息通过银针注入对方体内，猛烈地刺激痛感神经。

　　曹敬"嗷"的一声惨叫没叫出来，姚燕语另一只手捏着银针封死了他的哑穴。曹敬顿时两眼圆瞪，几乎要把眼珠子瞪出血来，嗓子里不停地发出"嗬嗬"的声音，却叫喊不出来。

　　他全身痉挛，汗出如浆，不过片刻，整个人已经浑身湿透，像是从水里捞出来的。

　　在他昏过去之前，姚燕语及时收针。之后冷笑着说："你很厉害，是个硬汉子。"

　　曹敬的眼神里再也没有鄙视存在，取而代之的是愤怒和仇恨。他怒视着眼前这个一身月白锦袍的女子，恨不得扑上去把她咬死，撕烂！

　　姚燕语却平静地迎着他的目光，像是复述科学数据一样的平静："先缓一缓，等会儿还有更痛的。"

　　"呜——"曹敬拼尽全身的力气往前扑，精钢链子锁缠着他的手脚把他拴在了柱子上，他纵然力大如牛也挣不开，更别说被惨痛折磨之后了。

　　姚燕语站在那里纹丝没动，只是轻声一叹："我挺佩服你的，不过你觉得你的同伴能坚持住么？"

　　曹敬一怔，眼神黯淡下去。很显然，他对外边的那个同伴没什么信心。

　　姚燕语看了香薷一眼，吩咐了一句："给他一粒清脑丸。"

　　香薷打开药箱取出丸药递给怀恩，怀恩上前去把药丸按进了曹敬的嘴里，然后猛地一托下巴，药丸便被吞进了肚子里。

　　姚燕语再次捻针，轻笑道："好了，你不愿说，我就再让你好好地体会一下。"说着，依然取刚才的穴道，却是直直地刺进去，比之前刺得更深一寸，内息也更加猛烈。

　　所谓的"清脑丸"有清心补脑的作用，是一味极好的补药。但也有一点副作用，那就

155

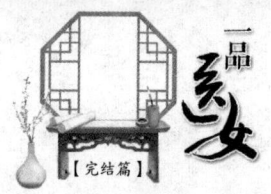

是补足人的精神,不让其轻易昏溃。对于痛感,也感受得更加清晰。

曹敬张大了嘴巴,却发不出声音,眼睛瞪得跟铃铛一般,眼珠子使劲地往上翻,几乎不见黑眼球。

好像一万只虫子在血脉里钻,游走,啃咬,撕裂他的肌肤和血肉。

痛不欲生!

这种时候如果能立刻就死了,也是一件极为幸福的事情。

姚燕语在他濒临崩溃之时收针,看着他倒在地上大口地喘息,仿佛缺水的鱼。

然而她没有继续审问,而是一摆手让两个太监把他抬了出去换了另外一个进来。

如法炮制之后,姚燕语直接告诉另一个:"曹敬已经招了,但我不能完全相信他,现在我给你一个机会,把你知道的都说出来,否则我不介意再多给你扎几针。"

这一个的确没有曹敬的忍耐力,一听这话便倒豆子一样全都招了。

他们收到上级的指令,今晚务必把姚燕语主仆三人弄死在紫宸宫,自然不怕事情败露,杀人后要大喊"抓刺客",之后再趁乱逃脱。只是没想到出师未捷身先死,一进去就被麻翻了,人事不省。

姚燕语苦笑,想不到她让香蕊喊了那一嗓子,却成了今晚暴乱的导火索。于是再问他们受何人指使,这人供出了他的上级,至于再往上,他就不知道是谁了。

怀恩记下这个人名,命人立刻去搜捕。姚燕语叫人把这个弄下去,又换曹敬进来。把之前那个人招供的人扯出来问他。曹敬的防线果然被击碎,然后又招供出了一些有用的东西。

怀恩身为紫宸宫掌案太监自然也有两把刷子,太监也不全是废物,也有几个身怀武功之人。他们没办法对付外边成千的宫奴,但只要有了目标,抓人还是不成问题的。这会儿趁乱出去,不过一炷香的工夫便捉了两个人回来。

片刻后,三顺也把曹恭也捉了回来。原来怀恩一开始就对曹恭起了疑心,提着刺客回正殿的时候便派人悄悄地盯着他呢。

又捉了三个人进来,皇上正要命姚燕语继续审讯,秦虎忽然进来汇报:"素心宫的太监挟持了素嫔娘娘,已经到了宫门口,硬要闯宫门。黄都尉不敢大意,请皇上示下!"

皇上闻言一怔,原本冷静睿智的目光顿时黯淡下去。素嫔应该算不上他的挚爱,但她肚子里的孩子却牵动着老皇帝的一颗心。老来子素来是父母最宝贝的存在,皇上也不例外。

大殿里一时安静下来,众人都等着皇上做这关键的抉择。

半响后,皇上猛然抬头刚要发话,殿外又进来一人,躬身回道:"回皇上,镇国公和辅国大将军在会极门外,听候皇上圣谕。诚王爷和世子爷也到了。"

"卫章来了?!"皇上眼前一亮,原本黯淡的目光又恢复了之前的冷厉,他看了姚燕语一眼,唇角勾起一丝不易察觉的微笑,忽然提高了声音:"传圣谕,命卫章即刻进宫救驾!另外,命诚王带宫外的锦麟卫守住皇宫各处宫门,不许有任何人出入,违者,杀无赦!"

"是!"来人应声而去。

卷四 卿心未央

　　姚燕语也暗暗地舒了一口气。之前她再多的冷静自持都是装出来的，这种生死一线的感觉一直压抑在她的心口，她都觉得自己快撑不住了。

　　"告诉黄松，要不惜任何代价，保住素嫔和朕的孩子。"皇上的声音从高亢转为阴狠，"不管是谁，敢动朕的孩子，朕定诛他九族！"

　　"是。"秦虎也领命而去。

　　大殿里又恢复了之前的安静，皇上扶着怀恩缓缓地站起来，走到曹恭等人面前，一个一个看清了他们的脸，然后哼哼冷笑："好！这就是朕身边的人！这就是朕信任的人！朕把身家性命托付在你们身上，你们居然如此待朕！很好！"

　　此时曹恭等人已经知道大事不好了，他们这些人能响应那人的号召，一来是有把柄被攥住，另外也是在巨大的利益跟前动摇了。但此时性命不保，所眷恋的一切都将成空，也顾不得许多了。

　　再说，卫章和镇国公以及诚王爷纷纷赶来救驾的消息他们也听见了，大势已去，就算他们抵死不招，别人也会招的。那么多人，绝不可能个个儿都是硬骨头。

　　于是，也别等着活受罪了，赶紧招吧！紫宸殿里几个原本誓死效忠某人的家伙互相撕扯，把幕后之人全都扯了出来：怡兰宫大太监，贤妃娘娘的贴身宫女，贤妃的娘家兄弟兵部侍郎陈淮同，谨王府护卫总领，谨王世子云珅……

　　这些人每招供出一个人来，皇上的拳头便攥紧几分，等到后来，皇上直接暴起："老四真是丧心病狂！贤妃这个恶妇死有余辜！云慎仁！朕与你不共戴天！！"

　　一声怒吼之后，皇上仰面"噗"地喷了一口浓黑的血，便往后倒去。

　　"皇上！"怀恩顿时魂飞魄散，忙张开手臂抱住了皇上的腰，但因他也年迈，终究支撑不住，和皇上一起倒在了地上。

　　紫宸殿里顿时乱成一团。

　　太监们七手八脚地把皇上抬至榻上，怀恩又一迭声地喊着："姚大人！快救皇上！"

　　姚燕语蹙眉看了那边跪成一溜儿的叛徒们，又觉得不放心，吩咐香蕣道："给他们用麻药！"之后便转身往龙榻跟前走去。

　　紫宸宫门口，对峙已经进行到白热化。

　　素嫔的脖颈上夹着两把刀，锋利的刀刃不小心蹭到肌肤上便是一抹血痕。而此时，素嫔脖子上的血痕已经是一道叠着一道，乍然看去，整个脖子上都是血，虽然只是蹭破点皮肉不至于毙命，但也触目惊心。

　　那些沸反盈天的宫奴们已经散去了一部分，但大多数都被反水的护卫给堵住了去路，想撤也撤不回去，只能给那些人做了挡箭牌。

　　黄松和他的手下已经杀红了眼，宫门外横七竖八的尸体已经叠了三四层，说尸积如山也不为过。现在还活着的人们都是踩在死去人的尸体上，很多人都站立不稳而不得不互相扶持。

157

一品玄女
【完结篇】

"开门！否则就杀了这女人。"挟持着素嬉的几个太监疯狂地叫嚣着，"一尸两命，让一个妃嫔和一个龙子陪我们去死，也算是值了！"

"你们不要做傻事！现在放开素嬉娘娘，我或许还可以求皇上留你们全尸！否则不仅你们要碎尸万段，还要连累你们的九族满门！"黄松的眼睛被汗水洗过，有些刺刺的痛，但他依然双手端着弓弩不敢有丝毫的放松。

林素墨此时已经完全不知道害怕了，自从被忽然间挟持，到一步一步地走到紫宸宫门外，她的一颗心一步一步地沉沦，到现在已经不再有任何的奢望。甚至也不再有任何的感觉，麻木的手臂，脖颈上的黏腻都抵不过小腹隐隐的痛来得清晰。

孩子要保不住了！她痛苦地闭上了眼睛，努力把耳边的喧嚣吵闹摒弃在心神之外，只想要片刻的安宁。然而下一刻，腿间开始有黏黏的液体缓缓地流出，林素墨的一颗心像是被一只大手使劲地攥着，痛得无法呼吸。

她缓缓地睁开眼睛，看着眼前纷乱的火把，迷离的火光，和疯狂的人们。忽然间觉得双腿一软，眼前一黑，便失去了知觉。

"哎——这女人不行了嘿！"驾着素嬉的一个太监猛然一惊，手上的刀赶紧撤了回来。

他这一喊，另一边的太监也赶紧撤回刀片，生怕一不小心割破了素嬉的喉咙——这女人和她肚子里的孩子可是自己救命的法宝。能不能逼着皇上出来就看她的了。

黄松眼看着素嬉往一侧倒去，顿时心惊，忙大喝一声举起弓弩，心想一旦确定素嬉毙命便立刻发射。一定要把这几个死太监射成刺猬！

然而，在这千钧一发之际，只听天空中一声清啸，一群黑影从头顶飞掠而过，宛如鹰隼，带起刚烈的风，划破雨后初晴的夜空。

杀红了眼的众人忍不住纷纷抬头，尚未回神之际，便见两个人如墨色的鹰隼呼啦啦兜着风从天而降，一人一剑，直接削掉了劫持素嬉的那两个太监的脑袋，其中一个手一伸，拎起素嬉的衣领便把人给提了起来，鹿皮战靴在旁边一个太监的脑门上一踹，黑色的鹰隼又飞了起来。

等这些吓傻了的宫奴们从震惊中回过神来时，几百名黑色的战神面戴精钢鹰纹面具肩并肩立在了紫宸宫的宫墙之上。

卫章侧眼看了一下拎着素嬉的唐萧逸，低声说道："素嬉娘娘怀孕了，赶紧把她送进紫宸殿去交给夫人。"

"呃……好。"唐萧逸刚刚被迫出手把素嬉捞起来，这会儿还真有点不知所措。

之前没娶媳妇的时候也不觉得怎样，怎么现在娶了媳妇再碰别的女人，怎么就这么别扭呢！怪不得将军死活非要自己救人，他只管杀人！真是……阴险啊！

想归想，这种时候服从命令是第一位的。

唐将军转身要往下跳，卫章则好心地提醒了一句："你手里拎着的是皇上的妃嫔，不是俘虏！"你跟拎个废人似的，若是让皇上看见了就算不要你的命也得治你个大不敬之罪。

卷四　卿心未央

"……谢将军提醒。"唐萧逸黑着脸一抬手，把昏迷的素嫔打横抱住方跳进了紫宸宫，然后飞奔进了正殿。行至大殿门口唐将军多了个心眼儿，忙招呼两个太监过来："快！素嫔娘娘昏过去了，你们快来搭把手。"

殿里的太监听说素嫔娘娘救下来了，哪里还敢怠慢，忙上前来抬着人往里去。

此时，姚燕语已经把皇上从昏迷中救治过来，刚洗了手喝了半盏茶，稳了稳心神，便见唐萧逸和两个太监抬着一身血渍的素嫔匆匆地闯了进来。

"夫人！快救人！"唐萧逸着急地喊道。

"放这边！"姚燕语已经看见了素嫔裙子上大片的血渍，忙命香蕈："先给她服一粒紫草止血丸！"

"是。"香蕈忙从药箱里找出丸药塞进了素嫔的嘴里。

素嫔脸色苍白，双目紧闭，完全没有知觉。

姚燕语取银针直接刺她的血海。同时又吩咐香蕈和乌梅："把娘娘脖子上的伤口处理一下！"

唐萧逸一个武将实在不能旁观后宫娘娘治病，于是赶紧转向皇上那边，躬身跪拜，给皇上请罪："臣等救驾来迟，还请皇上降罪。"

"外边情况怎么样？卫章呢？"皇上身体虚弱，但也强挣扎着坐起来。

"没有了娘娘为人质，那些人不足为惧。将军正在外边指挥平叛，请皇上放宽心，这些祸乱宫奴不足畏惧。臣等定会护卫皇上的安全。"

皇上听了这话，方长长地吐了口气。点头说道："你且去吧，叫卫章进来见朕。"

"是。臣告退。"唐萧逸就等这句话呢，言罢赶紧磕了个头，匆匆地退了出去。

卫章进来的时候，素嫔已经苏醒过来。皇上正坐在她的身边，握着她的手劝慰。

素嫔睁开眼看见皇上，顿时泪如雨下，呜咽道："嫔妾有罪，没能保护好皇上的孩子……"

皇上低声笑道："你没罪，姚院判说了，咱们的皇儿好着呢！"

"真的吗？"素嫔的大眼睛里满是泪水，宛如水晶映着烛光摇摇欲碎。

"当然。"旁边给姚燕语打下手的香蕈转头朝着素嫔轻笑，"娘娘放心，有夫人在，您和孩子都会安然无恙的。"

"谢天谢地！谢皇上！谢姚恩师！"素嫔是从国医馆出来的，一直以来对姚燕语都称呼"恩师"。

皇上拿了自己明黄色的帕子给她拭泪，并劝道："你太虚弱了，闭上眼睛休息一会儿吧。"

素嫔却转头看向殿门口，待看见身披墨色重缎绣银线鹰纹战袍的卫章时，又轻轻地叹了口气："还得谢谢卫将军的人救了我。"

皇上这才知道卫章进来了，便放开素嫔的手，转过身来问道："外边的乱局可控制住

159

了？"

"回皇上，已经控制住了。黄都尉和臣的手下正在弹压，那些肆意挑拨者已经有半数被断了手筋脚筋，被临时关进了宫监。"

皇上冷声哼道："这些人不过是小虾米，真正的大鱼不在宫内。"

"皇上英明。"卫章忙拱手回道，"诚王爷和世子已经集结了都城内一万锦麟卫，随时听候皇上的调遣。"

"锦麟卫！"皇上气呼呼地拍了一下大腿，自嘲地哼道："朕还如何敢相信他们？"

卫章不由得一怔，心想皇上果然连诚王爷都怀疑了。

"传朕的旨意，令诚王爷交出镇抚司大都督之钤印，回府闭门思过。镇抚司大都督之职由镇国公暂代。另外——你持朕的宝剑去谨王府，带谨王父子进宫。"

卫章不敢有异议，忙躬身道："是，臣遵旨。"

皇上点头示意卫章去办差，卫章直起身来看了姚燕语一眼，姚燕语给了他一个安心的眼神。卫章微微笑了笑，转身离去。

外边的喧哗声渐渐地小了，只是血腥味却更加浓重。

姚燕语转头看了一眼已经泛起鱼肚白的雕花长窗，心里默默地叹了口气——真不知道这大殿之外是何等惨烈的景象。

素嫔躺在榻上没多会儿便睡着了，剩下的人都很疲惫，包括十分虚弱的皇上在内却都没有睡意。

当清晨的第一缕晨曦穿透黎明前的黑暗照在雕六合同春图案大红泥金长窗上的时候，外边终于安静下来。

接着，便有人吩咐清理场地，然后是人来人往的脚步声；大概半个多时辰之后，又有泼水声，扫地声……

从寅时忙过了卯初，直到灿烂的阳光笼罩大地，方有太监进殿来回道："回万岁爷，外边已经打扫干净，会极门外，镇国公、诚王爷、安逸侯、都察院姚大人等候旨觐见。"

皇上没说话，只是缓缓地闭上了眼睛，怀恩忙上前去扶着他靠在身后的大软枕上。

进来回话的执事太监跪了好半天的工夫，甚至都怀疑皇上是不是睡着了想悄悄地抬头看一眼的时候，皇上忽然开口了："让他们都各办各的差事去，不要耽误了朝政之事。朕好得很，不用他们来请安。"

"是。"太监忙应了一声，躬身退了出去。

怀恩见皇上睁着眼睛看着头顶的藻井，便小心地上前劝了一句："请皇上示下，早膳想用点什么？"

皇上沉吟片刻，忽然笑了："你去问问那两个孕妇想吃什么吧。朕现在也说不出来吃什么。"

所谓的两个孕妇，其中一个正在熟睡，肯定是不能问的。怀恩只得去问姚燕语："姚

卷四 卿心未央

大人早膳想用点什么？奴才叫人去准备。"

姚燕语看了一眼皇上，轻声说道："不拘什么，只要清淡些就好。"

"是了。"怀恩应了一声要转身去吩咐。

姚燕语便缓缓起身，至皇上跟前微微一福，说道："皇上，臣的腿脚有些酸麻，想去殿外走走。"

"你随意。"皇上摆了摆手，缓缓地合上了眼睛准备养神。

姚燕语步出内殿，恰好在殿门口遇见去而复返的怀恩，便对他使了个眼色。怀恩忙看了三顺一眼让他进去服侍皇上，便跟着姚燕语出了正殿往东偏殿去。

"姚大人有何吩咐？"进殿后，怀恩拱手问道。

"我看公公的脸色十分不好，是不是受了伤？趁着这会儿工夫有空闲，我给公公施一次针。"姚燕语说着，抬手从腰封里摸出一根如意云头的金簪来，捏着簪头转了几圈儿，簪身跟簪头分离，里面是一根三寸长的金针。

怀恩已经感动得掉下泪来，忙拱手道："老奴谢大人了！"

"公公何须跟我客气。"姚燕语说着，抬手示意怀恩去那边的椅子上落座。

姚燕语取怀恩左手的劳宫穴，以太乙神针之温补针法刺入，并缓缓地注入内息，调节疏通怀恩的心包经络。怀恩便觉得心口处像是被一把文火慢慢地抚慰着，暖烘烘地说不出的舒服。之前的憋闷疼痛渐渐地疏散了，不过片刻工夫，之前像是压在心口上的一块石头便被这神奇的医术给搬走了。

姚燕语没有急着收针，而是让自己的内息在怀恩的身体里游走了一遍，顺便把那些肢体末梢上的小病灶一并消除之后，才缓缓地把金针拔了出来。

怀恩长长地吁了一口气，立刻站起身来朝着姚燕语跪了下去："老奴谢大人救命之恩！"

姚燕语忙笑着把他扶起来，说道："公公虽然有伤在身，但也不是什么要命的伤，救命之恩从何谈起？倒是我，昨晚若不是公公亲自前来回护，怕已经是他人的箭下之鬼了。"

"大人千万别这么说，您若是有什么闪失，皇上肯定也饶不了老奴。再说，老奴以后还怎么见卫将军和姚大人？更何况，奴才也不全是为了大人，皇上的龙体还需要大人尽心照顾呢。"怀恩抱拳拱手，很是不好意思地笑道。

姚燕语则笑着叹了口气，说道："好了，不说这些了。生死面前见真情，经过昨晚，谁是行端坐正的朗朗君子，谁是阴谋诡计的戚戚小人，已经见分晓了。"

"是啊，大人虽然是女子，但也比那些男儿更了不起，奴才还请大人多多拂照。"

"这话说得，公公常伴皇上身边，应该是你拂照我才对嘛。"姚燕语笑道。

"不敢不敢。"一向眼高于顶的怀恩公公连连摆手："大人面前，老奴万不敢托大。"

"好吧，以后我们和衷共济，共同效忠皇上。"姚燕语正色说道。

怀恩忙抱拳应道："大人说得是。咱们和衷共济，齐心协力，效忠皇上。"

161

第十章

后宫各处那边经过昨晚的一场暴乱，也弄得乌七八糟，幸好上头传下来的话是要些清淡的粥菜，各色贡米是现成的，上百坛子精心腌制的酱菜也是现成的。

御膳房的人不至于抓瞎，七拼八凑的，也弄出八样清淡细粥，三十二样清淡小菜，一水儿官窑青花瓷五寸瓷盘装着满满地摆了一桌子。

素嫔还在睡，皇上也没叫人叫醒她，皇上身体虚弱得很，此时再也没有力气下榻就餐，怀恩便挑着皇上爱吃的几样端上来，在龙榻跟前服侍皇上进餐。外边偌大的檀木雕花长桌跟前只坐了姚燕语一个人。

"真是奢华啊！"姚燕语暗暗地叹了口气，拿起筷子开吃。

反正桌上就她一个人，不用等谁，更不用看谁的脸色，累了一夜早就饿了，肚子里的小宝宝甚至开始反抗了。还是先吃饱喝足再说吧。

卫章办事素来是雷厉风行，这边姚燕语刚吃了几口，他便带着谨王父子，并武安侯世子、次子、嫡孙等人回来了。

在东里间用饭的姚燕语听见动静忙放下筷子站起身来，透过雕花玻璃长窗，她看见外边院子里五花大绑站了五个人。每个人都低垂着头，看不清他们的表情，不过猜也能猜得到这些人这会儿肯定后悔死了。

跟紫宸宫里头号大太监搞好关系的好处就是，皇上在用膳的时候，卫将军没有在门外等，而是被三顺悄悄地引到了姚燕语这边来。

卫章进门看见一桌子吃的，并一副碗筷，顿时乐了："先吃上了？"

姚燕语微笑着上前去拉住了他的手，低声问："你饿不饿？这宫里的素包做得不错，要不要吃点？"

"嗯。"忙活了一晚上，饿得前胸贴后背的卫将军重重地点了下头，便在椅子上坐了下来，"哪个包子好吃？"

"这个。"姚燕语直接端起那一盘十二个素包放到卫章面前："多吃点，别浪费。"

如风卷残云般一口气吃掉一盘十二个包子，又喝了一碗黄米粥，卫将军才拿了帕子擦了嘴巴，说道："饱了。"

姚燕语又忙递上一杯茶给他漱口，之后将军又凑过来在她脸上亲了一个响的才往皇上那边去听旨。那边皇上被怀恩一小口一小口地喂着，一碗粥才刚吃下半碗。卫章只好在门口等着传唤。

事情的结果跟预期的差不多。皇上吃过饭后便命卫章先把武安侯世子、次子二人带进来劈头盖脸地骂了一通，然后宣布抄家，武安侯一门嫡系不管男女老幼全部入狱。另外下旨给在湖广的韩熵戈，让他去把在西南镇边的武安侯押解回京。

卷四　卿心未央

卫章奉旨去拿人，当然不可能只拿主要的，主犯是必须带进来见皇上的，至于从犯家眷等，早有镇国公派兵围了，任何人不许妄动。这会儿抄家倒是现成的。

处置完了武安侯的事情，便轮到逆子云琸了。

云琸是被人从被窝里掀出来的，当他听说内宫出事的时候还一脸的茫然，完全不知道自己辛辛苦苦布了那么久的局竟然被人利用了！

按照他和贤妃母子两个的计划，应该是贤妃把一切都揽起来，把他给撇清，然后凭着皇上对儿子的一点感情再慢慢地修复父子关系，得到皇上的信任后坐上皇帝的宝座。然后再为贤妃正名，封她为太后。

所以这一刻云琸跪在自己的父皇跟前万分痛悔，恨不得一头撞死。

皇上看了一眼自己这个傻儿子，冷笑一声摆了摆手："什么也别说了，你先去天牢待着吧，朕现在看见你就烦。"说完，也不听云琸辩解便命人把他拉了出去。

最后进来的是谨王父子。

皇上靠在榻上，冷眼看着跪在面前的兄弟和侄子，半晌没说话。

谨王父子匍匐在地上，以头触地，也不急着有什么反应。空气中诡异的气氛逐渐地浓重起来。

直到殿内的气氛压抑得几乎要凝固了，皇上才冷笑出声："云慎仁，朕想了很久还是没想明白，你谨慎一辈子，怎么老了老了，反而冲动起来了呢？这不是你的作风啊。你不应该等着朕的儿子打得头破血流之后，以叔王的名义坐收渔翁之利么？昨晚这一场，你可是不一般的冲动啊！"

"英明不过皇兄啊！"谨王直起身子来，叹了口气，那表情那神态，依然是皇上的好兄弟模样，"只是臣弟再谨慎下去，整个屎盆子就被你的爱妃扣在我的头上了。所以，我也只能兵行险招了。"

"哈哈哈！"皇上仰面大笑，一直笑出眼泪来，方又叹道，"你聪明一世，也不过是这般下场。你服了吗？"

"不服。"谨王淡然一笑，"皇兄不过是有一个好母亲，所以才能坐上这把龙椅。"

"你难道没有一个好母亲吗？你母亲为了让你得到母后和朕的庇护，不惜替朕和太后挡箭，以命相酬。临死之前最后一句话便是求太后善待你。"皇上冷笑道，"若不是太后答应了你的母亲，你以为你真的能平平安安地活到现在么？"

"或许如此吧。"谨王淡淡地笑了笑，"可到今天我才明白，我宁可不要被你们母子庇护到现在，也不希望母妃那样惨死……"

"不管你愿不愿意，朕答应过宋太妃护你一生平安就不会食言。谨王府还是你的，你可以舒舒服服地在里面住着直到老死。但是……"皇上说着，把目光落到云珅的身上，"仅限于你一人而已。你的妻妾子孙，将会为你去还账。"

"不！你不能这样！！"谨王闻言立刻急了，"你杀了我吧！这一切都是我的主意，

163

与他们无关！"

"朕是九五之尊，岂能言而无信？你们父子不仅离间朕的父子，还离间朕的后宫。说起来只让你尝一尝孤独终老的滋味，也算是便宜你了！"说完，皇上狰狞一笑，扬声道，"传旨，将谨王削爵，幽禁于谨王府。其子女妻妾，家臣奴仆等一律押送狱神庙，命大理寺议罪！"

"你不能这样！这不关他们的事！皇上……皇兄……"谨王还要分辩叫喊，门口的卫章一摆手，进来两个烈鹰卫点了他的哑穴，把人拉了出去。

大殿里再次恢复了安静，皇上接过怀恩递过来的参汤喝了两口，方沉声道："卫章听旨！"

"臣在。"卫章忙上前两步，躬身跪地。

"辅国将军卫章，平乱有功，忠心可嘉，晋封为龙虎上将军并兼任镇抚司大都督一职。享二等侯爵，封号为……"皇上蹙眉略作思索，便道："赐封号'宁'。自今日起，你便统领锦麟卫，提督九门。朕的全副身家可都交给你了！"

卫章立刻叩头谢恩，并朗声表忠心："皇上隆恩，臣无以为报，只有殚精竭虑，抛洒热血，为皇上扫除鬼魅，涤荡奸邪！"

"好！"皇上缓缓点头，又道，"查抄四皇子府，武安侯府和谨王府，并扫除其爪牙党羽的重任，朕就交给你了！不要让朕失望。"

卫章再次叩头："是，臣谨遵圣旨。"

"你下去吧。"皇上满意地说道。

卫章又应了一声，叩头，退出。

皇上似是用尽了全身的力气，缓缓地倒在身后的软枕上。

姚燕语从宫里出来的时候已经是傍晚时分。经过昨夜的一场暴雨，八月初的天空格外地明净，仿佛一块剔透的蓝水晶，太阳已经西斜，却丝毫威力不减，仿佛水晶折射出的六芒星，耀眼，锐利，逼人。

申姜依然牵着马车在宫门外等候，看见他家夫人出来，忙一溜小跑迎上去问安，并顺手接过香蕣肩上的药箱。

"将军加官晋爵，家里的几位夫人正商议着如何庆祝呢。大总管叫奴才早早地来等夫人，说如此大事若是没有夫人的命令，是万万不敢胡乱操办的。"申姜如是说。

"长矛说得对。现在是非常时期，不宜庆祝。"

加官晋爵却并不是因为将军征战沙场，而是建立在评判皇亲宗室的基础上，若是太过张扬，必然招祸。

更何况这次倒霉的不仅仅是谨王府，连诚王府也没捡着好事儿，云都城内三万锦麟卫，九门城防之权都交给了卫章，这让诚王爷如何想？云琨又怎么想？

这种事情女人不懂，长矛身为大总管，还算理智。姚燕语默默地叹了口气。

回到府中，卫章尚未回来。查抄谨王府和武安侯府不是小事，没个十天八天恐怕是忙不完的。

姚燕语回房立刻让人准备香汤沐浴，并把所有的人都打发出去，只叫了翠微进去。众人除了默默地感叹到底是从小服侍夫人的比别人亲厚了百倍之外，却也没多想。

浴房里，水汽氤氲，花香怡人。

姚燕语舒舒服服地躺在温玉砌成的浴池里，微闭着眼睛问给自己捏手指的翠微："对于将军加官晋爵的事情外边有什么说法？"

"也没什么说法。府里从上到下都挺高兴的。将军如今是侯爷了，这是好事儿啊，两位夫人还商量着要庆祝庆祝呢。"

"你想得太简单了！这可不是打了胜仗论功行赏。这爵位是建立在谨王和武安侯两府上千口人命之上的，还有——对于将军接管锦麟卫并提督九门的事情，外边可有什么说法？"

翠微愣了一下，方回道："暂时没听见什么不好的说法。不过我也觉得这事儿挺意外的。诚王爷对皇上忠心耿耿，皇上怎么连自己最信任的兄弟也怀疑了？"

姚燕语冷笑道："你都能想到这一点，你说满朝文武会怎么想？还有诚王爷父子会怎么想？凝华长公主又会怎么想？"

翠微恍然大悟，一时惊慌："是啊！诚王府还不得恨上咱们了？还有诚王府的旧部至亲等，这些人不敢非议皇上，必然会把火气撒在将军和夫人的身上。"

姚燕语感慨地看了翠微一眼，无奈地叹道："皇上把镇抚司大都督一职交给将军，这是无上的信任，同时也等于给将军府埋了一个祸根啊！"

"什么？"翠微有点蒙。

姚燕语笑了笑，忙扯开话题："没什么。你去替我办一件事情。"

"夫人有事尽管盼咐就是了。"

"你安排可靠的人去给二哥送个信儿，我要见见他。地点么……就定在九菊阁吧。"

九菊阁乃是一家欢馆，不过里面不是千娇百媚的女子，而是风情万种的公子。翠微一听这地方立刻皱起了眉头，不满地劝道："夫人！您跟二爷见面，用得着约在那种地方吗？！"

姚燕语满不在乎地笑道："那里安全，你快点去。"

辅国将军府，书房里的气氛简直要爆炸了。

卫将军脸色铁青一言不发，手按在腰间的宝剑上在屋子里走来走去，长矛吓得腿肚子直打哆嗦，心里想要说去门口等夫人，又不敢张嘴。恨不得找个角落把自己团吧团吧藏起来，以免将军一个忍不住拔剑斩了自己。

大总管尚且如此，别人就更别说了。人家是度日如年，将军府里的下人们这会儿是度秒如年！

贺熙唐萧逸一听说夫人不在家将军在发火便各自找借口遁了。

165

一品毒女【完结篇】

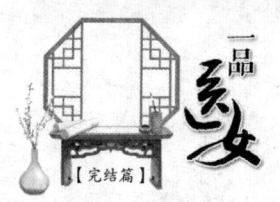

翠微本来想上前解释两句的，被葛海给沉着脸拎走了。开什么玩笑？一大家子人都不敢说话，他媳妇凭什么上前去当炮灰？

廊檐下香蕊乌梅等几个丫鬟直挺挺地站着，翘首以待。香蕊这会儿都后悔死了，恨自己一时嘴快说漏了，不然将军怎么会这么生气？

"还没回来么？！"卫将军不知第几百次走到门口，看着院子里闪烁的风灯，冷声问。

长矛心里那把力气鼓了又鼓，硬着头皮上前去，小心地回道："要不，奴才去迎一迎吧。"

"她出去几个时辰了？"卫将军冷声问。

"也就……一个多时辰吧？"打死长矛也不敢多说。

"哼！"卫章生气地一脚踹翻了一把椅子，"放屁！"

什么一个时辰，他回家来都一个多时辰了！还不知道这些狗奴才怀的是什么心思？！和稀泥的本事见长，真是皮痒了！

终于，前面有小厮以十万火急的速度跑了进来，躬身回道："回将军，夫人回来了。"

长矛立刻长长地松了口气，忙问："夫人到哪里了？"

"已经进了二门，这会儿应该下车了。"

"肩轿呢？准备好了吗？"

"回大总管，已经准备好了。"

长矛又朝着外边的丫鬟们喊了一嗓子："快去厨房吩咐一下，让他们把给夫人的宵夜准备好喽！"

外边有丫鬟应了一声，麻利儿地跑去了厨房。

里里外外都跟着忙碌起来，迎的迎，接的接，香蕊等人知道夫人去过那种地方回来肯定会沐浴，又亲自去准备香汤香露和家常衣裳。

只有卫将军的脸色越发地阴沉如锅底，显然已经到了崩溃的边沿。

姚燕语早就在车上换了一身素白色长衫，头上镶珍珠的发带也解了去，重新净面，并喷洒了些许玫瑰香露，发髻散开，只用紫色发带在肩后松松地绑了一道。把在外边沾染上的那点酒气什么的收拾得干干净净。

卫章本来是在书房等的，但长矛匆匆出去又匆匆回来，说夫人累了，先回燕安堂去了。

说这话的时候，长矛大总管的脸都快埋进怀里去了。卫将军瞪着他后槽牙咬得咯咯响，抬手把腰间佩剑摘下来往书案上一拍，烈鹰卫的官袍都没脱就直奔了燕安堂。

姚燕语早就知道卫章肯定会发火，所以一路上也想好了怎么撒娇解释来给他灭火，但当这人一身墨色绣银鹰纹战袍尚未来得及脱换，双眸泛红带着水汽，怒而不言地站在面前时，便隐隐有点后悔，觉得自己至少应该先跟他说明白再去做这件事的。

想到他会不高兴，但没想到会气成这样，真是低估了男人的劣根性。

"你听我解释啊！不是你想的那样。"姚燕语忙上前去，主动勾住他的脖子，放软了声音解释，"我跟二哥一起呢，是商量事情嘛。"

卷四 卿心未央

"商量事情哪里不行？云都城里那么多酒楼茶肆，还有自家的生意铺面，随便哪个地方不比那种地方好？！"卫将军一开口，声音都哑了。他忙了一整天了，回到家里来就只顾着生气了，九菊阁乃是京城享有盛名的风月场，只是里面没有如花似月的姑娘，都是俊俏可人的小倌儿。你说，姚燕语去那种地方，卫将军能不抓狂吗？

"显钧！"姚燕语微微抬起脸来看他，他的眉峰因为愤怒而凝起，眸中映了闪耀的烛光，像两丛野火，明明是很俊逸的长相，却因为这份凶狠让人生出狂野的错觉。姚燕语神情迷醉，踮起脚尖吻向那灿亮的眉目……

过得一阵，卫章将姚燕语抱进怀中。"跟二哥跑去那种地方都干了什么？"卫章一边揉捏着她的肩膀一边问。此时他已经神志清明，自然又找回了之前的调子。

姚燕语闭着眼睛迷迷糊糊地跟他说了个大概。卫章听完后宠溺地揉乱了她的头发，轻声叹了口气责备道："你这什么鬼主意！你二哥真是宠着你，这都答应。"

"不答应也来不及了呀，反正已经进了那道门，顺便把戏演好不就成了。"姚燕语的声音软软的，已经是昏昏欲睡。

卫章见她这样便不再多说，抱起人回了卧室。满腹妒火熊熊燃烧的后果就是姚夫人被某人给折腾得筋疲力尽，最后靠在暖暖的怀里就这么睡了过去。这一觉睡到第二日辰时才醒，香蕾等人忙进来服侍夫人起床洗漱，一桌早饭抬上来，居然是细细软软的面条。

姚燕语坐在桌边细嚼慢咽，卫章便坐在对面一边吃东西一边看她，左一眼右一眼。姚燕语活生生被看出了新妇的羞涩，红晕从耳后漫到颈边，自己都觉得好笑。

这厢情正浓爱正腻，外边有小丫鬟匆匆进来，回道："将军，贺将军在前面书房，说有要事要跟将军商量。"

卫章瞥了丫鬟一眼，端起碗把最后一口面扫进嘴里，温声说道："我走了。"

"嗯，我下午还要进宫给皇上请脉的。"

"我知道，下午申时我去宫里接你。"

"好吧。"姚燕语点点头，要起身去给他拿战袍，却被他按住："你好生吃饭吧。"

姚燕语笑了笑，看着他自己拿了那件烈鹰卫的披风出去，方收回目光来继续吃饭。

这两天卫章都忙着带人查抄谨王府和武安侯府，虽然忙得要死，但也的确是个肥差。

官场上有不成文的规定，但凡抄家，除了田庄、房产、铺面等有契约的东西之外，那些古董珍玩、书籍字画、珠宝首饰、金银钱币等物都要分成三份，其中四成上缴国库，两成给当差的兄弟们按官职等级分掉，另外四成则归主管查抄的官员，一般主管会再从这四成里拿出一点来打点一下左右。

五日后，两府查抄的账目整理出来，该归档的归档，该瓜分的瓜分。卫章最后选了两箱东西，安排人悄悄地送去了镇国公府和诚王府的别院。

镇国公还好，对卫章送来的东西欣然接受。

诚王府便不同了。这几天诚王爷都没睡好觉，他是真的担心皇上的身体，当然更担心

的是自己这一脉的未来。

儿子算是不错的了，身上有军功，做事也知道进退。本来还想细细地为他筹谋一下，皇上总会爱屋及乌的。可谁知道会出这种事。

京都城内锦麟卫五万人众，谁也不能保证这些人都对皇上和诚王府忠心耿耿。事实上锦麟卫从成立到现在经历了三朝皇帝，其中早就交错着各方势力。只是诚王爷位高权重，深得皇上信赖的同时也有铁一样的手腕，所以这些年来一直表现不错。

虽然大功劳没有，但锦麟卫本身不是作战军队，其职责就是守护云都城和皇宫的安全。这三十多年来皇上多次出行，避暑或者围猎，安全问题从没出过纰漏。想不到老了老了，又出了这么档子事儿！真是郁闷至死啊！

诚王爷请罪的奏折早就递上去了，只是皇上一直留中未发。经过这几天的煎熬，这位掌控云都城三十多年风云变幻岿然不动的王爷，居然是一头银发了。

云琨从外面进来，看父亲靠在藤椅上闭目养神，便去拿了条毯子来给他盖上。

"有事？"诚王爷闭着眼睛问。

"是。"云琨低声回道："卫章叫人送了一箱东西去城郊别院。儿子不知父亲的意思……"

"放着吧，先别动。看看再说。"诚王爷缓缓地说道。

"是，儿子明白了。"云琨答应着。

"坐。"诚王爷说着，自己也坐直了身子，睁开眼睛看着儿子在旁边的椅子上坐下，方问，"这几日外边有什么动静？"

"别的事情倒没什么，只是有一件事儿子觉得蹊跷。"

"什么事？"

"听说今天有六科廊的言官上书，弹劾龙虎上将军和夫人姚院判不守孝悌，在张老院令孝期行房事，且使夫人有孕。罔顾师恩，有违孝道。实乃庙堂丑事一桩，请求皇上按照《大云律令》给二人降职罚俸，以示惩戒。"

诚王听了这话不由得冷笑："胡说八道！"

云琨蹙眉问："父王是说那些言官？"

"是啊！"诚王爷不知哪儿来的精神，伸着手指说道："父母热孝，儿子媳妇是三年，出嫁女一年。儿孙禁房事，但出嫁女却没这个说法。虽然圣人有云：天地君亲师。世人又有'师徒如父子'之说，但师和亲还是有区别的。打个比方说，今年春闱的主考官是姚远之，若是他死了，难道今年入取的这些举子们都不娶亲生子了不成？真是滑天下之大稽！"

云琨一怔，心里觉得父亲说得没错，但又笑道："这也不一样嘛，主考官和门生之间，无非就是官场上的相互提携。张苍北于姚燕语却有授业之恩。"

诚王爷嗤之以鼻："你娶亲的时候你的授业恩师死了不足一年吧？怎么没有人站出来弹劾？你可别说那些言官们是看咱们王府的脸面。那些疯狗可是连皇上都敢弹劾的。"

卷四　卿心未央

　　云琨不好意思地摸摸鼻子，他从小文师父武师父一大堆围着转，后来长大成人建功立业，师父们也都退休了。他娶亲的时候早就忘了这一茬了。

　　诚王爷又冷笑道："别说你们，就连那些六科廊的言官们，谁又敢拍着胸脯指天发誓，说自己能为恩师守孝一年不夫妻同房的？我就彻底地服了他！"

　　云琨点头道："确实如此。以父王的意思，皇上不会就这事儿对卫章夫妇发难了？"

　　"这个就不好说了。"诚王爷又摇头苦笑道，"皇上的心思是越来越叫人捉摸不透了。"

　　"这次的事情也怪不得父亲。锦麟卫这支队伍也是该清洗一次了。父王带他们这么多年，总是顾忌着情面不好下手。此时也正好借卫章之手削去那些毒瘤，肃整镇抚司的纪律。"

　　"说这些也没什么用。"诚王爷依然摇头，"近几年内，锦麟卫是不会再由我们染指了。而且皇上的身体状况不容乐观，我们必须做好下一步的打算。"

　　"老四这次也完了。按说只有三哥了。"云琨低声说道。

　　"不尽然。"诚王爷摇了摇头，"你暗中打探一下老六的打算。"

　　"老六？"云琨诧然，"他在东海呢。"

　　"若是没有什么意外的话，也该回来了。"诚王爷笑了笑，"这可是唯一一个入军营的皇子，又跟着萧太傅读了一年的书，不容小觑啊！"

　　云琨虚起了眼睛微微点头："儿子明白了。"

　　弹劾卫章夫妇不守孝道的风波尚未过去，一本弹劾工部侍郎姚延意身为朝廷命官在欢馆为了个小倌儿跟一富商争风吃醋且纵容下人大打出手的事情又被捅到了皇上面前。

　　若是别家出了这样的事情，身为辅政大臣的姚远之自然是要压一压的。毕竟这种鸡毛蒜皮的事情在如今这关键时候真的不应该拿去惹皇上心烦。官员狎妓是不雅，但大云律也没明文规定官员不准狎妓的。更有地方上的青楼楚馆每年选花魁的时候都会请当地主政官出场压阵呢！才子佳人素来都是人们喜闻乐见的事情……当然，姚二爷这儿不是佳人，也是一位才子。但才子才子惺惺相惜也没什么错啊！就算是平时皇上三日一朝，也不管这等琐事，更别说皇上现在病重，都好多天没早朝了。可身为辅政大臣，自家的丑事不能压着，还得主动承认错误请求处罚。所以姚远之命人把那份弹劾的折子送进紫宸殿之后，自己也跑去紫宸殿外跪着请罪去了。

　　皇上听说姚远之跪在外边，便皱了眉头吩咐怀恩："让他进来吧。"

　　怀恩忙出去宣了圣谕，带着姚远之进殿来，姚远之上前去跪拜叩头，之后悲痛歉疚地请皇上降罪。

　　皇上把弹劾姚延意的奏折和他自己的请罪折子一起丢过去，生气地说道："这个姚延意朕一向觉得他少年老成，是个心里有成算的人。怎么也如此轻浮起来？叫他回家去闭门思过吧。年后若是想明白了改好了把那些风流烂账处理干净了朕再另外派他差事。至于你的请罪折子……现在朝廷正是用人之际，你想给朕撂挑子是不能的，就罚俸半年吧。"

姚远之忙叩头谢恩，又表了忠心，才顶着一头汗从紫宸殿里退了出来。

皇上这几日精神时好时坏，姚燕语一直不敢大意，且又存了另外的心思，便奏明皇上，一并请了太医院的院令张之凌等进宫来一起会诊，商议用药，用针。这日中午吃饭的时候便听说了姚延意被割去工部的职务回家闭门思过的消息，心里想着怎么皇上对二哥处置起来毫不手软，却对自己这边不松口呢？或许是筹码还不够？

想归想，午后稍事休息，她还得按时进宫给皇上请脉。和往常一样穿戴整齐，带着香薷和乌梅出门上车往皇宫的方向去。此时八月中旬，眼看着就是中秋佳节。云都城的人们丝毫没有因为朝廷的事情而影响过节的心情。

皇上今日的身体略好些，姚燕语和张之凌等人商议着调了两味药材，其他都按原来的方法诊疗。

出宫的时候，皇上叫住了姚燕语："你先留下，朕有件事情想跟你说。"

"是。"姚燕语忙把手里的针包递给香薷，命她和乌梅出去候着。

内殿里只剩下君臣二人加上怀恩，皇上沉思片刻，却对着怀恩摆摆手，说道："你跟她说吧。"

"是。"怀恩答应一声，转身跟姚燕语说道："姚大人，关于张老院令的事情，大理寺已经查清楚了。那晚国宴之上，东倭使者中毒，四皇子揭发三皇子，诬陷卫将军和你跟恒郡王有所密谋，皇上为了还你们的清白把你们几人分别隔开。张老院令听了小太监们胡乱嚼说，又因为爱徒心切，才误信了仲德的谎言，急匆匆地去找你，然后在半路上被人算计了。"

怀恩说到这里，又悄悄地看了一眼皇上的脸色，方继续说道："这事儿牵扯的一干奴才都查清了，除了在那晚已经死去的之外，皇上下旨命大理寺对其以叛乱的罪名赐绞刑。老院令沉冤得雪，在天之灵也该欣慰了。但皇上的意思是，此时正是多事之秋，此事多说无益，况且老院令的事情早就盖棺定论了，就到此为止吧。"

姚燕语听完之后忙恭敬地跪在地上给皇上磕头谢恩："臣替恩师谢皇上隆恩。"

皇上摆了摆手，说道："朕也不是为了你。张苍北在朕身边三十多年，兢兢业业，从无差错。也算是为了大云的医药贡献了毕生精力。朕总不能让他死得不明不白，也不会让那些害死他的凶手逍遥法外。"

"皇上英明。"姚燕语再次叩头。

"起来吧，朕说过，你怀孕了就不要跪来跪去的。"说着，皇上又叹了口气，问道，"关于六科廊弹劾你在为师父守孝期间怀孕的事情，你自己怎么看？"

"是臣不知检点，不敬师恩，罔顾圣眷。臣请皇上降罪。"姚燕语干脆不起来了，直接跪在那里回话。

皇上叹了口气，揉着眉心说道："卫章马上就到而立之年了，他们卫家人丁单薄，你又进门三年无子。如今这一胎也怀得艰难。朕本来对臣子的家事不愿过问的，可家国天下，你们家里若是不安稳，又如何替朕守好这天下呢！"

卷四　卿心未央

姚燕语心想这是要对自己作出处置了，于是忙躬身跪好仔细地听着。

"朕也不能太自私了。你就趁着这个风头回家去好生养胎吧。朕的脉案就先交给张之凌他们了。"

"是，臣遵旨，谢恩！"姚燕语再次磕头。

"对了，你以后不常进宫了，素嫔的身子就交由宁翠微吧。今儿你索性再去给素嫔诊个脉。"

姚燕语答应着退出，带着香薷妩媚往素嫔的素心宫里去。

费尽心思，心力交瘁终于换来了片刻的安宁，出宫后回府的路上姚燕语就开始盘算着接下来的日子要怎么安排。行到半路的时候她忽然想起了姚延意这个难兄，便吩咐申姜："先去一趟姚府。"

姚府这边宋老夫人正为姚延意的事情不高兴，戳着沉香木的拐杖，从王夫人教训到宁氏。宁氏本来就为姚延意弄出这样的事情而脸上不好看，被宋老夫人一骂，忍不住拿了帕子捂着脸哭起来。姚燕语到时，府里正闹得不可开交。姚燕语忙将事情原委跟宋老夫人、王夫人、宁氏一一说明白，宋老夫人这边终于消停了，王夫人和宁氏也放下心来。从宋老夫人屋里出来，王夫人带着姚燕语和宁氏回自己屋里去说话，刚进门便有丫鬟来回："姑爷来了，在前面书房跟二爷说话儿呢。"

"这是来接妹妹回家的吧？"宁氏低声取笑道，"在娘家住一晚上怎么了？妹妹是嫁给了他又没卖给他。"

姚燕语笑道："我没告诉他回来这边，他倒是找得快。"

"他现在管着几万锦麟卫，这云都城里的角角落落都在他的眼里呢。"

"那我以后岂不是没自由了？"姚燕语无语感慨。

自从某人偷偷地跑去九菊阁那种地方，卫章就专门派了几个人跟着她，专门盯着她的动向，就算不掌管锦麟卫，姚燕语也别想逃离他的视线。

前面书房里，姚远之因为要在崇华殿当值没有回来，姚延意陪着卫章品茶说话。

"你现在可真是大忙人了。"姚延意把一盏明黄色的茶汤递到卫章面前。

"都是些乱七八糟的事情。"卫章难得地叹了口气。

几万锦麟卫背后各种势力交错，而且中层将领大部分都是诚王府的嫡系，现在换了卫章，虽然诚王爷一再申诫不许他们生事，但那些人背后的小动作还是不断。他虽然有雷霆手段，但看诚王爷的面子也不好太过了，所以这几天的确有些疲惫。

"慢慢来吧。你跟诚王府的关系一直不错，王爷和世子应该不会为难你。"

"这倒是。"卫章点头，平心而论，诚王府一直没有让他难做，云琨也暗中放出话来说，于公于私卫章都是他的生死兄弟，谁也不许跟他过不去。这也正是那些人只能暗中搞小动作而不敢明着来的原因。对此，卫章很领情。

"二哥你有什么打算？"卫章撇开自己那些麻烦事儿，问姚延意。

一品戏文
【完结篇】

姚延意点汤，继续分茶："我打算回一趟江宁。"

"回江宁？"卫章很是意外，"皇上让你在家思过，又没把你贬官。你回江宁做什么？"

"大哥在湖广，姚家的根基都在江宁，我正好趁这个时间回去看看。而且药场的事情也不能松懈，一直让族里的兄弟看着我也不怎么放心。那些人，惯会阳奉阴违中饱私囊的，日子久了，不一定会弄出什么事儿来。其实我早就不放心了，只是身不由己回不去。现在终于有空了，正好可以回去查看一下。"

卫章点头："这倒是，现在回去看看，年前还能赶回来。"

"嗯。"姚延意微笑着抬头看向窗外，俊逸清华的脸色映着烛光，一双幽黑深邃的双瞳里闪着自信的光，完全不像是一个被停职在家闭门思过之人。

晚上姚燕语跟卫章乘马车回府，完全放松下来的姚燕语在半路上靠在卫章的怀里睡了。到了府里卫章也没叫她，拿了一条毯子把人裹住，直接抱回了燕安堂。

姚燕语在家里踏踏实实地睡了三天，除了吃饭睡觉之外什么都不干，大有一直睡下去，把前面二十年来所缺的觉都补上的意思。直到宁氏派人来请，说是家宴给姚延意送行，她才沐浴更衣，又回姚府去。

因为是借着停职思过的空闲回江宁，所以这次的家宴相当低调。姚凤歌甚至没把女儿带过来，只一个人来了。姚远之今天不当值，自然会在座。当然，今天吃饭什么的都不重要，重要的是饭后父子兄妹们的谈话。

姚家的根基在江宁，姚家祖上留下的土地在江宁，扬州再往南甚至杭州、绍兴等都有土地，良田薄田加上湖泊山林茶园果园等足有五万多亩。店铺生意涉及到丝织、印染，以及盐业等店铺一百七十多处。

之前姚延恩留守江宁主要就是为了镇守这份祖业，现在他去了湖广，而且云瑾和武安侯相继出事后那边政事民心更加不稳定，姚延恩一年半载是不会回江宁了，而且就算湖广的事情办完了他回京述职，接下来也应该是另一份官差等着他。

而姚家的祖业乃是姚家人的根，是绝对不能丢的。

姚远之、姚延意、姚凤歌、姚燕语四个人坐在幽静的小花厅里商议着接下来的事情。

姚延意说自己不急着回来，最好能在江宁待到明年。

姚燕语自然不愿意，虽然父亲现在稳居高位，在官场上也能回护卫章，但她更愿意跟二哥沟通，二哥对她是全心全意，而父亲总是更看重整个家族的利益，而把她和卫章放在第二位。

卫章最近很累，他的身边都是些武将，这些人上阵杀敌是最好的帮手，但游弋于官场就没什么优势了。姚燕语想要帮他，但毕竟是女子，又即将临盆，再说她本身也并不善于官道。

所以有姚延意在京城，卫章会轻松很多。而且，如果姚延意就此放弃仕途，太过可惜不说，还应该说是她给害的。姚燕语自然不希望这样的事情发生。

"要不我跟二哥一起回去吧。"一个晚上都没怎么说话的姚凤歌终于开口了。

卷四 卿心未央

"你已经嫁做人妇，就这样回去是想怎样？让亲戚朋友都以为你被人家休了？"姚远之没好气地看了姚凤歌一眼。对于现在这个局面他也很矛盾。父子三人都在官场，祖业就难免顾不上，这是他早晚都要面对的问题。

"我会说服三爷跟我们一起回去。"姚凤歌认真地说道。

姚远之一怔，看着大女儿眉头皱起，显然是不满意她的提议。

姚延意则明白了姚凤歌的意思，但还是不解地问："你是说你要从侯府分出来单过，然后和文定带着孩子们去江宁？"

"侯府这边已经是这样子了，三爷的身体这样，一点营生也做不了，平时还少不了花钱吃药。我们现在主要指望着江宁那边的玻璃场赚钱养活。与其在这边熬着，还不如去江宁。正好也解决了父亲和哥哥的难题。二哥先去，我回去跟侯爷和夫人说明白，收拾东西，过了年就去。"姚凤歌说道。

"这么大的事儿，你得先回去商量一下。"姚远之皱眉道。

"有什么好商量的？我们家现在是我说了算。我走，孩子们肯定会跟着走，至于他，若是不同意就留下来好了。"

"胡说！女子出嫁从夫，你怎么能把丈夫丢一边自己带着孩子一走了之呢？"姚远之训斥道。

姚燕语从心里叹了口气，父亲什么都好，就是免不了这些思想。整天教训女儿要出嫁从夫，夫为妻纲之类的话，就连自己当着他的面也得给卫章端茶倒水地伺候服侍。

"父亲，其实定北侯府那边现在的状况，绑在一起也是个尴尬。到了这种时候，倒是分家单过会更好些。至于姐夫，我觉得他肯定会跟姐姐一起走的。"就算他不走，定北侯也会抽得他走。后面的一句话是姚燕语的腹诽。

"这事儿得让你姐姐先回去商议过再说。毕竟牵扯到侯府的分合，我们父女不能在这里三言两语地定下来。"姚远之还是坚持"女儿嫁出去就是人家的人"的原则。

"知道了，我明天先跟三爷商量，然后再去跟侯爷和夫人说。"姚凤歌虽然打定了主意，但父亲的话还是要听的。

姚燕语了解姚凤歌的为人，而且知道她现在在定侯府的地位，便暗暗地吐了口气。这不是她自私想要姚延意将来回京城做官帮自己，实在是她觉得不管是儿子还是女儿，都对姚家有一定的责任。

这样的安排是最合适的。姚凤歌身为嫡长女不应该只享受家族的庇护，也到了该为家族做点事的时候了。

晚上卫章又来接姚燕语，定侯府也有打发人来接姚凤歌，只是不见苏玉祥。说来也是，妻子回娘家丈夫来接这种事情，在大云朝还是非常罕见的，也就宁侯夫妇一家，别无分号。

姚凤歌万分羡慕之余，更加坚定了要回江宁去的决心。云都城对她来说只是个牢笼，她做梦都想回到江南水乡去。只有江南的杏花烟雨里才有她最美好的回忆。

一品医女
【完结篇】

回府后，卫章夫妇各自洗漱上床，姚燕语枕在卫章的肩窝里跟他说起姚凤歌要回江宁的事情。卫章漫不经心地嗯着，只希望她快点说完能够早睡。因为卫侯爷对除了自己妻子之外的女人如何如何实在兴趣缺乏。

"你有没有在听嘛。"姚燕语说得正带劲儿呢，便见卫章已经还是迷糊了，便抬手推了他一把。

"乖，听着呢。"卫章抬手拍拍她的背。

"你听什么啊听，睡你的吧。"姚夫人小脾气犯了，哼了一声转过身去给了某人一个曲线玲珑的后背。

卫章舒舒服服地把人搂在怀里，在她耳后轻轻地吻了一下，果然安心地睡了。刚才面对面躺的那种姿势让他有所顾忌，怕一不小心压着她的肚子。现在好了，唯一的顾忌没了，可以睡了。

姚燕语靠在他的怀里默默地想着是不是该去一趟定侯府，看看定侯爷和封夫人是怎么安排的。别让他们趁着分家的时候欺负了姐姐，又或者是不是该把江宁玻璃场的股儿再让出一成来给姐姐呢？她放弃定侯府的庇护拖家带口地回江宁去，肯定会有压力的。钱财对自己来说已经足够几辈子用的了……

姚燕语就这样想来想去，越想越远，最后连她自己也不知道想到哪里，终于听着身后深沉的呼吸声进入了梦乡。

今年的中秋节大家都过得很低调。

韩明灿随着萧霖一起送萧太傅的棺椁回祖籍安葬，已经离京有些日子了。

苏玉蘅还有一个月临盆，肚子已经很大，行动也多有不便了。

翠微和翠萍每日都要去国医馆，那边现在已经扩大了两倍，因为姚燕语为张之凌说话，让皇上重新信任太医院的人，张之凌承姚燕语的情，帮着劝说皇上同意开设医学院的事情。并借调两个年轻的医官去国医馆那边帮忙，现在国医馆那边已经开始招收男学生了。

姚燕语这几日闷在府里除了吃就是睡，忽然闲下来觉得无聊得很。想把之前自己写的那些手稿整理一下，却又沉不下心来，浮躁得很。于是暂时放开。

长矛见夫人在家闷闷不乐，便借着中秋之际从城郊花农那里买了几十盆名贵的菊花摆在后花园里，并献宝似的请夫人去观赏。

姚燕语闷得极了，便扶着香薷的手去后花园散步，顺便给长矛个面子看看他费了九牛二虎之力弄来的那些名贵的菊花。

看到菊花，姚燕语立刻想起了九菊阁的箫声。因觉得现在自己怀着身孕，正应该多听听这些高雅的音律，也算是给孩子胎教了。于是吩咐香薷："去叫他们备车，我要出去走走。"

"眼看着晌午了，夫人是要去那边府上用饭吗？"

卷四 卿心未央

"不，咱们出去吃饭。找个雅致的酒肆。"

"啊？"香薷有点为难，那次夫人跑去那种风流地引得大将军大发雷霆的神情至今犹在眼前。

姚燕语看着香薷的表情，蹙眉问："怎么了？你啊什么啊？"

香薷可不敢说怕将军不高兴，只得劝道："夫人想吃外边酒楼里做的饭菜，不如叫人去把那厨子叫家里来现做？"

姚燕语不悦地瞪眼："馊主意！出去吃饭吃的是个心情。整天在家里闷着，我这都长毛了！"

"那奴婢去叫人备车。"香薷不敢再多说，只得赶紧回去收拾。

马车出了将军府门前的街口，前面赶车的申姜便问："请夫人示下，咱们要去哪家酒楼呢？"

马车门口的乌梅把这句话传进来，靠在车后壁窄榻上的姚燕语沉吟片刻后，报出了一个街名，香薷和乌梅都没觉得怎样，倒是把前面赶车的申姜给吓了一跳。

红柳街啊！九菊阁就在那条街上！夫人怎么还要去那里啊！

"夫人，那条街上没什么像样的酒楼，您看咱们是不是换个地方？"申姜赶着马车，侧脸朝马车里问。

"胡说。"姚燕语生气地说道，"九菊阁对面就是一家江南菜馆，当我是傻瓜？看那家酒楼装饰得很是雅致，想来菜品也差不了，我就想去那儿吃。"

申姜无奈地咧了咧嘴，没敢再说什么，因为他怕若是再劝两句，夫人直接说去九菊阁。那他才真是找死呢。

九菊阁对面的江南菜馆果然雅致得很。当然，能把菜馆开到九菊阁对面的，没品位自然也立不住脚。

达官贵人们来了都喜欢坐雅间，但姚燕语今天偏生要了临街三楼的座位。

申姜只好拿出一张大额银票来把三楼所有的位子都包了下来，而且为了避免麻烦，他还直接朝掌柜的表明了身份，并警告掌柜的闲杂人等一概不准放上去，否则可吃不了兜着走。

掌柜的一听这位乃是新封的宁侯夫人，哪敢怠慢，立刻吩咐厨房打起精神来把最拿手的好菜整一桌给夫人送上去，又特别点了四个模样俏丽又知进退的丫鬟上去服侍。

姚燕语坐在临街的位置，一边品茶等菜一边看着街上的人来人往。

因为是中午，这条街上来往的行人并不多，姚燕语百无聊赖地看着，也并不怎么在意。

没多会儿的工夫，菜肴一道一道地端上来，香薷拿了银针挨个儿试过才放到姚燕语面前。姚燕语低头看着满桌子的饭菜，一挥手："大家都坐。"

香薷等人忙道："奴婢怎么敢跟夫人同坐？"

"哎！"姚燕语摇了摇头，没再多说，再次转头看向窗外，然这一眼看过去便看出事儿来了。

一品医女

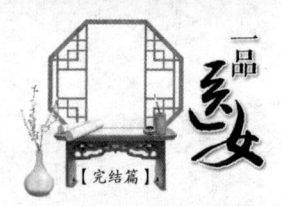

【完结篇】

九菊阁的院门口停下一个人，一身锈色府缎长衫，个子不高，背影消瘦，行至九菊阁院门口便有人恭敬地出迎，然后簇拥着他往里面走去。

姚燕语柳眉微蹙，抬手拍了一下桌子，低声骂了一句："真是该死！"

"夫人，怎么了？"香薷离得最近，听清楚了姚燕语的那句话。

"刚才进去的那个人你看见了没？"姚燕语指着九菊阁的院门问。

"没……没啊。"香薷摇头，她一颗心都在夫人身上，根本没有往外看。

姚燕语没再说话，只是脸色已经很难看了。

刚刚那个身影她确定没有看错是赵大风无疑，虽然他的穿着装扮跟平日大相径庭，但姚燕语的眼神也不是白给的。赵大风常年练武之人，走路时步下生风，而且他进门的时候往左右环顾了一下，姚燕语正好看见他的四分之三侧脸，确定无疑就是这货！

这混蛋一直对翠萍有意，只是翠萍嫌他一身风流债没有答应他，之前她还觉得是翠萍多疑了，如今看来还真是无风不起浪。他若真的跟贺熙唐萧逸他们那般洁身自爱，翠萍也不至于犹豫这么久。

都说怀孕的人容易胡思乱想，这话真是不假。姚燕语开始还在为翠萍的事儿生气，想着想着就拐弯儿想到了卫章的身上。

看刚才赵大风进九菊阁的样子肯定不是第一次来，那种轻车熟路的感觉若没有个十几次甚至几十次那门子跟他绝没有那般的默契。

而贺、唐、赵、葛四人跟卫章又极为亲密，简直就像是他的双手双脚，他们做什么事情卫章肯定都一清二楚。自然也包括赵大风跟九菊阁的关系。

纵容！而且应该不仅仅是纵容，说不定还有别的什么事情是自己不知道的！

姚燕语拿着筷子恨恨地戳了一个红烧狮子头："真是气死我了！"

"夫人，味道不正么？要不撤下去让他们重新做？"香薷忙问。

"不吃了！"姚燕语把筷子一丢，气呼呼地站起身来，"走了！"

"哎？夫人？"香薷等人赶紧收拾东西跟上去，"菜做得不好咱们再换一家，夫人何必生气。"

乌梅赶紧附和道："就是，咱不给他银子了！夫人可别气坏了身子。"

酒楼的老板一听这话想死的心都有了。

他倒不是在乎这点银子，只是自家饭菜不能让宁侯夫人满意，夫人两口都没吃就摔筷子走人的话传出去他这生意还做不做？

于是只好拱手作揖赔礼道歉把那张大额银票双手奉上，只求夫人千万别生气，好歹给他留点面子，饭菜夫人觉得味道不好立刻撤下去重新做云云。

姚燕语行至楼下，才叹了口气回头看着酒楼的老板，叹道："不关你的事情，是我有急事要去处理。"说完，便转身上车去了。

酒楼的老板这才牵着袖子擦了一把额头的汗，看着申姜重新塞回来的银票，无奈地叹

卷四 卿心未央

了口气。

上车后，姚燕语并不急着离开，只叫申姜把马车停在前面的街口，然后又打发他去街口的另一头守着，若赵大风出来后不往这边走，就把他拦到这边来。

进了九菊阁的赵大风没多久就知道自己被人盯梢了。姚燕语的马车从对面酒楼出来就停在了街口，又派人去街道的另一头堵着，对于搞情报的人来说若再不知道有事发生他就等死吧。

根据手下人的描述，赵大风已经猜到了堵自己的是何方神圣，于是无奈地抬手拍了拍额头，心想常在河边走就没有不湿鞋啊！

"将军，这也没什么吧？"手下人自然查明了夫人的身份，便觉得赵将军有些小题大做，夫人又不是外人，再说，赵将军又不是卫将军，他来九菊阁寻欢作乐，夫人也管不着吧。

赵大风摆了摆手，表示没事，有事儿也得自己扛，不能叫手下人想太多。

差不多一个时辰后，赵将军从九菊阁出来，若无其事地往姚燕语的马车停靠的街口走过去，然而，此时姚夫人的马车已经走了。

嗯，夫人许是想开了。赵将军很是乐观地招手叫过手下人，低声吩咐："去查一查夫人现在去哪儿了。"

手下人应一声迅速离去，没多会儿的工夫又追上来，拱手回道："据我们的人说，夫人的马车往南城门的方向去了。"

"出城了？"赵大风一怔，但也没多想。夫人的事儿不归他操心，但也还是追问了一句："有人跟侯爷说吗？"

手下回道："夫人身边有侯爷的人跟着，侯爷应该第一时间知道夫人的去向。"

赵大风点点头，却转念一想事关夫人还是谨慎些好，于是遣开手下自己去找卫章去了。

姚燕语之前还想等着赵大风从九菊阁出来好好地问问他到底对翠萍有几分真心，可在街口等了一会儿又觉得自己这样做太傻。首先那是翠萍跟赵大风之间的事情，自己插手总是不好，另外她真正气的是卫章，对赵大风是个怎样的人也没有太多的心思管，于是又吩咐申姜不要等了。

申姜赶着马车离开，但又不知道该去哪里，走了一段路便听夫人在车里吩咐："去蜗居小庄。"

知道夫人心里不高兴，香蕲申姜等人谁也没敢多说，便直接驱车出城去了。

时至八月末，田庄里到处都是丰收的景象。

姚燕语一出城便被浓浓秋色给吸引了，山林里的柿子开始变黄，熟透的苹果、梨子，累累地挂在枝头。靠在马车里便能闻见甜甜的果香。

碧云高远，红峦叠翠，云雀叽喳。

马车一停在蜗居山庄的庄门口，姚燕语便下车步行。走在这座干净的小庄子里，姚燕语左顾右盼，不觉幽幽地一叹。之前的郁闷和不开心被田园里丰收之气一扫而光。

177

想起当初她为了救皇上内息消失殆尽，卫章陪着她在这里休养。两个人整日腻在一起，吃喝拉撒睡亲密无间。在这个小庄子里有他们两个太多美好甜蜜的回忆，一想起那个桀骜冷漠的男人小心翼翼照顾自己的一点一滴，心里再多的不愉快也烟消云散了。这样的丈夫，在男尊女卑的大云朝何其难求？

就算自己有些本事，若不是他真心相惜相顾，也绝对做不到如此。一进到蜗居小庄，姚燕语就像是一个暴躁的孩子终于得到了想要的安抚，心里的各种烦躁都没有了，只剩下对生命、对生活、对现在所拥有的一切的满足。

姚燕语去了蜗居小庄的事情自然瞒不过卫章。当时卫章正在同大理寺卿，刑部尚书以及都察院右都御使甄墨林一起审讯从湖广押解回来的武安侯及其同党，趁着中间换人犯的时候，卫章抽了个空去旁边见赵大风了解了一下事情的经过。

赵大风歉然地抱拳："将军，这可不怪我啊。"

卫章冷笑着睨赵大风一眼，啐道："你是故意的吧？"

"哪儿能呢！属下有几个胆子敢这样？的确是巧合了。"赵大风赶紧解释。

"看来你懈怠的不是一星半点啊！随随便便一个人在对面菜馆吃饭就能把你认出来，你的谨慎小心都往狗肚子里去了？"

"……呃。"赵大风被堵得没话说，他自然是故意回头让姚燕语看见自己的脸的。具体是怀着一种什么心情他自己也说不清楚，反正跟翠萍纠缠了这么久那丫头到现在都爱答不理连一句好听的话都没有，不得不说赵将军也急了。先捅个篓子再慢慢收拾，说不定也是一个机会呢。

若他不想让姚燕语发现，九菊阁不知道有多少后门侧门旁门给他留着，他却偏生在那个时候走正门？

卫章生就一副火眼金睛，怎么可能在这种事情上被属下给蒙了？

只是自家兄弟老大不小了，就剩下这一个孤独鬼了也怪可怜的，要个心眼儿不过是想讨媳妇而已，身为他们的上司就配合一下吧。

于是他也只是瞪了老赵一眼，顺便踹了他一脚，让他滚了。

知道夫人去了庄子上，卫章心里自然有些不放心，但公事缠身，他也不能立刻跟过去，只得吩咐人悄悄地跟去好生保护。

至此，皇上完全没有起复诚王府的意思，卫章只能尽可能地全面掌控锦麟卫。被谨王收买的自然要彻底清除出去，但还有一些人在模棱两可之间，更有些人只是单纯地不服，并非叛逆。处理这些事情则更需要多动心思。

卫章一天到晚地忙碌，无暇顾及家中。今日从镇抚司签押房出来的时候已经月上中天了。

被清凉的晚风一吹，卫章忽然想起姚燕语今日中午赌气去了庄子上，到这会儿都没人来回话，看来是没回来了。于是轻轻地叹了口气，连家都不想回了。

卷四 卿心未央

家里没有夫人那还是家么？

可是出城的话……似乎也来不及，明天还有很多事情要做。

卫将军摸了摸下巴，忽然转身往回走，把后面跟出来的贺熙给吓了一跳："将军，是有什么东西落下了？"

"没，我想反正回去也没事干，不如我们索性把剩下的人犯都审了吧。"

贺熙："……"

一连忙了几日，最后忙到昏天黑地，终于把武安侯的事情忙完了，从镇抚司里出来，大理寺卿贺庸和都察院右都御史甄墨林顶着俩黑眼圈比大熊猫还可爱。连一向比较能忍的贺将军在见到外边灿烂的阳光时也恍如隔世。

第十一章

蜗居小庄，姚燕语已经在这里住了四天了。卫章寻到蜗居小庄时，姚燕语正坐在谷场旁边看着十几个农妇在打谷。

姚燕语从没参与过这种农事活动，一时见了非常好奇，不但她好奇，还专门叫人回家把凌霄也接了来，让这小子也见见煮粥的米是从怎么来的。

明媚的阳光照在谷场上，农妇们一边干活一边说笑。谷场旁边一棵栗子树下摆了一张前朝风格的矮榻。

矮榻背后有雕花屏风挡住了背后来风，跟前摆了一张小圆几，上面有风干栗子、花生、苹果、鸭梨。再往前，一只红泥小炉上放着一只铫子，里面的水已经咕咕作响。

姚燕语靠在榻上，一手扶着自己隆起的肚子，一手捏着凌霄的小脚丫子。凌霄也学着她的样子靠在一只大软枕上，双手抱着个风干栗子在哪里啃，姚燕语则耐心地教他读《悯农》，凌霄一边啃一边跟着学，俩人你一句我一句，兴致正浓。

卫章来的时候想过很多种可能，唯独没想过会是这样。他见过姚燕语各种各样的时候，给人治病时候的果断决绝，面对危险时的冷静自持，以及在他怀里如小女儿般的娇痴……

她的各种样子都深刻在他的心底，却唯独没有这样的她。此时的她全身上下都散发着母性的光辉，慵懒而圣洁。隆起的肚子，旁边咿呀学诗的孩子，背后茂密的栗子树枝叶间隙里透过来的金色阳光，红泥小炉，花果香茶，以及谷场上农妇的笑声混合着新熟的谷香……

这一切像是一幅绚烂的画卷，美好得让卫章不忍上前打扰。

只是身为大将军他的气场太过强大，只是在不远处悄悄地看着，便引起了许多人的注意。

尤其是身为小孩子的凌霄好像对卫将军有着不一样的敏感。他一边喃喃地念着："汗滴禾下土"一边转头看过去，然后小嘴巴张开着却没了声音，一滴晶莹的口水慢慢地垂下来，

179

滴在了脖子里的丝缎围脖上。

"怎么啦？"姚燕语发现凌霄的异样便随着他的目光看过去。

"父气……"凌霄喃喃地叫了一声。男孩子最笨，两岁多了说话还不清楚。

姚燕语轻笑着给他纠正："是父亲。不是父气。"

卫章在几个丫鬟的请安声中走到了榻几跟前，然后一弯捏着凌霄的腋下把小家伙举了起来，并爱怜地笑骂了一句："小崽子够笨的，这么大了还不会叫父亲。"

"说什么呢？"姚燕语立刻不乐意了："他能背好几首五言诗了。"

"真的？"卫章笑着把凌霄举过头顶，然后转了个圈儿，"背一首给爹听听。"

凌霄乐得咯咯直笑，又下意识地手脚并用抱住卫章的脑袋，弄乱了他的头发，一滴口水滴到他的脖颈里，湿黏黏地凉。

"哎呀！什么东西？"卫章双臂一挥把小家伙放回榻上，拿过姚燕语的帕子往脖子里一抹，"口水弄我一身，你个小兔崽子就是这样孝顺爹的么？"

香蕙忙奉上一盏热茶，奶妈子则笑着上前来要把凌霄抱走，卫章摆摆手说道："等会儿，你是说会背五言诗了么？背一首给我听听。"

姚燕语便捏了捏凌霄胖胖的圆下巴，笑道："凌霄乖，把娘亲刚教给你的诗背给父亲听。"

凌霄果然听话，张口就来："锄禾日当午，汗滴禾下土……"

虽然还不是太熟练，中间打了两次咯儿，但好歹是完完整整地背下来了。卫章听了便夸赞道："小子不错！当然，这也是你母亲教得好。"说着，又笑着看姚燕语。

姚燕语轻笑道："你个当爹的没空儿管教，少不得我得多操点心喽。"

"嗯，等忙完了年前这阵子我就有时间了，过了年我带这小子练功。"卫章说着又伸手把凌霄捞过来放在腿上，粗糙的手指在小家伙胖嘟嘟的脸上蹭了一下，惹得小家伙连连往后躲，咧着嘴巴喊疼。

卫章立刻笑道："小崽子太娇气了，可不能跟小姑娘一样。"

姚燕语立刻不满地瞪过去："练什么功？他还不到三周岁呢！"

"就是要从这么大开始练才成，除非根骨清奇天生是练武的料子，否则再晚就耽误了。"卫章一本正经地说道。

姚燕语皱眉道："让这么小的孩子练武也太残忍了吧？"

卫章却不以为然："这有什么残忍的？我就是从三岁开始练基本功的。"

"那也要看孩子愿意不愿意。"

卫章却不甚在意地笑道："有什么不愿意的？风从龙，云从虎，儿子不跟着老子的脚步走难道还想去考状元？"

姚燕语想反驳，但话到嘴边又咽了下去。

奶妈子再次上前随便找了个借口把凌霄抱走了。香蕙等几个丫鬟也各自躲开。

卷四　卿心未央

　　栗子树下只剩下了他们夫妇二人，卫章侧身靠过去伸手抚在她的肚子上，低声问："宝宝乖不乖？"

　　姚燕语嘟起了嘴巴："比起他爹来算是乖多了。"

　　卫章低低地笑出声来，凑过去在她耳边吻了吻，哄道："我这几天真是忙晕了。好不容易把大事儿都办完了才有空过来瞧瞧你。"

　　姚燕语轻声笑道："你倒是挺放心我们娘们儿，也不怕就这么跑了让你找不到人影儿？"

　　"跑不了的。"卫章伸手把人搂进怀里舒舒服服地靠在枕上，呼吸着山林里混杂着果香和谷香的空气，笑着补充了一句，"不管跑多远我都能把你找回来。"

　　姚燕语好笑地骂了一句："寻回犬么你是？"

　　"嗯？"卫章愣了一下，继而侧身扑过去，"敢骂你夫君？看来有必要重振夫纲了！"

　　午饭是标准的农家饭，菜也都是蔬菜。卫章一看这些吃食立刻皱眉："你这几天都吃这个？"

　　"是啊，吃这个对身体好嘛。整天大鱼大肉地吃也不利于养生。"姚燕语拿起个芋头剥了皮，沾了蜂蜜递给他："你尝尝，还蛮不错的。"

　　这些吃的对卫章来说自然都能吃，他在吃喝方面一贯不讲究，吃饱就行，富贵不过是这几年的事情，之前在西北军营里什么苦没吃过？

　　可让姚燕语吃这些他就觉得受不了，于是皱眉叹道："咱们家也不缺吃的呀！"

　　"当然不缺。"姚燕语笑道，"这是农家的乐趣，整天食不厌精脍不厌细的日子久了也会腻。吃点农家饭接接地气，对身体也有好处。论起养生来我可是行家。"

　　卫章不听她说，只伸手舀了一勺粥尝了尝，嗯，里面有红枣，核桃，银耳，麦芽，江米，小黄米还应该放了糖。味道倒是蛮不错，是她喜欢的那种感觉。

　　"可是，你确定我们宝宝每天只吃这个就可以了吗？"卫章的目光要往姚燕语的肚子上扫去。

　　"当然。"姚燕语嗤笑道，"你去看看人家那些农妇，每天吃的还不如这个呢！哪个生的娃娃不是生龙活虎的？而且生的时候也不费力。"

　　"什么道理！"卫章一听姚燕语把自己跟那些农妇比，脸立刻拉长了许多。

　　说归说，两个人还是开心地吃过午饭，姚燕语有午睡的习惯，卫章接连几天忙碌，也早就想安心地睡一觉了，于是抱起夫人进了卧室，俩人相拥而卧，没过多大会儿的工夫便都睡着了。

　　酣眠一觉，姚燕语先醒来，她这几日每天都吃饱睡着，虽然身子越发笨重了，但精神很好，每天的午睡也是习惯使然，小睡一会儿便躺不住了。

　　轻手轻脚地下床往外边去洗漱，然后吩咐香薷等人："走，咱们去捉鱼。"

　　卫章一觉醒来发现怀里被塞了个枕头，便好笑地起身，出门去找人。

181

一品医女【完结篇】

池塘边，姚燕语一身雪白的衣衫坐在依然碧绿的草地上，耐寒的野花星星点点，身后有霜打过的树叶已经带了点点金黄。西斜的夕阳把金色的阳光笼在她的身上，安静而美好。

卫章缓缓地走过去在她身边蹲下来，看着水桶里两只巴掌大的小鲫鱼，轻笑道："不错啊，当初那个往水边一坐立刻去会周公的人居然也能钓到两条鱼！"

卫章笑着靠过去，刚想把夫人揽进怀里，便听她"啊"地叫了一声："鱼！鱼来了！"于是两个人七手八脚地往上挑鱼竿儿，鱼竿居然沉甸甸地轻易挑不动。卫章立刻把鱼竿从姚燕语的手里夺过来掌控了主动权，然后猛地往上一甩，一尾一尺多长的鲤鱼被摔到了岸上的草地里。

"快去捡啦！"姚燕语又拍着卫章的肩膀催促。

卫将军不慌不忙地起身走过去，一把抓住滑不溜秋的鲤鱼，把鱼钩从它的嘴里摘出来，然后转手把鱼丢进水桶里，并炫耀道："怎么样，还是夫君我厉害吧？一来就有这么大的鱼。"

"切！凭什么你一来鱼就上钩？难道你色诱它啊？"

"色诱？"卫章无奈地笑着伸手把人拉进怀里，"若是色诱的话也应该是诱你啊。它不过一条鱼，哪里用得着为夫费这些功夫。"

"啊呀！"姚燕语惊讶地转头看着近在咫尺的某人，"几天不见，大将军居然变得风趣了！真是叫人刮目相看哪！果然是近朱者赤近墨者黑，这几天赵大风肯定一直在你身边的吧？"

"终于忍不住了？"卫章低笑着蹭了蹭她的耳边，"我还以为你会忍着一直不说呢。"

姚燕语哼了一声，抬手推他："我为什么要忍着？你们那些烂事儿我才懒得管。"

"别啊夫人，你可是咱们家的当家人，该管的就得管啊！"

"这言外之意就是不该管的不许多嘴呗？"姚燕语扁着嘴巴嘲讽着。

"啧！"卫章咂着嘴巴叹道，"怪不得人人都说我有一个知书达理，贤良淑德的好夫人呢！如今看来真是不错！"

"你少拿这话挤对我。"姚燕语生气地伸手推开他凑过来的脸颊，"我素来不知道什么是贤良淑德，早就被云都城里的女人传成异类了。若不是因为懂医术她们不敢轻易得罪我，早就纷纷吐唾沫把我淹死了。"

"胡说。"卫章把下巴放在怀里人的肩上，认真地说道，"我的女人是天下最好的。她们不服也是因为妒忌，天知道那些人有多妒忌我家夫人的才能呢！不然国医馆里会有那么多世家女子先后报名，不惜花费重金也去学医？"

听了这话，姚燕语心里当然是自豪的。不过她心里的那根梗也正好在此，于是哼道："有天大的本事又有什么用？女人天生就是被欺负的。嫁给你们男人，就要奉夫君为天，不仅要给你们生儿育女，打理后宅，还得为你们买通房，纳姜室，在你们跑出去风流的时候，还得自我反省自己到底做错了什么，这还不算，你们在外边做了过分的事情，还得女人家出面给你们擦屁股。哼……"

卷四　卿心未央

"这都是别人家的事儿吧？"卫章叹道，"我可从来没这样过，夫人可不能这么冤枉人。"

"你没这样过，你却纵容他们胡来。说起来也是一样的可恶。"姚燕语哼道。

"大风也没胡来，为夫给夫人保证。说起来这事儿还得请夫人出面，替老三在翠萍面前美言几句吧，翠萍姑娘可真是心狠，再不松口，赵大风就要变成赵大疯子了！"

卫章揽着姚燕语低声跟她解释着有关九菊阁的事情。

原来九菊阁本是六皇子的产业，后来被卫章稍加利用，成了他们的交换和收集情报的一个据点。

之前卫章和他的嫡系都在军营扎根，后回京封官封爵之后才发现云都城里各大家族都有自己的情报体系，而卫家之前的势力早就土崩瓦解，虽然他是武将世家，但在那些人里不过是新富乍贵的后辈而已。

像宰相府丰家，安逸侯周家，定侯苏家，御史府甄家，真是六部尚书各家都没把卫章放在眼里。更别说诸位皇室宗亲王爷府邸，更是把他们几个武将看成是家奴一般的存在。只是碍于军功和镇国公的面子不好把鄙夷不屑放在明处罢了。

而卫章想在云都城查个什么事情，比如当初丰宰相府和灵溪郡主为何对姚燕语另眼相看的事情，他都查了很久都没弄清楚。后来还是韩熵戈受伤，空相大师让人去请姚燕语，从丰家姐弟的嘴里听见了只言片字才知道姚燕语对丰家的老夫人有救命之恩。

从那时起，卫章就有重新建立自己情报网的想法，并付诸行动开始寻找合适的产业做铺垫。所以赵大风才开流连于青楼瓦肆之中。

后来萧太傅在国医馆摔倒受伤，朝中有人针对姚燕语，卫章便趁机观察当时在国医馆读书的几个皇子，后发现四皇子和五皇子貌合神离，各自都有一套算盘，七皇子年幼无知又加上宫里那个愚蠢的娘，难成大器。比来比去只有六皇子了。

于是二人开始互相试探，也开始互相帮扶，直到现在六皇子把自己大部分的暗中产业交给了卫章打理。而自己则放心地去了东海改组海军水师，预防东倭借国宴上的中毒事件挑衅大云海疆。

姚燕语听了之后大为惊讶，瞪大了眼睛看着卫章："原来那么早的时候你就已经选择了六皇子？"

"事关重大，我怕你会有压力，所以没敢跟你多说。"卫章在她耳边低声解释道："不过你放心，你曾救过六皇子一命，他说过将来绝不会亏待你。"

姚燕语闻言半晌不语，最后低声叹道："我的荣辱还不都系在你的身上？只要你把事做周密了就行。此等大事，实在不适合妇人掺和。"

卫章抬手轻轻地托过她的脸颊，让她和自己对视着："你不生气？"

"不生气。"姚燕语轻笑摇头，"有句话不是说，君不密则失臣，臣不密则失身，机事不密祸先行。这种事情自然是知道的人越少越好。我不知道，心里自然压力更少些，若是知道了，还真是不知道该在皇上面前如何应付，少不得一个不留神就被皇上察觉出来，连累

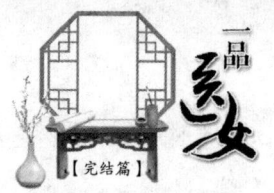

你我以及父母家人都跟着获罪。"

卫章低低地叹了口气，亲昵地把她困在怀里："你看，我就说我有一个天下最好的夫人吧。试问这世间的女子有哪个会有你这般的心胸？"

"切！少给我灌迷魂汤，我可不吃你这套。"姚燕语抬手拍开某人放在她肚子上的大手，"起开，那天我约二哥去九菊阁居然花了我三百两银子。早知道是你们的生意，我就不给钱了！还有——那位墨菊公子的箫吹得极好，改天把他请来家里吹给我听。"

"……"卫章一听这话立刻傻眼，然后迅速地转移话题，"鱼还不够，我再捉一些，今晚咱们还在这里烤鱼吃。"然后，卫将军不由分说站起来，卷卷袖子准备捉鱼。

当然，卫将军捉鱼也不一定非得下水不可，将军武功高深早已经练就了摘花飞叶皆可取人性命的神技，更何况区区一条鱼？

晚上还是在湖边烤鱼吃，时隔这么久，卫将军烤鱼的手法依然很棒，服侍夫人吃鱼的手法也没有退步。

香蕣坐在火堆旁边回头看着亭子里的将军和夫人，不由得会心地叹了口气：夫人终于跟将军和好了！这几天的日子虽然看上去平静无波，实际上她们几个近身服侍的人一直都战战兢兢啊！

只有一天的闲暇，第二天一早天不亮卫章便起身回城。姚燕语还在梦中，昨晚烤鱼烤得高兴了，顺便又干了点别的，所以沉酣中的姚夫人完全没觉得枕边人已经起身洗漱准备走了。

卫章临走前又不舍地俯身去吻了吻她的眉心，看见她脖子上一点吻痕后，心满意足地笑着出门。

香蕣等人在院子里俯身恭送的时候，卫章顿住脚步叮嘱道："务必细心照顾夫人，不许有一点差错。有事立刻叫人去回我。"众人自然满口答应，夫人现在是家里最最重要的人，自然谁也不敢大意了。

日子一天一天地过去，姚燕语的肚子也一天一天地鼓起来。进入九月中，一场秋雨过后，天气转凉，香蕣早早地回城去取了棉袄棉绫裙以及小毛衣裳来预备着。

姚燕语靠在榻上一边翻着自己的手稿，旁边香蕣来来回回地整理衣裳。姚燕语整理了一会儿忽然抬起头来问："蕣儿的预产期快到了吧？你回去见到她了没有？"

"回夫人，见到了。那边的二太太已经选了两个可靠的产婆和两个年轻的奶妈子来这边了，尤其是那两个产婆整天都守在二夫人身边呢。听说过两天那边二太太也会亲自过来呢。夫人不必担心，二夫人好着呢。"

"嗯。"姚燕语呼了一口气，其实她担心的不是苏玉蘅，而是自己。

不管她们谁生孩子，只要自己在旁边，都会想办法保住她们母子平安，可若是自己生孩子的时候，翠微和翠萍两个人能保住自己和孩子的平安吗？

卷四　卿心未央

虽然有人说，女人生孩子跟母鸡下蛋一样，到时候瓜熟蒂落，是再自然不过的事情。可又有多少女人在生孩子这道坎上过不去，赔上一条命的呢？

姚燕语见过太多的意外，所以一颗心也更加忐忑，只希望每个临盆的女子都能母子平安。

不管有多担心，该来的总会来。

九月二十三这日一早，城里有人来报信："二夫人昨晚就开始腹痛，亲家太太和大夫人都在唐府，只是二夫人口口声声要夫人在，大夫人没办法……"

姚燕语没等来人一嘴的绕口令说完，便一挥手吩咐香蕷："备车，回家。"

蜗居小庄回城的路不算短，因为姚燕语也有五个月的身孕了所以申姜也不敢催马。

姚燕语便有些心急，又嗔怪阮氏怎么昨晚不打发人来回。香蕷便劝道："夫人不要着急，这种时候四夫人肯定会在旁边的。有她跟萍姑姑在，保证二夫人不会有事。二夫人也就是跟夫人姐妹情深所以才会在这种时候只想要夫人在身边。"

道理姚燕语自然是懂的，但不知是怀孕的缘故还是别的什么，最近她性子有些变，遇到事情总是有些焦急，再也不是之前八风不动的样子。

马车走了将近两个时辰才在唐府北门停下来，香蕷和乌梅扶着姚燕语慢慢地下了马车往里走，便见唐萧逸急匆匆地从里面迎出来，见着姚燕语忙拱手："夫人，你可算是回来了！"

"怎么样？"姚燕语皱眉问。

"稳婆说一切顺利，可我这心里着实没底啊！"唐萧逸拉长着苦瓜脸，说道。

姚燕语一看他这样就来气了，直接呵斥："你这是什么脸色？给我高兴点！"

"噢。知道了。"唐萧逸赶紧挤出个笑脸，竟比哭还难看。

"你媳妇这是生孩子呢！添人进口是喜事，你再敢给我拉这个脸，看回头怎么收拾你！"姚燕语骂完了人，便匆匆往苏玉薇住的后院走去。

还没进院门便听见苏玉薇痛苦的叫喊声，嗷的一嗓子，把姚燕语给吓了一跳。接着便是一声婴儿嘹亮的啼哭，把随后跟进来的唐萧逸给愣得一怔，差点被脚下的门槛给绊倒了。

"这是……生了？"唐萧逸傻乎乎地看着姚燕语。

姚燕语嗤的一声笑了："没听见你儿子哭啊？"

"怎么就一定是儿子？"唐萧逸傻傻地问。

早几个月前本夫人就知道是儿子，就瞒着你一个人呢。姚燕语给了唐二一个白眼，抬脚往里面走去。迎面一个稳婆抱着一个大红襁褓从产房里出来给唐萧逸道喜："恭喜唐将军喜得贵子，母子平安！"

"我儿子？"唐萧逸双手伸出去又忙抽回来，在衣衫上蹭了蹭才又伸手去接。

稳婆把孩子放到他的手上，唐将军立刻全身僵硬起来，几乎连呼吸都不会了。

姚燕语有点儿无奈地叹了口气，摇了摇头吩咐稳婆："行了，将军不会抱孩子，你们就别难为他了，赶紧把孩子抱去给他外祖母看看。我进去看看大人。"

苏玉薇顺利产子的事情给姚燕语带来了一定的信心，也带来了几分惆怅。

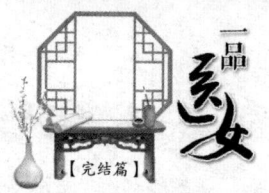

晚上，她靠在卫章的怀里，想了半天，终是忍不住幽幽地叹了口气。

"叹什么气？"卫章捏着她的手，低声问。

"我为蘅儿高兴，她给唐萧逸生了个儿子，唐萧逸都乐得傻了。"

"高兴就叹气？这是什么道理？"卫章低头看着她，"跟我还不说心里话？"

姚燕语往一旁靠了靠，侧脸看着卫章的眼睛，问："你喜欢儿子吗？"

"只要是你生的，儿子女儿我都喜欢。"卫章欠身过来吻了吻她的唇角，抚着她的耳垂安慰道："我知道你肚子里怀的是女儿。我早就说过，有一个跟你一样的女儿，正好让我看看你小时候是什么样子的。然后等我老了，还能看见年轻时候的你，多好？再说，我们不是有个凌霄了吗？你再给我生个女儿，我们就儿女双全了。还不羡慕死他们？"

姚燕语点了点头，又靠回卫章的怀里，低声叹道："你不嫌弃凌霄是我收养的孩子？"

"收养的孩子也是孩子，他虽然不姓卫，但从吃奶的时候便进了我家的门，吃我家的米长大，就是我家的孩子。你看贺熙、唐萧逸、赵大风、葛海他们几个，不都是我们家收养的孩子或者收养的孩子的后代？他们跟我的感情比亲兄弟也不差啊。战场上帮我挡刀挡枪，都是以命相护的。再看看那些大家族的嫡庶兄弟们，就算是亲生的又怎样？"

姚燕语点点头，伸出手臂去钩住卫章的脖子，仰脸在他唇角轻轻一吻："显钧，你真好。"

"唔，我当然好。"卫章低声一笑。

唐萧逸给自己的儿子取名贞元，元者，首也，始也，大也。

这是他的第一个儿子，唐二高兴得合不拢嘴，抱着儿子跟卫章贺熙等人说，将来他的第二个儿子叫双，第三个儿子就叫叁，第四个儿子就叫肆。

如此引来几个兄弟们的极端鄙夷，最沉稳的贺熙拍拍他的肩膀建议："所谓伯、仲、叔、季，总比你这三、四、五、六要文雅许多。"

唐萧逸又嗷嗷地叫着："伯仲叔季是我给儿子取字的时候要用的呀！你们这些土老帽哪里会想这么多？"

贺熙无奈地摇摇头不再多说。

葛海则不服气地瞥了唐萧逸一眼，悄声骂道："瞎嘚瑟！嘚瑟不死你！不就是生了个儿子么！贺大哥家的吉儿都能打酱油了！"

唐萧逸才不怕他，笑眯眯地叹道："我这辈子是比不过贺大哥了，我只要能把你压到下面就行！不管怎样，你儿子肯定要叫我儿子哥了。"

"那也是'二'哥。"赵大风也不服气地哼了一声，唐"二"的名号你用了，你儿子接着用。

"不能够啊！"唐萧逸想摘掉"千年老二"这顶帽子想疯了，早就找到了好借口。"咱们不能把凌霄忘了啊！算上凌霄，我家元儿只能是老三。"

"哟！不当老二了？"赵大风笑嘻嘻地问。

"滚。"唐萧逸抬脚踹过去。

卷四　卿心未央

赵大风跳脚躲开，一边哈哈笑道："哎哎——小心我那小侄子！"
……
却说姚燕语去看苏玉蘅，恰逢梁夫人正在收拾东西准备回家。姚燕语便问："太太怎么不等妹妹出了月子再走？"

梁夫人叹道："本来是要看着她出了月子再走的。蘅儿的奶娘出去养老了，这府里也没个上年纪的人看着，我总是不放心。可家里那边也有要紧的事情，今儿侯爷专门打发人来说请我回去一趟，我是必要回去的。"

"看来是有要紧的事情了。"姚燕语点头。

梁夫人沉沉地叹了口气，说道："夫人也不是外人，说起来这事儿也瞒不了你。我们家里这些日子一直在商议着分家呢。其实本来我们二房这边已经跟侯府那边分开了，倒也没什么。只是那边他们三兄弟还这么年轻，尤其是老二那边内宅连个管事儿的人也没有。这个时候分家，说起来最可怜的还是老二。"

"侯夫人身为长嫂对二爷的事情，定然不会置之不理的。再说，这不还有太太您呢吗？您是他们的婶娘，难道还不该操这份心？"姚燕语轻笑道。

梁夫人摇了摇头："我倒是想着镇国公府那边不是有两个庶出的姑娘？明琅那姑娘稳重大方，我瞧着就不错。谁知他又偏生不愿意，说不想续弦。可见我是白操心。"

众人一时都以为苏玉安因为放不下孙氏才这样。不免又感慨一番，说苏家人出了个情种云云。

因为梁夫人要回去，姚燕语便吩咐香蕈："回去命人置办一桌像样的酒菜送到这边来。"

梁夫人便笑道："夫人太客气了。咱们常来常往的，以后日子长着呢，我见天儿来，难道夫人还见天儿上好的席面预备着？"

姚燕语笑道："萧逸父母双亡，家中诸事都无人料理。我和贺家嫂子都年轻，一些事情也照顾不到。这些日子多亏了太太在这里照顾，不然这里面也着实不像个样子了。太太要回去了，别的我也没有，只有置一桌像样的饭菜，待会儿再敬太太几杯酒，算是替萧逸的父母谢谢亲家太太替他们照顾孙子了。"

听了这话，梁夫人自然不好再拒绝，只得含笑道："夫人如此说，我就豁出老脸去享受一回了。"

苏玉蘅又吩咐琢玉："打发人去请贺家嫂子过来，就说夫人请她来喝酒。"

姚燕语道："正好咱们商议一下元儿的满月酒怎么请，也省得太太回去了，咱们连个商量的人也没有。"

梁夫人又道："这边有事尽管打发人过去说一声，我纵然不能亲自过来，也总能打发几个能干的管家媳妇来帮手的。"

说话间，阮夫人笑嘻嘻地进来，先给梁夫人问了好，又叫人把贞元抱过来瞧。

没多时，菜品齐齐地摆上来，四人入座开宴。

187

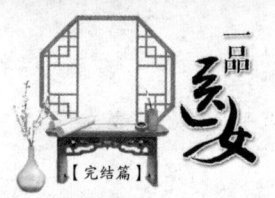

说起了梁夫人要回去，阮氏也跟着感慨定北侯府分家的事情。说来说去，梁夫人忽然想起了什么，便看着姚燕语问道："怎么我恍惚听说我们三奶奶要举家去南边？原本想问问家里，但又觉得家里人也不一定晓得缘故，倒是问问夫人许是更明白些。"

众人便都看姚燕语，姚燕语轻笑道："姐姐这边的日子过得紧巴，她唯一指望的也就是江宁那边的玻璃场。现如今我大哥去了湖广，二哥虽然暂时回去，但总归是官场的人，实在不能在家里的生意上多操心。大姐便不放心那边的玻璃场，所以才想回去自己盯着。"

"这话说得也是。"苏玉蘅已经不再是天真烂漫的少女，对家业经营也十分看重，"不是我瞧不起自家的哥哥，就我三哥那个样子，一时离了银子那身子骨就撑不住，每天人参鹿茸地养着，家里的事情还不都是三嫂子操心？况且现在也不比之前了。"

梁夫人点头叹道："虽然天下人都是劝和不劝分，但也有一句话叫人挪活，树挪死。江南乃富庶之地，又有姚家的百年根基，他们一家子过去了必然互相照应，倒是比在这京都城更好些。"

"江南气候宜人，也适合三哥将养。"苏玉蘅端着一杯温热的黄酒轻轻地啜了一口，叹道，"我如今也出不得门，不然的话应该亲去三嫂子那边瞧瞧。"

梁夫人笑道："她们年前还走不了，若动身也是年后的事情了。过几天你满月酒，她们是必来的。到时候有多少话你说不得？"

"母亲说得也是。"苏玉蘅点点头。

十月二十二日一早天便阴沉沉的，早晨还是北风呼啸，至中午时忽然转了南风，傍晚时分天空开始飘起了鹅毛大雪。这是今年的第一场雪，虽然比往年晚，但却气势十足，看样子不到天亮是停不了的。

姚燕语从唐府回来，把怀里的手炉递给香薷，等着乌梅把自己的狐毛披风解开后方搓着手往暖榻上去坐下，一边接过麦冬递上来的热手巾擦手一边叹道："看着天气，明儿一早怕是要大雪屯门了。"

香薷笑道："明儿那边小少爷满月宴，老天爷真会凑热闹。"

"这倒是不怕，正好把宴席摆到后面的玲珑阁，一边围炉吃酒，一边赏雪，也算雅致。"姚燕语把毛巾递给麦冬，又接过一杯热水来轻轻地喝了一口，又抬头问："咱们园子里的梅花儿还没动静么？"

半夏忙应道："今年天冷，这梅花怕是要晚开几日，今天早晨奴婢去后面瞧，那梅树枝头还光秃秃的呢。"

香薷笑道："夫人多虑了，奴婢听琢玉说唐将军叫人从京郊的花房里订了十二株红梅，那些花在温房里培着，这几日已经打了花苞儿，明儿一早运到府中，摆在玲珑阁内，请诸位夫人们敞开了赏梅呢。"

姚燕语闻言无奈地笑了笑，摇头道："咱们唐将军果然是个能折腾的。"

正说话间，门口打帘子的小丫鬟回了一句："四夫人和萍姑姑来了。"

卷四 卿心未央

姚燕语忙道:"快请。"

翠微和翠萍二人并肩进门,上前先给姚燕语请安,姚燕语伸手把人拉到旁边落座,又吩咐香蕊:"快去倒两杯热茶来,瞧她们两个冰冷的手。"

早有小丫鬟送进热茶来,香蕊转手奉上。翠微接过茶来跟香蕊笑道:"妹妹们且去忙,我们跟夫人说几句话就走。"

香蕊明白她们自然有要紧的事情,于是欠身退出去,把不相干的人都打发得远远的,自己守在门外。

姚燕语便问:"是皇上的病情有变化吗?"

翠微忙道:"夫人说得不错,今日我们奉旨进宫去给皇上施针,发现皇上的病又重了!看样子怕是撑不过这个冬天。"

翠萍看着姚燕语微皱的眉头,说道:"今天皇上的精神有些恍惚,还问及了夫人。我们猜想皇上怕是又有心要夫人进宫为他治病呢。"

"夫人,皇上现在有些喜怒无常,昨日不知为何,忽然把素嫔娘娘的分位降为了贵人,且不许她出宫门半步。素嫔娘娘还怀着孩子,如何经受得起这样的斥责,据说昨晚哭了一夜,今天也在那边招了太医过去诊脉。"

"她们母子怎样?"姚燕语皱眉算了算,又道:"按说也该到了生的时候了。"

翠微点头道:"是已经到日子了,但一直没动静呢。宫女和太医都准备着。"

"想办法加派可靠的人过去服侍,她总归是我们国医馆里出去的人。"姚燕语沉沉地叹了口气,又道:"这两年她在宫里也不容易,而且又处处为我们着想。在外人看来,她就是我们在宫里的代言人。若是她不好了,以后国医馆的日子也难过。"

翠萍又道:"夫人说得是,就是皇上这次忽然发脾气也定然是有缘故的。我听说,昨日下午时候谨嫔娘娘带着七皇子去探视皇上了。然后晚上素嫔去给皇上请安,皇上没见她,却让怀恩公公出宣了口谕,降素嫔为贵人,禁足素心宫,不许出宫门半步。"

"嫔降为贵人也没有什么大不了的,不过是俸禄少几两银子罢了。"姚燕语淡淡地冷笑道,"禁足也未尝不是好事,这样她就可以远离是非,安心地把孩子生下来了。"

"夫人说得是。"翠微应道。

"你们想办法去劝劝她,让她千万想开些,以孩子为重。"

"嗯,她身边的医女都是我们的人,这个不难办到。"

姚燕语点了点头,没再说话。翠微和翠萍对视一眼,也没再继续说下去。翠微则顺势换了话题,问:"明日贞元满月酒,不知有多少宾客?"

"人不多,只有定北侯府娘儿几个,还有二嫂子会带着萃菡过来再加上我们几个人。镇国公府那边已经送了贺礼来,说长公主受了风寒,她们都要在跟前服侍,不能过来。再就是唐将军手下几位副将会来,但那都是爷们儿的事情,不用咱们操心。"姚燕语淡淡地笑道,"说起来这满月酒倒是有些凄凉了。"

189

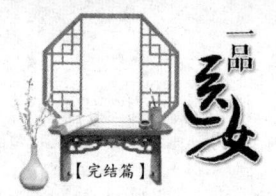

翠微便劝道："唐将军本来就没什么亲戚，苏姐姐也不想多事。满月酒有娘家人到就足够了。"

"外边的雪已经下得大了，明儿倒是刚好赏雪。"翠萍又笑道，"刚好我们也有个借口歇一天。"

姚燕语听了这话也笑了："这些日子你们两个真是辛苦了。"

"我们不辛苦，只是我们所学有限，还得带累夫人忙着编写教程，想想就觉得愧疚。"

姚燕语摇了摇头，叹道："没什么，我也是闲着无聊才写一点，究竟也没弄多少。反正这事儿也急不来。看来一切还得等来年春天才能有个定数。"

第二日一早，纷纷扬扬下了一夜的雪果然停了。

姚燕语裹着被子坐起来，问拿了蚕丝小袄过来的乌梅："外边儿的雪厚不厚？"

香蕷端着洗脸水进来，笑着应道："足足有半尺厚呢，第一场雪就下得这样大，看来往后的日子且有得冷呢！"

"瑞雪兆丰年么。雪足了，明年的收成就会好些。"姚燕语一边穿衣裳一边喃喃地说道。

"夫人说得是。"香蕷说完又笑道，"如今夫人满心思都是这些国计民生的事情了呢。"

"哎！我这也是没办法啊！现如今我可指望着庄子里的那点庄稼过日子呢，庄子上收成不好，可直接关系到我的饭碗呢。"姚燕语笑着叹道。

"凭怎么样，还能饿着你？"卫章在门口站定，把脚上沾满了雪的靴子脱掉，小丫鬟忙递上一双丝履给他换上，方踩着厚厚的长绒地毯走进了卧房。

姚燕语扶着他的手臂慢慢地走到梳妆台前落座，看着镜子里的人问："今日侯爷不出门？"

"萧逸的儿子满月，再忙也要空出一天来喝杯满月酒。"卫章闪到一旁，让丫鬟们给姚燕语梳头。

姚燕语在家里养了这段日子，不但孩子长了不少，连她自己也圆润了很多。尖下颌没有了，取而代之的是一张满月脸，弯弯的眉眼即便不笑也带着几分明媚和蔼，乌发如墨，肤色红润，整个人便越发显得明眸皓齿，顾盼有神。

卫章靠在梳妆台的一侧，静静地看着她，舍不得别开目光。

因为是喜庆的事情，香蕷给姚燕语梳了一个流云髻，选了一支赤金镶紫水晶的凤头钗簪在鬓间，另一侧簪紫色珠花。

姚燕语看着镜子里的紫色珠花，顺手捏了捏手腕上的紫珠手链，轻笑道："你送我的那一匣子紫珍珠我还留着一半儿。"

卫章轻笑道："至于这么节省么？也不是多难得的东西。"

"这是你首次送我的东西呢，我可舍不得浪费了。"姚燕语轻轻地转着手腕上的珠子，"剩下的那些我留着，将来给女儿做她喜欢的首饰。"

卫章无奈地扶额："难道我就像是那么没用的人么？连给女儿的东西都要夫人节省下

卷四　卿心未央

来才有。"

"意义不一样嘛。"姚燕语笑着朝着镜子眨了眨眼睛。

卫章轻笑道："随便你喜欢好了，真是拿你没办法。"

今日的满月宴说是人不多，但平日里但凡有人情来往的也都送了贺礼过来，更有一些官阶比唐萧逸低的，巴不得有个机会进府一趟，更有人看着卫章的面子，便不顾雪大难行，也紧赶慢赶地来了。

孩子满月这样的事情历来都是女人们的活动，唐府后花园的玲珑阁里原本预备了四桌宴席，但看来人竟是坐不开，阮夫人又调停着加了两桌，六桌人挤在小小的三间屋子里，一时间热闹得很。

封氏心事较多，看着苏玉蘅被众人围在中间劝酒的样子，一时颇为感慨，便同旁边的姚凤歌说道："记得大长公主在的时候常说，三妹妹是个有福气的。如今看来果然不假，唐将军重情重义，她进门后又一举得男，以后这小日子可没得说了。"

姚凤歌淡淡地笑了笑："最重要的是夫妇和美，儿子女儿么，只要身体健康，早晚都能生的。"

封氏顿了顿，微笑点头："弟妹这话说得不错，只是你我却没有这样的福气。"

姚凤歌拍拍她的手，劝道："我们也该知足了。"

却说宫中今日也发生了件大事，林素墨在昨夜早产生下了一个小皇子。皇上见了自己新鲜出炉的小儿子自是高兴，又见这孩子带着不足月的病弱，一颗老心像是泡在蜜水里煎煮，又是甜蜜又是心疼。

正常情况下，父母心疼孩子，会把世上所有的好东西都搬回来给孩子。但皇上却不同，天下都是皇家的，想要什么都是一句话的事情，所以也不用搬。

于是沉思良久，皇上决定以皇家特有的方式来表达自己满溢的父爱："八皇子乃是朕的老来子，朕怕是没办法陪他长大了，但朕要给他一个好名字……嗯，珏，乃玉中之王。就赐名'珏'吧。朕的儿子都是成年之后建功立业才封爵位，小八建功立业的话……朕怕是也看不到了。索性连爵位一并赏了吧，小孩童，封号就不要太张扬了，就封为'惜郡王'吧，希望他能够珍惜朕对他的这份父爱，平安健康地长大，将来为我大云江山奉献自己的力量。"

怀恩以及紫宸殿里的太监宫女们都跪下来称颂皇上万岁。两个乳母则替八皇子叩谢皇恩。

皇上命怀恩去崇华殿宣圣谕，让大臣们拟旨昭告天下。怀恩应了一声便匆匆出门，却在宫门口遇见来给皇上请安的三皇子云珉。

"哟，殿下来了。"怀恩赶紧躬身请安："奴才给三殿下请安。"

云珉裹着厚厚的大毛斗篷，头上戴着白貂绒暖帽，俨然一副大病初愈的样子。他看着急匆匆的怀恩，微笑着问："公公这么急匆匆地是有何要事？"

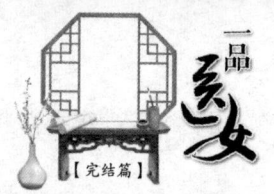

怀恩忙道:"回三殿下,素贵人为皇上诞下龙子,皇上已经封了小皇子为惜郡王,着老奴往崇华殿去宣圣谕。"

"……"云珉听完这话便觉得自己的心脏像是被什么重物给猛地撞了一下,说不出的难受。

大云朝开国以来只有一出生就封公主的皇女,还真没有一出生就封王的皇子。前些日子素嫔刚降为贵人,又被禁足在素心宫,这才几日啊……

"殿下若是给皇上请安就请快些进去吧,皇上这会儿正高兴着呢。"怀恩又朝着云珉躬了躬身子,"奴才先行一步了。"

"既然是父皇的圣谕,自然耽误不得,公公且请。"云珉忙点了点头,看着怀恩匆匆离去的背影,无声地叹了口气,抬脚缓缓地迈进了紫宸宫的宫门。

皇上给新出生的八皇子赐名"珏"并说珏乃玉中之王,并直接封刚出生云珏为惜郡王的消息像是插上了翅膀一样飞出皇宫,在云都城里传扬开来。

很多人都说,皇上有意传位给八皇子,不然怎么会说出这样的话做出这样的事情?

但也有人说八皇子是皇上的老来子,皇上活了一甲子了,又喜得麟儿,此乃祥瑞之事,皇上封小皇子为郡王一点也不为过。只是此事与皇位绝无关系。皇上是病重也不是傻了疯了,决不会传位给幼子。

这些话在别处也不过是说说而已,但在三皇子府就不一样了。三皇子妃气急败坏地摔了一盏茶犹自不解恨,还以茶水太烫为由把奉茶的丫鬟叫人给拖出去狠狠地打了一顿。

内宅之事云珉虽然从不过问,但像这么大的动静他还是能听见的。皱眉问管家:"这鬼哭狼嚎的动静是怎么回事儿?"

管家知道事情瞒不住,便上前实话实说了。云珉听完后无奈地揉了揉眉心,起身往后院去。

云珉从前书房走到内宅后,心里的火气便已经消了。他本来就不是那种炮仗性子,温润如玉是他的性格,谋定后动是他的习惯。发火、动粗,打人卖人什么的都不是他能做出来的事情。但他却有另外一套处置人的办法,温润如春风细雨,却也足以叫人难忘。

比如今天对待三皇子妃,云珉就表现出了极好的风度,他没有发火,甚至还安慰了妻子几句,最后一锤定音:"你心里不舒服,不如回娘家去住几日吧。"说完,便吩咐自己从宫里带出来的一个老嬷嬷:"给夫人收拾东西,叫人准备马车。"

三皇子妃顿时愣住:"爷这是要赶妾身回去么?"

"家里太闷了,我又不喜欢热闹,家里连个说话儿的人也没有。你就回娘家去疏散几天,把心里的闷气散了再回来也使得。"说完,云珉便翩然而去,留下三皇子妃一个人傻愣愣地坐在那里,还不知道自己什么事儿惹恼了她的夫君。皇子妃就这样被云珉给遣送回娘家去了,三皇子府更加冷清。

晚饭后,一位姓詹的幕僚陪着云珉下棋时劝道:"三爷放宽心些,新出生的孩子就封王,

卷四 卿心未央

未必是好事。"

云珉苦笑着摇了摇头，说道："先生还没看出来么？父皇是想借这个孩子试探我。"

"在下还以为三爷没看透呢，看来是白担心一场。"詹先生笑了笑，抬手落子。

云珉幽幽地叹了口气，说道："我就是心里堵得慌。同为父皇的儿子，看着他们一个个折腾来折腾去，连最愚蠢的老四也不过是被幽禁而已。而我，一向兢兢业业如履薄冰，到现在父皇病成这样了都不肯正眼看我一下。之前我觉得不如顺着他，等他消了气就好了。可如今看来，好像并非如此。"

詹先生看着云珉，目光闪烁，神采奕奕："三爷若是有心大业，现在可是最好的机会……"

"不。"云珉立刻摇头，拈着一粒棋子缓缓地落下，轻声说道："先生误会了。若说之前，我承认我也有过这份雄心壮志，只是现在……我早就心灰意冷了。"

詹先生看着云珉古井无波的眼神，无奈地叹了口气，伸手又落了一枚棋子。

"三爷……"詹先生还想要说什么。

云珉抬手打断了他："先生不要劝了，我意已决。等父皇龙御归天之后，不管是哪位皇弟继位，我都要请旨离京，去封地过平静的日子。云都城的风起云涌于我来说，都是曾经的回忆了。我现在之所以不走，是不想在父皇最后的时候见不到他。"

"三爷至诚至孝！"詹先生朝着云珉一拱手，片刻后又惋惜地叹道，"只怕三爷一心求和，人家却不一定领这份情。到时候一样是兄弟反目，刀兵相见。"

"不会的。"云珉淡淡地笑了笑，"我已有安排。先生若是不放心，明日便可离府避乱。"

"三爷这话说得，还不如大耳刮子抽我。"詹先生立刻敛了笑，"当初三爷遣散府中食客三百余人，某当时就说，今生追随三爷，绝无二心。这种时候，某怎么可能离府呢。"

云珉淡然一笑，指了指棋盘："该先生了。"

"呃，好。"詹先生忙拈了一子，认真地审视棋局。

同时，宁侯府，燕安堂。烛影摇摇，姚燕语用了晚饭后靠在榻上，全身懒懒地不想动，心里却乱七八糟地怎么也静不下来。

卫章把外袍脱掉，换了家常衣裳，洗过手后便把手里的巾帕递给正在给姚燕语捏腿的香薷，吩咐道："你们都下去吧。这里不用伺候了。"

香薷接过巾帕来应了一声，和其他人一起退了出去。

卫章坐在姚燕语身侧，把她的微肿的双腿放到自己的腿上，开始轻轻地揉捏。

姚燕语叹道："真不知道皇上怎么想的，刚出世的孩子就封了郡王，这到底是爱他还是厌他？"

"皇上的心思现在越发地难捉摸了。"卫章轻轻地叹了口气，又叮嘱道，"不过这些事情跟咱们无关，皇上有旨意让你进宫你就进宫，没旨意你就安心在家里养胎，外边的事情

一切有我。"

姚燕语点了点头，又叹道："听说，今天三皇子进宫给皇上请安，皇上没让进殿，他只在殿外磕了三个头就回去了。"

"嗯，皇上对三皇子似乎一直很不满意。"卫章漫不经心地说着，又把姚燕语的肩膀扶过来给她捏肩。

姚燕语跟云珉见过一面，因为他的行事让人出乎意料，所以他的形象也一直印在心里，又加上姚凤歌的缘故，她有时候也会想想这两个人的故事，暗地里也叹息过多次。

今日又提及他，脑海里便又出现那个温润如玉的男子。于是轻声叹道："你说，他会有那个心吗？"在姚燕语看来，聪明人不该着急着谋夺，而是应该安心地等。

卫章轻轻地按压着她的肩井穴，不满地说道："刚说了让你不要操心这些事情，你还问。"

"我这不是……"想着他跟凤歌有一段感情么，不过后面的话姚燕语还是及时收住了，这种事情就算是夫妻也不该乱讲的。

"你就那么关心他？"卫章醋意熏熏地哼道。

姚燕语好笑地叹道："你这口干醋还得吃一辈子啊？我不过是觉得他挺可怜的。平白无故被陷害，像我们这些外人都已经撇干净了，可他爹就是不肯原谅他。"

"好了，别人家的事情你操什么闲心啊？"卫章说着，转手把人抱起来往床上送去，"早些睡吧。"

姚燕语本就被他捏得昏昏欲睡，躺床上没多会儿的工夫就跟周公约会去了。卫章等她睡熟之后方又悄悄地起身，拿过公侯才准用的貂绒鹤氅来披在身上，蹬上鹿皮暖靴出门去了。

在这各方势力风云暗涌的云都城里，许多的事情都在暗中进行，彼此之间保持绝对的机密，连枕边人都没有惊动。只是不管这些世家公侯将军政客们如何谋划，一些事情该发生的也照样发生，似乎一切都按照各自的计划在进行，又似乎一切都无法改变。

十一月初四，第一场雪尚未消融之时，老天又给云都城盖上了第二场雪。

夜半三更之时，雪落无声。宁侯府的大门被拍得咚咚地响。看门的下人麻利地起身点灯，披着衣服应了一声："谁呀？大半夜的有什么要紧的事儿？"

"快开门！我们是宫里的人，有要紧的事情要见侯爷和夫人！"尖细的公鸭嗓是太监的标志，门子一听这动静吓得一个激灵，唯一的那点睡意也烟消云散了，只赶紧穿上鞋袜去开门，把来人请至门房内。

另外早有人匆匆地报进去，但见宁侯府里从前厅到内宅，一个门厅一个跨院的灯次第亮起来，片刻后，燕安堂的灯也亮了。

姚燕语被卫章从梦里摇醒，迷迷糊糊地问："吵什么啊？困死了。"

"燕语，快，宫里来人说有要紧的事情要见你我二人。我猜皇上怕是不行了，赶紧起身换衣裳，咱们要立刻进宫。"

"啊……"姚燕语的神思顿时清明了，"怎么这么快？"

卷四 卿心未央

　　紫宸宫、紫宸殿外的廊檐下、院子里、宫门外的甬路两侧全都布满了护卫，三步一岗五步一哨，皆是黄松的嫡系。大殿里面的太监宫女屏息凝神地立在角落里，在主子不需要的时候宛如空气一样透明，也都是怀恩用心调教出来的得力之人。

　　姚燕语一进大殿的门就被里面压抑的气氛给闷得难受，真想直接调头回去。

　　卫章见她脚步一顿忙回头看她，以眼神询问。姚燕语深深地吸了一口气，抿着唇角朝卫章轻轻地点了一下头。然后继续往大殿深处走。

　　此时皇上已经昏迷过去，姚燕语凑近了看他，但见他双目紧闭，唇色泛白却面色潮红，看上去着实不怎么好。于是转头看向怀恩。

　　怀恩也不等姚燕语问便赶紧说道："皇上昨晚用过汤药后坐了两刻钟就睡了，睡着后却一直不怎么安稳，亥正二刻的时候忽然说起了梦话，像是在梦里跟谁吵架，然后猛然坐了起来就醒了。醒了之后又好像神志不怎么清醒，把跟前守夜的太监给骂了一顿，便气得昏厥过去了。"

　　说完，怀恩又转头看了一眼今夜值守的两个太医。

　　今晚两个值守的人里有一个是张之凌的侄子名叫张介臣的上前回道："皇上应该是梦魇了。"

　　姚燕语点点头，转身行至龙榻跟前，拎着衣襟便要跪下，怀恩忙搬了一个小圆凳放在榻前："皇上早有圣谕，姚大人御前免跪。"

　　"谢公公。"姚燕语也不客气，直接坐下来给皇上诊脉。

　　这又让旁边的两个太医羡慕不已，要知道张之凌六十多岁了，官居太医院一品院令，在给皇上诊脉的时候也得跪着。

　　不过张介臣看了一眼姚燕语那已经圆突突的肚子，又安心了很多。这世界上哪个怀了几个月身孕的女人还得如此辛劳进宫给皇上治病的？

　　姚燕语给皇上诊过脉后，转头问怀恩："这些日子皇上除了吃汤剂之外，还服用了什么丸药？"

　　怀恩忙回道："这两日皇上说有些心火，总觉得烦躁不安，所以每日吃一丸'清心'。"

　　清心丸是国医馆配制的丸药，用于心宫内热，痰火壅盛，神志昏乱，语言不清，烦躁不安。

　　姚燕语配制这味丸药的时候将原来的配方改良过，其中有一味用来消肿解毒的木番薯，经过特殊炮制，去掉其原本的毒性之后入药，配制出来的丸药效果比之前的旧方子好了很多。

　　但是，木番薯全株有毒，若是炮制不好的话，会引起患者中毒，中毒症状轻者恶心、呕吐、腹泻、头晕，严重者呼吸困难、心跳加快、瞳孔散大，以至昏迷，最后抽搐、休克，因呼吸衰竭而死亡。

　　姚燕语平静地问怀恩："皇上服用的清心丸呢？还有没有？"

　　"有。"怀恩忙应了一声转身从一格橱子里拿出一个敞口的玻璃瓶子，瓶子里还有十

几粒蜡封的药丸。

姚燕语接过瓶子扒开软木塞，从里面取出一粒蜡丸来捏开，又剥掉那层薄薄的油纸后，把药丸放到鼻子跟前轻轻地嗅了嗅，皱眉道："这些清心丸不是我亲手配的，是谁送来的？"

怀恩一愣，想了想方道："这的确不是大人亲自配制的那些药丸，但这也是国医馆送来的……"

姚燕语转头蹙眉对卫章说道："立刻派人查封国医馆，把里面所有的药材、成药，以及药渣都细细地封存。尤其是清心丸的配料和药渣，我要亲自验看。"

在她刚才问药丸来历的时候，卫章以及大殿里的所有人的心都提起来了。此时听她这样说，卫章毫不犹豫地点头，转身出去把新提拔上来的锦麟卫雷霆支队的都尉苏玉安叫过来，沉声吩咐道："你点一千手下，立刻把国医馆围住，里面上至主官，下至医女学员全部看守起来，所有的药材、成药、药渣必须细心封存。就今天半个晚上的时间，务必把事情办妥，不许惊动不相干的人。"

苏玉安躬身领命："是，侯爷放心。"说完，便凛然而去。

卫章又跟黄松商议，把刚才紫宸殿里姚燕语说的话以及他刚刚发出去的命令全部封锁，任何人不许透漏半个字，一切都要在大臣们有异动之前把事情弄清楚。

大殿之内，姚燕语已经在给皇上施针了。

按说，一粒清心丸里所含的毒素根本不至于此，但皆因皇上身体虚弱使得用药特别敏感，对于常人许是没有什么作用的一点药效，对他来说便可发生大事。

姚燕语用太乙神针先祛毒，然后又缓缓地注入内息为其调理五脏六腑，奇经八脉。

差不多用了一个时辰的工夫，皇上出了一身的透汗，脸上不正常的潮红也渐渐地褪去。

姚燕语收了银针，吩咐怀恩："弄些热水来给皇上擦拭一下身子吧，那些汗里面带着毒素，若不及时擦去，再通过肌肤渗回身体里，一样对龙体没好处。"

"好。"怀恩答应着，招手唤了两个宫女去弄热水。

姚燕语便和其他两个太医一起出了内殿，往偏殿去等候国医馆那边的消息。

张介臣对姚燕语刚刚让卫章派人查抄国医馆的事情着实感到震惊。毕竟在所有人的眼里，国医馆就是姚燕语的地盘，是皇上专门为她设立的一个医疗机构，是她的一言堂，自留地。

国医馆出了问题，绝对不是打脸那么简单，而是要她负起全部的责任。

然而她依然那么决绝，一丝犹豫都没有。这得是怀着一种什么样的心思才能做到？

不过事情也不容他多想，他爹早就叮嘱过他，在紫宸殿当值，那是把脑袋别在裤腰带上的差事，一定要多听，多看，多想，唯一不能多的就是"话"！

卷四 卿心未央

第十二章

姚燕语行至偏殿，便有人端了水盆进来，她净手毕，方端起一盏八宝茶缓缓地喝了两口，便坐在椅子上闭目养神等国医馆那边的消息。

苏玉安办事雷厉风行，不过两个时辰，就派人来回：国医馆那边都封存完毕。

卫章看着姚燕语憔悴的面容，心里实在不想叫她，但事情关系到皇上的性命，牵动着整个大云朝的未来，谁也不敢掉以轻心。

姚燕语走的时候看了张介臣二人一眼，说道："二位大人一起来吧，也好做个见证。"

张介臣二人对视一眼，起身跟了上去。

姚燕语有些日子没进国医馆了，这里现在是翠微和翠萍二人主管，当然也有两位从太医院调过来的五品主簿协助管理。

此时丑时刚过，正是黎明前的黑暗，一天里最阴最冷的时候。

众人都裹着厚厚的大毛斗篷觉得腿脚冻得失去了知觉，姚燕语裹着一袭貂绒斗篷，里面穿了两层棉衣，下车的时候已然被卫章的鹤氅又包了一层。

其实她并不觉得寒冷，内息修炼到了一定程度，寒暑对她来说已经不再是难以忍受的事情。只是卫章非要这样，当着那么多人的面她也不好多说。

进了国医馆，姚燕语先去了封存药渣的地方，并指明要看最近一炉清心丸的药渣。

今晚是翠萍在国医馆内当值，她办事麻利，二话没说便从架子上找到了一包药渣，并打开给姚燕语验看。

姚燕语看过之后发现没有问题，又问："再早一炉的。"

翠萍便一包一包地拿过来给她看。

之后，在检查到第五包的时候，姚燕语从药渣里找出一块木番薯来凑到鼻尖上闻了闻，冷笑一声翻过药渣包上贴的纸条看了看，指着上面的几个人名跟身边的卫章说道："就是这几个了，立刻去审讯他们吧。"

卫章一挥手，身旁立刻有人接过那张纸条出去，没多会儿的工夫便提来了掌药医女。

"还有一个学员呢？"姚燕语蹙眉问。

"这个学员前天告假了。"翠萍在一旁回道。

"立刻去她家中拿人！"卫章冷声吩咐。

苏玉安忙道："已经派人去了。"

"那就先审这两个吧。"姚燕语皱眉说完，转身往外走。她有一种预感，就是这两个医女应该什么都不知道，而那个告假的学员才是关键。

"大人，这木番薯有何不妥？"翠萍说着，便捏起药渣里的另一片木番薯仔细地看了看，便要往嘴里放。

一品医女
【完结篇】

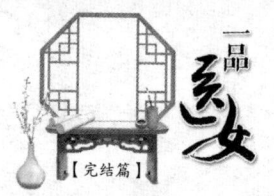

"别咬！"姚燕语忽然厉声说道："那不是我们大云朝的木番薯！"

翠萍一怔，整个人僵在那里。

一直旁观的张介臣上前拱手道："敢问姚大人，这不是我们大云朝的木番薯，又是何物？"

"此乃天竺国生长的木番薯，我大云朝的木番薯虽然有毒，但经过炮制，毒性可散去，只留药性。入药后亦有解毒的功效。而这天竺国的木番薯因为其生长环境不同，其毒性却另有不同，不管怎么炮制，其毒性都不变。它可使人精神亢奋，致人癫狂，长久服用，亦会致死。"

此言一出，周围的众人全都变了脸色。

姚燕语又问翠萍："这木番薯乃海外之物，寻常人是弄不到的。那个告假的学员家里是什么状况？"

姚燕语话音一落便有人递上了那个学员的档案：吴秀媛，太仆寺丞吴东之女，年十五岁，身高五尺三寸，貌平，中等之姿。

看过这份简单的档案后，姚燕语便递给了卫章。卫章扫了一眼，又转手交给了身旁的苏玉安。

姚燕语转头问翠萍："这个吴秀媛平日表现如何？"

"平平常常，她很少说话，成绩也在中等，平时大家都极少注意到她。"翠萍蹙眉道。

姚燕语唇角弯起一抹冷笑，懂得藏拙的才是高人。看来这个吴秀媛不同寻常。

众人随着这个微笑一时陷入沉默之中。

不一会儿的工夫，派出去的人匆匆而回，带回来的是吴东，却没有他的女儿吴秀媛。

太仆寺掌皇帝的舆马和马政，吴东原本是太仆寺里的一个兽医博士，前年的时候因医治好了大食进贡的一匹骏马而被提拔为寺丞。

卫章看了一眼吓得腿软的吴东，对着苏玉安摆摆手，示意他带去一旁审讯。苏玉安招呼了几个手下把人带到一旁，几乎没用什么手段，吴东就全招了。

原来吴秀媛并不是吴东的亲生女儿，而是几年前金河决堤他救回来的一个逃难女。当时觉得这女孩子饿得面黄肌瘦着实可怜，便救了回来。后又见她温婉乖顺，而他自己又膝下凄凉，早年有个儿子，后来溺水死了，便把这姑娘收为义女。

后来他发现这个义女对医书感兴趣，经常在他的书房里拿些医书回去看，便更觉得这个女儿认得很合心意，父女两个便经常讨论医道。前年他救治那匹进贡的骏马也是因为听了此女颇多见解。所以后来吴东便花重金打点上下，把吴秀媛送进了国医馆学习。

至于吴秀媛之前姓什么叫什么，吴东也曾多次问过，开始的时候她只是哭，后来再问便一天不吃饭。吴东的夫人便不许他再问了。

苏玉安听了这些便觉得这个吴秀媛十分可疑，又问她人在何处，吴东生气地哭号着：他把女儿送进国医馆学习，现如今人却无故失踪，他还想要状告国医馆藏匿人口呢！

卷四 卿心未央

告国医馆藏匿人口？真是天大的玩笑。苏玉安冷笑一声没有理他，把他的供词直接转交给了卫章。

卫章看着供词，皱眉道："金河决堤那年的难民？"

姚燕语闻言也是一怔，一个懂医术的小姑娘又恰好是那一年的难民……

既然懂医术，就不可能是寻常人家的孩子。一个姑娘家从金河灾区逃到京都来？若是别人或许相信，姚燕语是亲眼见过灾区的惨状的，别说一个小姑娘，就算是个壮小伙子恐怕没有人帮助也逃不出来。

而且，就那么巧？懂医术的逃难姑娘刚好遇见太仆寺的兽医博士？

"这个吴东认义女具体是在什么时候？"姚燕语转头问苏玉安。

"是在金河决堤后第二年的春天。"

"第二年春天？"卫章皱眉，那个时候灾民已经安置完毕，被洪水冲过的村子也开始建设。朝廷在那年的赈灾十分到位，当然，谁也不敢说那年所有的难民都得到了安置。只是这一切凑在一起也太巧了。

姚燕语缓缓地闭了闭眼睛，轻声说了两个字："薄家。"

卫章心神一震。

那年姚燕语发现了毒驹草，及时抑制了瘟疫蔓延，害得囤积药材的薄家损失了一大笔。之后薄家人对姚燕语暗中投毒，未果。卫章和姚延意二人联手顺藤摸瓜，查到薄家用假冒次品牟取暴利的事情，然后巧用移花接木之计，把那批假柴胡弄进了宫里，最后由张苍北发现，直接告到皇上那里。薄家被抄家，大江南北所有的药铺药场均被查封，薄家全家入狱。

当时这件大案还牵扯了朝中大臣，可谓是一件滔天大案。

不过转瞬之间，卫章的心里便把当年的事情过了一遍，之后毫不犹豫地吩咐苏玉安："不遗余力，一定要把这个吴秀媛找出来。她极有可能是罪臣之后，混入国医馆的目的就是谋害皇上，为她的家族报仇。所以决不能让她逍遥法外。"

"明白。"苏玉安拱手领命，转身出去安排。

此时天已经亮了，姚燕语看看外边深蓝色的天空，轻轻地叹了口气，说道："也不知道皇上怎么样了。"

"把这里安排一下，即刻回宫。"卫章自然也知道此时皇上的安危才是最重要的，反正清心丸一事已经有了眉目，只要捉到吴秀媛，事情便可弄清楚了。

姚燕语又补充了一句："还是不要太大意。从今日起到事情水落石出之前，国医馆内所有的一切都不许动，所有的人也不许外出，谁有异动，立刻锁拿查问。"

翠萍立刻躬身答应。

卫章又转头看向自己身侧的副都尉，烈鹰卫副将躬身应道："属下明白。"

安排好了国医馆的事情，卫章扶着姚燕语准备再回宫里去看视皇上，苏玉安急匆匆地从外边进来，拱手回道："回侯爷，有新发现。"

199

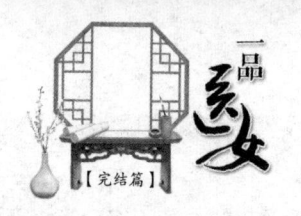

"什么？"卫章忙问。

"这是从吴秀媛的房间里搜到的，东西掉在她的床脚下，应该是走得匆忙没来得及收拾。"苏玉安说着侧身闪开，他的身后有一个锦麟卫托着一根吩带递上来。

姚燕语一眼看见那吩带做得着实精致，不过拇指宽的月白素缎的带子上绣着银色的徽标，那徽标精巧细致，纹路蜿蜒扭曲，宛如祥云一般地流畅，一笔一画又精巧组合成一个篆体的"薄"字。这正是薄家家族的标记，当初薄家每个药铺药场门口的灯笼和幌子上，都绣有这个标记。

"果然是薄家的东西。"姚燕语轻声说道。

卫章点了点头，又对苏玉安说道："把这东西和那些药渣一起封存，另外，叫人速速去查那女子的下落。"

"是。"苏玉安拱手应道。虽然在茫茫人海中找一个女子无异于大海捞针，但此等谋害皇上的大罪，谁也不敢多说。只能倾其全力去办。

卫章和姚燕语出了国医馆坐马车回宫已经是卯时。皇上尚在沉睡，崇华殿里的几个辅政大臣已经到齐了。众人来给皇上请安，怀恩只说皇上昨晚睡得不稳，今早还在睡。

皇上睡得不安稳对几个大臣来说已经是家常便饭，尤其是宫变以后，皇上几乎就没睡过安稳觉。几个辅政大臣闻言也不多说，只朝着寝宫躬身请安后，回崇华殿各自处理政务去了。

姚燕语在紫宸宫偏殿等候，卫章和黄松在另一处商议此事该如何处置。

黄松是皇上的心腹，只忠于皇上。他的意思是等皇上醒了再说。

卫章却说此事干系到天下安危，必须让几个辅政大臣以及诚王爷、燕王爷和镇国公等皇室宗亲知晓。

黄松知道卫章对皇上也是忠心耿耿的，但卫章是从镇国公府起来的武将，自然跟镇国公府亲厚。这就让他有党派之嫌。

虽然凝华长公主和镇国公也忠于皇上，但他毕竟只是国戚而已，黄松对皇亲国戚素来敬而远之，从不私交。而卫章有了这层关系，在皇上跟前便显得比黄松远了那么一点。

所以当卫章提出要在此刻请诚王、燕王、镇国公进宫告知皇上的身体状况时，黄松立刻冷眼盯着卫章，沉声问："大都督是对皇上的安康没有信心了吗？还是受谁之托，想要在这种时候探视皇上的心思，而别有图谋？"

"图谋？黄都尉以为卫某有何图谋？"卫章淡然反问，"或者，你也认为诚王爷和镇国公是谋逆之辈？"

黄松默了。对于诚王爷和镇国公二人对皇上的忠心他自然明白。跟在皇上身边这么久，就算是个木头，也应该能看清楚皇上对这个妹夫和胞弟有多深的感情。

宫变之后，皇上对宗亲避而远之，明面上看，皇室宗亲被皇上怀疑，大权旁落，可谓朝不保夕。

可谁都知道这只是暂时的，皇上病重，不管哪个皇子继位，镇国公和诚王爷这两位都

卷四 卿心未央

将是护国重臣。

那几个辅政大臣只有治国之权，处理大小政务自然不在话下，但论权柄，那几个人加起来也比不过诚王爷和镇国公二人的十分之一。

诚王爷辅政三十余年，镇国公掌兵三十余年。

他们两个若想谋反简直易如反掌。

现在皇上病成这样，几乎不能理政。而朝廷大小事情依然有条不紊地进行着，崇华殿里该怎么忙就怎么忙，大小事一件都没耽误。凭的是什么？还不就是诚王府和镇国公府两座大山镇在这里，再加上卫章这把利剑东杀西砍，震住了那些宵小之辈？

见黄松沉默不语，卫章又淡然问道："黄都尉，话既然已经说到了这里，那么我再多问你一句：黄都尉将何去何从？"

"你！"黄松拍案怒起，"皇上对你信任有加，恩重如山，你居然！"

"大丈夫磊落光明，你敢对天发誓说你没想过此事？"卫章鄙夷地瞥了黄松一眼。

黄松的气势立刻弱了下去。他又不是傻瓜，怎么可能没想过？像他这样的天子近卫，一旦皇上龙御归天新皇登基，他便是砧板上的鱼肉，只能任人宰割了。任何一任新帝都不会重用先帝身边的近卫的，这是明摆着的事儿。

可这又有什么办法呢？他只是皇上豢养的死士。他们看似风光无限，实际上并没有什么权势。

他们这一支皇上身边的近卫跟其他的锦麟卫又有所不同，他们都是孤儿，虽然追随皇上这些年也有娶妻生子，但他们娶的女子也都是福利院的女子，跟朝中世族隔离，自成一派。

皇上在的时候他们龙威虎猛，皇上一旦去世，他们便是虎落平阳。

黄松不说话，卫章也不着急说话，只是端着茶盏默默地喝茶。忽然，外边有人的脚步声，黄松蓦然皱起眉头，卫章却岿然不动。

"宁侯，黄都尉，皇上醒了，要见二位。"小太监三顺推门而入。

卫章把茶盏放下，起身说道："黄都尉，走吧。"

黄松忙收拾心绪跟上了卫章的脚步。二人一前一后进了正殿。

姚燕语已经给皇上诊过脉，张介臣和另一个太医也在，因为昨晚发生的事情不许传出去，所以他们两个禁止出宫。

皇上的精神比昨天好了许多，此时正靠在榻上由着怀恩喂养生粥。卫章和黄松进来没敢说话，悄声立在一旁等皇上不吃了才上前跪拜请安。

姚燕语和其他两个太医便告退出去。

皇上又看了一眼怀恩，怀恩朝着几个太监和宫女挥了挥手，众人也都退了出去。

昨晚发生的事情皇上已经从怀恩和姚燕语那里听了个大概，此时见卫章和黄松无非是想问问他们两个何时能抓到那个潜逃的医女学员。

卫章说已经严令下去秘密搜捕，锦麟卫出动五千人，很快便会有消息。

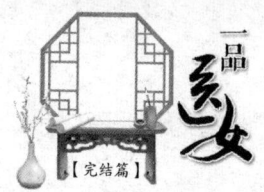

皇上听了之后，只幽幽地叹了口气，转了话题："朝中可有何异动？"

卫章忙回："昨晚之事，臣已经下令封锁消息，没有皇上的圣谕，外边的人不会知道这件事情的。"

皇上又看向黄松，黄松忙道："皇上放心，紫宸宫里所有的人都在掌控之中，并没有一丝风声放出去。今日崇华殿内几位辅政大臣商议的是今年岁贡以及朝中各级官员俸禄发放之事。"

皇上缓缓地点了点头，沉默了半晌方低声说道："卫章，传朕的密旨，宣六皇子回京。"

"是。"卫章躬身领命。

黄松忽然转头看了卫章一眼，卫章面色平静无波，不见一丝一毫的情绪。

这个人，端的是深藏不露啊！黄松默默地叹了口气，自己的将来——到底要怎么样呢？

皇上说了这几句话又累了，靠在枕上昏昏欲睡。

伴着清晨的第一缕晨曦，云都城的大门缓缓地打开。几匹快马如风驰电掣般冲出城门，载着一道圣谕以八百里加急的速度送往江浙海岸。

三日后，苏玉安的手下在城东郊的一家温棚花农家里找到了逃匿的吴秀媛，把人带回京城，交到了镇抚司。

皇上身体里的天竺番木薯之毒由姚燕语以针灸和汤药调理，五天之后症状便基本消失了。

姚燕语再次近前请罪，皇上只是摆摆手，说道："这段时间你在家养胎，国医馆里的事情也怪不到你的头上。"

"皇上仁慈，但臣既然身为国医馆的院判，就应该为此事负责。请皇上降罪。"

皇上看着跪在龙榻跟前的姚燕语，幽幽地叹道："你是为了保全你的那两个属下吗？"

姚燕语忙道："臣不敢，臣本来就有御下不严之罪，国医馆里有罪臣之女混入其中，使其有机会谋害皇上龙体，国医馆上下都罪在不赦。"

"罢了，此事先放下。以后再说吧。"皇上摇了摇头，微微地侧过身去。

姚燕语无奈，只得磕了个头之后，默默地退了出去。

这是她能预见的最坏的结果。

按照常理，皇上或者罚封停职，或者降职，或者干脆杀人或者撤销国医馆这个机构，这些她都想到了。却唯独没想到这样。

皇上不问罪，也不表态，这让姚燕语觉得好像是头上悬着一把随时随地会落下来的利剑，不知道它到底什么时候会落下来，也不知道它最终能杀死多少人。

几日之后，皇上龙体安稳，姚燕语已经不用进宫给皇上医治了，皇上体内的毒素清除，情绪也稳定了不少，剩下来的依然是用心调养了。张之凌只需把皇上每日服用的汤药丸药以及膳食都用心地检查一遍，确保无毒便可以了。

卷四　卿心未央

　　当然，确保无毒这样的任务对张之凌来说并不是太难的事情，难就难在随时随地。

　　因为皇上一天到晚膳食、汤药、茶水等至少要有个十几二十次，每次他都要守在身边亲自尝过才能呈上去。这种近身的差事虽然荣耀无比，可也让他战战兢兢，如履薄冰。

　　张院令每日度日如年，真正体会到了当年张苍北的无上荣耀之后的辛苦。

　　相比之下，姚燕语倒是比他轻松了很多，因为六皇子归来，"清心丸"一事便被完全搁置了。除了镇抚司的诏狱里还关着吴东和吴秀媛两个人之外，其他一切安好。

　　密旨发出去半个月的时间，六皇子云瑛乘快船连夜进京，京郊码头早就有等在那里的锦麟卫，见着云瑛下船立刻递上马缰，随即他打马如飞直奔云都城皇宫。

　　一早，早饭前翠微听说将军出门了便过燕安堂这边来。姚燕语刚梳洗完毕准备用早饭呢，见她来便吩咐香蕷："再加一副碗筷。"

　　翠微也不推托，坐在下手陪姚燕语一起用了早饭，饭后便把昨日替姚燕语去姚府看望老太太的情形跟姚燕语细细说了一遍。姚燕语听了半响不语。翠微又道："老太太的意思是想撮合定北侯府的二爷跟宋姑娘。大姑奶奶不乐意管这等闲事，老太太当场就拉下了脸子。"

　　"老太太这辈子都把娘家放在第一位。"姚燕语冷笑着摇了摇头。心想宋家虽然有那么个靖南伯一个爵位，但族里已经没了嫡系男丁，将来雅韵就算是没了娘家，苏玉安再不济也是锦麟卫雷霆队的都尉，想要娶继室的话，这云都城里没有几十个也有十几个姑娘等着他挑呢，又怎么可能瞧得上宋雅韵？

　　翠微又轻笑道："依我看这事儿怕是不好说合。"

　　"我们懒得管，让他们去折腾吧。"姚燕语说着，伸出手去扶着翠微下了榻，"你陪我出去走走。"

　　"清心丸事件"之后，国医馆里的学员已经被放了假，日常事务由太医院调过去的两个主簿打理，翠微和翠萍两个都戴罪在家等候皇上降罪的旨意，至今都没回去。

　　翠微扶着姚燕语出了燕安堂往后面走，一直走到后花园里，循着一缕梅香走到梅树林里，姚燕语站在一株绿萼白梅跟前站住了脚步。

　　姚燕语忽然笑问："还记得那年在凝华长公主府里赏梅么？"

　　翠微笑着点头："凝华长公主府里的梅花真是好。听说是皇上为了给长公主庆贺五十岁寿辰，命各地进贡百年以上的玉蝶梅花，费了两年的工夫才选出了五十株。"

　　"是啊，皇上跟长公主的兄妹之情也绝不是那五十株梅花可以比拟的。"姚燕语点了点头。都说皇家无亲情，其实皇上跟诚王爷和凝华长公主兄妹三人自幼互相扶持，这么多年守望相助，真的很难得了。

　　翠微想了想，终是忍不住压低了声音说道："听说当初为了助皇上登基，凝华长公主还流掉了一个孩子？"

　　"是的。这事儿我也听韩姐姐说起过。"姚燕语点了点头，又无奈地叹道，"据说那

203

是长公主的第一个孩子呢。"

翠微也轻跟着叹息:"这在寻常人家都很难得,更别说在皇家。"

"是啊!"姚燕语点了点头,抬手指着一枝梅花说道:"把这一枝剪下来拿回去插瓶。"

翠微忙转身吩咐小丫鬟去取花瓶来,自己则拿了花剪子踮起脚尖把花枝拉下来用力地剪断。

小丫鬟抱着一个前朝紫铜浮雕福寿百子的蝶耳吊环花瓶来,翠微回头看见,便笑道:"你们也真是会找,怎么把这个找出来了?"

这小丫头只是将军府的家生子,七岁的时候被选上来做些杂事,为的是耳濡目染,教导规矩。因听见翠微笑问,这小丫头便甜甜地笑道:"回四夫人,冯嬷嬷教过奴婢,铜瓶插梅,瓷瓶供荷。所以奴婢去找了这个来。"

姚燕语笑道:"这个就很不错,送回屋里去吧。"

小丫头忙答应一声,抱着花瓶笑嘻嘻地走了,一边走还一边用力地吸一口梅花的香味,娇憨甜美的样子着实惹人喜爱。

姚燕语看着她的背影消失在山石之后才缓缓地收回了目光。

翠微便笑道:"这小丫头长得甜美娇憨,挺讨人喜的。"

"嗯,冯嬷嬷选人的目光越发老辣了。"姚燕语含笑点头,又道,"香蕊她们过两年也大了,到了嫁人的年纪了。我便让冯嬷嬷早些挑几个得用的人先教导着,省得到时候抓瞎。"

"日子过得真是快。"翠微轻声叹了口气,喃喃地说道,"想起当初咱们主仆第一次来京城的时候,还恍如昨日。"

姚燕语也万分地感慨:"是啊,当时是绝对不敢想能有今天的。"

翠微笑道:"说起来夫人每走一步都带着冒险,我跟翠萍两个跟着夫人,这辈子算是没白活。"

"说起来,我们能有今天也多亏了凝华长公主的信任和厚爱。若是没有凝华长公主在皇上面前一力举荐我,皇上又怎么会让我一个小小的女子一蹴而就?"姚燕语一边说着,又转身往那边的小亭子里走。

早有丫鬟匆匆绕过去,拂去石桌石凳上的灰尘,拿了狼皮坐垫铺好,早就准备好的热汤水也摆了上来。

翠微扶着姚燕语进去坐好,自己也在对面坐下。知道姚燕语一再提及凝华长公主是因为心里在担心皇上对镇国公府失去信任,翠微一边给姚燕语奉汤,一边低声劝道:"夫人放心,凝华长公主跟皇上手足情深,皇上睿智英明,心中自然有数。"

姚燕语点了点头,说道:"今年给长公主府的年礼要特别准备,另外,年礼我想亲自去送。"

"这样会不会让有些人想多?"翠微迟疑地问。

"有什么可想多的?我与凝华长公主渊源颇深,过年了过去拜会一下谁又能说什么?就算有人嚼说我也不怕。不过是送个年礼而已。"

翠微应道:"夫人说得是,那我早些打点。"

"嗯。"姚燕语点头。

进入腊月,云都城里各世族大家的梅花次第开放。整个云都城的大街小巷都飘着淡淡的梅香。

瑞雪飞扬,昭示着一年即将结束,也预告着新的一年即将开始。

各部衙门都封了大印准备回家过年。皇宫里也是一片忙碌的景象。

自从六皇子云瑛回来之后,皇上的病情似乎好了许多。跟前服侍的太医已经被准许轮流值守,张之凌父子自然是暗暗地松了口气。

这日云瑛亲自去御花园里挑了两枝红梅插瓶送到紫宸殿来和皇上同赏,红梅繁盛,芳香怡人,皇上看了很是喜欢,忙叫怀恩把自己扶着坐了起来。

云瑛抢在怀恩之前把靠枕垫在皇上背后,笑道:"父皇今天的气色真好。"

"沾了你这梅花的喜气,朕觉得神清气爽了许多。"皇上也笑了。

"父皇和姑母一样,都喜欢梅花。"云瑛自然而然地提及了凝华长公主。

皇上笑着摇了摇头,说道:"嗯,我只是喜欢看,你姑母则不同,她是把梅花当成女儿来养。整天侍弄,不仅喜欢看花,还喜欢那青涩的梅子泡制的酒。"

云瑛立在龙榻跟前,手里拿了把小银剪子修剪着梅花繁茂的花枝,轻声感叹道:"姑母府里的那五十株百年老梅也不知道今年开得怎么样了!"

"怎么今日忽然提及你姑母来了?是不是有话要说?"皇上病得久了,但多年来形成的思考习惯却没有变,对待问题也还是那样尖锐。

"父皇英明,儿臣昨日恍惚听说姑母受了风寒,传了太医。"云瑛忙把手里的小银剪子放下,转身朝着皇上一躬。

"你姑母从小疼你,你能记挂着她的身体,朕很欣慰。"皇上看着面前小炕桌上的梅花,若有所思。

"父皇……"云瑛欲言又止。

皇上瞥了他一眼,淡淡地说道:"有话直说。"

"父皇,儿臣有一事不明白,说出来还请父皇不要生气。"

"说吧。不明白就问,这是朕从小教给你的话。"

"是。"云瑛又躬了躬身,说道,"儿臣不明白父皇因何疏远了七叔和姑母。他们两个可都是父皇的至亲手足啊。谨王串通老四谋反,却不能说明七叔跟他们一样。还有镇国公府……"

皇上轻笑着摇摇头,叹道:"朕这是给你铺路呢。你居然还埋怨朕不顾手足之情。"

云瑛一怔,忙一掀袍角跪在地上:"儿臣不敢。"

"起来吧。"皇上叹了口气,朝着怀恩摆了摆手。

怀恩躬了躬身,带着殿内的太监宫女们退了出去。

一品医女
【完结篇】

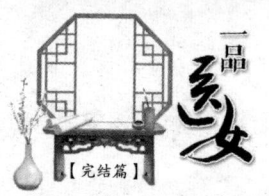

大殿里只剩下了父子二人，殿内极其安静，梅花的香味在鼻息之间缭绕，云瑛跪在地上不敢抬头，藏在袖子里的手紧紧地攥成拳头，手心早就汗湿。

"萧太傅曾经跟朕说过，朕的几个皇子乃人中龙凤，各有各的长处，若在寻常百姓之家，每个人都是顶天立地的好儿郎。"皇上说完，缓缓地叹了口气，又继续说道，"只是可惜，你们都生在帝王家，而龙椅只有一把，一国不能有二君。"

云瑛跪在地上，俯首听着，不敢多说一句话，这种时候，他也无话可说。

"所以他们都在争，明争暗斗这么多年，一个个不顾手足之情都想着把对手整垮，甚至罔顾父子人伦想着逼朕退位让贤，然后自己登上大宝，称孤道寡。"皇上说完，又自嘲地笑了笑，方继续说道，"但他们不知道的是，坐上这把龙椅，最终会失去什么。"

说完，皇上顿了顿，方低头看着跪在跟前的云瑛，吩咐道："你且起来吧。"

"父皇圣训，儿臣愿跪着聆听。"这种时候，云瑛哪里敢起来？

"嗯，那你就跪着吧。"皇上淡淡地说道，"接下来的话，你要好生记在心里。"

云瑛立刻应道："是，父皇圣训，儿臣必时时铭记于心，不敢忘怀。"

"你学识好，胸怀阔朗，能容人，且知人善用。这是萧太傅给你的评语，所以朕想着把我大云江山交给你，比交给你那几个善于权谋争夺的兄长要强一些。但你母亲早年出家，你至今尚未娶正妻。而且你兄弟缘不好，兄弟姐妹之中没有一人与你莫逆，这便是你的缺点。"

皇上毕竟久病，气血不足，说了这半天话有些累了。但他缓了缓，又强撑着说下去："所以你将来登基，必定会受朝中大臣们掣肘。所以朕不得不给你铺铺路，打打桩，把那些将来会危害到江山的人替你踢开，把你能用得着的人暂时压一压。"

云瑛顿如醍醐灌顶，猛然抬起头来看着龙榻上消瘦如柴的皇上，心里涌起一股滔天激流，顶得他鼻子发酸，止不住潸然泪下。

皇上听见云瑛轻声的抽泣声，侧脸看了他一眼，说道："不要哭。身为帝王，最不该有的便是仁慈。"

"是。"云瑛抬手用衣袖擦干脸上的泪水。

"朕知道，你七叔和你姑母跟朕手足情深，不管朕怎样对他们，他们都不会有怨言。但那也仅仅是对朕而已。将来朕驾鹤西去，你奉朕的遗诏登上大宝，他们出于对朕的忠心，自然不会为难你。但也仅仅是不为难罢了。"

云瑛闻言心中一震，这是他早就想过的，所以他宁可暗中跟卫章联手也没跟镇国公府和诚王府有太多的接触。他怕的也是将来这两家一文一武，一个把持朝政，一个拥兵自重，不把自己这个晚生后辈放在眼里。

"镇国公府百年望族，诚王府更是权势滔天。若是你不能拥有这两家的忠心，即便坐上龙椅，你的根基也不会牢固。你不是朕，跟他们谈不上有多深的感情。若想让他们忠于你，你手里就要攥着他们的把柄。但他们做事滴水不漏，就凭你又根本找不到他们的把柄。将来你若是倚重他们，他们难免不会倚老卖老，给你难堪。若你不倚重他们，他们定然又会心生

卷四　卿心未央

怨恨，保不齐一怒之下又会反了你。"

皇上说完，兀自冷笑一声，叹道："天家无父子。朕与这一弟一妹多年守望相助几十年的情谊不变，却不敢保证他们会对你也有对朕的这般深情。所以，不如让朕来做个坏人吧！反正朕身上背负的骂名也够多了，也不在乎多这一个。"

"父皇！"云瑛伏在地上，呜呜地哭了起来。

皇上也不多话，只是借着儿子哭的时候积攒了些力气，方又继续说道："至于卫章这个人……这一两年来朕也觉得看不透他了。不过这也没什么。任何人都有软肋，他卫章的软肋就是姚燕语。你只要能把姚燕语掌控在手心里，卫章就绝不会有二心。只要他没有二心，姚家就不足为惧，那姚远之父子反而可以成为可用之人，助你一臂之力。"

云瑛呜咽着伏在地上，一边抹泪一边磕头："父皇……父皇殚精竭虑为儿臣，儿臣万死不能报父皇之恩……儿臣求父皇保重龙体要紧！"

"罢了！朕真是乏了！虽然还有千言万语要跟你说，但终究是力不能及了！朕执掌江山三十六年，虽然不敢说是清平盛世，但也无愧于我云家列祖列宗了。"

"儿子还小，很多事情还都不明白。儿子只求父皇保重龙体！"云瑛忙又磕头。

"你去吧。朕这一时半会儿的还死不了。今儿不过是趁着有点精神，多跟你说几句话罢了。"皇上摆了摆手，又道，"你不是说你姑母病了吗？去瞧瞧吧。"

"是，儿臣告退。"云瑛磕了个头，缓缓起身后上前扶着皇上躺好，又给他盖好了被子，看着他睡得沉了才擦干眼泪，收拾情绪出紫宸殿而去。

自这一日皇上跟六皇子密谈了半个多时辰之后，精神越发不济了。一日十二个时辰最多有两个时辰是清醒的，其他时候基本都在昏睡。

紫宸殿里的一举一动都牵扯着整个后宫乃至朝廷的心。皇上跟六皇子密谈的事情自然也随着东北风吹到了各个角落。

几人欢喜几人愁，大家各自的心思自然不必赘述。反正这个年是有很多人都过不安稳了。

腊月二十三是小年，家家蒸年糕，祭灶王，扫尘土，剪窗花，贴春联，沐浴等。也有很多百姓之家趁着喜庆行婚嫁大礼，有道是"娶个媳妇好过年"说的便是这个。

今年腊月里成婚的似乎比往年更多，究其原因自然是因为皇上的病。

皇上病重已经不是秘密，若是皇上驾崩，便是国丧。举国上下皆要为皇上戴孝，婚嫁之礼自然是不能行了。所以那些有子女适嫁宜娶之家都趁着老皇上还有这口气，赶紧把儿女的婚事办了，以免国丧一出，又要白白地蹉跎岁月。

苏家二房，梁夫人在苏玉蘅的参谋下，为苏玉康定下了镇国公府二房庶出的姑娘韩明琅为妻，聘礼已经下过，之后两家商量着在腊月二十六这日迎娶新人进门。

姚凤歌便趁着大家一起忙活苏玉康的婚事之便跟梁夫人说起了宋雅韵跟苏玉安的婚事。梁夫人一听说是宋老夫人的娘家人，姑娘的父亲还是靖南伯，当即便觉得挺般配。便让姚凤

一品毉女
【完结篇】

歌把人带过来相看相看。

梁夫人奔着讨好姚家的心思揽下这桩事情，但当她把苏玉安找到跟前跟他说起此事的时候，苏玉安却道："二婶娘费心了，侄儿没有续娶之心。侄儿早有誓言在先，此生绝不续娶。至于中馈，我也想过，就纳个贵妾进门料理一下也就罢了。反正我依然在侯府里住着，各府往来人情世故多由大嫂子帮着料理就是了。再不行还有婶娘呢。"

"贵妾？"梁夫人蹙眉道，"人家好好的姑娘，怎么肯给你做妾？"

苏玉安轻笑道："她不肯就再选别人。门户尽可以低一些罢了。只要身家清白，性子温和些就好。别的侄儿也没什么要求了。"

等姚凤歌回来，把苏玉安只纳贵妾不续娶的话一说，宋雅韵的母亲赵夫人的心就凉了半截。女儿给人家做继室，即便矮人一等，那也是有名有分的。可是做贵妾……那就是奴才啊。

宋老夫人听了这话直接火了，不过宋老夫人年纪大了，脑子却没坏，待姚凤歌走后，倒慢慢想明白了。沉默良久，老太太忽然问王夫人："刚刚凤丫头是说那苏家的二爷以后都不会续娶了吧？"

王夫人应道："话是这么说的。所以人家才提出贵妾一说。"

"那么说，也不过是个名分的事情。雅韵将来进了门，还是当家的主母。"宋老夫人给自己找了个台阶下。

赵夫人也跟着下了坡："或许他也是为了他那个儿子着想，怕继室夫人会虐待孩子，才硬是不松口续弦，只纳妾的吧？"

王夫人点了点头说道："许是如此。"

"如此说来，这位苏家二爷也是个重情重义之人。"赵夫人赞道。

"既然是这样的话，我觉得事情还可以再商量商量。你意下如何？"宋老夫人看着赵夫人，问道。

赵夫人心里已经愿意了，便笑道："我们孤儿寡母的投奔了来，自然是要听老太太的意思的。"说完，她又笑着朝王夫人说道："也请太太帮着参详参详。"

王夫人自然明白赵夫人的意思，老太太岁数大了，没有几年的活头了，宋雅韵真的给苏玉安做妾的话，将来的依靠还得是姚府。赵夫人自然要把自己抬得高一些，将来也好看顾她的女儿一二分。于是叹道："我素来是个没主意的。你只瞧瞧凤丫头现在的日子也就知道了。"说完，自顾沉沉地叹了口气，便不再多说。

如此，两家便算议定，因为不是续娶，所以往来聘礼什么的就简单了许多。封夫人跟苏玉平商量着，宋雅韵这姑娘人不错，她是为家事所累才不得不给人做妾，于是便在聘礼上丰厚了些。倒也博了个两家欢喜。

于是定北侯府一扫往日的颓败气象，里里外外焕然一新，张灯结彩。西府苏玉康娶妻，东府苏玉安纳贵妾，全都定在了腊月二十六这一天。

这日一早姚燕语穿戴梳洗的时候同翠微笑道："走这一趟，吃两家的喜酒，倒也省事。"

卷四　卿心未央

一身孔雀绿贡缎华服的翠微伸手为姚燕语整理着胭脂紫锦缎灰鼠毛长袄的风帽，轻笑道："虽然只走这一趟，贺礼却是足足的双份儿。"

姚燕语轻声叹道："西府那一份儿自然是看蘅儿的面子，东府这边……雅韵跟我算是打小就认识的，虽然没有多深厚的情谊，但她一个姑娘家，不该为家族所带累。以后她在京城也没有什么靠山，那边太太本来就不待见宋家。以后的日子怎么样还要看她自己。我们能做的，也只有这份厚礼罢了。"

"夫人最是仁慈。"翠微帮着姚燕语检查了一下妆容，终于满意了，"好了夫人，我们走吧。"

婚礼欢欢喜喜地闹了一天一夜，腊月二十七这日姚燕语便觉得身上劳乏，只闷在屋里不出门。卫章也没什么事情可忙了，只把一些琐事吩咐下去，安心留在家里陪着姚燕语商议着大年夜怎么过，去年因为地震，所以年都没过好。今年唐萧逸有了儿子，姚燕语也怀孕了，赵大风和翠萍的事情也在这个年底基本定了下来，因为赵大风不想把婚事办得太过仓促，决定按部就班一步一步地来，以显示他对翠萍的尊重。

他们兄弟几个各自都有喜事，都准备什么好玩的事情大家一起高兴高兴。卫章并不是纨绔子弟，但真正要弄起吃喝玩乐这一套来也颇为内行，姚燕语听他把京城几个有名的戏班子和名角都数了个遍，顿时倍感惊奇，瞪大了眼睛看着他叹道："想不到卫侯爷居然也对这些事情如此精通？"

"此话怎讲？"卫章大感意外，心想这也没什么吧？

"我还以为侯爷你除了练兵就是打仗，除了军务就是城防呢，不想对这些戏班名角也如此熟悉？该不会是还捧着哪一位角儿吧？"

卫章失笑道："我是有多闲得慌才去干那些无聊的事儿？有那个闲工夫还不如在家里陪陪你呢。再说——我的俸禄不都是你管着么？我哪里还有银子去捧什么角儿？"

"这可不好说。哪个男人不藏点私房钱？"

"哎哟我的夫人哎！"卫章无奈地叹了口气，转身把姚燕语搂进怀里，"你的意思是要查我的账么？咱们家的那点家业不都归了你了嘛，我哪里还有什么私房钱。"

姚燕语笑道："有赵大风那个风流鬼在，你们兄弟们没一个是干净的。"

"这可冤死我了！"卫章一声哀号俯身枕在姚燕语的肚子上，幽幽叹道："闺女哎，快给爹来评评理吧。"

本来是一句玩笑话，孰料他话音一落，肚子里的小家伙不知是挥了一拳还是踢了一脚，总之卫章感觉自己的脸颊被轻轻地推了一下，那感觉如此真实，以至于他半天没缓过神来。

"怎么啦你？"姚燕语抬手推了他的脑门一下，"傻了？"

"哎？刚刚是怎么回事？是不是我闺女动了？"卫章傻傻地问。

姚燕语笑道："是啊，估计是听见你在这里狡辩，宝贝儿生气了，踹了你一脚。"

209

"踹我？"卫章欣喜地把脸再次贴在姚燕语的肚皮上，连声说道："闺女，闺女，再来一下，再来踹爹一下。快……"

姚燕语好笑地拍了他一把："做什么啊你？"

"让闺女再踢我一下啊。"卫章理所当然地说。

"刚才只是凑巧而已，她哪里能听见你说话？"姚燕语好笑地说道。

卫章执着地把脸贴在夫人的肚子上等了很久，无奈他的宝贝闺女好像是贴着爹爹的脸睡着了，安静得很，再也不肯动一下。之后，卫章只得无奈地叹了口气坐直了身子靠在姚燕语身边，摸着下巴不说话。

"怎么啦？"姚燕语看着他那一脸的落寞，抬手推了他一把。

卫章长长地叹了口气，说道："你说她为什么又不动了呢？"

姚燕语挫败地摇了摇头，决定不再理会傻掉的某人，转身拿了一本闲书自顾去看。

看着夫人在一旁翻书，卫章想了想决定不去捣乱，而是乖乖地在夫人身边躺下，长臂一伸搭在夫人隆起的肚子上，闭着眼睛安心地等待他宝贝闺女再动一动。等来等去，还没等到胎动，他却进入了梦乡。

易求无价宝，难得有情郎。姚燕语的心里忽然冒出这么一句话来，莫名其妙地说不出什么缘故，忽然就想起来了。此时的她觉得这辈子能有这样的一个男人陪在身边，也算是值了。

卫章这一觉睡得特别地舒服，醒来时神采奕奕。其实他也并没有睡多久，只是这种靠在妻女身边酣眠一觉的感觉实在是太幸福了。只是幸福之余卫章还是有一点小小的遗憾，遂执着地拉着姚燕语的手问："我睡着的时候她一直也没动吗？"

姚燕语无奈地揶揄道："没有，说不定她能感觉到你靠在身边睡觉，也睡得十分安心呢。"

卫章点点头，认真地说道："肯定是的。"

姚燕语忍不住抬手扶额，心想卫侯爷你还能更傻一点吗？

当天晚上夫妇二人简单用了点晚饭就早早地睡了，睡前还说起了皇上的病情，姚燕语靠在卫章的肩窝里轻轻地叹了口气，说但愿皇上平安康泰熬过这个年，等天气回暖说不定会有奇迹。

卫章嫌她瞎操心，劝她不要多想，安心地睡。

差不多三更天的时候，卫章听见外边有几声虫鸣，顿时从梦中惊醒，悄然起身，披上大氅轻着脚步出门。

黑暗之中又一个黑衣人闪身出现，朝着卫章一拱手，低声回道："皇上病重，六殿下请侯爷即刻进宫。"

卫章顿觉一阵冷风吹过，背后升起一股彻骨的寒冷，抬手紧了紧大氅，沉声道："好，我换了衣裳就来。"

腊月二十八凌晨，丑时初刻，紫宸殿里几个辅政大臣都在。

周泰宇，甄墨林二人一一跪在龙榻跟前。姚远之则执笔站在旁边的一张龙案跟前，龙

卷四　卿心未央

榻上皇上说一句，姚远之写一句，皇上说两句停一停，姚远之便捏着笔站在那里等。

殿外，云珉和云瑛跪在殿门口，再往后是慧贵妃带着后宫一众妃嫔都跪在殿外的廊檐下。

寒风呼啸，一干身娇肉贵的娘娘们各自裹着一袭斗篷瑟瑟发抖，林素墨身子弱，几乎已经跪不住，却还咬牙坚持。她身后的一个宫嬷嬷的怀里抱着几个月大的八皇子。

谨嫔跪在林素墨左前面两步的距离，她的身后跪着七皇子，看见卫章从宫门外进来，谨嫔怨愤的目光往后一扫，掠过宫嬷嬷怀里的八皇子，略一停顿后又愤愤地收回去。

卫章进殿的时候，一纸诏书已经写完，皇上也用尽了最后一丝力气，靠在榻上大口地喘息。

"皇上，卫将军来了。"怀恩在一旁轻声提醒道。

皇上喘了好一会儿才睁开眼睛看着卫章。卫章忙跪下去叩头道："臣卫章叩见皇上。"

皇上点了点头，没有说话。

卫章跪在地上以额触地，皇上不发话他自然不能起来。

大殿里一下子安静下来，连一直低声哭泣的云瑛也止住了哭声。

所有的人都不知道皇上在这种时候一定要把卫章叫来是怎么回事儿，大家都在等皇上发话。

但皇上却始终没说话，只是看着跪在地上的卫章，直到被云瑛握住的手渐渐地失力，僵直。

"父皇！父皇啊——"云瑛一瞬间反应过来，伏在皇上的身上放声痛哭。

"皇上！"怀恩也跪了下去。

"皇上——"紫宸殿里的几个辅政大臣以及太监宫女们也都跪在了地上。

"皇上啊——"大殿门外传来一片哀声。

大云文德三十六年腊月二十八日丑时三刻，皇上病故。享年六十一岁。

文德皇帝在位三十六年，纳贤才，招志士，重教化，扬孝道，历新政，兴水利，平西疆，荡北寇。一生功业不可胜数，堪称一代英主。

沉痛的丧钟在云都城上空回荡，无数大臣百姓聚集在顺天门前跪拜哭号。

家家户户把大红春联，大红福字以挽联，白色帐幔遮挡了去。整个云都城里都是白茫茫一片。

姚燕语立在大穿衣镜跟前看着镜子里一身素色祭服的自己，无奈地叹道："昨儿还说希望皇上能撑过这个年去呢。没想到这么快……"

"这也是没办法的事情，夫人已经尽了全力了。"翠微替她整理好衣裙，最后又检查了一下妆容，方道，"好了。"

今天是腊月二十九，皇上去世第二天。朝中众臣都进宫向皇上灵柩磕头上香，姚燕语身为二品医官自然也要走一趟。

皇上驾崩后，卫章便调集锦麟卫谨守京城九门，不许任何可疑人进出，以防有人趁机

作乱。这是新帝的吩咐，也应该是皇上在临终前要叮嘱的话，只是没来得及说出口罢了。

姚燕语带着翠微翠萍以及国医馆里其他五品以上的医官一起进宫拜祭大行皇帝。

皇室宗亲以及王公大臣们按照惯例在宫内为大行皇帝守丧不能回家，且按照规矩，守丧期间不准梳洗，一个个都要蓬头垢面以表示自己的沉痛哀思，一直要等大行皇帝的灵柩出宫送往皇陵安寝之后，众人才准许回家洗浴。

另外，各部官员都要在自己的衙门里守孝，同样也不准回家，跟宫里那些皇室宗亲及天子近臣们无异。

姚燕语身为二品医官照例也要遵循，只是她身怀六甲，行动已经很是笨重，又是女流之辈混在那些男人们中间十分不便。云瑛又看姚远之和卫章的面子，准许她不在宫里守丧，只需回府去每日朝着皇宫的方向虔心礼拜即可。

拜祭完大行皇帝之后从紫宸殿出来，在翠微的搀扶下缓缓地往外走。

卫章负责皇宫乃至皇城的安全，不知道这会儿在哪里忙着，姚燕语这回进宫也没见着他。

此时皇帝甫逝，新君未立，是最容易闹出乱子的时候，不能不提防有心人煽动作乱。

姚燕语扶着翠微的手慢慢地出了宫门穿过长长的甬路，拐过弯儿便见一身素服的云瑶立在寒风里，消瘦修长的身影，一身男装，若是不仔细看，定然会把她当成一个俊俏的儿郎。

年前因为皇上病重，皇室之家有嫁娶之龄的全都急匆匆地成婚了，唯有云瑶已经二十一岁了依然待字闺中。而且整日都着男装，泡在校场练骑射武艺，不肯在家里待着，一听见诚王妃说婚嫁之事就翻脸。

姚燕语便止住了脚步，轻轻一福："见过郡主。"

云瑶看了翠微和后面的白蔻玉果二人一眼，姚燕语转头吩咐她们："你们且退下吧。"

翠微等人不敢有异议，只得福身告退。

"郡主近期可好？王妃可好？"姚燕语客气地问候着。

"都挺好的，多谢你想着。"云瑶和姚燕语肩并肩往宫外的方向走，"你怎么样？我看你身子这么笨了，是不是快生了？"

"还要一个多月呢。"姚燕语伸手摸了摸肚子，又问："前几日我打发人给王妃送去的清肝明目丸不知王妃用了没有，效果如何？"

云瑶淡然一笑，说道："说到这个，正要谢谢你。母妃用了你的丸药，眼睛清明了很多，也不头晕了。"

"有效果就好。"姚燕语淡笑着点了点头。

云瑶不再说话，姚燕语也有些不知道说什么。按说她跟云瑶已经很熟悉了，但依然摸不透她心里的想法。当初在成公墓竹林里的时候她明明发现她对夜阑是特别的，还以为回来之后他们会成一对，没想到直到现在都没动静。莫非是诚王爷嫌弃夜阑的身份太低？姚燕语从心里默默地叹了口气。

直到出了会极门，云瑶才止住脚步，转身对姚燕语说道："过些日子我可能会离京，

卷四 卿心未央

我母妃的病还要拜托你多费心。"

姚燕语一怔，忙问："郡主要去哪里？"

"现在还不好说。不过……"云瑶看了一眼姚燕语的肚子，又淡然笑道，"可能喝不到你孩子的满月酒了。"

姚燕语忙道："等郡主回来我们给你补上。"

云瑶轻轻抿了抿嘴巴，从荷包里拿出一块晶莹的和田玉递过去，说道："这块玉算是给你家小娃娃的贺礼。"

姚燕语看着那块没有一丝杂质的白色美玉和上面明黄色的穗子，忙道："这个……太贵重了吧。"

"天下万物跟生命相比都不敢称'贵重'二字。"

姚燕语有些发愣，她不明白云瑶这句话到底是几个意思，但还是双手接过美玉，真诚地道谢。

"保重。"云瑶笑了笑，回头看了翠微等人一眼，"我先回去了。"

"郡主请回。"姚燕语微微一福，看着云瑶转身往回走，消瘦的背影消失在红色的宫墙拐角处的那一刻，她忽然觉得一阵怅然。

这个眼高于顶骄娇霸道的皇室郡主从一开始就对自己不友好，且一次次地添堵。可不知道为什么，她就是不恨她，甚至还很羡慕她。

至于羡慕她什么，连姚燕语自己也说不清楚。

或许是那份纯然？那份孤勇？还是那份不顾世俗的坚持！

想不清楚，干脆也不去费那个心思了。

寻常人家父死服阕要二十七个月，皇室之家却要以国事为重，以日代月，新帝为大行皇帝服阕二十七日即可。

烦琐的劝进仪式后，正月十六日，大云朝第五位皇帝登基，云瑛在礼部尚书的引导下，身穿全新的帝王衮服，先去皇极殿的香案跟前朝着上天跪拜行礼，然后去奉先殿给云氏列祖列宗行礼，之后又去之前淑妃娘娘居住的景和宫行礼。

淑妃早年间为了大云国运许身佛门，已经在慈心庵里修行了十二年，这次先帝驾崩，新皇登基，礼部曾有官员前去请她回宫接受新君的朝拜，然被她以佛门中人不问世俗之事拒绝了。

云瑛在景和宫里磕头的时候因为思念母亲，着实掉了回眼泪。

正月二十四日，大行皇帝的灵柩出云都城，由新登基的景隆皇帝率王公侯伯以及一干文武大臣以及后宫妃嫔等一起送大行皇帝往皇陵安寝。新帝到了皇陵，举行盛大的祭祀仪式，过了二月初二，才把大行皇帝的灵柩送进了寝陵之中。一切安顿好之后便要准备回京了，新帝登基，万象更新，还有许多事情等着办，时间着实耽误不得。

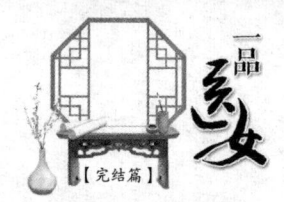

而且卫章早就心急如焚，一颗心都飞回京城去了。因为算算时间，姚燕语就要生了，而他这个时候却不在家！

临行之前，景隆帝又给他的父皇上香祷告，发誓会按父皇的教诲用心治理国家云云，啰唆了一阵子之后方率王公大臣等离开皇陵回云都城。

前面皇上刚上龙辇，便有个护卫匆匆忙忙跑过来，躬身回道："回皇上，诚王爷在上车的时候晕倒了。"

"怎么回事儿？！"皇上忙起身下了龙辇往后走，一边走一边问："随行的太医呢？"

"白太医已经过去了。"卫章已经闻讯赶来，替护卫回答了皇上的问话。

皇上皱眉问："情形怎么样？要不要紧？"

"还不好说。"卫章如实回道。

诚王爷身份超然，龙辇之后便是他的马车，皇上很快带人走了过去，见马车里一头白发的诚王爷躺在白色狐皮榻上，太医白诺竟正半跪在榻前给他施针。

在马车里扶着诚王爷的云琨看见皇上来了，忙要把父亲放在榻上准备跪拜，皇上摆摆手说道："四哥无须多礼，七叔的病是怎么回事？"景隆帝这些叔伯兄弟里，云琨排行老四，比四皇子大三个月。

云琨忙回道："回皇上，皇伯父驾崩那晚，父亲忽闻噩耗便吐了一口血，之后便一直说心口疼。这一个月来断断续续就没止住过，一直吃着丸药止痛。刚刚上车时，父亲忽然回头看着皇伯父的寝陵一动不动，臣刚要解劝，父亲又忽然吐血昏厥过去。"

"哎！七叔真是……"景隆皇帝沉沉一叹，眼睛瞬间泛红。

说话间白诺竟把银针从诚王爷的人中穴上取了出来，诚王爷沉沉地吐了一口气悠悠醒转。

"七叔！"皇上徐徐蹲下身去，握着诚王爷的手问："你怎么样？"

"皇上……"诚王爷缓缓地说道，"我不想回京。我要在这里陪着皇兄。"

景隆皇帝心中一怔，低声劝道："七叔正病着，这里缺医少药的可住不得。还是随朕回去吧。"

诚王爷摇了摇头，慢慢地说道："我这病没什么，不过是痛极攻心而已，让我在这里多陪皇兄些日子，这病就慢慢地养好了。"

"父亲，皇伯父在天有灵也不希望看见你这个样子啊！"云琨哽咽着劝道。

诚王爷却摇了摇头，低语喃喃："皇兄在怪我……皇兄不肯原谅我……是我不好，我心思太重，想得太多了……皇兄怪我也是应该的！应该的！皇兄怪我是应该的……"

景隆皇帝沉声一叹，欲言又止。旁边的人也都不敢随便劝，生怕说错了话会祸及自身。宽敞的马车里挤了四五个人，大家一时都不说话，气氛变得诡异起来。

幸好卫章早就派人去通知了镇国公，正尴尬之时，马车外传来凝华长公主的声音："老七怎么样了？"

景隆皇帝忙问道:"是皇姑母么?"

云琨忙起身下车,白诺竟、卫章等也都下车闪到一旁。

"皇姑母。"景隆皇帝从马车里探出身子来,低声叹道:"你快来劝劝七叔。他非要留在这里陪父皇呢。"

凝华长公主扶着太监的手上了马车,进去后二话不说直接斥责道:"老七,你也五十多岁的人了,在这里耍什么小孩子脾气?你都这个样子了,要留在这里让皇兄陵寝不安么?再说,你病成这样,让小辈们又如何安心回城?难道大家都要在这里陪着你?"

诚王爷被凝华长公主这一番话说得无言以对,只是看着车顶默默地流泪。

凝华长公主直接赶人,对景隆皇帝说道:"皇上,让大家都各自上车,队伍先走起来,我跟你七皇叔说说话。"

景隆皇帝忙应道:"那就有劳皇姑母了。七叔这个样子实在不能留在这里,应早些回去诊治为好。侄儿年轻,大云江山的稳定还离不开皇叔,朕还指着七叔给侄儿掌舵呢。"说完,景隆皇帝也不等诚王爷说什么便起身下了马车。

第十三章

龙辇至行宫门口,宝蓝色的毯子由行宫大门口一路铺到龙辇跟前,行宫里当值的官员上前跪拜接驾之时,忽见前面有一匹骏马飞奔而来,骏马飞奔至卫章跟前,马背上的人滚鞍落马,气喘吁吁地上前直接喊侯爷。

卫章忍不住皱眉呵斥:"混账东西!惊了圣驾你有几个脑袋可砍?"

"是,奴才知罪。"来人这才反应过来,立刻跪在地上磕头,"求皇上饶命。"

景隆皇帝蹙了蹙眉头,淡淡地说道:"有什么急事,赶紧说吧。"

"奴才是宁侯府的家丁,奉管家之命前来回将军,夫人要生了……"来人话说了一半就不说了,只悄悄地抬头看卫章。

卫章急得跳脚,见这奴才说话只说一半,立刻骂道:"夫人要生了你赶紧找医女和稳婆,你跑这里来作甚?!"

"四夫人说……请侯爷尽快回去,夫人这一胎怕是不那么好生……"

"你说什么?!"卫章一听这话,顿时傻在当场。

倒是皇上先反应过来,忙道:"既然这样,宁侯就先行一步回去瞧瞧夫人吧。反正这里也离京城不远了,朕身边有几位将军守护,料也无碍。"

卫章心如乱麻,忙躬身道:"臣谢皇上体恤!"

皇上摆摆手,说道:"速速去吧!哦,对了,朕记得太医院的妇科圣手廖太医这次也

伴驾随行了？你叫上他一起回京，就说朕的话，一定要确保姚夫人无碍。"

卫章离开行宫之后纵马疾驰，一路拼了命地往回跑。

廖太医年纪大了骑不了马，只得坐车。可是马车的速度哪里能跟卫章的千里宝驹比？没多会儿的工夫就被甩开，连烟尘都吃不上了。

本来京城至皇陵之间快马也就一天的路程，现在已经走了一半儿，剩下半天的路程按说也不远了。可卫章依然是快马加鞭，恨不得立刻飞回去。

两个时辰不到，卫章便催马冲进了云都城的西城门。守城的士兵自然认得那是龙虎上将军镇抚司大都督他们的顶头上司。将军如此匆忙肯定是有急事，所以谁也没敢拦着。

卫章直接纵马至自家府门口，勒住马缰后翻身下马，一句话也来不及说便把马缰绳一丢大步往府里冲。门上的下人忙牵过马缰，把将军心爱的宝马送到马厩里去洗刷喂养。

府里上上下下都是欢喜的，仆妇丫鬟们看见卫章急匆匆地闯进来都忙不迭地道喜，"恭喜侯爷"，"贺喜侯爷"的声音几乎连成了串。

卫章像是完全没听见的样子只顾心急如火地往前冲，一路冲进了燕安堂才发现有点奇怪——怎么这么安静，一点动静也没有？怎么跟他想象的完全不一样！

女人生孩子卫章只遇见过一回，就是韩明灿那次。

卫章不是一个心软的人，相反，他心硬如铁，世上的事情只要不跟他自己息息相关，他想都懒得想。

韩明灿对于他来说不过是个认识的女人，朋友的妻子，妻子的朋友，如此而已。

可当时他看着婆子们一盆血水一盆血水地端出来，再听见产房里女子沉痛的呻吟声，让他感到深深地震惊。他惯于掩饰自己的情绪，当时大家的心思也都没在他里，但卫章知道自己这辈子都忘不了那样的场面。

所以当家人说姚燕语怕是不好生的时候，他的脑子就嗡的一下，立刻回放起了韩明灿难产时候的情景。

他一想到那么多血从姚燕语的身体里流出来就觉得自己也像是被抽干了一样，全身上下每一处都透着恐惧。

只是？怎么想象中的场景没有出现？

卫章一时傻愣地站在燕安堂的院子里，看着厚厚的石青色撒花锦缎门帘发呆。

此时，门帘一掀，一个俏丽的少妇从里面出来，抬头看见卫章，立刻笑道："侯爷回来了！"说着，便往前两步，福身道，"给侯爷请安。"

卫章看着一脸喜色的苏玉薇，喃喃地问："夫……夫人呢？"

苏玉薇笑眯眯地说道："恭喜将军，姐姐给将军生了个千金。不过这会儿姐姐累坏了，刚刚睡着。将军要不要先去厢房看看孩子？"

"啊……"卫章听见了苏玉薇的话，又似是没听懂，直接绕过她进了屋门。

苏玉薇叹了口气，轻轻摇了摇头往厢房去了。

卷四　卿心未央

　　卫章倒是轻手轻脚地进了房门，屋里的镂花铜鼎里燃着百合香，淡淡的香味渗透到屋子的每个角落，熟悉里带着一点陌生。

　　卫章转过正厅的十二扇乌木雕海棠的大屏风，轻轻地推开卧室的门。

　　卧室里十分安静，床上的青纱帐子放了下来，脚踏上跪伏着一个青衣小丫鬟，看上去是累极了，正趴在床沿上打盹儿。

　　卫章上前去掀开帐子，便看见姚燕语熟睡的脸。

　　已经十来天没看见她了，原本圆圆的小脸竟然迅速地瘦了下去，尖下颌又出来了。脸色苍白无血，眉头微蹙，看上去睡得也不是那么舒服。随着目光下移，卫章的心猛地抽了一下——她的下唇有些红肿，且有一道明显的牙印儿泛着血渍！

　　定然是疼极了自己咬的。卫章一想到这个，心里便一抽一抽地疼。在她最需要自己的时候，自己却远在百里之外，连一句安慰甚至一个鼓励的眼神都无法给她，这天大的痛楚让她独自承受。

　　伏在床边的小丫鬟本来就是浅眠，卫章一拉帐子的时候她便醒来。看清来人之后赶紧站了起来，低低地叫了一声："侯爷……"便被卫章一个眼神把剩下的话封回去，连忙后退两步，轻轻一福，无声地退了出去。

　　卫章缓缓地在床沿上坐下来，伸手去握住姚燕语的手拉到唇边轻轻地吻了吻，又塞回被子里。

　　接下来卫章很安静地守在床边，生怕打扰了姚燕语的好眠一样，拿出潜伏时的本事，连呼吸都隐了去。直到屋门传来一声轻响，还伴着有轻轻的脚步声时，他才抬头转身不满地瞪过去。

　　却见一身银灰色贡缎锦袍的姚延意抱着一个松绿色的襁褓一脸不屑地站在门口，不满的目光把他从头到脚又从脚到头扫了两遍，然后不悦地皱了皱眉头。

　　"我女儿？"卫章忽然反应过来，起身走过去便要抱姚延意怀里的小婴儿。

　　"拿开手！瞧你这猴儿脏的样子！"姚延意轻哧一声，转身躲开。

　　"你！"卫章顿时大怒！他才是孩子的亲爹呢好不好？你一个二舅舅跑这里来霸着人家的闺女不让爹碰到底是想要闹哪样？！

　　姚延意一点都不怕他，反而淡淡地冷笑一声，哼道："你看看你这一身泥一身土的，还不赶紧去洗洗！"

　　"呃！"卫章这才看见自己一双粗糙的手上带着灰尘，再看看襁褓里小婴儿粉嫩嫩的脸蛋儿，觉得果然不妥，于是又狠狠地看了女儿一眼，不情不愿地转身往后面的浴室去了。

　　飞速地沐浴更衣后，卫侯爷顾不得头发还湿着，便散着发往前面来看女儿。

　　姚延意好笑地打量了他一番，把小奶娃递过去："快看看，刚冯嬷嬷说了，跟燕语小时候一模一样的。"

　　"真的？"卫章伸出双手小心翼翼地把女儿接过来，左看右看，小丫头睡得正香甜，

217

一品医女
【完结篇】

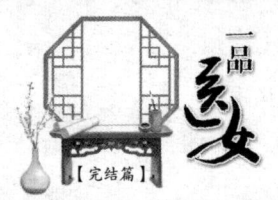

乌黑的胎发，花瓣粉色的肌肤，眼睛紧闭着，长长的睫毛还有些湿湿。桃尖儿一样的小嘴巴轻轻地嗫嚅着，像是吸吮着什么。

单看五官哪里也不像姚燕语，但只是一眼，就能看出这是姚燕语的女儿——那种感觉太像了！

一时间，卫章只觉得一股强烈的暖流从心底涌起，瞬间袭遍全身。

这是他的孩子，这孩子身体里流着他卫章的血！她承载着他生命的延续，她只属于他和姚燕语二人。

之前姚燕语怀孕的时候，卫章觉得自己已经是巨大的惊喜了，殊不知当孩子被他真实地托在掌心里的时候，这种感觉竟然无可比拟！

有生以来，一种从未有过的使命感让他心里酸酸的，满满的，沉沉的。

他感觉自己像是一只巨大的球囊盛满了风，只需一松手便可以飞上天去。

姚延意看着那个刚做了爹的傻瓜全身僵直，低头托着孩子目不转睛眼圈渐渐泛红，不由得轻声一笑，大煞风景地问了一句："哎，生了个女儿，你不觉得遗憾？"

"什么话！"卫章不满地瞪了姚延意一眼，"女儿怎么了？我的女儿，那也是天下独一无二的女儿！"

其实卫章身为卫家唯一的嫡子，有些东西是刻在骨子里的。

就像当初太医诊出姚燕语肚子里怀的是个女孩的时候，他的心底也是有那么一丝失落的。

女儿再好也不如儿子，若是先生一个儿子，之后再生一个女儿，那才叫两全其美。

后来姚燕语旁敲侧击问他会不会不喜欢女儿，他说的那些自然也是心里话，女儿他自然也喜欢，是他和姚燕语的亲骨肉，怎么会不喜欢？但更喜欢儿子，这也是事实。

直到这一刻，他心底深处的那一点点别扭才烟消云散了。

亲亲宝贝女儿托在掌心里，那就是他的掌上明珠！儿子什么的，可以往后靠了！

这是他的第一个孩子，他从零开始用心呵护的小宝贝，任何人任何事都不能跟她比——我的女儿，必然是天下独一无二的女儿！

这话发自肺腑，不容置疑。

姚延意最欣赏的便是卫章这副凛然霸气，最恨的也是他的这股子张狂劲儿，于是忍不住嘲讽道："瞧你那傻样，终于当上爹了？"

卫章瞥了姚延意一眼，决定不跟孩子她舅计较，只僵直地托着宝贝女儿转身在榻上坐下来，有点犯愁地说道："你说我女儿该取个什么名字好呢？"

姚延意嘲讽完了卫章还等着这家伙毒舌回击呢，没想到人家根本不搭理自己，这就像是一拳头打在了棉花上，让姚二爷郁闷不已。

"嗯……不如叫——？"卫章抬头颇有诚意地看着姚延意。

"依依？"姚延意略一沉思，点头说道："依彼平林，有集维鹪。依，乃茂盛之解。

卷四 卿心未央

这是你的第一个孩子，以此字取名，寓意后面子女繁茂，不错。"

卫章对《诗经》的了解仅限于'窈窕淑女，君子好逑'之类的句子，像姚延意说的这些，他基本不懂。于是皱眉道："我没你想的那么多……"

姚延意又笑："依，倚也。这丫头就是你们夫妇的小棉袄，将来也是你们的依靠。这个字很好。"

"我的意思是，这是我的第一个孩子，所以……"

"一？"姚延意轻笑："亏你想得出来。"

卫章一怔，心想你这是鄙视本侯呢还是鄙视本侯呢还是鄙视本侯？

哼！这些臭读书人着实可恶！

"卫依依。"姚燕语靠在床上，轻轻地念着这个名字，不由得笑了："听起来好像是'唯一'。"

卫章揽着她的肩膀，低头以额头碰了碰她的额角，低声说道："嗯，你就是我的唯一。"

"这是女儿的名字啊！"好笑地看着卫章，"你这甜言蜜语是对着谁说啊？"

卫将军素来不喜欢这些咬文嚼字的事情，于是理所当然地说道："女儿是你给我生的嘛。"

姚燕语笑了笑，抬手把怀里已经睡着的女儿递给卫章："抱她去摇篮里睡吧。"

卫章接过来转身把孩子放在床边的小摇篮里，然后又转身回来把姚燕语拉进怀里，低头轻轻地吻了吻她唇上的那个沁着血珠的牙印儿，心疼地问："还疼么？"

"不疼了。"姚燕语轻笑着摇头，其实她一直娇贵得要命，手上蹭破一点皮都要叫半天。可是生过孩子之后才忽然发现，一般的疼痛对她来说好像感觉不到了。

不过她的这种转变卫章却没有体会，在他的心里她依然是那个娇贵的女人，一点点的疼痛都受不了。而且，嘴巴都咬出血来了，怎么可能不痛？

"你辛苦了。"卫章继续亲吻她的脸颊和耳垂。

晚上，小依依被奶妈子抱去厢房睡，宁氏伺候姚燕语喝了养月子专门炖的十全汤便去偏院客房歇息。

卫章终于宽衣解带躺在了自家夫人的身边，他伸平了双臂把人平端起来往里挪了挪，然后在她身侧躺下。姚燕语刚生完孩子，身体虚弱没什么精神，又有卫章躺在身边心里再无记挂，很快就安稳地睡了。

而卫章却躺在她身边久久不能入睡。

他的人生有很多不完美，少年失怙，缺少亲情的呵护，在军营里长大，见惯的是拼杀屠戮。只有几个兄弟可以生死相依，他们过的是有国无家的日子。

直到娶到身边这个女子，她用她一双温柔的手抚平他心头的伤疤，给他灵魂的救赎，填补了他情感的空白。

只是这一次，人生中最重要的一场经历，他没有陪她一起度过。

219

一品嬌女【完结篇】

这将是他的遗憾，必须想办法修补。

……

两日后，皇上和文武众臣的大队人马将回京城。卫章率队至城门口迎接，然后送皇上回宫。

皇上问及卫章："姚夫人为你添了个儿子还是女儿？"

卫章笑道："谢皇上关爱，内子为臣添了一个女儿。"

"女儿好啊！"皇上呵呵笑道，"女儿是父母的贴身小棉袄嘛。取名字了吗？"

"是，臣给她取了个小名儿，叫依依。"

"这名字不错。"皇上笑着点了点头，转身走到龙案跟前，随手翻起一本奏折看了看又放回去，忽然转头说道，"爱卿今年还不到三十岁吧？"

"皇上说得是，臣虚岁正好二十八岁。"卫章忙拱手回道。

"二十八岁始得一女，此女必定是爱卿的掌上明珠啊。"皇上微笑着叹道。

"皇上说得是。"卫章只得随着皇上的话往下顺。

皇上背负着双手在乾元殿里缓缓地踱着步子，不紧不慢地说道："先皇在的时候，病痛沉疴多亏姚夫人妙手医治。父皇曾经跟朕说过，因为'清心丸'一事，让夫人停职在家，实际上也是无奈之举。今日爱卿夫妇喜得爱女，朕也觉得很是高兴。嗯——就赐此女'县主'的封号吧，封地和封号回头让宗政府商议了呈上来。"

"臣谢皇上隆恩。"卫章赶紧跪下去。

"起来吧。"皇上面上带着满意的微笑，又问："满月酒怎么办？"

"这个……臣没想过。其实臣觉得这只是臣家里的私事，不宜张扬。"

皇上笑问："你这是什么想法？难道是因为不满意是个女孩儿？"

"不，不！"卫章立刻摇头，转而又笑道，"不过小女既然圣上隆宠，得县主封号，这满月酒臣肯定是要好好地办了。"

皇上微笑点头："嗯，到时候若是朕有时间，也去讨一杯小县主的满月酒喝。"

"谢皇上。"卫章再次叩拜。

其实本来按照姚燕语的意思，生孩子是自家的事情，前两年皇上龙体抱恙，许多政事都放给了朝中的辅政大臣，而这些辅政大臣里渐渐崭露头角逐步登上首辅的又是姚远之。

卫章现在也是位高权重，甚为朝中一些权贵所嫉妒。所以姚燕语便不想张扬女儿一事，想着满月那日只把娘家人请来和这边阮氏苏玉蘅等几个人一起随便坐坐也就罢了。

可是如今女儿有了县主的封号，皇上又过问了满月酒的事情，自然是低调不成了。

为了给皇上面子，宁侯府广发请帖，平日里但凡有人情礼往的同僚权贵都收到了宁侯为爱女准备的满月宴请帖。

三月初六，正是一年十二个月里最好的时光。宁侯府后花园里，繁花满溪，碧树成妆，紫燕双飞，蜂蝶相戏。

卷四 卿心未央

宁侯嫡长女的满月宴便设在这春光明媚的花园里。

这日一早,宁侯府便府门大开,喜迎各方宾客。

皇上的圣旨是巳时到的,随着新任的乾元殿掌案太监张随喜一声尖细的公鸭嗓:"圣旨到!"宁侯府里喧嚷的人们渐渐地安静下来。

侯府门口三声炮响,卫章偕夫人齐齐跪倒在香案跟前。在场所有官员全都陪同着卫氏夫妇跪在了地上。张随喜便捧着明黄色绣双龙戏珠的圣旨上前宣读圣旨。

卫章对圣旨的内容早就有数,所以不慌不忙,不卑不亢。但其他来贺喜的官员们却摸不清门路,听完了圣旨之后大家还有些缓不过神来,在卫章朗声叩谢皇恩的时候,忍不住跪在地上面面相觑,且有些跪在边缘角落的都不免窃窃私语起来。边边角角里的人自以为自己说话声音很小而且又趁乱,所以不会有人在关注,殊不知宁侯府的每个角落都有特别安排,他们每个人的每一句话几乎都原样不变地被传向两个方向:一个是宁侯卫章的耳朵里,另一个自然是皇宫里高高在上的那位年轻皇帝的耳朵。

皇上站在龙案跟前,手握一只白玉紫毫,蘸浓墨,挥笔意,一气呵成,写成一个龙飞凤舞的"谋"字。写完之后,也不急着放笔,而是单手掐腰站在龙案跟前,仔细地品味着自己的墨宝。

原本正在跟前汇报的张随喜见状忙住了嘴,不敢打扰皇上自我品评的兴致。

"嗯?怎么不讲了。"皇上过了半晌才发现张随喜没继续说下去,便随意地问了一句。

"回皇上,也无非就是这样的话,有的人认为宁侯圣眷正隆,应该抱紧他的臭脚,另有少数的人则认为宁侯功高盖主,水满则溢,皇上给他这样的封赏,实际上是准备拿他开刀……"

"放屁!"皇上陡然变色,手里的白玉紫毫啪的一声丢在龙案上,怒道,"在那些人的眼里,朕就是那种卸磨杀驴的人么?!"

"皇上息怒。"张随喜虽然是个太监,但他陪伴皇上一起读书练武,肚子里也装了不少墨水,此时见皇上动怒,忙劝道:"皇上初登大宝,臣子们心里忐忑也是常理。这些人在私下里悄悄议论,无非是想保住自己的官职前程。若说妄议陛下,那是给他们一百个胆子也不敢的。皇上明察秋毫,乾纲独断,何必为了这些琐事生气。"

听了这话,皇上心里的气消了些,但终究有些愤愤不平。

沉思片刻之后,却又忽然笑了:"你说,朕现在去宁侯府讨杯满月酒喝,那些大臣们会是什么嘴脸?"

"这……"张随喜犹豫着回道:"回皇上,若皇上真的要走这一趟,怕是会让那些趋附者更趋附之心胜,而惶恐者必对宁侯避如蛇蝎吧。"

皇上笑着点了点头,说道:"不错!不错!如此说来,朕倒是有些期待了。"

"皇上?"张随喜惊讶地抬头,心想皇上不会真的要去宁侯府吧?

"来人,更衣!"皇上忽然转身往后殿走去,留下张随喜一个人站在那里追悔莫及——

221

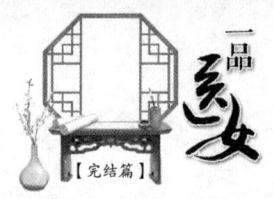

早知道皇上想要出宫，他就应该劝着点，实在不该煽风点火！这回好了，宫外形势复杂，若是有什么差错，自己有一百颗脑袋都不够砍的！

而与此同时，宁侯府里觥筹交错，笑语喧天。

诚王府云琨，燕王府云珩，定北侯苏玉平，镇国公府勇毅侯和韩二公子，安逸侯世子周承阳等几位身份超然的侯爷世子们坐了首席，众人素日又跟卫章交好，知道他千杯不醉的本事，这回自然不会放过灌他酒的大好机会。

一片猜拳行酒令的吆喝声中，与宾客们把酒言欢的卫章在得到心腹属下一个隐晦的手势后，借口更衣，对众人告了失陪，离席而去。

片刻后，卫将军果然换了一身宝蓝色燕服又重新入座，然后继续跟宾客们说笑喝酒。

就在他离开的这片刻的工夫里，宁侯爷不仅自己府里各处的议论都收到了心中，连乾元殿里景隆皇帝跟御前护卫总管，皇上的亲亲奶兄，锦麟卫都尉张随喜之间的对话也知道得一清二楚。

知道皇上待会儿要来，卫章的心里反而安静下来，索性放开量豪饮，全然一副一心求醉的样子。

等皇上果然来了，他这里已经有了五六分的醉意。

皇上见他毫无戒备之心，心里自然舒服了许多。接受卫章夫妇及众臣跪拜之后又当众赐下玉如意一只作为给嘉媛小县主的礼物，之后在首位上落座，喝了三杯酒，同云琨韩熵戈等人说了几句笑话便借口还有奏折要看，起身离去了。

宁侯府嫡长女的满月宴却随着皇上的离去而进入新的高潮。

事情不出张随喜所料，那些打定主意抱宁侯爷大腿的纷纷上前敬酒，又有人觉得自己给的贺礼不够，便让随身的奴才传话给里面的夫人，另一处女眷宴席处，姚燕语带着女儿给众位夫人们敬酒的时候，又不多不少地收了一回见面礼。

这是出乎意料的事情，弄得姚燕语有些措手不及。幸好身后的管事媳妇能干，见各家夫人又有表礼，便悄悄地叫了记账的小厮进来，把礼物一一记录在册，以防日后查询参考。

卫依依的满月宴过后，景隆皇帝便觉得自己把朝中各方势力以及他最忌惮的也是他的父皇临死都不放心的宁侯这位新锐贵族的底细都摸清之后的早朝之上，针对当时的政务，提出了一条全新的政策——设立内阁。

所谓内阁，在景隆皇帝所说就是皇帝的秘书机构。

景隆皇帝为了巩固江山社稷，避免出现他父皇在位期间所形成的那种宰相独揽大权，暗中扶持皇子的事情出现，决定增设内阁作为国事咨询机构。

内阁设阁员七位，而且人选皇上早就从文武百官里扒拉出来，七位内阁成员分别是：原都察院左都御史辅政大臣姚远之任首辅。次辅甄墨林。另五位阁员分别是安逸侯辅政大臣周泰宇，太子太傅大学士封绍平，原湖广经略大学士孙宇，太子少傅大学士陆常柏，原礼部尚书大学士梁岳城。

卷四 卿心未央

内阁成员以及首辅次辅的首任现由皇上任命，一年后实行廷推政策，由内阁成员和六部尚书共十三名大臣参与，得票多者上位。

当然，这并不是皇上一时起意的，事实上景隆皇帝在跟着先帝师萧太傅读书的时候便有过这样的想法。他读史书，知兴衰。对历代皇朝的兴衰史倒背如流，之后经过深思熟虑，方形成一个新政策的雏形。登基为帝之后，景隆皇帝没有忙着揽权，也没有忙着在政事上横插一脚，而是在乾元殿里每天召见各部大臣，与他们聊天，谈话，辩论。

经过一个多月的努力，在几位能臣的协助下，才形成了这样一条新的政策。而这样一个新的开端，也必将让他成为大云朝三百五十多年历史十二位皇帝中最英明圣贤的一位皇帝，开创了大云朝的景清盛世。此为后世佳话，不赘述。

在这次大朝会上，景隆帝还按照他父皇的谋划，分别为镇国公、诚王、燕王及世子等皇亲国戚都各有加官晋爵，委以重任。其中，镇国公晋封为靖西王，国公爵位由长子韩熵戈世袭。次子韩熵戈封宗政侯。诚王爷晋封为诚义亲王；郡王爵由嫡长子云琨世袭，另赐封号"肃"；庶子云珣为锦麟卫千户。

燕王爷晋封为燕恭亲王，郡王爵由嫡长子云珩世袭，另赐封号"礼"。

另外，宁侯卫章上奏本，奏请皇上将锦麟卫分成两支，一支一万人精卫由新帝的奶兄天子近卫王秉义执掌，负责云都城皇宫、南苑、西苑及行宫的守卫。剩下的三万人交由肃郡王云琨掌管，负责天子外出的安全。

皇上酌情更改，将云琨掌管的三万人以严酷的方式挑选精锐，只留下一万。剩下的两万人则裁撤出锦麟卫编制，归入烈鹰卫。

烈鹰卫交给卫章掌管，其职责依然不变。

至此，在众臣眼里显名赫赫的宁侯卫将军手中的权力终于一分为三，不再是言官闲臣们茶余饭后嚼说的重点话题。

手中的权力分出去三分之二，卫章终于又有了空闲待在家里。

随着春光渐老，看着小女儿一天一个模样，他的心里很满足，有时候陪着妻女在花园里一窝就是一整天，手中握一本兵书，旁边有妻子烹茶，看着凌霄在跟前跑来跑去，小女儿在旁边的摇篮里咿咿呀呀，那种幸福感真的要满溢出来。

绿荫下，卫章把脸靠在姚燕语的肩膀上，低声说道："真想永远都这么清闲下去。"

姚燕语低声问："听你这话，好像又要忙起来了？"

"君泽那边的两万人已经裁撤完毕都归到了烈鹰卫这边。训练计划贺熙和萧逸已经制定好了，过几日我得带他们去山里训练。"

"你要亲自去？"

"是啊。烈鹰卫是我的心血，训练虽然不是打仗，但却是强兵的基础。"卫章轻声说着，手指在她的肩井穴，大椎穴等基础穴位上揉捏，又道："我听冯嬷嬷说，女人生完孩子不出

223

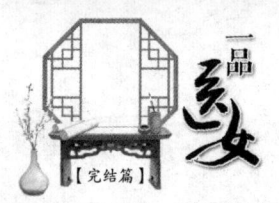

一百天就算是月子里，你还是少看书，多休息。再精湛的医术也要有个好身体才行，嗯？"

"嗯，我知道。"姚燕语轻轻地点头。

一时间两个人都沉默了。

姚燕语侧身靠在卫章的怀里，枕着他的肩膀闭目养神，什么也不想。卫章就这样揽着她，目光穿过面前林立的梅树，投向虚无之处，心里默默地想着烈鹰卫训练的事情。

这时长矛派人来说肃郡王来了，有事要商议，此刻正在书房喝茶呢。姚燕语睁开眼睛笑了笑站起身来，说道："快去吧。"卫章起身，抬手握住姚燕语的颈侧，低头在她唇上轻轻一吻，方弹了弹衣襟往前面去了。

外人都当姚燕语因为分娩的缘故在家里将养。新帝才刚弱冠之年，虽然受过重伤，但因调养不错，又勤加锻炼，也算得上身强体壮，身边无须太医常随常伴。后宫里几位太妃的身体也还过得去，平日里头能闹热的自然也找不到姚燕语的头上。国医馆里调教医女的事情则依然由翠微和翠萍主管，是以姚燕语也有了难得的清闲时光。

这日姚燕语用过早点后依然在梅园里摆上榻几，继续整理之前的手稿，继续为《大云新药典》的编纂而努力。

这是张苍北生前的愿望，他想要编纂一本有史以来最全的药典，力求把世上的常见草本都详细地介绍，同时也要把不常用的草本做正确的解析，这样便可以供医者查询也方便学习和配药。当然，这也是姚燕语的理想，也是她一直锲而不舍在努力去做的事情。这段时间她怀孕，分娩，坐月子，心里又记挂着孩子，一心多用不得已把其他任何事情都放下了，唯独此事没有停下来。

"夫人，二爷来了。"旁边服侍的紫穗轻声回道。

"哦，快请。"姚燕语忙把最后几个字写完，然后把手里的笔放下，拿了帕子擦了擦手，准备起身相迎。

姚延意已经走到了近前，只在她旁边的藤椅上落座，笑着摆摆手，说道："坐着吧。"姚燕语到底还是起身，行至茶座跟前在另一只藤椅上坐下来，亲手给姚延意斟茶。

"你还这么忙？"姚延意转头看了一眼旁边那张长条案几上的各种纸张。

姚燕语为姚延意泡茶，点乳，分汤，之后把一盏清香碧绿的茶水递过去："二哥请用茶。"

姚延意伸手接了，闻茶香，品茶汤。之后又轻叹道："算起来你这还没出百日呢，身体要紧。"

"我不过是趁着有工夫把这些整理一下，累不着的。"姚燕语自己也端起一盏茶来，轻轻地嗅着茶香。

"这些整理的工作应该交给她们去做，既锻炼了人，你也刚好能休息一下。你见哪个女人生完孩子就忙这些的？"姚延意把茶盏放回去，又伸手拿过那支笔来把玩着。

姚燕语轻笑道："这些事情交给别人做我不放心。"

"你就是天生的劳碌命。"姚二爷鄙夷地看了姚燕语一眼，无奈地摇了摇头，然后从

卷四 卿心未央

袖子里拿出一封书信递过去："你大姐给你的信。"

"哟，劳烦二哥亲自送信过来？"姚燕语惊讶地问，"是不是有什么要紧的事情？"

姚延意轻笑道："没要紧的事儿我就不能来了？我想我那外甥女了，叫人抱来给我瞧瞧。"

"我这不是担心大姐么。"姚燕语笑着拆信，旁边早有人去找了奶妈子把依依送了过来。

姚延意把小女娃抱在怀里掂了掂，叹道："嗯，又沉了些。不错！这个长法肯定是个小胖妞儿了。"

姚燕语笑了笑，专心去看信。

书信里，姚凤歌跟姚燕语道了平安，说江宁玻璃场的生意很好，江南富庶，玻璃器的式样比早先阿尔克族做得多且美，又不是贵族专用的东西，不受等级的约束，那些富商有的是银子，又极爱华丽，听说宫里也采买这些玻璃器，又怀着一种特别的心思，一个个争相抢购。

姚凤歌已经根据之前同姚燕语商议过的，开始招区域代理商，代理商以府道为最大的单位，大云朝一十三省，下设五十六个府道，一百三十九个县，除去那些天涯海角边疆蛮夷之地，已经有二十多个府道向玻璃场提出代理要求，其中十二个代理商已经交了定银，每个代理二十万两的定银，姚凤歌光定银就收了二百四十万两。

姚燕语看到这些账目，不由得笑着对姚延意说："大姐回到江宁，才算是重新活了过来。"

姚延意也笑道："这话也就是你说罢了。若是别人说，父亲定然又要训斥了。"

姚燕语轻叹："父亲是一直不同意大姐回江宁的。嫁出去的女儿泼出去的水么。"

"父亲还不是怕苏家那边难缠。不过如今看来，他们倒是通情达理。"姚延意一边逗着依依，漫不经心地说道。

姚燕语淡然一笑，说道："胡搅蛮缠和通情达理之间，无非是隔着'利益'二字。若是咱们家都是无能之辈，任人欺负，他们也不会如此通情达理的。"

姚延意一怔，转头看着姚燕语美好的侧影，无奈地笑道："你从来不是刻薄的人，今儿怎么忽然这样说话？"

"没有，只是有感而发罢了。想当初我第一次来京城看见大姐那个样子，再想想他们那些人对大姐的态度，便觉得可恨。"姚燕语说着，把第二页信纸翻开，开始看第三页。

"此一时，彼一时了。"姚延意也颇为无奈地摇了摇头。

姚燕语继续低头看信。待看到最后，方见姚凤歌说请自己想办法调太医院里恒郡王的脉案看看，再斟酌着开一张药方子捎过来。看完之后姚燕语大感困惑，心想姚凤歌不是一心要跟恒郡王断绝一切往来了吗？怎么又管他的病症？

想到恒郡王，姚燕语才想起前几日恍惚听谁说恒郡王向皇上递了奏折，说自己身体不好，要去封地疗养。但皇上没有恩准，只叫太医院用心给恒郡王诊治。难道这其中还有什么隐情？姚燕语靠在藤椅上皱眉沉思。

225

一品毒女
【完结篇】

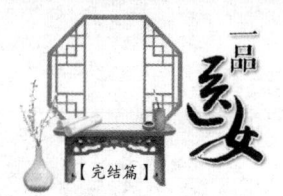

"想什么呢？"姚延意自顾自冲着茶。

姚燕语回神，一边把手中的信纸折叠起来装进信封，一边问："二哥可知道恒郡王近况如何？"

"怎么问起他来了？"姚延意微微蹙了蹙眉头，"你大姐在问？"

"没有。"姚燕语摇了摇头，"大姐只是说我派过去的那两个账房很好，我忽然想起那二人原是恒郡王的家仆，是因为当初在城南一起合伙开玻璃场，王爷把这两房下人直接送给了我。如今想起来，算是欠着他一个极大的人情呢。"

姚延意淡笑道："既然你跟我都不说实话，那我也没必要告诉你了。"

"啊？二哥你什么意思？"姚燕语诧异地看着姚延意，心里觉得自己这个借口编得挺真实的，为什么这位兄台你还是不信呢？

"你大姐姐跟恒郡王的事情，你当我不知道？"姚延意淡笑着摇摇头。

姚燕语顿时睁大了眼睛："你都知道？"

姚延意给了她一个白眼，没有说话，自顾品茶。

"二哥，说说呗？"姚燕语凑过来，轻轻地推了推姚延意的胳膊。

"说什么？"姚二爷开始卖关子。

"你都知道什么？"姚燕语笑眯眯地问。

"我什么都不知道。"姚二爷慢慢地啜了一口茶，怡然自得地回味着。

"哎！不想说就算了，回头我自己去问。"姚燕语叹了口气，在书信上弹了一下，"太医院的脉案……啧，我该找个什么借口去翻看呢？"

姚延意叹了口气，蹙眉无奈地看着姚燕语，说道："这事儿你最好少管。八年前父亲就说过，我们家的女儿不嫁皇室子孙。现在你们都各自为人妇为人母了，怎么还跟小孩子一样幼稚？"

姚燕语转头看了看周围，丫鬟婆子早就退开，四周树影婆娑，确定方圆几丈之内没有什么人之后，方低声说道："大姐托我弄清楚恒郡王的病情……我觉得，大姐不是那种冲动之人，她这样说一定是想了千百回才开的口。这其中还不知含着多少泪水。二哥，你忍心吗？"

姚延意眉头紧皱，沉思半晌方道："我只能告诉你，是有人不希望他的病能好。所以太医院肯定是没办法的。"

姚燕语心头一凛，抬手指了指天空："他么？"

姚延意叹道："这个我不好说，这里面的水太深了，我们还是不要掺和的好。你写信劝劝你大姐，生死有命，富贵在天，一些事情既然过去只能放下，多说多做只能是多错！到时候害人害己，对谁都没好处。"

身处炎热的夏天，姚燕语却觉得一阵凄冷。

这阵子夫妇和乐女儿绕膝的幸福让她变得懒惰了，而且，圣眷隆宠之下，她天真地以为皇上登基就天下太平了。全然没想到一场斗争的结束就是另一场斗争的开始。

卷四　卿心未央

"你也别想太多。"姚延意看着姚燕语的脸色渐渐苍白，方又劝道："他最不济也就是个圈禁。上头不顾手足之情也还要顾及自己的名声。"

"那为什么不准他去封地养病呢？"姚燕语喃喃地问。

"你忘了皇长子？"姚延意低声哼道。

姚燕语苦笑着点了点头。

"我们不能做点什么吗？就算是为了大姐。"她抬头看着姚延意，目露乞求之色。

"我们……"姚延意沉吟着叹了口气，最终还是轻轻地点了一下头。

姚燕语缓缓地伸出手去摁在姚延意的手上。姚延意反手拍拍她的手，低声说道："放心，有哥呢。"

六月至，云都城也进入了雨季。

五月里，皇上已经去了避暑行宫避暑，内阁大臣留守京都处理政务。一道来自皇陵的奏折被急匆匆地送了进来，主管礼部事务的阁老陆常柏打开一看，是皇陵守备的主官上奏，说圣祖皇帝的陵墓有些塌陷，雨季刚刚开始，后面还有整个七月，估计雨水会更多，朝廷应该尽快想办法，着人前来修缮，以免圣祖皇帝陵寝不安，动摇国本。

这可不是小事儿，陆常柏赶紧把这份奏折送往首辅姚阁老的书案上。姚远之一看这事儿的确刻不容缓，于是立刻用小票批复后，和当天要紧的奏折一起用黄匣子封起来送往避暑行宫。之后又把主管户部和工部的周泰宇周阁老和孙宇孙阁老找来，商议圣祖皇陵的修缮事宜。

三日后皇上的批复下来了，着户部拨银子，工部出人，赶紧去给圣祖爷修皇陵去。

这件事情被有心人传到了恒郡王府的时候，恒王妃正冲着煎药的丫鬟发脾气呢。

新皇登基之后，所有皇室之人都进了爵位，只有恒郡王只是恢复了王爵，所有的一切都跟之前一样，可以说是不升不降，依然是他的恒郡王。

当然，这也不能说新帝对他没有恩惠，毕竟先帝在的时候云珉因为国宴上的失误被皇上停了郡王的俸禄，现在新帝登基，他的俸禄不仅恢复如常，还把之前扣下的一年给补上了。皇上说了，父皇当年只是说俸禄暂停发放，并没有割了去，现在补上也是常理。

恒郡王接到圣旨的那一刻，可谓是五味陈杂。但不管心里怎么样，这也是新帝的隆恩，他除了口头谢恩之外，别无选择。

只是他的王妃却不这样想，传旨的太监一走，便甩了脸子，甚至不顾恒郡王还站在那里，便自顾回房去了，还跟身边的人抱怨："拿着我们的银子做人情，皇上还真是打的好算盘！"

诚然，新帝原本是个温润的性子，可是不管是谁坐在那把龙椅上也难免对身边的人生疑，尤其是在大臣们心里口碑极好的恒郡王。早在他登基之前，恒郡王府里便有他的眼线，如今登基为帝，眼线自然只增不减。恒王妃的话当日便一字不落地传到了皇上的耳朵里。

于是，后来恒郡王请旨去封地养病，被皇上以"封地虽然清净，但缺医少药的着实不

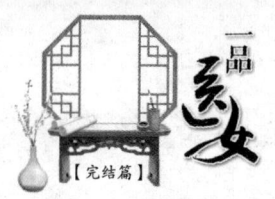

利于养病。云都城里有太医院和国医馆，大云最好的医者都在帝都，皇兄养病还是该在京中"为由，把奏折驳回了。

　　云珉虽然不知道自己自请离京被驳回的原因，但也知道自己府里肯定有皇上的眼线，当时心力交瘁，却也无计可施。他早就看开，只想留恋红尘做个富贵闲人，无奈皇上对他放心不下，他也只能遵从皇上的旨意留在京都养病。

　　这日听见王妃在外边骂小丫鬟煎药煎得太久了，药效肯定减弱，这死丫头是不是存心不让王爷的病好，是不是想害死王爷之类的话，他便沉沉地叹了口气，吩咐身旁的管家："去传我的话，让王妃去她的院子里好生待着，本王不请，不许她进本王的桐雨轩半步。"

　　管家答应着出去，没多会儿便端了一碗汤药进来，碗底还带着一张小纸条，纸条上只有歪歪扭扭的三个字：修皇陵。恒郡王先是一怔，继而轻轻地缓了一口气，把纸条丢进了身前煮水的红泥小炉里。

　　几日后，恒郡王又上了一本奏折，自请去修圣祖的皇陵。而且一本奏折写得言辞恳切，不容拒绝。果然，没过几天皇上的批复便下来了：恒郡王孝心可嘉，准去督修皇陵。

　　接到圣旨的那一刻，恒郡王一直抑郁的心终于舒缓开来，如今他别无所求，只愿离开京都，挣脱身上的枷锁，清闲自在，安心度日。

　　只是他这样想，他的王妃却不这样想。这边恒郡王看着贴身的小厮给自己收拾书籍，旁边自幼服侍他的宫嬷嬷盯着两个丫鬟给他收拾衣物，那边王妃便换了衣裳去找贵太妃诉苦去了。

　　新帝登基，先帝的妃子都成了太妃，恒郡王的母妃慧贵妃便是贵太妃。大云朝有先例，身为太妃可以搬出宫去跟子女居住，由子女侍奉养老，没有子女的则仍住在宫中，但都搬进慈敬宫或者福寿宫里去住。

　　慧贵妃有恒郡王，自然不用再孤守在宫里。送先帝至寝陵回来之后她便住进了恒郡王府。

　　恒王妃气呼呼地来到贵太妃的院子里，本想对慧贵太妃也就是自己的姑妈哭诉，慧贵太妃听她越说越没了分寸，忍不住将她狠狠训斥一番，并勒令回自己院中禁足反思。训诫完不省事的恒王妃，慧贵太妃又起身，扶着丫鬟缓缓地出了房门往恒郡王平日起居的桐雨轩去了。

　　恒郡王的书房是他精心布置的地方，自从他开府独居以来，这座题曰"桐雨轩"的东偏院便是他日常起居，读书，处理公文，与清客幕僚们议事雅聚等日常琐事都在此处。一天十二个时辰，倒有一大半儿的功夫都在这里。所以这一处院落收拾得十分精致。

　　院门两侧是青石镌刻的一副对联，自然也是恒王的墨宝：却是梧桐且栽取，相次丹山凤凰来。院子里有两棵梧桐树是当时建府的时候恒王亲手栽种的，到现在已经八年的时间，原来胳膊粗细的梧桐现在已经长成了参天大树，此时盛夏时分，桐树皮青如翠，叶缺如花，妍雅华净，赏心悦目。书房正厅里高悬一方匾额，黑底金字，上书：疏雨梧桐。

　　贵太妃扶着丫鬟的手迈进屋门，却见屋子里静悄悄的，只有两个当值的小厮见她进来忙上前跪拜行礼。

"你们王爷呢？"贵太妃蹙眉问。

其中一个小厮忙回道："回太妃娘娘，王爷和詹先生在后院下棋呢。"

贵太妃二话没说直接往后院去。

后院绿荫下摆了一套藤编圈椅和一张玻璃小圆几，各持黑白子的恒郡王和詹先生听见动静，忙把手里的棋子放下，起身行礼。

"母妃有事只管传唤儿子过去就是，怎么亲自过来了？"恒郡王行礼后，上前搀扶着贵太妃的手臂至藤椅上落座。

"你一直病着，就该静养。我总归无事，闲了倒是该多出来走动走动。"贵太妃说着，眼神一抬扫向旁边的詹先生。

詹先生忙躬了躬身，赔笑道："太妃跟王爷说话，在下先告退了。"

贵太妃淡淡地笑了笑，点头不语。詹先生和旁边服侍茶水的小童齐齐地退了下去，一时间别致幽静的后院里只剩下了这一对母子。

恒郡王亲手为母亲煮水烹茶，然后双手敬上。

贵太妃接过茶来却不急着喝，只是凑在鼻息跟前嗅着茶香，缓缓地说道："这是雨前龙井，先帝最喜欢喝的茶。"

恒郡王低头说道："母妃说得是。父皇一直对雨前龙井很是偏爱，不过母亲还是喜欢雪顶含翠，是儿子疏忽了。"

"没什么，茶不过是闲暇时用来颐养心性的东西，真正的意义在于品味，任何一种茶都有它的独到之处。只偏爱一种的话，会错过很多好茶。"贵太妃说着，轻轻地啜了一口香茶，感慨道："如今我品这雨前龙井就觉得比雪顶含翠还好。"

"母妃喜欢就好。"恒王爷忙接过贵太妃的茶盏来，又给她添茶。

母子二人就着茶道谈到了修身养性，然后扯了半天最后归于平静。贵太妃喝了三五盏茶，自始至终都没问儿子去皇陵督造的事情，最后优雅地弹了弹衣袖站起身来，只叮嘱了一句："自己的身子自己多保重，娘还指望着你养老呢。"

恒郡王躬身应道："儿子不孝，让母妃担忧了。请母妃放心，儿子一定会保重自己的身子，让母妃颐养天年。"

"你忙吧，我走了。"贵太妃释然一笑，理了理衣袖挺着腰板儿离去。

恒郡王亲自送至桐雨轩院门口，贵太妃在院门立定，忽然回头看着院子里的参天梧桐，淡然苦笑："我儿种得好梧桐，奈何却没引来真凤凰。"

恒郡王淡然笑道："是儿子无能。"

"罢了，如今你母妃我唯一求的就是你的平安，余者皆是泡影。"

"谢母妃点拨。"恒郡王再次躬身，送贵太妃徐徐离去。

直到贵太妃转过甬路拐角处不见了踪影恒郡王才直起身来，仰头看着茂密如云的梧桐

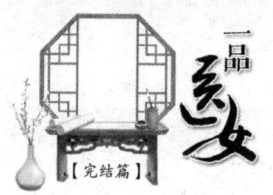

树，想着母亲说的那句话，嘴角泛起一丝苦笑。是啊，他亲手种下了梧桐树，却没引来真凤凰。他的凤凰早就栖在了别处，且被绞住翅膀再也不能飞翔，今生今世，他都要注定与她遥遥相望了。

两日后，恒郡王收拾行装仅带着八个随从，同工部的官员一起赶赴皇陵。

避暑行宫里的皇上看过在恒郡王府的线人送来的密信之后，对身边最信任的奶兄陈秉义说道："朕的三哥其实就是个情种。"

陈秉义不敢多言，只拱手应道："皇上英明。"

同样是阴雨天，江南和江北却大不相同。江南的雨季缠缠绵绵，那雨丝像是春蚕吐丝，怎么扯也扯不断，一下就是五六天的时间。

江宁城外，一处粉垣黛瓦的精致院落里，姚凤歌坐在明净的小轩窗下，安静地看着手里的账册。

一个青衣小丫鬟轻着脚步进来，行至姚凤歌跟前微微一福，轻声说道："夫人，京城有书信来。"

"嗯？"姚凤歌的目光从窗外的芭蕉上收回来，闪过一丝喜色，"是二舅爷吗？"

"回夫人，是宁侯府。"小丫鬟说着，双手奉上一封书信。自从回来江宁，姚凤歌专门挑了一批十三四岁的伶俐丫头并找了先生专门教她们识字算账，不读子集经史，只求能认字，算账，做个明白人。所以她身边新选上来的小丫鬟个个儿都识字。

姚凤歌接过后微笑着说道："你下去吧。"

小丫鬟躬身退下，姚凤歌把书信放在手边却不急着拆看，只等着那边几个账房先生把各自手里的那本账册核对完了，各自交上来。等众人齐齐退下去厢房用饭，屋子里只剩下姚凤歌一人，她这才起身，亲自把窗扇关上，伸手拿起那封书信，用手边的裁纸刀割开信封，取出信纸展开读起来。

书信是姚燕语亲笔写的，洋洋洒洒写了好多。她希望姚凤歌在江南好好地发挥自己的才干，创立一片前所未有的基业。姚凤歌果然被她的想法给吸引，这个时候的商人还是处于社会地位的最末端，很多人都以经商为耻。不过这些姚凤歌不在乎，她是个女子，背后又有定北侯府和姚府撑着，自然没那么多顾虑。至于子女的前程，有苏玉平担着，她也不用过多地操心。受姚燕语的影响，她还真想在江南一试身手，不说博得多大的家业，总不能丢了姚家人的脸。

姚凤歌细细地看着姚燕语写的信，心里细细地盘算着她的建议。看到最后，姚燕语顺便提了一句话：太祖皇帝的寝陵有些塌陷，皇上派人去修了。

看到这句话姚凤歌的心陡然一跳，虽然信里没有提到恒郡王一个字，但她却知道去修皇陵的人一定是他。看来身体无碍了！姚凤歌轻轻地吐了口气——只要能活着就好。

门外传来珊瑚的声音，是催她去吃饭。姚凤歌把书信收起来放到怀里，方起身往屋外走去。

卷四　卿心未央

第十四章

　　时光荏苒，转眼已经是霜降时节。九月，送祖父回祖籍安葬的萧霖夫妇守孝一年已满，夫妇二人带着母亲颜夫人、儿子萧琛以及随身仆从回到了京城。
　　阔别一年多，韩明灿变得更加成熟有风韵，萧侯爷也更加风度翩翩。
　　兄弟姐妹重逢，自然有许多话说，萧侯爷夫妇又祝贺姚燕语得女，另备了厚礼登门拜访，姚燕语设宴款待，直接留韩明灿母子在家里住了两日。和苏玉薇三人凑在一起，说了几夜的话。
　　萧霖回来之后奉旨去避暑行宫面圣，然后陪同景隆皇帝去西山狩猎场狩猎，十月份，君臣一众人等秋狩满载而归。为了不惊扰大云帝都的百姓们，景隆皇帝在扈从们的守护下趁着秋高月明之夜悄然返回云都城。
　　皇上回京，自然有很多政事要办。内阁的几位阁老第二日一早天不亮便到了乾元殿门外，请求觐见。
　　景隆帝年轻，精力旺盛。这两年在海疆养成了闻鸡起舞的好习惯，每日一早四更天便起身，练一套拳脚功夫出一身汗回来洗漱一点也不耽误召见大臣。
　　皇帝回京，忙了文臣，闲了武将。阁老们在乾元殿里跟皇上奏报政务，商议一些亟待解决的大事。伴驾秋狩回来的宁侯卫章倒有了几日的清闲，每日都躲在家里陪妻女说笑开心，日子倒也过得快活。
　　这日早饭后，卫侯爷换了一件家常袍子，一只手抱着女儿，一只手牵着凌霄出门去瞧热闹，恰好遇到了云琨，两人便择了个雅间，一边喝着小酒聊天一边看着外边的街上的景象。
　　之前卫章从诚王府里接过锦麟卫，云琨的心里多少是有些别扭的。但新帝登基之后，卫章主动让出提督九门的权力，上疏把锦麟卫分成两支，原来属于皇上近卫的那支交给景隆皇帝的奶兄陈秉义，负责城防的那支依然还给诚王府。如此便让云琨心底的那点不痛快烟消云散，二人又是无话不说的好兄弟了。
　　姚燕语则坐在院子里继续整理《大云新药典》。外边一个急匆匆跑来的小丫鬟慌张地说道："夫人，宫里来人了，说有圣旨。"
　　"啊？"姚燕语一怔，忙道，"有圣旨？侯爷不在家啊。"
　　小丫头忙道："公公说，圣旨是给夫人的，请夫人快些去前面接旨。"
　　姚燕语二话不说赶紧把女儿递给奶妈子，然后起身进去更衣打扮，换了二品医官的官袍，戴了金丝冠，仪表堂堂地往前面去接旨。
　　圣旨的内容很简单：国医馆左院判姚燕语医术精湛，曾几度救治先帝性命，功在社稷，特晋封为从一品右院判，现在朝廷正是用人之际，国医馆所请在一十三省设立医学院一事应尽快开始，早些为朝廷培养可用之才，云云。
　　姚燕语听张随喜宣读完了圣旨之后，三叩九拜，口称万岁万万岁。

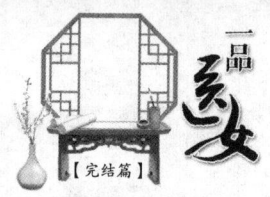

张随喜笑眯眯地把圣旨卷起递给姚燕语,拱手道:"咱家给姚大人道喜了。"说着,朝着身后一摆手,四个太监各自托着一品医官的袍服、冠带、丝履,以及朝珠等奉上前来。旁边的管事媳妇忙替姚燕语把东西接过来退至一旁。

"公公辛苦了。"姚燕语忙笑着看了一眼旁边的长矛。长矛立刻递上一个荷包。

张随喜也不推托,接过荷包朝着姚燕语一拱手,又笑道:"皇上还有口谕,着姚大人接到圣旨后立刻进宫觐见。"

"好,公公请稍等。"官升一级,自然要进宫谢恩的。姚燕语朝着张随喜欠了欠身,"容我去更衣。"

一品官袍跟二品官袍大致相同,只有胸前的刺绣由孔雀纹改为了一品仙鹤。锦丝冠上装饰的孔雀簪也换成了赤金仙鹤簪,原来的金花腰带改为了墨玉带。

姚燕语换过衣服后,人更加精神,她以前就嫌官袍上的孔雀美感有余而庄严不足,那华丽的羽毛总是给人以花瓶的感觉。现在终于把孔雀换成了仙鹤,看着穿衣镜里玉树临风、风骨傲然的样子,心里终于舒服了一点。

景隆皇帝登基之后,把自己日常起居召见大臣的地方定在了乾元殿而非先帝曾用的紫宸殿,用他自己的话说,一到紫宸殿他便想起先帝,顿觉心情沉痛,哀思无限,遂沉浸其中不能理事。所以紫宸殿便空闲下来。

姚燕语随着张随喜入宫进了乾元殿参见皇上。景隆皇帝便把她之前上奏的那篇请在各省府修建医学院,设立药监署的奏折拿了出来与她重新议论此事。

在皇上的询问下,姚燕语又把设立药监署的重要性认真地阐述了一遍。在她看来,没有监督就没有公正,民间的药商全凭一颗良心做事,但良心这东西在巨大的利益驱使下,谁也不敢保证不会长歪了。而人吃五谷杂粮没有不生病的,生病就要请医延药。医药和民生息息相关,所以若想让百姓安居乐业,国家长治久安,医药的监督必不可少。

姚燕语对此事想了很久了,奏折写完之后皇上虽然说好,但却一直没有付诸行动,所以姚燕语便一直在想,是什么因素让皇上犹豫不决。

今日皇上再次询问,姚燕语便把经过深思熟虑的话说出来,条理清晰,有理有据,让景隆皇帝听得连连点头,最后叹道:"卿术业专攻,一心为民,忠心可嘉。这事儿先帝也曾跟朕说过,但当时先帝沉疴缠身,爱卿也身怀六甲,的确不适合四处奔走。如今你们的女儿也不小了,朕青春鼎盛,暂时也没有什么可忧虑的,正是夫人大展才华的时候。即日起,朕便下旨给户部,拨银子在下面各省建医学院和药监署。爱卿觉得这第一所医学院应该建在哪一省好呢?"

姚燕语沉思过后,拱手道:"大江以北,自然以京都为首。国医馆在京都设立了四年之久,虽然不敢说有什么成就,但也算是开辟了新的局面。至于医药监督,有太医院在,京都乃至周围几省的药商都不敢乱来。所以臣以为应该在江南设立第一所国医馆分院和药监署。"

卷四 卿心未央

景隆皇帝缓缓点头，微笑道："此言甚是。江南富庶，乃大云经济命脉之地。东南连着大海，又有海外客商来往，朝廷新政当以东南为先，医药改革也该如此。"

最后皇上跟姚燕语商议定，第一所分院就设立在江宁。江宁城处在秦淮河旁，又曾是前朝古都，人口众多，其繁荣昌盛不亚于云都城，况且姚家祖籍江宁。对于姚燕语来说，医学院和药监署自然是造福于民的好事，但也着实牵连到药商的利益，选在姚家祖籍之地动这第一刀，也有借势的意思。无论如何，这第一刀务必又快又准地切下去，若是卷了刀刃，后面的事儿可就不好干了。

从宫里出来之后，姚燕语走在天街之上顿觉豪情万丈。

这些日子她安居在家，虽然过得悠闲自在，但未免有些空虚之感。经过这几年的事情，她早就不再是那个藏头藏尾只求偏安一隅的姑娘家，她胸怀兴医道之大志，一心要把更精湛的医术和更完美的医药管理制度带给朝廷，跟心爱的人厮守在一起为他生儿育女虽然很幸福，但却不是她全部的追求。

她纵然不能称鸿鹄之志，也不是藏于屋檐下的雏鸟。她不要平庸无为，她要在大云的史书上为自己留下浓重的一笔。

听说夫人又晋封一级，卫侯爷自然是高兴的，但他还没高兴完就听见皇上命他的夫人去江宁城，亲手创办国医馆分院并药监署的时候，笑声便哽在喉间，转为沉沉的一声叹息。

姚燕语一边换衣裳，一边转头问他："你不高兴啊？"

"没有。"卫章还是笑了笑，凑过去替她拉起短袄的衣襟打着衣带，叹道，"依依那么小，你舍得把她丢家里？"

姚燕语忙道："我没打算把她丢家里，我是打算带着她一起去啊。"

卫章一听这话，脸上淡淡的微笑又凝结了几分。姚燕语忙又道："凌霄我也带上，放心，孩子我都带，你不必为家事操心的。"

"那我呢？"卫章轻声叹道，"你把孩子们都带上，只把我一个人留在京城？"

姚燕语忙伸手抚着他的脸，然后钩住他的脖子靠进他的怀里，轻声说道："我当然也想把你带上啊，可就是怕皇上不愿意嘛。"

卫章伸手把人搂紧，无奈地抚着她背后的长发，默默地叹气。

他是真的想把这个人圈在怀里一辈子，宠着她，疼着她，不让她受一丁点的委屈。可是不行。他的夫人不是惹人怜惜的娇花弱柳，她是穿云直上的飞燕，注定一生不平凡。

如果让他娶一个名门闺秀，每天只知道对自己嘘寒问暖，然后为博贤名给自己买一屋子通房姜室，再耍弄手段争宠吃醋，彰显大妇的威风……想想那样的日子，卫章便觉得难受——与其那样还不如孤身一人自在。

每个人都有自己的选择。姚燕语就是他卫章这辈子的选择，不管她将来的路怎么走，会走多远，他都会选择支持，敬重，爱护。为她遮风挡雨，为她保驾护航，与她手握手并肩而笑，相携白首。

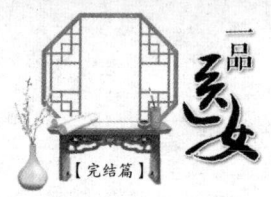

圣旨一下，宁侯府上下又忙碌起来。夫人要择日南下，还要带着两个奶娃，而且一去至少一年半载不回来，所以该带的东西一定要带齐全了。

姚燕语还特别回了一趟姚府，算是拜别，姚远之还专门为此事在家里等着她，把她叫到书房里父女二人关起门来长谈了一次。姚远之对此事寄予厚望，但也给姚燕语泼了一瓢冷水。凡事有热情是好事，但药监署一事触动药商的利益，那些商家不敢明着跟朝廷作对，肯定会暗地里捅刀子，姚远之一再叮嘱姚燕语要徐徐图之，不可一蹴而就，云云。

从姚府回来的时候已经是下午了，姚燕语靠在马车里思考着父亲的话，浑然不在意外边的人来车往。

对面的街道上也有一队车马徐徐地经过，领头的是几个体面的护卫，后面跟着一辆青呢子车棚的牛车，牛车旁边一个青衫的男子骑马跟随，他脸色苍白，身形消瘦，眼神黯淡无光，偶尔扫过一眼，便叫人忍不住为之惋惜悲伤。再往后跟着的则是七八辆拉行李的驴车，还有驮着箱子笼子的驴子。

街上来往的百姓围观的围观，议论的议论，车队依然以其沉默的态度往南城门的方向走。

忽然前面的锦麟卫停了下来，接着后面的牛车驴车等等全都跟着停下。骑马的年轻公子微微抬头，淡淡地问了一句："怎么回事儿？"

跟在他旁边的一个锦麟卫欠身回道："丰公子，前面是宁侯府夫人的马车，等她过去咱们再走。"

"宁侯夫人？"丰少琛蒙眬的眼神里带着疑惑。自从丰宗邺出事，他和灵溪郡主被禁足在灵溪郡主府内，几乎与外边隔绝，很多事情都不知道。

"就是卫将军夫人，现在的国医馆右院判姚大人。"

"是她？"丰少琛的眼神陡然闪过一丝亮光，仿佛玉石出水，灵气乍现。

旁边的锦麟卫并没有发现丰公子眼神里的不妥，只顾淡笑着说道："说起这位姚夫人可真是不一般，先帝在时已经是荣宠无限了，想不到咱们万岁爷对她依然信赖得很，前些日子刚升了从一品，执掌国医馆，还负责将来的药监署。这一道圣旨无意于把天下药商都送到她手里，任其宰割咯！"

丰少琛已然听得痴了——他倾心爱慕的女子，竟然扶摇直上，高居一品了！刹那间，丰少琛觉得自己仿佛千年一梦，今朝终于恍然醒来。

丰少琛下意识地催马往前走，他实在是想看看现在的她是什么样子。心思翻滚之时他甚至没想到姚院判现在身居高位，出门必然左拥右护，岂能是谁想看都能看到的？

而在他身边的锦麟卫一个愣神之际便见这位公子已经催马往前去，便忙催马跟上去一把拉住了他的马缰绳，不悦地问："公子想要做什么？"

"不……没什么。"丰少琛被锦麟卫冰冷的眼神一瞪，便如一盆冷水兜头泼了下来。都到了这种时候，他过去又能怎样？

"属下等奉王爷之命送郡主和公子离京，今非昔比，公子莫要让我等为难。"锦麟卫

卷四　卿心未央

压着心中的不悦，低声说道。丰少琛没有说话，只是缓缓地低垂了眼睑。

片刻之后，姚院判的马车已经过去，前面的锦麟卫催马继续前行，后面的牛车驴车等缓缓地跟上。

那边姚燕语回到府中才听府里的下人说今日灵溪郡主府解了禁，皇上准许丰氏后人返回原籍农耕度日，子孙终身不得入仕。

议论这话的是两个婆子，二人并没听见身后姚夫人的脚步声，只是躲在角落里私下议论，不料被姚燕语听了个清楚。

"他们什么时候走？"姚燕语侧脸问跟在旁边的长矛。

长矛吓了一跳，心里恨不得把那两个多嘴的婆子拉出去打死，但还是笑着欠身说道："听说是今日走。"

"去打听一下走了没有。"姚燕语淡淡地说道。

"是。"长矛忙应声。

姚燕语又问："丰氏的祖籍是哪里？"

长矛想了想，说道："好像是廉州。"

"廉州？"姚燕语想了想，说道，"那应该是出南城门了。香蘼，你去拿五千两银子的银票给郡主送去。只说是当初她放在我这里的几件首饰钱。那首饰是皇室用品，再还给她也不能用了，不如折成现银，还能做盘缠。"

"是。"香蘼应了一声，跟长矛一同下去了。

姚燕语回到燕安堂，喝了盏香茶，不多时香蘼便回来了。姚燕语换了家常的衣裳，坐在梳妆台前让香蘼给自己卸妆。

"夫人叫人给丰家人送钱，难道不怕被皇上知道了多想？"香蘼轻声问着。

"皇上既然赦免了他们，自然就不会因为这点小事降罪。再说，当初若不是有灵溪郡主慷慨送我那几套首饰，我现在说不定是另一种情形呢。"姚燕语淡淡地笑了笑，没再多说。

香蘼轻声叹了口气，说道："夫人总是这样，别人都是锦上添花，而你却总是雪中送炭。"

"锦上添花，不添花，锦依然是锦。雪中送炭，若是不送，人就可能冻饿而死。我们是行医之人，对我们来说，一切都是浮云，唯有生命最真实。"姚燕语说着，自顾抬手把耳垂上的碧玉坠子摘了下来。

姚燕语扶着妆台起身，忽然觉得眼前晕眩了一下，身子忍不住晃了晃，忙扶住了旁边香蘼的手臂。

"夫人怎么了？"香蘼吓了一跳，忙伸手环住了姚燕语的腰。

姚燕语轻轻地摇了摇头，说道："忽然有点头晕。"

"夫人快去榻上躺一躺吧，许是刚刚在车上摇的？"乌梅也立刻上前，从另一侧扶了姚燕语，和香蘼两个人扶着她去窗下的矮榻上坐下。

235

"哪有那么娇气，或许是刚才起得有些急了。"姚燕语靠在软软的靠枕上，自嘲地笑道："我才二十多岁，你们就把我当老婆子服侍了？"

香蕷笑着递上一杯热茶，说道："四夫人说了，夫人生姐儿的时候身子亏得厉害，月子里又记挂着药典的事情，总归是没养好。让奴婢们平日务必万分谨慎着呢。"

姚燕语听了这话心头一怔，忽然间想起自己这个月的月信好像迟了。

香蕷看她愣神，忽然也福至心灵，忙上前去跪在脚踏上，拉过了姚燕语的手腕，手指一滑切在了她的脉搏上。

姚燕语被她如此神速的反应给弄得微微苦笑，又看着这丫头脸上精彩的变化忍不住问："怎样？"

"夫人！您……您……又有了！"香蕷兴奋得话都说不完整了。

"什么？夫人又有了？！"旁边的乌梅也兴奋地上前来握住姚燕语的手腕，"真的假的？让我看看。"

姚燕语无奈地叹息："你们两个真是……"

"夫人，真的哎！"乌梅的手指切在姚燕语的脉搏上舍不得放开，连声叹道，"真的！夫人又有了！真是太好了！"

两个丫鬟高兴得不知怎样好，恰好苏玉蘅带着贞元过来，进门笑问："从外边就听见这两个丫头咋咋呼呼的，可是有什么高兴的事情？"

"二夫人，我们夫人又有了！"乌梅嘴快，不等姚燕语说什么已经率先把喜讯说了出来。

"又……有了？！"苏玉蘅诧异地看着姚燕语，转瞬也高兴地上前去握住了她的手，连声问："真的吗？姐姐！是真的吗？"

"你们一个个地……兴奋个什么劲儿？"姚燕语无奈地摇头，原本她还犹豫着要不要跟卫章说，可如今看来，怕是瞒不住了。

果然，晚上卫章回来听见这消息简直高兴到坐卧不安。

鉴于上一次姚燕语怀依依时的各种不舒服，卫侯爷简直是如临大敌。一边嘘寒问暖啰唆了很多不该啰唆的话之后，卫侯爷想起一件至关重要的事情："怀孕了，咱能不能先不去江宁了？"

姚燕语微微一怔，心想该来的还是要来。

卫章见她不说话心里便着急了："你想想你上次怀孕的样子……你让我怎么放心？"

"我这次跟上次不一样啊！这次我没有任何不舒服的感觉。"姚燕语试图跟他讲道理。

卫章却冷了脸色转过身去。

姚燕语一看这阵势，知道这回卫章是真生气了。于是忙转过去他的面前，无比真诚地看着他，说道："你别生气啊。要不就听你的，我去跟皇上说，我怀孕了，我要在家里养胎。"

卫章闻言抬眼看着她，但见她黑白分明的眼睛轻轻眨着，眼神明澈，十二分地认真，全然看不出一丝的玩笑之色。于是卫侯爷的心里又犹豫了——把她这样困在家里真的好吗？

卷四 卿心未央

她这个性子，想做的事情做不到，一天两天还好，日子久了会不会被困出病来啊？

姚燕语看着卫章眼神里的动摇，适时地转开了视线，靠在他的怀里说道："我渴了。"

"哦，好。"卫章转手端过小炕桌上的茶递到她的嘴边。

"我不要喝这个。"姚燕语抬手推开，"怀孕了不能喝茶水了。"

"那你喝什么？我去给你弄温水？"卫章把她从怀里扶起来，低声问。

姚燕语摇头："我要喝果汁，你叫她们剥几个橙子去榨汁。"

"好吧。"卫侯爷转头喊了丫鬟进来，吩咐她们去弄橙子。

姚燕语心里自然是无比地挫败，但她又不能说什么。早知道会这么快再有孕她就整点避孕措施了！都是因为第一胎来得这么晚，害得她以为自己是不易受孕的体质，所以这段时间肆意妄为了些，也没多想。

这下好了！就像是一匹骏马套上了笼头，恐怕家里家外的人都不支持自己去江宁了，所以干脆别拧着来了。伺机而动吧。

姚燕语没有坚持南去，卫章的心里便满怀愧疚，这两日也不忙着出去了，每日都在家里陪着她，或者逗逗女儿，或者亲自教凌霄练练拳。

当然，凌霄一开始的时候是不喜欢练拳的，让他早晨起来扎马步，小家伙的鼻子眼睛都能皱到一起去。

不过卫章有他的办法，只问了凌霄一句话：你长大了要不要保护妹妹了？如果有人欺负妹妹，你不够强壮打不过人家怎么办？就这么一句话，让小家伙便跟打了鸡血一样，每天一早起来跟着卫侯爷扎马步，练拳。

卫章一开始是认定了姚燕语是耐不住的，却不料五六天过去了，她果然没再提过启程的事情，倒是国医馆那边已经挑好了随去的人员，户部批下的银子以及药监署的人员定例也下来了。

这回轮到卫章不淡定了，就在卫侯爷暴躁之时，皇上一道圣谕把他给召进了宫里。卫侯爷半夜从宫里回来就心平气和了。

卫章坐在书案之后的椅子上，抬手翻了翻桌子上的几本奏折，又漫不经心地撂回去，转头问着长矛："夫人去江宁的事情准备得怎么样了？"

"呃……正在收拾。"长矛摸不清将军是什么意思，只得含糊其词地应了一声。实际上一听见夫人怀孕的消息，准备去江宁的事情便搁置下来，家里所有的下人包括冯嬷嬷都觉得夫人不宜远行，侯爷肯定会向皇上请旨延后南下日程的。

"马上准备，三日后夫人就要启程了。"卫章一边说着，手指在书案上轻轻地叩着，心里想的是皇上的话——东南沿海有海贼连番骚扰百姓，他们的海船上装有西番特制的火炮，威力凶猛，沿海百姓深受其害，朕特准你从北海水师中调兵遣将，去把东南沿海的水师给朕操练出来，把那些海贼赶到琉球岛以南去。

"呃？"长矛有些摸不清主子的思路，不知道他到底打的是什么主意。

一品医女【完结篇】

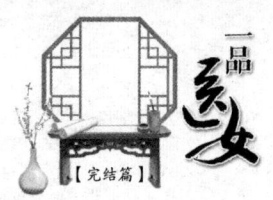

　　卫章对长矛的表现不怎么满意，脸色一冷，沉声吩咐道："夫人有身孕，吃的喝的用的务必要齐全。赶紧去准备，需要什么直接说给他们去采买。"

　　"是了，奴才明白。"长矛立刻应了一声退出去，得了！今晚也别睡觉了！三日后启程，还要色色齐全，从现在开始一直不睡觉也不一定能预备齐全啊！大总管心一横——不管了，我不能睡的话大家也都别睡了！

　　卫章又在书房里坐了一会儿，把心里的事情理顺了才回燕安堂去。此时姚燕语已经在沉沉的梦中，他轻着脚步进门，在屋里待了一会儿等身上的寒气散了才脱掉外衣悄悄地爬上了床。似是感觉到他身上的气息，睡梦中的姚燕语侧转过身来，自动地找到温暖的怀抱，卷了卷身子窝进去，继续美梦。卫章宠溺地笑了笑，低头吻了吻她的乌发，把人抱进怀里渐渐睡去。

　　三日的时间，长矛大总管充分展现了一次自己的才干，把宁侯夫妇南下的船只行李打点得面面俱到。差点就把燕安堂给复制一个弄到船上去了。

　　姚燕语对卫章奉旨南下督练东南水师的事情很是意外，但细细想来，或许这也是皇上用人的一种方式。

　　景隆皇帝在用人这一点上完全继承了先帝的手段，却更加和风细雨一些，让人完全没办法拒绝，好像不遵从旨意竭尽全力地为皇上办事就对不起朝廷对不起百姓对不起天地父母一样。

　　因为走得匆忙，所以送行的酒宴也很紧张，韩明灿和苏玉蘅商议着，干脆把姚府、定北侯府、靖海侯府以及镇国公府、肃郡王等人都集中到了宁侯府凑了一场，算是给他们夫妇送行了。

　　十一月初三，丙子日，诸事皆宜。

　　姚燕语和卫章带着凌霄、依依以及近身服侍的护卫丫鬟们外加一队一百二十名烈鹰卫和国医馆的四十八名医女，三十二名司医，五名吏目，两名主簿，一共三百余人，加上行礼等分成三艘大官船沿云天河南下。并且要日夜兼程，赶在河水结冰之前至江宁。

　　而在江宁的姚凤歌则早就收到了消息，安排人把姚延意的一所别院收拾妥当，只等着姚燕语夫妇拖家带小拎包袱入住了。

　　因为姚燕语这次来是奉旨行事，而且又有宁侯陪伴在侧，所以船一靠岸便有江宁的地方官员前来迎接。

　　船只靠岸，江宁的官员纷纷聚到岸边码头等着迎接宁侯和姚夫人。

　　卫章和姚燕语并肩下船，与众人寒暄几句之后，姚燕语便借口坐船坐得久了身体不舒服为由拒绝了江宁知府的接风宴，只带着近身服侍的人上了一辆大马车先行离去。留下卫章一个人应付那些官油子们。

　　且说姚燕语乘车直接去姚凤歌给自己准备的别院，姐妹二人久别重逢自然分外高兴。她在书信中已经知道姚燕语怀孕的事情，早早地准备了孕妇爱吃的各种酸辣口味的饭菜。姚燕语见了果然喜欢。

饭后，趁着月色姚燕语裹着厚厚的斗篷挽着姚凤歌的手在院子里散步。

"姐，你在这边过得好不好？"姚燕语轻轻地嗅着早梅的芳香，低声问。

"比在京城好。"姚凤歌微微地笑着。

"姐夫还那样吗？"旁边没有闲人，姚燕语便不再拐弯儿抹角。

姚凤歌的笑容带了点苦涩的味道，低声应道："他这辈子也就那个样儿了。我也不指望他能改变什么，我只求他安分些，不要太过分就好了。"

"你想没想过……跟他和离，自己过清净的日子？"姚燕语忍不住问。

"没想过。"姚凤歌摇了摇头，说道，"我这辈子就这样了，但我还要顾及月儿。若是我跟他和离，别人会怎么看我？又会怎么看月儿？月儿一天天地大了，一些事情也瞒不住她，她又会怎么想？她将来会怎么看待婚姻？"

姚燕语不禁悠悠一叹："姐姐想得果然周全。"

"再说，他也无非是跟屋里的人胡闹罢了。现在我们在江宁，这里都是咱们姚家的人脉，他还兴不起什么风浪来。我无非就是花点银子养着他，权当是给孩子们养个体面罢了。"姚凤歌淡然笑道。

"可是姐姐还这么年轻，难道就这样一直守下去？"姚燕语沉声一叹。

"老话说，男怕入错行，女怕嫁错郎。姐姐我已经是这样子了，又有什么可说的呢？我如今所求，便是能挣下一份大家业给孩子们，将来月儿找个有情有义的人嫁了，和和美美地过日子。我也就能死得瞑目了。"

姚燕语闻言笑了："别的不行，若说赚下一份大家业，或许我还真能帮姐姐个忙。"

姚凤歌也跟着笑出声来，又道："你这话说得，我现在能在这里铺开这一大摊子，不就是托了你的福么？"

"我不是说玻璃场。"姚燕语笑道。

"哦？那是什么？"

姚燕语压低了声音在姚凤歌的耳边说了两个字："药场。"

"啊？"姚凤歌顿时挺直了腰板儿，看着月光下姚燕语神秘的笑容，又摇头道："你来这边负责药监署的公务，我怎么做药场？这会叫人捉住把柄，说你假公济私的。"

"不会，只要我们行得正坐得端，就不怕那些人说闲话。"姚燕语微微一笑，沉了沉又道，"药监署一旦成立，那些药商便会视我为仇敌。他们定然会想尽一切办法来对付我，逼着我更改初衷，与虎谋皮。我不想受他们的要挟，所以不能赤手空拳跟他们打。"

"唉！听你说得这般凶险，我真是……你说你怀着身孕，为什么不跟皇上告假，把此事往后拖延拖延。或许先把这些事情喊出来，让那些人议论一阵子慢慢地接受了，你再出手，会更好一些？"

"姐姐说得不错，可是成立药监署的事情我在地震之后便向先帝爷提出了，先帝也把

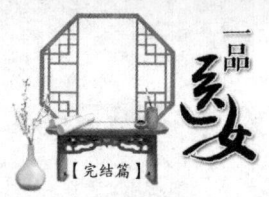

此事在朝会上讨论过，最终的结果还不是不了了之？大云朝从上到下都只重视农业，视工商为低贱，对医药的重视仅限于皇室贵族的生命安危，根本没把老百姓的生老病死放在心上。"

说完，姚燕语冷笑一声，又叹道："想想当年的薄家——若不是他们给太医院送去的柴胡有问题被查了出来，还不知道会继续祸害百姓到什么时候！"

姚凤歌叹道："你说得也是。"

夜色渐渐地浓了，风也更加寒冷。姚燕语忍不住扯了扯斗篷，姚凤歌忙道："走得够久了，天冷，我们还是回屋去了吧。"

姚燕语点头，挽着姚凤歌的手往回走。

姚凤歌又问："侯爷怎么还不回来？莫不是被那些人给灌醉了吧？"

"以他的酒量，被灌醉恐怕没那么容易。他这次来也不单单是为了陪我呢。说不定他比我还忙，咱们就不要管他了。"姚燕语说着，和姚凤歌二人并肩进了屋子。

当晚卫章回来的时候已经是四更天了。

因为姚凤歌留下来陪姚燕语没有回去，他只能破天荒地住在了前院。思来想去这还是头一回呢，卫侯爷有点不高兴，但这又不是大姨子的错，自己整晚不回来，总不能怪人家做姐姐的陪着妹妹说话解闷儿吧？

第二日，经过一晚好眠的姚院判换上一品医官的官服神采奕奕地去知府衙门公干，江宁知府对这位女神医钦佩之至（不钦佩也不行，人家上有皇上撑腰，侧有夫婿帮扶，还有个当首辅的爹，以及济世神医的名头，他可不敢跟这位对着干。）

知府大人早就选好了靠近知府衙门一侧的院子作为将来药监署的衙门，又把后面的一片地规整起来修建国医馆江宁分院。户部从国库调拨的银子已经到位，这边的衙门和医学院已经开始动工。

只是，姚燕语此番来江宁足足带了二百多口子人，就这三进的院落根本不够用。最后知府大人拍板儿，又把府衙后的一片房子划出来，暂时给国医馆用，等那边新房子修好了，这些医女，司医等人再搬出来。

俗话说，万事开头难，古人诚不欺我。这一次姚燕语来江宁城里药监署和国医馆分院，料敌先机，知道此举触动江宁城大药商的利益，少不得要费一番心思来整顿，跟药商门斗一场。这药监署一成立，姚燕语接连发布几条政令，整顿药材市场，鼓励百姓检举不法奸商，又广开义诊，一时忙得不可开交。

姚凤歌这边的事情也紧锣密鼓地进行着，由她代表姚燕语，白彦崮代表白家，白家与药监署此番正式联合起来，最终确定双方四六分成，在江南六省开设仁济堂药铺。药铺挂在国医馆名下，所有的药材和药方都通过国医馆验证，并希望全民监督，绝对让老百姓信得过。

铺面姚凤歌早就选好了，姚家在江宁城自然不缺铺面，只把之前的一个杂货铺子跟另外一家合并到一起，把这边的铺面收拾出来再重新修整一番，开了春就可以开业。药材供应

卷四　卿心未央

是白家的专长，他们家做药材生意也有三代了，能在京城站住脚并能给宫里供应药材的自然也不是寻常的主儿。

不觉就快过年了，因为来了江宁，年酒的事儿倒是可以省了不少，只把姚家本家的那些族中亲戚们请一请也就罢了。至于江宁官场上的那些人，姚燕语压根儿就没打算请——她要动江宁城几大药商，其实已经暗地里跟当地的官员对上了。那些人心里还不知多恨她呢！到时候年酒怕也没什么好吃的。

姚燕语早就想好了，过了年跟姚家本家吃一顿年酒之后，就趁着大家都吃年酒的工夫跟卫章找个风景好的地方清闲几天，权当去度假。哪知苏玉祥却在此时出了事，说是在青楼狎妓，没有银子付账被老鸨一状告到了府里，还没过审苏家三公子便被丢进了牢房。

苏玉祥前脚进了牢房，姚凤歌后脚就知道了消息。同时知道消息的还有姚燕语和卫章。

姚燕语一猜便知这一出是那些药商设计，意在迫姚燕语将关押在牢里的药商们放出来，不由得为难地说道："其实姐姐那里倒是好说，本来苏老三去了牢里她也放心了，又省得他在跟前添堵。我担心的是姚家族人会去找姐姐。毕竟这事儿宣扬出去，姚家整个家族的脸面都不好看。"

"他们打的不就是这个主意么？让姚家族人给你们姐妹施压，然后准许他们把人保释出来，然后大事化小，小事化了。"卫章冷笑。

"没那么容易。"姚燕语恨恨地说道，"走，我们先去看看姐姐。"

姚凤歌果然如姚燕语所料，听了这事儿的第一反应就是："这样正好，省得我还得派人跟着他！"

姚燕语叹道："难道姐姐不怕族里的人找上来？"

"他们若是不高兴，就凑齐了银子去赎人。"姚凤歌说完，又自顾叹了口气，显然这样的气话是没用的。姚家在江宁是有头有脸的大家族，他们这边闹出了丑事肯定会传到京城，到时候让父亲亲自过问，她们姐妹俩谁也逃不过一顿训斥。

果然随后就有人寻上门来了。这人正是江宁大药商之一，原来是几个大药商凑在一起，想借狎妓这事儿来要挟一下姚凤歌，让她去跟姚燕语求个情，先把药监署扣的人保释出来，过了年趁着年酒再想办法跟姚燕语搭上话，俗话说不打不相识，如此一来二去地相处得熟了，以后也就好办事儿了。没想到苏玉祥嫖妓时却叫这几人知道苏三公子已不举的机密事。于是干脆二一添作五，拿苏瑾月这三个孩子的名声来逼这姚家姐妹就范，以后一连串的麻烦都省了。姚燕语哪是会任人拿捏之人，当即下令将此人送去了府衙大牢。

待众人都下去，姚凤歌忽然伏在桌子上哭了起来。姚燕语叹了口气，伸手拍拍她的肩膀，劝道："姐姐别哭，这事儿不是你一个人的事儿。他们是冲着我来的，我绝不会让月儿受到伤害。"

"我怎么就这么命苦呢！"姚凤歌一边叹息一边擦泪，奈何眼泪滚滚怎么也擦不完。

姚燕语也陪着她伤心，一时红了眼圈儿悄悄地抹泪。

卫章在正厅用了一杯茶,坐等了一会儿,听见偏厅那边姚燕语发威便起身走了过来,一脚迈进门口却见这两姐妹正抱在一起掉眼泪,于是蹙眉问:"你们这是……怎么回事儿?"

姚燕语忙抹干了眼泪说道:"嗯,没事了,我得去一趟府衙。"

"那走吧。"卫章心想只要你俩别抱在一起哭,干什么都行啊。

"姐姐,你安心在家等我消息,今儿我不把那人绾成麻花不算完。"说完,便拍拍姚凤歌的手背,起身往外走。

卫章回头看了一眼抹眼泪的姚凤歌,赶紧跟了上去。

关于几家药商近几年来的所作所为姚燕语早就摸清楚了,她一直没向那几个人发难也无非是不想鱼死网破的意思。她还想着等过了年再跟江宁知府说一说,让他旁敲侧击地提醒这几位一声,乖乖地配合药监署的工作,将来还能安稳地做生意赚银子。

却想不到这几家竟然如此不上道儿,还要往瑾月几个孩子身上泼脏水。真是"是可忍,孰不可忍也!"

有宁侯在一旁督促,知府大人办事端的是干脆利落,当日就把药场彻底查封。

事情办完,姚燕语又说先把苏玉祥弄出来过了年再说,无奈姚凤歌正在气头上说什么也不肯给青楼的老鸨子钱,而且还跟姚燕语说:"让他先在里面待着好了,看不见他我这人难得的清净呢。"

姚燕语无奈地叹道:"若是月儿问起来你怎么说?"

"就说她父亲有事回京城了。"姚凤歌毫不犹豫地扯谎。

姚燕语心里恨不得苏玉祥早些死了,听了姚凤歌这话便笑道:"那就这样吧,我给定北侯夫人的书信过两日就到了,等那边有了消息再作打算吧。"

姚凤歌纳闷地问:"你给他们写信?说什么?"

姚燕语便把打算将苏玉祥弄去剑湖水师抵抗海贼的事情悄悄地跟姚凤歌说了。姚凤歌摇头嗤笑道:"就他那副样子,去了也是给侯爷丢脸。还是算了吧。"

"话不能这么说。"姚燕语轻声笑了笑,说道,"他留在这里也是给姐姐惹麻烦,这回是去睡窑姐儿,下回就是去赌场,最后弄到卖妻卖女的地步,姐姐要怎么办?"

姚凤歌听了这话不由得叹了口气,最终无奈地点了点头。

姚燕语索性跟姚凤歌把话挑明白了:"所以就按我说的办吧。定北侯府以武将起家,他去了那边若是能改好也是姐姐的造化,改不好……将来若是有个什么,也还能给姐姐和月儿赚个好名声。总比欠人家妓债赌债被人打死在街头强。"

"就依妹妹的话吧。"姚凤歌顿时觉得无限心酸,再想不到自己跟苏玉祥会到如此地步。早年间嫁给他的时候还想着,纵然不能恩爱白头,但他好歹是大家公子,最起码的体面应该是有的。只是想不到人的私念贪欲是如此可怕,竟让他一步一步走到了今天这种境况。

因为姚燕语派专人快马把给定北侯府的书信和给姚府的一起送回京城,所以大年初二苏玉平夫妇便看见了信。当时封夫人看完书信就跟苏玉平感叹道:"宁侯终于肯帮帮老三

卷四 卿心未央

了!"

　　苏玉平也很高兴,弟弟有出路总是好的,其实他也曾想过动用自己的关系帮苏玉祥弄个差事混着。但先是文德老皇帝最后当政的几年朝廷一再多事,而且京城里的差事,纵然是不起眼的职衔都有可能引起大事儿,自家三弟那个性子苏玉平心里很清楚,轻易不敢放出去闯祸。如今让他去东陵的剑湖水师历练,天高皇帝远,又有卫章夫妇罩着,苏玉平自然很是放心。

　　于是苏侯爷亲笔写就一封书信,言辞尽是感激之言,又命人带了几张大额的银票给卫章打点上下用,和书信一起快马加鞭送往江宁。

　　定北侯府的书信送到江宁的时候已经过了初十。此时各家的年酒都已经消停下来,大家又忙着准备上元节的事情。姚燕语和卫章在江宁城外的蟠龙山上的普济寺里住着,着实清闲安静了些日子,直到定北侯府的书信送到。

　　书信是姚凤歌亲自带过来的,正月初十,她正好也带着瑾月三个孩子来寺里上香。姚燕语看完书信后捏着那几张大额银票笑道:"姐姐可以拿这个银子把人从县衙大牢里弄出来了吧?"

　　姚凤歌冷笑道:"这是给你们打点的钱,如今却用来给他还妓债了!"

　　"算了,定北侯说是打点的钱,其实还不是不放心他那个弟弟。再说,这点事儿也用不到银子来打点。姐姐就不要再多想了。不过这银子也不能就这么痛快地给那老鸨子,三爷好歹也在牢里吃了这半月的苦,所以这账还得打个折扣的吧?"

　　姚凤歌听了这话,忍不住笑着摇头,又叹道:"想要整她一个青楼的老鸨子还不容易?只是我懒得用手段罢了。"姚燕语笑着摇头,看着从外边跑进来的瑾月和凌霄,便岔开了话题。

　　很快,老鸨子就撤了诉状,然后亲自去县衙的牢房里接苏玉祥出来。之后不知从谁的嘴里传出,说原是这十九楼的田大家倾慕苏三爷的人品,自荐枕席想与三爷一夜欢好,无奈苏三爷洁身自好不理她,于是田大家心里不痛快,便搬弄是非,说苏三爷嫖了她没给钱云云。原本由姓孙的药商编排的一场要挟利用的戏码硬生生被改成了名妓和风流公子的苦情戏。而且这戏码被有心人散播开来,酒楼茶肆的闲人们都对此事颇感兴趣,一提起这事儿一个个都跟打了鸡血一样。一时间苏老三在江宁城里风头无两。

　　只是可惜的是他还没来得及享受这风流倜傥的美名,便被卫章一脚踢去了东陵的剑湖水师当副尉去了。所谓的副尉也不过是个虚衔,真正在他手下当差的几个小兵都是刚招募来的,连同苏玉祥一共二十个人,全部归在新兵里面跟着训练。

　　就苏三爷这把被酒色掏空了的贱骨头一天的训练没到一半儿就趴了,这日子真是没法过了!苏三爷吃了一口泥土趴在地上嘤嘤嘤地哭着。而他所受的苦这也不过是刚刚开始而已,一开始他还不死心地提起卫章,说我是宁侯的连襟,你们都给我客气点云云。无奈他提一次卫章的名头他们的教头就让他多跑十圈,再提一次又让他扛着重物加跑十圈,如此下去不到

———— 243

一天的时间，苏三爷就再也不敢提跟卫章有关的只言片字了。

而此时的姚凤歌已经完全摆脱了之前的烦恼，开始把全部的心思都投放到和白彦崮合作的药铺上。

转眼到了二月初六，这日是依依一周岁生日，本来姚燕语忙里忙外地不想给她庆生了，姚凤歌不同意，说本来孩子出生的时候她就没见，现在到了一周岁生日了她这个当姨妈的给她过个像样的生日算是补上这个遗憾。

姚凤歌有心表示自己的心意，小依依的周岁宴便办得很有特色，热热闹闹来了一屋子的人。

没多会儿工夫，李嬷嬷进来回说祭拜抓周的东西已经准备好了，请小县主去抓周。众人都欢欢喜喜地起身离座往外边去。

院子里一株满是花苞的西湖海棠树下摆了一张铺了大红锦缎流苏桌布的大桌案，上面摆满了各式各样的东西，有文房四宝，有小金秤，有精巧的绣荷包，有玉如意，玉挂件儿，玉簪，还有香薷专门放上去的一个麂皮银针包和一本《本草》，另外还有一把紫铜刀鞘上面镶嵌着红绿宝石的小匕首。

姚燕语认识那把匕首是卫章拿回来的东西，便问："谁把这个也拿过来了？"

乌梅笑道："李嬷嬷说这些要求个文武双全嘛，所以奴婢就拿了这个凑数儿的。"

姚燕语笑了笑没再说话，依依的奶妈子把一身簇新锦缎衣裙的小姑娘抱了过来直接放在了大案子上。

依依趴在案子上先抬头看了一眼她的娘亲，喃喃地叫了一声："娘！"

姚燕语看着她说话的时候口水直接滴下来落在桌布上，便笑着拿了帕子上前去给她擦了擦，说道："依依看看这些东西，喜欢哪个就拿哪个。"

"真哒？"小丫头眨着大眼睛看着姚燕语。圆圆的小脸因为趴着，越发显得肉嘟嘟的，小嘴巴微微张开，眼看着一滴口水又要流下来，把周围的女人们逗得哈哈大笑。

宁家老太太扶着自己的孙女笑道："这小丫头真好，这么一丁点儿大就知道听她娘的话。"

姚燕语也很开心，一边拿帕子擦女儿的口水一边点头："真的，你喜欢哪个，哪个就是你的了。"

小丫头闻言开始认真地扒拉桌子上的东西，文房四宝，珠玉首饰等等都扒拉了一遍，最后干脆一翻身坐在了案子上，胖胖的小手试图把所有的东西都搂进自己的怀里，却因为东西太多根本搂不过来。

周围的女眷们都笑得前仰后合，大家开始笑着七言八语地给小依依支招："小县主，那个玉佩好。和田红玉，雕琢的是并蒂凌霄。好寓意啊！"

依依看了那人一眼，从一堆东西里找出了玉佩，捏在手里不放开，又用另一只手继续

卷四　卿心未央

扒拉着去找。姚燕语顿时一头黑线，心想我的女儿怎么这么贪财，而且还是个软耳根子？这点随谁啊随谁？！

"小县主，那个……那个包包好啊！"香蕲很希望依依能拿那个针包，将来能继承夫人的衣钵。

无奈小依依对那个不知道装什么东西的鹿皮包最不感兴趣，反而看上了那把匕首，于一堆杂物里抓了出来，因为小手不够大握不住刀柄，便用手指头扣住了刀鞘上的赤铜链子。

"好了！"姚燕语觉得真是够丢脸的，抓个周而已，这小丫头居然抓了两样还不够。

匕首太重，依依小丫头拿不动，被奶妈子哄过去了。那枚玉佩却一直紧紧地攥在手里不放开，连姚燕语都哄不走。

"这是谁的东西？让这小丫头弄碎了倒是可惜。"姚燕语看着女儿手里的玉佩，觉得眼熟又想不起从哪里见过。

"母亲，这是我送给妹妹的生辰礼物。"一直站在旁边的凌霄牵了牵姚燕语的衣袖，乖巧地回道。

"你的东西？"姚燕语一怔，继而想起来这枚玉佩是凌霄被抱来的时候戴在脖子上的，姚燕语觉得这是他父母留给他的唯一念想，生怕他弄坏了，便让奶娘给他收了起来，不知道这孩子怎么给拿到这里来了。

想到这些，姚燕语便慢慢地蹲下身子，摸了摸凌霄的脑袋，正色道："这玉佩对凌霄来说十分重要，要随身佩戴，不能轻易拿出来送人，记住了吗？"

"妹妹不是别人。"凌霄看着姚燕语的眼睛，认真地说道。

"……"姚燕语一时语塞，真不知道该怎么跟这个三岁的孩子讲。

"行了，依依先拿一会儿，等会不玩了就还给哥哥。"姚凤歌在一旁劝道。

姚燕语只得作罢，起身招呼众位客人入席。

卫章上了一道奏折，把唐萧逸调到东陵去亲自督军。皇上圣旨恩准，唐萧逸便收拾行装准备带着夫人和儿子南下。恰好又是清明时节，萧霖向皇上告假，想要回祖籍祭奠祖父，皇上也准了。

唐萧两家便结伴同行先到江宁，把夫人孩子都送到姚燕语这边后，唐萧逸和萧霖再各自启程，一个赶往东陵督军，一个往福建去给萧太傅扫墓。

姚燕语这边，几家药场被查封后，几家大药商再也不能跟药监署作对，都纷纷擦干净屁股前往药监署报到，请求接受药监署的监察。而国医馆分院的院子也日夜开工赶在三月底建成了。收拾利索了不用等，即刻可以入住。

分院开幕这天姚燕语没露面，这让所有慕名而来的医学者们有些失望。他们还以为能在这次开幕仪式上一睹女神医的风采呢。

姚燕语不露面有两个原因，一个自然是她已经八个月的身孕了，而且已经诊断出这一

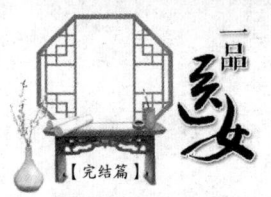

胎是双胞，所以肚子特别地大，每天在院子里散步都是卫章亲自陪着，生怕一不小心他的大肚子夫人就得栽跟头。这种状况下，卫章自然不许她再去忙那些事情。按卫章的意思，分院干脆等她生完孩子坐完月子最好是等秋天天气凉爽之后再开幕，这样姚燕语便可以休息几个月了。另外姚燕语还考虑到自己开创医学分院的目的不是为了给自己扬名，而是希望医学院能够为地方官所重视，可以一直开下去，造福大云百姓。所以她把这次抛头露面揽政绩的机会交给了知府大人以及他的得意下属们。这样他们能借着这个机会在皇上那里博得几分升迁的机会，也让地方官员觉得医学院是他们出成绩的地方，不管下一届知府是谁上任都要好好地办下去。

国医馆分院开幕之后便正式开始教学。因为是第一届学员，大家都是抱着不同的想法和目的来的，所以姚燕语便来了个入学考试，把进来的学员分成了三等。男学生和女学生是不在一起上课的，老师也分男女，医女给女学生上课，男司医给男学生上课，初学阶段的课程根本用不到姚院判亲自出马，根据教学计划，这些人跟着不同的老师学三年以后，经过考试和选拔最后选出十到二十个人有资格跟着姚院判学医。今年姚燕语是清闲的，她的工作重点放在药监署这边，一门心思要把江南的医药行澄清，建立良好的竞争秩序。

大云历今年是闰四月，前一个四月过去，接着又是一个四月。进入第二个四月之后卫章便把军中一切庶务都交给了唐萧逸，自己则一门心思在家里守着姚燕语。

姚燕语有时候也劝他说没关系，让他该忙就去忙，因为他每天守在家里，弄得苏玉蘅和韩明灿倒是不好意思过来陪她了。对此抱怨卫章听而不闻，他错过了依依的出生，心里已经满是愧疚，这次决然不会再错过。

姚燕语给自己推算过精确的预产日是四月十九日。但是四月初七这日一早她便在睡梦里被隐隐的阵痛弄醒，于是她一个激灵睁开眼睛的同时一把握住了卫章的手，低声叫了一声："啊——"

夫人要生的消息在府里一下子传扬开来，苏玉蘅和韩明灿闻讯赶来时，姚燕语刚好又开始疼，正咬着牙靠在榻上忍着。旁边四个稳婆还有香薷等人都团团围着她细心伺候。卫侯爷在屋子里来回地打转儿。

姚燕语躺在蓐床上，听到外边又有了姚凤歌说话的声音，姚燕语知道她是听见消息急匆匆赶来的，今天是药铺里上货的日子，她正在仓库那边看着呢。

也许是生过一次的缘故，也许是知道外边有个人在为她担心着急，这一次姚燕语特别的理智，没有喊叫，没有浪费一丝力气，且调集自己所有的医学知识，默默地鼓励自己：双胞胎，孩子一定比较小，胎位也正，一定比上次好生。绝对没问题！一定要顺利地生下来！坚持就是胜利……经过一天的奋战，姚燕语终于生下了一对双胞胎儿子。从凌霄的"凌"字，大的叫凌浩，小的就叫凌溹。

过了一个月，五月的天气热起来，姚燕语也刚好出了月子，就在自家的花园里摆了满

卷四 卿心未央

月酒庆祝，许是受上一次依依过生日时的影响，这次的满月酒外人一律没请，只有姚凤歌、苏玉蘅、韩明灿三位客人。江宁知府等一干官员知道宁侯爷得了一对双生儿子，早就纷纷送来了贺礼，事情都是姚凤歌帮忙打点的，姚燕语只安心地养月子，索性没操一点心。

六月里，韩明灿先为萧霖生下一个女儿。十天后，苏玉蘅也顺利生产，为唐萧逸又添了一个儿子。因为姚燕语还要忙医学院和药监署的事情，便没有更多的精力照顾韩明灿和苏玉蘅二人坐月子，姚凤歌便得空过来照应一下，她一来，苏瑾月姐弟三人自然也要来，这下子又热闹起来了。

忙碌的时候总是过得很快，转眼便是六月阴雨季节，江南历来多雨，而今年的雨水更是多得出奇。刚进六月便连着下了几场暴雨，一些年久失修的民宅被雨水冲毁，河水湖水一时暴涨，多处出现水患。幸好江南的水利工程一直受朝廷的重视，洪水能因势利导，没有形成大规模的水灾。然而，六月中旬，一场时大时小五六天不断的降雨终于突破了水利防线。

那日姚燕语一早起来去药监署，马车拐过门前的巷子口便被街上一身泥一身水的灾民难民给吓了一跳，忙掀起帘子来吩咐随从："立刻去打听一下这些难民是从哪里来的，知府大人要如何安置。"之后，又吩咐车夫："快马加鞭，不去药监署了，赶紧去分院。"接下来的日子，姚燕语带着国医馆的学员以及医女司医等又投入到救灾之中去。

等这次水患过去，江宁知府以及扬州、苏州等江南六省的几位知府才惊讶地发现今年的水患居然没有疫情泛滥！而且因伤病而死的人数也是空前的少，被救回来的灾民除了来不及医治而当场毙命的之外，都被救活过来。几位知府尤其是江宁知府于洪烈在给皇上的奏折中专门提及疫情一事，并自然而然地为国医馆的医女、司医和学员们表功。当然，其中功劳最大的还得是国医馆右院判辅国夫人姚燕语。

针对这次的灾情，姚燕语也有自己的奏折递上。她并没有提及国医馆的学员和老师们如何跟随自己救治灾民，宣传防疫自救知识的事情，而是着重阐述了药监署的重要性：有了药监署，才保证了药材的可靠，只有药材可靠，救灾防疫才有根本的保障。

至八月，天气渐渐转凉，江南大片水田在官府和百姓的共同努力下，呈现了一片诱人的金黄色。随着百姓们投入火热的秋收之中，朝廷嘉奖的圣旨也到了江宁城——国医馆右院判姚燕语因为救灾防疫有功，晋封为一品护国夫人，并钦赐明黄绣蟠龙比甲一件以示恩宠。

第十五章

随着秋天的到来，韩明灿生完孩子已经三个月了，京城有书信来，凝华长公主想念女儿和小外孙女萧玲珑，专程派了船来接她们母子三人回去。韩明灿只好跟姚燕语和苏玉蘅告辞，带着儿子女儿回帝都去。

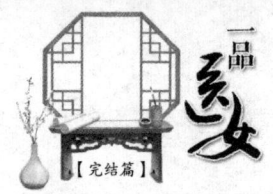

忙乱了几日之后，韩明灿带着儿子女儿乘船北去。

而此时的宁侯爷卫章，正率领他的烈鹰卫以及剑湖水师在剑湖之上跟三十几船海贼打得热火朝天。

如今的大云水师已经有了火炮装备，不过水师的火炮是自己制造的，却远远比不上海贼那些西洋货来得精巧细致，威力大，打得既远又准，一炮能轰百丈之外。不像大云朝的炮火，又笨又重，还打不远，外加十有一二还会哑炮。

话说这些海贼原本是前朝的百姓，前朝末年，因为皇帝昏庸无道，徭役赋税十分繁重，弄得百姓们活不下去了便都揭竿而起，战火逐渐蔓延，有些百姓不愿被抓去打仗，便逃去海上漂泊。

起初这些人以靠打鱼为生，但战乱之年，渔民的日子也不好过。之后大云朝建立，为了保护沿海百姓开始实行禁海。这些人迫于生计又跟东倭的浪人联合起来，往南往东扩展，跟琉球群岛，还跟南洋人，佛郎机人以及印度人甚至葡萄牙人一起争海路，占海峡，收保护费什么的。

多年来，这些人逐渐形成规模，平时跟各国各部的人之间抢掠自然有，抢不过就跟人家称兄道弟花钱做生意。大云建国至今，这些人就漂泊在海上，经过百十年的发展，如今已经形成了一股可怕的力量。

如今南洋海面上的生意不好做，西方海盗逐渐猖獗，人家的器械先进，海船又坚固，这些人争不过人家，便反过头来把矛头对准了大云，开始多次袭扰沿海百姓。

卫章跟这些人小规模地交过几次手，知道自家水师的火器比不过人家，所以只能拼点别的。他命人在剑湖里早就布下了无数道暗礁暗雷，贼船一不小心撞上一个便引起一声轰响，藏在水里的炸雷爆炸激起千层浪花，震得贼船轻易不敢前行。然后水师的人再抄后路把这些海贼死死围住，准备以多胜少，干脆把这些混蛋给一举歼灭。

经过四天五夜的浴血厮杀，剑湖水师以沉痛的代价赢得了这场战役，歼灭海贼一千多人，俘虏两千四百多人，没有抓到贼首余海，据俘虏招供，他应该是在近卫的保护中逃回了海上。

不过也不是全无所获，三十多艘海船虽然被不同程度地破坏了，但海船上的大炮却大多完好无损，卫章早就垂涎这些宝贝，如今到了自己的手里自然不客气，直接叫人把这些海船能修的修，不能修的把大炮拆下来运回去，他要好生研究研究这玩意儿，争取早日造出比这个更威猛的家伙来。

剑湖捷报以八百里加急的速度报向京城。

姚燕语听见消息后长长地舒了口气，对旁边的姚凤歌和苏玉蘅说道："这一仗终于打过去了，如今我一听见打仗就睡不着觉。"

"我也是。"苏玉蘅也摇头叹道，"这些天我的整个心都悬着。"

姚凤歌却笑着摇头，对姚燕语叹道："我还担心你又要带着你的那些学生们跑去剑湖义诊呢。"

卷四　卿心未央

"如今这些事情用不着我亲自去了。"姚燕语这回是真心地笑了。国医馆分院的优秀学员们已经被她授予了从七品的职衔，由其中一位五品主簿带着坐船去了剑湖。

这一批送去的学员都是男的，他们将留在剑湖水师充当军医，在那里一边实践一边学习，姚燕语许诺，只要他们获得水师主将的赞赏，她将帮他们提升一级职衔，留守水师的这段时间将有药监署发放双倍的俸禄。

随着药监署和医学院制度的进一步完善，分管的属官也渐渐地上任，大小事情开始有章可循，姚燕语开始有了些许闲暇时间。又是霜降时节，秋收已过，万物凋零。卫章不在家，凌霄和依依两个陪着姚燕语吃午饭。饭桌上有一条清蒸鲈鱼，依依想要吃鱼，旁边香薷帮她挑鱼刺，依依拿到鱼肉之后却递给了姚燕语："娘亲，吃鱼。"

姚燕语一怔之后，立刻笑了："依依真乖。"

依依很认真地解释："爹爹说了，他不在家的时候要我和哥哥照顾好娘亲。"

孩子无心的一句话成功地勾起了姚燕语心里的相思之情，沉下心来算一算，卫章已经有一个月零五天没回家了。想到这个，姚燕语顿时食不知味起来。

之前她一直以为自己是一个坚强独立的人，她一个人可以面对所有的风雨，她站在卫章身边是与他并肩而立的。今天却因为女儿的一句话忽然感觉到，她是那么那么愿意只做一个小女人，一辈子窝在丈夫的羽翼之下安心快乐地生活，不问世事。

饭后，孩子们要去睡觉，姚燕语一个人靠在榻上闭目养神。

下午的时候有水师的人回来给姚燕语送了几车东西，说是宁侯爷专门吩咐送回来的。姚燕语直接吩咐他们把东西送去了国医馆的分院交到了冷藏室里。

姚燕语展开卫章叫人捎回来的书信，看过后脸色便淡了下来。

香薷递了一杯热茶过去，瞧着姚燕语的脸色不好，便低声问道："夫人可是觉得累了？"

"没有。"姚燕语叹了口气，苦笑了一下，方道，"你去瞧瞧姐姐做什么呢，若是得闲的话就请她过来一趟。"

香薷答应着出去，不过一炷香的工夫姚凤歌便过来了。

丫鬟上了茶点便悄悄地退了出去，姚燕语从身后的靠枕底下拿出那封书信来递给了姚凤歌。

"谁的信？"姚凤歌看着信封上银钩铁画般的字迹，奇怪地问。

"侯爷来的。"姚燕语说话的时候低着头，没看姚凤歌。

姚凤歌扑哧一声笑了："怎么你们小夫妻之间的书信也舍得给我看？"

姚燕语微微怔了一下，又大方地摇了摇头，说道："并没什么私房话，倒是有件事情我不知道怎么跟姐姐说，你还是自己看吧。"

姚凤歌闻言便收了玩笑之色，展开信纸认真地读了一遍，读完后脸色也沉了下来，半晌方幽幽地叹了口气，说道："这可怎么办呢！"

书信中，卫章说在上一次对海贼的激战中，刚过初训期尚不够资格上战船的苏玉祥失

踪了。

这只说明一件事，那就是他趁乱逃出了军营。兵勇军官战时逃逸在大云律法之中是死罪，所以卫章没有声张，只吩咐人悄悄地去寻找。因为剑湖上刚刚激战一场，湖周围的百姓和伤兵混聚在一起，十分杂乱，所以目前尚未找到。但如果找到了，苏玉祥也是死罪难逃。

卫章在书信中一再叮嘱姚燕语，此事万不可张扬，否则定北侯府将会被蒙羞，苏氏子弟将来也会在同僚之中无法抬头。

姚燕语也很是伤脑筋，她原本觉得就算这个无用的男人立不了战功，熬不出头，也能混个烈士，就算姐姐后半辈子守寡也比整天为他擦屁股强。却万万没想到他会趁乱逃跑。

"如果找到了他，侯爷会从重发落，以立军威么？"姚凤歌觉得自己这辈子的脸都被苏玉祥给丢尽了。战场都没上就逃跑，这若是让他大哥知道了，估计会直接抽死他。

"应该不会。"姚燕语摇了摇头，心想卫章虽然看上去冷酷无情，但却不是不通情理之人。苏玉祥这样的人对于军威来说无足轻重，杀他立军威的事情他是不屑于做的。

但姚燕语也知道如果卫章找到了苏玉祥肯定不会饶了他。他会怎么处置呢？姚燕语心里隐隐地能猜到点什么，但又不敢确定，只得暗暗地祈祷他能顾及一下自己的体面，也给定北侯府三分脸面，不要把这件事情张扬开了。

国医馆的素心阁内，忙完了一些庶务的姚燕语靠在自己的高背太师椅上闭目养神。借着学生休息的时候，姚燕语又要忙别的公务。现如今江宁城里排名前三的药商都跟国医馆签署了合作协议，国医馆提供给他们三到六张成药配方，然后以药方入股，在他们的生意里占据不同的股份。

她有心在江宁做成此事之后，便在全国各省如法炮制，把国医馆发展成大云朝最有钱的朝廷衙门，有钱以后她就可以以国医馆的名义买土地种草药，投资药场炮制药材，然后培养人才研发新药。建立起一个以医养医良性循环网络。他们这些从医者将不必去看户部的脸色，相反还能为朝廷创一笔可观的收益，医者的地位也将因此而大大地提高，不再是那些权贵眼睛里奴仆般的存在。这是一个实际而宏伟的想法，如果做好了，她姚燕语将名垂青史。

房门被轻轻地叩了两声，香蕠的声音从外边传来："夫人，奴婢有事汇报。"

"进来。"姚燕语缓缓地睁开眼睛坐直了身子。

香蕠推门而入，福身道："夫人，侯爷回来了。"

"哦？"姚燕语眼睛里闪过一丝询问。

"侯爷是送这次海战之中江宁的烈士回来的，其中有苏家的三爷。"

"……"姚燕语的双手情不自禁地握紧——他终于是做出了这样的选择，姚燕语松了一口气的同时，又默默地愧疚。

"夫人，回府吧？"香蕠看着姚燕语沉声不语，便小声提醒道，"据说侯爷明儿一早就得赶回去呢。"

卷四 卿心未央

"回府。"姚燕语长长地吁了口气便恢复了正色，站起身来理了理衣领和衣袖，从容地出门而去。

卫章这次回来一共带回了十四具尸体，都是在这次痛击海贼的战事中牺牲的勇士，当然苏玉祥除外。但苏玉祥沾了有个好媳妇的光，本就是逃兵的他也博得了一个烈士的头衔儿，虽死犹荣。

姚燕语回府后并没见着卫章，他现在还在府衙跟知府交代公事，于是先去姚凤歌那边去瞧她。姚凤歌已经知道了消息，正在自己的屋里默默地给苏瑾月换衣服，而她自己身上早就穿上了一身素白绣银线兰花的裳裙。头上的首饰也全部换成了样式简单的银簪钗。

"娘亲，为什么不许穿红色的衣裳了？"苏瑾月平日里最喜欢大红锦缎的衣裳，这会儿看母亲的眼圈儿是红的，虽然不敢闹脾气，但还是忍不住把心里话问了出来。

"因为你爹爹没了。"

"没了？"苏瑾月纳闷地问："怎么会没了？爹爹不是大人么？"

"没了，就是死了。以后月儿就只有娘亲了。"

"死了？"苏瑾月睁大了眼睛看着姚凤歌，半天才反应过来，"是跟我送给依依妹妹的小帅一样么？"

小帅是瑾月送给依依的一只蟋蟀，过了霜降之后，草虫便到了自然死亡期，小帅自然也一命呜呼了。为此两个小丫头还伤心了好几天，把它埋到了后面花园子里的梅树下了。

女儿跟父亲从小不亲姚凤歌是知道的，苏玉祥嫌瑾月是个女孩儿，而姚凤歌也不希望女儿看见她父亲那副颓败不长进的样子，所以很小苏瑾月便跟奶妈子搬去别的院落居住，一年到头除非逢年过节，小姑娘基本不会出现在苏玉祥面前。但她也完全没想到丈夫的死对女儿的影响这么淡，居然被她跟一只蟋蟀相比。

姚凤歌正苦恼于女儿的淡薄无情时，外头丫鬟回道："回奶奶，夫人来了。"

"快请进来。"姚凤歌忙从榻上站起身来迎至百宝阁跟前。

姚燕语已经进了门，见她已经换上了素服，便幽幽地叹了口气，劝道："这也是没办法的事儿，姐姐节哀顺变吧。"

姚凤歌红着眼圈儿叹道："我知道，这算是最好的结果了。"

姚燕语握住姚凤歌的手，看了一眼上前来行礼的瑾月示意她不要多说。苏瑾月渐渐地懂事了，一些事情到大人这里就该打住，不要让孩子留下不好的回忆。

"给姨妈请安。"一身素白裙袄的瑾月上前给姚燕语行礼。

姚燕语弯腰拉住了瑾月的手，低声劝道："月儿乖，这几日多陪陪你母亲，要看着她好好吃饭，劝她不要伤心，知道吗？"

瑾月点了点头，又仰脸看着姚燕语，软软地问："姨妈，我爹爹真的死了吗？"

姚燕语点了点头，说道："是啊。不过月儿不要怕，以后姨妈和姨父都会保护你的，还有你大伯，二伯他们。"

"嗯，我知道了。"苏瑾月再次点头，"姨妈放心吧，我会劝娘亲不要伤心。"

"……"姚燕语讶然，她还以为这小姑娘会哇哇大哭呢，还准备好了一堆说辞哄她，却没想到小姑娘对父亲的死如此淡漠。

姚凤歌看见姚燕语诧然的神色，无奈地苦笑道："月儿长到这么大，他都没抱过一次。算起来连宁侯爷都比他对月儿好。这也怪不得孩子。"

姚燕语无奈地叹了口气，揉了揉瑾月的小脑袋，笑道："姨妈来的时候依依正在房里闹呢，月儿帮姨妈去瞧瞧她，好不好？"

"好。"瑾月痛快地答应着，朝着姚凤歌和姚燕语福了福身："娘，姨妈，月儿去了。"

姚凤歌点头看着女儿蹦蹦跳跳地出去，苦笑着对姚燕语说道："可悲吧？爹死了，女儿居然没事儿人一样。不知道这个人上辈子造了什么孽！"

"何须上辈子？他这辈子也没做什么好事儿。"姚燕语轻声叹了口气，拉着姚凤歌的手往里间屋里商议苏玉祥的丧事去了。

于知府把江宁城那几个烈士的丧礼办得很隆重，反正用公家的银子办公家的事儿，众人都乐得如此。

只是苏玉祥的身份和其他烈士不同，那些人都是平民百姓家的儿子，苏三爷则是定北侯的胞弟。他的死讯姚凤歌已写了书信派人连夜送往京城，于洪烈为了讨好姚家和定北侯府也上了一道奏折替苏玉祥请功。而且奏折上他还找卫章联了个名。

当然，于知府浸淫官场这么多年，自然不是吃一把米长大的，他在为苏玉祥请功的同时也为其他烈士表了一把功劳，希望朝廷能给予适当的表彰，以鼓励那些尚在水深火热中战斗的勇士们。

半个月后，苏玉安和苏玉康以及皇上嘉奖的圣旨一起到了江宁。江宁这十多个烈士从原来的军职上各自升两级发放抚恤金，另外因为苏玉祥是云裳大长公主的嫡孙，又因战而死，所以皇上特旨封其妻姚氏为五品宜人，赏其子苏瑾宁县男爵位。

姚凤歌带着苏瑾宁跪拜接旨谢恩毕，起身请传旨的公公偏厅奉茶。

苏玉安和苏玉康方上前来询问姚凤歌关于苏玉祥之死的具体事宜。姚凤歌被姚燕语一再叮嘱，那件事情决不能再提起，苏玉祥就是战死的。姚凤歌也知道这事儿若是说漏了嘴会连累到卫章，所以她便把之前和姚燕语商议好的说辞跟苏玉安和苏玉康说了一遍。

苏玉安不疑有他，苏玉康也只是摸着苏瑾宁的脑袋连连叹息。这么小的孩子没了父亲，就算有个五品的爵位又能怎么样？不过是一年二百石的俸禄而已。不过再想想那位三哥的为人，苏玉康又觉得也没什么大不了的，三嫂定然会好好地教导这个孩子，再加上叔伯的帮扶，将来也定然能够撑门立户。

县里的祭奠完毕后，苏玉安回京，苏玉康则负责带着姚凤歌以及孩子们一起送苏玉祥的棺木回祖籍安葬。姚燕语和苏玉蘅为他们打点了行礼送出江宁城，看着船只渐行渐远，逐

卷四 卿心未央

渐混在江上来往的船只之中后，方和苏玉蘅回去。

姚凤歌一走，姚燕语就没得清闲了。忙碌的日子总是过得很快，她甚至不记得什么时候下了第一场雪，什么时候梅花已经开满了枝头。总觉得一个恍惚的工夫又要过年了。

看着两岁的女儿站在榻上让奶娘服侍试穿新衣，姚燕语默默地盘点景隆帝登基这两年来自己做的事情：先是生了女儿，然后来到江宁建了医药署和国医馆分院；再生了儿子，又整合了国医馆江宁分院和江宁药商之间的关系，让国医馆在这半年多的时间里为朝廷赚了三十六万两银子。这两年来虽然累，但能走到这一步也算是值了。

门外又传来丫鬟的声音："二爷回来了，给二爷请安。"

"嗯？"姚燕语立刻抬起头来看向门口，香薷已经挑起了门帘，微笑道："夫人，唐将军来了。"

姚燕语忙说道："快请。"

唐萧逸现在已经是三品昭毅大将军，东南水师副指挥使的职衔，一身黑色挑银线绣鹰纹斗篷披在他身上，凌冽中带着几分儒雅之气。

请过安，香薷奉上香茶。唐萧逸接过茶来轻轻地吹了吹，啜了半口缓缓地咽下去之后，方笑道："侯爷派兄弟回来跟夫人商议一下，这眼看着过年了，水师那边却不敢放松警惕，所以夫人这边若是不忙的话，就请移驾去东陵过年。"

"要我们去那边过年？"姚燕语很是惊讶。

唐萧逸道："江宁坐船去东陵不过一天的路程，船也是现成的。"

"嗯。"姚燕语点头道："是啊。衙门里也放假了。"

"那夫人若是同意的话，我就叫人准备着？"

姚燕语笑了笑，说道："行吧。你媳妇和孩子还有翠微翠萍都一起去吧。过年大家凑在一起也热闹些。"

"好嘞！"唐萧逸高兴地点头，侯爷交代的任务完成了，回去可以交差了。

这世上最麻烦的就是女人和孩子。偏生姚燕语这边一出门便是四个女人六个孩子。唐萧逸看着家丁仆妇们跑前跑后地忙活，心里默默地叹了口气：咱们这些镇边戍守的武将们过个年容易么？！忙活了两天，才算是勉强把东西都弄上了船。姚燕语苏玉蘅等人带着孩子和几个近身服侍的丫鬟仆妇上船，这边屋子依然留给之前负责看守的老家仆。

腊月二十二这日一早出发，晚上就到了东陵。腊月二十八晚上，卫章和唐萧逸、葛海、赵大风四个人回来了。这个年自然是四家凑在一起过的。这个年过得很简单，也很快乐。年后卫章和唐萧逸四人轮流去水师驻地督军，然后空出时间来陪各自的夫人和孩子。

翠微的脸色不怎么好，姚燕语抽空儿给她把了一下脉，然后气笑了骂她："自己怀孕了都不知道，以后别说是我的人。"于是葛海乐翻了天，都大年初三了又傻呵呵地发了一遍红包。于是赵大风把房门一关再也不许翠萍出门，风吹不到雷打不动地进行他的百年大计。

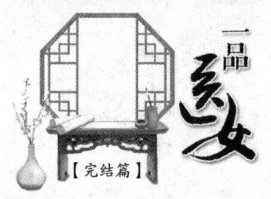

只有卫侯爷和唐将军两个早就当爹的人还算淡定，淡定之余便是多抽出时间来去忙军务，好让那两个乐傻了和急疯了的人缓缓劲儿。

过了正月十五，朝廷各衙门开始办公，姚燕语又必须回江宁了。

江南春来得早，出了正月便是草长莺飞的季节。而大云帝都的北方却依然寒冷。

景隆三年，皇后贺氏跟皇上大婚一年半之后无所出，为祖宗江山计，诸位老王爷开始劝皇上纳妃嫔。

皇上却提出了一个出人意料的条件：若选妃嫔，必不要世族之女，尤其是四品以上的朝臣之女全都不得入后宫。此言一提，便断了多少人的富贵梦。而姚远之则认为这样很好，最起码将来皇权更替之时不用担心外戚权势过大而影响皇上为大云朝遴选新主。

同时，想利用皇上这次选妃做文章的大有人在。后宫历来就是世族大家的必争之地，奈何年轻的景隆帝已经看到了此事的弊端，一定要在平民百姓甚至微贱的工坊商户里选妃嫔，这让帝都的各大家族着实气愤。堂堂大云朝的皇上要入那些工坊商户之家做国戚，让那些贱民的女儿生的孩子主宰大云江山，这如何使得？！最关键的是，没有人在后宫打探皇上的消息，他们这些做臣子的又该如何自处？难道要去跟那些阉奴去套近乎吗？

于是，上有政策，下有对策。各家开始花大力气寻找能够维护自己家族利益进宫的姑娘。

至五月中旬，后宫遴选已经有了结果，皇上一共选中了九名女子，其他的女子被选中都封宝林，只有负责贡茶明前龙井的杭州杜家的女儿杜若轻，被皇上称赞说此女温婉如玉，甚是可心，赐封号为"婉贵人"。

夏天到来，又是雨季。

今年的雨水依然多，不过江宁还好。倒是大云帝都那边已经接连下了好几场大雨，据贺熙来信说，护城河的水已经涨满，皇上下令几经疏通，但帝都城周围的河流都满满的，很多地势较低的村子已经没法住人了，形势很是令人忧心。因为此事，皇上怒责工部，命他们尽快想出办法，决不能让帝都城的百姓陷于泥水之中。并且还因此取消了去避暑的计划，决定留在帝都城里亲自监督工部的官员做事。帝王之怒可不容小觑，这会儿云都城里战战兢兢地已经不仅仅是工部的官员了，六部官员全都把皮绷紧了。户部立刻拨银子给工部，工部立刻召集能人想办法。

正在京都官员们个个提心吊胆的时候，后宫传出喜讯——婉贵人有喜了。景隆皇帝登基之后三年半，后宫里第一个女人怀孕，可谓天大的喜事。因为这件喜事，帝都因为水患而引起的惶恐顿时消散了不少，毕竟皇上不生气了，万事都好商量。

月色溶溶，秋凉如水，习习晚风吹走一天的燥热。江宁城姚家别院后院的芭蕉树下摆了一张凉榻，有欢快的笑声和稚嫩的童声从榻上散开，合着微风伴着睡莲淡淡的香气，飘出很远。

卷四　卿心未央

等人都散了之后，香蒨上前说："夫人，有京城的书信来。"说着，从袖子里拿出一封信递了上去。

姚燕语借着灯光把信封撕开，展开后慢慢地看。

这是姚延意来的书信，信里跟她说了一下云都城的现状，自然有皇上的各种决策以及喜怒哀乐，其中必然少不了婉贵人怀孕的事情，虽然都是些琐事杂事，但对姚燕语和卫章判断当前的局势十分有用。

所以姚延意尽可能地写详细，姚燕语也尽可能地看仔细。

婉贵人怀孕了，皇上很高兴，金封她为婉嫔。

姚燕语看到这件事时一点也高兴不起来。她知道杜若轻是安国公府选中的人，皇上越喜欢她，等将来发现这件事情的时候她便会越惨。

安国公府有两个皇子外孙，一个恒郡王现在还在皇陵守墓，另一个七皇子已经逐渐地长大成人。七皇子云瑞今年十六岁，景隆皇帝继位之后，他因为未成年，所以没有出宫独居，而是跟着他的母亲谨太嫔住在万寿宫里。一起住在那里的还有素太嫔和云珏。林素墨的儿子已经封了郡王，而且她也不是个多事儿的人，所以住在万寿宫西偏院里也算安稳。而谨太嫔却随着儿子越来越大，渐渐地不安分起来。其实她和安国公府的一举一动都被皇上看在眼里，不过皇上有很多要紧的事情要忙，他们那些鸡毛蒜皮的事情皇上不屑计较罢了。其实景隆皇帝真的是一个能容人的皇帝，先帝和萧帝师的眼光不会有错。只是再大度的人也有逆鳞，想要被容忍，就不能去戳那片逆鳞。

进入七月，北方的雨只见多不见少，三天一小场五天一大场，各处农庄且不用说了，帝都城里也到处都是积水，很多百姓的老房子被冲塌，拖儿带女地住进了朝廷在城门外临时搭建的避雨棚里。

景隆皇帝的心情一天比一天烦躁，婉嫔怀孕带来的那点浮光再次被浓云遮住。

乾元殿里，阴沉的天光带着水意透过明净的玻璃照进来，景隆皇帝阴沉着脸把手中的一本奏折摔到炕几上，郁闷地靠在靠枕上一言不发。

一个伶俐的小太监不声不响地从外边进来，在榻前躬身而立。

"什么事？"景隆帝沉声问。

"回皇上，奴才刚才去婉娘娘那边送东西，看见一个宫女从娘娘的宫里出去，瞧着背影像是谨太嫔身边的人，便悄悄地跟了上去……"

小太监越说，景隆帝的脸色越是阴沉，小太监说到最后被皇上的脸色吓得说不下去了。

"说！怎么不说了？"皇上双眸充血，狠狠地瞪着小太监。

小太监吓得腿一软立刻跪在了地上："奴才就看见这些，别的就不知道了。"

"好，好！很好！"景隆帝连着叫了三个好，目光阴沉，脸上的杀气是从来没有过的浓烈！

乾元殿里所有的太监宫女都跪了下去，一个个趴在地上大气儿不敢喘一下。良久，景

一品恶女【完结篇】

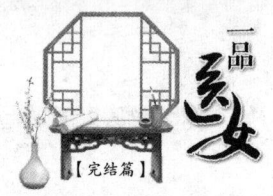

隆帝的怒气终于被压制下去，平静的目光深不可测，声音也淡得出奇："张随喜，叫姚远之来见朕！"

"是。"张随喜答应一声，转头看了一眼身边的小太监。

"你看他做什么？朕让你去！你个狗奴才胆子越来越大了！连朕也指使不动你了吗？！"

"奴才万死！"张随喜吓得魂飞魄散，一边往外跑一边想着这下天要塌下来了！

景隆帝见到姚远之后，阴恻恻说了一句话："朕要办安国公。姚阁老你去想办法。"

"……"姚远之一怔之后，便跪下去叩头。

内阁虽然有一定处理政事的权力，但这权力也是皇上给的。皇上要办安国公，姚远之又能怎么样？

更何况安国公仗着扶持先帝登基有功，在朝中逐渐坐大，不但早就把持工部，甚至连户部、礼部以及吏部也都有他的心腹。别的事情不说，单只这三十来年云都城的土木建设一事，他从中渔利多少？护城河是多么重要的存在，安国公世子爷都敢把手伸进去。

如今帝都内外陷于水患，有一半儿是老天爷造成的，另一半儿便是安国公府做的好事。

皇上要办安国公是早晚的事儿，只是姚阁老没想到这么快，婉贵人刚有身孕，姚远之还以为皇上会等婉贵人生了之后再动手呢。不过都无所谓了，何时动手是皇上的事情，怎么把事情办漂亮了才是他这个首辅大臣应该思考的问题。

有了姚阁老的运作，三天之后的早朝上，吏部尚书带头弹劾工部在帝都土木工程上偷工减料，中饱私囊，并且直接拿出了有力的证据。工部尚书本要自辩，刑部左侍郎孙寅立刻弹劾工部尚书渎职，和王公大臣狼狈为奸。

于是文武百官被震惊了——敢情工部的事儿不是重点，重点是某位王公啊！历年来跟工部关系深厚的王公只有一位，那就是安国公。于是在皇上的有意纵容下，大臣们弹劾安国公的奏折如雪片一样地飞进了内阁。

姚远之根据这些奏折整理出安国公九大罪状，诸如贪污、受贿、买卖官爵、欺压百姓强占良田、因为几幅古画迫人性命、包揽诉讼、亵渎律法等等各种罪状几乎都有了。而且必不可少的一条就是暗中扶持宗室子孙谋夺皇位。

姚远之当初看到这一本弹劾的奏折时，着实犹豫了一把。他知道这一条大罪最能打动皇上的心，谋逆不需要真凭实据，只要莫须有就足够了。可这一条捅上去，恒郡王定然会跟着遭殃！

景隆元年，圣祖爷陵寝塌陷，恒郡王奉旨前往皇陵监督修缮圣祖爷的陵寝，经过大半年的工夫，圣祖爷陵寝修缮完毕，后又经过去年的雨季，完全没有出现漏水渗水的现象，可以说修缮工程做得很是完美。

但如此完美的收工，却没换来皇上召恒郡王回京的圣旨。

当初安国公曾经上了一本奏折，说恒郡王在皇陵辛苦了一年多，旧疾复发，据说路都

卷四　卿心未央

没法走了，请皇上召王爷回京养病。皇上只批了一句话：修缮圣祖陵寝乃子孙职责，何谈辛苦？于是，恒郡王便一直在皇陵待着，三年来都没有回京城。

姚远之之前还觉得这是皇上不待见恒郡王的缘故，而最近一段时间他越来越觉得这根本就是皇上想要把恒郡王撇清事外的做法。

安国公不安分，恒郡王便是他们最好的幌子。想要揽权，身为臣子自己挽袖子上是不可能的，那叫造反。若是扯上皇子那就叫清君侧，或者勤王。事成之后，也是为国为民的美名，而不是遗臭万年的乱臣贼子。恒郡王不在京城，不跟安国公府有什么往来，安国公府便受到极大的限制。但这两年随着云瑞的成长，恒郡王对安国公府来说就没么重要了，之前不得已收敛的心思又渐渐地露了出来。

姚远之在崇华殿里一夜未眠，把有关于安国公的大小事情全都捋顺一遍，最后还是把那一条结党营私、图谋不轨的罪状放在了最后，在早朝之上呈递上去。

出乎意料的是，皇上收了姚阁老的奏疏并没急着发落安国公，而是说了几句不痛不痒的话便散朝了。

散朝后，姚远之回崇华殿稍事休息，而皇上却去了婉贵人居住的关雎宫。

关关雎鸠，在河之洲，窈窕淑女，君子好逑。历朝历代，妃子宠冠后宫的屡见不鲜，但像杜若轻这样一步登天且拥有帝王如此荣宠的却不多见。

景隆皇帝是真的喜欢她，她没有世族女身上的那股傲气，也没有那么多迂腐的规矩。她温婉可人，像是一株幽谷里的百合花，清丽，婉转，幽香，却又与世无争。自幼在尔虞我诈中成长的景隆皇帝什么都不缺什么都不稀罕，唯独就稀罕杜若轻身上的这股气质。

所以明知道她的父亲杜雨明跟安国公府眉来眼去，还是忍不住喜欢她，想着只要能够全心全意地待她，她便能安安静静地陪着自己，在这肮脏的后宫里，能有一个这样干净的女子陪着自己，景隆帝觉得自己要好好地珍惜。只是他还是想得太简单了。就算再洁白的百合，移植到这吃人不见血的后宫，也再难以保持原本的纯净。

杜若轻执壶给他添茶，犹豫片刻后，方低声说道："臣妾见皇上神色抑郁，可是有什么不开心的事情吗？"

"不过是那些朝政琐事罢了，不说也罢。"

"皇上要保重龙体。"杜若轻温言软语地劝了皇上几句，又道，"去年的时候臣妾还在江南，曾亲眼看见遭水患的灾民流离失所……那场景，真是惨不忍睹啊。"

景隆皇帝的眼角微微动了动，没说话。

杜若轻又自顾地说下去，把江南水患跟皇上说了个大概，之后又叹道："天灾避无可避，皇上还是要多想开些才好。"

皇上自嘲地笑了笑，叹道："朕登基三年，便有两年天灾，难道是朕失德么？"

"臣妾该死。"杜若轻忙放下茶盏，起身离座，跪在了地上。

景隆帝却破天荒地没有叫她起来，反而微笑着问："若轻啊，你今天到底想说什么？

257

一品医女【完结篇】

你不是个惯于耍弄心机的人，所以有话还是直说吧。"

"臣妾……"杜若轻结巴了好久，才鼓足了勇气说道："臣妾想请皇上看在咱们孩儿的分儿上，保重龙体，不要生气……从……从轻发落工部那些失职的官员……"

"怎么是工部的官员？难道不是要放过安国公？"皇上淡淡地冷笑着。

杜若轻心神一震，一时忘了规矩，猛地抬起头来看着景隆帝。景隆皇帝的脸上微笑依然，眼神却如三九严寒，一片肃杀。

"臣妾万死，臣妾不敢妄议朝政，求皇上降罪。"杜若轻知道皇上是真的动怒了，事情跟谨太嫔预料的完全不一样，皇上并没有因为她肚子里的孩子而对她特别宽容。

"死的话，一次就够了，你没有机会死一万次的。"景隆皇帝说着，缓缓地站起身来转身欲走，想了想，又留给伏在地上的女人四个字："好自为之。"

杜若轻跪在地上半天没有起来，后来还是她的丫鬟和一个宫嬷嬷把她硬生生地拉起来架着她去旁边的榻上的。皇上离开的那一刻起，她面白如纸，全身颤抖，泪如雨下。

她知道，她就算是不死，以后也不会有好日子过了。虽然进宫不久，但有一件事她却看得十分明白——没有了皇上的宠爱，在这宫里便是生不如死。

皇帝回到乾元殿后，立刻吩咐大太监张随喜："去把太医叫来，让他去关雎宫给婉嫔诊个脉。"张随喜虽然不懂皇上为什么这样吩咐，但他这几天是不敢多嘴的，忙答应一声出去办差。

乾元殿里，皇上靠在榻上闭目养神，看上去很是安静实际上心里却是风云翻涌。

到了今天，他才深切地感受到做一个皇上的痛苦。也明白了为什么他的父亲文德皇帝会对丰氏一家纵容那么久。试想如果今天自己一碗堕胎药送到关雎宫里去，是不是也会一辈子对杜若轻感到内疚？幸好她只是个商户之女，她的父亲再有钱也不过是个商人。幸好她不是皇后，只是自己喜欢的一个女人。否则，自己又要重蹈先帝的旧辙了！只是，被自己心爱的女人算计利用的痛苦宛如附骨之疽，让景隆皇帝引以为傲的从容大度顿消无形。

皇上又冷声吩咐张随喜："朕的奶兄呢？"皇上的奶兄陈秉义现在是镇抚司的副都督，领太子少保衔，原来手下一万多名锦麟卫现在已经扩至两万多，专门负责皇宫的安全以及大云帝都里里外外的情报。

"回皇上，陈少保早起进宫请安后便出宫去了，这会儿应该在镇抚司当值呢。"

"传。"皇上冷声道。

"是。"张随喜心想皇上这是要动手喽！便急匆匆转身出去。

"慢着！"皇上又冷声把人叫回来，"顺便把姚远之给朕叫进来。"

"奴才遵旨。"张随喜又磕了个头，等了两个呼吸的工夫见皇上确实没什么吩咐了才一溜烟儿地跑出去传话。

皇上下旨查抄安国公府的消息一传出来，便震惊了整个云都城。安国公祖上乃是开国功臣，随着太祖爷南北征战，立下了汗马功劳。景隆帝这样做在那些开国元勋的眼里无意于卸磨杀驴，毕竟安国公被罗列的那些罪名里贪赃枉法是真的，篡国谋逆却只是莫须有。安国公结党营私不假，但多数只是为了贪财，若说谋逆还真没有真凭实据，毕竟恒郡王现在在皇陵，而云瑞未及弱冠，虽然蠢蠢欲动，但皇上登基已久，他再折腾也弄不出什么花样来。

但是，根据大云律，贪污五千两银子以上便是死罪，安国公府被查抄，莫说那些字画珍玩，金银珠宝，单只他暗中侵吞的田产便已达万顷。若真的循着大云律惩处，只这一条就够他的死罪了。

皇上下旨，命大理寺和刑部以及都察院三司会审，务必要把安国公府贪赃枉法之事一丝不苟地按照大云律查办。并一再声明，朝廷重臣，王侯公卿，不管是谁贪赃枉法，挖大云朝的墙脚，皇上都严惩不贷。

这样一来，那些开国元老们再也没精神议论安国公了，一个个都缩起脖子来悄悄地转过身擦屁股去了。谁知道下一个被弹劾的是谁？说不定哪天抄家的圣旨就落在自己的头上了。

安国公府被查抄，慧太妃和谨太嫔以及恒郡王妃和肃郡王妃这四个女人也如遭雷击。

随后，慧太妃悬梁自尽。

谨太嫔疯魔。

恒郡王妃在府里哭天号地，出言不逊，几次虚张声势的寻死都被下人救下，只是她那些愤懑之言多半都夹带着大逆不道，皇上听说之后很是生气，便派人传了一道口谕：恒郡王妃真的想死的话，朕可赐下三尺白绫。

恒郡王接到圣旨回京，进了城门才知道自己的母妃已经死了七日了，看见府里前来迎接的下人手里托着一身孝服，恒郡王直接一个倒栽葱从马上摔了下来。

安国公府里嫁出来的四个女人只有肃郡王妃还算理智，在听到娘家被查抄的消息时并没急着去找丈夫云琨求他为娘家的事情求情，而是把自己名下的嫁妆财产整理出来，交给云琨，请他代为向大理寺交割，请大理寺的人对这些东西进行清查。

云琨捏着那厚厚的一本账册无奈地叹了口气，又笑着把它还回去，并安慰妻子道："罪不及出嫁女，是我大云朝的律令。你不必担心这些。你的父母家人我会跟父亲商议着去跟皇上求情，保全他们的性命。想来——他们也真是做得有些过分了，皇上才动了怒。"

"谢王爷成全。"肃王妃忙给云琨行礼。

云琨伸手拉住她，叹道："你我夫妻一体，何须这样？"

肃王妃便忍不住垂下泪来。她嫁入诚王府这几年，云琨跟她相敬如宾，她知道丈夫心里有别人，但却也什么都不能说，不能做。因为那个别人身份尊贵，父母兄长皆是清贵至极的人，她招惹不起，也比不起。唯有忍气吞声在这府里熬日子罢了。熬了这几年，终于在这种时候能换得丈夫的这句话，一时心里酸楚无比，却又觉得都值了。

安国公府被查抄的相关消息传到江宁的时候，姚凤歌刚带着孩子们从苏家祖籍回到江

一品医女【完结篇】

宁。

其实在路上的时候就听到些风声，姚凤歌只以为是安国公府插手工部的事情致使大云帝都陷入水患之中以至于皇上朝着他们发邪火罢了。却没想到是抄家灭族的大罪。而且姚延意给姚燕语的信里还专门提到了恒郡王在城门口昏厥落马的事情，姚凤歌看完更是坐卧不宁。

姚燕语只好劝她不要担心，他好歹是王爷，太医院的人绝不敢马虎云云。姚凤歌却只有苦笑，轻叹之后又感慨道："其实我有时候在想，真的去了也未尝不是一件好事。"

"姐姐怎么能这样想？！我冷眼瞧着，恒郡王的心里也是苦的。他那个王妃闹得越来越不像话，他的这些罪怕都有十之八九都是那个王妃替他招来的。如今安国公府已经倒了，那位王妃也没了依仗，怕也闹腾不了多久了。"

"娘家被抄，她便没有娘家了。"姚凤歌苦笑。

姚燕语不解这话的意思，直到后来偶然间从苏玉蘅的嘴里说起过休妻的原则才明白，妻子娘家灭绝无人无处可去者，不能休。就好比恒王妃这样的人，娘家被抄家了，如果被休了就只能流落街头，这种情况恒郡王是不能休妻的。

"这都是什么破规矩！"姚燕语恨恨地骂道。

"怎么了？"苏玉蘅十分不解。

"没什么。"姚燕语叹了口气，没再说下去。两个人相对无言时，姚燕语却被一道圣旨召回了京。

这是一次最匆忙的离别，甚至连更多保重的话都没来得及说便上马直奔码头。到了京城，姚燕语被陈秉义带至慈心庵的一个禅院，原来是皇上的生母淑太妃病重。奈何淑太妃多日未进水米，已经是油尽灯枯，药石罔救。

景隆皇帝听姚燕语说完，眼角流下两行清泪。

"皇上，您陪娘娘说话，臣先告退了。"

"去吧。哦，这里没事了，你去替朕看看恒郡王吧。"

一时间姚燕语还以为自己听错了，她诧异地看着皇上，不知道这话到底是几个意思。

"你替朕传一句话，就说慧太妃死了，朕知道他很伤心。现在朕的娘亲也要死了……朕跟他一样都没有娘了。不过，他还是比朕幸福的，他有亲娘在身边时时呵护疼爱，朕这辈子却注定了伶仃一人。"

姚燕语努力把皇上这些不知所云的话记在心里，然后再次叩头，退了出去。从慈心庵出来之后，姚燕语策马回京城。她并没有直接去恒郡王府——开玩笑，风尘仆仆的怎好去王府拜访？至少也回家沐浴更衣吧。宁侯府一切如旧，长矛看见夫人忽然降临，惊得半天没说出话来。

姚燕语泡在馨香的热水里，一边默默地想皇上说的那几句话，如今慢慢地回味起来，倒是能想明白一点什么。慧太妃和淑太妃之间肯定也有一些不为人知的故事吧？不过这都是过去的老黄历了，估计现在也没谁愿意翻了。

卷四 卿心未央

第二天一早，姚燕语换了一身干净的月白色燕服乘马车去恒郡王府。至此时，淑太妃的丧礼已经结束，当时恒郡王是躺在马车里去送的葬，回来后便卧床不起，只剩下半条命了。

姚燕语的马车停在恒郡王府的门口，把自己的名帖递上去，并告知自己是奉皇上的口谕来给恒郡王看病的。至恒郡王的桐雨轩门口，姚燕语看了一眼两侧的对联，然后跟着恒郡王的儿子云跃进院门，一时又被院子里高耸入云的梧桐树给倾倒了一把。她从没想到过整个院子都笼罩在梧桐树下会是如此诗意的感觉。

"大人，请。"云跃看姚燕语住了脚步，等她把院子打量了一遍，方抬手做出一个请的姿势。

"好。"姚燕语微微点头，随着云跃进了屋门。一进门便有一股浓浓的药味扑面而来，姚燕语轻轻一嗅，便闻出这药里面放了老山参等大补的药材。又暗暗地感叹，这人得病到什么程度了，居然用这么重的补药。

刚转过屏风，便见烟青色的帐子被一个总角少年掀了起来，病怏怏的恒郡王一边咳嗽一边坐起来，看样子是想下床。

姚燕语忙上前两步，抬手制止："王爷病重，不可劳动了。"

"皇上有口谕，臣……咳咳……臣不敢不恭。"恒郡王抬手扶着小童和儿子的手，坚持从床上爬下来，朝着北方跪了下去，先喘了一阵后，方哑声道："臣聆听皇上圣训。"

姚燕语觉得心里堵得厉害，但还是绷着一脸的严肃，把皇上的那几句话一字不漏地背了一遍。

恒郡王听完之后，沉默了片刻，方叩头道："臣知道了，谢皇上。"

姚燕语又给恒郡王切脉。诊脉后，姚燕语又看了药渣，方道："这汤药先停一停吧，王爷现在是虚不受补，照着这个方子吃下去，定然虚火旺盛，对身体无益。"

云跃诧异地看向他的父亲，恒郡王却一脸的平静，淡淡地微笑道："都听夫人的。"

"那请夫人为我父王开药吧。"云跃忙拱手道。

姚燕语轻轻点头，说道："今日臣要先给王爷施针，然后再辅以汤药，三日后看效果。"

"有劳夫人。"云跃对着姚燕语深深一躬。

针灸之后，恒郡王的气喘好了很多，至少能够平静地跟姚燕语说几句话了。

姚燕语来的时候带了随从，但却没带进来。针灸之后便自己收拾银针。恒郡王便吩咐儿子："你去把我收着的雪龙茶冲一杯来给姚夫人。"

云跃应了一声，转身退下。屋子里只剩下两个总角小童立在角落里。

恒郡王看着姚燕语仔细地把银针用药水擦过后一一插回针包里，半晌才问："宁侯爷在南边还好吗？"

姚燕语抬头看着恒郡王，微微一笑后方道："我们都很好，水师那边打仗虽然艰难了些，但也打了几场胜仗，近来海贼消停了许多。"

"宁侯是个有本事的人，朝廷对他委以重任，他定然不会让百姓失望。"

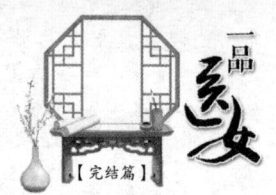

姚燕语忙欠了欠身："王爷过奖了。"

恒郡王没再说话，只是靠在枕上看着屋顶，幽幽地叹了口气。

姚燕语犹豫了一下，轻声说道："王爷这病并无大碍，只要放宽心，假以时日好生调养，必然会康复的。"

"病体残躯，不过是挨时日罢了。"恒郡王淡淡地苦笑了一声，缓缓地闭上了眼睛。

"王爷不要这么想，在这个世上，还有很多人离不开王爷。王爷若是一撒手什么都不管了，让那些记挂您的人怎么办呢？"

恒郡王忽然睁开眼睛，侧脸看着姚燕语。姚燕语微微地笑着，平静地回视着恒郡王。

半晌，恒郡王轻声笑了："姚夫人不但能医治人的病痛，还能解除心病。真不愧是神医。"

"王爷说笑了。下官也不过是本着一点私心罢了。"不过是为了我那可怜的姐姐才多说这几句话，希望你别让她失望。

"谁都有私心。原本也是本王的私心太重了。总以为放下一切可以超然而去，便总能清净了。"说着，他幽幽一叹，又自嘲地笑道，"却忘了我在这世上还是别人的牵挂。"

"所以，王爷一定要好生调养才是。"

"好，既然神医都这样说了，那本王还有什么好说的呢。"

姚燕语微笑着拱了拱手，说道："既然这样，那下官去给王爷开方子。"

恒郡王点头："夫人受累了。"

从恒郡王府里出来，姚燕语的心情便不怎么好。曾经那样风华绝代的男子，不过两三年的工夫便成了这副样子，可见生在帝王家是多么可怕的事情。试想云珉不是皇子，当初姚远之肯定不会竭力地反对女儿嫁给他。如果姚凤歌能够嫁给他，他们两个会不会是一对神仙眷侣呢？

不过这还真说不好。不能相守的两个人痴痴地相恋，真的凑到一起了，天天生活在一起，或许又会是相对成怨了。世上的事情谁也说不准，已经这样了，便想着另一样。但谁也不知道要是真的走了另一条路，许是更加地艰难困苦。所以说，知足常乐吧。

"夫人，回府么？"今天赶车的是长矛大总管。因为来郡王府，所以没敢让乱七八糟的人跟着。

姚燕语想了想，回去也是一个人，倒不如找个人多的地方去凑个热闹，于是吩咐道："回姚府吧。"姚燕语是被皇上身边的锦麟卫急招回京的，事情紧密，姚远之也不知道。所以当她忽然出现在姚府的大门口时，守门的家人吓了一跳，跑上前去看了两眼确定是自家二姑奶奶才忙不迭地跪下请安。

"今儿父亲可在家？"姚燕语一边往里走一边问老家人。

"回二姑奶奶，老爷有七八天都没回来了，说是政务繁忙，事情多，顾不上回来，每晚就住在崇华殿的值房里。二爷在家，老太太和太太若是知道姑奶奶回来，指不定高兴成什么样子呢。"老家人乐呵呵地回道。

卷四 卿心未央

"老太太和太太的身子可好么？"姚燕语又问。

"好，都好呢！"

说话间，听见消息的宁氏带着丫鬟婆子们迎了出来，隔着前院看见一身官袍的姚燕语，忙笑着紧走几步迎上去，又故意敛了笑容一本正经地福身行礼："见过院判大人。"

"嫂子取笑我！"姚燕语笑嘻嘻地上前拉住宁氏的手，和她并肩往里走，"老太太和太太呢？"

宁氏笑道："太太听说你来了，高兴得不得了。已经往老太太那边去了，一会儿过去给老太太请安正好一起见了。"

"还是太太疼我。"姚燕语笑着和宁氏并肩先去老太太的屋里。

宋老夫人这两年老得特别快，姚燕语三年没见她，她的头发已经由花白变成了苍白。

姚燕语给她磕头请安，她颤巍巍地伸出手去拉的时候，才发现老太太居然掉了两颗牙，说话都有些不清楚了。真是时光催人老啊！姚燕语默默地叹了一口气。

老太太见着姚燕语很高兴，拉着她说了两大筐的话，当然重点是江宁宋家现在如何如何，还有姚家那些族人如何如何。又高兴地吩咐宁氏该把你宋妹妹娘们儿也接来，大家许久没见了，定然想得慌云云。

王夫人自然不会让人去接宋雅韵，便在一旁劝道："她现在刚生了孩子，怕是不好随便出门的。"

宋老夫人忙又拉着姚燕语问："你这次回来怎么没把那两个双胞胎带回来？这俩孩子都一岁多了我们都没见过呢。"

姚燕语又解释自己这次是奉皇上的圣旨匆匆赶回来的，孩子们都没办法带，只得托付给姐姐帮忙看着。

老太太又惋惜了一回，问："这回回来是不是过不了几日就回去？"

"这个还不好说，要看皇上的意思。"姚燕语微微笑道。

说到了皇上，大家都不再多说，毕竟有关皇上的事情不是他们这些人能随便议论的。于是王夫人便用别的闲话把话题岔开，只聊些家常闲事。说话间丰盛的午饭摆上来，姚燕语被宁氏推到老太太身旁坐下，娘们几个一起用饭。

饭后老太太就没精神了，坐在椅子上就开始打瞌睡，姚燕语见了便转身看王夫人。

王夫人无奈地摇了摇头，招呼丫鬟过来把老太太叫醒，扶到里面去睡了。

"老太太现在都这样吗？"姚燕语问宁氏。

宁氏无奈地点了点头："有半年了，说不定什么时候都会睡着。"

姚燕语轻轻地叹了口气，这可不是什么好现象。

宁氏低声说道："请太医看过了，说老太太身体的底子很好，没有什么沉疴，所以现在只以人参荣养丸养着，别的药都没有用。"

两个人正说着，王夫人带着丫鬟出来了。和宁氏姚燕语去旁边坐下之后，王夫人叹道：

263

"等会儿老太太醒了你给她诊个脉，那些太医的脉息我总是信不过。"

姚燕语点头应了一声，又问了父亲的状况。王夫人忙又跟宁氏说："叫人跟老二说一声，让他打发管家去跟老爷送个信儿，说燕语回来了。"

晚上姚远之果然回来，姚燕语拜见父亲的时候心里又酸楚了一下。姚远之这两年也老得特别快，两鬓斑白不说，连腰都有些佝偻了。

首辅大臣不是那么好干的，姚远之这几年为了大云政事可谓殚精竭虑。姚燕语很想劝父亲不如辞官回乡，种菜养鱼，颐养天年。但她知道这样的话若是说出来，姚远之定然会训诫她的，所以也只能想想罢了。

姚燕语这次回来，给宋老夫人和父亲分别配了两剂保养的丸药，又劝父亲忙政务也别忘了保养身体，只有身体好才能更好地为国尽忠云云。

姚远之心里也有一些没办法跟女儿说的难言之隐，比如皇上这阵子一直住在慈心庵不问政事，比如安国公的案子牵扯了很多朝中大臣的利益，这些人都把这笔账记在了姚远之的身上，比如跟皇上貌合神离的皇后已经背地里找过他很多次，希望能够借这位首辅大臣的手除掉婉贵人那个贱妇等等。

这些乱七八糟的事情甚至比政务还叫人伤脑筋，但姚远之又没办法摆脱。坐在那个位置上就必须面对这些事情，躲也躲不了。其实他也想过干脆辞官回乡，过几天安静的日子，可是急流勇退不是那么容易的事情，这几年他坐在这个位置上也得罪了不少人，如果不把后面的事情安排好就辞官回乡的话，怕是半年的安静日子也过不到，麻烦就会找上门，到时候恐怕不仅仅是自己不能善终，连老母和妻子儿女都难以保全。但不管怎么说，姚燕语回来总算是给了他许多希望。想想大儿子守牧湖广，二儿子胜任工部侍郎，女儿掌控着大云的医药，女婿又在西南打了胜仗，看看满朝文武，世代贵族，哪个及得上自己风光呢？所以再累也值了，能为孩子们多遮挡风雨一日便是一日吧。等到自己真的不行了，他们也该羽翼丰满了。

为了给宋老夫人和姚远之调养身体，姚燕语干脆就住在了姚府。三日后她又去了一趟恒郡王府，诊脉，施针，调药方，忙了半日。从恒王府出来后凑巧遇到了肃郡王，又被肃郡王请至王府，为诚义老王爷和王妃诊了脉，老王爷执意留饭，又说有件事情要麻烦姚燕语，希望她能帮帮忙。姚燕语还只当是哪个又病了，却没想到老王爷是让自己劝劝云瑶。

云瑶跟姚燕语同岁，今年已经二十四岁了，依然没有出嫁，老王爷为了此事都愁白了头发，挑了那么多清贵公子给她，她一个也看不上，逼得再紧些，她就干脆跑去校场，十天半月地也不回来。

老王爷知道在云瑶的心里，姚燕语的分量极重，所以才会想起让她去劝。云瑶还真给姚燕语面子，原本她在郊外的马场挑马，听人说姚燕语回来了且在家中做客，便立刻赶回来了。

老王爷见女儿果然回来，便殷切地看了姚燕语一眼，姚燕语领会他的意思，却也只能是无奈地笑了笑。以云瑶的脾气，连她爹和哥哥的话都不听，怎么可能听自己一个外人的话呢？

一时饭菜齐备，老王爷便以自己不便作陪为由，把陪客的担子交给女儿，自己和儿子撒了。

　　云瑶和姚燕语送老王爷和肃郡王离开后各自落座，云瑶端起酒杯，笑道："三年没见，你好像越活越年轻了？一点也不像是三个孩子的娘。"

　　姚燕语笑道："郡主英姿飒爽，却比之前更胜。"云瑶因刚从马场回来，身上是深紫色的骑装，长发如男儿般绾成独髻用紫色锦带绑住，散下的碎发随意贴在额角耳边，全然是一副英俊少侠的模样。

　　"你直接说我没女人样儿不就得了。"云瑶笑着摇摇头，跟姚燕语碰了酒杯，豪爽地说道，"干了。"

　　姚燕语跟着笑起来，却道："我可没郡主那么好的酒量，若是喝醉了出丑，郡主可得帮我兜着。"

　　"你这个人，处处谨慎小心，一辈子也出不了丑，放心吧。"云瑶说着，一口把杯中酒喝掉。姚燕语看她这样自然也不好犹豫，抬手把杯中酒也喝干。

　　"痛快。"云瑶亲自执壶给姚燕语倒酒，"很久没痛快地喝一场了，今儿能见到你很高兴，咱们不醉不休。"

　　姚燕语笑着跟云瑶连干三杯，心里却默默地腹诽，老王爷你这是在坑我啊！你们父女俩这是坑死人不偿命的节奏啊！

　　"听说你又生了一对双胞胎儿子，怎么样，好玩不？"云瑶笑眯眯地看着姚燕语，问。

　　"挺好玩的。郡主喜欢孩子么？"

　　"不喜欢，太麻烦了。不过玩玩人家的孩子还行，就像我小侄子那样的也不错。"

　　你确定你小侄子没被你玩儿坏了吗？姚燕语偷偷地咧了咧嘴巴，准备把话题往任务上带："怎么会呢，孩子都是自家的好呢。"

　　"打住。"云瑶立刻伸出手，"我知道你后面要说的话了，你省省吧。"

　　姚燕语无奈地笑了笑，只得喝酒。但思来想去老王爷交代的事儿还是得办啊，不能一句话没说完就打退堂鼓啊。于是这次换成姚燕语执壶给云瑶倒酒，然后主动举杯跟郡主碰了一下，闷了一口小酒之后，问："郡主有没有特别想做的事情？"

　　"有啊。"云瑶显然比较喜欢这个话题，"我想去打仗。"

　　"……"现在就西南在打仗，你该不会还惦记着我男人呢吧？

　　"我想去大草原，为大云朝守牧西北。"云瑶喝了一口酒，无限神往地补了一句。

　　姚燕语默默地吁了口气，心想还好，卫章这几年怕是去不了西北了。

　　"你怎么样？听说你在江宁搞出挺大的动静，办了好几个大药商？"

　　"没那么厉害了。"姚燕语笑了笑，收回思绪，又问，"郡主去西北草原，难道不怕王爷和王妃担心？"

　　"他们不必担心我，我现在可不是从前那个手无缚鸡之力的弱女子了。"云瑶说着，忽然一挥手，但听见嗖嗖两声，有银光从她袖子里飞出去，穿过窗子上的霞影纱直飞天空，

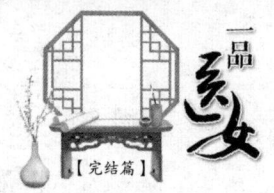

下一瞬便听见嘎嘎两声大雁的哀鸣,然后又是噗噗两声,两只大雁先后落在了院子里。

"郡主好厉害。"姚燕语由衷地赞叹。

"所以,谁都不用为我担心,我足以保护好自己。"云瑶自信地一笑,又喝了一杯酒。

"我明白了。"姚燕语笑着点头。

"你明白什么?"云瑶纳闷地看着姚燕语。

"你坚持不嫁人,是因为你不需要男人保护你。对吧?"

"……"云瑶怔了一下,拿起酒壶给自己倒酒。

"对于郡主来说,天下男子都入不得眼。嫁了,也只是嫁个累赘而已。"姚燕语举着酒杯一点一点地啜。这梨花白后劲儿十足,她已经有一点晕了。

云瑶笑着盯着姚燕语看了好一会儿,才叹了口气,说道:"想不到这世界上能懂我几分的人居然是你。"

姚燕语借着酒劲儿斜了云瑶一眼,哼道:"怎么,郡主瞧不起我?"

"不敢。"云瑶笑着摇了摇头,"我哪敢瞧不起你啊,你是大云朝最厉害的女人。"

"说得我像是母老虎一样。我有那么可怕吗?"姚燕语再次斜了云瑶一个白眼。

"你不可怕。但大家都很怕你。"

"啧!这话说得有水平。"

"你知道吗,在军中,将士们都知道你一把手术刀剔骨剜肉的故事,说起你来,都是敬三分,怕七分。还有你们国医馆的那些女孩子……哈哈哈,他们说这世上怕是很少有男人有勇气娶你的那些高徒。"

"不是吧?"姚燕语顿时蒙了,有这么差吗?"改天有机会带你去军营,你瞧瞧去,听听他们怎么说。"云瑶幸灾乐祸地笑着。

"那些人没良心。没有国医馆的那些女孩子们,他们多少人都得命丧战场了。"姚燕语哼道,"这世上的男人,白眼狼居多。大家都应该学学郡主,自强自立,不靠男人。"

"看罢,连你都这样说。"云瑶得意地笑了。

姚燕语的那股酒劲立刻清醒,瞪大了眼睛指着云瑶:"郡主你绕我!"

"开个玩笑。"云瑶又给姚燕语倒酒,"谁让你替我父王做说客呢!你全身的精灵劲儿都在医术上,说客这行当你做不来。"

"其实,我也不单纯是因为王爷才来劝你。"姚燕语又喝了一杯酒,趁着三分酒意跟云瑶打起了感情牌,"其实我也是真的为你担心。俗话说,少年夫妻老来伴,你现在年轻,觉得自己什么都行。可将来老了怎么办?难道你真的一辈子不嫁人?"

"我没想那么多。"云瑶敛了笑容继续喝酒。

姚燕语看她的样子便知道她把自己的话听了进去,也不着急再说下去,于是抓起筷子来开始吃东西,给云瑶一定的思考空间。

云瑶自己想了一会儿,失笑道:"人生苦短,想那么多干吗?谁知道我能不能活到老呢。"

卷四 卿心未央

"这说的什么话？难道你不怕老王爷和王妃伤心吗？"

"你很烦哎！"云瑶朝着姚燕语扁了扁嘴，又灌了一杯酒。

姚燕语眼看着她面色酡红，已经有了六七分的酒意，便开始攻击她最薄弱的地方。

"你该不会还想着卫章呢吧？"姚燕语忽然问。

"胡说！"云瑶立刻啐道，"我有那么贱么？"

"不是就好，那我就放心了。"姚燕语故作轻松地叹了口气，"说实话，这些年来你一直不肯嫁，我还以为哪天你会跑过来当我的妹妹呢。"

云瑶忽然怒起，一拍桌子骂道："你给我闭嘴！"

姚燕语并不怕她，只是淡淡地笑了笑，继续吃东西。

气氛一下子僵了，云瑶气咻咻地转过脸去不理姚燕语，姚燕语也不再多说，只专心地对付那一碟盐水花生。

云瑶直接抱着酒壶灌酒，一直把酒壶里的酒喝完，方挥手把酒壶丢到地上，仰着头看着屋顶，开始自言自语："人家都说女人一辈子都要嫁一次的。这话说得不错，呵呵……嫁一次……其实我已经嫁过一次了啊。"

姚燕语大惊，忙坐直了身子环顾四周。因为老王爷要她劝云瑶，所以把酒菜摆在王府后花园的秋色亭里，除了两个小丫鬟之外，并没有闲杂人在附近。

姚燕语挥挥手，让那两个小丫鬟退下，低声问了一句："郡主喝醉了吧？"

"醉了？"云瑶苦笑两声，叹道，"也许吧。你就当听我说一次醉话好了。"

姚燕语一直沉默着听云瑶唠唠叨叨把当初她犯傻偷偷地出城想去凤城找卫章的时候，那一个屈辱之夜所发生的一点一滴都说了出来。

她记得非常清楚，甚至还告诉姚燕语那个猪狗不如的蠢男人脸上有三颗黑痣一个伤疤，她甚至记得那个杀千刀的妇人对她说过的每一句话，和两个男人拜堂，轮流洞房，轮流生孩子……

那晚发生的事情她从没跟任何人提及过，就是当时她带着父亲和锦麟卫杀回去把那几个人绑起来用利箭射穿他们的胸膛并一把火烧了那两座茅舍，都没跟父亲说明真正的原因。

这是她压在心底七年的伤疤，每逢有人跟她提及婚事，她都要把这道伤疤揭开来晾晒晾晒，每逢父母催她嫁人，就像是在她这道伤疤上撒一把盐粒。一想到曾有那样恶心的一个男人在自己身上舔来舔去，她便觉得恶心得不能忍受，一定要去射箭、砍杀，把那些草把子当作那些该死的贱人，一定要狠狠地把他们砍成乱泥才能罢休。

"嫁人？一个看到大红盖头就要吐的人，怎么上花轿？怎么嫁人？"早就离座，转身坐在凉亭旁边靠着柱子抱膝流泪的云瑶转头冷笑着问姚燕语。

姚燕语起身走过去，默默地伸手把她抱进了怀里。被她抱进怀里的那一刻，云瑶搂着姚燕语的腰，哭得像个孩子。

姚燕语再也没劝云瑶什么话，而是直接搬过了旁边的酒坛子和云瑶一起，你一口我一

267

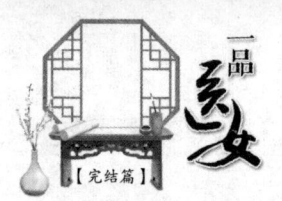

口喝光了一坛子酒，然后两个人坐在地上靠着身后的栏杆，一个搂着一个，醉得死沉死沉的。

第十六章

四天后，皇上的母妃淑太妃惠安师太圆寂。

因为师太是方外之人，所以她的圆寂并没有惊动太多人。但是皇室宗族的几位王爷以及世子、王妃夫人等全都到了慈心庵。恒郡王也到了，但他的王妃却因病没到。姚燕语一身祭服和几个太医站在旁边，看见皇上已经恢复平静的脸色以及扫过恒郡王时的一瞬间停留。

淑太妃的遗体并没有入葬皇陵，而是按照她的意愿葬在了慈心庵后园，一切都按照佛门的礼仪进行的，京城的百姓们都没听见任何动静，文武百官也没有惊动。

事情了结之后，姚燕语请旨回江宁。临行前皇上问她："江宁的分院已经三年了，当初你说三年成就一届优秀的医者，不知这话如今还算不算？"

姚燕语躬身回道："江宁分院已经为朝廷培养出三百八十四名合格的医者，其中二百六十名在水师效命，另外一百二十四名等臣回去考核后，将送到京都的宫中供皇上和各位娘娘差遣。"

皇上点了点头，又叹道："太少了。"

姚燕语拱手道："是的，所以臣下一站是杭州。从江宁这边直接抽人过去，杭州那边两年便可以走上正轨。"

"好。那就两年。"皇上思量了一番，又问："那一百二十四名医官朕不要了，都给你用。你可以不可以同时在苏州也建一座医学院？"

"谢皇上。臣会竭尽全力完成。"

"好，两座医学院两年后可以给朕培养七百多名优秀的军医，对吗？"皇上的眼睛里闪着晶亮的光。

姚燕语再次欠身拱手："不，臣会给皇上培养出一千二百名优秀军医。"

"好！"皇上抬手拍了一下龙案，长长地出了口气，说道："这两年内你药监署的收入朕分文不取，都用在你的医学院上。"

"谢皇上隆恩。"姚燕语一撩官袍，跪了下去。

回京的时候是十万火急，离京的时候也是匆匆忙忙。

江宁城里，姚凤歌正在账房瞧着十几个账房先生算账，下人一进来汇报说夫人回来了，姚凤歌便把手里的账册一丢快步出了账房。

"姐姐。"姚燕语风尘仆仆地进院子，见到姚凤歌一脸的担心，忙道，"我回来了。"

卷四 卿心未央

家中一切安好。"

"哎哟！可算是回来了。"姚凤歌抬手拍了拍胸口，"我都担心死了。"

姐妹二人携手进了内宅，姚凤歌吩咐人准备热水给姚燕语沐浴更衣，期间姚凤歌把丫鬟们都打发出去，亲自帮姚燕语擦身。

姚燕语知道她担心恒郡王的身体，便先把恒郡王的病情说了一遍，并劝道："你放心吧，只要他按照我的方子调养，不出一个月保证会有起色。"

"老太太和太太还有父亲的身体怎么样？二哥说父亲现在忙得很，他也上了年纪，不知受不受得住。"

"父亲还好，只要多加保养即可。老太太么，我瞧着有些不大好。若是时气好不出什么意外的话，可保两年无虞。"姚燕语说完，幽幽地叹了口气。

"两年？！"姚凤歌一惊，虽然老太太平日里把娘家人放在第一位，经常办些糊涂事，但到底是亲祖母，从小看着自己长大的，乍然听见这样的话，真的受不了。

姚燕语无奈地叹了口气，说道："我配了保养调理的药，但愿能够帮老太太延年益寿。"

"父亲知道吗？"姚凤歌抬手抹了一眼泪。

"我没告诉父亲，怕他会受不了。不过我告诉了太太，太太会慢慢地告诉父亲的。"姚燕语越来越觉得自己这位嫡母是父亲的贤内助，家里的事情都能打点妥当，不给他拖后腿。

金秋十月，姚燕语带着孩子们由江宁转到了杭州，开始在杭州增设药监署并成立国医馆杭州分院。

翠微和翠萍留在了江宁，负责江宁分院那边的事情。姚燕语给她们两个定下的任务是不但要带好新学员，还要从那一百多个优秀的医官里选出适合做老师的人并用心培养。这样国医馆医学院将来才能遍地开花。

之前姚燕语回京，卫章因为忙于军务没来得及回来，这会儿姚燕语从江宁到了杭州，卫章便抽了半天的时间过来见她。两人靠在小书房窗下的矮榻上说话。

"皇上说需要很多很多的军医，我想他估计是要兴兵事了。"姚燕语叹道。临行前觐见皇上的时候，姚燕语已经从皇上飞扬凌厉的眼神中感觉出了几分战意，只是她不知道大云边疆何处不稳，更不能多问。

"你还记得给你玻璃配方的阿尔克王子吗？"卫章揉捏着姚燕语肩膀上的穴位，说道。

"皇上要帮他复国？"姚燕语猛地转过身来看着卫章。

"你这么紧张做什么？复国不复国的也用不着咱们操心。"卫章把她扶回去，继续替她揉捏。

姚燕语犹自回着头看他，问："那就是要打西南喽？"

"我猜的，不一定准确，你自己心里有个数就好。皇上让你培养军医，你就负责培养军医好了，多余的事情不要问，问多了反而是麻烦。"

"我知道了。"姚燕语点了点头，又叹道，"其实这些事情都要提前准备的。西南多密林，

269

多瘴气,如果要开战,情形和西北、漠北还有海战是不一样的。气候不同,疾病也会不一样,受伤后需要的药品和恢复状况也不一样,湿热和干燥寒冷的地方有很大的区别……我们就需要准备针对性较强的药品!"说到这些,姚燕语又无奈地叹了口气,"为什么非要打仗呢!"

"西南不安稳,皇上想要扶持阿尔克族,替大云守住西南大门。"卫章淡淡地笑了笑,说道,"这是一劳永逸的法子,大云对阿尔克族有恩,如果阿尔克王子回去召集旧部,恢复王权,将会对大云忠贞不贰。把那些不安分的家伙挡在外边,要打,也是在他们的土地上打,大云顶多出兵出银子,至少西南的百姓可以过平稳的日子。"

"皇上真是……"打的好算盘啊。姚燕语默默地腹诽。

"不说这些了,前日余海叫人送了求和信来,说愿意归顺大云。这事儿你怎么看?"

"这不是还没打么?怎么就服输了?"

"据我的人汇报,余海的主力在南洋受到了重挫,葡萄牙船队把他打得落花流水,损失了八十多艘战船,他的人从女桑岛退出来了。他现在不能跟我们打,否则将会腹背受敌,只能跑去投靠东倭了。"

"不能让他们投靠东倭。"姚燕语立刻说道。

"我也是这么想的。"卫章点头,又有些惋惜地说道:"但现在议和的话,恐怕不能达到我们之前预计的目的。大云水师的军威若是不先立起来,他们依然不会真心服从。"

姚燕语却沉思不语,默默地想着自己的心事。

卫章见她不说话,还以为是累了,便问:"是不是困了?回房去吗?"

姚燕语抬手按在卫章放在自己肩膀上的手上,轻轻地捏了捏,低声问:"你有没有想过等平了海贼之后去做什么?"

"平了海贼?"卫章愣了一下,继而笑道:"我就把兵符交回去好好地陪着你跟孩子们过两年清净日子。"

"可是将来你位高权重,就算是卸下西南水师总督的职衔,那些人会真的相信你吗?会不会有树大招风之嫌呢?"

"我只管军事,不问政务,应该不存在这个问题。"

"可是如果父亲不再是内阁首辅呢?"

"那要看谁来做这个首辅了。如果是周阁老的话,应该没问题。但如果是其他人……就真的不好说了。"政坛风云变幻也一样是血雨腥风,而且人心难测,政坛争斗甚至比真正的战场更加可怕无情。想到这些,卫章的眉头忍不住皱了起来。

自从到了西南,他似乎太过专注军事而忽略了朝堂上的那些争斗。以为只要岳父稳居首辅之位,自己就可以展开手脚收拾西南的蛮贼,却没想到万一岳父不在那个位置上了,自己手握兵权会不会成为众矢之的。

"想办法让皇上提前发动西南的战事吧。我们需要把朝堂的焦点转移一下。"姚燕语低声说道。

卷四 卿心未央

"有道理。"卫章轻轻点头。

景隆四年二月初六，卫依依小丫头三周岁生日这天，大云帝都西城门外的校场上战旗猎猎，号声喧天。

针对西回鹘以及南越诸国的屡犯挑衅，皇上下旨，对西南发兵。并钦点镇国公韩熵戈为主帅，勇毅侯世子周承阳为副帅，昭勇大将军贺熙为先锋官。靖海侯萧霖为粮草督运官。调集京城西大营、北大营精兵十万，并湖广川陕驻兵二十万一举南下，平复西南。

这次战事在大云朝的历史上不算特别，但却因为一件事情而被后世津津乐道。那就是诚义亲王之女，嘉平郡主云瑶随先锋官贺将军一起奔赴西南。消息传到杭州的时候姚燕语正在喂女儿递过来的糕点，当时便吃呛了，咳嗽了半天才缓过气来。

而此时的她还不知道，云瑶在这一场仗里表现得十分出色，立下大小军功共计七件，杀敌三百多人，所以两年后班师回朝，皇上赐封号为木兰将军。

云瑶郡主成为大云朝历史上第一个女将军，并在以后的几十年里打过大小十几次仗，战功累累。并且成为皇室里唯一一个终身不嫁的郡主。

后世史书对她的评点好坏参半，众说纷纭，但不管怎样，她的名字都被大云后人深深地记在了心里。

荼蘼花开，春光渐老。芰荷飘香，长夏初临。

明净的小轩窗跟前，姚凤歌对着梳妆镜摘掉鬓间的白色绒花，换上一支赤金镶祖母绿的发钗。苏玉祥去世三年，白色的纱堆梅花是她鬓间从不缺少的装饰。

这三年来，她深居简出，不声不响地把仁济堂药房的生意一步一步做大，江宁、江浙、姑苏，甚至湖广、福建等地陆续成立分号，金河以南的七个省除去云滇和西晋之外的医药行业已经被她占去了三成。

"姐姐的气色越发地好了。"姚燕语从首饰盒子里选了一串红麝香手串给姚凤歌戴上。如今的姚凤歌比之前少了抑郁之色，更多添了几分成熟的丰韵，加上她本来就是个难得的美人，如今更显风华绝代。

姚燕语转头看了一眼身旁的丫鬟，使了个眼色命众人退下后，方低声说道："京城来的消息，说恒郡王妃病逝，恒郡王上奏皇上，请儿子袭爵，自己要去封地休养。"

姚凤歌微微一怔，点了点头："我也听说了。"

"姐姐可有什么打算？"姚燕语又问。

"我能有什么打算？"姚凤歌无奈地笑了一笑，又摇了摇头。

姚燕语轻声叹了口气，又笑道："难道姐姐不知道，恒王爷的封地在东陵？"

姚凤歌点了点头："知道。"

"以东陵的地理环境看，此处将来必繁华无限，我想把咱们药房的主堂设在那边。"

姚凤歌听了这话不由得抬头看着姚燕语，半晌方道："我没觉得东陵的地理环境有多好。这两年海贼虽然消停了，但那边到底不能跟江浙比。"

"如果皇上撤销禁海令呢？"姚燕语微笑着问，"姐姐熟读史书，也该知道二百年前的繁华盛世，前朝圣宗皇帝在位时，四海称臣，万邦来朝的胜景该不是虚的吧。"

看姚凤歌不说话，姚燕语继续说道："若想平复海贼，就要从根本上解决问题。只有取消海禁，开设通商口岸准许各国商人与大云朝贸易，才能让海贼彻底地归顺朝廷，还沿海百姓一个清平盛世。这一点，我想不用多说姐姐也该明白。"

"就算皇上撤销了禁海令，那跟东陵何干？那里不过是个上等县，不论是工坊还是商贸都与苏杭和江宁根本没法比。"姚凤歌纳闷地问。

姚燕语轻笑道："但是那里可以修深水港，可以停泊大商船。同时又有清江和江浙江宁相连，将来必定是大云朝最大的贸易港口。"

姚凤歌闻言陷入了沉默之中。之前的她自然不懂这些，但最近几年她掌管着药房的生意，知道那些海外的商人最喜欢大云朝的丝绸、瓷器、茶叶等。而这些外商手里似乎有用不完的银子。同样一匹绸缎，卖给海外商人的价格是内销的十二倍；茶叶和瓷器更甚，至今年春天，因为海贼被卫章的连番攻击不得不退回海上岛屿去抢掠那些岛民，没办法再抢掠大云的百姓们，那些外商根本买不到这些东西，已经开出了内销价的三十倍，只求能私底下从江南茶商瓷商的手里买到上品的茶叶和瓷器。

想到了这些，姚凤歌轻轻地笑了，拍拍姚燕语的手说道："我不懂那些大形势，这些大事我都听妹妹的。"

"好。"姚燕语微笑着点头，"苏杭的药监署已经步入正轨，我的下一个目标就是东陵。姐姐准备一下跟我一起去吧。"

姚凤歌轻轻点头："好。"

三个月后，清江入海口。

一艘大船泊在碧海波澜之间，沐着漫天晚霞洒下的金色显得格外的巍峨雄伟。船头船尾立着的守卫一个个身强力壮，站在船头宛如一杆杆标枪。

桅杆上飘扬的玄色镶红边的旗帜上用银线绣着一个大大的"宁"字，字体雍容、端庄、大气，正是当今的御笔亲书。

船上灯火通明，远远看去可见穿着轻纱长裙碧色坎肩的丫鬟来回地走动着。有欢快的笑声偶尔随着晚风传到岸上，岸上守卫的官兵便偷偷地瞄过一眼，眼角眉梢也带着掩饰不住的笑意。

船舱内，一桌丰盛的宴席摆在正中，当今皇上的头号心腹爱将，镇抚司副都督，皇上的奶兄陈秉义穿着一身大红锦麟卫官袍坐在贵宾的位置上，手里端着一只琉璃盏笑对主位上的宁侯爷说道："皇上闻得东南捷报比去年的西南捷报更高兴。皇上说，海贼是咱们大云

卷四 卿心未央

朝一百一十年来的心腹大患，如今宁侯爷经过五年的努力，终于平定了东南海疆，可谓功在千秋啊！"

卫章忙起身朝着北方躬身道："平定海疆是皇上的宏图大略，皇上在京都运筹帷幄，章不过是奉旨办事而已，皇上对臣恩宠有加，臣不胜惶恐。"

陈秉义哈哈一笑，等着卫章重新归坐，方举杯朝着席间众人说道："来，这第一杯酒，咱们给宁侯爷庆功。"

在座的几位都是东南各省的要员，闻言纷纷举杯附和，向卫章连道恭喜。

卫章举杯跟众人相碰，叹道："今日之胜，也是诸位鼎力相助的结果，功劳不是我卫章一个人的，这杯庆功酒应该是大家同饮。"

"侯爷说得是！来，我们同饮！"江浙知府呵呵笑道。

"同饮！同饮！"江宁知府也忙点了点圆圆胖胖的大脑袋。

这边觥筹交错，楼上的船舱里却安静得很。

姚燕语盘膝坐在矮榻上，静听香蕈低声回话："……陈大人这次来身上带着两道圣旨，一道是嘉奖的，另一道是夺侯爷手中兵权的……"

暗暗地吸了一口气，姚燕语摆了摆手，示意后面的话不用再说了。只要知道点历史的人都明白，自古帝王最怕的就是武将手里的兵权。功高盖主的人历来都没有好下场。幸好这一点卫章跟自己的想法一致，知道适可而止，大云朝九千里海疆的大事他并没有私自做主，有关招安的事宜，不管巨细都用快马加鞭密奏京中。

姚远之对此事也保持了高度的冷静，推荐了跟姚家一直不怎么对付的陆家嫡系做和谈大使跟大海贼头目余海商议具体事宜。

卫章早就收到了老岳父的书信，陈秉义和陆嘉祥二人到东陵的时候他表现出了极大的欢迎，丝毫不见倨傲之色，把功劳都归于皇上的英明和手下将领的英勇抗敌，毫不居功。

经过这几年的磨炼，卫章身上的戾气也收敛了许多，这让陈秉义心里默默地纳罕，心想难道真的是姚院判千丝万缕的柔情把大云朝的杀神给度化了不成？这个疑点到了第二天一早便得到了答案。

彼时晨曦初绽，一切都在睡梦中渐渐地苏醒。因多喝了几杯酒便睡在了船上的陈秉义被一阵银铃般的笑声吵醒，他抬手抹了把脸拉过一条长缕披在肩上出门去，但见一身宝蓝色家常便服的卫章抱着女儿站在船头上看日出。

四五岁的小姑娘一身大红锦缎衣裤，圆圆的小屁股坐在卫侯爷的右肩膀上，一手揽着父亲的头一手指着东方的那轮红日，高兴地喊着："爹爹！快看，太阳在跳舞哦！"

卫章右手抬起来扶着女儿的腰，左手在前面捉着她的一对小脚丫，笑道："嗯，依依说得不错，太阳真的是在跳舞。"

"跳出来啦！跳出来啦！爹爹快看……"小姑娘挥着一双小手高兴地喊。

"嘘——不要吵，你娘亲还在睡觉呢。"卫章侧转头看着肩膀上手舞足蹈的女儿，做

273

了个噤声的动作。

陈秉义看得一呆,之后不由得苦笑:如果说昨晚上的卫侯爷只是有点变化的话,那么此时此刻的他跟印象里的简直判若两人。如不是亲眼所见,打死陈大都督都不相信大云朝最狠戾的男人会有如此温情的一面。

卫章听见身后有人,便侧身看过来,见是陈秉义,方淡然一笑:"陈大人。"

"侯爷,早啊。"陈秉义收拾起心里的情绪走上前去,伸手捏了捏依依的小胖手。

"陈世叔早安。"依依坐在卫章的肩膀上给陈秉义问好。

陈秉义笑着点了点头,又叹道:"时间过得真快,一转眼的工夫,小县主都这么大了!"

"是啊,一晃眼五年过去了。"卫章也有些感慨,"真是岁月催人老啊。"

陈秉义立刻失笑:"侯爷刚过而立之年就说这话,也太颓废了些。"

"年纪只是一个原因,主要是心态。"卫章说着,轻声叹了口气,把女儿从肩膀上抱回怀里,又笑道:"我只盼着和谈之后,就把肩膀上这千斤重担卸下来,回家好好地陪陪女儿。"

陈秉义笑道:"夫人和孩子们不是一直在侯爷身边吗?"

"才不是呢,我都有三个多月没见到爹爹了!"依依不等卫章说话,便张开两只小胳膊搂住卫章的脖子,学着大人的样子叹了口气:"爹爹什么时候才能陪我去山上捉小鸟啊!"

看着她故作深沉的小模样,陈秉义和卫章都忍不住笑了。

陈秉义便伸手蹭了蹭依依胖胖的脸蛋儿,打趣道:"家里那么多人,都不陪小县主玩儿么?"

"家里人怎么能跟爹爹和娘亲比呢?那次我和哥哥跟着四舅舅去山里收药材,看见人家的小孩整天都跟爹爹娘亲在一起,我和哥哥还有弟弟却没有……"依依说着,小嘴巴又噘了起来。

陈秉义叹道:"听说夫人比侯爷还忙?"

"是啊。"卫章无奈地笑了笑,"我这边虽然打仗,但不是天天打,她那边却是一天恨不得当成两天来用。孩子们平时跟着他们姨妈,一个月里也见不到他们母亲几回。"

"别人家里再忙,还有夫人主理中馈教养子女,侯爷的夫人却一样是大云的栋梁之才,要为国尽忠。那次皇上还跟臣说,宁侯夫妇功在社稷,是大云朝的梁柱之才。"

"为国尽忠是臣子的本分,先有国,才有家嘛。"卫章微微笑道,"皇上仁政爱民,做臣子的更应该恪守本分,为君分忧才是。"

陈秉义笑着点头,两个人又说了些闲话,等太阳渐渐升高,东方的云霞渐渐淡去才转回船舱。

小依依又伏在卫章的肩头睡着了,睡梦里还死死地搂着父亲的脖子。卫章宠溺地揉了揉女儿的后脑勺,在她耳边低声说了两句话,小丫头才放开手臂侧身埋进父亲的怀里,却攥住他胸前的衣襟继续睡了。陈秉义看着这些,只在心里默默地叹了口气,没有说话。

卷四　卿心未央

陈秉义身为天子使臣只在东陵待了两天便回京去了。

两个月后，在大云海军的强势压力下，海贼最大的头目余海被招安，景隆皇帝以怀柔四海的心胸封余海为南海侯，两千余亲信部下各有不同爵位的封赏，十万海贼被编成大云皇室航海护航卫队。

这支海军打着皇室卫队的旗号却不从朝廷领俸禄，而且需每年向朝廷缴纳白银一百万两，负责大云朝和各国海商之间的贸易安全。说白了，也就是他们用每年一百万两白银的纳贡从朝廷那里取得海路的维护权，这支皇家卫队由海外各国商人供养，大云朝廷还白拿一百万两银子的好处。这些谈判条件的雏形是姚燕语和卫章商议的，奏疏直接呈送至皇上的龙案上，皇上深思熟虑之后方定下来的原则。

当然，余海和他的十万部众能够接受这样的条件并发誓生生世世效忠国家一半儿是因为宁侯爷这五年来的强势镇压，另一半儿也是因为海路上的无限利益。一百万两白银对于大云朝几千里海路来说，不过十之一二，而他则用这一二成的好处为自己换取一个光明正大的身份，且能够荫庇子孙，何乐而不为？

此事了结，皇上封赏的圣旨便到了，卫章被封为一等宁忠侯，爵位世袭罔替。立世子的时候，姚燕语原本以为卫章会立凌浩，却不想卫章想也不想便把凌霄的名字报了上去。

夜里无人的时候，姚燕语问及原因，卫章轻笑道："凌霄也是我的儿子，跟凌浩和凌溱一样。而且，凌浩也不是练武的料子，又何必用一个武职爵位把他束缚住呢？"

姚燕语想了想凌浩一看见大哥练武便皱眉头的样子也不觉失笑，又问："不是还有凌溱？"

卫章侧身把身边香软的身子搂进怀里，轻叹道："你确定溱儿将来不会继承你的衣钵？"

"那倒也是。"姚燕语无奈地叹了口气，凌溱对医学表现出了极大的兴趣，虽然只有四岁，但已经知道一百六十余种药材的名字以及基本药性，家里上上下下都说三爷是医学奇才，在娘胎里就学医了。

看着卫章平静的面色，姚燕语伸手抚着他深邃的眉眼，低声问："你不觉得遗憾吗？"自己辛辛苦苦赚来的爵位给了养子，这可不是一般人能做得出来的。

"你觉得遗憾？"卫章粗糙的手指在夫人的尖下颌上轻轻地抚过，这几年她一直很辛苦，忙里忙外地比打仗的都累，卫侯爷很是怀念她那张圆润可人的小圆脸，只可惜尖下颌再也没圆起来。

姚燕语微笑着轻轻摇头："没有，我并不觉得做官是好事，如果可以，我希望我的孩子们都能够逍遥自在地过一辈子，不受任何人的约束。"

"依依是姑娘家，自然一切都随着她的性子，她要什么我都会给。"说起孩子们，卫章的目光深邃了几分，"至于浩儿，他喜欢读书，那就让他读书好了。萧侯爷书读得好，等回京后可送他去靖海侯府跟萧琸一起读书。溱儿喜欢医术，就让他跟着你吧，凌霄喜欢习武，

正好又是家里的长子，将来顶门立户就靠他了。"

"这样也好。"姚燕语点了点头，这样四个孩子都可以做自己喜欢做的事情，"既然你都安排好了，我也就放心了。我不过是怕你觉得委屈，自己亲生的孩子里没有一个可以继承你的衣钵。"

"如果非要这么说，也真的有那么点委屈。"卫章说着，哑声笑了。

"那怎么办？"姚燕语也微微蹙起了眉头。

"这很好办——就是咱们再生一个，好不好？"卫章说着，低头轻轻地吻了吻夫人的鼻尖，"那两个小崽子已经四岁了，这几年我们虽然聚少离多，可为夫我也挺努力的，怎么就一直没再怀呢？"

姚燕语默然，这几年她为了药监署和医学院的事情东奔西走，知道自己的身体如果再怀孕肯定会吃不消，所以一直在避孕，她独门配制的避孕丸药既有效果又不伤身子，还有温补的疗效，如今已经是药房的畅销药之一。

之前姚燕语以为大家崇尚多子多福，避孕药肯定是犯忌讳的东西，也只有青楼女子会用，却没想到那些大家大户的当家主妇们却对此药很有兴趣——当然，这药买回去多半不是自己吃的，但不管给谁吃，这些人买药却不心疼银子，宁可花大价钱也要买好药，能避孕的话总比堕胎要少造孽。

忽然间唇上一痛，打断了姚夫人漫天乱飞的思绪。

"嘶——干吗？"秀眉微蹙，姚夫人给了卫侯爷一记白眼。

"是我的技术很差吗？居然让你在这种时候走神？"卫章剑眉一挑，说完又低下头狠狠地亲了一下。

"没……"姚夫人心虚地垂下了眼睑。

"那我刚才的话你听见没有？"

"听……见了。"好像是说想再要一个孩子来着？是这话没错吧？姚夫人默默地想。

"那我们今晚就再努力一次，嗯？"他一边问，一边轻轻地吻她。

"嗯……"姚夫人轻轻地点了点头，呼吸已经乱得一塌糊涂。

景隆六年的冬天，卫章已经奉旨将大云海军分成四部分，分别交给了唐萧逸、葛海，和镇国公韩熵戈的堂弟韩熵戬以及皇上的另一个心腹武将许成芒。卫章则只带着五千烈鹰卫策马回京复命。而姚燕语因为药监署和医学院的事情还没有完成，则跟孩子都留在了东陵。

这日姚燕语结束了一天繁忙的工作，扶着酸楚的腰身起身，又回头看了一眼自己办公用的值房，大红色雕漆隔扇镶玻璃的屋门敞开着，站在这里可以看见摆满了书卷文稿的雕花大案，案头的那部《大云药典》的初稿足有一尺多厚，那是她这七八年来日夜整理修改的成果。

虽然很累，但也算是值了。姚燕语微微地笑了笑，又转身回屋里去，行至案边，抬手抚摸着封面上的《大云药典》四个字，指尖似是不舍离开。

卷四　卿心未央

"夫人，《大云药典》的正式稿已经用黄匣子封存送去了京城，说不定这个时间皇上已经看到了。"香薷在一旁叹道，"夫人辛苦了这么多年，总算是完成了。"

"只是初成，这里面还有很多地方不够完备，我们还需要继续修整，希望我有生之年，能够把这件事情做好。"姚燕语叹道。

香薷正要说什么，半夏匆匆地推门进来："夫人，不好了。"

"什么事？"姚燕语转身，蹙眉看着半夏。

"阁老来了书信，说老夫人不好了，要夫人尽快回京。"半夏说着，便把姚远之的一封亲笔信双手呈上。

"老太太不好了？"姚燕语心里一惊，接过书信后深深地吸了一口气，方颤手撕开信封。

姚远之的信很简单，只说老太太赏雪的时候不小心滑了一跤摔倒了，然后人就不好了，太医院的张老院令和国医馆的华太医都瞧过了，说是不大好，让姚燕语和姚凤歌姐妹两个以及江宁姚家比较近的旁支子弟尽快来京。

姚远之现在位居群臣之首，老夫人若真是去世了，这丧事可非同小可。

"半夏，你把这封书信立刻送去姐姐那里，香薷，你带人回家收拾行李。"姚燕语吩咐完，深吸一口气，"我们回府。"

老太太如果真的不行了，姚家将面临一次致命的打击。首先姚远之作为孝子要扶灵回乡，然后要为母亲守孝二十七个月。等二十七个月过后，内阁首辅的位子早就被别人坐热乎了，哪里还会有他姚阁老的份儿？姚远之下来了，姚延恩和姚延意也不能幸免。

孝子贤孙，绝没有儿子守孝，孙子还继续当官的道理，姚延恩和姚延意就算是国家不可缺少的栋梁之才也要丁忧一年，更何况朝廷还没有到离了他们不能转的地步，所以他们两个随着姚远之一起丁忧是免不了的。如此一来，卫章就少了岳家的庇佑，也少了两个舅兄的帮扶，便等于是断了手脚。不管是因为政见不合也好，还是私人恩怨也罢，姚家和宁侯府在政治上都有对手在。对方绝对会趁这个时候努力翻盘，把姚卫两家打压到最低。姚燕语靠在车里，回府一路上都陷入沉思之中。

第二日一早，姚燕语和姚凤歌一起登船北上，马车里，姚凤歌看着姚燕语一路沉思，便问："妹妹想什么呢？"

"没什么，我只是放心不下南边的事情。"姚燕语轻轻地叹了口气，又问，"这几年咱们姐妹在江南苏杭一带顺风顺水，最大的依仗便是父亲。若是老太太真的不行了，父亲和两个哥哥都要丁忧离开朝堂，姐姐说那些势利眼会不会趁火打劫，对咱们的生意下手？"

"趁火打劫肯定是有的，但我们也不是那么好欺负的。只要你还在国医馆，再加上宁侯府和定侯府两家的势力，那些人想要动也要想清楚。"

再说，东陵还有云珉在，虽然他的王位给了儿子，但好歹还是皇上的兄长，小恒王的爹，政事虽然无能为力，但想要保住点生意还是没问题的。皇上只是担心他会谋夺皇位，却还没有饿死他的意思。

277

一品医妃
【完结篇】

"姐姐说得不错。"姚燕语赞同地点头，只要宁侯府和定侯府在，那些宵小之辈就不敢轻易怎样。再说，姚家人也不是那么好欺负的。

又走了半月的陆路，姚氏姐妹二人带着孩子仆从一路风尘仆仆到了云都城。姚燕语吩咐出城迎接的长矛等人先把孩子送回宁侯府，自己则跟姚凤歌直接去了姚府。

因为老太太连日昏迷，姚远之已经在上疏皇上，请假在家侍奉老母。只是他自己平日里也是操劳过度，皇上准假后，他回来侍奉了几天也跟着病倒了，为了照顾方便，姚远之干脆就在老太太院子的厢房里养病，太医们只在这一处院落里同时照顾他们母子二人。

姚府上下一片凝重，连平日里勉强说笑的宁氏也在姚远之病倒之后一脸的愁云，王夫人更是眉头紧锁。

听闻姚凤歌姐妹二人回来，王夫人像是忽然抓住了救命草，忙吩咐道："快去接她们两个进来！"

宁氏忙带着丫鬟婆子们出去迎，未及二门处便见两姐妹并肩而来，宁氏上前去抓住两位妹妹的手，话未出口先落下了眼泪。

姚氏姐妹先去看老太太，姚燕语给老太太诊脉后，无奈地叹了口气没有说话。

王夫人轻声叹问："如何？"

"老太太年纪大了，这病有些麻烦。"姚燕语说着，又看了一眼躺在床上人事不知的老人，摇了摇头，说道："我去看看父亲。"

姚远之的病情相对于宋老夫人就轻了许多，他是操劳过度加忧心焦虑所致，姚燕语用太乙神针给他调理了一炷香的工夫，便好了很多，人也有了精神。竟能靠在榻上跟姚燕语说几句话了。

"老太太怎么样了？"姚远之清醒之后，首先关心的依然是自己老母亲的状况。

面对父亲的询问，姚燕语如实回道："老太太的症状比较复杂，女儿需要跟张老太医商议一下才能有定论。"

"那就赶紧商量吧，老太太的病是最要紧的！"姚远之说着，又长长地叹了口气。

"是，女儿知道。"姚燕语答应着，又劝姚远之，"父亲也要保重身体，家里这一大家子人都离不开父亲的庇佑呢。"

姚远之缓缓地点了点头，没有说话。姚燕语又从腰间的荷包里拿出一粒药丸，服侍姚远之用温水服下方才告退出来。

对于宋老夫人的病情，太医院张老太医给出的结论是中风偏瘫，而且情况相当严重，能够留着这口气到现在已经是奇迹了。

姚燕语心里也有数，她刚给老太太诊过脉，知道老太太脑颅和胸腔里都有瘀血，而且情况相当严重，就算太乙神针也不一定能救活她。不过，她要尽全力让老太太的生命维持到年后。

因为根据内阁制度，内阁首辅每三年都要经过一次投选。姚远之已经连任了六年，在

卷四　卿心未央

　　下一个三年里，就算他要回乡守制，也要把下一个首辅的人选定下来才行。按照正常的秩序，姚远之从首辅的位置上下去之后，皇上的外公次辅甄墨林甄阁老继任首辅。但是甄阁老年纪大了，又沉疴在身，首辅的位置责任重大，他已经无法胜任。剩下的几个阁老里面，安逸侯周泰宇是老好人，大学士封绍平和太傅陆常柏二人能力不相上下，是下一任首辅的最佳人选。

　　若是封绍平任首辅的话自然没问题，但若是让陆常柏上位的话，姚家和定侯府必然不会好过。所以，姚远之需要在最后的这个冬天把封绍平推上首辅的位置，然后再放心地去丁忧。这一点姚燕语早就明白，而她也已经打定主意拼全力替父亲和整个姚家争取时间。

　　当晚，姚燕语便住在了姚府，并把翠微翠萍都叫了过来，倾付全力要为宋老夫人准备一场手术。

　　姚燕语在给宋老夫人的手术之前做了大量的准备工作。宋老夫人的手术分两部分，一部分是钻开头颅把颅腔里的瘀血放出来，另一部分是打开胸腔，把胸腔里的瘀血清理干净。

　　这两个部分不管哪一项，对大云朝的医学都是极端的挑战。饶是姚燕语被奉为神医，做出这样的决定时也令众人纷纷质疑。

　　太医院和国医馆里几位医道高手在听说姚院判要把自己祖母的头颅钻个孔，都觉得这位姚院判是疯了！把人的脑袋钻个孔，那不等于直接杀人嘛！这女人真狠！居然能在自己祖母的头上下钻！

　　且不说亲戚朋友们怎么想，连卫章也觉得这事儿不靠谱，便悄悄地劝姚燕语："实在不行就算了，老太太已经七十多了，就算是辞世而去，也算是高寿了。没有人会怪你的。"

　　各方面的压力一起袭来，姚燕语这两日也是心事重重。听了卫章的话，便长长地叹了口气，转过身去没有说话。卫章知道她是不高兴了，便上前去把人搂进怀里，低头在她耳边轻声说道："我只是不想你太累了。"

　　"如果我去做，那么老太太还有三成的希望醒过来。如果不做，只怕用不了三五天她就去了。用这三五天的时间去博三成的希望，你觉得不值？"

　　"账不能这么算。"卫章拉着人去旁边榻上落座，把人搂进怀里。

　　"我明白你们的意思。"姚燕语没让卫章说下去直接打断了他的话。

　　在这之前，翠微和翠萍都劝过她，说夫人有太乙神针在手，为何不以针法为老太太疏通瘀血？之前先帝爷失明，夫人不就单以银针便可治好吗？

　　姚燕语叹了口气问：先帝爷可有昏迷半月没醒？先帝爷当初是多大年纪？老太太现在的状况比先帝爷糟糕几倍，而且已经耽误了最佳治疗时机，瘀血有扩散也有凝结，再等下去，就真的神仙也没办法了。

　　卫章以及姚延意、宁氏、姚凤歌，甚至王夫人还有姚远之也都劝过她，这件事情如果她不做，老太太真的去了也不是她的错。但如果她做了，老太太却依然去世了，她就要背负一个弑杀祖母的骂名。

一品医女【完结篇】

百善孝为先，弑杀祖母乃是不赦之罪！更何况，姚燕语身上还有一层神医的光环，她若是背上这样的罪名，让医学院数千学子将来如何从行医这条路上走下去？！

卫章低头看着怀里人泛青的眼圈儿，心底涌起一阵阵的怜惜和酸楚。于是忍不住低头吻了吻她的唇角，轻声叹道："你想要做，就全力去做。我跟之前一样支持你。最坏的打算就是抛开这一切，带着孩子们寻一个世外桃源去男耕女织，反正我有的是力气，足以养活你到老，只要你不嫌粗茶淡饭难吃就行。"

姚燕语听了这话，含泪微笑，抬头回吻他刚毅的唇角。

三日后，给宋老夫人的手术在云都国医馆开始。

经过这些年的努力，帝都国医馆早就不是原来的样子。首先从占地上已经扩大了四倍，根据不同的需要分出了几个院落，姚燕语还设计了相对专业的手术房。

在做这件事之前，姚燕语分别找了自己这几年培养的得意弟子谈了话，把这件事情的利弊都跟大家说得很清楚。翠微和翠萍毫无疑问地选择追随姚燕语。另外白家的当家人白诺竟白老先生也表示出了自己的支持，并拿出自己收藏的一棵千年山参切片给老太太含着，用此吊住老太太最后一口气。在这种至关紧要的时候，只要人还有一口气，就有希望。

姚燕语进手术房之前，姚远之扶着姚延意的手缓缓地走了过来，凝视着女儿半晌，方道："放心去做，爹相信你能行。"

俗话说，父爱如山。到了这一刻姚燕语才体会到了这份深沉的感情。姚远之深邃而坚信的目光和那一句"相信你能行"，把姚燕语心底的热情全部激发出来。

她自小离家，跟宋老夫人也没有多深的感情。可姚远之却不一样，如果老太太真的死在了女儿的手术上，他夹在中间将以何面目见人？恐怕就是死了也洗不掉后世的唾骂。可在这种时候，他依然能够说出这样的话，除了家族利益之外，更多的便是对女儿的信任！

"父亲放心，女儿必会全力以赴。"姚燕语坚定而凛然地微笑。

"去吧。"姚远之轻轻点头，目光从姚燕语的脸上撇开之后，又从她身旁身后诸人的脸上扫过。这六个人都是姚燕语精心挑选的助手，他们将全程陪同姚燕语做完这一件大云人听都没听说过的大事。

姚燕语应了一声，又看了一眼姚远之身边的姚延意和卫章一眼，微笑着转身带着她的助手进了手术房。

手术房里姚燕语早就让工匠以明镜和夜明珠制作了天光屋顶。房门关闭后，翠微抬手搬开门后的一只桃木把手，屋顶上的黑色丝绒布缓缓拉开，露出点缀着二十四颗夜明珠的明镜屋顶。屋里雪亮一片，一根头发丝都看得清清楚楚。

有两个精通针麻和药麻的医女把宋老夫人从侧门里推了出来，手术床停在屋子正中。

姚燕语抬手，有医女为她戴上天蚕丝手套。

"开始吧。"原本清婉的声音隔着面罩，听起来暗哑了几分。

卷四　卿心未央

"是。"翠微答应了一声，抬手揭去了宋老夫人头上的包头巾。

外边，姚远之，卫章，姚延意以及王夫人宁氏等人更是倍感煎熬，似乎每一瞬间都有一年那么久。大家谁都不说话，只是安静地坐着，一个个宛如雕塑。

一个时辰之后。

又半个时辰过去。

又是一个时辰过去之后，姚延恩开始频频地看手术房的门。

姚延意心里也揪得紧紧的，但还能绷得住。相比之下，卫章就淡定了很多。

其实原本卫侯爷也是不淡定的，但看到他的两个大舅兄这副德行之后他就想开了。有什么了不起的？不就是一世骂名么？他卫显钧死都不怕，还怕个毛的名声？那玩意儿能当饭吃当水喝吗？大不了带着一家老小远走高飞，又能怎么样？不得不说，卫侯爷要是耍起了横，真的是无人能敌。

随着时间一点点地流逝，去歇息的姚远之老夫妇也没办法再躺下去了，一个一个扶着儿媳丫鬟先后回来，看见这边坐着的儿子女婿后，又各自默默地叹息。

"显钧，不是说两到三个时辰么？"姚延恩从怀里掏出一块西洋怀表来看了一眼，蹙眉道，"三个时辰都过去了……"

"老大！"姚远之沉声喝了一句，"着急有用吗？"姚延恩立刻闭上了嘴巴。

是的，事情到了这个时候，着急还有什么用？后悔还有什么用？姚延恩默默地想，什么都来不及了，大家还是想一想事情如果失败了，姚家将要如何面对接下来的事情吧。

"我觉得，我们应该相信二妹。她不会做没有把握的事情。"姚凤歌打破了屋里的宁静。

姚延意闻言抬头看了一眼姚凤歌，随后点头应道："大妹妹说得是，二妹妹做事一向沉稳，她嘴上说有三分把握，心里必定就有六分。我们应该相信她。"

姚延恩错愕地看了看姚凤歌，又看姚延意，他实在想不明白这两个人为什么会对姚燕语有这种盲目的信任。还有父亲和母亲，他们的理智呢？明明是不可为的事情，为什么只要是二妹说了，他们都会无条件地去相信，去支持？难道二妹真的像是民间传说的那样，是神仙下凡，有超乎常理的仙术不成？

正在众人正各怀心思，陷入不同的忧虑焦躁之中时，外面传来几声喧哗。

卫章皱着眉头起身至门口，刚要怒喝，但见一个五品太监笑眯眯地走了过来，于是抬手拉开屋门，一脚迈出去。

"奴才给宁忠侯请安。"来人乃是皇上身边的太监杨五福，如今也算是天子身边的心腹之人。

卫章淡淡地笑了笑，拱手道："公公此番前来，可是圣上有什么吩咐？"

说话间，姚延恩和姚延意兄弟二人也迎了出来，王夫人则带着媳妇女儿一起避到了汉白玉雕屏风之后。

"皇上听说姚院判要给老夫人做大手术，心里很是纳罕，所以叫奴才过来瞧瞧，回去

也跟皇上说道说道。"杨五福笑眯眯地说道。

姚远之淡然一笑，说道："现在手术正在进行，我们也不好进去看。要不，公公和我们一起等一等？"

"好，好。"杨五福笑眯眯地点头。

姚远之抬手相让，杨五福怎敢跟首辅阁老耍大牌，忙拱手笑道："姚阁老请。"

"请。"姚远之也不跟一个太监客气，转身率先入座。

众人又按照次序落座，外边有当值的丫鬟送了香茶进来，大家各自品茶等候。姚远之父子以及卫章依然各怀心事，但大家面上都淡定了许多，姚延恩也不再是之前那副焦虑的样子。

姚家人这般模样，倒是让杨五福心里暗暗地纳罕，心想莫不是那姚燕语真的是神仙转世，有起死回生之术？不然怎么姚家人能够如此淡定，一点都不着急？

如此下去，众人又煎熬了一个时辰，手术房的门终于从里面打开了。

姚远之猛然回头，强按着心里的那股冲动才没有立刻起身过去。姚延恩和姚延意以及卫章却都没有那份定性，三人先后起身冲到门口，首先看见的是被医女推出来的宋老夫人，随后是白诺竞。

"老太太怎么样？"姚延恩急切地问。

"差不多明天就能醒过来了。不过从现在起到明晚还是危险期，要特别护理。"白诺竞抬手摘掉脸上的面罩，深深地吐了口气，说道。

姚远之听见这话长长地吐了口气，扶着椅子扶手缓缓地站了起来。

已经傻愣住的杨五福终于回过神来，一下子从椅子上跳起来，惊讶地问："这么说，老太太这病算是治好了？！"

"姚院判说，只要安稳地度过今晚，老太太就会好起来。"白诺竞也是一脸的感慨，饶是他医治病患无数，也无法在这一场救治中保持冷静，事实上，白太医此时全身的血液都是沸腾的，汩汩地冒着泡。

待医女推着宋老夫人从众人面前经过后拐进旁边的一间病室里去，姚远之方从震惊中缓过神来，扶着儿子的手匆匆地跟了过去。

"嘿！真是神了！"杨五福激动地拍了一下大腿，忽而在疼痛中回神，又问："哎？姚院判呢？"

众人闻言全都回头，却见卫章抱着脸色苍白的姚院判从里面出来，在经过杨五福的时候，微微蹙眉道："杨公公，我夫人累坏了，若是皇上没有什么盼咐，我先带她去休息了。"

杨五福看着双目紧闭，面色苍白的姚燕语，忙拱手侧身："夫人身体要紧，侯爷快请。"

卫章没再废话，直接抱着姚燕语出去了。三个半时辰虽然对于姚燕语来说，不至于耗尽了她的精神，但却让她在看见卫章的那一刻全身发软。感觉自己倒入坚实而熟悉的怀抱里后，姚燕语便放心地睡了，她已经尽了全力，剩下的事情就交给老天了。

282

卷四　卿心未央

宋老夫人比姚燕语醒来得还早，当天半夜老太太就醒了，睁开眼睛很清醒地唤了一声："来人！"

守在旁边的医女听见动静忙上前来，轻声细语地唤了一声："老夫人醒了？！真是太好了！"

旁边早有人飞速跑去找太医回话。名叫雪芽的医女则上前来握住宋老夫人的手温声问："老太太，你现在是什么感觉？有没有哪里觉得不舒服的？"

宋老夫人看见一个一身白衣的恬静女孩儿，缓缓地摇了摇头，虚弱地问："你是谁？我……这是在哪里啊？"

医女温声笑道："老夫人，这里是国医馆，我是奉命照顾您的医女。"

"国医馆……"宋老夫人喃喃地说着，眼神一阵茫然。

白诺竟闻讯赶来，给宋老夫人诊脉并询问病情，一番折腾下来，大家都很兴奋，不过兴奋之余还是有些无奈，因为老太太醒是醒过来了，却忘了很多事，张口就唤着姚阁老的乳名，一个劲儿地问她的宝贝儿子中举了没有。

姚远之坐在老太太的床前抓着她的手一边流泪一边应着，说儿子已经高中头甲第二名榜眼，请母亲放心云云。

虽然老太太失忆是意料之外的事情，但她毕竟是醒过来了，只要用心调养，就没什么大碍了。这对姚家来说算是天上掉下来的喜讯。原本已经准备办丧事的姚家上下如今喜气洋洋，姚府里里外外都洋溢着笑声。连最下等的婆子仆妇们也都拿到了大份儿的赏封，比添人进口过年过节都热闹几倍。

姚燕语睡了两天才醒，她一睁开眼睛便被眼前的情景吓了一跳，大大小小五颗脑袋挤在床边，大眼瞪小眼地看着她，在她睁开眼睛的那一刻，梳着双丫髻的那颗圆脑袋立刻凑上来，搂着她的脖子就哇的一声哭了。

姚燕语无奈地摸了摸女儿的后脑勺，叹道："娘亲都要饿瘪了，你还压在我身上，是想把娘压成肉干吗？"

"娘亲，你怎么睡那么久嘛！"卫依依一边抹眼泪一边从她娘的身上爬起来，小嘴巴噘得老高。

"父亲都说了，娘只是累了，你还不信。"凌霄一伸手把妹妹抱下床，刚放在床边站好，那边凌浩凌溱两个又爬了上去。

卫章伸手把两个崽子捉回来放在地上，板着脸说道："好了，你们的娘亲饿了，你们谁去瞧瞧饭菜？"

"我去！"凌霄立刻答应着往外走。

"我去！"卫依依迈着小腿跟了出去。

"我跑得快！我去！"

"我去，我去！"

283

凌浩和凌溱两个小崽子也急急火火地追着哥哥姐姐跑了。

姚燕语嗔怪地瞪了卫章一眼："你又用这一招。"

卫章侧身上床，把人搂进怀里上上下下亲了一遍，才回道："不管什么招，管用就行。"

姚燕语别别扭扭地推他："再好的招数用得多了也会被识破的。"

卫侯爷撇了撇嘴，酸溜溜地说道："对小崽子们来说，但凡跟他们至高无上伟大无比的娘亲有关系的事情，都是十万火急的大事，一个个都火烧眉毛似的，哪里还有工夫多想？"

姚燕语失笑地摇了摇头，某人吃起醋来毫无下限，连自己的孩子都不放过，她身为一个正常人还是不要计较了。

宋老夫人的事情惊动了整个大云帝都甚至大江南北。开颅手术这样的事情实在是太过匪夷所思，而且任何事情只要被传说，都会被加上一层神秘的色彩。一时之间，姚燕语的名字风靡大云朝。

且说景隆皇帝听说昏迷了半个多月的宋老夫人真被姚燕语医好的消息时，惊得半天没说出话来。

景隆皇帝又问："姚院判提交的那本《大云药典》的正稿太医院看得怎么样了？"

杨五福忙回道："今天早晨太医院的张老院令递了一份奏折，说的好像就是这事儿。"

"奏折呢？"皇上说着，一甩龙袍宽大的袖子，转身坐在了龙案后的椅子上。

"皇上，在这儿呢。"杨五福从龙案的奏折里翻找出张之凌的那份奏折，双手递了上去。

皇上接过那份奏折，展开之后大致浏览了一遍，便抬手拍下去，微笑道："好，很好。"

杨五福偷偷地看着皇上的脸色，见皇上是真高兴，也就放了心，没再多说。

第二日，皇上的圣旨便送到了宁侯府。圣旨的大意是：国医馆右院判姚燕语精诚研修医药医术，呕心沥血利用八年的时间编纂完成《大云药典》这一旷世奇书，造福百姓，为国为民，为大云医药发展奠定了坚实的基础。此乃不世之功，理应名垂青史。因此，晋封右院判姚燕语为正一品院令，全面负责国医馆和药监署的一切事宜。希望姚院令不要辜负皇上的圣恩，能够再接再厉，为大云医药的发展贡献自己的力量，云云。

这一道圣旨，等于把大云国医馆和药监署全部交到了姚燕语的手里。可谓是羡煞旁人的好事。虽然国医馆一成立就是皇家专门给姚燕语搭建的舞台，药监署更是姚燕语一手承建发扬起来的，但那都是内里的事情。国医馆正一品的职衔空着，药监署的最高长官也空着，这就是多少人垂涎的肥差。虽然明知道那是姚燕语的地盘，但只要皇上不发话，便总会有些人无耻地惦记着。如今圣旨一下，所有的人都死心了，姚燕语以及姚家众人也都放心了。

宁侯府一片喜气洋洋，姚府也一扫往日的沉闷之气。朝廷上下的人包括皇上都认为姚阁老肯定会回到朝堂，继续担任首辅之任。毕竟这几年的景隆新政的主导者是姚阁老，而且新政初见成效，正是邀功的好机会，任谁种了大半年的庄稼到了收获的季节都不会放手。

年关将至，朝廷各衙门开始整理一年的公务，准备封印过年。崇华殿内阁里，首辅姚

卷四 卿心未央

阁老不在，其他六位都各自忙碌，力争多分担一些政务，自然也多挣几分权势，等内阁重新推举之后，不管姚阁老是否继续留任首辅之位，自己都能多几分话语权。

就在所有人都在为将来打算，甚至连陆常柏都盘算着接下来的三年该如何给姚远之多添点麻烦，如何从他手里多争几分权势的时候，姚远之的一封请辞疏递到了皇上的龙案上，让文武群臣的下巴都掉了一地。

这第一份奏疏虽然引起了众人的侧目，但皇上却没当回事儿，他认为姚远之这是做做表面文章，于是安慰了几句，以家国大义为由，拒绝了姚阁老的请辞，让他继续留在内阁。

皇上批复下来之后，姚远之又上了第二道请辞疏，这一道奏疏言辞恳切地说自己的老母亲年事已高，自己却未曾在床前尽孝，之前母亲病重对自己来说是一次警示，让他深切地体会到"子欲养而亲不待"的痛苦，况且姚阁老自己也已经五十多岁，这次大病之后，身体已经大不如前，若继续留任首辅之位，恐怕会耽误了朝政，所以请皇上开恩，准许自己回乡致仕，侍奉老母，云云。

这一道奏疏被皇上留住未发。不过世上没有不透风的墙，此事很快被崇华殿的几位阁老知晓，某些人的心思又活泛起来。

在姚远之准备写第三道奏疏的时候，皇上的心腹太监杨五福又来了。

姚远之正在宋老夫人跟前侍奉汤药，姚延恩代父出迎，把杨公公让至前厅奉茶。

杨五福是带着皇上的赏赐来的，姚家人自然不敢怠慢，一番跪拜谢恩之后，杨公公对姚延恩笑道："皇上很是挂念老夫人的身体，所以叫咱过来瞧瞧，不知道方便不方便？"

皇上有话，不方便也得方便。

姚延恩先派人去老夫人房里传话，然后亲自带路，引着杨五福去看老夫人。

宋老夫人如今还糊涂着，她的记忆停留在姚远之三十岁中探花那年，所以看见头发胡子已经花白的儿子根本就不认识，若不是母子之间有一种天性的亲密，她甚至都不让姚远之进她的屋子。

她现在已经把五官神态酷似父亲的姚延恩当成了自己的儿子，见了姚延恩，便叫着姚远之的乳名，攥着孙子的手不放开。

对于此事姚远之着实苦恼了一阵子，不过经过这十来天的调理，眼见着老太太的身体渐渐地好转，姚阁老便将此事渐渐地放下了。老太太认儿子还是认孙子什么的都不重要了！

姚燕语对此事也有些无奈，除了跟家里人解释之外，她每天都会亲自给老太太施针，以太乙神针针法和自己强大的内息调理老太太的脑神经和大脑记忆反射区，希望她能早一天想起所有的事情。

杨五福进来的时候，刚好看见姚远之给老母亲喂汤药，而宋老夫人正在找茬，说什么也不喝药，任凭姚远之怎么劝，她都说那一句话：我不认识你，谁知道你给我喝的是什么。

姚远之万般无奈，哭笑不得。

"老太太，皇上身边的杨公公来瞧您了。"姚延恩上前去，半跪在老夫人跟前。

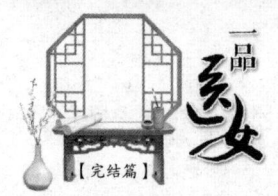

"懋哥儿，你来了。"老太太一看见大孙子，立刻眉开眼笑起来。

姚延恩无奈地看了一眼姚远之，"懋"乃是父亲的乳名，自己怎么敢答应呢。

姚远之瞪了他一眼：老太太叫你呢，还不赶紧应着。

姚延恩只得答应着从姚远之的手里接过药碗，自己尝了一口药，方又舀了一勺送到宋老夫人唇边，温声道："老太太，药不冷不热，刚好用。"

"好。"宋老夫人乖乖地张嘴喝药。

旁边杨五福看了半日，见这老太太是真糊涂，便轻轻地叹了口气。

杨五福从姚家离开的时候，又帮忙带上了姚远之的第三封请辞疏。

回到乾元殿后，杨公公把在姚府所见到的一切都如实汇报给皇上，皇上听完之后沉吟半晌，方缓缓地叹道："朕知道了。"

第二日早朝之后，皇上一道圣谕把姚远之召到了乾元殿。

君臣二人摒弃了所有的内侍宫人密谈了一个上午，姚远之走后，皇上又分别召见了内阁的几位阁老。

每位阁老在乾元殿里留的时间长短不一，但每一个都是单独觐见，与君密谈，旁边连端茶递水的宫女都没留，更别提史官等人。

所以景隆皇帝跟他的内阁大臣们到底谈了什么，众人不得而知。

腊月二十三这日，皇上的圣旨终于下来了。

姚远之上奏的请辞疏皇上准了，姚阁老以宰辅之尊致仕，享宰辅的一切尊荣俸禄。但只许他辞官，却不许还乡，皇上的理由也十分冠冕堂皇：云都城里有最好的太医，姚老夫人留在京都更有利于养病。

对于这个结果，姚远之很满意，当即叩头谢恩，高呼万岁。

另外，皇上对于内阁的人员作了相应的调整，内阁首辅之职由封绍平继任，陆常柏为次辅。因为姚阁老致仕，内阁七人少了一人，便由靖海侯礼部尚书萧霖补上。礼部尚书一职则由原礼部右侍郎暂代。

对于宁侯府来说，失去了一个首辅的岳父，又送进去一个萧霖，虽然看上去是失势了，但凭着萧卫两家的关系，再算算萧霖三十出头的年纪，应该说是赚了。首辅的权柄基本按照姚远之的计划进行转接，景隆皇帝年轻有为，知人善用，每一步都走得踏踏实实。

很快就是春节，宁侯府今年喜事多，宁侯夫妇双双加官晋爵，这个春节更显十二万分的热闹。长矛大总管带着府里的几百名家丁把宁侯府里里外外收拾得喜气洋洋，大红福字、春字、吉祥春联、大红灯笼、五彩桃符等应有尽有。

凌霄年长，懂事许多，还算稳重。依依去江南的时候还不懂事，凌浩凌溱两个更是在江南出生的，这回是头一次回宁侯府，三个小崽子在江南那种精巧的园林式宅院里长大，乍然回到宁侯府豪放大气的宅子里后实在兴奋，每天都在撒欢儿。

除夕夜，长矛大总管别出心裁，把年夜饭设在了宁侯府新扩建的侯府东苑。

卷四　卿心未央

姚燕语看着丰盛的年夜饭和欢天喜地的孩子们，不由得感慨地叹了口气——当初的兄弟们都已经成家生子，如今过年大家也不能凑在一起了，说起来今年的年夜饭倒是不如之前热闹。

正感慨间，忽听外边一串笑声传来。于是转身看时，却见阮夫人和苏玉蘅以及翠微翠萍四个人各自带着丫鬟婆子以及孩子们说说笑笑地来了。姚燕语看见众人后面还跟着二十几个青衣小鬟，手里都提着各式食盒便笑道："你们这是自带吃食来我这儿过年了？"

阮夫人笑道："咱们可是有几年没在一起守夜了，好不容易今年凑得齐全，说什么也要好好地热闹热闹。"

姚燕语转头看着已经互相搂抱着乐成一团的孩子们，会心地笑道："今晚咱们热闹个通宵，谁也不许睡。"

"夫人有命，咱们岂能不尊？"苏玉蘅等人也都笑了起来。

景隆六年的除夕夜，宁侯府东苑里觥筹交错，笑语连连，是宁侯府建府以来最热闹的一个除夕。至子时，各式各样的烟火漫天绽放，微醺半酣的姚燕语靠在卫章的肩头看着夜空中绚丽的烟花，不由得轻声叹了口气。

"怎么叹气？"卫章紧了紧手臂，低声问。

"我觉得，这辈子，已经值了。"姚燕语轻笑。

"这就知足了？好日子还在后头呢。"卫章侧脸，在漫天花雨里轻轻地吻上她的额角。

姚燕语微笑着闭上了眼睛，全身放松靠进卫章的怀里。

是的，有你陪伴的日子，都是好日子。

与你携手白头，这样的好日子还有很长，很长……

番外：梧桐兼细雨

在繁花如云的烟雨江南，背山临水的一座精致别院里，有琴声和着淅淅沥沥的雨声婉转悠扬。

碧色水上，一只扁舟顺着水流缓缓而下，在靠近别院的小码头渐渐地停靠。一位留着寸许胡须的白衣男子从船篷里出来，站在船头微抬头望着粉白墙垣上探出的那一支细瘦的丁香，直到琴声渐止，唇角才露出微微的笑。

男子身旁，一个为他撑伞的青色布衫的年轻家仆看主人家的脸上终于有了几分表情，方低声询问："爷，这雨越下越大了。咱们船小，怕是不好再走了。是不是……"

"上岸。"男子说着，抬手从家仆手里接过雨伞，率先抬脚上岸。

半新不旧的鹿皮靴踩着湿漉漉的青石板铺就的路面，一步一阶，一步一步地走近了那

道黑漆大门。

江南特色的门楼样式别致,但却没有匾额,只有过年时贴的春联已经被雨水打湿,红色退减,被雨水浸透的陈旧墨迹却更加清晰:寒尽桃花嫩,春归柳色新。

院内,有稚嫩的童声隐隐传来:"外祖母,这曲子真好听……叫什么名字呀?"

院门外想要叩门的手便停在半空中,白衣男子的眼神一阵恍惚,似是回到了过往,埋藏在记忆深处的话再次浮现在耳边,依然那么清晰,连其中的抑扬顿挫都不曾忘记。

"这是外祖母随心所欲胡乱弹奏的曲子,没有名字。"院内传来温婉的声音,没了记忆里的清亮,略带着几分沉哑,似是包含着无限柔情,叫人听来倍觉亲切。

——姑娘这首曲子清亮婉转却是闻所未闻,不知是何曲名?

——公子见笑了,这曲子是我随心而弹,并没有什么名字。

记忆里的对白在脑海里浮现,白衣男子的目光顿时温柔如水,呆呆地站在门前,手里的雨伞滑到一旁也浑然不觉。

"哎呀!这雨越发地大了,您怎么却把伞丢开了?"随后跟来的仆从捡起雨伞遮住他头顶的雨丝,小心地提醒着。

"哦。"男子回神,温润的目光重新回到黑漆大门上,抬手理了理衣襟举步向前,抬手叩门。

"谁呀?"门内有人询问。

男子不说话,依旧叩门。

"谁?"大门从里面打开,来开门的年轻小厮见门外是个陌生男子,遂上下左右打量了一番,见他四五十岁模样,仪态不凡却衣衫朴素,面容清瘦而神色温润,却是从未谋面之人,因问:"请问先生何而来,来此何事?"

"这位小哥儿,这里可是首辅姚大人之长女苏夫人姚氏的住所?"男子微笑着问。

"没错。不过先生既然知道我家夫人身份,便该告知自己姓甚名谁,小的也好进去回禀。"小厮越发狐疑,越发觉得此人必有来头,所以一定要询问出对方来历方能进去回禀。

"烦请小哥儿帮我通禀一声,就说是少年故人途经此处,特来讨一杯明前龙井。"男子依然微笑着,并不因为小厮的言行而恼火,目光平静如初。

"先生还没告知尊姓大名。"小厮固执地守在门口。

"都说了我家主人是你们夫人的故人,还不进去回禀,只管在这里叽叽歪歪作甚?"白衣男子身后的仆从却有些着急,朝着挡在门口的小厮瞪眼。

"阿声,不得无礼。"白衣男子微微侧目,低声训斥仆从。

"双福,夫人问是何人来访,何故还不进去?"一声甜软的询问从里面传来,说话间一个穿着翠色衣衫梳着双丫髻的小姑娘从里面走了出来。

"正因为不知道是何人,所以才没敢随随便便让他进去呢。"小厮双福低声嘟囔着。

小丫鬟早已经悄悄地把来人打量了一遍,见这人仪容规整,举止大方,便猜度着不是

卷四　卿心未央

什么歹人,因道:"夫人吩咐了,不管是谁,上门便是客,这雨越发地大了,怕是舟车难行,就请客人进来喝杯茶吧。"

"是。"双福应了一声,又朝着白衣男子拱手:"这位爷,您请进来吧。"

"多谢。"男子朝着小丫鬟拱了拱手,抬脚迈过门槛,自自然然地往里面走去。

小丫鬟疾步上前带路,引着客人绕过曲折的游廊在议事厅旁边的小偏厅落座:"还请先生赐教贵姓,奴婢好去禀我家夫人。"

"清音曲通唯知己,新茶解语是故人。"白衣男子缓缓地说出这句诗词之后,微笑着对小丫鬟说道,"你只管把这句诗念给你们夫人听,她自然知道我是谁。"

"先生见谅,奴婢认字有限,您这诗词也从未听过,怕是传错了话儿。要不您写下来吧。"

"也好。"

小丫鬟转身去小轩窗跟前,取了一张素白的笺子,又随手拿了一支毛笔递过来。白衣男子道谢后,提笔舔墨,仔仔细细地写下了十四个字。

"先生请稍等,奴婢这就给我们夫人送去。"小丫鬟拿了笺子吹了吹未干的墨迹转身走了。

当今首辅宰相姚远之的嫡长女定侯府苏家三房的夫人姚凤歌刚刚在院中凉亭中教四岁的外孙女里抚琴,因听说有人来访又不知来人是谁,遂先带着外孙女回了后院。不过换一件外裳的工夫,奉命出去的小丫鬟拿着一张纸进来,说是来的一位四五十岁的清瘦先生,说是夫人的故人来访,问他姓甚名谁又不说,只写了这句诗,说夫人一见便知。

姚凤歌听了这话也觉得奇怪,因道:"什么诗,拿来给我瞧瞧。"

小丫鬟忙双手把诗笺奉上,姚凤歌展开一看,顿时愣住。深藏在心底深处的声音浮现在耳边,恍如昨日——

"清音曲通唯知己,新茶解语是故人。"

"你我初次相识,如何能算是故人?"

"与卿初相识,似是故人来。"

"你这人看着斯斯文文的,却油嘴滑舌。"

"并非油嘴滑舌,实在是心底里的实话,还请姑娘不要怪罪……"

当年也是这般时节,樱花落了一地,丁香花才绽枝头。那一场绵绵细雨一连下了三日三夜,而他也正是为了躲雨才叩开了自家别院的门。

姚凤歌捏着那张素色诗笺安静得仿佛一尊蜡像,心底里却有万般情绪丝丝缕缕萦绕上来,在心胸之中渐渐纠缠,一团团,一簇簇,怎么也揪扯不清了。

倚在她腿边的四岁小女孩儿见外祖母眼圈儿泛红,拿了自己的手帕踮起脚来,唤了一声:"外祖母。"便伸长了小胳膊要给她擦泪。

姚凤歌回神,忙接了小女孩粉色的手帕,轻笑道:"慈儿,你先跟乳娘回房去吧。"

"外祖母,你没事儿吧?"小姑娘担心地问。

289

一品毒女【完结篇】

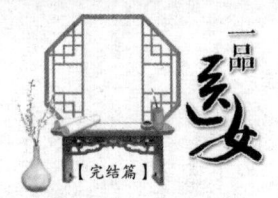

姚凤歌低头抚了抚小女孩儿的麻花辫,低声说道:"外祖母没事,是外祖母年轻时候的一个故人来了,外祖母去见客。你乖乖地跟乳娘回去吧。"

"是。"小女孩儿有模有样地福了福身,被乳娘牵着手带了出去。

姚凤歌这才把手里的诗笺细细地折叠起来放在袖子里,吩咐来回话的丫鬟:"小玉,你去请那位先生去梧桐书斋稍坐片刻,再为他奉上一杯今年的明前龙井。"

小丫鬟楞了一下,方福身答应一声出去了。

"夫人,梧桐书斋是您素日里起居的地方,若是待外客……"身旁的大丫鬟不解地看着姚凤歌。

"无需多嘴,服侍我去换衣裳吧。"姚凤歌说着,伸手搭在丫鬟的手臂上缓缓起身。

……

姚凤歌微微皱眉看着明亮的穿衣镜映射出来的身影。虽然已经年过五十,但因为保养得当,她的身材依然窈窕挺拔,孔雀绿色的重缎窄裉对襟夹袄上是精致的苏绣这支白玉兰,花枝遒劲婉转由前襟到后背,寥寥几朵玉兰花,针脚细腻精致,惟妙惟肖,而她的气质却比白玉兰更清幽宁静。

"夫人,可以吗?"贴身丫鬟把压裙角的玉蝉轻轻地藏在裙褶里,缓缓地站起身来。

"走吧。"姚凤歌轻轻地叹了口气,扶着丫鬟的手出门去了。

梧桐书斋坐落在别院正厅的席面,卧房出去往前走,过一条游廊再穿过月洞门便是。书斋是几十年前修建的老屋子,院子里却是姚凤歌搬进来之后重新栽种的梧桐树。这几棵梧桐树长得极好,不过几年的时间便没过了屋顶,如今暮春时节刚好是梧桐花期,淡紫色的桐花被春雨打落,零零落落地撒了一地,沾着雨珠,散开一院花香。

来客并未进屋,而是负手站在廊檐下,举目望着头顶浓密的绿荫。听见丫鬟小声提醒"夫人小心脚下"之后,他的身影骤然一僵,然后缓缓地低头,转脸,小心翼翼地看过来。

姚凤歌不由得顿住了脚步,抬手推开身旁撑伞的丫鬟,孑然一人踩着地上湿漉漉的桐花,裹着细细密密的雨丝微微仰着脸,默默地凝望过来。半响,才低声哽出声:"真的是你,王……"

白衣男子忽然举步急匆匆走到跟前,从丫鬟的手里抢过雨伞遮在姚凤歌的头顶,方缓声道:"在下云悯特来拜望夫人。十几年不见,夫人一向可好?"

"云……悯?"姚凤歌看着眼前的人,愣了好一会儿才想明白——云氏皇族恒王珉,守卫皇陵十三年而殁,皇上恩旨,追封其亲王爵。而眼前的这个人活生生的站在自己面前,已经改头换面,成了云悯。

"是啊,时隔多年,夫人怕是已经记不起了吧?"云悯(云珉)看着近在咫尺的姚凤歌,目光从她湿漉漉的眼眸转到她斑白的鬓间,微微苦笑。

姚凤歌撇开视线,抬头看向入云的碧绿,又轻轻抬手指向天空:"听说,王先生也曾经在自己的院子里栽种了梧桐树?你看,我栽的这些梧桐比起你的,如何?"

卷四　卿心未央

"极好。"云悯侧过身和姚凤歌并肩，顺着她的手指看着那繁花累累，感慨道："夫人这里的梧桐比我栽的那些好了许多。"

"为何？"姚凤歌又问。

"因为夫人栽种的梧桐树上有凤凰。"云悯低头，宠溺爱怜的目光落在她的脸上。

"不过乡野村妇而已，哪里有什么凤凰。"姚凤歌微微苦笑着收回目光，背过身去抚着鬓间的白发，轻叹道："人过半百土埋胸。我们都已经老了！"

"正因为我们老了，所以我不想等了。"云悯伸手握住姚凤歌消瘦的肩膀，把她转过来对着自己，凝重地看着她的眼睛，"凤歌，让我们携手走完最后的路，好吗？"

"恐怕……"姚凤歌的心里闪过无数人的面孔，做首辅的父亲，做东南经略使的长兄，还有宁侯府一品护国夫人掌管药监署和国医馆的妹妹，以及如今当家作主的儿子还有已经是五品诰命的女儿……

"我不求名分，只愿留在你身边。"云悯看着姚凤歌眼里的犹豫，已经猜想到了她的心事，因道："你可随便对外边的人解释，说我是你的账房也好，管家也罢，总之，我……"

"你不要说了！"姚凤歌猛然抬头打断了他的话，自嘲地笑了笑，叹道："没有账房先生，也无需什么管家。大不了我身上这三品的诰命不要了！儿子已经长大，女儿也已嫁人，这尘世之间还有什么是我放不下的？我为了别人活了大半辈子，从今往后就算是我任性妄为，还能有几年？"

"说得好。"云悯揽着姚凤歌的肩膀一步一步的往屋里走着，轻叹道："身外无羁束，心中少是非。被花留便住，逢酒醉方归。自此后，我们便过几年潇洒的日子，方对得起这烟雨繁华的滚滚红尘。"

雨，依旧淅淅沥沥地下着，梧桐树上的花带着重重的雨露落在地上，发出"啪嗒"的轻响。那甜甜的花香被暮春的风雨挟裹着，散向书斋的每一个角落。